»Wann hast du eigentlich aufgehört, mich zu hassen?«
»Als du mir den Brief geschrieben hast.«
»Was für einen Brief?«

Mit dieser Frage beginnt für Nagel eine Reise in die eigene Vergangenheit. Er holt seine alten Tagebücher aus dem Schrank, die er in den folgenden Wochen liest wie den Coming-of-Age-Roman eines Fremden.
Mit Anfang Zwanzig lebte Nagel in seiner ersten WG in Rheine, hielt sich mit Nebenjobs über Wasser und verschwendete kaum einen Gedanken an die Zukunft. Damals, als ein Jahrhundert zu Ende ging, man im Regional-Express noch rauchen durfte und nur Angeber mit zu viel Geld ein Handy besaßen. Plötzlich und unvorhergesehen änderte sich alles, innerhalb weniger Monate verwandelte sich seine Welt in einen Scherbenhaufen.
Nun, 16 Jahre später, fährt er los und trifft seine ehemaligen Freunde und Bekannten, Tommi und Richter, Laura und Nina, Schacke, die Larrys und all die anderen schrägen Vögel, um sie zu ihrer Version der Geschichte zu befragen. Je mehr er erfährt, desto chaotischer wird das Puzzle aus Legenden, Gerüchten und Halbwahrheiten.

Thorsten Nagelschmidt, geboren 1976 im Münsterland, ist Autor, Musiker und Künstler. Bis 2009 war er Sänger, Texter und Gitarrist der Band Muff Potter. Unter dem Namen Nagel veröffentlichte er die Bücher »Wo die wilden Maden graben« (2007), »Was kostet die Welt« (2010) und »Drive-By Shots« (2015) und zuletzt unter dem Namen Nagelschmidt den Roman »Der Abfall der Herzen« (2018). Thorsten Nagelschmidt lebt in Berlin.

Weitere Informationen finden Sie auf www.fischerverlage.de

THORSTEN
NAGELSCHMIDT

DER ABFALL DER HERZEN

ROMAN

FISCHER Taschenbuch

MIX
Papier aus verantwortungsvollen Quellen
FSC® C083411
FSC www.fsc.org

Erschienen bei FISCHER Taschenbuch
Frankfurt am Main, September 2019

Druck und Bindung: CPI books GmbH, Leck
Printed in Germany
ISBN 978-3-596-70181-0

Auf alle meine Freunde.

I ENDE

»Sag mal, wie war das eigentlich damals – wann hast du aufgehört, mich zu hassen?«

Sascha und ich sitzen an einem Tisch bei Möbel Olfe, als ich ihm die Frage stelle. Er hat gerade zwei Gläser Weißwein geholt, sich auf den Barhocker gegenüber gesetzt und mir von seinem Tag in der Stabi erzählt. Vom zweiten Kapitel seiner Doktorarbeit, das er dort zu schreiben versucht, und dem *unmenschlichen Durst*, mit dem er den verschachtelten Bau am Potsdamer Platz nach acht Stunden *sinnlosem Gemurkse* verlassen hat. Es ist kurz nach neun. Ein verregneter Mittwochabend Anfang Mai.

»Wie das war?« Sascha lacht. »Ziemlich übel war das!«

»Ich weiß«, sage ich, »aber ich meine, ab wann war das für dich okay? Ab wann haben wir wieder miteinander geredet?«

Und Sascha, ohne zu zögern: »Als du mir den Brief geschrieben hast.«

Ich habe keine Ahnung, wovon er redet. »Was für einen Brief?«

»Na, dieser Brief halt. Irgendwann lag der bei mir in der Post.«

»Aha. Und was stand da drin?«

»So genau weiß ich das auch nicht mehr.«

»Bist du sicher, dass du da nichts verwechselst?«

»Spinnst du? Womit denn verwechseln!« Sascha fummelt eine von meinen Zigaretten aus der Schachtel. Im Schein der Discokugel, die direkt über uns hängt, blitzt die blasse Narbe an seinem linken Handballen auf. »Ich müsste den noch irgendwo haben. Kann ich dir gerne schicken. Feuer?«

Ich reiche ihm mein Feuerzeug, zünde auch mir eine an und schaue durch die hohen Fenster der Bar nach draußen. Die dürren Bäumchen auf der Dresdener Straße zittern im Wind. Ein durchnässter Radfahrer umschifft fluchend ein langsam zurücksetzendes Taxi, die wenigen Richtung Kottbusser Tor hastenden Menschen haben ihre Köpfe zwischen die Schultern gezogen. Mein Glas ist leer.

Trink aus, gebe ich Sascha mit einem Blick zu verstehen. Er trinkt aus, ich nehme unsere Gläser und gehe zur Bar.

»Hallo?«

Ich schaue auf. »Was?«

»Zehn vierzig!«

Der Barkeeper kaut ungeduldig auf einem Streichholz herum, wendet sich meinem Nebenmann zu und nimmt die nächste Bestellung auf. Vor mir stehen zwei Gläser Weißwein und zwei Sambuca, ohne Kaffeebohnen. Ich lege 12 Euro auf den Tresen und klemme mir die Gläser zwischen die Finger. Die Bar ist gut gefüllt. Beim Männerklo rempelt mich jemand an, die Getränke schwappen über, klebrig läuft mir der Sambuca über die Finger. Ich drehe mich um und schaue in das Gesicht eines durchtrainierten Mannes in Feinrippunterhemd. Dünner Oberlippenbart, markantes Kinn, Spanier vielleicht oder Portugiese, ein iberischer Freddie Mercury. Er entschuldigt sich auf Englisch: »My fault, sweetie.«

Als ich an unserem Tisch ankomme, stehen da ein Typ und eine Frau. Wir stellen uns vor. Es sind Bekannte von Sascha, die er schon öfter erwähnt hat. Sie trocknen sich die Gesichter mit den Ärmeln ihrer Jacken und fragen, ob sie sich dazusetzen können. Sascha organisiert zwei zusätzliche Barhocker, wir rücken zusammen. Es wird getrunken, geredet und gelacht. Eine gute Runde, nur ich bin nicht mehr ganz bei der Sache.

Jemandem einen Brief zu schreiben, von dem ich wusste, dass er mich hasst, das muss mich eine wahnsinnige Überwindung gekostet haben. Vor allem damals, mit Anfang 20. Warum kann ich mich daran nicht erinnern?

Zwölf Stunden später habe ich eine Mail von Sascha im Postfach, gesendet um 2.28, im Anhang ein Dokument mit dem Dateinamen *brief.pdf*. Ich koche mir erstmal einen Kaffee. Mit meiner dampfenden Tasse setze ich mich an den Laptop und öffne das Word-doc namens *Tavor-Roman*. Vor kurzem habe ich mir angewöhnt, morgens direkt zu schreiben, und erst dann meine Mails zu beantworten, zu telefonieren, zu lesen oder Radio zu hören. Ein paar Stunden zu arbeiten, bevor der Kopf verstopft ist mit 1000 Informationen. Ich überfliege die letzten Absätze, bearbeite eine Passage, skizziere ein neues Kapitel. Nach zwanzig Minuten halte ich es nicht mehr aus und öffne das pdf.

Der Brief besteht aus zwei Seiten, datiert auf den 02.08.1999. Kariertes A4-Papier aus einem Ringblock, zweimal gefaltet für ein längliches Kuvert, handgeschrieben, offenbar mit einem dieser dünnen, sechseckigen Stabilostifte, die ich damals so mochte – die haben so schön geklackert, wenn man sie sich zwischen die Zähne geklemmt und hin- und hergedreht hat. Zwei Dutzend Sätze, knapp und unbeholfen, ein paar Wörter sind durchgestrichen. Es ist unbestreitbar meine Schrift, es sind eindeutig meine Worte, und jetzt, wo ich sie vor mir habe, sind sie mir gleich seltsam vertraut, so als wären sie immer da gewesen. Aber daran erinnern?

Ich weiß weder, wo ich diesen Brief geschrieben, noch ob ich ihn zur Post gebracht oder persönlich in Saschas Briefkasten geworfen habe. Ich weiß ja nicht einmal, wo Sascha damals gewohnt hat. Wieder bei seinen Eltern?

Ich gehe in die Küche, stelle die Tasse in die Spüle, zünde mir eine Zigarette an und betrachte den Regen, der auf das Wellblechdach der Garagen im Hinterhof trommelt. Der Hof ist eine einzige Pfütze. Eine der Mülltonnen ist umgekippt, ein durchweichter Pizzakarton hat sich im Fahrradständer verfangen, in der Mitte der Pfütze schwimmt ein einsamer Joghurtbecher. Ich drücke die Zigarette in dem kleinen runden Messingaschenbecher aus, den Kiki und ich mal auf einem Flohmarkt in Prag gekauft haben, und fahre mit dem Zeigefinger über die ausgefrästen Buchstaben am Rand, *God bless our home*, dann gehe ich zurück ins Wohnzimmer und öffne den Schrank. Ich muss die erste Reihe der schwarzroten Kladden komplett ausräumen, um zu meinen alten Tagebüchern zu gelangen, ziehe ein paar davon hervor, setze mich aufs Sofa und schlage Buch Nr. 10 auf.

In den Einträgen von Ende Juli '99 ist tatsächlich mehrmals von einem Brief die Rede, den ich Sascha schreiben will. Ich blättere zurück, lese einzelne Sätze und Passagen. Dann nehme ich mir Buch Nr. 9 vor und bleibe bei der Nacht hängen, in der Nina mir von der Sache mit Timo erzählt hat: *Nina ist gestern Nacht hier vorbeigekommen, hat mir erzählt, sie hätte mit jemandem geknutscht und fände den ganz gut, ich musste nur grinsen – »Aber der heißt nicht zufällig Timo?«, doch doch* – notiert in krakeliger Schrift am Sonntag, den 25. 04. 1999.

Ich lese weiter, Seite um Seite, Eintrag um Eintrag. Es ist, als hätte eine unsichtbare Hand mich am Kragen gepackt und in diese Bücher hineingezogen, in den Sommer vor 16 Jahren. Der Sommer, in dem unsere Welt in 1000 Teile zerbrach, die sich nie wieder zu einem Ganzen fügten.

*

Ich war 22 Jahre alt, leicht betrunken und nicht dick genug angezogen. Es war eine sternenklare Nacht Ende April, kälter als ich erwartet hatte, doch noch mal hoch in die Wohnung wollte ich nicht, also klemmte ich mir die Weinflasche unter den Arm und zog den Reißverschluss meiner Kapuzenjacke hoch, setzte mir die Kopfhörer auf, drückte auf Play und lief los. Debbie Harry sang weiter, wo sie beim letzten Mal aufgehört hatte. *One Way Or Another*. Bei den Wohnblocks an der Ecke bog ich links ab. In den rotverklinkerten Einfamilienhäusern am Rubensweg wohnten überwiegend alte Leute, die Häuser waren dunkel, die meisten Jalousien heruntergelassen. Am Ende der Straße erreichte ich einen natürlichen Tunnel aus Bäumen, der mich runter zur Ems führte. Es war stockfinster. Ich drehte die Musik ein bisschen leiser. Hinten am Ruderverein leuchtete eine Laterne, davor setzte sich als dunkle Silhouette die alte Soldatenbrücke ab. Ich lief unter der Brücke durch, stieg die Treppen hoch, lehnte mich an die Brüstung, nahm den letzten Schluck Wein und warf die Flasche in die Ems. Ich schaute zu, wie sie im Mondlicht schimmernd den Fluss hinabtrieb, Richtung Innenstadt, Richtung Niedersachsen, Richtung Nordsee, und dachte darüber nach, wie Nina wohl reagieren würde, wenn Richter oder Tommi ihr sagten, dass ich spazieren gegangen war.

Nachts spazieren gehen, so was machte ich nie.

Vorm Losgehen hatte ich bei ihr angerufen, aber nur ihre Mitbewohnerin erreicht. »Ich weiß auch nicht, wo Nina steckt«, hatte Jenny gesagt, »vorhin war sie noch da.«

»Kannst du ihr ausrichten, dass sie mich zurückrufen soll?«

»Klar, mach ich.«

»Auch ruhig heute noch.«

»Ist gut.«

Ich zog den Walkman aus der Tasche und spulte zurück, *It's 11:59, and I wanna stay alive*, das wollte ich noch mal hören. Ich erwischte den Song genau am Anfang, drehte die Lautstärke auf Anschlag und setzte mich wieder in Bewegung. In der Kurve ein paar hundert Meter vor mir tauchte ein Lichtkegel auf. Er wurde größer und größer, die Brücke fing an zu vibrieren, kurz darauf donnerte ein Güterzug an mir vorbei. Ich sah ihm eine Weile nach, dann überquerte ich die Schienen und lief zurück zum Haus. Als ich unsere Wohnungstür aufschloss und einen Schritt in den Flur machte, war ich fast vierzig Minuten unterwegs gewesen, doch der Zettel neben dem Telefon, auf dem wir Nachrichten für die Mitbewohner notierten, war nach wie vor leer, und die Anzeige des Anrufbeantworters leuchtete konstant rot.

Richters Zimmertür stand halboffen. Er saß mit Tommi, Sascha und Laura auf dem Bett, sie schauten einen Sandalenfilm im Dritten und ließen einen Joint rumgehen. Das Zimmer war kaum zehn Quadratmeter groß, das Fenster auf Kipp, die Luft wie ein Vorhang.

»Hat jemand für mich angerufen?«

»Hätte ich doch aufgeschrieben«, sagte Richter.

»Ach, Scheiße«, sagte Tommi und schlug sich mit der flachen Hand vor die Stirn. »Gegen sieben oder halb acht, als du einkaufen warst …«

»Ja?«

»Irgendso'n Typ aus dem Saarland. Hab ich vergessen aufzuschreiben. Der will ein Konzert mit euch machen und sich morgen nochmal melden.«

»Okay. Sonst niemand?«

Tommi schüttelte den Kopf.

»Dschorno?«, sagte Richter und hielt mir die Tüte hin. Auf seinen Fingerknöcheln pellte sich das *ACAB*-Tattoo, das er sich letzte Woche in Münster hatte stechen lassen. Ich lehnte ab. Sascha nahm den Joint, zog einmal und gab ihn an Laura weiter. Im Fernseher ritt ein Haufen Männer auf Pferden durch eine sandige Wüste. Vor dem Bett saß die Katze. Mit leichten Schlägen spielte sie mit den Schnürsenkeln von Lauras Docs. Laura zog ihre Beine zurück und drückte sich dicht an die Wand. Ich stand noch eine Minute so rum, dann ging ich in mein Zimmer und hockte mich aufs Bett.

Samstagnacht, nach ihrer Schicht im Louie, hatte Nina hier gesessen und mir von der Sache mit Timo erzählt. »Ich hab mit jemandem geknutscht, und ich find den ganz gut«, hatte sie gesagt.

»Aber der heißt nicht zufällig Timo?«

Nina hatte genickt, und dann hatten wir bald geschlafen. Glaubte ich jedenfalls. Ich war ziemlich betrunken gewesen.

Timo war ein alter Fußballkumpel von Sascha. Einer dieser Kifferbubis. Es kifften zwar alle, auch ich ab und zu, aber ein *Kiffer*, das war etwas anderes als jemand, der regelmäßig Gras rauchte. Kiffer hingen in abgedunkelten WG-Zimmern oder Partykellern von toleranten oder desinteressierten Eltern herum, hörten Hiphop, Grunge oder Musikrichtungen mit bescheuerten Namen wie Alternative oder Crossover. Sie sagten »Korrekt!« statt *Ja genau, Gut gemacht* oder *Danke, dass du mir die Bong weitergereicht hast*, schauten *Pulp Fiction* auf VHS oder Simpsons-Folgen, die sie auswendig mitsprechen konnten, und verließen ihre Verwahrstätten höchstens, um auf dem Louie-Parkplatz oder an der Ems Hacky-Sack zu spielen oder zum Coffeeshop nach Enschede zu fahren.

So einer war meines Wissens nach Timo. Keine ernstzunehmende Gefahr. Wenn Nina sich in so einen Langweiler verguckt hatte, dann konnte es sich dabei nur um eine vorübergehende Verwirrung handeln. Vorwürfe würde ich ihr deswegen jedenfalls nicht machen.

Vor siebeneinhalb Jahren war ich mit Nina zusammengekommen, ich war 15, sie gerade 16 geworden, und seitdem hatten wir einiges durchgemacht. One-Night-Stands, Affären, auch mal kurze Trennungen. Man musste halt seine Erfahrungen machen. Nina war die zweite Frau, mit der ich geschlafen hatte, ich war ihr erster Typ gewesen. »Irgendwann wirst du mal

Lust auf jemand anderen haben«, hatte ich eines Nachts zu ihr gesagt, »und ich will nicht, dass du mich deswegen verlässt.«

Für sie gelte andersrum dasselbe, hatte Nina geantwortet, was mich erleichterte. Ich glaubte nicht an Monogamie, und wenn ich mich so umschaute, schien ich nicht der Einzige zu sein, für den dieses antiquierte Konzept nicht funktionierte. Alle gingen mit allen ins Bett, und dann wurden die einen von einem schlechten Gewissen gequält, während die anderen den heimlich genossenen Seitensprung gegen die Verfehlungen ihres Partners aufrechneten. Das hatte doch mit Liebe nichts zu tun.

Nina und ich hatten uns jedenfalls immer wieder zusammengefunden. Weil wir uns liebten, und weil insgesamt doch alles super war. Fand ich zumindest.

Nina sah das offensichtlich anders. Am Sonntagvormittag hatte sie die Wohnung verlassen, ohne mich zu wecken. Ich war davon ausgegangen, dass sie sich bei mir melden würde, doch das tat sie nicht. Seit fünf Tagen hatte ich jetzt nichts von ihr gehört.

Ob ich noch einmal bei ihr anrufen sollte?

Ich entschied mich dagegen. Es war schon spät, und ich wollte nicht ein weiteres Mal Jenny in der Leitung haben.

Ich hatte gerade mein Tagebuch aufgeschlagen, als es an der Tür klopfte. Sascha. Er lehnte sich in den Türrahmen.

»Na?«

»Na?«

»Wie geht's?«

»Gut. Wieso?«

»Wirkt nicht so.«

»Hm«, machte ich. »Du weißt nicht zufällig etwas über meine Freundin und deinen Kumpel Timo?«

Sascha verlagerte das Gewicht von einem Bein aufs andere. »Na ja.«

»Was.«

»Wissen nicht, aber ich hab davon gehört.«
»Was hast du gehört?«
»Dass die abhängen.«
»Und?«
»Und dass das bei euch nicht mehr so richtig läuft.«
»Aha? Von wem?«
»Irgendwer meinte das neulich.«
»Timo vielleicht?«
»Nee, nicht Timo. Weiß nicht mehr genau.«
»Willst du dich setzen?«
»Wir wollen gleich los«, sagte Sascha, und als hätte sie die ganze Zeit hinter ihm gestanden und nur auf ein Signal gewartet, ertönte aus dem Flur Lauras Stimme:
»Tommi ist ins Bett gegangen. Richter will auch gleich pennen. Lass mal abhauen.«
Sascha drehte sich zu ihr um. »Okay«, sagte er, und zu mir: »Laura schreibt morgen Päda.«
Ich beugte mich vor und sah Lauras kupferroten Zopf hinter dem *Lola-rennt*-roten Haarschopf von Sascha durch die Wohnungstür verschwinden. »Gute Nacht«, rief ich ihr hinterher, »und viel Glück!«
Laura antwortete nicht. Sascha hob seine Hand zum Gruß und schloss die Zimmertür, dann hörte ich, wie er dreimal hintereinander die Wohnungstür zuknallte. Seit Tommi sie mal eintreten musste, weil er seinen Schlüssel verloren hatte, war der Rahmen verzogen, die Tür fiel nicht mehr von allein ins Schloss.

Unsere Wohnung lag im zweiten Stock eines heruntergekommenen Mietshauses in der Berninghoffallee, etwa zwei Kilometer südlich der Innenstadt von Rheine, zwischen Ausfallstraße und Bahnschienen, direkt unter dem Flachdach. Die Wände waren voller Schimmel, der sich besonders in den Ecken der

Küche und in meinem Zimmer durch die buntgestrichenen Tapeten fraß. Im Erdgeschoss befand sich das Staelskotten-Eck, eine Eckkneipe alter Schule. Dunkle Holzverkleidung, Herrengedeck Zweifuffzig, Topfpflanzen im Fenster, die Gardinen nikotingelb und fleckig. Abend für Abend saßen dieselben vier, fünf einsamen Gestalten am Tresen und versoffen ihre Rente, Frauen sah man dort nur ganz selten, von der Wirtin mal abgesehen. Neben dem Staelskotten-Eck hatte sich bis vor kurzem ein Getränkeladen befunden, Getränke Penzek. Seit ein paar Wochen stand das Ladenlokal leer, Alter, Krankheit, Insolvenz, man wusste es nicht.

Ich bewohnte das größte Zimmer auf unseren 58 Quadratmetern. Es ging nach vorne raus und hatte zwei Fenster. Eins am Bett, es zeigte Richtung Parkplatz und Bahnübergang. Vor dem anderen Fenster stand mein Schreibtisch, von dem aus ich auf die Straße und die Ampelkreuzung blickte. Die Ampel wurde abends abgeschaltet und blinkte dann nur noch orange. Ich liebte diesen Anblick, besonders im Regen, wenn das Ampelsignal sich rhythmisch auf der nassen Straße brach, eine kleine Lightshow auf dunklem Asphalt, monoton, trist-romantisch, irgendwie urban. Ich mochte auch das Flachdach, auf das man über eine ausziehbare Leiter im Hausflur gelangte, was vom Vermieter ausdrücklich verboten war. Nina und ich hatten mal mit dem Rücken am Schornstein dort oben gesessen und durch eine Ausgabe der Happy Weekend geblättert. Nina hatte das *Erotikkontaktmagazin* am Bahnhof gekauft, sie spielte mit dem Gedanken, dort ihre getragene Unterwäsche anzubieten. »Damit kann man richtig Asche machen, und man muss gar nichts dafür tun.«

»Es würde dich nicht stören, dass ein alter Sack sich in irgendeiner klebrigen Wohnung deinen benutzten Schlüpfer über den Kopf zieht und sich einen von der Palme wedelt?«

»Nicht solange der alte Sack nicht weiß, wie ich aussehe«, sagte

Nina. »Und umgekehrt. Ich mein, man trägt doch eh Unterwäsche. Wenn das gut läuft, muss man die nicht mal mehr waschen. Kaufen, anziehen, ausziehen, in einen Umschlag, fertig.«

Das klang nun wirklich nach dem perfekten Nebenjob, für benutzte Herrenunterwäsche schien der Happy Weekend nach zu urteilen aber leider kein Markt zu bestehen.

Ich hatte damals noch mit Schacke zusammengewohnt, und der hatte an diesem Tag plötzlich hinter uns gestanden und über den Schornstein gelugt. »Heimlich Pellheftchen gucken auf dem Dach, das sind mir die Liebsten«, sagte er, was mich enorm ärgerte. Nicht, dass Nina und ich beim Lesen eines Pornomagazins erwischt worden waren, sondern vielmehr, dass es aussah, als hätten wir dieses Pornomagazin heimlich gelesen. Als hätten wir etwas zu verbergen. Wie so Klemmis, die sich für ihre wahren Leidenschaften schämen.

Schacke und ich hatten die WG gegründet, vor fast vier Jahren, kurz nach meinem Abi. Im zweiten Jahr war Wiebke in das dritte Zimmer gezogen. Tommi zog ein, als Schacke eine WG mit Richter, Sascha und Celina gründete. Als diese WG sich letztes Jahr aufgelöst und Wiebke ein paarmal die Miete nicht gezahlt hatte, legten wir ihr nahe, sich etwas anderes zu suchen, und ließen Richter ihr Zimmer übernehmen. Und so war es nun: Richter, Tommi und ich. Außerdem die Katze, eine Hinterlassenschaft von Wiebke. Sie hatte mal Momo geheißen, nun hieß sie einfach *Die Katze*. Die Katze war bildhübsch und schien das auch zu wissen. Hochnäsig stolzierte sie den Flur auf und ab und genoss die ihr zuteilwerdende Aufmerksamkeit. Richter, Tommi und ich buhlten ständig um ihre Gunst. Wen mochte sie am liebsten, bei wem würde sie heute schlafen wollen?

Tommi spielte in einer Band namens Regalmeterquadrat und arbeitete im Secondhandladen seiner Eltern im 30 Kilometer entfernten Ladbergen, in dem es mit den Arbeitszeiten nicht so genau genommen wurde, zumindest von Tommi nicht. Ein gutaussehender Kerl, ziemlich verpeilt, Linkshänder und Synästhetiker, Typ zärtlicher Chaot. Beim Einzug hatte er mich gefragt, wie man Backofen-Pommes macht.

»Äh, Pommes aufs Backblech und Backofen anstellen?«

»Ahja.«

»Was hast du denn gedacht?«

»Keine Ahnung. Meine Eltern haben eine Fritteuse. Ich dachte, vielleicht eine Schüssel voll Fett in den Backofen und dann die Pommes da rein.«

Kurz darauf konnten wir den Wasserkocher wegschmeißen, weil Tommi darin einen Liter Glühwein zum Kochen gebracht hatte. Dafür brachte er eines Tages einen alten, aber guterhaltenen Sandwichmaker mit. »Der Raclettegrill des kleinen Mannes«, pries er das schmucklose Ding an. Es war aus schwarzem Kunststoff und hatte einen Griff, zugeklappt sah es aus wie einer dieser Bitsatz- oder Bohrerkoffer aus der Garage meines Vaters. Der Sandwichmaker spielte seitdem eine große Rolle in unserem WG-Alltag. Selbst wenn außer Toastbrot, Scheiblettenkäse, Majo, Gurken und Senf nichts im Haus war, gegrillt, geschmolzen und zusammengebacken ergab das ein wunderbares Gericht, vor allem nachts, wenn wir uns um den Sandwichmaker versammelten wie um ein Lagerfeuer und uns wilden *Stopforgien* hingaben, wie Tommi sie nannte.

Tommi war nicht etwa die Verniedlichung von Thomas, sondern eine Kombination seines Vor- und Nachnamens, Torben Middelhaufe, deswegen, Kurzform: Tommi.

»Obwohl es genau genommen *Tomi* heißen müsste«, hatte Wiebke gemeint, als wir unseren neuen Mitbewohner umtauften, »mit nur einem *m*.«

»Aber das *o* in Torben spricht man doch kurz«, wandte ich ein. »Außerdem klingt *Tomi* wie der Ketchup, das passt nicht.«

»Nee, dann echt lieber Tommi«, stimmte der frisch Umgetaufte mir zu. »Ich bin auch gar nicht so der Ketchuptyp.«

Er war damals gerade erst nach Rheine gezogen und fand sich sofort damit ab, dass ihm von uns ein neuer Name zugeteilt wurde, das sprach schon mal für ihn. Neulich erst hatte er davon geschwärmt, wie gut ihm sein Name mittlerweile auch farblich gefalle. Das *T* sei schwarz, das *o* dunkelblau, und das doppelte *m* führe als lange graue Fläche zum strahlend gelben *i* am Ende.

»Was faselst du da?«, hatte Richter gesagt.

»Na, wie mit Wochentagen. Samstage sind grün, Sonntage dunkelblau, und so ist das auch mit Vokalen. Empfindet ihr das nicht so?«

»Nein Tommi, wir sind normal.«

Richter war eher praktisch veranlagt. Direkt, pragmatisch, kein Mann großer Worte. Sein Vater war der Hausarzt unserer Familie gewesen. Er war es vermutlich immer noch. Seit ich Richter kannte, hatte ich es jedoch geschafft, nicht mehr zum Arzt zu müssen. Anfang des Jahres hatte Richter seinen Zivildienst bei der Arbeiterwohlfahrt angefangen. Mobiler Sozialer Dienst, oder, wie er sein Jobprofil umriss: »Einkaufen für Alkis.« Im vorletzten Sommer waren wir zusammen zum Punx Picnic nach Schottland getrampt. Wir lagen irgendwo in Belgien an der taghell beleuchteten Autobahn auf einem Parkplatz, als Richter auffiel, dass er sich vor der Abfahrt aus Versehen einen Kinderschlafsack gekauft hatte, der ihm nur bis zu den Hüften ging. Tags darauf in Dover nahm uns ein älterer Mann aus Sunderland mit. Wir erzählten ihm die Geschichte mit dem Kinderschlafsack, worauf der Mann mit den Worten »I'm a socialist, I believe in sharing« nach hinten griff und Richter seinen Schlafsack schenkte, unter der Bedingung, dass Richter den Kinderschlafsack an eine bedürftige Person in Schottland weitergebe. Was der dann auch tat. Als uns das Geld ausging, verkauften wir auf den Straßen die Obdachlosenzeitung The Big Issue. Richter mit seiner soldatischen Art war dabei ungleich erfolgreicher als ich. Am Ende des Tages teilte er seine Einnahmen mit mir. So war er halt: loyal und zuverlässig. Im letzten Sommer hatte er Lauras Citroën zu Klump gefahren, sich anschließend einen Job bei einer Tiefbaufirma besorgt und ein paar Monate auf Alkohol, Tabak und Gras verzichtet, bis er genug Geld zusammenhatte, um Laura einen neuen Wagen zu kaufen, eine Ente, für 1500 Mark. Sein eigener Wagen, ein kackbrauner Opel Kadett Kombi, hatte nur 400 Mark gekostet.

Richter war groß und knochig, er trug Bomberjacke, Glatze und Tattoos, wobei sein hartes Äußeres in starkem Kontrast zu den freundlichen, listigen Augen stand. Tommi war ebenfalls groß, aber eher schlaksig, er hatte dunkles öliges Haar, einen leichten Silberblick und trug alles Mögliche, von Bomberjacke über Schlaghose bis Federboa, manchmal in genau solchen Kombinationen. Richter fand Tommis Outfits *unseriös*. Richter fand fast alles *unseriös*. Was nicht *unseriös* war, das war *asozial* oder *verhaltens*, und wenn dann noch was übrig blieb, konnte es sich nur um etwas *komplett Absurdes* handeln. Die beiden waren grundverschieden, nicht nur optisch. Tommi flirtete mit so ziemlich jedem weiblichen Wesen, Richter flirtete höchstens mit Vandalismus und sozialem Abstieg. Er war handwerklich begabt, alles Studentische und Gestelzte war ihm suspekt, und manchmal hatte ich den Eindruck, ihm als Arztsohn sei es besonders wichtig, sich von seinem Elternhaus abzugrenzen. Wenn aus seinem Zimmer die erste Cock Sparrer dröhnte, kamen aus dem von Tommi filigrane Gitarrenriffs, zu denen er sich beatboxend selbst begleitete, was dann klang wie *Loser* von Beck oder so. Die Riffs gehörten zu Dutzenden von Songs, an denen Tommi gleichzeitig arbeitete, und von denen er die wenigsten jemals fertigstellte. Er fuhr einen neuen Golf, der dank höchst unsachgemäßer Behandlung zunehmend auseinanderfiel, Richters 400-Mark-Kombi dagegen war top in Schuss.

Wenn Richter kochte, hatte er immer schon alles penibel vorbereitet, bevor er die Herdplatten anschmiss, zum Zwiebelschneiden trug er eine Taucherbrille. Bei Tommi brannte ständig etwas an, und häufig hatte er vergessen, irgendeine wichtige Zutat einzukaufen, und musste dann mit dem improvisieren, was er so fand. Richter stellte Reste in den Kühlschrank, Tommi aß diese in nächtlichen Fressanfällen auf, und dann gab's Ärger. Wenn man die beiden nachts schreien hörte, war meistens Tommi dabei erwischt worden, wie er in Richters Zimmer geschlichen war, um sich bei dem Schlafenden ein bisschen Gras *auszuleihen*. Während Richter in kurzen, klaren Sätzen sprach, schien Tommi beim Reden oft noch gar nicht so genau zu wissen, was er eigentlich sagen wollte. Dann nuschelte er vor sich hin, verschluckte ganze Silben und Wörter, und so mancher Satz endete ohne jegliche erkennbare Aussage in einem inhaltlichen und grammatikalischen Chaos. Ein verbales Impro-Theater, bei dem aber durchaus Interessantes herauskommen konnte. »Im Traum konnte ich heute Nacht nicht einschlafen, da bin ich um den Block gegangen, und als ich zurückkam, hatte die Haustür keinen Griff, ich stand draußen und war hundemüde und – was machst du denn da mit dem Toastbrot, willst du das einfrieren? Gib her, das essen wir jetzt. Wer Toastbrot einfriert, der hängt sich auch alte Nummernschilder in die Garage, solche Leute haben doch was zu verbergen! Was ist denn mit dem Sandwichmaker? Ach, der Stecker. Ja, ich hab dann vor der Tür gepennt, glaube ich, und am Ende war ich wach. Also im Traum, aber auch in echt …«

Was ich an beiden mochte, war die Selbstverständlichkeit in ihrem Tun. Richter war organisiert und geradeaus, Tommi wurschtelte sich so durch, und beide schienen schon immer so gewesen zu sein und damit unterm Strich auch ganz gut zu fahren. Es gab in unserer Dreierkonstellation keine klaren Hierarchien und kein wirkliches Zentrum.

Ich war an der Westfälischen Wilhelms-Universität in Münster eingeschrieben. Soziologie, Politik und Pädagogik auf Magister. In den bisher acht Semestern hatte ich keine einzige Vorlesung besucht und auch nicht vor, daran etwas zu ändern. Sozialversicherungswissenschaften und Semesterticketologie, das waren die Fächer, wegen denen ich eingeschreiben war. Die letzten zwei Monate hatte ich als Aushilfe auf dem Lager einer kleinen Firma in einem Vorort von Rheine gearbeitet, die Dekoartikel aus Holz vertrieb, und mir damit den Führerschein finanziert. Die Oster- und Frühjahrssaison ging gerade zu Ende. Mit etwas Glück würde das Geld den Sommer über reichen, so dass ich mich in den nächsten Monaten ganz der Band und meinem Fanzine widmen konnte. Und wenn nicht, würde ich eben wieder bei Multicolor Bosse in Hauenhorst Lacke aufrühren oder zweimal die Woche die Tiefkühlregale bei Allkauf auffüllen, oder mir irgendwas anderes suchen.

Am nächsten Tag hatte ich meine vorerst letzte Schicht. Frühmorgens erwachte ich aus einem dieser Träume, die mich seit Wochen fast jede Nacht heimsuchten. Eine große Halle voller Kartons und Artikelnummern, ein Labyrinth, ein Fließband, ich musste alles ordnen und kam nicht hinterher, gefangen im Uhrwerk, eingeklemmt zwischen den Zahnrädern, Charlie Chaplin, *Moderne Zeiten*.

Ich wälzte mich unruhig hin und her, bis um sieben der Radiowecker ging. In Belgrad war bei Bombenangriffen der NATO ein Fernsehturm zerstört worden. Ich stand auf und ging ins Bad, danach zog ich mich an und schmierte mir in der Küche ein paar Brote. Mit zerknautschtem Gesicht und in Boxershorts kam Richter in die Küche.

»Machst du Kaffee?«

»Ich frühstücke auf der Arbeit. Guten Morgen erstmal.«

Richter schlug die Hacken zusammen, salutierte und rief:

»Guten Morgen, Herr Kaleun!« Er öffnete den Schrank und holte den Kaffee und die Filtertüten heraus.

Ich schaute ihn an. »Hat Sascha gestern irgendwas von Nina und Timo erzählt?«

»Wieso?«

»Nur so.«

»Läuft da was?«

»Glaub schon.«

»Mit Kiffer-Timo?«

Ich nickte.

»Schönling-Timo?« Richter kniff die Augenbrauen zusammen und schüttelte den Kopf. »Kann ich mir nicht vorstellen. Was soll die denn mit dem? Passt doch gar nicht.«

»Seh ich genauso. Aber die hatten neulich was miteinander.«

»Hau den um«, sagte Richter und machte weiter mit seinem Kaffee. »Oder nee, hau den nicht um, der ist eigentlich ganz okay.« Er goss das Wasser in die Maschine und schaltete sie ein.

»Bestimmt nichts Ernstes«, sagte ich. »Die wird sich schon melden.«

Richter gähnte. »Ich geh schnell duschen, bin spät dran. Muss heute als Erstes zu Herrn Simoneit, der alte Schluckspecht hat sehr pünktlichen Stuhlgang.«

Ich schlug die belegten Brote in Papier ein, stopfte sie in meine Kunstledertasche und fuhr mit dem Bandbulli zur Arbeit. Ich war früh dran, also machte ich einen kleinen Umweg über Gellendorf, am Kalksandsteinwerk und den Kasernen vorbei. Unser Bandbulli war ein Ford Transit, Baujahr 1980. Wir hatten ihn für 600 Mark dem örtlichen BVB-Fanclub abgekauft und von einem Schrauber in einer höchst unseriösen Tittenkalenderwerkstatt durch den TÜV bringen lassen, ihn schwarz lackiert und *Transe* getauft. Im Stadtverkehr schluckte die Transe 15 oder 16 Liter Super Plus auf 100 Kilometer, plus

Bleizusatz. Sie kam etwas schwer aus dem Quark, ab einer Geschwindigkeit von 90 km/h konnte man sich vorne nur noch brüllend unterhalten, und die Lenkung hatte so viel Spiel, dass man hinter dem Lenkrad aussah wie einer dieser quasselnden Herren in den alten Hollywoodstreifen, die unentwegt lenken, auch wenn es nur geradeaus geht, doch wir waren mächtig stolz auf unser Gefährt. Keine der anderen Bands in Rheine hatte einen eigenen Bus. Wozu auch, die kamen ja kaum aus der Stadt raus. Die meisten Bands gab es sowieso nicht länger als zwei oder drei Jahre. Dann begann der Ernst des Lebens, die Leute zogen weg oder widmeten sich ihrer Karriere und dem Nestbau. Seit einiger Zeit wurden die Leute um mich herum jünger und jünger. Zu Richter, Tommi und Sascha war der Abstand nicht groß, sie waren jeweils ein bis zwei Jahre jünger, das ging noch. Aber Laura zum Beispiel machte gerade erst ihr Abi, und Theresa, das Hippiemädchen vom Louie-Parkplatz, das Laura neuerdings ständig im Schlepptau hatte, die war noch nicht mal achtzehn.

Ich war immer noch gut in der Zeit, also bog ich beim Gasthof Zum Splenterkotten rechts ab, statt weiter der Bundesstraße zu folgen. Was für ein Name für ein Restaurant, dachte ich wie jeden Morgen, genauso gut hätte man seinen Gasthof *Zum Donnerbalken* nennen können. Beim Hellhügel fuhr ich links Richtung Elter Dünen. Ich kurbelte das Fenster herunter und atmete tief durch die Nase ein. Frühling. Tau, Tannen und Wald, dazu eine leichte Note von verbranntem Öl, die dem Motor der Transe entwich. Ich drehte eine Runde ums Baggerloch und kam auf den Waldweg, der zur Firma führte.

Die Firma befand sich auf einem ehemaligen Bauernhof mitten im Wald. Vorne, im früheren Kuh- und Schweinestall, war das Lager, daneben stand eine Scheune, in der sich palettenweise Kartonage und ein riesiger Schredder befanden. Den Job hatte mir mein Bekannter André besorgt. Außer André arbeiteten noch drei russische Aussiedler namens Jakob, Eugen und Artur auf dem Lager, und Bernd, der Lagerchef. Bernd war Stabsunteroffizier beim Jagdgeschwader der Bundeswehr gewesen und gab sich gerne ein bisschen schroff, besonders mir, der Aushilfe gegenüber, doch insgeheim mochte er mich, das hatte ich von Anfang an gespürt. Sein Motorrad stand schon vor der Scheune, als ich auf den Hof fuhr. Bernd lehnte am Packtisch und putzte seine Brille.

»Moin Thorsten. Letzter Tag heute, was?«

»Ja, leider.«

Er lachte spöttisch. »Du wirst uns bestimmt vermissen. Vor allem die Knalltüten da.«

Bernd nickte Richtung Bundesstraße. Man hörte Arturs Sportwagen, bevor man ihn sah. Es war ein Mitsubishi Eclipse, knallrot, tiefergelegt und vollfinanziert. Erst kurz vorm Waldweg ging Artur in die Eisen, gab für die letzten 50 Meter nochmal richtig Gas und ballerte auf den Hof, wo er direkt vor der Scheune neben der Transe zum Stehen kam.

»Meine Herrn«, sagte Bernd, »wenn das man gutgeht.«

Artur kam mit Eugen aufs Lager. Wir gingen in die Küche und tranken Kaffee. André und Jakob hatten diese Woche Spätschicht. Ich aß meine Brote, die anderen rauchten, dann fingen wir an zu arbeiten. Die Arbeit bestand aus kommissionieren und packen. Mit seinem Auftragszettel lief man durch die vier- oder fünfstöckigen Regalreihen und suchte die verschiedenen Artikel zusammen. Die Ware kam überwiegend aus Estland und war sagenhaft kitschig.

6 × 812/31 (Teelichthalter Stern massiv weiß)

12 × 478/41 (Dekobaum klein grün)

2 × 409/31 – 38 (Große Blumenleiter mit Katzen weiß-blau)

8 × 260/38 – 31 (Fensterkreuz Tulpen mittel blau-weiß)

Es gab Dutzende solcher Artikel, alle in verschiedenen Größen und Farbkombinationen. Die irren Träume mit den Kartons und Artikelnummern hatten gleich in der ersten Woche angefangen.

Hatte man alles zusammen, wurden die einzelnen Artikel am Packtisch in Papier oder Folie eingeschlagen und in Kartons verpackt. Die Kartons durften nicht zu klein sein, damit die empfindliche Ware nicht zusammengequetscht wurde, aber auch nicht zu groß, so dass man unnötig Fluppies verbrauchte. Die marshmallowartigen Styropordinger waren teuer, wie Bernd uns immer wieder eintrichterte, wenn möglich sollten als Füllmaterial Papier oder geschredderte Kartons benutzt werden, Noppenfolie nur bei Sachen mit Glas.

Wenn ein Artikel im Lager aus war, ging einer von uns auf den Dachboden und warf durch die offene Luke Nachschub hinunter. Beim Fangen musste man höllisch aufpassen, nicht mit den Händen auf den Steinfußboden zu knallen. Fallen lassen war keine Option, viele der Holzartikel waren so schlecht verarbeitet, dass sie dabei sofort kaputtgegangen wären. Die Kartons mit der 17 waren am schwersten, *Massive Füße klein*, sie wogen locker 30 Kilo. Bernd hatte mir in diesem Frühjahr gleich mehrmals erklärt, wie man beim Fangen richtig zu stehen habe, damit der Rücken nicht zu sehr in Mitleidenschaft gezogen wurde. »Jetzt ist dir das vielleicht noch egal«, sagte er in seiner breitbeinigen Ringerpose, »aber denk an die Bandscheibe, denk immer an die Bandscheibe!«

Das Regalsystem war ein eher zufälliges, die Artikel standen dort, wo gerade Platz war. Vor allem ältere Artikel, die nur noch selten bestellt wurden, musste ich immer wieder aufs Neue suchen. Auch noch an meinem letzten Arbeitstag.

»Eugen, wo steht nochmal der Landhauszaun klein grün?«

»Nummer?«

»262/41.«

»Hinter Packtisch, unten, wie auch immer.«

Er meinte *so wie immer*, sein Tonfall hätte aber auch zu der

Egal-Variante gepasst. Von den drei russischen Aussiedlern in der Firma sprach Eugen das schlechteste Deutsch. Vor ein paar Wochen hatten Bernd und er mit dem Transporter der Firma Leergut weggebracht. Sie parkten den LT quer auf der Straße, um die Flaschen direkt aus dem Kofferraum in den Altglascontainer werfen zu können. Ein Autofahrer kam mit seinem Wagen nicht vorbei und hupte, Eugen und Bernd warfen weiterhin ungerührt die Flaschen in den Container. Der Mann drohte, die Polizei zu rufen, wenn sie nicht bald Platz machen würden. »Da geht Eugen zu dem hin«, erzählte Bernd, als sie zurück auf dem Lager waren, »'ne leere Colaflasche in der Hand, und beugt sich ins Fenster. Plötzlich dreht der andere um und fährt weg. Ich sag, Eugen, was wollte der Tickmann, hat der sich aufgeregt? Und Eugen nickt bloß und sagt: ›Hab ich gesagt, noch einmal Hupe, kannst du rufen Polizei. Und nicht vergessen rufen Krankewagen für dich!‹«

Eugen galt daraufhin als *Held der Arbeit*, und der Ausspruch *Nicht vergessen rufen Krankewagen für dich* wurde auf dem Lager zu einem geflügelten Wort. Man konnte sich gut vorstellen, welchen Eindruck der Satz aus Eugens Mund gemacht hatte. Eugen sah unfassbar hart aus. Drahtige Statur, kyrillische Buchstaben auf den Fingern und ein Gesicht, als hätte Serge Gainsbourg ein Kind von Klaus Kinski bekommen. Jedes einzelne Erlebnis seines 32- oder 33-jährigen Lebens schien sich darin eingemeißelt zu haben, darunter einige unschöne, finstere, brutale. Er redete nicht viel und wirkte dadurch irgendwie weise. Als würde er sich an unseren Unterhaltungen nicht nur wegen seiner mangelnden Sprachkenntnisse nicht beteiligen, sondern weil er viel existentielleren Dingen nachsann. Angeblich war er in Kasachstan im Knast gewesen, weil er einen Esel gestohlen hatte. André gegenüber hatte er einmal erwähnt, dass es keine gute Idee sei, Handschuhe aus Katzenfell zu machen, weil man da zwei Tiere für einen Handschuh brauche. »Klang so, als spräche er aus Erfahrung. Ich hab dann nicht weiter nachgefragt.«

Das Deutsch von Eugens Schwager Jakob war ein bisschen besser, und dessen Bruder Artur, mit Anfang 20 der Jüngste, hatte zwar einen schweren Dialekt und manchmal Probleme mit der Grammatik, sprach ansonsten aber ganz passables Deutsch. Russisch sprachen sie nur, wenn sie unter sich waren, und wenn es Probleme mit dem Amtsdeutsch von Behörden oder Versicherungen gab, gingen sie damit zu Bernd. Ich kam mit allen dreien gut aus. An einem Freitag im März, ich hatte gerade erst auf dem Lager angefangen, hatten wir nach der Arbeit Hotdogs gegessen, Schnaps getrunken und ein paar Pfeile auf die Dartscheibe geworfen, die von innen an der Stalltür befestigt war. Wer Letzter wurde, musste ein Glas Korn mit Wurstwasser trinken. Hatte Bernd so entschieden. Letzter wurde ausgerechnet ich. Der Neue. Der Student. Der Vegetarier. Dass ich das schaurig-salzige Mixgetränk anstandslos hinunterkippte, hatte mir den Respekt meiner Arbeitskollegen verschafft, seitdem war das Eis gebrochen. Ein stupides Initiationsritual, doch als verweichlichte studentische Hilfskraft, die sich womöglich noch für was Besseres hielt, hatte ich auch nicht gelten wollen.

Wir saßen in der Küche und schaufelten den lauwarmen Aluschalenfraß in uns hinein, der jeden Mittag von dem lokalen Nährschlammhersteller Apetito geliefert wurde, als Bernd mir seine Hand auf die Schulter legte. »Und, Thorsten?«, sagte er und kam so nahe an mein Gesicht, dass ich die Staubkörner auf seiner Brille sehen konnte. »Diese Woche schon gefickt?«

Eugen und Artur lachten, dann prustete auch Bernd los. Ich sog die Luft ein und dachte nach. Ich konnte mich tatsächlich nicht daran erinnern, wann ich das letzte Mal Sex mit Nina gehabt hatte. Musste schon ein paar Wochen her sein, irgendwann nachts im Suff, wahrscheinlich. Wir hatten uns in den letzten

Monaten wirklich ein bisschen aus den Augen verloren. Ich hatte unter der Woche Schichten auf dem Lager gekloppt, freitags und samstags waren wir mit der Band im Proberaum oder auf Konzerten. Nina ging morgens zur Arbeit in den Kindergarten, danach saß sie meist mit einer Schale Maggi-Asia-Nudelsnack vor dem Fernseher, und zwei- oder dreimal die Woche kellnerte sie im Café Louie. Auch Wiebke kellnerte im Louie, Theresa ebenfalls. Alle hübschen Mädchen der Stadt kellnerten im Louie, oder hatten mal dort gekellnert, oder würden irgendwann mal dort kellnern. Ralf, der Chef, saß jeden Abend auf seinem Stammplatz zwischen Flipper und Tresen und glotzte seinen Bedienungen auf den Arsch. Ich war immer nur da, wenn Nina arbeitete, und dann bestellte und bezahlte ich ausschließlich bei ihr, meistens mit einem Schein, worauf Nina mir denselben Betrag in Münzen rausgab. An den Wochenenden fuhr sie immer öfter mit Freunden zu Technopartys in der Umgebung. Wann hatten wir eigentlich das letzte Mal etwas zu zweit gemacht?

»Musst du die Perle halt mal wieder einladen«, sagte Bernd. Ich erschrak. Konnte der Gedanken lesen? Doch Bernd wollte auf etwas anderes hinaus. »Guck mal auf deinem Konto nachher. Die Chefetage hat dein Gehalt ein bisschen angepasst.«

»Angepasst?«

»Angepasst, aufgerundet, hochgebockt, nenn es, wie du willst. Wir waren hier ganz zufrieden mit dir.« Er stopfte sich eine Frikadelle in den Mund und redete mit vollem Mund weiter: »Ganz ehrlich, als du hier ankamst, dachte ich, meine Herrn, was für eine Nulpe hat André denn da wieder angeschleppt. Aber hier arbeiten ja eh nur Bekloppte.« Er schaute in Richtung Eugen und Artur, die beide ausdruckslos weiteraßen. »Hast dich gut geschlagen, kann man nicht anders sagen. Gute Packzahlen, kein Gejammer, und Russland findet dich auch nicht total scheiße. Oder, Eugen?«

Eugen nickte kaum merklich.

»Na ja, ich bin kein Typ für große Reden. Wir würden uns jedenfalls freuen, dich zum Weihnachtsgeschäft im Herbst wieder in diesen heiligen Hallen begrüßen zu dürfen. Im Sommer kannst du für uns zu ein paar Messen fahren, wenn du willst, und nächsten Freitag schmeißen wir eine kleine Lagerparty. Erst nach Reckenfeld auf die Kartbahn, danach versaufen wir hier auf dem Lager die Kohle aus der Dartkasse. Pflichttermin. Und damit dir das jetzt nicht alles zu Kopf steigt, und damit du bis dahin an uns denkst –«

Er machte eine Kunstpause.

»Ja?«

»– Gehst du nach der Pause …«

»… nochmal schön zum Schreddern in die Scheune?«, vervollständigte ich seinen Satz.

»Genau«, grummelte Bernd, enttäuscht, dass ich ihm die Pointe versaut hatte.

Nach der Mittagspause stand ich also bis zum Feierabend in der Scheune und schredderte Kartons. Die mit Abstand schlimmste Arbeit. Die Kartons mussten mit der Hand gerissen werden, die Fetzen schob man dann in das ratternde Ungetüm, das laut Bernd *ein Vermögen* gekostet hatte und *der ganze Stolz der Geschäftsleitung* war. Nach kurzer Zeit hatte man Risse in den Fingern, von den Heftzwecken, die man aus den Kartons lösen musste und den ganzen stumpfen Kanten. Die Kartonfitzel wurden in Plastiksäcke gestopft, wobei man sich umgehend Rücken und Nacken verspannte. Als ich um kurz vor vier aus der Scheune kam, hatte ich 20 Säcke geschafft. Mir tat alles weh.

Auf dem Hof schüttelte Bernd mir die zerschundene Hand. Zerquetschte sie fast.

»Wir sehen uns dann am Freitag auf der Kartbahn. Du kommst doch?«

»Muss ich ja wohl, bei einem *Pflichttermin*.«

»Das wird lustig. Schön bisschen heizen, danach einen heben.«

Ich nickte, stieg in die Transe und zündete den Motor.

»Und –«

»Ich denk auch immer an die Bandscheibe«, sagte ich durchs offene Fenster, »ist klar.«

Bernd lachte. »Und nicht vergessen rufen Krankewagen für dich!«, rief er mir hinterher, als ich langsam vom Hof rollte.

Abends bekam ich endlich Nina an die Strippe.

»Sag mal, läuft das bei uns nicht mehr so richtig?«

»Irgendwie nicht, oder?«

»Bist du jetzt etwa mit Timo zusammen?«

»Nein, zusammen nicht.«

»Aber?«

»Aber ich verbringe Zeit mit ihm.«

Was sollte das denn heißen?

»Was soll das denn heißen?«

Nina antwortete nicht. Ich verzog mich mit dem Telefon in mein Zimmer und schloss die Tür. Das Kabel reichte fast bis zu meinem Bett. Ich setzte mich auf den Rand, in gekrümmter Haltung, damit die Schnur nicht aus dem Kunststoffgehäuse des Telefons gerissen wurde.

»Sag doch mal! Erst knutscht ihr rum, dann verbringt ihr Zeit miteinander, wie soll ich das verstehen?«

»Wir fahren heute zu so einem Tanz-in-den-Mai-Ding nach Steinfurt.«

»*Tanz in den Mai?* Willst du mich verarschen?«

»Das ist 'ne Technoparty.«

»Ist der auch so ein Goa-Hippie? Ich dachte, der wär Kiffer!«

»Das sind nicht alles Hippies auf diesen Partys, das habe ich dir schon tausendmal gesagt! Wärst du auch nur einmal mitgekommen, dann wüsstest du das.« Nina seufzte. Meine angebliche Intoleranz war schon öfter Thema zwischen uns gewesen. »Es passen übrigens auch nicht alle in deine Schubladen«, setzte sie nach.

Scheiße. So genervt klang Nina selten. Wir müssen uns nur mal wieder sehen, dachte ich. Ich wollte sie nicht verlieren, schon gar nicht an so einen Goa-Kiffer-Tanz-in-den-Mai-Bubi.

»Das ist doch scheiße hier am Telefon«, sagte ich und stand mit einem Ruck auf. Das Telefon ditschte einmal von unten gegen das Nachtschränkchen und baumelte zwischen den gespannten Schnüren in der Luft.

»Hallo?«, kam Ninas Stimme aus dem Hörer. »Bist du noch da?«

»Klar bin ich noch da.«

»Ich – hallo?«

»Ja?«

»Ich dachte, du hättest aufgelegt.«

»Wieso sollte ich auflegen?«

»Was machst du denn da?«

»Ich bin gerade aufgestanden.«

»Ach so.«

»Also vom Bett, meine ich. Nicht *aus* dem Bett.«

»Was?«

»Ich bin nicht jetzt erst aufgestanden!«

»Da ist so ein Knacken in der Leitung.«

»Dieses scheiß Telefon …« Ich setzte mich wieder hin und stellte den Apparat auf den Boden. Wo die Schnur im Türrahmen klemmte, war sie ganz aufgescheuert, die Isolierung hatte sich fast komplett gelöst. Wir brauchten dringend ein neues Kabel, ein längeres. Am besten direkt ein neues Telefon. Das war doch alles scheiße hier.

»Also …«, sammelte ich mich, »das ist doch scheiße hier am Telefon. Ich komm mal besser vorbei.«

»Jetzt? Das passt mir gerade nicht so gut!«

»Bin schon unterwegs.«

Ich sprang aufs Rad und fuhr zu ihr. Sie ließ mich in die Wohnung, blieb aber in der großen Wohnküche stehen. Ihr blondes Haar stand strubbelig vom Kopf ab, die Arme hatte sie vor der Brust verschränkt. Ihre Mitbewohnerin Jenny kam aus dem Bad. Sie grüßte mich knapp und verschwand in ihrem Zimmer.

Ich fragte, ob Timo hier gewesen sei.

Ja, gab Nina zu, der sei gerade weg, er würde sie aber später wieder abholen.

Ich sagte, dass es so nicht weitergehe. »So geht das nicht weiter, Girl«, sagte ich.

Nina schien erleichtert, dass das endlich mal jemand aussprach, und stimmte mir zu: »Da bin ich ganz deiner Meinung.«

Ich schluckte. Damit hatte ich nicht gerechnet.

Nina lächelte traurig, ohne meinem Blick auszuweichen.

*

Ich weiß nicht, was ich als kleiner Junge werden wollte.

Ich weiß weder, was meine erste Erinnerung ist, noch, ob ich so etwas überhaupt habe.

Auch an mein erstes Mal kann ich mich nicht erinnern. Ich weiß noch, wo es war – im Haus der Eltern eines Kumpels, der sturmfrei hatte –, und auch mit wem – Claudia Heuwers, meine erste Freundin, die schon 17 und damit drei Jahre älter war als ich, die mir am Anfang unserer Beziehung gleich klarmachte, dass sie eines Tages Michael Jackson heiraten würde, und die das völlig ernst meinte. Aber wie es sich anfühlte, was wir taten, ob ich oben lag oder unten oder wie es in dem Zimmer aussah, alles weg. Wahrscheinlich war ich bei meinem ersten Mal betrunken, mit Sicherheit sogar, aber daran liegt es nicht. Ich hatte keinen Filmriss am nächsten Tag. Die Erinnerung an das vermeintlich einschneidende Erlebnis muss im Laufe der Jahre immer mehr verblasst sein. Vielleicht wurde sie auch von einem Tag auf den anderen ausgelöscht. Irgendwann jedenfalls ist sie mir abhandengekommen, ohne dass es mir groß aufgefallen wäre.

Mein Bruder weiß 25 Jahre später noch, welche CD ich ihm zum zehnten Geburtstag geschenkt, was ich dazu gesagt und welchen Pullover ich an dem Tag getragen habe. Unabhängig davon, ob er mit den Details immer richtigliegt, so etwas gibt es bei mir nicht. Ich habe weder Bilder noch Filme im Kopf, und schon gar keine Sätze, die jemand gesagt hat.

Im Juli 1991 begann ich, Tagebuch zu schreiben. Ich war gerade 15 geworden. Zuvor hatte ich schon ein paar DIN-A4-Seiten mit Vorkommnissen aus meinem Leben vollgeschrieben. Was ich so erlebt hatte, wer meine Freunde waren, was für Musik ich hörte und wie hundsgemein und verlogen Eltern, Staat und Gesellschaft waren. Am 21.07.1991 saß ich an meiner elektronischen Schreibmaschine und schrieb: *Ich habe heute übrigens beschlossen, mit 'nem Tagebuch anzufangen. Morgen gehe ich in die Stadt und kaufe mir eins zum Abschließen. Ich möchte jeden Tag meine Gedanken und Gefühle aufschreiben, auch wenn sie manchmal echt scheiße sind. Aber ich möchte alles, was ich so erlebe, nie vergessen. Nie!*

Na ja, eigentlich steht da:

NIE!!!!!!!

– in Großbuchstaben, mit sieben Ausrufezeichen.

Am nächsten Tag ging ich zu Bürobedarf Rohlmann und kaufte mir eine sogenannte Chinakladde. Ohne Schloss. Tagebücher mit Schloss schienen ausschließlich für vorpubertäre Mädchen designt zu werden.

Ich schrieb sporadisch, immer wenn ich gerade Zeit und Lust dazu hatte, und immer zu Hause am Schreibtisch. Es war ein

Schreiben um des Schreibens willen, ohne Anlass oder Ziel. Ein Tagebuch zu führen hatte etwas aufregend Anmaßendes. Es hob das eigene Leben auf ein Podest, machte es zu etwas, das es wert war, aufgeschrieben zu werden. Die Länge der Einträge variierte von ein paar Sätzen zu mehreren Seiten. In den folgenden Jahren kam auch mal wochenlang gar nichts, 1997 gab es einen Sprung von mehreren Monaten. Wir waren mit der Band unterwegs gewesen, ich hatte das Tagebuch zu Hause gelassen und nach der Tour den Anschluss verloren.

Im Frühjahr '99 fing ich an, mehrmals täglich zu schreiben. Ich wollte meinen Freunden nach der Trennung von Nina nicht ständig auf die Nerven gehen, für mich behalten konnte ich mein Elend und Leid aber auch nicht. Von da an hatte ich das Tagebuch immer dabei.

Für Buch Nr. 9 hatte ich sieben Monate gebraucht.

Im Juni 1999 begann ich Buch Nr. 10 und brauchte dafür nur acht Wochen. Auch Buch Nr. 11 war nach acht Wochen voll.

Jetzt, im Mai 2015, bin ich bei Buch Nr. 116 und brauche durchschnittlich vier bis fünf Wochen pro Kladde.

Das Tagebuch ist zu einer Macht geworden, die Gehorsam verlangt und diesen auch einzufordern weiß. Das regelmäßige Gekritzel schafft ein Gefühl von Ordnung. Mindestens einmal am Tag spüre ich diese Erleichterung, die einen sonst nur überkommt, wenn man endlich die Steuererklärung hinter sich gebracht oder mal wieder die Fenster geputzt hat. Ein ständiges Auf- und Abbauen von Spannung. Ich schreibe am Frühstückstisch, am Schreibtisch und im Bett, in öffentlichen Verkehrsmitteln, im Restaurant, im Kino und beim Sport. Ich habe auch schon mal beim Autofahren geschrieben, auf einem langen, schnurgeraden Highway durch die Weizenfelder von Saskatchewan, und mehrmals auf der Bühne, während ich den Besuchern meiner Lesung ein kurzes Filmchen zeigte, das ich schon Dutzende Male gesehen hatte: *Gutes Publikum heute //*

Schwitze wie ein Schwein, hoffentlich sieht das keiner // Interessanter Typ in der ersten Reihe, hat gerade heimlich gepopelt.

Nur selten lese ich mir durch, was ich mir da so mühsam abgetrotzt habe. Ich schreibe ein Buch voll, nummeriere es, stelle es in den Schrank und fange das nächste an. Ohne das Gespräch mit Sascha gestern Abend hätte ich diese alten Kladden vielleicht nie wieder rausgekramt. Und ohne Kikis Geständnis vor zwei Tagen hätte Sascha mir wohl nie von dem Brief erzählt.

Geständnis, was für ein furchtbarer Ausdruck. Ich muss an Beichtstühle denken, dann an eine dieser Quatschzeitschriften voller rührseliger Frauenschicksale. Kikis Geständnis am Montagabend in meiner Küche klang dagegen so: »Übrigens, ich war mit Hauke im Bett. Kurz nach unserer Trennung. Mehrmals. Wollte ich dir schon länger sagen.«

Unsere Trennung ist ein gutes Jahr her. Ich glaube immer noch nicht an Monogamie. Kiki und ich waren nicht mehr zusammen, als sie mit Hauke im Bett war. Weder brauchte sie mein Einverständnis, noch ist sie mir Rechenschaft schuldig. Trotzdem ist da diese pochende Wut. Warum erzählt sie mir das erst jetzt? Warum ausgerechnet mit Hauke? Mit dem habe ich damals über die Trennung von Kiki gesprochen. Mehrmals sogar. Ist er danach direkt zu ihr? Oder kam er dort gerade her? Ein bisschen gewundert hat es mich schon, dass wir uns in letzter Zeit kaum gesehen haben. Aber Hauke ist zweifacher Vater und vielbeschäftigter Fotograf, auch ich war viel unterwegs. Nur so eine Phase, dachte ich. Bis Montagabend.

Ich will weder ihm noch Kiki eine Szene machen. Kann aber auch nicht so tun, als wüsste ich von nichts. Und stelle mir seitdem die Frage, wie das geht. Wie man das hinkriegt. Was man mit einer Freundschaft macht, in der man sich derart hintergangen fühlt. Die Frage, die ich gestern Abend bei Möbel Olfe verklausuliert an Sascha weitergegeben habe.

Erst jetzt, durch Saschas E-Mail mit dem Brief, wird mir bewusst, was ich da über die Jahre angehäuft habe. Statt weiter an meinem Roman zu arbeiten, liege ich wie ausgeschüttetes Wasser auf dem Sofa, einen Stapel Chinakladden vor mir und entweder eine Zigarette oder einen Fingernagel im Mund, während von draußen das Schlürfen und Schmatzen nasser Autoreifen durch die geschlossenen Fenster dringt, und kann nicht aufhören zu lesen. Bei vielen der geschilderten Ereignisse kommt es mir vor, als hörte ich davon zum ersten Mal. Doch hier steht es geschrieben, in meiner eigenen Handschrift.

Es ist gespenstisch. Und faszinierend.

Es ist, als läse ich den fragmentarischen, aus Hunderten von hypernervösen Versatzstücken bestehenden Coming-of-Age-Roman eines Fremden. Eines Fremden, der mir sehr ähnlich und doch ein absolutes Rätsel ist.

*

Wegen des Schimmels hatten wir unserem Vermieter schon mehrfach Bescheid gesagt. Unser Vermieter hieß Herr Özkan. Wir nannten ihn Ätzkan. Ätzkan war etwa 1 Meter 60 groß und spindeldürr. Schließlich bequemte er sich endlich her. Der Zustand der Wohnung schien ihm körperliche Schmerzen zu bereiten. Angewidert betrachtete er die Barbiepuppe, die auf ein umgedrehtes Holzkreuz genagelt an der Wand neben der Wohnungstür hing, direkt über der BILD-Titelseite mit dem Foto eines gebeugten Mannes, der in Mantel und Hut eine Straße entlanglief, Schlagzeile: *JUHNKE. Er geht wieder trinken.* Ich gab der Tür einen kräftigen Stoß. Ätzkan zuckte vor Schreck zusammen.

»Was ist denn mit der Tür passiert?«

»Schließt nicht mehr so gut«, nuschelte Tommi, ein triefendes Sandwichdreieck in der Hand.

Normalerweise übernahm ich als Hauptmieter die Kommunikation mit unserem Vermieter, doch mir ging es einfach zu mies. Tommi und Richter wussten das und sprangen ein. Jeder auf seine Art.

»Wie das hier aussieht!«, schimpfte Ätzkan.

»Ist ja wohl unsere Sache, wie das hier aussieht«, grummelte Richter.

Der Blick unseres Vermieters blieb auf der Wäschespinne in der Küche hängen. »Trocknet ihr etwa eure Wäsche in der Wohnung? Kein Wunder, dass es schimmelt! Ihr ...«, er fuchtelte hilflos mit seinen Fingern in der Luft herum, »... Ihr müsst hier einfach mal lüften!«

»Sie müssen mal nicht so unseriöses Zeug reden und lieber das Dach abdichten«, sagte Richter. Seine roten Pupillen und der seinem Zimmer entweichende süßliche Geruch verrieten, dass er sich mit dem Thema bestens auskannte. Die Katze huschte zwischen unseren Beinen hindurch.

»Und Haustiere, das war ja auch nicht abgemacht!«

»Jetzt lenken Sie mal nicht ab«, sagte Richter.

Ätzkan sagte, er würde sich was überlegen.

»Auf Deutsch: *Leckt mich am Arsch, ihr Bunken*«, meinte Richter, nachdem er die Tür hinter ihm in den Rahmen geknallt hatte.

Wir beschlossen, die Miete um 50 Mark im Monat zu kürzen und uns nach einer neuen Wohnung umzuschauen. Jeden Tag lasen wir die Wohnungsanzeigen in der Tageszeitung, die Richter von der Arbeit mitbrachte. Im Umsonstblatt Wir in Rheine stieß ich eines Nachmittags auf eine interessante Anzeige. *3 ZKB, 80qm, 750,– DM kalt.*

Es klingelte ein paarmal, dann meldete sich eine männliche Stimme: »Grigoleit?«

»Wer?«

»Grigoleit!«

»Ivo?«

»Ja.«

»Hast du eine Wohnung annonciert?«

»Ja, habe ich. Wer ist denn da?«

»Ich bin's, Nagel!«

»Nagel, mein Lieber, wie geht's, wie steht's?«

Ivo Grigoleit und seine Frau Helena schmissen das Emsschlösschen in der Innenstadt. Sascha und Laura arbeiteten abwechselnd dort, an den Wochenenden oder wenn viel los war. Im letzten Herbst hatte Ivo einen zweiten Laden aufgemacht, das Grand Café. Dort hatte es eine Jukebox voller Punk- und Rock'n'-Roll-Singles gegeben, an den Wänden hingen Konzertfotos meines Arbeitskollegen André. Der ultrafette Poison-Idea-Gitarrist Pig Champion, in einer lila Jogginghose vor seinem Marshallturm auf einem Hocker sitzend, die schweißnassen Haare im vollbärtigen Gesicht, den Bauch zwischen den Beinen, die Gitarre sah vor dem massigen Körper aus wie eine Ukulele, der Hocker wie aus der Puppenstube, oder HeWhoCannotBeNamed von den Dwarves, nur mit einer Gummimaske bekleidet, sein Stummelschwanz lugte wie ein schüchterner Wattwurm unter der Gitarre hervor – richtig gutes Zeug. Überhaupt, eine punkaffine Rock'n'-Roll-Kneipe in Rheine, wir konnten unser Glück kaum fassen. Wegen Ärger mit den Nachbarn musste das Grand Café allerdings schon nach wenigen Wochen wieder schließen. Blieb das Emsschlösschen. Eher so ein rustikaler Lehrerladen mit Sitzecken, Salaten, Spieleregal und in Whiskeyflaschenhälse gepfropften Kerzen. Die Kundschaft bestand aus Fahrradfahrern, Karohemdträgern und Grünenwählern, dazu ein paar Nachbarn, die hier gelegentlich *eine Kleinigkeit zu sich nahmen* oder *gepflegt ein Bierchen verhafteten*, dabei eine Runde Backgammon oder Skat oder Kniffel spielten und den Atomausstieg oder die doppelte Staatsbürgerschaft diskutierten, doch wenn Sascha oder Laura arbeiteten, gingen wir manchmal hin. Ivo und Helena wohnten mit ihrem kleinen Sohn direkt über der

Kneipe. Wie sich herausstellte, hatten sie das ganze Haus von der Rolinck-Brauerei gepachtet, dazu gehörte auch die Wohnung im zweiten Stock, und die wurde zum 01.07. frei.

In Richters Kadett fuhren wir am späten Freitagnachmittag hin, sahen uns die Wohnung an und unterschrieben auf dem Tresen des Emsschlösschens den Mietvertrag. Tiefe Straße, mitten in der Stadt, direkt an der Ems, und ein spendabler Kneipenchef als Vermieter, da musste man nicht zweimal überlegen.

»Aber was wird dann aus der Berninghoffarmee?«, gab ich zu bedenken, als wir wieder zu Hause waren.

»Stimmt. Tiefe-Straße-Armee klingt scheiße«, sagte Tommi. »Tiefe Armee vielleicht?«

»Nix«, sagte Richter, »Berninghoffarmee bleibt.«

Wir verstanden die Berninghoffarmee als lokale Untersektion der APPD. Das Programm der Anarchistischen Pogo-Partei Deutschlands enthielt so schön absurde Punkte wie das Recht auf Arbeitslosigkeit bei vollem Lohnausgleich, Fußbodenheizung in Fußgängerzonen, die deutschlandweite Einrichtung von Mitfickzentralen oder die totale Vernetzung von allen. Unsere wichtigsten lokalpolitischen Forderungen waren die Umleitung der Ems über den Borneplatz, damit man an der Ems und auf dem Borneplatz gleichzeitig saufen konnte, der Nachweis eines mehrwöchigen Aufenthalts in Lengerich oder einer anderen psychiatrischen Einrichtung als Voraussetzung zur Bekleidung eines öffentlichen Amtes, sowie der Abriss des Falkenhofs in der Altstadt. Der Platz sollte asphaltiert und das historische Gebäude durch eine Softeisbude mit riesigem Parkplatz ersetzt werden, was uns als eine wenig anschlussfähige und deshalb geniale Idee erschien. Unsere politischen Aktivitäten hatten sich bisher allerdings auf die Herstellung von 20 Visitenkarten am Visitenkartenautomaten im Bahnhof und das gelegentliche Skandieren der Parole *»Hier mar-schiert die Berning-hoff-armee!«* beschränkt, Letzteres auch gerne im Sitzen.

»Wir zwingen die Stadt einfach, die Tiefe Straße in Berninghoffallee umzubenennen«, sagte Tommi. »Die Berninghoffallee kann dann ja Tiefe Straße heißen. Oder irgendwie anders.«

Das Rotationsprinzip für Straßennamen, einer unserer Lieblingsprogrammpunkte der APPD.

»Gute Idee, Tommi«, sagte Richter und rammte ihm in einer blitzschnellen Bewegung sein Knie gegen den Oberschenkel. »Du kannst mit dem Anliegen ja schon mal beim Bürgermeister vorstellig werden, wenn du dich von diesem exzellenten Eisbein von Angriffsminister Scharfrichter erholt hast.«

Wenn er in Stichel- und Dengellaune war, sprach Richter gerne von sich selbst in der dritten Person. Er hatte eine solche Freude daran, dass man es ihm nicht übelnehmen konnte. Nicht mal wenn man, wie Tommi jetzt, mit schmerzverzerrtem Gesicht auf dem schmutzigen PVC-Boden zusammensank.

»Du miese Drecksau«, jaulte er anerkennend und hielt sich den Oberschenkel. »Du Unglücksmensch! Du Ütterbock!«

»Das heißt aber nicht Eisbein, das heißt Pferdekuss«, korrigierte ich Richter zum wiederholten Male. Ich ging in Verteidigungsstellung. Beim letzten Mal, inmitten einer Dengelei von Richter und Sascha, hatte ich mir für diese Bemerkung selbst noch einen Pferdekuss eingefangen.

»Meinetwegen«, sagte Richter diesmal nur und hockte sich auf die Spüle.

Um halb acht wurde ich von Bernd und André abgeholt. Wahnsinnig scharf war ich nicht auf die Lagerparty, aber die Holzdekofirma hatte mein letztes Gehalt um satte 300 Mark aufgerundet, außerdem war ich tags darauf mit Nina verabredet, was mich jetzt schon nervös machte. Unser erstes Treffen nach Stunde null. Ein bisschen Ablenkung konnte nicht schaden. Ich war auch noch nie Gokart gefahren.

Die Kartbahn befand sich im Gewerbegebiet von Reckenfeld. *Knatterdrom*, stand in roter Schreibschrift auf einem Las-Vegas-mäßigen Schild, das auf einen schmucklosen Flachbau geschraubt war. Die Russen warteten schon. Auch Jörg, der Chef der Holzdekofirma, war gekommen.

»Wer rammt, kriegt die rote Flagge«, sagte die Frau an der Kasse, als sie uns mit den Regeln vertraut machte. Sie deutete auf ein Poster an der Wand, auf dem die verschiedenen Flaggenfarben erklärt wurden: »Rote Flagge heißt: Sofortiger Rennabbruch.«

»Hier rammt doch keiner freiwillig«, sagte Bernd und grinste.

Ich fragte mich, ob die Frau wohl dachte, er mache einen schlüpfrigen Witz, irgendwas mit rammen und rammeln oder so, ich wusste ja, es war nur die diebische Vorfreude, die da aus Bernd sprach, diese fast kindliche Lust auf Rivalität und Wettstreit.

Wir bekamen unsere Helme und wurden in die Halle geführt. Es roch nach Gummi und Abgasen. Die Karts standen schon bereit, sieben Stück in Reihe, rostrot und flach. An einem runden Stehtisch würfelten wir um die Belegung, Bernd hatte extra Würfel und Knobelbecher mitgebracht. Dann stiegen wir ein. Ich war an vierter Position, genau in der Mitte, vor mir André, Eugen und Jakob, hinter mir Artur, Bernd und Jörg. Die Karts wurden von einem behelmten Mitarbeiter gestartet, mit einem Seilzug hinten am Motor, wie bei einem Rasenmäher. Die Ampel unter dem Wellblechdach sprang auf Grün. Es ging los. Wir folgten dem mit Autoreifen markierten Streckenverlauf, kreuz und quer durch die neonbeleuchtete Halle. Ich brauchte eine Weile, um die Lenkung in den Griff zu bekommen, auf gerader Strecke zuckelte die Schnauze meines Karts hin und her wie ein hektisch schnüffelnder Igel. Dann ging es durch ein Tor in den Außenparcours, wo ich in einer scharfen Linkskurve von Artur überholt und fies ausgebremst wurde. Ich verlor die Kontrolle über das Kart und krachte in die Bande. Feixend zogen erst

Bernd und dann auch Jörg an mir vorbei. Ich versuchte, wenigstens Jörg noch einzuholen, doch der hatte schon zu viel Strecke gutgemacht. Ich ging nach fünf Runden als Letzter ins Ziel.

»Da wird wohl mal wieder ein schönes Glas Korn mit Wurstwasser fällig«, sagte Bernd, als wir die Karts und Helme abgegeben hatten und bei einer Runde Bier in der Eisdielenatmosphäre des gefliesten und hellerleuchteten Knatterdrom-Bistros standen. Er drehte sich zu dem Barmann um, der hinter dem Tresen stand und Gläser spülte: »Meister, habt ihr Würstchen?«

»Würstchen? Nee. Salzstangen kann ich euch anbieten.«

»Saftladen«, sagte Bernd, und zu mir: »Glück gehabt, Freundchen.«

In der Firma war schon alles angerichtet. Um den Packtisch verteilt standen sieben Stühle, der Tisch war mit Papiertischdecken ausgelegt, darauf standen Tabletts mit belegten Brötchen und Frikadellen, Schüsseln mit Kartoffelchips, Erdnussflips und Nüsschen, außerdem jede Menge Flaschen: Bier, Cola, Saft, Wodka, Wein und Korn. Über der Dartscheibe an der Stalltür hing eine trübe Girlande, die Bernd aus Fluppys und Draht gebastelt hatte.

»Da fehlt doch noch was«, sagte Jörg. »Bin gleich wieder da.«

Ich rechnete schon damit, dass er auf Geheiß von Bernd mit einem Glas Würstchen wieder auftauchen würde, stattdessen kam er mit einem Ghettoblaster und ein paar CDs zurück. *Jimi Hendrix Gold Collection*, *Procol Harum Greatest Hits*, *The Essential Byrds*, alles Best Ofs. Jörg war ein blasser Althippie mit eingefallenen Wangen, der 1982 im Hyde Park Osnabrück die Dead Kennedys gesehen, die Vorband aber besser gefunden hatte. Anfang der Neunziger hatte er mit seiner Frau aus dem Wohnzimmer heraus die Firma gegründet, die seitdem kontinuierlich gewachsen war. Sabine und er wohnten im hinteren Teil des Bauernhauses, hinter den Büros der Buchhaltung. Man bekam die beiden nur selten zu Gesicht, auf dem Lager hatte allein Bernd das Sagen. Zur Lagerparty war Sabine offenbar nicht mal eingeladen worden. Vielleicht verzichtete sie auch freiwillig.

Wir versammelten uns um die Dartscheibe und warfen ein paar Pfeile, erst um Geld, dann um Kurze. Danach setzten wir uns an den Tisch und tranken im gelben Licht der Deckenbeleuchtung, das immer matter und bräunlicher wurde, die vielen Kartons, die Holzregale, der leichte Dusel. Den lieblichen Weißwein hatte man extra für mich besorgt. Die Russen tranken ihren Wodka mit Cola, aber aus getrennten Gläsern. Wodka und Cola in einem Glas zu mischen, das sei *Murks*, sagte Jakob, eine typische Bernd-Vokabel aufgreifend. »Du meinst Frevel«, belehrte ihn sein jüngerer Bruder Artur, »Frevel, 1a Wort!«, grinste er, Artur war heute gut drauf. Kichernd erzählte er, wie er neulich aus Versehen eine Kiste alkoholfreies Bier gekauft und, als er das zu Hause bemerkt hatte, aus jeder Flasche einen Schluck abgegossen und sie mit Wodka wieder aufgefüllt hatte: »Schmeckt ganz gut.« André blieb bei Bier und machte ein paar Fotos, und dann begannen Artur und er, sich gegenseitig Nüsse und Flips in den Mund zu werfen, wobei sie von Jörg angefeuert wurden, der bereits lallte. Er wurde immer lauter und hysterischer, schließlich kletterte er auf einen Stuhl und sang bedenklich schwankend auf Phantasie-Englisch zu *All along the watchtower* in einen grünen Dartpfeil. Auch Jakob hatte ziemliche Schlagseite, während Bernd sich ganz tapfer hielt und uns wie ein guter König beim Feiern zusah, bis er irgendwann den rechten Ärmel hochkrempelte, Andrés »Och nee, schon wieder?« mit einem entschlossenen »Los jetzt hier, Armdrücken!« quittierte und alle nacheinander plattmachte, sogar Eugen, der zwar etwas gesprächiger war als sonst, ansonsten aber stocknüchtern wirkte.

Das Großraumtaxi zurück in die Stadt war schon bestellt, als Eugen mich zur Seite nahm und wissen wollte, was meine Tattoos zu bedeuten hätten. Er deutete auf die Grateful-Dead-Skelette, die einmal um meinen Unterarm verliefen, sich gegenseitig in den Arsch traten und dabei den Hut lupften. Ich hätte antworten können, dass es sich dabei um ein Symbol für das gesellschaftliche Zusammenleben im Spätkapitalismus handelte, aber eigentlich hatte ich das Motiv nur lustig gefunden, also sagte ich: »Och, nichts Besonderes.«

Woraufhin Eugen mir seine Tattoos erklärte.

Die kyrillischen Buchstaben auf den Fingern: »Ehre.«

Das Militärabzeichen auf der Schulter: »Ich hasse Armee.«

Die Gitterstäbe auf der Brust: »Ich hasse Gefängnis.«

Zu guter Letzt ließ er die Hosen runter. Auf seinem linken Oberschenkel befand sich ein Herz, darüber zwei sich kreuzende Messer. Es sah aus wie mit Kuli aufgemalt. »Wenn meine Frau hat andere Mann«, sagte Eugen, »muss ich schneiden seine Kehle, und besser ihre auch.«

Na gut, dachte ich, da hätte ich jetzt eh nicht mithalten können.

»Ich hab dir deine Platten mitgebracht.«

Nina drückte mir eine Tüte mit fünf LPs in die Hand. Das Licht der tiefstehenden Sonne, das durch meine beiden Fenster ins Zimmer fiel, fing sich in ihrem kurzen, blonden Haar. Staub tanzte durch die Luft. Es war Samstagabend, kurz vor sieben.

Ich lehnte die Platten gegen das Nachtschränkchen. »Danke.«

»Dein Geld kriegst du auch bald.«

Anfang des Jahres hatte ich Nina 350 Mark geliehen, ihren Anteil der Kaution für die Wohnung mit Jenny.

»Keine Eile«, sagte ich.

Sie setzte sich aufs Bett. Ich hatte es am Nachmittag extra frisch bezogen. Nina sah aus wie immer, und doch war alles spürbar anders. Sie legte einen Autoschlüssel auf das Nachtschränkchen. Bemerkte meinen Blick.

»Mein Fahrrad ist kaputt«, sagte sie.

»Was ist denn damit?«

»Hat hinten 'ne Acht.«

»Und das Auto? Von deinen Eltern?«

»Nee, von Timo. Gehört eigentlich seiner Mutter, aber die fährt das nie.«

Ich versuchte, mir nichts anmerken zu lassen. Ich wollte nicht weinerlich rüberkommen. Gleichzeitig wollte ich nicht den Eindruck erwecken, als hätte ich mich mit der ganzen Situation abgefunden. Ich wollte verletzlich und traurig wirken, aber auch cool und attraktiv. Ein schmaler Grat. Wie machte man so was?

Nina erzählte von der Jahresarbeit, die sie endlich zu schreiben begonnen hatte. Ihr Anerkennungsjahr zur Erzieherin ging gerade zu Ende, mit der Arbeit war sie ziemlich spät dran. Ich erzählte von unserer neuen Wohnung über dem Emsschlösschen, sie lag nur ein paar hundert Meter von Ninas WG entfernt, auf der anderen Seite der St.-Dionysius-Kirche.

»Dann ist nur noch die klerikale Ruhestörung zwischen uns«, sagte ich.

»Ja, dann können wir bei jedem Glockengebimmel aneinander denken«, sagte Nina.

Ich sah sie an. Das Lächeln fror auf ihrem Gesicht fest. Als ob sie gerade etwas ganz Dummes gesagt hätte und nun nicht wüsste, wie sie da wieder rauskommt. Sie warf einen Blick auf den Radiowecker.

»Ich muss auch mal wieder.«

»Du bist doch gerade erst hier.«

»Ich wollte dir eigentlich nur die Platten zurückbringen und mal gucken, wie's dir geht.«

»Ich dachte, wir gehen vielleicht noch raus.«

»Wohin denn?«

»Weiß nicht. An die Ems oder so, bisschen spazieren.«

»Seit wann gehst du denn spazieren?«

Ich hob die Schultern. »Ist doch schön.«

»Ich hab noch so viel zu tun«, sagte Nina, »die Jahresarbeit.«

Ich nickte.

»Machen wir demnächst mal, versprochen.« Sie streichelte mir sanft übers Knie und stand auf. An der Wohnungstür nahm ich sie in den Arm. Nina klopfte mir auf den Rücken und löste sich aus der Umarmung. »Bis bald.«

Was für ein Reinfall, dachte ich, als ich sie durchs Küchenfenster in Timos Golf steigen sah. Wir redeten schon miteinander wie alte Schulfreunde, die sich lange nicht gesehen hatten. Und seit wann klopften wir uns bei einer Umarmung auf den Rücken?

Scheiß Jahresarbeit, scheiß Timo. Nina hatte viel zu viel zu tun. Sie kriegte gar nicht mit, dass etwas fehlte. Dass ich fehlte.

Tommi und Richter kamen in die Küche. Richter hatte seine Taucherbrille in der Hand. Er setzte das klobige blau-grüne Ding auf, nahm sich eine Zwiebel und begann zu schnippeln. Tommi stand mit einer Gabel in der offenen Kühlschranktür und aß Cornichons direkt aus dem Glas.

»Fressflash«, sagte er, riss ein Stück Gouda ab und schob es sich in den Mund. »Heute war ein ganz alter Bekannter von mir im Laden«, redete er kauend weiter. »Kindergartenfreund. Der ist jetzt in der Jungen Union.«

»So jung und schon so verdorben«, näselte Richter durch die Taucherbrille.

»Das ganze Kaff ist verdorben. Und wie mir dieses Gependel auf den Sack geht. Ich sollte mir hier was suchen. Oder gleich einen eigenen Laden aufmachen.«

»Ja, am besten direkt unten bei Getränke Penzek«, sagte Richter. »Dann musst du nur noch die Treppe rauf- und runterpendeln.«

»Das wäre gut«, sagte Tommi.

»Und auch nur alle Jubeljahre, wenn sich mal Kundschaft dorthin verirrt.«

»Das wäre schlecht«, sagte Tommi, und zu mir: »Nina noch da?«

»Gerade weg«, antwortete ich. Ich setzte mich an den Tisch und betrachtete das Poster an der Wand. Uschi Obermaier, die in einem weißen Einteiler vor einer roten Sonne am Strand stand und mit beiden Händen einen Revolver zwischen ihren Beinen hielt, den Lauf auf den Boden gerichtet. Auf ihren Einteiler war nachträglich das UN-Logo retuschiert worden, über dem ganzen Bild stand in roten Lettern *Kinderbrei*, unten links klein der Name der Band: Milch, Hamburger Schule oder so, ich kannte die Band gar nicht. Das Poster hatte ich mal auf einer Party geklaut, und es hing schon so lange hier, dass man es gar nicht mehr richtig wahrnahm. Meine Augen wurden feucht, mein Blick verschwamm. »Und zwar so richtig weg«, sagte ich Richtung Wand.

Mit einem großen Stück Fladenbrot und einem Pott Zaziki in der Hand drehte Tommi sich zu mir um. »Hey ...« Er stellte den Zazikipott auf den Tisch, setzte sich auf den Stuhl gegenüber und fixierte mich mit seinem Silberblick. »Alles okay?«

»Kreuzt die hier mit Timos Wagen auf«, lachte ich bitter.

»Mit Timos Wagen?«

»Ja.«

»Heftig.«

»Bisschen dreist, oder?«

»Dreist?«, sagte Richter. Er schob das Brettchen mit der gewürfelten Zwiebel zur Seite und nahm die Taucherbrille ab. »Ich würde sagen: pietätlos.«

Ich zuckte zusammen. »Abgefuckt«, sagte ich schnell, das erschien mir irgendwie neutraler, ein Kompromiss, *pietätlos* war zu krass.

»Auf jeden Fall eine Ansage«, meinte Tommi.

»Findest du?«

»Oder nicht? Weiß nicht. Sonst kommt sie doch auch mit dem Rad.«

»Ihr Fahrrad ist kaputt.«

»Zu Fuß läuft sie höchstens 'ne Viertelstunde«, sagte Richter.

»Sie hatte es eilig. Sie schreibt gerade an ihrer Jahresarbeit.« Ich riss einen Fetzen von Tommis Fladenbrot ab, tunkte es in den Zazikipott, biss einmal ab und legte den Rest auf den Tisch. »Wahrscheinlich hat sie einfach nicht drüber nachgedacht.«

Richter sah mich an, als könnte er sich ein *Träum weiter, Kollege* nur so gerade eben verkneifen. Mit einem Ruck riss er den Strunk aus einer großen, roten Paprika, deren Kerne durch die Luft schossen und in die Spüle prasselten.

»Ist ja auch egal«, sagte ich und stand auf.

»Willst du mitessen?«, fragte Richter.

»Danke.«

»Ich mach 'ne Nudelpfanne. Genug für alle.«

»Ich hab keinen Hunger.«

»Oder irgendwie raus, was machen?«, sagte Tommi.

»Ich glaub, ich leg mich mal kurz hin.«

Ich ging in mein Zimmer und schloss die Tür. Im Vorbeigehen strich ich mit der linken Hand über die Saiten meiner Gitarre. *Eine Alte Dame Geht Heute Einkaufen*. Ich hob ein paar Klamotten vom Boden auf und stopfte sie in die Coca-Cola-Tonne, die gleichermaßen als Wäschekorb und Sitzgelegenheit diente. Müsste ich eigentlich mal loswerden, das olle Ding, dachte ich, das habe ich doch mal von meinen Eltern zum Geburtstag bekommen, als die noch zusammen waren, vor ungefähr tausend Jahren, und sortierte die herumliegenden Zettel und A4-Blätter auf dem Schreibtisch. Die mit den Textideen kamen in das grüne Plastikkörbchen neben der Schreibmaschine, die aus dem Copyshop legte ich auf den Stapel mit Layoutmaterial für das Fanzine, das ich mit einem Kumpel herausgab, der vor Jahren ins Ruhrgebiet gezogen war. Bravos, Pornos, Werbeprospekte und anderer Müll, größtenteils aus dem Altpapier gezogen, der Stapel ging mir vom Boden aus schon bis zu den Knien. Von unten drang das übliche Gebrüll unserer Nachbarn zu mir hoch. Ich legte die letzte Jawbreaker auf und schaute aus dem Fenster. Als die Sonne hinter den Gebäuden an der Kreuzung verschwunden war, ging ich aufs Klo, drehte den Wasserhahn auf, pinkelte ins Waschbecken und wusch mir die Hände. Meine Mitbewohner waren in ihren Zimmern verschwunden. Auf dem Herd in der Küche stand Richters Nudelpfanne, auf dem Tisch lagen noch ein paar Brotkrümel und ein Klecks Zaziki. Ich griff mir einen Lappen und wischte den Tisch ab. Dann holte ich ein Glas aus dem Schrank, den Korkenzieher aus der Lade und eine Flasche Wein aus dem Kühlschrank, ging zurück in mein Zimmer und stellte alles auf das Nachtschränkchen. Dabei stieß ich mit dem Fuß gegen die Tüte mit den Platten. Sie kippte um. Ich hob sie auf, nahm die Platten heraus und betrachtete eine nach der anderen. *Group Sex. Kiss me Kiss me Kiss me. Scream, Dracula, Scream! Unknown Pleasures. Schützen und Fördern.* Wo Nina gesessen hatte, war noch ein schwacher runder Abdruck auf der Bettdecke.

– *Dein Geld kriegst du auch bald.*

– *Keine Eile.*

Mit beiden Händen schleuderte ich den Stapel von mir weg. Die Platten flogen quer durch den Raum und knallten gegen die Fensterscheibe. Die Circle-Jerks-LP blieb auf dem Schreibtisch liegen, der Rest verteilte sich auf dem Boden. Kopfüber ließ ich mich aufs Bett fallen und fing an zu weinen. An die Wand gequetscht lag mein Teddy Peter und schaute mir aus seinen Knopfaugen stumm dabei zu.

*

»Tavor ist ein sehr potentes Beruhigungsmittel mit hohem Suchtpotential. Viele Menschen werden von Benzodiazepinen abhängig, und oft merken sie es gar nicht. Leichte Entzugserscheinungen kann es nach nur einer Packung schon geben. Besonders, wenn man sich hohe Dosen einpfeift und es dann von einem auf den anderen Tag absetzt. Man muss die Dosis langsam verringern.«

»Das Zeug ausschleichen.«

»Genau«, sagt Christina, pustet in ihre heiße Zitrone und nimmt einen vorsichtigen Schluck. Wir sitzen uns in einem Café am Nollendorfplatz gegenüber. Christina ist Ärztin, sie arbeitet in der psychiatrischen Abteilung der Charité. Ein gemeinsamer Bekannter hat den Kontakt vermittelt. Recherche für meinen Tavor-Roman. Fast hätte ich das Treffen verpasst. Um kurz nach halb vier habe ich zufällig auf die Uhr geschaut, meine alten Tagebücher zur Seite gelegt und bin mit dem Rad durch das Geschmuddel nach Schöneberg geeilt.

»Schöner Begriff: ausschleichen«, sage ich und nippe an meinem Gin Tonic.

»Wenn deine Romanfiguren zwei Wochen lang täglich zweimal 2,5 mg nehmen und es dann plötzlich absetzen«, fährt Christina fort, »dann kann es durchaus Probleme geben. Weil von den Botenstoffen her alles extrem runterreguliert ist und dann umso mehr in die Höhe schießt. Motorische Unruhe, der Herzschlag wird schneller, der Blutdruck erhöht sich. Es kann zu Ängsten kommen, zu Panikattacken und erhöhter Krampfneigung. Das sind dann schon Entzugssymptome. Ein sogenannter Reboundeffekt, ein psychisches oder auch körperliches Craving. So ein Benzoentzug muss die Hölle sein.«

In meinem Roman soll es um ein Paar gehen, das mit einem langen Urlaub seine Beziehung retten will, sich stattdessen aber rund um die Uhr mit Medikamenten wegballert. Am zweiten Abend nimmt die Frau nach einem furchtbaren Streit im Restaurant ihres schrecklichen All-inclusive-Hotels eine der Tabletten, die eine befreundete Ärztin ihr gegen ihre Flugangst verschrieben hat. Als der Mann sieht, wie seine Freundin ruhiger wird und sich entspannt, wirft er sich kurzerhand auch eine ein. Oder ist es seine Ehefrau? Sind die beiden verheiratet? Bei den Figuren bin ich mir noch nicht sicher. Wie alt sie sind, in welcher Stadt sie leben, was für Berufe sie haben. Irgendwas Solides vielleicht, weit weg von mir und meinem Leben, damit ich gar nicht erst auf die Idee komme, wieder nur über mich selbst zu schreiben. Auf jeden Fall sind die beiden, ich nenne sie erstmal Felix und Sarah, eigentlich viel zu cool für so eine Pauschalreise. Ursprünglich wollten sie ja auch nur ein paar Tage in der Hotelanlage am Meer ausspannen, sich einen Spaß aus dieser als kleinbürgerlich belächelten Art des Verreisens machen, und anschließend von dort aus das Land erkunden. Nun aber verbringen sie ihren Urlaub in einer Art Stupor. Träge und emotional komplett verflacht liegen sie am Pool, schleppen sich von Mahlzeit zu Mahlzeit und schütten Unmengen von Gratiswein in sich hinein, dazu morgens eine Pille, abends eine Pille, dann auch mal eine zwischendurch. Das Hotelgelände verlassen sie kein einziges Mal. Wegsediert im Bändchenpuff. Als ihr Vorrat nach knapp einer Woche zur Neige geht, erschleicht Sarah sich das Vertrauen einer Touristin, die sie am Pool von ihrer Flugangst reden gehört hat. Die Frau holt ein Döschen Lorazepam aus ihrem Zimmer, behält zwei Tabletten für ihren Rückflug und schenkt Sarah und Felix den Rest, immerhin 16 Pillen. Nach weiteren fünf Tagen sind auch die aufgebraucht. Bei Sarah zeigen sich ernsthafte Entzugserscheinungen, auch Felix ist ziemlich hinüber. Sie beschließen, in der nächstgrößeren Stadt Nachschub zu besorgen. Völlig reizüberflutet, überfordert und ultrasensibel für Stress und Lärm, Gerüche und Menschen kommen sie dort an. Und dann: All hell breaks loose.

So die grobe Handlung. Um eine verkorkste Beziehung soll es

gehen, wohlstands- und gewohnheitsverwahrloster Zweisamkeitskladderadatsch, plus Sonnencreme, Dritte Welt und Medikamentenmissbrauch. Ich habe schon einiges recherchiert, Berichte von Benzodiazepinabhängigen gelesen, mir selbst eine Packung Lorazepam besorgt und mich ein Wochenende lang damit weggeballert. Als Nächstes möchte ich gerne ein paar Betroffene interviewen.

»Kontakte kann ich dir aufgrund meiner ärztlichen Schweigepflicht natürlich nicht vermitteln«, sagt Christina. »Aber schau doch mal im Internet, da gibt es jede Menge Foren, da findest du sicher wen. Patienten mit Persönlichkeitsstörungen sind am auskunftsfreudigsten. Zumindest online, wo sie anonym sind.«

Die Idee zu der Geschichte kam mir während einer Thailandreise mit Kiki, vor anderthalb Jahren, kurz vor unserer Trennung. Dann war ich Anfang des Jahres in Kuba. Der marode Inselstaat ist die perfekte Metapher für die Dinge, von denen ich erzählen will. Stillstand und Lärm, Schönheit und Verfall, Sozialstaat und Mangelwirtschaft, Tourismus und Repression, ein bräsiges Paradies, DDR unter Palmen, schizophren und bipolar – genau der richtige Ort für meine Geschichte. Ich verbrachte ein paar Tage in einer Hotelanlage in Varadero, danach zwei Wochen in Havanna. Tag und Nacht war ich unterwegs, habe Touristen beobachtet, Einheimische belauscht, Hotelangestellte interviewt. Kurz vor der Abreise ließ ich mich unter Vortäuschung falscher Tatsachen – Hodenprellung, damit kenne ich mich nach einem Satz über den Fahrradlenker am Hermannplatz leider aus – ins Calixto-Garcia-Krankenhaus einliefern. Um darüber schreiben zu können, wenn ich Felix und Sarah nach einer völlig aus dem Ruder gelaufenen Nacht dorthin schicken werde. Am folgenden Tag ging ich nochmal hin, diesmal auf die psychiatrische Station, wo ich einem Arzt wegen angeblicher Panikattacken ein Rezept abluchste. Es gab auf Kuba kein Lorazepam, nur Diazepam. Zurück in Berlin testete ich auch dieses Medikament. Die Wirkung von Diazepam kam mir ein bisschen weicher vor. Umso besser, dann werden Felix und Sarah eben erst nur einen Hauch von Linderung spüren, anschließend die doppelte Menge nachlegen und durch die Überdosierung völlig durcheinandergeraten.

Ich frage Christina, ob das realistisch ist.

»Definitiv. Viele Patienten dosieren sich über, wenn sie das Medikament wechseln und nicht auf die Milligrammzahl achten. Lorazepam ist ein kurz- bis mittelwirksames Beruhigungsmittel, Diazepam ein langwirksames, weshalb viele Benzokonsumenten erstmal keine Wirkung spüren und dann schnell nachlegen. So kommt es zu Intoxikationen, die zu lebensbedrohlichen Zuständen führen können.«

»Sehr gut! Also, ich meine …«

»Für deine schriftstellerischen Zwecke.«

»Genau.«

»Für die Betroffenen eher nicht so gut.«

»Das glaube ich.«

»Was ich da schon erlebt habe, du machst dir kein Bild. Schlimmer als so manche Überdosierung mit dem Zeug, das du am Kotti kaufen kannst. Wobei, Benzos kriegst du auch am Kotti. Sind da sogar ziemlich hoch im Kurs, gerade bei denen, die polytox unterwegs sind.«

Sie erklärt mir allerlei neurochemische Prozesse im Hirn, redet vom Zentralen Nervensystem, der Hirnrinde und den GABA-Rezeptoren, und während sie so redet, frage ich mich, was Christina, die etwa in meinem Alter sein müsste, wohl 1999 gemacht hat. Hing sie die ganze Zeit in Hörsälen und Bibliotheken rum, hat rund um die Uhr gebüffelt und zielstrebig ihr Studium durchgezogen? Oder gab es auch in ihrer Jugend Fressorgien vorm Sandwichmaker, Schimmel an den Wänden, Korn mit Wurstwasser, emotionale Totalüberforderung und

Gewaltausbrüche? Hat diese so souverän und kompetent wirkende Ärztin in ihrem Leben jemals eine falsche Abzweigung gewählt, und wenn nicht, wäre sie darum zu beneiden oder eher zu bedauern? Hätten wir uns gemocht, wenn wir in einer Stadt aufgewachsen, auf dieselbe Schule gegangen wären? Vergeblich versuche ich, mir Christina als Anfang-20-Jährige vorzustellen. Sie hat jugendliche Züge, wache Augen und einen neugierigen Blick, wirkt aber dermaßen gefestigt und stabil, dass es mir einfach nicht gelingt, in ihr etwas anderes zu sehen als die seriöse Medizinerin.

»Ich hoffe, ich konnte dir ein wenig helfen«, sagt sie plötzlich, »ich muss leider schon wieder los, Spätschicht. Wenn du noch Fragen hast, du kannst dich jederzeit melden.«

Ich bedanke mich bei ihr und zahle. Wir verabschieden uns draußen vor der Tür. Christina rennt durch den Regen zur Bahn, ich schließe mein Rad auf. Dann schließe ich es wieder ab und gehe zurück ins Café, wo ich mir einen weiteren Gin Tonic bestelle, mich an denselben Tisch setze und mein Tagebuch raushole. Zwei Sätze über das soeben geführte Interview, eine Seite über Kiki und Hauke, schließlich acht Seiten über Sascha und den Brief und die alten Chinakladden.

Ich muss über mich selbst lachen. Hier sitze ich also und schreibe Tagebuch darüber, was ich in meinen alten Tagebüchern gelesen habe. Nur um danach nach Hause zu fahren, mich wieder aufs Sofa zu legen und weiterzulesen, wo ich nachmittags aufgehört habe. Die Empfindungen dabei halte ich in meinem aktuellen Tagebuch fest. Ich schreibe ganze Sätze heraus, zitiere mich selbst, und kommentiere das dann wieder.

Ein Gelage. Eine Ein-Mann-Orgie. Ein dekadentes, selbstreferentielles Fest.

*

Robin runzelte die Stirn. »Was ist nochmal der Unterschied zwischen Nachos und Tacos?«

»Tacos sind weich und Nachos sind knusprig«, sagte Guido.

»Und Enchiladas?«

»Die sind irgendwo dazwischen.«

»Quatsch«, sagte Hannes. »Enchilada hat was mit Käse zu tun, steht doch da.«

Überfordert wendete Robin die grabsteingroße Karte. Wir hatten zwar alle schon mal in der Casa Gonzales gegessen, aber nie mit Vorspeise, Hauptgericht und Dessert. Zu teuer. Heute war das egal, wir feierten unseren sechsten Bandgeburtstag, die Bandkasse zahlte. Wir bestellten Tacos, Nachos, geröstete Maiskolben, Enchiladas, Burritos, dazu Weißwein für mich und Corona für die anderen drei. Zum Nachtisch gab es Pistazieneis mit Honig. Hannes und Guido holten ihre Tabakbeutel raus, drehten sich Zigaretten und zündeten sie an. »Noch ein Absacker?«

»Ich hab nur 250 Mark abgehoben«, sagte ich und begann, im Kopf die Rechnung zu überschlagen. »Müsste aber passen.«

»250 Mark«, stöhnte Hannes und blies einen Schwall Rauch aus, »das ist meine halbe Monatsmiete.«

»Was wohnst du auch in diesem dämlichen Köln«, sagte ich.

»Frag ich mich auch manchmal. Ich hab dieses Semester schon wieder nichts auf die Reihe gekriegt.«

»Wir können die Band natürlich auch auflösen, damit du schön am Wochenende pauken und in Ruhe Sonderschullehrer werden kannst.«

»Es würde schon helfen, wenn man mir die Wochenenden mit euch Mongos als Blockseminar anrechnen würde«, sagte Hannes, »und eine Tour als Praktikum.«

Wir lachten. Guido machte die Kellnerin auf uns aufmerksam und bestellte eine Runde Tequila.

»Den silbernen mit Zitrone und Salz oder den goldenen mit Zimt und Orange?«

»Hm. Beides?«

Zustimmung von allen.

»Also beides viermal?«

»Ja.«

»Kommt sofort.«

»Was soll der Geiz«, sagte Guido. »Man wird ja nur einmal sechs.«

Als die Rechnung kam, mussten wir für das Trinkgeld zusammenschmeißen.

»Braucht ihr einen Bewirtungsbeleg?«, wollte die Kellnerin wissen.

Ich schüttelte den Kopf. »Danke.«

Wir verließen das Restaurant und stellten uns vor die Tür. Hannes und Guido drehten sich Zigaretten.

»Wir müssten die Band so langsam mal beim Finanzamt anmelden«, sagte Guido.

Hannes pustete sich einen Tabakkrümel von der Unterlippe. »Und dann Steuern zahlen, oder was?«

»Dann kann man so was hier absetzen«, sagte Guido. »Geschäftsessen.«

»Wovon denn absetzen? Da braucht man ja erstmal Gewinn! Wenn man keinen Gewinn hat, ist absetzen zwecklos.«

»An dem Hamburg-Minden-Wochenende haben wir 300 Mark plus gemacht«, sagte ich.

»Dann hätten wir ja gerade noch für fünfzig Schleifen Tequila saufen können«, sagte Hannes.

»Sind leider für deine Sticks draufgegangen.«

»Meine Sticks kosten halb so viel wie eure Saiten und Kabel!«

»Bandsozialismus sei Dank ja auch wurst«, sagte ich.

»Wenn 50 Mark für Sticks ausgegeben wurden …«, sagte Guido.

»Oder für Saiten und Kabel …«, wurde er von Hannes unterbrochen.

»… oder für Saiten und Kabel«, nickte Guido, »dann müssen die aber vom Plus abgezogen werden. Betriebsausgaben.«

»Womit du dich alles auskennst«, sagte ich.

»Zwei Jahre Kaufmann im Groß- und Außenhandel. Und wofür?« Guido machte eine wegwerfende Handbewegung über die Schulter.

»Dafür kannst du jetzt Staplerfahren.«

»Ja, vorwärts, und auch rückwärts. Im dritten Lehrjahr hätten sie mir bestimmt noch seitwärts beigebracht.«

Hannes haute Robin die Hand auf die Schulter. »Und, Robotnik, was ist deine Meinung zu alledem?«

»Meine Meinung ist«, sagte Robin, »dass ich nicht *Robotnik* heiße und dass wir hier nicht so dumm rumstehen sollten, mir ist arschkalt.«

Den Tag über war es sommerlich warm gewesen, inzwischen aber hatte es merklich abgekühlt. Die sogenannten Eisheiligen. Als könnte der Winter einfach nicht akzeptieren, dass seine Zeit um war.

»Es gibt da was, das heißt Jacke«, sagte Hannes und zupfte Robin am T-Shirt.

»Pfoten weg!«, sagte Robin.

»War da nicht noch was zu trinken in der alten Dröhnbude?«, fragte ich.

»Müsste eigentlich«, sagte Guido.

Wir liefen die Tiefe Straße runter in Richtung HNH, dem Jugendzentrum, in dem sich unser Proberaum befand. Für einen kurzen Moment tauchte die Spitze der Basilika zwischen zwei Hausdächern auf. Der Himmel schimmerte in einem künstlich aussehenden Türkis, das nach Süden hin in ein tiefes Blau überging, ein richtiges Blue-Curaçao-Blau, vor dem der finstere Turm der St.-Dionysius-Kirche thronte. Wir gingen auf den Copyshop zu, am Falkenhof vorbei, am Allianzbüro, am Emsschlösschen. Durch die Fensterfront sah ich Helena mit zwei Tellern aus der Küche kommen. Ivo stand hinter der Bar und zapfte Bier. Ich schaute hoch zu unserer zukünftigen Wohnung. Demnächst muss ich nur die Treppen runter und bin im Emsschlösschen, dachte ich, zehn Meter zum Copyshop, zwanzig zur Ems, fünf Minuten zum Proberaum, das ist gut. Hinter dem Copyshop bogen wir rechts ab und liefen auf dem Radweg den Fluss entlang. In meiner Jackentasche klimperten die beiden Schnapsgläser, die ich beim Mexikaner hatte mitgehen lassen, am Emswehr rauschte das Wasser vor sich hin. Hier bei den Treppen hatte ich mich das erste und einzige Mal mit Bier betrunken. Das war etwa zehn Jahre her. Um mich vor den älteren Punks und Heavies zu behaupten, hatte ich beim Dosenstechen mitgemacht, bis mir so schlecht geworden war, dass ich zwei Tage lang im Bett gelegen und mir die Galle aus dem Leib gekotzt hatte. Seitdem kriegte ich das bittere Gesöff nicht mehr runter. Zum Mitteldamm und der angeschlossenen kleinen Insel gelangte man über die Schleuse auf der anderen Emsseite. Gegenüber hatte es damals noch eine Treppe zum Gelände der ehemaligen Textilfabrik Kümpers-Timmermann gegeben, nun standen auf dem Gelände Wohnhäuser. Hinter den Häusern befand sich das Ems-Einkaufszentrum, abgekürzt: Ems-EKZ, von einigen *EMS-KZ* genannt, daneben das City Club Hotel und die sinnlose Stadthalle. Sie war dunkel, wie meistens. Es war kein Mensch zu sehen. Nicht mal auf dem Platz vor der Stadthalle hingen die üblichen Verdächtigen rum, um ihre Bierdosen zu knacken oder ihre Shore aufzukochen.

»Diese Stadt ist so tot«, sagte Guido.

»Es ist Sonntagabend«, sagte ich, obwohl er ja recht hatte. 70 000 Einwohner. Wo waren die alle?

»Kommt doch nach Köln«, versuchte Hannes, eine alte Diskussion wieder aufzuwärmen.

»Am Arsch«, sagte Guido. »Wenn ich das Gelaber schon hör! *Mir kläve am Läve …*«

Er richtete einen Zeigefinger auf seinen offenen Mund, streckte die Zunge raus und röchelte. Ich war auch nicht gerade scharf auf Köln. Ich wollte viel lieber nach Hamburg, seit Jahren schon, hatte die Idee aber immer wieder verworfen. Zuletzt, als Robin angekündigt hatte, im Herbst zum Studieren nach Münster zu gehen. Münster, Rheine, Köln und Hamburg, das hätte die Band auseinandergerissen, und die Band war das Allerwichtigste.

Wir gingen unter der Fußgängerbrücke hindurch, an der Stadtbücherei und dem Trachtenladen vorbei und kamen zur Nepomukbrücke, die die Fußgängerzone links der Ems mit dem kürzeren Teil rechts der Ems verband. Ein kalter Wind wehte über den Fluss. Robin steckte beide Hände in die Hosentaschen und zog den Kopf zwischen die Schultern. Irgendwo in der Ferne bellte ein Hund. Es klang, als imitierte ein Mensch einen bellenden Hund, aber wahrscheinlich war es wirklich ein Hund. Auf der Höhe von Haushaltswaren und Jagdbedarf Krawinkel, wo ich mir mit sechzehn meine Gasknarre gekauft hatte, kam uns ein Radfahrer entgegen. Er wich aus und duckte sich unter den Zweigen einer Trauerweide durch. Wir gingen auf die mit Hiphop-Graffitis übersäte Brücke zu. Kurz vor der Brücke bogen wir rechts ab und liefen ums HNH herum zur Seitentür.

»Wer war das eigentlich, dieser Hans Niermann?«, wollte Robin wissen.

»Dem gehört hier das Haus«, sagte Hannes.

»Der alkoholkranke Hund vom Hausmeister«, bot Guido an.

»Nee, ernsthaft jetzt«, sagte Robin, bekam aber keine Antwort.

Wir gingen die Treppen runter in den Keller.

»Bah«, machte Guido, als ich die Proberaumtür öffnete.

»Wir könnten uns mal angewöhnen, hier zu lüften«, sagte ich.

»Geht ja nicht immer so ab wie heute«, sagte Hannes.

Bevor wir zum Mexikaner gegangen waren, um unseren Bandgeburtstag zu feiern, hatten wir geprobt. Die Probe war wie ein Konzert gewesen, ein Konzert ohne Publikum. Ein Song nach dem anderen, das komplette Repertoire, ohne Pause. Ich hatte mir beim Singen die ganze Zeit vorgestellt, Nina würde uns zusehen. Mir zusehen. Ich musste unbedingt bald Texte für die neuen Songs schreiben. Im Herbst wollten wir ins Studio gehen und unsere dritte Platte aufnehmen, die diesmal hoffentlich auf einem richtigen Label herauskäme, und dann konnten uns alle mal am Arsch lecken.

Wir fanden eine Flasche Weißwein und ein paar Dosen Bier, die vom letzten Konzertwochenende übrig geblieben waren.

»Hier bleiben, oder raus?«

»Hier stinkt's«, sagte Guido.

»Draußen ist kalt«, sagte Robin.

»Dann in die Transe«, sagte Hannes, »da gibt's auch Musik.«

Unser Bulli stand auf dem Commerzbank-Parkplatz neben dem Jugendzentrum. Wir setzten uns auf die Rückbänke und schoben eine Kassette ins Tapedeck. Wir tranken und hörten Musik und überlegten, wie wir Robin, der Post vom Kreiswehrersatzamt erhalten hatte, vor dem Wehr- oder Zivildienst bewahren konnten.

»Am Abend vorher besaufen«, empfahl ich ihm, »und am besten morgens auch gleich bisschen was zwitschern. Dann viel starken Kaffee drauf, und zur Musterung die asozialsten Klamotten anziehen, die du hast, enges T-Shirt, löchrige Unterhose, so was. Du musst richtig fertig aussehen, aber nicht verkleidet, nicht Punk oder so, das muss echt wirken. Und komm denen gar nicht erst mit Verweigerung. Lieber bluffen. Die müssen das Gefühl haben, so einen wie dich gar nicht zu wollen, nicht umgekehrt.«

Robin schaute nur ratlos in die Runde.

»Ja, genau so, schön rammdösig«, sagte Hannes.

»Besorg dir am besten noch ein Attest wegen Platzangst«, sagte ich, »spiel das dann aber runter, so ›Ach das, das ist gar nicht so schlimm, ich meide halt Menschenansammlungen und große Plätze, dann geht das‹, Vermeidungsstrategien durchblicken lassen. Aber bloß nicht den Begriff *Vermeidungsstrategie* benutzen! Und wenn sie dir sagen ›Zehn Kniebeugen‹, dann einfach antworten ›Kniebeugen, wie geht das noch mal, muss ich mich dazu hinlegen?‹«

»Die schreiben den doch gleich nicht lebenstauglich«, sagte Guido.

»Das wäre natürlich super«, sagte ich, und zu Robin: »Du schaffst das schon, hat bei mir auch geklappt.«

Dann redeten wir über Bandkram, die neuen Songs, die nächste Platte und in Frage kommende Labels. Über Nina redeten wir nicht. Guido hatte selbst mal was mit ihr gehabt, vor etwa zwei Jahren, ein paar Wochen lang. Nina hatte mir gegenüber eine Affäre mit einem guten Freund von mir angedeutet, aber keinen Namen genannt. Die Unwissenheit trieb mich in den Wahnsinn. Das Gefühl, verarscht zu werden. Ich fragte all meine Freunde, ob sie etwas von der Sache wüssten, ob sie vielleicht sogar derjenige waren, sie könnten es mir ruhig sagen. Alle verneinten. Es war erniedrigend. Ich wurde paranoid. Sogar Richter fragte ich, der dafür nun wirklich nicht in Frage kam. Aber irgendwer log mich an, und das, nicht die Affäre an sich, war der eigentliche Betrug. Natürlich hatte ich auch Guido in Verdacht, ich hatte ihn als einen der Ersten angesprochen, auch er hatte verneint, und etwas später kam heraus, dass er es doch gewesen war. Eine hässliche Geschichte, doch ich hatte ihnen verziehen. Ich hatte weder ihn noch sie verlieren wollen, und Nina und ich hatten unsere Beziehung deswegen nie in Frage gestellt.

Hannes zerknüllte seine leere Dose und warf sie hinter sich in den Kofferraum. »Bier ist alle.«

»Berühmte letzte Worte«, sagte Robin.

»Ich hab noch Wodka zu Hause«, sagte ich.

»Kann noch wer fahren?«, fragte Guido.

»*Können* ja«, antwortete ich und grinste.

Die anderen schauten mich skeptisch an, erhoben aber keine Einwände.

Es war kurz vor zwölf, als wir in der Berninghoffallee ankamen. Neben dem Telefon lag eine Nachricht in Richters Handschrift: *DRINGEND NINA ANRUFEN!*

Sie klang furchtbar. Sie musste am nächsten Morgen ihre Jahresarbeit abgeben und kam damit nicht voran. »Ich weiß nicht, wie ich das schaffen soll. Wenn ich das morgen früh nicht fertig habe, dann war das ganze Jahr umsonst! SO EINE SCHEISSE!«

Dann hörte ich nur noch ein Tuten. Ich checkte die Kabel. Sie steckten ganz normal im Telefon. Ich drückte auf die Wahlwiederholungstaste. Nina nahm beim ersten Klingeln ab.

»Sorry, dass ich einfach aufgelegt hab«, schluchzte sie.

Ich war schlagartig nüchtern. Meine Freundin brauchte Hilfe, und wen rief sie an?

– Eben. Das war meine Chance.

»Ich komm vorbei und helf dir, Girl.«

»Würdest du das tun?«

»Gib mir zwanzig Minuten. Oder zehn.«

Ich putzte mir die Zähne, erklärte meinen Bandkollegen, was los war, stellte die Flasche Wodka auf den Küchentisch, »O-Saft ist im Kühlschrank, Eis müsst ihr mal gucken, falls ihr hier pennen wollt, kein Problem, aber Badezimmertür offen lassen wegen der Katze«, schnappte mir den Autoschlüssel und stürmte aus dem Haus.

Mit geröteten Augen öffnete Nina die Tür. Sie nahm mich in den Arm. Kein Klopfen, kein Tätscheln. Ich machte zwei Schritte in die Wohnung und setzte mich an den Tisch. Das hatte mir immer gefallen: dass es hier keinen Flur gab, dass man direkt in der Wohnung stand, wie in amerikanischen Serien. Nina setzte sich zu mir. Wir waren alleine, Jenny übernachtete bei ihrem Freund. Wir arbeiteten die ganze Nacht. Zusammenfassen, tippen, kleben, korrigieren.

»Ohne dich hätte ich aufgegeben«, sagte Nina, als ich sie morgens um acht am Kindergarten absetzte. Sie gab mir einen Kuss. Auf den Mund.

Danach sah ich sie eine Woche nicht. Zwei- oder dreimal telefonierten wir. Nina war immer kurz angebunden. Sie schien ständig mit Timo zusammen zu sein.

Ich heulte mich bei Richter aus, bei Tommi, bei Sascha, Wiebke und Hannes. Ich verstand nicht, wie Nina mich so fallenlassen konnte und hatte keine Ahnung, wie man mit so einer Situation umging. Ich war noch nie ernsthaft verlassen worden, außer von Claudia Heuwers, mit 15, und da war auch eher der Vater schuld gewesen. Ich hatte Claudia einen Brief geschrieben und darin zwei Sätze an ihren Vater gerichtet, *Na du dummer Fascho-Wichser, liest du mal wieder die Post von deiner Tochter? – Wenn du sie noch einmal anrührst, dann fliegen Mollis und Fäuste!*, mehr aus Scherz oder um Claudia zu imponieren. Ihr Vater hatte den Brief dann aber tatsächlich gelesen und war sofort damit zum Anwalt gerannt. Als ich eines Nachmittags von der Schule heimkam, saß meine Mutter am Küchentisch, vor sich einen Brief von einer Kanzlei. Der Brief war an sie adressiert und bereits geöffnet. Mir wurde mit einer Anzeige wegen Beleidigung und Nötigung gedroht, sollte ich mich nicht binnen sieben Tagen persönlich bei Herrn Heuwers entschuldigen, und das Schlimmste war, eine Kopie meines kompletten Briefes an Claudia war angeheftet. Genauso gut hätte ich meiner Mutter mein Tagebuch zu lesen geben können. Auf ihr Drängen saß ich wenige Tage später im Wohnzimmer der Heuwers, der Vater sagte: »Erstens, ich bin nicht dumm, ich habe studiert.

Zweitens, ich bin kein Fascho, ich wähle FDP. Drittens, ich bin kein Wichser, ich habe eine Frau.« Ich sagte ihm, dass er ein widerliches Arschloch sei, worauf er zufrieden grinste, aufstand und mich aufforderte, sein Haus auf der Stelle zu verlassen und es nie wieder zu betreten. Claudia knickte ein und brach den Kontakt ab, und ich schwor mir, mich nie wieder zu etwas drängen zu lassen, hinter dem ich nicht voll und ganz stand.

Ein paar Wochen später hatte ich Nina kennengelernt.

Unsere gemeinsame Freundin Maren, die mittlerweile in Köln wohnte, stellte sie mir vor, auf einer dieser Gasthofveranstaltungen mit Top-40-Band, bei denen man immer durch irgendein Klofenster einstieg oder vor der Tür rumlungerte, bis es keinen Eintritt mehr kostete. Nina machte mir ein Kompliment für meine Hose. Es war eine Bäckerhose, schwarzweiß kariert und zerschlissen, ich hatte sie vor Jahren in einem Berufsbekleidungsladen gekauft. Ich bot ihr an, ihr die Hose zu leihen.

Nina lachte. »Und du gehst solange unten ohne?«

»Nein, ich krieg deine Buxe.«

»Ein Tauschgeschäft«, sagte Nina. »Find ich gut.«

Wir zogen unsere Hosen aus. Nina musste die Beine der Bäckerhose zweimal umschlagen, ich zwängte mich in ihre Jeans. Es war eine Mustang mit leichtem Schlag, ich konnte den obersten Knopf nicht schließen.

Am folgenden Samstag trafen wir uns in der Trosse, einer alten Rockdisco im Vorort, aus der Hannes und ich schon ein paarmal rausgeflogen waren, wenn wir zu wild zu *The Passenger* oder *Love Shack* getanzt hatten. Nina und ich sperrten uns in eine Klokabine, tauschten die Hosen zurück, fingen an zu knutschen und wurden ein Paar.

Unsere Freunde sagten uns immer wieder, wie viel Spaß es mache, mit uns rumzuhängen. Wir hatten uns nie eingeigelt, wie so viele andere Pärchen es taten. Wir waren nicht zusammen, weil wir unbedingt jemanden brauchten, der einem Gesellschaft leistete, den man domestizieren oder an dem man seine schlechte Laune auslassen konnte, sondern weil wir nun mal zusammengehörten, eine glückliche Fügung, Schicksal, keine Ahnung, ich hatte darüber nie wirklich nachgedacht. Das war ja gerade das Gute, dieses nicht drüber nachdenken müssen, diese Bedingungslosigkeit, diese sich immer klar und richtig anfühlende Gemeinschaft. Wir waren uns treu, wenn auch nicht im üblicherweise gebräuchlichen Sinne des Wortes. Trotz unserer Affären, trotz gelegentlicher Streits und trotz der zwei oder drei kaum ernstgemeinten Trennungen hatten wir immer super zusammen funktioniert, und das siebeneinhalb Jahre lang. Wer hielt es denn sonst schon so lange miteinander aus?

Ich vermisste sie.

Ich vermisste es, wie sie morgens vor mir aufwachte, mich sanft am Ohrläppchen zog und mir im Halbschlaf die absurdesten Dinge entlockte, Dinge, die gesagt zu haben ich mich später nicht erinnern konnte und die uns oft noch tagelang belustigten oder beschäftigten. Ich vermisste ihr gackerndes Lachen, das sie erfolglos zu unterdrücken versuchte, wenn ich mit Kermit-der-Frosch-Stimme Songs von The Cure oder Joy Division sang. Nina war immer der Meinung, ich klänge mehr nach Rick Astley als nach Kermit der Frosch. Rick Astley, der mit seinem Knödelorgan todtraurige Songs wie *Love will tear us apart* oder *Pictures of You* intoniert. »Look at me, I'm Rrrick«, rief ich dann, mit schlecht gerolltem *R*, und Nina trällerte zu den unpassendsten Gelegenheiten aus heiterem Himmel los, *Never gonna give you up*, *Whenever you need somebody*, *Together Forever*, im Kino oder im Supermarkt, und wenn ich versuchte, ihr den Mund zuzuhalten, sang sie nur noch lauter.

Ich vermisste sie, und ich vermisste uns. Die ganze eingespielte Zärtlichkeit, die Intimität, die Nähe. Es fehlte mir sogar, mit ihr vorm Fernseher zu sitzen und Asia-Nudelsnacks von Maggi in mich hineinzuschaufeln. Ich wollte ihr nicht hinterherlaufen wie ein Hündchen, das passte nicht zu uns, es war unter unserem Niveau, ich war mir sicher, Nina hätte es gehasst. Aber ich konnte sie doch auch nicht einfach ziehen lassen. Ich muss in ihrer Welt wieder stattfinden, dachte ich, sichtbar werden, irgendwie subtil, so dass sie von selbst zurückkäme und dieser ganze Timoscheiß zu einem weiteren kleinen Abenteuer würde, mit dem wir das Feuer in Gang hielten, und über das wir eines Tages gemeinsam lachen würden.

*

So geht das zwei Wochen lang.

Abgesehen von einem Wochenende mit Lesungen in Westdeutschland, einem Abendessen mit Kiki und ein paar Freunden und einem Besäufnis, das bei einem Konzertbesuch im Monarch beginnt und erst am nächsten Mittag in der nahezu unmöblierten Wohnung zweier mir unbekannter Schottinnen endet, verbringe ich die Tage und Nächte mit meinen Tagebüchern. Ich nehme sie mit ins Café, ins Fitnessstudio, in die Bahn und ins Bett. Hin und wieder zwinge ich mich, mal etwas anderes zu lesen, dann greife ich doch wieder zu den alten Kladden.

Erst als ich bei Nummer 18 angelangt bin und mich chronologisch vom Sommer '99 bis Anfang 2002 gelesen habe, höre ich auf. Es reicht. Mehr denn je drehe ich mich nur um mich selbst. Ich kann an nichts anderes denken, von nichts anderem reden, mich auf nichts anderes mehr konzentrieren.

Ich verstaue die alten Tagebücher im Wohnzimmerschrank und mache mich endlich wieder an meinen Roman. Arbeitstitel: *Die Kuba-Krise*. Weil *Tavor-Roman* zu einschläfernd klingt und *Ich habe gehört, da sollte man nochmal schnell hin, bevor alles voll ist mit Burger King und Starbucks* für einen Arbeitstitel zu lang wäre. Vielleicht sollte ich der Story noch einen kleinen Twist geben und Fidel Castro sterben lassen, oder Raùl, oder beide. Mal sehen. Immerhin habe ich schon so einiges zusammen. Ich muss es nur noch aufschreiben.

Ich setze mich hin und fange an.

Und gerate sofort ins Stocken.

Ich finde den Ton nicht, den Sound, den Rhythmus. Die Sätze klingen gestelzt, die Dialoge hölzern, jedes Komma ein Fremdkörper, jeder Zeilenumbruch ein Witz.

Kann mal passieren. Genau genommen ist es immer so gewesen. Ein Buch zu schreiben, das ist wie den Atlantischen Ozean in einer Badewanne zu überqueren, findet sogar Vielschreiber Stephen King. Dessen Badewanne müsste man haben.

Ich ziehe mit dem Laptop in die Küche um, diesen kargen, deutlich weniger aufgeladenen Raum ohne Platten und Bücher, ohne Gitarren und Fernseher und Bilder an den Wänden, verwerfe alles bisher Geschriebene und fange von vorne an. Ich kann es mir gar nicht leisten, die Idee aufzugeben. Die Kuba-Reise war teurer als gedacht, ich lebe von Ersparnissen und gelegentlichen Lesungsgagen. Wenn ich diesen Sommer nichts schreibe, weiß ich nicht, wovon ich nächstes Jahr leben soll. Vor allem aber brauche ich etwas zu tun. Den ganzen Sommer habe ich mir freigehalten für den Roman, und jetzt tut sich da dieser Abgrund auf, dieses hässliche Loch, das mich zu verschlingen droht und das ich nur zu gut kenne. Ich muss arbeiten. Schreiben. Ich brauche nur ein paar gute Sätze, dann wird der Rest schon von alleine kommen.

Während es draußen langsam Sommer wird, sitze ich am Küchentisch und tippe. Drei Tage, fünf, acht.

Dann fällt mir auf, dass ich mich langweile.

Tatsächlich, ich langweile mich. Weder die Handlung noch die Charaktere interessieren mich. Eine bittere Erkenntnis. Ich habe bereits verschiedenen Leuten von der Idee erzählt, und das hat immer Spaß gemacht. Aber es in Schrift und Form zu pressen, Felix und Sarah zum Leben zu erwecken, darauf habe ich überhaupt keine Lust. Und schon sind sie da, die lähmenden Zweifel, die alles zum Erliegen bringenden Fragen.

Habe ich die Idee totgeredet, sie zu einem netten Gesprächsthema degradiert?

Felix und Sarah? – Ich glaube ihnen ja nicht mal ihre Namen.

Und ist eigentlich schon jemals etwas Gutes dabei herumgekommen, wenn ich es zu sehr versucht habe?

*

Nach dem zweiten Klingeln kam Jennys Stimme aus der Wand.

»Ja hallo?«

Ich hatte ganz vergessen, dass es diese Gegensprechanlage gab. Sonst betätigten Nina und Jenny einfach den Türdrücker. Aber klar, der Hörer neben ihrer Tür, ich erinnerte mich.

»Ich bin's, Nagel.«

»Hi. Nina ist nicht da.«

Darauf war ich vorbereitet.

»Ich hab dir die Blondie-Kassette mitgebracht.«

»Warte mal kurz.«

Es gab eine Pause von drei Sekunden oder fünf. Ich befühlte die Kanten des Tapes, die sich in meinem Hip-Bag abzeichneten. Tommi hatte mir das Hip-Bag mal aus dem Laden seiner Eltern mitgebracht, es war aus Jeansstoff und ganz zerfranst, weil die Spitze meines Korkenziehers sich ständig durch den Stoff bohrte, doch es war praktisch und sah irgendwie bekloppt aus, das gefiel mir. Endlich ertönte das Summen des Türöffners. Ich stieß die Tür auf und ging die Treppen hoch. Stufe für Stufe, ganz langsam. Ruhig bleiben.

Jenny stand in der Wohnungstür. Ich zog die Kassette aus dem Hip-Bag und gab sie ihr. »Hat ein bisschen gedauert, sorry, hab's immer vergessen.«

»Oh. Danke. Bist du auf dem Sprung, oder …«

»Ich war gerade in der Stadt. Kann ich kurz reinkommen?«

Wir setzten uns an den Tisch, an dem ich vor einer Woche mit Nina ihre Jahresarbeit zusammengeschraubt hatte. Es war ganz still in der Wohnung, Ninas Tür war angelehnt. Ich fragte mich, ob sie wohl schon ihr Zimmer umgestellt hatte oder so. Jenny studierte die Titelliste.

»Ist meine persönliche Best-Of«, sagte ich. »*Denis Denis* ist auch drauf. Und dahinter habe ich noch ein paar Sachen von den Pretenders gepackt, die könnten dir auch gefallen.«

»Danke«, sagte Jenny, »das ist lieb.«

Und dann passierte etwas Merkwürdiges. Ninas Tür öffnete sich, Nina kam aus ihrem Zimmer und ging geradewegs auf uns zu.

»Hi«, sagte sie, zog sich einen Stuhl heran und setzte sich mir gegenüber an den Tisch.

»Oh, du bist ja doch da«, sagte Jenny überrascht. Ein bisschen zu überrascht.

»Wolltest du zu mir?«, fragte Nina.

»Ich … Ich hab Jenny bloß das Tape gebracht, das ich ihr schon so lange versprochen habe«, stammelte ich. Ich war völlig perplex.

»Ah.«

»Cool, dass du noch dran gedacht hast«, sagte Jenny.

»Ja, echt«, sagte Nina.

»Ja«, sagte ich.

Ständig hatte ich mir in den letzten Tagen Sätze überlegt, die ich zu Nina sagen würde, freundliche Sätze, lustige Sätze, oft aber auch fiese kleine Spitzen, möglichst pointiert, damit sie genauso verletzt war wie ich, die in meinem Kopf zu ausgefeilten Dialogen wurden und in die ich mich richtig reinsteigern konnte. Nun dagegen fiel mir überhaupt nichts ein. Ich wandte den Blick ab und linste in Ninas Zimmer. Es sah aus wie immer. Timo war nicht da, zumindest sofern sie ihn nicht wie in einem schlechten Film in den Schrank gesperrt hatte. Was war hier los? Warum hatte sie versucht, sich vor mir zu verstecken? Oder vielmehr, warum hatte sie es versucht und war dann doch rausgekommen? Oder hatte sie mich wirklich nicht gehört? Aber es war totenstill in der Wohnung. Und wieso hatte es dann so lange gedauert, bis Jenny die Tür aufmachte? Wollten die mich hier verarschen?

»Ich hab für die Jahresarbeit ’ne Drei bekommen«, sagte Nina.

»Oh. Ist das gut?«

»Ja, unter *den* Umständen? Immerhin bestanden.«

»Herzlichen Glückwunsch.«

»Danke. Ohne dich … Na ja, weißt du ja. Dafür hast du einen gut.«

Wir saßen so da und blickten vom einen zum anderen. Mein Mund war irre trocken. Niemand bot mir etwas zu trinken an. Jenny sah aus, als würde sie vor Anspannung gleich zu Staub zerfallen. Nina hingegen lächelte, als wäre alles ganz normal und in bester Ordnung.

»Echt strange«, meinte Sascha, als wir zwanzig Minuten später mit einer Flasche Wein am Mitteldamm saßen. Ich hatte ihn unten vor Ninas Haus getroffen. Er wollte zu seinem Kumpel Jan, der zwei Etagen über Nina und Jenny wohnte, war stattdessen aber mit mir zum Extra und dann runter zur Ems gegangen.

»Sie muss sich nicht vor mir verstecken«, sagte ich. »Ich lass sie doch in Ruhe. Ich bin tierisch eifersüchtig, lasse mir aber nichts anmerken.«

»Vielleicht solltest du das mal tun«, sagte Sascha. »Vielleicht wartet sie darauf.«

»Eifersucht als Liebesbeweis? Das ist doch krank.«

»Theoretisch gebe ich dir recht, aber …«

»So kann man doch nicht sein, wenn man irgendwie anders

leben will, als unsere Alten es uns mit ihren verkorksten Beziehungen vormachen«, überging ich seinen Einwurf. »*Beziehung*, das Wort allein. Und *Schlussmachen*, was soll das sein?«

»Wie gesagt, theoretisch ...«

»Ich kann nicht verstehen, wie sie so von einem zum anderen switcht. Dass ich einfach ersetzt werde. Eigentlich müsste ich doch durch Timo ergänzt werden oder so ganz langsam abgelöst. So ist das doch bei Freundschaften auch. Warum soll das bei Liebespaaren anders sein? Und dann auch noch den kompletten Freundeskreis wechseln.«

»Macht Nina das?«

»Was?«

»Den kompletten Freundeskreis wechseln?«

»Was weiß ich. Ich kriege ja nichts mehr von ihr mit.«

»Versuchst du das denn?«

»Hab ich doch gerade.«

»Mit einem Tape für Jenny?«

»Scheißidee«, gab ich zu. Ich lehnte mich zurück, knibbelte an dem Etikett der Flasche, streckte die Zehen in meinen Schuhen. »Ich will ihr nicht auf die Nerven gehen. Ich will, dass sie von alleine zu mir zurückkommt. Weil sie mich will, nicht weil ich ihr leidtue oder sie unter Druck setze.«

Sascha zeigte auf die Weinflasche. »Kann ich?«

Er nahm einen großen Schluck und gab mir die Flasche zurück. Sie war schon fast leer. Wir schauten aufs Wasser, auf die Bäume und das alte Silo der Emsmühle. Blütenpollen segelten durch die Luft wie Schneeflocken. Sascha nieste. Ich kam mir blöd vor. Ich laberte ihn voll. Ich wollte nur meinen Müll bei ihm abladen. Sascha war einer der wenigen, die noch nicht genervt davon wirkten.

Wir hatten uns über Celina kennengelernt, ein ruppiges Mädchen mit großem Herz, mit der ich Jahre zuvor mal ein paar Nächte verbracht hatte. Celina hatte in einem Heim für schwererziehbare Jugendliche gewohnt und mit 16 als Erste von uns allen eine eigene Wohnung gehabt. Vor etwa anderthalb Jahren war sie eines Nachmittags zu uns in die Berninghoffallee gekommen, mit einen Typen in Body-Count-Shirt und Y-Jacke, den sie mit den Worten »Ihr müsst euch kennenlernen« in meinem Zimmer absetzte. Da saßen Sascha und ich uns dann gegenüber, hörten die neue Hammerhead-LP und konnten es nicht fassen, dass es zwei Menschen in dieser Stadt gab, die beide auf diese doch recht spezielle Punkband standen, sich gegenseitig aber nicht kannten. Mit seiner Baskenmütze und den rotgefärbten Haaren sah er aus wie einer von den Fraggles, Boober. Wir redeten über Musik und Songtexte und Politik. Von Schröder und Fischer und Lafontaine kamen wir auf unsere Eltern und Familien. Sascha erzählte, dass er sich am Abend zuvor fast mit seinem Vater geprügelt hatte, von dem er nur als *Der Alte* sprach. »Der Alte war so voll, der hätte eh nicht mehr getroffen«, »Der Alte ist dumm wie Brot«. Sein Vater arbeitete an der JET-Tanke unten an der Neuenkirchener und soff, die Mutter war Hausfrau und »fertig mit den Nerven«. Plötzlich waren wir beim Thema Comics und erzählten uns gegenseitig unsere Lieblings-Dave-Berg-Cartoons aus alten MAD-Heften nach, deren Protagonisten so schöne Namen wie Udo Weizenkeim, Ida Feinbein, Antje Gong oder Roger Kaputnik trugen, und von denen immer mindestens einer mit aufgerissenen Augen und zum O geformten Mund zurückblieb, herrlich verblüffte oder paralysierte Gesichtsausdrücke, die wir lachend nachahmten. Es stellte sich heraus, dass wir als Jugendliche im selben Comicladen unsere MAD-Hefte gekauft und wieder verscherbelt hatten, Sascha war nur anderthalb Jahre jünger als ich, »wer weiß«, sagte ich, »vielleicht sind da dieselben Exemplare durch unsere Hände gegangen«, Sascha lächelte, seine Augen blitzten, ich mochte ihn sofort.

Nach der Realschule hatte er eine Ausbildung bei der Deutschen Bahn angefangen und auch beendet. Nebenbei hatte er mit seinen alten Fußballkumpels Gras vertickt. Bei einem Jugendvertretertreffen der Deutschen Bahn lernte er Susi aus Halle kennen, mit der er fast drei Jahre eine Fernbeziehung hatte, bis sie ihn für einen angehenden Strafverteidiger verließ. Sascha war am Boden zerstört, aber auch alarmiert, es musste etwas passieren in seinem Leben. Statt bei der Bahn zu bleiben, holte er sein Abi nach, sehr zum Missfallen seines Vaters, der ihn bei einem ihrer Streits anschnauzte, *der Sohnemann* trage die Nase neuerdings aber *ganz schön hoch*. Weil er bei der Bewerbung noch keine 18 war, wurde er an einem normalen Gymnasium angenommen, dem Kopi, dem sogenannten Brettergymnasium, auf dem auch ich gewesen war. Sascha gründete die WG mit Richter, Celina und Schacke, und als die nach anderthalb Jahren auseinanderbrach, wegen Stress zwischen Celina und Schacke und schließlich auch Stress mit dem Vermieter, zog er zurück zu seinen Eltern in den Schotthock, dem alten Arbeiterbezirk von Rheine. Er bewohnte dort zusammen mit seinem Bruder die Etage seines Großvaters, der in der Zwischenzeit gestorben war.

Am Anfang der dreizehnten lernte er Laura kennen, als die ein Jahr wiederholte und in seinen Jahrgang kam. Dass Laura und er ein Paar waren, bekam man gar nicht richtig mit. Ich hatte sie noch nie küssen oder fummeln oder händchenhalten sehen. Sie wirkten eher wie gute Freunde, oder Geschwister. Die beiden hatten gerade ihre Abiklausuren hinter sich gebracht, für Sascha stand als Nächstes der Zivildienst an. Er hatte schon eine Stelle, in Potsdam, im September würde er dort hinziehen. »Endlich raus aus diesem Schweinekaff«, hatte er sich ein paar Tage zuvor gefreut, als die Zusage gekommen war. Ich hatte versucht, mich mit ihm zu freuen, vermisste ihn aber jetzt schon. Es ging in diesem *Schweinekaff* um jeden Einzelnen, und Sascha war einer der Besten, den wir hatten. Er war abgeklärt und aufgeschlossen, eine seltene Kombination, neugierig und cool, und nie gab er etwas Dummes oder Langweiliges von sich. Dass er außerdem ein alter Freund von Timo war, da konnte er ja nichts für, hier kannte eh jeder jeden.

»Sorry«, sagte ich und riss das letzte bisschen Etikett von der Weinflasche.

»Wofür?«

»Dass ich dich schon wieder volllaber mit dem Mist.«

»Ach, hör auf«, sagte Sascha. »Ist doch in Ordnung. Und ich kenn das ja.«

»Wieso?«

»So ganz habe ich das mit Susi auch noch nicht verwunden. Und Laura hatte bis vor kurzem noch Bilder von ihrem Ex im Zimmer stehen. *The first cut is the deepest*. Heißt es doch.«

»Heißt es wo?«

»Bei Cat Stevens.«

Ich leerte die Flasche und warf sie ins Wasser.

Cat Stevens also. Ich war ein Klischee aus dem Schmachtfetzen eines alten Hippiebarden. Und nicht nur ich. Wir alle. Mein Schmerz, er war nicht mal etwas Besonderes.

Die Flasche trieb aufs Wehr zu und blieb kurz dort hängen, bevor sie die Hürde nahm und im flachen Flussbett zum großen Weinflaschenfriedhof irgendwo im Norden trieb.

»Lass uns was machen.«

»Was denn?«

»Irgendwas, egal.«

»Laura ist Billardspielen mit Tommi und Richter.«

»Wo?«

»Harry's Pinte.«

»War ich ewig nicht.«

Harry's Pinte war ein dröger Bluesrockladen. Lederbehoste Muckertypen, hemdsärmelige Sozialpädagogen, Tischfußballprofis mit Weizenbiergläsern. Es gab nur einen Billardtisch.

Billardspielen zu fünft war eine Scheißidee. Wir spielten zwei gegen drei, und weil keiner was konnte, dauerte das Spiel eine Ewigkeit. Das zweite Spiel machten Richter und Sascha alleine. Tommi, Laura und ich warfen in der Zeit ein paar Dartpfeile.

»Stell dir vor, das ist Amors Pfeil«, sagte Tommi, als ich dran war, »und die Mitte der Scheibe ist das Herz einer netten Madame, die demnächst in dein Leben treten wird.«

Es sollte ein Scherz sein, doch auch Laura sah ihn an, als hätte er nicht mehr alle Latten am Zaun.

An einem Donnerstagabend Mitte Mai fiel mir auf, dass ich von der Welt da draußen überhaupt nichts mehr mitbekam und dass sie mich auch nicht mehr interessierte. Es war einer dieser trüben Feiertage, Christi Himmelfahrt, Vatertag, der blanke Horror. Wir saßen zu dritt auf Richters Bett, im Fernseher liefen die Tagesthemen mit einem Beitrag über den Bündnis 90/Die Grünen-Parteitag in Bielefeld. Joschka Fischer war mit einem Farbbeutel beworfen worden, als er die Nato-Luftangriffe auf Jugoslawien verteidigte, Fischer habe dabei einen Riss im Trommelfell erlitten, sagte der Nachrichtensprecher. Zwischen Richter und Tommi entbrannte sofort eine Diskussion darüber. Beide sympathisierten mit der Aktion, Tommi aus politischen, Richter eher aus ästhetischen und randaletechnischen Gründen.

»Mit roter Farbe auf den Grünen«, schwärmte er, »dem Schwätzer aufs Ohr, militanter Pazifismus, ist doch genial!«

»Wieso Pazifismus?«, meinte Tommi. »Das muss doch kein Pazifist gewesen sein.«

»Stimmt«, sagte Richter. »Vielleicht war das ein orthodoxer Milosevicinist.«

»Oder ein serbokroatischer Freischärler«, sagte Tommi mit tiefergelegter RTL-Reporter-Stimme.

»*Serbokroatischer Freischärler*«, ließ Richter sich das auf der Zunge zergehen, »das klingt mal wirklich militant! Dafür würde es sich glatt lohnen, neue Visitenkarten zu drucken. *Berninghoffarmee, Lord Scharfrichter, serbokroatischer Freischärler.*«

Mich ließ das alles völlig kalt. Was kümmerten mich das Ohr des Außenministers, der Krieg in Jugoslawien oder Richters Visitenkarten. Ich hatte ganz andere Probleme.

Ich stand auf, schnappte mir meinen Walkman und verließ die Wohnung. Doch statt Richtung Ems zu laufen, tat ich aus einem Impuls heraus etwas, das ich noch nie getan hatte: Ich ging alleine ins Staelskotten-Eck.

Kurz nach unserem Einzug waren Schacke, Nina und ich ein einziges Mal dort gewesen, damals, als der Laden es wenigstens an den Wochenenden noch auf eine zweistellige Besucherzahl brachte. Wir hatten Fernet-Branca für 1,20 das Glas getrunken, dann gab es ein tristes Geschubse mit einem Spritti in voller Schalke-Montur, der uns, nachdem Schacke sich eine Kippe an einer Kerze angezündet hatte, mit diesem Mist von wegen sterbenden Seemännern und Streichhölzern kam, und der erst Schacke, dann mir was an die Mappe hauen wollte, dazu aber gar nicht mehr in der Lage war. »Lass gut sein, Christian, sonst Lokalverbot«, sagte die resolute Lady hinter der Bar, eine Slim-Zigarette im Mundwinkel, und zu uns: »Der meint das nicht so.« Und tatsächlich hatte dieser Christian uns am Ende noch eine Runde Fernet ausgegeben, was vor allem Nina zu verdanken war, Nina mit ihrer ruhigen und charmanten Art, Nina, die immer alle verzauberte, in deren Gegenwart jeder sofort zu einem besseren Menschen wurde und vor der sich auch Schalke-Fan Christian zu benehmen wusste, der sich nämlich bei ihr, nicht bei Schacke oder mir für sein Gepöbel entschuldigte – »Tschulliung Frollein, scheiß Tach gehabt …«.

Außer der Wirtin waren heute ganze drei Personen da, ältere Herren, sie saßen mit jeweils einem freien Hocker Abstand zwischen sich am Tresen. Alle drei schauten von ihrem Bier auf, als ich den Raum betrat und die schwere Holztür hinter mir zufiel.

»N'Abend«, sagte die Wirtin. Dunkle Schürze, silbrig-blonde Dauerwelle, ovale, perlmuttfarbene Ohrringe links und rechts. Es lief keine Musik. Ich setzte mich auf einen der freien Hocker an der hufeisenförmigen Bar und bestellte einen Wodka-O.

»*Wodka-O* …«, wiederholte die Wirtin und gab mir einen abgekämpften Blick, als hätte ich einen komplizierten Cocktail verlangt, etwas ausgesucht Schnöseliges, »da muss ich erstmal gucken.«

Ächzend ging sie in die Hocke und schob unter dem Tresen irgendwelche Gegenstände zur Seite. In einem Körbchen an der hinteren Wand lag ein Hund, ein rotbrauner Dackel mit langen Ohren, er öffnete ein Auge, schloss es wieder, schlummerte weiter. Ich klemmte meine Füße unter die Streben des Hockers. Nach zehn oder zwanzig Sekunden tauchte die Wirtin wieder auf. »Tut mir leid, hamwa nicht.«

»Rum-Cola?«

»Rum-Cola geht. Wodka-Cola geht auch, ich hab nur keinen Orangensaft da.«

»Rum-Cola ist gut.«

Sie legte mir einen Bierdeckel hin, machte mit dem Kuli einen Strich drauf, stellte sich auf die Zehenspitzen und zog eine verstaubte Flasche Bacardi aus dem Regal, nahm ein geriffeltes Glas, mixte den Rum-Cola, tat einen Eiswürfel hinein und stellte das Glas auf den Deckel. »Wohl bekomm's.«

»Zum Wohl«, krächzte der Mann neben mir. Mit gichtigen Fingern hob er sein Bierglas und sah mich an. Wässrig blaue Augen in einem Schmirgelpapiergesicht, die Nase von geplatzten Äderchen überzogen, die Augenbrauen jedoch fein geschwungen, wie bei einem jungen Mann. Er hatte einen Tattrigen. Vielleicht war er gerade erst gekommen. Vor ihm stand ein leeres Pinnchen. Auch die anderen beiden Gäste tranken Bier und Klare.

»Zum Wohl«, erwiderte ich und trank.

Lange Zeit sagte niemand was. Die Wirtin lehnte mit den Ellbogen auf dem Tresen, rauchte eine ihrer Davidoff Golds und blätterte durch den Lokalteil der Zeitung. Schließlich faltete sie die Zeitung zusammen, zog eine Flasche Weizenkorn aus dem Regal und füllte die Schnapsgläser der drei Herren wieder auf. Sie sah mich fragend an und deutete auf mein Glas, ich nickte und bekam einen weiteren Rum-Cola. Die Wirtin lehnte sich gegen den Tresen und steckte sich noch eine an. Langsam blies sie den Rauch aus. »Schon vom Fischer gehört? Das mit dem Ohr?«

Die drei Herren nickten.

»So'n Farbbeutel, volle Kanne an die Lauscher, was das wohl zwirbelt.«

»Ordentlich«, sagte der Mann gegenüber. *Orntlich.*

»Das sollen die mal alles schön unter sich ausmachen«, sagte mein Sitznachbar. »Oder?« Er warf mir einen komplizenhaften Blick zu, schien aber keine Antwort zu erwarten.

»Alle in einen Sack, fertig«, sagte der Mann gegenüber.

Der dritte Mann sagte nichts.

Das sind alles mal Kinder gewesen, dachte ich, Teenager, Heranwachsende, die Träume hatten und Ideen und das ganze Leben noch vor sich. Nun saßen sie hier und hielten sich an ihren Herrengedecken fest, an der glanzlosen Stille und der brutalen Ereignislosigkeit einer Eckkneipe am Stadtrand.

Ich trank aus, legte einen Zehnmarkschein auf den Tresen und stand auf.

»Da kriegen Sie aber noch was raus, junger Mann.«

»Stimmt so.«

»Die Firma dankt. Schönen Abend.«

»Ebenso.«

Ich klopfte dreimal auf den Tresen. Ich wusste nicht, warum ich das tat. Der Hund kläffte.

»Yvonne!«, rief die Wirtin.

»Mach's gut, Junge«, sagte mein Sitznachbar. Als hätten wir so richtig was zusammen erlebt. »Ach was«, verbesserte er sich, »mach's besser!«

Er lachte, als Einziger.

Bis zu unserer Haustür waren es genau zwölf Schritte. Ich schloss auf und stieg die Treppen hoch. Aus einer der Wohnungen kam Geschrei, es hallte durch das geflieste und gekachelte Treppenhaus, die Alte aus dem ersten Stock stauchte mal wieder ihren Mann zusammen. Im Vorbeigehen schlug ich gegen die Tür, das Geschrei verstummte. Ich hörte Schritte, sah eine Veränderung des Lichts hinter dem Türspion, ging weiter.

Mit einem zerfetzten Strohhut auf dem Kopf saß Tommi an die Wand gelehnt neben dem Telefontisch. Er telefonierte mit einer Frau, das sah ich an seiner Körperhaltung. Er schaute zu mir auf und hielt die Hand auf die Muschel.

»Wo warst du?«

»Unten.«

»Wo?«

»Kneipe.«

»Im Dingsbumskotten?«

»Ja.«

»Echt?«

»Ja.«

»Oh.«

Ich ging in mein Zimmer und schloss die Tür, legte mich im Dunkeln aufs Bett, starrte die Decke an und dachte an Nina. Ich versuchte jedenfalls, an Nina zu denken. Stattdessen sah ich immer Nina und Timo vor mir. Ein Trommelfellriss wäre mir lieber gewesen.

Tommi telefonierte immer noch, als ich an ihm vorbei in die

Küche ging. Ich holte das Tomatenmesser aus der Schublade, steckte es mir in die Hosentasche und schmuggelte es in mein Zimmer, wo ich die dritte Wipers auflegte und mich aufs Bett setzte: *It's not the truth I see*, brüllte Greg Sage mit einer Verzweiflung in der Stimme, die mir so noch nie aufgefallen war, *It's just a mockery*. Mit schnellen Bewegungen zog ich mir das Messer wieder und wieder über den linken Unterarm, wie Schacke und ich es früher manchmal gemacht hatten, in seinem Kinderzimmer, bevor wir ein paar richtige Ritzerinnen kennengelernt hatten, gegen deren systematisch mit Rasierklingen bearbeiteten Arme wir uns mit unseren Kratzern wie blutige Anfänger vorgekommen waren. Nun aber fühlte es sich gut an, der inneren Verwüstung eine äußere Entsprechung zu geben. Widerwillig traten ein paar dünne Bluttropfen durch die geöffnete Haut und sammelten sich an der Oberfläche, bevor sie langsam meinen Arm entlangliefen und auf den Teppichboden tropften. *Over the edge*.

Ich schaltete das Licht aus und ließ mich auf den Rücken fallen. An der Zimmerdecke blitzten die Echos der Ampelanlage auf. Orange – orange – orange. Mein Kopf war leer, mein Unterarm ganz heiß. Ich schloss die Augen.

*

Von Neukölln aus sind es knapp 60 Kilometer, fast geradeaus nach Süden.

Kiki ist skeptisch. »Ob der Bock das packt?«

»Natürlich packt der das.«

Der Bock ist eine schmutzig-weiße Vespa Piaggio 50 Spezial, 4-Gang, Erstzulassung Januar 1976, ein halbes Jahr vor meiner Geburt.

»Dann viel Glück«, sagt Kiki, »und bis später.«

Auf der Hermannstraße stop and go, ich mogle mich rechts und links an den Autos vorbei. Hinter der A100 wird es ruhiger.

Freie Fahrt durch Britz und Buckow, dann: Brandenburg, *Neue Perspektiven entdecken*. Es ist Mitte Juni, etwas über 20 Grad, bestes Rollerwetter. Auf dem Schnellstraßenabschnitt der B96 donnern die LKW mit 120 Sachen in Armlänge an mir vorbei, ich drücke den Oberkörper durch, die rechte Hand am Drehgriff, den Drehgriff auf Anschlag. Die Tachonadel zittert zwischen der 60 und der 65 hin und her. Auf Höhe der Autobahnauffahrt Rangsdorf ein seltsamer Ton von hinten links, ein hochfrequentes Rasseln, wie kleine Steinchen in einem Staubsaugerrohr, doch es geht alles gut, der Bock hält durch. Kann man sich vorstellen, dass in 39 Jahren irgendjemand irgendetwas benutzt, das jetzt gerade hergestellt wird?

Kurze Kaffee-und-Kuchen-Pause bei einer Bäckerei in Zossen. Vorm Weiterfahren rutsche ich vom Anlasser, bleibe mit der Anzughose daran hängen, sie reißt bis zur Wade auf. Mit flatterndem Hosenbein weiter über die Dörfer. Hinter Wünsdorf links ab, eine schmale gewundene Straße entlang, ein paar Kilometer durch den Wald, dann bin ich da:

Zesch am See, Stadt Zossen, Landkreis Teltow-Fläming.

Es gibt zwei Seen, den kleinen und den großen Zeschsee, dazwischen liegt das Dorf. Eine Bushaltestelle, kein Einkaufsladen, kein Bäcker, kein Kiosk, keine Tankstelle, nur ein Campingplatz, die Eisdiele und das neueröffnete Restaurant, von dem Todde erzählt hat. Weniger als hundert Einwohner, drumherum: Wald.

Ich finde das Grundstück, öffne das Tor und schiebe den Roller zu dem rotgestrichenen Bungalow mit dem kleinen Anbau. Finde den Schlüssel und schließe die Tür auf. An der Garderobe ein gelber Regenmantel. Friesennerz, denke ich und höre die Stimme meines Vaters, er hat diesen Begriff geliebt. Ich hänge meinen Helm an den Haken und gehe rein. Ein länglicher Raum, durch eine Zwischentür in Ess- und Wohnzimmer unterteilt. Davon abgehend ein Schlafzimmer, ein Bad und eine Küche, winzig, aber voll ausgestattet. In der Mitte des Raums ein Kaminofen. Insgesamt etwa 40 Quadratmeter. Kindersachen und Spielzeug liegen herum, Bücher, Zeitschriften, eine Gitarre. Das unangenehme Gefühl, in die Privatsphäre von Fremden einzudringen. Ich kenne Toddes Familie nicht, habe weder seine Frau noch die kleine Tochter jemals gesehen. Vor einer Woche, am Tag nach meinem Geburtstag, traf ich ihn beim Sport.

»Du siehst aber erholt aus«, sagte ich, »warst du im Urlaub?«

»So ähnlich«, meinte Todde. »In Brandenburg, auf unserer Datsche.«

»Ihr habt 'ne Datsche?«

»Ja, die ist super. Schön ruhig, See direkt nebenan, und mit dem Auto ist man in einer Stunde da.«

»So was könnte ich auch gebrauchen. Zum Schreiben.«

»Mitte Juni steht sie ein paar Tage leer, Adresse kann ich dir schicken, der Schlüssel liegt unter einem Blumentopf hinterm Haus.«

Ich schaue mich um. Kein Radio, kein Fernseher, kein Aschenbecher. Und kein WLAN-Netz.

Gut so. Der Laptop soll Schreibmaschine sein.

Ich ziehe die Jalousien hoch und öffne die Tür zum Garten. Ein Dutzend Birken, ein Baumhaus mit Rutsche, daneben eine Schaukel und ein Holztisch mit zwei festverschraubten Bänken, wie man sie von den Picknickbereichen an Autobahnraststätten kennt. Ich spanne die Hängematte zwischen zwei Bäume und zünde mir eine Zigarette an. Auf dem Grundstück stehen fünf weitere Bungalows, vor einem parkt ein Audi. Leichte Enttäuschung. Ich habe gedacht, ich wäre ganz alleine hier. Ich habe gedacht, es gäbe einen direkten Seezugang. Ich versuche, mich daran zu erinnern, wie ich es mir hier vorgestellt habe. Ich hatte ein Bild von diesem Ort im Kopf, als Todde mir davon erzählt hat. Das Bild ist weg. Die Realität hat die Vorstellung innerhalb von Minuten überlagert.

Etwas sticht mich, durch die Hose in die Wade. Ich schlage mir auf den Unterschenkel, es ist eine dicke schwarze Bremse, sie ist schneller und surrt davon. Ich gehe ins Haus, setze mich an den Esszimmertisch, klappe den Laptop auf und öffne das Word-doc namens *Kuba-Krise*. Seit zwei Wochen habe ich nicht mehr reingeschaut. Es ist ein Schlachtfeld. Überall Anmerkungen, Markierungen und Kommentare, zwei Drittel des Textes kursiv, und kursiv, das heißt: *langweilig*, *schlecht*, *zum Abschuss freigegeben*. Ich überfliege die ersten drei Seiten, kriege schlechte Laune, klappe den Laptop wieder zu und lege mich mit einem Buch in die Hängematte.

Um kurz nach acht kommt Kiki mit meinen Sachen. Lebensmittel, ein paar Klamotten und ein Karton voller Bücher, darunter meine alten Tagebücher. Meine *Lästerbücher*, wie Kiki sie nennt. »Na, lästerst du wieder über mich?«, hat sie immer gesagt, wenn ich in ihrer Gegenwart schrieb, oder: »Zeit zu lästern!«, wenn ich unruhig, überfordert oder bereits leicht autistisch auf sie wirkte. Ich war schon fast aus der Tür, als ich einer plötzlichen Eingebung folgte und noch einmal zurückging, den Wohnzimmerschrank öffnete, die Bücher 8 bis 14 herausholte und sie zu den anderen Büchern in den Karton stopfte. Und noch einen meiner Bademäntel obendrauf legte.

»Du willst es dir hier richtig gemütlich machen, oder?«, fragt Kiki mit Blick auf das cremeweiße Ding aus dem Spa-Bereich irgendeines Hotels.

»Fester Bestandteil meines Survivalkits«, antworte ich. »Bleibst du zum Essen?«

»Natürlich bleibe ich zum Essen«, sagt Kiki. »Ich bin doch nicht umsonst so weit gefahren. Ich deck schon mal draußen den Tisch.«

Ich bringe einen Topf Wasser zum Kochen, gebe eine halbe Packung Spaghetti hinein, brate Knoblauch, Chilis und Pilze an und übergieße das Ganze mit einer Fertigsoße. Mit zwei vollbeladenen Tellern und einer Flasche Wein gehe ich in den Garten. Kiki liegt im goldgelben Licht eines perfekt inszenierten Sonnenuntergangs auf dem Rücken im Gras, eine Zeitschrift in der einen Hand, eine Zigarette in der anderen, das lange dunkelbraune Haar wie aufgefächert über ihr.

»Was liest du da?«

Sie schlägt die Zeitschrift zu und hält sie in die Luft. Grelle Farben, unvorteilhafte Fotos von Prominenten, Headlines aus der Hölle.

»Die InTouch, klar, was sonst. Wie hältst du das nur aus?«

»Wie halte ich was aus?«

»All den Hass und die Häme. Und diese Hackfressen.«

»Solche muss es auch geben«, sagt Kiki, drückt ihre Zigarette auf der Zeitschrift aus und setzt sich zu mir an den Tisch. Ich entkorke den Wein, schenke uns zwei Gläser ein und erzähle ihr von der Kuba-Krise, die längst zu meiner eigenen geworden ist. Kiki weiß das schon. Ich erzähle ihr noch mehr Dinge, die sie schon weiß. Wie sehr mich der Roman langweilt, nicht nur mein eigener, sondern die Gattung an sich, all diese sorgfältig konstruierten Geschichten, in denen immer eins zum anderen führt, dass nichtfiktionale Texte mich in letzter Zeit viel mehr begeistert haben, Tagebücher, Reiseberichte und Autobiographien, Briefwechsel, Interviews, Essays, und wenn doch mal ein Roman, dann meistens einer von denen, wo jemand unverkennbar über sich und die Welt schreibt, die ihn umgibt, wo man das Gefühl hat, da will einer seine Geschichte erzählen, da muss einer seine Geschichte erzählen, und zwar so, wie nur er sie erzählen kann.

»Oder sie«, sagt Kiki.

»Oder sie«, sage ich.

»Reichst du mir mal den Pfeffer?«, sagt Kiki. Für die nächsten zehn Minuten ihr letzter Redebeitrag.

Ich fange von meinen alten Tagebüchern an, von den Fragen, die ich mir immer wieder stelle, seit Sascha mir vor fünf Wochen bei Möbel Olfe von diesem Brief erzählt hat: Was war da los, im Sommer '99? Warum kann ich mich an kaum etwas erinnern, nicht mal an die Dinge, die mir damals wichtig waren? Der Brief an Sascha, Nina bei ihrer Jahresarbeit geholfen zu haben, warum habe ich das alles vergessen? Oder fehlt mir nur der Zugriff darauf? Ob das anderen vielleicht genauso ergeht?

»Das müsste man ja eigentlich mal genauer untersuchen. Einfach losfahren, die Leute von früher treffen und sie zu all dem befragen.«

Ich mache eine Pause, um Kiki die Gelegenheit zu geben einzuhaken, mich abzufangen, doch so leicht macht sie es mir nicht. Sprich weiter, sagen ihre Augen, und ich spreche weiter, über den Jim-Jarmusch-Film, den wir bei einem unserer ersten Dates zusammen im Kino gesehen haben, *Broken Flowers*, ein herrlich schluffiger Bill Murray auf der Suche nach seinem Sohn, von dem er bis zu einem anonymen Brief in seiner Post gar nichts wusste, darüber, wie viel Spaß es gemacht hat, ihm beim Abklappern seiner Verflossenen zuzusehen, auch wenn er kaum etwas dabei herausfindet. Von *Broken Flowers* komme ich irgendwie auf *Alles ist erleuchtet* und *Rohstoff* und *Die Glasglocke*, auf *Die Ausgewanderten*, *Seinfeld*, *Curb your Enthusiasm* und den Fellini-Klassiker *8 ½*, den ich mir vor kurzem endlich mal angesehen habe, nachdem mich das Wissen, es mit einem sogenannten Meisterwerk zu tun zu haben, lange davon abgehalten hat, und wie mich das Bonusmaterial der DVD dann auch viel mehr interessiert hat, »geht mir bei Bonusmaterial und Making-Ofs ja häufig so«, dieser kurze Film, in dem versucht wird, die im Schnitt verschwundene letzte Szene im Eisenbahnwaggon zu rekonstruieren, und dann bin ich bei der AC/DC-Biographie, die ich vor Jahren gelesen habe, obwohl mir die Musik der Band schon immer ein Graus war, »aber wie sie diese Reduktion immer weiter perfektioniert haben, irgendwie beeindruckend …«, so schwadroniere ich vor mich hin, bis mir auffällt, dass ich ein wenig vom Thema abgekommen bin.

Mit dem linken Zeigefinger kratzt Kiki sich einen Rest hellroten Nagellacks vom Daumen. Ihr Teller ist leer, meiner noch halbvoll. Die Sonne verschwindet hinter den Bäumen, über uns kreist ein Schwarm Mücken.

»Wie sieht's denn bei dir aus«, beende ich mein Selbstgespräch unter vier Augen, »kommst du voran?«

Ja, sagt Kiki, komme sie. Sie schreibt gerade an einem Stück über eine streikende Hebamme, die mit einem depressiven Bestatter durchbrennt, ich kenne die Story schon, höre sie mir aber gerne noch einmal an, es klingt alles so klar und lebendig, ich sehe das Ganze vor mir wie einen Film, kann es kaum erwarten, es zu lesen oder aufgeführt zu sehen, aber klar: Ein bisschen Neid ist auch dabei. Für den Zweifelnden gibt es nun mal kaum etwas Unerträglicheres als die Konfrontation mit der Entschlossenheit der anderen.

»Dieses Erinnerungsding scheint dich wirklich zu interessieren«, sagt Kiki nach einer Pause. »Warum machst du da nichts draus?«

Ich zünde mir eine Zigarette an, nehme einen Zug, überlege. »Weil ich darüber nicht mehr schreiben will. Jugend und Kleinstadt. Musik, Gewalt, Liebeskummer. Dieser ewige Gonzo-Porn.«

Sie verzieht den Mund. »Gonzo-Porn ist etwas ganz anderes.«

»Du weißt, was ich meine.«

»Ach«, macht Kiki. Es ist das typische Kiki-*Ach*, bei dem sie in einer simultanen Bewegung mit den Augen rollt und den Kopf leicht zur Seite wirft, ein *Ach*, mit dem sie schon so manche Diskussion beendet hat. »Es ist doch völlig egal, worüber man schreibt. Hauptsache man interessiert sich dafür. Geh doch erstmal deinem Gefühl nach. Ob etwas dabei rauskommt, das kannst du doch immer noch sehen.«

»Neue Perspektiven entdecken.«

»Was?«

»Nichts.«

Kiki schaut auf die Uhr, trinkt ihr Glas aus und sagt: »Ich muss los.« Und als sie in ihrem alten Mercedes sitzt: »Aus der Kuba-Idee kann man bestimmt was machen. Aber diese Lästerbuchsache, das ist dein Ding, mach das mal.«

Ich nehme an, dass sie das nur so empfindet, weil ich mit viel mehr Leidenschaft von der *Lästerbuchsache* geredet habe. Aber auch das, denke ich, als ich mit einem Buch, dessen Seiten ich nur mechanisch überfliege, in diesem fremden Bett liege, auch das wäre ja ein guter Grund dafür, mich jetzt genau dieser Sache zu widmen: Sommer '99, Vergessen und Erinnern, Verlust und Wiederaneignung.

Und was soll ich hier auch sonst tun, die ganze Woche in der Hängematte verbringen?

Also tschüs Kuba, tschüs Benzodiazepine, tschüs Felix und Sarah, vielleicht später mal, oder in einem anderen Leben.

*

Es wurde Sommer. Kurz vor Pfingsten kratzte das Thermometer erstmals an der 25-Grad-Marke. Ich ließ mich treiben, und ich ließ mich gehen. Filmrisse, Blackouts, ineinander übergehende und sich gegenseitig auslöschende Tage. Den Wein kaufte ich jetzt kistenweise. Mehr als einmal stellte ich nachmittags fest, dass die keine 24 Stunden zuvor beim Aldi erworbene Sechserbatterie Liebfrauenmilch leer war, und ich konnte nur hoffen, dass ich da wen mitverköstigt hatte.

Ich war nun immer öfter mit Sascha unterwegs. Wir trafen uns bei mir oder in der Stadt, setzten uns an die Ems oder zogen ziellos durch die Straßen. Laura und er warteten auf ihre Abiturzeugnisse, und wenn sie zu uns kamen, ging Laura meist direkt rüber zu Richter, während Sascha sich auf mein Bett setzte, mit mir redete, trank und Musik hörte. Eines frühen Abends gingen wir ins Staelskotten-Eck. Wir waren die ersten Gäste und tranken Wodka an der Bar. Der Laden erinnere ihn an die Eckkneipe, aus der er als Kind sonntagmittags seinen Vater zum Essen nach Hause holen musste, meinte Sascha, »damals, als die Kneipe noch *Wirtschaft* hieß«. Die Wirtin nannte er Yvonne. Ich hatte ihm von ihr und ihrem Dackel erzählt, Sascha hatte da was durcheinandergebracht, »Yvonne«, sagte er, »noch zwei Wodka, bitte!«

»Kommt sofort, *Waldi*«, flötete die Wirtin, knallte die Flasche auf den Tresen, stützte sich mit den Ellbogen ab, sah Sascha in die Augen und hielt ihm die ausgestreckte Hand hin: »Vera, freut mich.«

Wenn Sascha im Emsschlösschen arbeitete, setzte ich mich manchmal an den Tresen und ließ mir von ihm oder Ivo einen Longdrink ausgeben. Ins Louie dagegen setzte ich keinen Fuß mehr, wahrscheinlich hing Timo nun ständig dort ab. Stattdessen ging ich immer öfter in die Trinkhalle, und zwei- oder dreimal fand ich mich im Roxy wieder, das sich direkt über der Trinkhalle befand und nach dem Abbrennen der Trosse die einzige Disco in Rheine war, vom Ü-30-Schlagerschuppen KÖPI mal abgesehen. Wir nannten das Roxy *Hölle*, was sich nicht auf irgendwelche Sündenpfuhlqualitäten bezog, sondern auf die Chartsmusik, das peinlich Ausgelassenheit simulierende Publikum und die allgemeine parfümierte Trostlosigkeit, der man dort ausgesetzt war.

Ende Mai begleitete Sascha mich nach Münster. Ich wollte mir ein neues Tattoo stechen lassen, auf die rechte Brust. Das Motiv hatte ich mir selbst ausgedacht und bei Tamara, der Tätowiererin, in Auftrag gegeben: eine Bombe in Herzform, die wie weggeworfen in der Gosse lag. Auf der Bombe stand *Sick*

Boy, in blutroten Buchstaben, wie reingekratzt. Unten sickerte Blut heraus, es tropfte in den Rinnstein und lief als Pfütze in einen Gulli, der sich ein Stück über dem Solarplexus befinden würde.

»Alter Schwede«, entfuhr es Sascha, als wir im Tattoostudio standen und Tamara mir den Entwurf vorlegte.

»Was ist«, sagte ich. »Too much?«

»Na ja«, sagte Sascha, »Understatement ist das nicht gerade.«

»Na und?«

Wir lachten. *Na und?* war ein MAD-Heft-Wort, wie *Lechz* oder *Würg*, bei MAD-Heft-Worten mussten wir immer lachen.

»Ich find's gut«, sagte ich. Auch um Tamara nicht zu brüskieren, die schließlich all meine Ideen genau umgesetzt hatte. Sie hatte sogar noch ein paar Details hinzugefügt: kleine gelbe Pflaster auf dem Herz, Müll im Rinnstein und oben eine Lunte, die bereits abbrannte, dargestellt durch kleine Funken, die Richtung Hals hochsteigen würden.

»Na, dann los, sick boy«, sagte Sascha.

»Scheiß auf Understatement«, sagte ich.

»Genau, scheiß auf Understatement.«

»Wenn wir gleich anfangen und uns ranhalten, kriegen wir das ganze Ding in einem Rutsch hin«, sagte Tamara. »Dann musst du nicht nochmal wiederkommen.«

Ich zog das T-Shirt aus und setzte mich auf den Drehstuhl, Tamara bereitete die Nadeln und Farben vor. Sie sprühte mir die Brust ein, entfernte mit einem Einwegrasierer die paar Haare, die dort neuerdings wuchsen, pauste das Motiv auf und legte los. Sascha schaute ein paar Minuten zu, dann ging er in die Stadt, er wollte sich mit Leuten aus einem linken Hausprojekt treffen, die er auf einem Konzert in der Baracke kennengelernt hatte.

Nach anderthalb Stunden machten Tamara und ich eine kurze Pause in der Küche. Mit ihrer Zigarette zeigte sie auf meinen linken Unterarm, auf dem die halb abgeknibbelten Krusten meiner Tomatenmesserwunden hervorstanden.

»Was hast du denn da gemacht?«

»Nichts«, erwiderte ich und rieb mir vorsichtig über den Arm.

»Falls da Narben bleiben, kann man alles überstechen«, sagte Tamara und aschte in die Spüle.

Spätnachmittags holte Sascha mich wieder ab. Tamara hatte mir gerade Klarsichtfolie auf die rechte Brust gelegt, die sie nun mit Kreppband befestigte. Sascha inspizierte die frische bunte Wunde.

»Heavy Shit.«

»Ja?«

»Ziemlich.«

»Gut.«

Ich zog mein T-Shirt über und gab Tamara ihr Geld, 380 Mark. Meine Brust brannte wie Hölle, am schlimmsten war die Stelle rund um die Brustwarze gewesen, da wo die Haut ganz dünn und weich war, doch ich war zufrieden. Das Tattoo war nur für mich, kaum jemand würde es jemals zu Gesicht bekommen, abgesehen von dem einen blauen Funken, der knapp über dem Schlüsselbein saß und so gerade eben aus meinem T-Shirt-Kragen herausschaute.

Tamara drückte mir ein Filmdöschen mit Vaseline in die Hand. Sascha und ich verabschiedeten uns und gingen durch die Altstadt und über die Promenade Richtung Bahnhof.

»Wie war dein Treffen mit den Kommunisten?«

»Das sind keine Kommunisten.«

»Was denn, Trotzkisten? Anarchosyndikalisten? Zapatisten?«

Sascha lachte. »Schon eher. Gute Leute auf jeden Fall. Die starten gerade so'ne halbillegale Kneipe im Keller ihres Hauses. Wollen da auch Veranstaltungen machen, Politsachen, Lesungen und so.«

»Ah«, sagte ich. Für Politsachen hatte ich momentan keinen Kopf, und auf einer Lesung war ich noch nie gewesen. Klang irre langweilig.

»Die haben auch so einen kleinen Infoladen und ein Antiquariat mit gebrauchten Büchern. Da hab ich mich ordentlich eingedeckt.«

Er griff in seinen Stoffbeutel und zog ein Buch nach dem anderen hervor. Zwei zerfledderte Romane von Douglas Adams, ein Buch von Mumia Abu-Jamal, *Live from Death Row*, eins einer Philosophin mit dem lustigen Namen Judith Butler und einen schmalen roten Band mit dem Titel *Sexbeat*, der Autor trug den noch lustigeren Namen Diedrich Diederichsen, über den hatte ich schon mal was in irgendeinem Studentenfanzine gelesen.

»Ich wusste gar nicht, dass du so ein Bücherwurm bist.«

»Alles zusammen 15 Mark«, sagte Sascha, »Schnäppchen.«

Er kramte ein weiteres Buch hervor und drückte es mir in die Hand.

»Für mich?«

»Für dich.«

Es war eine abgegriffene Taschenbuchausgabe von Anthony Burgess' *Clockwork Orange*.

»Cool«, sagte ich, »das wollte ich schon lange lesen.«

»Ich weiß.«

»Woher?«

»Hast du mal erwähnt.«

»Echt? Wie aufmerksam von dir!«

Sascha klatschte in die Hände und zeigte mit beiden Daumen auf sich selbst, *kannste mal sehen*.

Auf der halbstündigen Zugfahrt war er in eins seiner neuen Bücher vertieft, ich schaute aus dem Fenster. Roter Klinker, weiße Satellitenschüsseln, rote Dachpfannen, schwarze. Eine Pferdekoppel, ein Sportplatz. Maschendraht, Wiesen, Felder,

Wald. Garagen hinter Jägerzäunen, Kunststoffbalkonverkleidungen, Neubauviertel, Spielstraßen. Wieder Wiesen, wieder Felder, und schließlich parallel zu den Schienen die Bundesstraße, die in den Münsterlanddamm mündete. Der Zug wurde langsamer. Der Bauhof, die Glasgroßhandlung. Für eine Sekunde konnte man rechter Hand unsere Wohnung und die Kreuzung sehen. Flintermann, Lammering, Eisen-Busch. Wir waren da.

Unsere Räder standen vorm Bahnhof. Wir fuhren in die Berninghoffallee und setzten uns in die Küche, wo wir uns von Richter und Tommi bekochen ließen. Die beiden hatten sich tags zuvor über die Zubereitung von Eierpfannkuchen gestritten und zu einem Battle verabredet. Jeder hatte seinen eigenen Teig gerührt, der nun parallel in zwei Pfannen gebacken wurde. Richter beschränkte sich auf die Basiszutaten Eier, Mehl, Salz und Milch, Tommi gab noch Backpulver und einen Schuß Sprudel hinzu, was Richter für *Schmuck am Nachthemd* hielt. Richter zerließ Butter in der Pfanne und achtete darauf, dass die Pfannkucken dünn wie Crêpes wurden, während Tommi seine dicken Oschis in literweise Sonnenblumenöl ertränkte, »das muss richtig heiß sein, bevor der Teig reinkommt«, erklärte er, »das ist das Geheimnis, das siedend heiße Fett!« Dazu gab es bei ihm Apfelmus, bei Richter Himbeermarmelade. Sascha vergab seine Stimme an Richter, mir schmeckten die Pfannkuchen von Tommi besser, was aber auch am Apfelmus liegen konnte. Im Kochduell meiner Mitbewohner stand es 1:1.

»Aber nur, weil du beim Münzewerfen beschissen und die beschichtete Pfanne bekommen hast«, zeterte Tommi.

»Wie bescheißt man denn beim Münzewerfen, Tommi?«, sagte Richter.

»Was weiß ich, du kannst das, jede Wette!«

Es klingelte an der Tür. Laura kam die Treppen hoch. Richter holte ihr einen Hocker aus seinem Zimmer, Laura setzte sich zu uns an den Tisch. Sie trug ein enges, unterhemdartiges Shirt mit lauter kleinen, hüpfenden Delphinen, grün auf gelb, es sah aus wie aus der Kinderabteilung von H & M. Was bei anderen vielleicht niedlich gewirkt hätte, schien bei ihr in Kombination mit dem Nasenring und dem Lochnietengürtel, dem Jeansrock und der Strumpfhose mit Laufmaschen, den Armreifen aus Metall und den schwarzen Stahlkappen-Docs eher wie ein beiläufiger Kommentar auf die Girlie-Niedlichkeit der Mädels, mit denen sie immer auf dem Louie-Parkplatz abgehangen hatte, eine Spiegelung, total verzerrt.

Tommi und Richter hatten ihr je einen Pfannkuchen übrig gelassen. Laura verschlang erst den von Tommi, dann den von Richter, beide in beeindruckender Geschwindigkeit. Alle Augen waren erwartungsvoll auf sie gerichtet, ihr Urteil würde den Ausschlag geben. Sauber und ordentlich legte sie das Besteck zur Seite, wischte sich mit einem Streifen der Küchenrolle den Mund ab, sah auf und sagte: »Ich schmeck da überhaupt keinen Unterschied.«

Was Tommi und Richter total auf die Palme brachte.

»Das sind doch zwei völlig unterschiedliche Gerichte!«

»Es ist nicht dieselbe Liga!«

»Es ist nicht mal derselbe verdammte Sport!«

»Marmelade hat jenseits des Frühstückstischs überhaupt nichts verloren!«

»Dieses asoziale Fett! Eine Pfanne ist doch keine Fritteuse!«

»Dass ihr immer so eine Religion aus allem machen müsst«, brummte Laura, dann sagte sie nichts mehr. Sie war mürrisch und wortkarg, wie so oft. Hinter ihrem Rücken hatten Nina und ich Laura manchmal *Gundula Griesgram* genannt, wenn sie mit so einer Fläppe bei uns aufkreuzte und grußlos in Richters Zimmer verschwand. Sie bewegte sich langsam und zurückhaltend, wie ein gleichgültiges Gespenst, und ständig trug sie diesen leicht angepissten Schlafzimmerblick spazieren. Wenn sie lachte, dann laut und verschwenderisch, eine plötzliche Explosion, durch zwei geschlossene Zimmertüren am anderen Ende unserer Wohnung zu hören, und jedes Mal fragte ich mich, was es wohl gewesen sein konnte, das diese reservierte Olle derart zum Lachen gebracht hatte. Ich wurde nicht recht schlau aus Laura, das machte sie interessant, und sie sah unfassbar gut aus. Mit ihren roten Haaren, den dunklen Augen und dem leicht herzförmig gespitzten Mund erinnerte sie mich an Sherri Valance, die melancholische Rothaarige aus *Outsiders*, und wenn sie wie heute einen strengen Zopf trug, hatte sie etwas von Shirley Manson, der Sängerin von Garbage. Garbage hatten gerade eine neue Single, das Trip-Hop-artige *The trick is to keep breathing*, Shirley Manson sang: *She's not the kind of girl / who likes to tell the world / about the way she feels about herself*, und das passte nun wirklich hundertprozent zu Laura.

Ich konnte das an diesem Abend nicht gebrauchen. Es war ausnahmsweise mal ein ganz okayer Tag gewesen, den wollte ich mir nicht von ihrem seltsamen Gehabe vermiesen lassen. Ich ging ins Bad, zog mein T-Shirt aus, löste das Kreppband und nahm die Folie ab. Meine rechte Brust war geschwollen und total versifft. Vorsichtig wusch ich mir mit lauwarmem Wasser den Schmodder ab, anschließend rieb ich die Wunde dünn mit Vaseline ein.

Richter kam ins Bad. »Fett«, sagte er mit Blick auf mein glänzendes neues Tattoo. »Weiß Nina eigentlich davon?«

»Noch nicht. Sollte sie?«

»Weiß nicht«, sagte er. »Zurückkriegen tust du sie damit jedenfalls nicht. Kann ich mal pissen?«

Ich räumte das Bad und zog mir ein frisches T-Shirt über. Vor dem Spiegel in meinem Zimmer stellte ich fest, dass das Shirt das komplette Tattoo verdeckte. Es hatte einen engeren Kragen als das, welches ich tagsüber getragen hatte, von dem obersten blauen Funken am Hals war nichts zu sehen. Irgendwie wurmte mich das.

Ich setzte mich aufs Bett und versuchte, eine Songidee weiterzuentwickeln, die ich vor ein paar Tagen angefangen hatte, doch mir fiel nichts ein, also legte ich die Gitarre wieder zur Seite, ging in den Hausflur, zog die Luke auf und kletterte aufs Dach. Im matten Licht der Straßenlaterne, das von unten zu mir hochdrang, las ich in meinem neuen Buch, bis zu einer Stelle am Anfang des zweiten Kapitels, an der ein *starriger Trunkenbold* von Alex und den Droogs *horrorshow getollschockt* wird und dabei unbeirrt weiter singt:

»Mein Schatz, ich will dich wiedersehn, wiedersehn
Doch Schatz, du bist dahin.«

*

Geweckt durch penetrantes Gekrächze von draußen.

Ich schlage die Augen auf. Erkenne eine Tür, daneben ein längliches Regal. Unter der niedrigen Decke hängt eine kleine rote Lampe. Ich bin schweißnass, meine Beine sind total zerstochen. Ach ja, hier bin ich.

Ich drehe mich noch einmal um. Stelle den Wecker um acht aus, auch den um halb neun und den um neun. Um kurz nach neun ruft Kiki an, um zu fragen, ob ich meine erste Nacht auf der Datsche gut überstanden habe. Wieder ertönt dieses Gekrächze, es muss aus dem Wald kommen oder vom See, es klingt wütend, fast panisch.

»Was ist das für ein Tier«, sage ich in den Hörer, »hör mal.«

Ich schalte den Lautsprecher ein und halte das iPhone in die Luft.

»Ich höre einen Specht«, sagt Kiki. »Und eine Taube. Und jetzt irgendwas Krähenartiges.«

»Das meine ich.«

»Eine Elster, würde ich sagen.«

»Eine Elster, aha. Ist die sauer? Oder hat sie Schmerzen?«

»Vielleicht ist das ein Junges. Ist doch jetzt die Zeit.«

»Ja?«

»Ja, klar! Mann, bei dir kann man wirklich noch mit seinem letzten Rest Schulwissen punkten. Ich hoffe, du wirst nicht wahnsinnig, da auf dem Land.«

»Das hoffe ich auch«, sage ich und richte mich auf. »Hast du in letzter Zeit eigentlich mal was von Hauke gehört?«

»Länger nicht«, antwortet Kiki. »Du?«

»Auch nicht.«

»Wieso fragst du?«

»Nur so.«

Ich weiß auch nicht, wo das nun herkommt. Na ja, vielleicht doch. Ich strample die Bettdecke zur Seite und stehe auf. Stoße mir an der Schräge den Kopf. Fluche.

»Was ist?«

»Nichts.«

»Hast du dich verletzt?«

»Lass mich ruhig zurück, Kiki, ich komm schon durch.«

Sie seufzt. »Sag Bescheid, wenn du dir ein Bein brichst oder den Hals. Oder wenn ich deinen Kram abholen soll.«

In Unterhose gehe ich nach draußen auf die Veranda. Die Sonne steht schon hoch am Himmel. Ich zünde mir eine Zigarette an und schaue zwei Eichhörnchen zu, die von Baum zu Baum durch den Garten toben. Ein Rascheln in den Bäumen, ein Kitzeln auf der Haut. Die anderen fünf Bungalows auf dem Gelände liegen still, der Audi von gestern ist weg. Ein Vogel hat in die Hängematte geschissen. An einer der Birken drücke ich die Zigarette aus und werfe den Stummel in die zum Ascher umfunktionierte Teetasse. Ich gehe wieder rein, setze mich an den Esszimmertisch, klappe den Laptop auf und lege drei neue Word-docs an:

TAGEBÜCHER_SOMMER_99, wohin ich meine alten handschriftlichen Aufzeichnungen übertragen werde.

INTERVIEWS, für die allgemeinen und individuellen Fragen, die ich den Leuten von damals stellen will. Sofern sie sich darauf einlassen.

SOMMER_2015, wo stichwortartig alles reinkommt, was mir beim Lesen und Abtippen durch den Kopf geht, einfällt, aufstößt. Weil ich von meinem richtigen Tagebuch nicht lassen kann, habe ich ab jetzt zwei. Doppelte Tagebuchführung. Das wird ja immer schöner.

Ich ziehe mich an und gehe laufen, eine Runde um den kleinen Zeschsee. Nach nicht einmal zwanzig Minuten bin ich zurück auf der Datsche. Muss kalt duschen, weil ich vergessen habe, den Boiler anzustellen.

Fröstelnd steige ich in den Bademantel und spüle das Geschirr von gestern. Wie von Todde aufgetragen, bewässere ich die Beete im Garten und die jungen Apfel- und Kirschbäume vorm Haus. Dabei beantworte ich ein paar SMS und stelle fest, dass ich vorne am Tor genug Netz habe, um E-Mails abzurufen. Ich rufe bei meinem Mobilfunkanbieter an und lasse das monatliche Datenvolumen erhöhen, packe meine Tasche aus, sortiere die Tagebücher, ziehe Fotos von der Kamera auf den Computer und esse ein Käsebrot. Dann habe ich nichts mehr zu tun und fange an. Buch Nummer 9, Ende April 1999. Alles, was mir wichtig oder interessant erscheint, wird ins Word-doc übertragen. Zuerst nur einzelne Sätze, dann auch mal eine ganze Seite.

Nach anderthalb Stunden der Entschluss: Ich muss das alles abtippen, den ganzen Sommer, von Trennung bis Flasche auf den Kopf. Jetzt zu entscheiden, was von Belang ist und was nicht, das macht mich irre, so komme ich nie voran.

Also nochmal von vorne. Jedes einzelne Wort transkribieren, jeden einzelnen Satz. Wird vermutlich die ganze Woche dauern, und viele der Einträge sind kaum zu ertragen, doch es geht nicht anders. Ich werfe mich selbst an die Wand und schaue, ob etwas kleben bleibt.

Langeweile. Tote Stadt. Noch ein Mensch weniger um die Zeit rumzubringen. // Alles in mir ist so schwer. Als wenn ich mich selbst nicht mehr tragen könnte. Ich spüre mein Herz, die ganze Zeit. // Handlungsunfähigkeit killt mich. Wachsein ist nur Qual. // Kein Schutzschild. Es prasselt auf mich ein, als wenn es Messer regnet. // Dienstags bis donnerstags ist es immer besonders schlimm.

Es hatte eine Weile gedauert, bis ich endgültig kapierte, dass Nina mich diesmal wirklich verlassen hatte, und dass es mich dermaßen aus der Bahn werfen würde, darauf war ich nicht vorbereitet. Am Anfang hatte der Trennungsschmerz noch etwas Aufregendes. Obwohl ich schon meine Erfahrungen mit der allgemeinen Beschissenheit gemacht hatte, so tief am Boden war ich noch nie gewesen. Von da unten sah die Welt ganz anders aus. Lieblingsplatten klangen besser als je zuvor, ungeahnte Energien wurden freigesetzt, ich verfiel in längst überwunden geglaubte Verhaltensweisen.

Montag aufm Rückweg aus der Stadt haben Richter, Sascha und ich gelbe Säcke zerfetzt und durch die Gegend geworfen, Mülleimer umgetreten und versucht, ein Stück Bonzenvilla-Zaun zu klauen, schrieb ich, nicht ohne das gleich zu kommentieren: *Total dumme Halbstarken-Scheiße, aber musste sein.*

Ich begann, mit meinem Tagebuch nicht nur zu reden, sondern mich vor ihm zu rechtfertigen.

Gestern Münster. Kurz bei Tamara, einen zusätzlichen blauen Funken an den Hals bekommen. Jetzt ist es perfekt. Abends zwei Hardcorebands in der Baracke, vorher bei Celina Haschkekse gegessen. Alle einen halben, ich zweieinhalb. Wollt's wohl wissen.

Beim Konzert megadicht, durchgedreht, kaum noch was um mich rum wahrgenommen. Das brauchte ich.

Ich ging nicht mehr ins Kino und las nicht mehr, weder die Zeitung noch Fanzines und schon gar keine Bücher. Nicht einmal *Clockwork Orange* hatte ich ausgelesen. Musik war alles, was blieb. Ich fieberte jeder Bandprobe entgegen und fuhr auf alle möglichen Konzerte, auch auf solche von Bands, die mich gar nicht interessierten. AJZ Bielefeld, Ostbunker Osnabrück, AZ Mülheim / Ruhr, Juz Warendorf, und immer wieder Münster: Tryptichon, Gleis 22, Baracke. In der Scheune Ibbenbüren verteilte ich Unmengen von Speichel auf die Mitglieder einer holländischen Pop-Punk-Band, deren glattgebügelte Coverversion von *Blitzkrieg Bop* ich als Verunglimpfung der Ramones empfand. Es gab ein Handgemenge, das Konzert wurde unterbrochen, jemand zückte CS-Gas, Schacke, wie es später hieß. Wir flogen alle raus, ich bekam dreimonatiges Hausverbot, nahm es wie eine Auszeichnung.

Meine exaltierte Traurigkeit war noch eher wärmender Mantel als beschämender Umhang. Es war, als hätte ich endlich eine Rechtfertigung für den Weltschmerz, der mich bisher meist ohne konkreten Anlass befallen hatte.

Was ich allerdings komplett vergaß, war, um Nina zu kämpfen.

War ich mir dafür zu fein? Zu stolz, zu selbstbezogen, oder schlicht zu blöd?

Oder wollte ich etwa genau das: leiden?

Denn das war ja immer erstmal gut, etwas fühlen. Besser Schmerz als Taubheit, Hauptsache was los, gerade hier in diesem *Schweinekaff*, wo man auch in deutlich stabileren Zuständen mit Dengeleien, Pferdeküssen und Sachbeschädigung arbeitete, um dem Alltag ein wenig Leben abzutrotzen. Wo man ständig dachte: alles, nur nicht dieser Normalität genannte Dämmerzustand, diese gepolsterte Welt aus Reihenhäusern,

Schützenfesten und Verkehrsberuhigung, versichert gegen alles und jeden, immer den Weg des geringsten Widerstands, jeder Tag ein einziger fauler Kompromiss. Ernsthaft verlassen worden zu sein war etwas Neues. Ein Spektakel. Ein Riot. Die Attacken kamen in Wellen, ich konnte sie nicht beherrschen und lieferte mich ihnen völlig aus. Es war befreiend, die Kontrolle abzugeben. Ich hatte wochenlang Durchfall, nahm ein paar Kilo ab und wurde immer blasser, und ich fand, dass mir das gar nicht schlecht stand.

Heute früh in einer Bushalte aufgewacht. Beim Waschen ein benutztes Gummi in der Hosentasche gefunden, der Inhalt ganz trocken und flockig. Kein Plan woher, wann, wo, mit wem.

Ich kaute meine Fingerkuppen zu blutigen Stumpen, knallte meinen Kopf gegen die Wand, hebelte die Krusten an meinem linken Unterarm auf und riss sie ab. Blut auf den Klamotten, im Bettzeug, im Tagebuch. Wie ein panisches Tier in seinem zu engen Gehege rannte ich mit freiem Oberkörper durch die Wohnung, riss in wilder Raserei Fenster, Türen und Schränke auf und schloss sie wieder, stellte mich im Bad vor den Spiegel, schnitt scheußliche Grimassen, betrachtete die monströse Herzbombe auf meiner Brust, *Sick Boy*, schlug mir mit der flachen Hand ins Gesicht und dachte, Wahnsinn, vielleicht werde ich jetzt endlich verrückt.

An einem wolkenverhangenen Abend kippte ich mehrere Liter Nudelwasser mitsamt den halbgaren Nudeln aus dem offenen Küchenfenster, aus Wut, weil ich vergessen hatte, das Wasser zu salzen, verbrannte mich dabei an der Hand, ließ den Topf fallen, ging zu Boden und drosch mit der Faust aufs PVC, bis Richter und Tommi aus ihren Zimmern kamen, mich auf einen Stuhl setzten und zu beruhigen versuchten wie einen Lengerich-Kandidaten kurz vor der Einweisung.

Dann verließ mich die vom Schock in Gang gesetzte Energie. Der Schmerz kitzelte und brannte nicht mehr, die Traurigkeit aber blieb. Sie wurde immer elementarer, gewöhnlicher, weniger hysterisch. Ich dachte an Selbstmord. Nicht zum ersten Mal in meinem Leben, aber zum ersten Mal als konkrete Handlungsmöglichkeit. Überlegte, wie ich es anstellen sollte. Mit der Transe gegen die Wand fahren? Mich in der Transe von einer Autobahnbrücke im Sauerland stürzen? Oder mich erschießen, irgendwo an der Ems?

Sterben ist bestimmt geil, wenn man weiß, dass man es will, schrieb ich eines Morgens direkt nach dem Aufwachen. *Ich freu mich auf den Moment, wo ich es wirklich will.* Und am selben Tag, abends: *Tommi steht gerade hier in der Tür, rührt sich Quark und hat keine Ahnung, dass ich gerade lächelnd davon schreibe, dass ich mein Leben beenden möchte.*

Selbstmitleid ist ein Rausch, der nur heimlich genossen werden kann. Nichts ist peinlicher, als von anderen der Larmoyanz bezichtigt zu werden oder sich selbst dabei zu ertappen, wie man sich darin suhlt. Der erste Reflex ist daher, meine verschriftlichte Todessehnsucht als bloße Koketterie abzutun und mich darüber lustig zu machen. Schließlich ist es beruhigend zu sehen, dass man über die Heftigkeit seiner Gefühle auch lachen kann.

Doch ganz so einfach ist es nicht. Ich empfinde mit diesem verzweifelten jungen Mann. Nur fühlt sich das nicht an wie Selbstmitleid. Eher wie das *Mit-fühlen* mit einer Film- oder Romanfigur, in der man sich wiedererkennt, die man aber dennoch von außen betrachtet, mit Empathie und Abstand.

Zum Suizid ist es immerhin nicht gekommen. Die Gründe dafür sind so simpel wie einleuchtend: *Manchmal denke ich daran, mich jetzt einfach zu erschießen. Aber dann denke ich, ich könnte besser vorher noch ein paar Arschlöcher mitnehmen, und das müsste man ja wieder organisieren.*

Oder, und da muss ich dann doch schmunzeln: *Eigentlich*

könnte ich mich jetzt in die Kneipe setzen und die Kohle verprassen, die ich eh nicht mehr brauche, wenn ich tschüs gesagt habe. Aber ich will ja noch mit Sascha nach Mallorca. Und 'ne gute Platte aufnehmen.

Kurze Pause in der Hängematte. Ich bin immer noch im Bademantel. Die Stiche an meinen Beinen sind zu dicken roten Beulen geworden. SMS an Sascha.

– Kannst du dich daran erinnern, dass wir 1999 zusammen nach Mallorca wollten?

Er antwortet sofort: – mallorca? nee.

– Ich auch nicht.

– wieso denn ausgerechnet mallorca?

– Keine Ahnung.

– was trinken heut abend?

– Bin nicht in der Stadt. Nächste Woche?

– da bin ich schon bei den amis.

Ach ja, ganz vergessen. Sascha fliegt am Sonntag in die USA. Er hat kurzfristig ein Stipendium in Washington DC bewilligt bekommen, um dort an seiner Dissertation zu arbeiten und in verschiedenen Archiven der Ostküste zu seinem Thema zu forschen – *Queere Elternschaft in den USA nach 1960.*

– Stimmt ja. Wann zurück?

– mitte august.

– 8 Wochen USA, bezahlt? Du Schwein!

– haha.

*

Wenn nichts los war, betrank ich mich zu Hause, alleine oder mit Richter, Tommi oder Sascha, oder wer auch immer gerade da war. Irgendwer war immer da. Bei uns tauchte man auf, um herauszufinden, ob es noch einen Autoplatz zu diesem See oder jenem Konzert gab oder um einfach abzuhängen, zu saufen und Joints zu rauchen, einen Film zu gucken, eine Partie Risiko zu spielen oder über den neuesten Tratsch informiert zu werden.

»Habt ihr schon von Philipp gehört?«

»Welcher Philipp?«

»Pappen-Phil.«

»Was hat er jetzt wieder vom Stapel gelassen?«

»Der muss wohl Samstagabend durch die Stadt gerannt sein, Bandana über den Augen, Zahnbürste in der Hand und voll am rumbrüllen, ›ICH EMPFANG HIER KOSMISCHE STRAHLEN!‹«

»Ja, wahrscheinlich.«

»Nee, echt jetz!«

»Haha, das ist so ein Phantast!«

»Hat der Grüne erzählt.«

»Was ist eigentlich mit dem?«

»Der ist in Holland, der meldet sich später.«

»Nein, ich meine mit Philipp. Ist der echt auf LSD hängengeblieben?«

»Irgendwer meinte Psilos.«

»Ist doch dasselbe.«

»Ist überhaupt nicht dasselbe.«

»Ich hab gehört, der hätte eine ganz normale Psychose.«

»Wie, *ganz normal*?«

»Ja, nicht drogeninduziert oder so.«

»Habe ich auch gehört. Der war schon mal in Lengerich.«

»Jeder muss mal nach Lengerich.«

»Du vielleicht.«

»Der vertickt doch auch. Wahrscheinlich ist er sein bester Kunde.«

»Der redet echt viel dummes Zeug in letzter Zeit.«

»Wer jetzt, der Grüne?«

»Der auch.«

»Aber hallo. Queen Laber!«

»Ist doch egal jetzt, die Story ...«

»Alter, hast du den Dschorno wieder heißgeraucht!«

»Das war ich nicht, der kam hier schon so an! Da ist doch eh nichts mehr drauf.«

»Natürlich ist da noch was drauf, ich hab bis zum Tip gebaut. Was miefen deine Flunken eigentlich so?«

»Wir haben Feuer gemacht an der Ems.«

»Mit Benzin oder was.«

»Ja.«

»Die Story geht noch weiter. Am Busbahnhof hat er wohl so ein paar heftige Faschorussen zugetextet, da ist einer von denen aufgestanden und hat ihn umgehauen. Ganz stumpf: aufgestanden, ausgeholt, umgewemst, paff.«

»Echt? Den Grünen?«

»Heftig.«

»Nein, Pappen-Phil, ihr Eumel! Hört mir eigentlich jemand zu? Nase gebrochen, Krankenwagen und alles.«

»War ja nur 'ne Frage der Zeit. Philipp nervt.«

»Der ist so unseriös. Das ist der Unseriöseste von allen!«

»Kein Grund, ihm die Nase zu brechen.«

»Kommt drauf an.«

»Kommt worauf an?«

»Wie sehr er genervt hat.«

»Finde ich nicht.«

»Finde ich schon. Einmal Nase brechen erspart unter Umständen zwei Monate Lengerich.«

»Bist du noch ganz dicht? Du redest ja selbst schon wie Pappen-Phil!«

»*Einmal Nase brechen erspart zwei Monate Lengerich*, haha, den merk ich mir!«

»Lass mich mal vorbei.«

»Wo willst du hin?«

»Splenterkotten.«

»Wenn der Grüne die Geschichte erzählt hat, dann könnte es aber auch sein, dass es sich bei den *heftigen Faschorussen* in Wahrheit um ein paar ostwestfälische Jusos gehandelt hat, die dem guten Philipp nur einen freundlichen Klapps auf die Schulter gegeben und ihn anschließend in ein Taxi nach Hause gesetzt haben.«

»Stimmt, der Grüne meint es manchmal etwas zu gut mit seinen Storys.«

»Queen Laber, sag ich doch.«

»Das haben aber auch noch andere gesehen, Philipp muss tierisch gesaftet haben.«

»Was macht denn die Katze da, ist die tot?«

»Die will gekrault werden.«

»Wer will das nicht.«

»Ich weiß nicht, was ihr gegen den Grünen habt. Der ist doch in Ordnung. Kommt der jetzt eigentlich noch?«

»Irgendwer meinte, der wäre in Holland.«

»Das hab *ich* dir grad erzählt, du Hirni! Sitzt du auf deinen Ohren, oder schlägt jetzt deine Lobotomie voll durch?«

»Geil, woher ist das nochmal?«

»*Barfly.*«

»Stimmt. Hast du den nicht auf Video? Sollen wir den gucken?«

»Jetzt? Kein Bock.«

»Ist denn was am Fernsehen?«

»Kommt heute nicht Harald Schmidt?«

»Wollen wir nicht lieber in die Stadt?«

»Es ist am Plästern.«

»Ich bin blank.«

»Ich muss morgen früh raus.«

»Willst du uns jetzt rausschmeißen, oder was?«
»Setzt euch doch in die Küche.«

Laura kam fast jeden Tag vorbei. Sie schien mehr oder weniger in ihrer Ente zu leben, Kofferraum und Rückbank quollen immer über vor Klamotten und Kram. Eigentlich war sie mit Richter befreundet, neuerdings hing sie aber auch viel mit Tommi rum. Nur zu mir blieb sie immer auf Distanz. Zu mir und zu der Katze. Sascha hatte mal angedeutet, dass Laura mich für arrogant hielt, was durchaus auf Gegenseitigkeit beruhte, und gegen die Katze hatte sie eine richtige Abneigung. Weil sie sich zu ähnlich sind, hatte ich mir mal küchenpsychologisch zusammengereimt.

Sascha und Laura hatten gerade ihre Abschlusszeugnisse bekommen. Mit einer Kiste Bier saßen sie abends in unserer Küche und feierten ihr bestandenes Abitur.

»Schnitt drei Komma null«, murmelte Sascha, »jetzt gehöre ich zur geistigen Elite Deutschlands.«

Laura wusste ihren Schnitt nicht. »So ähnlich«, meinte sie nur, und: »Endlich vorbei, der Rotz.«

Wie ich waren die beiden die Ersten in ihrer Familie mit Abitur, und keiner von uns wusste damit etwas anzufangen. Niemand, der in der Berninghoffallee herumhing, wollte etwas werden. Oder besser: Wer unbedingt etwas werden wollte, der hing bestimmt nicht in der Berninghoffallee herum.

»Und jetzt?«, sagte Richter zu Laura.

»Nichts«, antwortete sie und zuckte mit den Schultern.

»Aber du musst doch was aus dir machen, Kind«, sagte Tommi mit sanfter Herbert-Feuerstein-Stimme, »all dein Talent!«

»Erstmal Sommerpause«, sagte Laura. »Dann so schnell wie möglich verbeamten lassen, dann Frühvergreisung.«

Es war das erste Mal, dass ich sie einen Witz machen hörte.

Wobei ich mir zunächst gar nicht sicher war, ob es sich wirklich um einen Witz handelte. Auch die anderen schauten Laura einen Moment verdutzt an. Sie verzog keine Miene. Was war das? Schüchternheit? Oder einfach nur sehr eigener Humor?

»Ihr braucht gar nicht so zu glotzen, das ist ein ehrbares Ziel«, sagte sie schließlich, dann huschte der Anflug eines Lächelns über ihr Gesicht, ein leichtes Zucken der Mundwinkel, nur ganz kurz, wie ein Sträfling auf der Flucht.

»Laura Töllner, du hast einen totalen Dachschaden«, sagte Richter.

»Gut, dann bin ich hier ja richtig«, sagte Laura und nahm sich ein Bier.

Dann war da noch mein alter Kumpel und Bandkollege Hannes, der vor drei Jahren nach Köln gezogen war, aber fast jedes Wochenende nach Rheine kam, zum Proben und wegen seiner Freundin Nadine. Nadine und ich waren so etwas wie Rivalen, Konkurrenten um Hannes' Aufmerksamkeit und Zeit. Vor ein paar Monaten hatte sie sich mit einem Langhaarschneider die Haare abrasiert und sie ihren Eltern in einer Plastiktüte auf den Küchentisch geworfen, seitdem sah sie aus wie eine aggressive Version von Sinéad O'Connor. Weil ihr Vater keinen Übernachtungsbesuch duldete und Hannes' Eltern in einem Vorort von Rheine wohnten, übernachteten die beiden häufig bei uns, meistens im Zimmer desjenigen, der gerade nicht da war. Seit ich nicht mehr zu Nina ausweichen konnte, schliefen wir manchmal zu dritt in meinem Bett. Oft ging ich dann nachts nochmal um den Block, damit die beiden in Ruhe vögeln oder streiten konnten. Einmal kam ich von einem Spaziergang an der Ems zurück und fand nur ein leeres Bett vor, total zerwühlt. Hannes und Nadine waren abgehauen. Auf dem Nachtschränkchen stand ein Glas mit einem Rest Orangensaft, in dem Orangensaft schwamm ein benutzter Tampon. Der hellblaue Faden hing über den Glasrand wie ein zusammengesackter Strohhalm, aus dem Tampon lief eine dünne Schliere Blut, ein kinky Cocktail, Tequila Sunrise pervers.

Guido und Robin waren auch oft bei uns, ebenso meine ehemaligen Mitbewohner Schacke und Wiebke, und Celina, die coole Schwererziehbare, über die ich Sascha kennengelernt hatte. Celina wohnte mittlerweile in Münster, wo sie eine Ausbildung zum Steinmetz machte.

»Heißt das in deinem Fall dann Steinmetzin?«

»Weiß ich nicht. Ist doch latte.«

»Gibt's da noch andere Frauen in dem Betrieb?«

»Nur Typen.«

»Ist das nicht komisch?«

»Solange die mich nicht dumm anlabern …«

Richter meinte, er finde Frauen in Männerberufen total scharf. Celina erwiderte, das gehe ihr umgekehrt genauso, und bei dem Gedanken an Richter mit Wischmopp und Kittel werde sie sofort ganz feucht. Es war das erste Mal, dass ich Richter erröten sah.

An den Wochenenden fielen manchmal Tommis alte Freunde bei uns ein, die Tommianer. Sie wohnten alle noch bei ihren Eltern, in irgendwelchen Käffern rund um Osnabrück und Ibbenbüren. Richter hatte die Tommianer mal als *Fußvolk der Berninghoffarmee* bezeichnet. »Warum nicht gleich *Kanonenfutter?*«, hatte Tommi gesagt, und das war natürlich noch besser.

Drumherum gab es noch eine Gruppe an Leuten, der Grüne etwa, ein ausgemergelter Hardcorekiffer mit besorgniserregender Hautfarbe, Theresa, das Hippiemädchen mit den schwarzen Locken, das gerade mit Laura eine Wohnung suchte, oder die Larrys, zwei irgendwie französisch aussehende Oi-Skins mit Kassenbrillen und einem Faible für Fußball und Randale, die sich mit ihrer Mutter in einer der Sozialwohnungen an der Neuenkirchener Straße zwei Zimmer teilten. Der Ältere der beiden hieß Lars. Richter hatte ihn mal Larry getauft, weil er meinte, das passe besser zu ihm. Sein jüngerer Bruder hieß Björn, aber da die beiden immer im Doppelpack auftauchten, nannten wir sie der Einfachheit halber *Die Larrys*. Der kleine Larry, Björn, hatte sich darüber einmal beschwert. Hätte er besser nicht machen sollen, dann hätte sich das vielleicht schnell wieder erledigt.

Ich war zwar oft genervt von den vielen Nichtsnutzen, die unsere Wohnung als eine Art Selbstverwaltetes Jugendzentrum ansahen, doch nun war mir jede Gesellschaft recht. Während es draußen immer schöner und die Tage immer länger wurden, war ich erleichtert, wenn endlich wieder einer rum und ich müde oder betrunken genug war, um einschlafen zu können. Es ging nicht mehr um Spaß, es ging nur noch um Beschäftigung. Ich war einsam, aber nie allein. Eigentlich war es immer umgekehrt gewesen.

*

Durch das Abtippen ein viel tieferes Eintauchen als beim Lesen. Größere Aufmerksamkeit, mehr Nähe. Gleichzeitig entsteht eine Distanz, zur Sprache, zum Stil, zum Textkörper an sich. Für einen Leser aus nichtwestfälischem Hause müsste man ein Glossar anlegen, wie bei *Clockwork Orange*.

stopfen = essen
plästern = regnen
dengeln = spielerische körperliche Auseinandersetzung zwischen zwei oder mehr meist männlichen Heranwachsenden, oft homoerotisch konnotiert, siehe auch: raufen, kloppen, balgen
verhaltens = verhaltensgestört, bescheuert, behämmert, plemplem

Bunken = Prolls, Asis
Flunken = Finger
Olle = Mädchen, Frau, nicht zwingend abwertend gemeint
Splenterkotten = gutbürgerliches Restaurant in Elte, Synonym für Toilette
Meile = Etwa 50 Meter langer Strip auf der Matthiasstraße mit Kneipen, Imbissbuden und der Discothek Roxy
Ohne Ende Dschornos gebarzt, dann mit alle Mann inne Hölle, und Richter ist wohl noch mit Celina losgezogen = Wir rauchten einige Joints, besuchten anschließend in großer Runde das Roxy, und wie mir zu Ohren kam, tauschten Richter und Celina später noch Zärtlichkeiten aus

Kaum zu glauben, dass ich in jenem Sommer schon 23 geworden bin. Viele Einträge lesen sich eher wie die eines 16-Jährigen. Andere haben mit 23 bereits Kinder zur Welt gebracht, Planeten entdeckt oder unsterbliche Alben aufgenommen: *Revolver*, *Never Mind the Bollocks*, *Reign In Blood*. Ich hatte die Band und das Fanzine, aber sonst?

So viele erste Male lagen noch vor mir. Eine SMS schreiben, eine E-Mail schreiben, ein Buch schreiben. Eine Lesung besuchen, eine Lesung geben, den Idiotentest absolvieren. Avocado essen, Papaya essen, Kaviar essen (aus Versehen, nach einem Auftritt in München, der Kaviar war orangefarben und befand sich auf einer Gurkenscheibe, die auf meinem Wodka-Shot lag, ich hielt ihn für Marmelade), diese verbotene Substanz ausprobieren oder jene Sexualpraktik. In einem Flugzeug sitzen, auf einem Pferd sitzen, in der Sauna sitzen. Aus einem Flugzeug springen, von einem Pferd fallen, aus der Sauna fliegen. Operiert werden, in Ohnmacht fallen, einen Elternteil verlieren, einen toten Menschen sehen. Ich war mit 23 noch nie auf eine Hochzeit eingeladen oder von Gleichaltrigen gesiezt worden, hatte noch nie einen Blumenstrauß geschickt bekommen, den

Kontinent verlassen oder in einer anderen Stadt gewohnt als der, in der ich geboren und aufgewachsen bin.

Ich tippe, bis ich leichte Rückenschmerzen bekomme und mein Magen knurrt, dann gehe ich im warmen Licht der Abendsonne zur Märkischen Traube, dem neueröffneten Restaurant, von dem Todde erzählt hat, und setze mich draußen an einen Tisch. Ich bin der einzige Gast. Käseteller, Brotkorb, Weißwein, Wi-Fi. Alles erstaunlich gut.

Wieso *erstaunlich*? Weil ich der Provinz nichts zu-, ihr immer nur misstraue?

Kriege ich in diesem Leben wohl nicht mehr raus.

Bei meinem zweiten Glas Wein setzt sich ein Pärchen an den Nebentisch. Die Frau ist schwanger, der Mann bemüht, seine Brauchbarkeit als Ehemann und zukünftiger Vater unter Beweis zu stellen. Er hilft seiner Frau mit dem Stuhl, klappt ihr die Karte auf und kratzt sich am Kinn: »Ach, weißt du was, ich glaube, ich nehme auch nur eine Schorle.«

Ich schätze die beiden auf Mitte 30, jünger als ich. Trotzdem der Gedanke: Das sind die Erwachsenen. Ich nicht.

Was ist das, Alter?

Zwischen 13 und 18 hing ich fast nur mit Älteren rum und versuchte, mich dementsprechend zu benehmen. 1999, mit 22, 23, hatte sich ein bedeutender Teil meiner Jugendfreunde bereits in Richtung Großstadt oder Drogensumpf verabschiedet. Mit 30 zog ich nach Berlin und führte das Leben eines 20-Jährigen. Letzte Woche bin ich 39 geworden, und ich führe das Leben eines – na ja, eines 39-Jährigen wohl nicht. Ich habe kein Haus, kein Auto, keinen Chef, kein geregeltes Einkommen und nichts in der Rentenkasse, bisher weder unter Haarausfall, seniler Bettflucht oder kaputter Bandscheibe zu leiden, wenig Interesse an Free Jazz, Fortpflanzung, Urlaub mit dem Wohnmobil oder daran, mir die Konzertposter längst verblichener

Jugendhelden rahmen zu lassen, und der typische 22-Jährige war mir auch mit 22 schon suspekt. Andererseits werde ich von Jahr zu Jahr lärmempfindlicher, denke immer öfter über Tod, Vergänglichkeit und Stoffwechsel nach und finde regelmäßig dicke Flusen im Bauchnabel, was laut einem halb mitgehörten Beitrag im Deutschlandfunk nicht nur bei Männern häufiger auftritt als bei Frauen, sondern vor allem bei älteren Männern häufiger als bei jungen, und dann war da noch die Sache beim Haareschneiden letzte Woche, als mein Friseur mir ungefragt mit Kamm und Langhaarschneider die Augenbrauen stutzte – »Geht halt irgendwann los da oben«, meinte er nur lakonisch, als er meinen Blick bemerkte.

In einer seiner Titanic-Kolumnen schrieb Max Goldt, ein Mensch sei dann alt, wenn er die Hälfte seiner statistischen Lebenserwartung überschritten habe. Über die Eingabe *Statistische Lebenserwartung Männer Deutschland* lotst mein iPhone mich zu einem *Lebenserwartungsrechner*. Ich gebe mein Geburtsdatum ein.

Die statistische Lebenserwartung 1976 in Deutschland geborener Männer liegt bei 78,39 Jahren. Die Hälfte von 78,39 sind 39,19. Nach Max Goldt werde ich also vor Ende dieses Sommers offiziell alt sein. Leider hat die Internetseite noch mehr Informationen für mich: »Aus diesen Daten ergibt sich der 15.09.2055 als Ihr statistischer Todestag.«

Erase and rewind.

Fuck, geht nicht.

Ob ich dieses Datum jemals wieder vergessen kann?

*

Anfang Juni hatten wir einen Auftritt in Quakenbrück. Halb Rheine hatte sich angekündigt, sogar Lagerchef Bernd wollte kommen, und Nina, denn ich hatte an dem Tag Geburtstag.

»Aber nur wenn du einsiehst, dass das mit uns vorbei ist«, sagte Nina am Telefon. »Ich komme nur, weil ich dir gratulieren und euch alle mal wiedersehen will.«

Die Idee, mich auf der Bühne zu erschießen, hatte ich verworfen. Hätte man ja wieder organisieren müssen. Ich hatte auch gar keine Pistole. Nur meine alte Reck, die Gaswumme von Haushaltswaren und Jagdbedarf Krawinkel, die in ihre Einzelteile zerlegt als Staubfänger im Bücherregal lag.

Plan B: Beim Auftritt möglichst cool und souverän rüberkommen.

Am Abend vorher, einem Freitag, feierten wir bei uns in meinen Geburtstag rein. Hannes und Nadine, Robin, Guido, Sascha, Laura und Theresa waren gekommen, später auch noch die Larrys, und natürlich Richter und Tommi, damit war mein Zimmer voll. Wir tranken und guckten *Superstau* auf Video. Meine Bandkollegen und ich konnten den halben Film mitsprechen. Besonders die cholerischen Anfälle von Ralf Richter als Bergmann Hermann Pacholke hatten es uns angetan. »Ilse, hast du die Tickets?«, riefen wir Richtung Fernseher, »Über Karlsruhe fahren nur Idioten!« und »Mensch, wie dat hier aussieht im Fahrzeug, der Boden, die Sitze, alles versaut!«

Laura und Theresa drehten die Köpfe vom Fernseher zu uns und wieder zurück. Sie saßen mit je einer Arschbacke auf meiner Coca-Cola-Tonne, gut, dass ich die noch nicht entsorgt hatte.

»Ihr macht mich fertig«, sagte Nadine, die vor Hannes auf dem Boden hockte und den goldenen Hut einer Tequilaflasche auf dem stoppeligen Kopf hatte.

»Feddich is nicht feddich, wenn *du* sagst: ›Is feddich‹«, paraphrasierten Hannes und ich Jan Vedder in seiner Rolle als *Hinnerk vonne Freeways*, obwohl diese Stelle erst später im Film kam und sich auf einen anderen Wortsinn von *fertig* bezog, »feddich is feddich, wenn *ich* sag: ›Is feddich!‹«

Nadine verdrehte die Augen, musste aber auch lachen, und ich dachte, dass ich sie eigentlich ganz gut leiden konnte. Ich konnte an diesem Abend ohnehin alle gut leiden. Ich war froh, dass so viele meiner Freunde gekommen waren.

Ottfried Fischer hatte sich aus Angst vor dem wurst- und biergeilen Mob gerade in seiner Feinrippunterwäsche auf der Wohnmobiltoilette verschanzt, der Stau war kurz davor, sich aufzulösen und der Film fast zu Ende, da rief jemand »Zwölf Uhr!«, und alle standen auf und fielen mir nacheinander in die Arme. Irgendwer schaltete Videorecorder und Fernseher aus und stellte Musik an, einige holten Geschenke raus, die sie vorher in den Zimmern meiner Mitbewohner deponiert hatten. Am besten gefiel mir der kleine Spielzeugbulli von Tommi, den er als Transe angemalt und auf eine Schallplatte geklebt hatte, davor vier Figuren, die dank kleiner Details als Hannes, Guido, Robin und ich zu erkennen waren – er musste Stunden daran gebastelt haben.

Von Sascha bekam ich eine mit Erde gefüllte Tupperdose, an deren Rand lauter Minijoints steckten, wie Kerzen auf einem Geburtstagskuchen.

»Oh, ein Dschorno-Rondell«, sagte Richter.

»Muss ich die jetzt anpusten?«, fragte ich.

»Dann aber bitte alle 22 auf einmal«, sagte Sascha.

»22 nur?«

»Ich weiß, dass du 23 wirst, Opi. Einer hat sich auf dem Weg hierher leider in Luft aufgelöst.« Sascha warf Laura einen Blick zu. Die hob nur kurz entschuldigend die Schultern, bückte sich und fischte ein Bier aus der Kiste. Sie trug einen Minirock aus PVC oder Plastik und irgendwas Strumpfhosenähnliches als Oberteil, sie sah mal wieder phantastisch aus. Ihr Kronkorken schoss durch die Luft, Richter fing ihn auf, Laura und er grinsten sich an und klatschten ab.

»Dafür gibt's noch das hier«, sagte Sascha und zog eine Kassette aus der Hosentasche. *Hits die brennen* stand auf der Hülle. »Ist von uns beiden.«

Ich nahm Sascha in den Arm und gab ihm einen Kuss. Laura in den Arm zu nehmen, traute ich mich nicht, eine wie Laura nahm man nicht einfach so in den Arm, also nickte ich ihr nur kurz zu und bedankte mich.

Gegen eins gingen wir zu Fuß in die Stadt, alle zusammen, ein aufgekratztes Dutzend, ein richtiger Mob. Im HNH gab es einen Hiphop-Jam, der sich aber schon in Auflösung befand.

»Dann zur Meile?«, fragte Laura, als wir vorm Commerzbankparkplatz bei der Schranke standen.

»Aber nicht ins Roxy«, sagte der kleine Larry.

Auch sein Bruder schüttelte energisch den Kopf. »Auf gar keinen Fall!«

»Doch!«, rief ich. »Alle in die Hölle! Ich hab Geburtstag, ich darf bestimmen!«

Wir liefen den Hügel hoch und bogen rechts ab in die Fußgängerzone. Vor der Tenne standen zwei Typen mit Bürstenschnitt, sie sangen ein Kasernenlied. *»Von Nutten geliebt und von Jungfrauen gehasst, den Sold in Kneipen und Bars verprasst ...«*

Wiebke hatte vor Jahren mal erzählt, sie habe von einer Frau gehört, die mit auf den Rücken geschnallter Matratze in der Tenne aufgetaucht sei. Wiebke hatte damals einen schlechten Witz nicht kapiert, doch es stimmte, die Tenne war ein mieser Baggerschuppen, in dem sich an den Wochenenden eine krude Mischung aus deutschen und britischen Soldaten, Prolltussis, Fußballbunken, aggressiven Russen und rechten Schlägern versammelte. Alleine lief man diese Straße als irgendwie Andersaussehender freitag- oder samstagnachts besser nicht lang, zu groß die Gefahr, grundlos aufs Maul zu bekommen.

Die Bundeswehrsoldaten verstummten, als sie uns sahen. Laura und Theresa gingen an ihnen vorbei, einer der beiden pfiff ihnen hinterher. Theresa drehte sich um und zeigte ihm den Finger, Laura schnipste nur affektiert die Asche ihrer Zigarette zur Seite, die Bundis würdigte sie keines Blickes.

»Mäuschen«, trällerte der eine Bürstenschnitt ihnen hinterher und machte Kussgeräusche. Sein Kamerad packte ihn am Arm und zog ihn gegen seinen schlechtgespielten Protest in die Tenne. Wir waren ihnen wohl einfach zu viele, und das war zur Abwechslung auch mal ein schönes Gefühl. Vor allem, als uns kurz darauf auch noch Dicken und Vanessa entgegenkamen. Wir hatten gerade den Borneplatz erreicht, Richter war immer noch dabei, die Larrys zu überreden, mit ins Roxy zu kommen, »Klar ist das scheiße da, ist doch latte, ich zahl euch den Eintritt, los, nur kurz«, als ich das Faschopärchen auf uns zukommen sah. Sie kamen aus Richtung Bahnhof und hatten uns noch nicht bemerkt.

Dicken und Vanessa waren in dem Sozialbau an der Neuenkircher Straße direkte Nachbarn von den Larrys und ihrer Mutter. Dicken sah aus, wie er hieß, ein Nazi-Skinhead alter Schule: Spiegelglatze, Blood & Honour-Shirt, Domestos-Jeans und rote Zwölfloch-Docs mit weißen Schnürsenkeln, ein White-Power-Zeichen auf dem linken Unterarm. Seine Freundin Vanessa, ein mausgesichtiges Renee mit Tarnhose, Lonsdale-Pullover und blonden Strähnen bis auf die Schultern, hatte mir hier auf dem Borneplatz mal aus einem Meter Entfernung mit einer Gasknarre ins Gesicht geschossen. Das war vor eineinhalb oder zwei Jahren gewesen, als es mit den Rechtsrockkonzerten und Balladenabenden gerade losging und die Nazis kurz davor waren, die Innenstadt nach ostdeutschem Vorbild zur *national befreiten Zone* zu erklären. Während die regionalen Antifahanseln ein Plenum nach dem anderen ins Leben riefen, sich dabei im Labyrinth sämtlicher Haupt- und Nebenwidersprüche verrannten und anscheinend wirklich glaubten, sich derart sektiererisches K-Gruppen-Getue in einer Gegend und Situation wie dieser leisten zu können, wahrscheinlich weil sie alle aussahen wie irgendein Elternteil von sich und noch nie aufs Maul bekommen hatten, waren zunächst ein paar auch nicht gerade fortschrittliche, aber maximal genervte Türken und dann auch Richter und ich und ein paar andere mit Knüppeln und Gasknarren auf die immer nationaler und unfreier werdenden Straßen gegangen, um die Nazis in der einzigen Sprache, die sie verstanden, von dort zu vertreiben, bevor sie sich weiter zusammenrotten und Menschen terrorisieren konnten. Die Taktik war aufgegangen, mit den Konzerten war von einem Tag auf den anderen Schluss, die Nazis zogen sich aus dem Stadtbild zurück. Bei jenem Scharmützel mit Dicken und Vanessa hatte ich allerdings den Kürzeren gezogen, und als besonders erniedrigend hatte ich es empfunden, dass Vanessa mich, als ich blind am Boden kniete und mir einen Reizgaskrümel nach dem anderen in die Schleimhäute rieb, weil ich einfach nicht die Finger von meinen brennenden Augen lassen konnte, mit ihrer leiernden Stimme damit vollgetextet hatte, dass ich doch Deutscher sei und wir alle gegen *die Kanaken und die Rothschilds* zusammenhalten müssten. Bis ein Streifenwagen um die Ecke gebogen war und die beiden das Weite gesucht hatten.

Heute taten sie, als sähen sie uns nicht. Sie machten einen Bogen um den Brunnen und verschwanden betont lässig, aber etwas schneller als unbedingt nötig in dem schmalen Gang hinter dem Alten Rathaus. Der große Larry sagte, Dicken sei auf Bewährung und könne sich keinen Stress leisten, und ich ärgerte mich, dass ich die beiden damals nicht angezeigt hatte. Die Polizisten hatten ja sogar gefragt, was passiert sei, doch ich hatte den Mund gehalten, weil ich es als unehrenhaft empfunden hatte, mir von der Staatsmacht helfen zu lassen. Was für nutzlose Ideale waren das eigentlich wieder gewesen?

»Die Herrenrasse bechert heute wohl auswärts«, sagte der kleine Larry. »Das ist gut, da kann man wenigstens mal ohne Störkraft einpennen.«

»Die Wände bei uns im Haus sind so dünn«, sagte sein Bruder. »Welcher Sadist die eingebaut hat …«

»Manchmal hören sie die erste Skrewdriver«, sagte der kleine Larry, »das geht dann.«

Wir lachten. Die erste Skrewdriver war leider wirklich eine exzellente Rock'n Roll-Platte.

»Viel Spaß in der Hölle«, sagte der große Larry, als wir den Borneplatz überquert hatten. »Wir hauen ab.«

»Elende Deserteure«, murrte Richter.

Die Larrys liefen die Poststraße entlang, wir bogen links ab, gingen am McDonald's und dem Café Einstein vorbei. Am Roxy zahlten wir jeder einen Fünfer Eintritt und gingen die Treppen hoch zur Bar. Ich bestellte so viele Wodka-Orangensaft, dass auf meiner Verzehrkarte nur noch eine Reihe Kästchen frei war, und verteilte die Gläser an meine Freunde, die mit Wiebke und ein paar anderen Bekannten an zwei Stehtischen neben dem DJ-Pult standen. Wiebke kannte den DJ und überredete ihn, sein Chartsprogramm abzukürzen und die Eightiesstunde zu starten. Es war nicht viel los, der DJ freute sich über jeden Musikwunsch und legte *Tainted Love* auf. Wiebke und Theresa fingen an zu tanzen. Bei *Boys don't cry* zogen sie uns einen nach dem anderen auf die Tanzfläche. Am Anfang von *Where is my mind* lagen Sascha und ich uns in den Armen und küssten uns, und daraus entwickelte sich eine wilde Knutschparty, Jungs mit Jungs, Mädchen mit Mädchen, Mädchen mit Jungs, alle durcheinander, drumherum eine Traube Gaffer. Ich knutschte mit Sascha, Hannes und Theresa, probierte es auch bei Nadine und Laura, die aber gerade abwechselnd mit Tommi zu Gange waren, und dachte, ach, tut das gut, ist das schön, so sollte es immer sein.

Wir verließen den Laden, als das Putzlicht anging. Ich konnte meine Verzehrkarte nicht bezahlen, Richter und Tommi mussten mir Geld leihen. Zu dritt liefen wir im Morgengrauen den

Münsterlanddamm entlang nach Hause. Richter schloss die Haustür auf, Tommi und ich folgten ihm nach oben. Vor der Wohnungstür blieb Richter stehen. Sie war nur angelehnt.

»Welcher Idiot …?«

»Ich war als einer der Ersten unten!«, rief Tommi, obwohl ihn noch gar keiner beschuldigt hatte.

»Hauptsache, die Katze ist noch da«, sagte ich.

Die Katze war noch da. Sie lag auf Richters Bett und schnurrte. Ich streichelte ihr über den Rücken, Richter spielte mit ihrer Tatze, und Tommi sagte: »Jemand Lust auf ein schönes Sandwich?«

Wir gingen in die Küche, stöpselten den Sandwichmaker ein und räumten den halben Kühlschrankinhalt auf den Tisch, Käse, Senf und allerlei Soßen, es gab sogar noch Gurken und Röstzwiebeln. Ich mischte jedem von uns einen Wodka-O und ging die Mixtapes auf der Fensterbank durch. *Friede Freude Freiersuchen, Tommi's Shitparade, Es juckte mich am Skrotum, Einengung durch Bäume*. Ich entschied mich für *Es juckte mich am Skrotum*. Das Tape war hier so oft gelaufen, dass man, wenn man einen der Songs woanders hörte, immer gleich so ein Berninghoffallee-Küchengefühl bekam und am Ende des Liedes schon das auf dem Tape folgende Lied oder Filmsample im Kopf hatte. Ich drückte auf Play. »*Sag mir mal 'nen Namen für mein Baby*«, ertönte die Synchronstimme einer Statistin aus *Sid & Nancy*, »BLECHSCHÄDEL!«, riefen wir im Chor, dann kam *Aspirin Kid* von Nation Of Ulysses. Tommi und Richter hatten ihre Toasts schon fertig belegt, ließen mir aber den Vortritt.

»Der Geburtstagshonk zuerst!«

»Und geiz nicht mit der dänischen Remoulade!«

Ich machte mir das abartigste und übertriebenste Sandwich, das der Sandwichmaker je gesehen hatte. Sämig und fett quoll das Käse- und Soßengemisch an den Seiten heraus und tropfte auf den Küchentisch, es zischte und dampfte.

»Noch dreieinhalb Wochen, dann sind wir hier raus«, sagte Richter. »Dann hat der ganze unseriöse Scheiß endlich ein Ende.«

»Welcher unseriöse Scheiß?«, fragte Tommi.

»Ja, der hier.« Richter machte eine unbestimmte, kreisende Bewegung mit dem Zeigefinger. Der Schimmel an der Decke hatte schon fast Uschi Obermaiers Kopf erreicht, das Holzkreuz im Flur war vom vielen Türzuknallen so weit abgesackt, dass die Haare der Barbiepuppe bereits Harald Juhnkes Kopf berührten. »Und ist dein Fenster nicht auch im Arsch?«

»Das geht nicht mehr auf Kipp, aber ich ich kann's noch ganz öffnen«, antwortete Tommi, der sich mit solchen Dingen immer einfach abfand.

»Das schockt doch nicht.«

»Nee, schocken tut das nicht.«

Die A-Seite war zu Ende, Tommi legte ein anderes Tape ein. Ein hypnotischer Beat startete. Vor dem Fenster, hinter den Schienen, ging langsam die Sonne auf. Ihre Strahlen reflektierten auf den weißen Streifen der Bahnschranke, die wie ein ausgestreckter Zeigefinger in die Luft ragte. Der hypnotische Beat hörte gar nicht mehr auf.

»Was ist das?«, fragte ich.

»DJ Shadow«, antwortete Tommi.

»Das lief letztens bei dir im Auto, als wir mit den Larrys zum See sind, oder?«, sagte Richter.

»Ja, etwa eine Minute lang, bis ihr protestiert habt, *mach mal den Mist aus.*«

»Ich nicht, das waren die Larrys!«

»War denen wohl zu entspannt.«

»Kann ich mir vorstellen«, sagte ich, als im Hintergrund ein merkwürdig verhuschtes Blasinstrument einsetzte.

»Musik für wenn man schon länger als 10 Stunden besoffen ist«, sagte Tommi.

»Oder seit 10 Sekunden druff«, sagte Richter.

»Voll gut«, sagte ich zu Tommi.

»Soll ich's dir überspielen?«

»Unbedingt.«

»Mach ich. Morgen.«

»Sind da noch Gurken im Glas?«, fragte Richter. Er hatte bereits mit seinem nächsten Sandwich begonnen.

»Eine. Aber eine ganz dicke, pimmelige«, sagte Tommi und spießte sie mit seiner Gabel auf. »Können wir uns teilen.«

»Dann dritteln, bitte«, sagte ich.

»Mein ich doch. Teilen heißt ja nicht hälfteln. Teilen ist, wenn irgendeine Personenzahl größer als eins sich etwas teilt.«

»Ist gut, Tommi, gib her«, sagte Richter. Er schnitt die pimmelige Gurke in dünne Scheiben und legte jedem ein paar auf den Teller. Die Sonne knallte jetzt geradeaus ins Fenster. Irgendwo im Haus ging die Klospülung.

»Ich find's super, dass wir zu dritt umziehen«, sagte ich nach einer Pause. »Ich meine, wer macht das schon.«

»Du und deine Mutter und dein Bruder?«, sagte Richter.

»Stimmt«, sagte Tommi.

»Familie zählt nicht«, sagte ich, und die anderen beiden nickten. Wir aßen und tranken und hörten weiter der Musik zu. Als die Toastbrotpackung leer war, ließen wir alles stehen und liegen und gingen in unsere Zimmer. Ich versuchte noch zu onanieren, dachte dabei an eine Frau, die halb Laura und halb Laetitia Casta war, schlief währenddessen aber ein.

*

Wecker auf sieben, halb acht, viertel vor acht und acht. Bei jedem Läuten wische ich schnell über das Display meines Handys und vergrabe den Kopf wieder im Kissen. Ich stelle den Wecker abends nur, um ihn morgens ignorieren und liegen bleiben zu können. Wegen diesem schönen Gefühl, sich etwas ergaunert zu haben.

Um kurz nach halb neun springe ich aus dem Bett, rauche eine Zigarette im Garten, setze mich an den Esszimmertisch und fange an zu tippen. Und arbeite drei Stunden durch. Voll drin jetzt. Einmal kurz aufgeschaut und mich gefragt: Wo bin ich?

Sommer, okay, klar.

Aber welches Jahr, welcher Ort?

Zesch am See, 2015, stimmt ja.

Ein Zurück-in-die-Zukunft-Gefühl, für den Bruchteil einer Sekunde, und weiter.

Mittags wird es richtig heiß. Der Schweiß tropft auf die Tastatur. 30 Grad, sagt die Wetterapp, und kündigt für den Nachmittag ein Unwetter an.

Nach einer kurzen Frühstückspause arbeite ich weitere zwei Stunden, dann laufe ich zum See. Auf dem Waldweg kommt mir ein Sprinter der Polizei entgegen. Der blau-weiße Mercedes schaukelt durch die Schlaglöcher, wird langsamer, hält an. Der junge Polizist auf dem Beifahrersitz beugt sich aus dem Fenster: »Tschuldigung, wissen Sie, ob's hier irgendwo hingeht?«

Saugute Frage, aber: »Sorry, auch nicht von hier.«

Am See kein Mensch, das Wasser ist warm und glasklar, Sichttiefe zwei Meter, das Qualitätsprädikat laut einem Schild am Ufer: Ausgezeichnet. Ich bin genau in der Mitte des Sees, als der Himmel sich zuzieht und ein starker Wind aufkommt. Ich schwimme zurück, trockne mich ab, packe meine Sachen und gehe über den leeren Parkplatz hoch zur Straße. Dann geht es los. Donner, Blitz, Platzregen. Klatschnass erreiche ich die Datsche. Der Regen ist so stark, dass es aussieht, als würde er durch die Hängematte einfach hindurchplästern. Die Eichen und Birken schaukeln im Wind hin und her. Ich fühle mich wie auf Drogen. Ich bin kein Naturbursche, nie gewesen. Aber so ein Sommerregen auf dem Land, unschlagbar.

Wenn ich ihn nur riechen könnte.

Eh so ein Verdacht: dass mein nicht vorhandener Geruchssinn sich negativ auf mein Erinnerungsvermögen auswirkt. Weil mir als Anosmetiker die ganzen unbewussten, mit Gerüchen verbundenen Assoziationsketten fehlen. Ein bei Ebay ersteigertes Kleidungsstück, dessen Weichspülerduft an die Bettwäsche im Haus der Eltern denken lässt, der Geruch von Chlor, der Bilder von Umkleidekabinen und Pommes-Majo im Freibad heraufbeschwört und an die erste feste Freundin erinnert, frisch gemähtes Gras, Sonnencreme, Rapsfelder, und was es da noch so gibt an olfaktorischen Reminiszenzverstärkern, nur halt nicht bei mir.

Ein Versuch, meiner Behinderung auf den Grund zu gehen – einer Behinderung, für die es anders als bei gestörtem Seh-, Sprech- oder Hörvermögen nicht mal ein Adjektiv gibt –, verlief vor ein paar Jahren im Sande. Der Riechtest in der HNO-Abteilung der Charité hatte nicht funktioniert. Mein Haupthaar sei zu dicht, sagte der zuständige Arzt nach der Untersuchung, die Elektroden hätten nicht richtig gehaftet, ich solle mir doch bitte einen neuen Termin holen. Ich bekam einen Termin vier Monate später, war kurzfristig verhindert und ließ es bleiben. Viel Hoffnung hatte man mir ohnehin nicht gemacht.

Ich versuche, mich damit abzufinden, doch beim Kochen, beim Sex oder bei Naturerlebnissen wie diesen wird mir immer wieder schmerzlich bewusst, dass mir ein kompletter Sinn fehlt, und davon gibt es ja nun mal nicht so viele.

Ich sollte es noch einmal versuchen, denke ich, während ich in meinen Bademantel gehüllt auf der Veranda sitze und mit geschlossenen Augen dem Regen zuhöre. In der Charité anrufen, mir einen Termin holen und herausfinden, ob da nicht doch noch was zu retten ist.

*

»Steffi Graf steht heute bei den French Open in Paris im Finale gegen die Weltranglistenerste Martina Hing –«

Ich schaltete den Radiowecker aus. Es war kurz nach zehn. Ich hatte einen Schädel. Und Geburtstag. Und nur drei Stunden geschlafen. Ich drehte mich noch einmal um.

Das nächste Mal wurde ich vom Zuknallen der Wohnungstür geweckt. Viertel vor elf. Um elf waren mein Bruder und ich bei meiner Mutter und Volker zum Frühstück eingeladen. Ich sprang unter die Dusche, trank eine halbe Flasche Wasser auf ex und setzte mich aufs Rad. Die Sonne schien, wie an jedem fünften Juni meines bisherigen Lebens. Als ich nach fünfzehn Minuten Fahrt in die Reihenhaussiedlung abbog, war mir sämtlicher Alkohol der letzten Nacht aus den Poren gesickert.

Meine Mutter und Volker gratulierten mir zum Geburtstag. Benni war auch schon da, er saß auf der Terrasse am Tisch. Wir hatten uns ein paar Wochen nicht gesehen. Eine Zeitlang war er ständig bei uns in der Berninghoffallee aufgekreuzt, meistens vormittags, damit unsere Mutter nicht mitbekam, dass er blaumachte. Er war noch in der Lehre, eine Ausbildung zum Maschinenbaumechaniker, er hasste seinen Job. Seit er eine eigene Wohnung hatte, sah ich ihn kaum noch. Anfang April war er mit seinem Kumpel Daniel zusammengezogen, in der Wohnung der beiden war ich noch nie gewesen.

Unsere Mutter war in der Küche mit einer großen Pfanne Rührei zugange, Volker deckte den Tisch. Ich ließ mich in die Polsterauflage des Gartenstuhls fallen.

»Alter Schwede, hast du einen Mauldampf«, sagte mein Bruder und wedelte sich übertrieben mit der Hand vor der Nase herum.

Volker grinste. »Gestern einen gehabt?«

»Bisschen«, sagte ich.

Ich goss mir ein Glas Orangensaft ein, nahm einen Schluck

und hatte sofort den Geschmack von Alkohol im Mund, all der Wodka-O letzte Nacht, ein kurzer Phantomrausch.

»Mutter hat gefragt, wie's dir geht«, sagte Benni, als Volker wieder reingegangen war. »Ob du klarkommst, was du machst, was mit der Uni ist.«

Ich hatte ihr nie gesagt, dass ich kein einziges Seminar und keine Vorlesung besucht hatte. Nur, dass ich das Studium nach ein paar Semestern geschmissen hatte, aber so lange eingeschrieben bleiben wollte wie möglich. Mit dem Leistungsdenken meiner Mutter, die mit 14 von der Schule abgegangen war und schon als Kind auf dem Hof ihrer Eltern gearbeitet hatte, war das schwer vereinbar. Ich wusste, sie würde mich heute damit in Ruhe lassen. Heute war Geburtstag.

Von Volker und ihr bekam ich eine Garnitur Satin-Bettwäsche, von Benni ein Buch. *Gedichte, die einer schrieb, bevor er im 8. Stockwerk aus dem Fenster sprang.*

»Hast du das schon? Sonst kannst du's auch umtauschen.«

»Nein«, sagte ich, »danke.«

Ich wollte ihm die Freude nicht nehmen, außerdem ging mein Exemplar schon aus dem Leim. Einige der Gedichte konnte ich auswendig. *»Ich las mal was von einer 44-jährigen Sängerin, ziemlich / berühmt sogar, die aus einem Fenster im 4. Stock fiel / und dabei draufging. / Well, ich schätze, für ne halbwegs berühmte Sängerin / mag das reichen, aber ich finde / acht Stockwerke irgendwie sicherer.«*

Im Deutsch-LK hatte ich mal eine Eins minus über *Effi Briest* geschrieben, ohne das Buch gelesen zu haben, was in meinen Augen mehr über den Deutschunterricht als mich aussagte, und in Englisch eine Zwei plus über *Animal Farm*, indem ich steif und fest behauptete, es sei keine Parabel auf den Stalinismus, sondern auf den Nationalsozialismus, und wer etwas anderes behaupte, sei ein elender Reaktionär. Ich wollte damit nur meinen antikommunistischen Englischlehrer ärgern, und nachdem ich für mein meinungsstarkes Geschwätz auch noch mit einer guten Note belohnt worden war, konnte ich das Analysieren von Romanen endgültig nicht mehr ernst nehmen. Es war wie Witze erklären. Als mir dann in der Zehnten ein Mitschüler mit den Worten »Hier, musst du lesen« einen Band mit Short Storys von Charles Bukowski in die Hand gedrückt und ich das Buch an einem Nachmittag weggelesen hatte, *Das Leben und Sterben im Uncle Sam Hotel*, da war das ein fast körperliches Erlebnis gewesen, vergleichbar mit dem, als ich das erste Mal *Anarchy in the UK* von den Sex Pistols gehört hatte.

So konnte man auch schreiben?

In einem Fanzine, ja gut. In einem Tagebuch vielleicht, oder einem Brief.

Aber in einem Buch? Das von einem richtigen Verlag herausgegeben wurde? Wieso hatte ich von dem Mann noch nie was gehört?

Eine Zeitlang las ich nichts anderes, so lange, bis ich alle auf Deutsch erhältlichen Bukowskibücher durchhatte, und auch ein paar englische. Nicht was oder worüber Bukowski schrieb beeindruckte mich, sondern wie er es tat. Diese kurzen, harten Sätze. Die Gewalt, mit der sie rausgehauen wurden. Wie ein Maler, dem beide Hände abgehackt werden und der dann einfach mit den Stümpfen weitermalt. Ganze Nachmittage verbrachte ich mit seinen Büchern auf dem Bett in meinem Drei-mal-drei-Meter-Zimmer, trank Weißwein von Aldi aus der Flasche und stellte mir vor, ich läge in einer verwanzten Absteige in New Orleans, Pittsburgh oder East Hollywood und würde den Säufern nebenan beim Streiten zuhören.

Ich legte das Buch und die Bettwäsche zur Seite. Volker schenkte vier Gläser Sekt ein. Mein Bruder stieß mit uns an, stellte das Glas aber gleich wieder ab: »Puffbrause ist abends schon schlimm genug.«

»Das wird schon nicht schlecht«, sagte Volker mit einem

Blick in meine Richtung. Er verteilte das Rührei auf den Tellern und gab jedem ein Brötchen. Meine Mutter drückte sich zwei Süßstoffpillen in den Kaffeebecher, rührte um und sah mich an.

»Und ihr habt heute also noch einen Auftritt.«

»Ja, aber nur in Quakenbrück.«

»Wieso *nur*?«

»Ist ja nicht so weit.«

»Quakenbrück ist schön. Die haben da 'ne Burg.«

»Aber viele Menschen wohnen da nicht, oder?«

»Ist jetzt keine Weltstadt«, gab meine Mutter zu.

»Das Konzert ist in einer Turnhalle. Das sagt ja schon alles.«

»Willst du da auch hin, Ben?«

»Lust hätte ich schon«, antwortete mein Bruder. »Ich weiß nur noch nicht, wie.«

»Wieso?«

»Karre im Arsch.«

»Was ist denn damit schon wieder«, sagte Volker.

»Irgendwas am Motor. Wahrscheinlich die Benzinpumpe.«

»Ich hab dir doch gleich gesagt, dass du mit der ollen Kiste nur Ärger haben wirst. Die lief doch am Anfang schon nur noch auf drei Pötten.«

»Das hat ja damit nichts zu tun«, erwiderte Benni schroff.

»Habe ich auch nicht gesagt, dass das damit was zu tun hat«, sagte Volker, nicht weniger gereizt.

»Ich fahre nachher zu Papa und schau mir das an.«

»Hat der die Grube noch?«, wollte meine Mutter von meinem Bruder wissen.

»Natürlich hat der die Grube noch, wieso soll der denn die Grube nicht mehr haben?«

»Die ist ja gar nicht genehmigt.«

»Ich weiß, na und?«

»Die ist illegal. Wenn da mal einer reinfällt, das zahlt keine Versicherung!«

»Da fällt keiner rein.«

»Woher willst du das wissen?«

»Wieso soll denn da einer reinfallen? Da spaziert ja keiner einfach so vorbei, also fällt da auch keiner einfach so rein!«

»Benjamin, das heißt doch nichts! Da kann man doch trotzdem reinfallen!«

»Sonst ruf Nina an«, unterbrach ich die sinnlose Unterhaltung, die kurz davor war, in einen Streit auszuarten, »die wollte auch kommen.«

»Ach, das ist doch nett«, sagte meine Mutter. »Wie ist es denn gerade bei euch?«

»Nichts Neues«, sagte ich.

»Das finde ich schön, dass ihr zusammen was unternehmt«, sagte sie, und es war nicht ganz klar, ob sie damit Benni und mich meinte oder mich und Nina. Bei dem Telefonat Mitte Mai, als ich meiner Mutter von der Trennung erzählte, hatten wir fast zwanzig Minuten über Beziehungskram geredet. Eigentlich ein gutes Gespräch, aber irgendwie war es nicht richtig, mit der eigenen Mutter über solche Dinge zu sprechen. Sie hatte besorgt geklungen, »mach keinen Blödsinn«, hatte sie gesagt, »manche Dinge kann man nur einmal machen«, und das war mir unangenehm nahegegangen.

»In der Transe ist auch noch Platz«, sagte ich zu meinem Bruder. »Wir fahren allerdings heut Nachmittag schon los, Soundcheck. Oder frag Richter, der fährt auch.«

»Ich werd's schon irgendwie hinschaffen.«

Ich leerte mein Sektglas, nahm mir das von Benni, trank einen Schluck ab und kippte einen Schuss O-Saft dazu. Es war wie Fanta trinken, nur besser.

Immer noch verkatert, aber auch schon wieder leicht angeschickert, fuhr ich am frühen Nachmittag nach Hause, die neue Bettwäsche und den Gedichtband auf dem Gepäckträger. Die

Küche sah aus, wie wir sie am frühen Morgen hinterlassen hatten. Tommi und Richter waren nicht da. Ich setzte mich aufs Klo und hörte den Anrufbeantworter ab. Mein Vater. Ich rief ihn zurück. Er gratulierte mir zum Geburtstag und sagte, dass Benjamin gerade gekommen sei, um seinen Wagen zu reparieren, warum ich nicht kurz mitgekommen wäre. Ich hörte ein Auto vorbeifahren, mein Vater musste also in dem kleinen Büro nach vorne zur Straße sitzen. Ich sah ihn mit dem Hörer unseres alten Wählscheibentelefons zwischen Schreibtisch und Keyboard stehen, im Rücken die Vitrine mit Hunderten von Schnapsfläschchen, mit denen ich als Kind kichernd vor meinen Freunden angegeben hatte, *Busengrabscher, Schlüpferstürmer, Zipfelstürmer, J. R.'s Raffinierte Ölprobe*. Ich sagte, dass wir abends ein Konzert hatten und gleich schon losmüssten, und dass ich mich die Tage mal melden würde. »Mach das«, sagte mein Vater, »wäre schön, dich mal wieder zu sehen«, dann verabschiedeten wir uns und legten auf.

Ich ging in die Küche, fand eine halbvolle Flasche Wein im Kühlschrank und beschloss weiterzusaufen. Ich hatte Angst, den Tag sonst nicht zu überstehen und abends zu erschöpft für den Auftritt zu sein. Solange man den Pegel hielt, ging es ja immer irgendwie, ich durfte bloß nicht schlappmachen.

Mit der Flasche stellte ich mich vor den Kleiderschrank und überlegte, was ich anziehen sollte. Meine Klamotten kotzten mich an. Das meiste hatte ich zum Kilopreis bei Schrader in Osnabrück gekauft, die Puma-Trainingsjacke mit dem Rückenaufdruck der *Standschützen Herisau* zum Beispiel, wie lange trug ich das Ding schon, fünf Jahre, sechs? Noch länger besaß ich den Suicidal-Tendencies-Kapu, er war völlig durchgescheuert. Auf der vorderen Tasche stand mit Edding *KOTZA CORDALIS*, und an den Ärmeln klafften große Löcher, was ein bisschen aussah, als hätte ich die extra reingemacht, damit man meine tätowierten Ellbogen sehen konnte. In diesen Lumpen wollte ich nicht länger rumlaufen. Auch nicht in meiner Lieblingsjeans, einer dunkelblauen Wrangler, deren Reißverschluss vor Monaten kaputtgegangen war und an dessen Stelle sich seitdem eine große Sicherheitsnadel befand, die ständig aufsprang. Ich nahm mir vor, Tommi zu bitten, im Secondhandladen seiner Eltern Ausschau nach Sachen in meiner Größe zu halten, Hemden, Jeansjacken, Stoffhosen, Sakkos, egal, und entschied mich heute für die dunkle Stoffhose, die blauen Chucks und ein Hemd. Ich besaß nur zwei Hemden, sie waren beide schwarz, eins hatte lange, das andere kurze Ärmel. Das mit den langen Ärmeln zog ich an, das andere packte ich ein, zur Sicherheit. Ich musste auf jeden Fall gut aussehen auf der Bühne, und danach auch. Vielleicht würde Nina ja noch bleiben, vielleicht würden wir in Quakenbrück noch steil gehen, oft stiegen die besten Partys ja an den langweiligsten Orten.

Bevor Hannes mich mit der Transe abholte und wir zum Proberaum fuhren, rief ich Schacke an. Seine Mutter nahm ab, es dauerte ein paar Minuten, bis er am Telefon war.

»Hab ich dich geweckt?«

»Macht nichts.«

»Kommst du heute Abend?«

»Nach Quakenbrück? Hatte ich vor.«

»Wann denn?«

»Ich fahr mit Richter und so.«

»Wann?«

»Wenn der von der Arbeit zurück ist. Gegen acht, halb neun, schätze ich.«

»Kannst du mir was besorgen?«

»Was denn?«

»Speed oder so?«

»Seit wann …« Schacke unterbrach sich und sprach etwas leiser weiter, »… seit wann nimmst du denn Speed?«

»Na ja«, sagte ich.

Seine Frage war berechtigt. Ich hielt wirklich nicht viel von Drogen. Mir gefiel das Versteckspiel nicht, dieses heimliche Getue mit dem gleichzeitig angeberhaften Gestus. Pilze hatte ich ein paarmal gegessen, und vorletzten Sommer hatte ich meine erste Line Speed gezogen, auf Guidos Bett, bevor der mit Nina und ein paar Goavögeln zu einer Technoparty im Sauerland gefahren war. Ich war schon so breit gewesen, dass ich erstmal an der ganzen Line vorbeizog, was natürlich für großes Gelächter sorgte. Beim zweiten Anlauf klappte es. Ich spürte ein heftiges Britzeln in der Nase, lehnte mich zurück und schlief auf der Stelle ein. Seitdem hatte ich ein paarmal was gezogen, wenn mir einer der Feiertypen etwas angeboten hatte, und es immer für ziemlich überbewertet gehalten. Man war halt wach und wurde nicht richtig besoffen, ja toll, das konnte ich auch ohne Speed haben. Auf deren Pillen- und Pappenscheiß konnte ich erst recht verzichten. Sah man ja, was dabei herauskam. Erst fand man alles ganz dufte, und ehe man sich versah, hatte man Mandalas um den Hals und tibetanische Tücher über dem Bett, Heilsteine auf der Fensterbank oder Sätze auf den Lippen wie: »Ach du, mit dir würde ich ja unheimlich gerne mal *auf die Reise gehen …*«

Heute aber brauchte ich was. Ich musste doch cool und souverän rüberkommen.

»Ich werde sehen, was sich machen lässt«, sagte Schacke und legte auf. Er hatte mir gar nicht zum Geburtstag gratuliert.

Die Turnhalle befand sich auf einem kleinen Hügel mitten in der Stadt, zwischen Altenheim und Friedhof. Die Bühne stand am hinteren Ende, direkt vor dem Basketballkorb, als Backstagebereich dienten die Umkleideräume. Die Halle sollte bald abgerissen werden, wegen Asbest oder so. Ein paar Quakenbrücker Jugendliche hatten bei der Stadt durchgesetzt, dass vorher noch ein Konzert stattfinden konnte.

Es gab zwei Vorbands. Die eine trug den offenbar ernstgemeinten Namen Rockodiles, die andere hieß Backwood Creatures. *Hinterwäldlerkreaturen*, das passt, dachte ich, als wir nach dem Soundcheck vor der Halle saßen, tranken und das langsam eintrudelnde Publikum begutachteten. Viele Besucher kamen mit dem Rad oder zu Fuß, andere stiegen aus Kleinwagen mit den Kennzeichen EL, OS, ST oder VEC. Jungs und Mädchen in zeltartigen T-Shirts von Nirvana, NOFX oder Rage against the Machine, bei den Fans der Letzteren hatte man immer den Verdacht, dass sie den argentinischen Arzt und Revolutionär auf ihrem Shirt für den Sänger der Band hielten, dazwischen Grüppchen von Jugendlichen mit eindeutiger Szenezugehörigkeit: schmächtige Emokids mit Lippenpiercings, Haarspangen und Stoffmützen voller Buttons, feiste Schweinerockjünger mit vor Pomade glänzenden Trieflocken und buschigen Koteletten, Dosenbierpunker mit herunterhängenden Schlapp-Iros. Einer der Letzteren hatte einen *Wahlen ändern nichts, sonst wären sie verboten*-Aufnäher an seinen Rucksack gepinnt, er sah aus, als dürfe er in frühestens drei Jahren wählen und würde die ganze Sache bis dahin noch mal überdenken. Sogar zwei moppelige Waver zahlten ihre acht Mark Eintritt, das Mädchen hatte einen Sonnenbrand auf der Nase, den sie vergeblich versucht hatte, weiß zu überpudern, »Grufties mit Sonnenbrand«, gluckste Hannes, »jetzt habe ich alles gesehen.« Dazu kam die ganz normale Dorfjugend, ehemalige Pferdemädchen und zukünftige Kegelbrüder, die nicht wegen einer der Bands hier waren, sondern weil endlich mal etwas los war in der Stadt. Immerhin, es wurde voll, bestimmt 200 Leute, mehr als bei unserem Auftritt in Hamburg zwei Monate zuvor, sogar ein paar Freunde von uns aus Bremen waren gekommen.

Ich versuchte, beim Trinken halblang zu machen, doch das gestaltete sich schwieriger als gedacht. Mein Alkoholpegel war wie eine Wippe, die ständig in die eine oder die andere Richtung zu kippen drohte. Mühsam versuchte ich, die Balance zu halten. Als Nina, Jenny und Wiebke gegen halb neun auf uns zukamen und ich ihnen ein paar Schritte entgegenging, begrüßte Nina mich mit den Worten: »Herzlichen Glückwunsch, du torkelst ja schon!«

Ich nahm sie in den Arm. »Schön, dass du da bist, Girl.«

Nina kniff die Lippen zusammen und lächelte gequält, ich hatte sie *Girl* genannt, wie früher, also vor etwa sechs Wochen. Wir setzten uns auf den Bordstein. Ich war froh, dass wir nicht alleine waren, so konnten zwischen uns keine peinlichen Gesprächspausen entstehen, in denen man nicht wusste, ob man nicht mal wieder etwas Bedeutsames sagen musste oder es doch lieber bei harmlosem Geplauder beließ. Dieses Gefühl Nina gegenüber war neu, und es machte mich richtig fertig.

Gegen neun rollte endlich Richters Kadett auf den Parkplatz. Er hatte den ganzen Wagen vollgemacht. Sascha, Laura, Schacke und Celina stiegen aus, Richter öffnete den Kofferraum, und da lagen noch Tommi und Nadine.

Die Backwood Creatures spielten schon, wir waren als Nächstes dran.

Schacke machte die internationale Geste für Lass-uns-mal-kurz-um-die-Ecke-gehen-aber-pssst, ein kaum wahrnehmbares Zucken der Augen. Er kam mir noch blasser vor als sonst, sein Gesicht war teigig, irgendwie seifenfarben, seit er wieder bei seinen Eltern wohnte, schien es mit meinem ehemaligen Mitbewohner ziemlich bergab zu gehen. Wir setzten uns in die Transe, die hinter der Halle parkte. Schacke zog ein kleines Tütchen mit Pillen aus dem Portemonnaie.

»Das ist so pflanzliches Zeug. Kein richtiges Speed, hat aber die gleiche Wirkung.«

»Und wie nimmt man das?«

»Du kannst das einfach schlucken, aber besser ist durch die Nase, glaube ich.«

»Glaubst du?«

»Ich hab mir das auch noch nie eingepfiffen.«

»Woher hast du das denn?«

»Von Philipp.«

»Pappen-Phil?«

»Musste ja schnell gehen«, sagte Schacke. »Nächstes Mal sag früher Bescheid, dann besorg ich was Richtiges.«

Er zerdrückte die Pillen mit seinem Feuerzeug auf einer Kassettenhülle. Ich griff in meine zur Bar umfunktionierte Kunstledertasche, zog zwei Plastikbecher heraus und mixte jedem einen Wodka-O. Mit seiner Sparkassenkarte legte Schacke zwei Bahnen. Das Zeug sah gar nicht aus wie Speed, eher bräunlich und ziemlich krümelig. Er rollte einen 20-Mark-Schein und schnupfte die kleinere der beiden Bahnen weg. Dann reichte er mir den Schein. Ich beugte mich vor und zog mir den anderen Haufen in die Nase. 1000 Stecknadeln unter der Schädeldecke. Um mich herum schrumpfte alles auf Puppenhausgröße.

»Danke«, sagte ich.

»Happy Birthday«, sagte Schacke.

Ich stürzte meinen warmen Longdrink hinunter.

Und dann: totaler Blackout.

*

– Ach ja, das Konzert in der Turnhalle. Da warst du nicht so richtig gut drauf, deswegen erinnere ich mich daran. Irgendwann bist du auf deiner Gitarre rumgesprungen. Die lag da auf dem Boden, und du bist daraufgelatscht, während des Auftritts. Ich weiß gar nicht, ob wir dann aufgehört oder noch weitergespielt haben. Das war jedenfalls alles ziemlich dramatisch. Wahrscheinlich auch ziemlich beschissen. Also für die Zuschauer.

– Das war wohl das schlechteste Konzert, das ich je von euch gesehen habe.

– Ich weiß noch, dass die P. A.-Firma uns leere Sub-Bass-Gehäuse dahingestellt hat. War damals auf dem Land wohl nicht unüblich. Dadurch war der Sound ziemlich mittig, teilweise fiel eine komplette Seite der P. A. aus, was schon beim Soundcheck nicht zu allerbester Laune führte.

– Du warst granatenvoll und dir reißt 'ne Saite. Es dauert ewig und drei Tage, du hast da rumgemacht, dann kam Unmut auf, und irgendwer hat was Dummes rübergeschrien. Ich hab nicht verstanden was, aber du standst am Mikro und hast patzige Antworten gegeben und ihm Schläge angedroht.

– Der war so dreist gewesen, sich ein Lied zu wünschen. Eins von euch, wohlgemerkt. Unverschämtheit.

– Ich war da mit 'ner Bekannten. Wir sehen uns nur ganz selten. Ich sag, »Bei uns auf dem Lager hat einer gearbeitet, der macht Mucke, soll ganz gut sein.« So. Jetzt hol ich meine Bekannte ab, wir kommen da an, stocknüchtern, und sie versucht nett zu sein: »Na ja, geht wohl.« Das ging überhaupt nicht! Der Murks des Jahrhunderts! Das war mein erster Kontakt mit dir und deiner Musik. Ich dachte nur, meine Herrn, was ist das denn für 'ne Gurke. Du warst nicht mehr zurechnungsfähig. Ich hab mir den Rest dann nicht mehr angeguckt, das war nicht meine Veranstaltung.

– Kurz vor eurem Auftritt wolltest du noch mit mir reden und hast geweint. Dann seid ihr auf die Bühne. Nachher kamst du wieder an und hast wieder geweint.

– Hast du da nicht die ganze Zeit geheult beim Singen?

– Total selbstdarstellerisch!

– Du wolltest zwischendurch nicht weitermachen und bist von der Bühne gegangen. Ich und ein Mitveranstalter sind dann zu dir hin und haben gesagt, dass du weiterspielen sollst.

– Es gab eine große Rückkopplungsorgie am Ende eines Songs, du bist auf deiner Gitarre rumgetrampelt, Guido hat sie dir irgendwann weggenommen.

– Die anderen haben alle schon abgebaut, und du standst da so, Gitarre auf dem Boden, Saiten nach unten, und drauf rumgesurft.

– Kann es sein, dass das eine Gibson war? Ich erinnere mich, dass ich es ziemlich grausam fand, wie du das gute Stück behandelt hast. Deine Bandkollegen haben noch versucht, dich zu beruhigen.

– Ich hab nur gedacht, ja, das war's dann wohl, lass mal schnell zusammenpacken, dann brauchen wir die Zugabe nicht zu spielen, haha.

– Das war unser aller Drama. Man hat das ja alles miterlebt, wie's dir ging, diese ganze Stimmung. Dann bist du ausgeflippt, und man konnte das irgendwie nachempfinden.

– Ziemlich unseriös, die ganze Veranstaltung.

– Nach der Show saßt du im Backstagebereich, mit einer Rose in der Hand, hast geheult und Schnaps getrunken. Ich weiß noch, dass ich mich gefragt habe, ob du allgemein am Abschmieren bist.

– Ephedrin könnte das gewesen sein. Gab's in den Headshops in Enschede. Die ganzen Hippies vom Louie-Parkplatz hatten das immer am Start, Einrad-Arne und so. Ich fand das eher langweilig.

*

In fünf Minuten halten vor meiner Haustür mehr Linienbusse als in Zesch am See an einem ganzen Tag. Einige der M29er fiepen neuerdings beim Anfahren, ein kurzes, schrilles Crescendo, von dem ich immer dachte, es käme von einem Vogel im Baum, der das Anfahren eines Busses imitiert, bis ich mit Kiki auf dem Balkon saß und sie auf dieses neue Phänomen hinwies, woraufhin die mich auslachte, »das ist der Bus selbst, du Vogel!«

Und wieder mal recht hatte.

Der öffentliche Nahverkehr und der bedenkenswerte Zustand der BVG-Busflotte sind nicht die einzigen akustischen Beeinträchtigungen in meiner Straße. Von Langeweile und Hormonen geplagte Teenager, die sich von einer Straßenseite zur anderen über den Verkehr hinweg anpöbeln, Radfahrer, die sich mit Autofahrern streiten, Fußgänger, die sich mit Radfahrern streiten. Hupkonzerte türkischer Hochzeiten, Arabpop aus fetten Subwoofern, deutscher Gangsterrap über Handylautsprecher. Polizeisirenen, Rettungswagen mit Sondersignal, Autos, deren Alarmanlagen unbeachtet und trotzig vor sich hinpiepen. Die Kneipen und Restaurants sind alle voll, die Straßen sowieso, die Bänke, die Brücken, die Bushaltestellenhäuschen. Einheimische, Zugezogene und Touristen, manche aufgedreht, andere betont lässig, alle darauf bedacht, überzeugend Großstadt zu spielen. Wie jeden Abend schallt das heisere Lachen der Säufer vom Späti gegenüber zwischen den Häuserwänden hin und her. Der verstrahlte Typ mit dem silbernen Haar hat mal wieder seinen Hund verloren und rennt laut nach ihm rufend durch die Straßen, der Hund heißt passenderweise Gypsy. Eine Frau mit Dreadlocks marschiert in eckigem Zombiegang die Straße auf und ab und beschimpft ihre zahlreichen unsichtbaren Feinde mit heiserer Stimme als *Drecksficker* und *Kackfotzen*. Überall Besoffene, Feiernde und Grölende, überall Kaputte, Abgehängte und Verwirrte, auf deren Seite man theoretisch ist, die einem in echt aber den letzten Nerv rauben mit ihrer Dummheit, ihrer Unsicherheit und der Kackmusik, die sie alle hören. Klirrendes Glas, kreischende Kinder und rotierende Helikoptereltern, hospitalistische Hunde, kläffende Köter, alle überfordert, alle gestresst, alle am Limit, oder nur ich?

Kaum zu Hause und schon wieder fix und fertig. Nach einer Woche auf dem Land plötzlich ultrasensibel für Stress und

Lärm. Ich fühle mich fast wie Felix und Sarah, als sie auf Benzoentzug aus Varadero nach Havanna kommen. Dass ich mit meinen Romanfiguren empfinde, kurz nachdem ich sie um die Ecke gebracht habe, auch wieder bekloppt.

Die letzten Tage auf der Datsche sind zu einem einzigen Brei verschwommen. Noch zweimal war ich zum Abendessen in der Märkischen Traube, die dank ihrer gastronomischen Monopolstellung zu etwas wurde, das ich in Berlin nicht habe, nie hatte und auch nicht haben möchte – meinem *Stammladen*. Stammläden gab es in meiner Jugend zur Genüge, erzwungenermaßen, aus Mangel an Alternativen. Einmal am Tag lief ich eine Runde durch den Wald, vorm Abendessen sprang ich immer kurz in den See. Die restliche Zeit habe ich gearbeitet. Das Wühlen in der Vergangenheit setzte mir immer mehr zu, vor allem abends, wenn die Stille des Ortes sich trotz der zirpenden Grillen und dem Rauschen in den Bäumen nicht mehr ignorieren ließ. Ich begann, meine alten Freunde zu vermissen. Am meisten die, die ich lange nicht gesehen habe. Diffuse Sehnsucht, die mich voller Wehmut an eine Zeit zurückdenken ließ, die mir damals oft wie ein Albtraum erschien.

Gestern früh war ich fertig. Meine kompletten Aufzeichnungen aus dem Sommer '99 waren ins Word-doc übertragen, jedes Wort von Ende April bis zum offiziellen Herbstanfang Ende September. Kiki hatte keine Zeit, mich abzuholen. Ich hätte noch einen Tag bleiben können, doch ich war zu aufgekratzt, es gab nichts mehr zu tun, und das Mückenspray war auch alle, also habe ich meine Sachen gepackt, das Wichtigste auf dem Roller mitgenommen, den Computer und die Tagebücher, und bin mit flatterndem Hosenbein zurück nach Berlin gefahren.

Nun fahre ich die gleiche Strecke in Kikis Mercedes, den sie mir geliehen hat, um die restlichen Sachen abzuholen. Auf dem Rückweg ein kurzer Abstecher nach Königs Wusterhausen, wo ich einen Biedermeiersessel für Kiki abhole, den sie bei Ebay-Kleinanzeigen gekauft hat. Ich bringe den Wagen zurück, trage das protzige Möbelstück in ihre Wohnung und trinke einen Kaffee mit Kiki, dann gehe ich heim, setze mich an den Küchentisch und beginne, Leute anzuschreiben. Per SMS, E-Mail oder Facebook, das ich die ganze Woche nicht vermisst habe, das nun aber einiges erleichtert. Seltsam, auf diese Art mit Leuten zu kommunizieren, zu denen ich seit dem Einbruch des Internets in unser aller Leben kaum Kontakt hatte. Wenn ich versuche, mir Tommi am Smartphone oder Laura am iPad vorzustellen, dann ist das, als würde man der *Mona Lisa* einen Laptop auf den Schoß setzen oder dem *Schrei* ein iPhone ans Ohr retuschieren.

Ich frage immer erstmal nach Fotos, das ist ein guter Einstieg. Ich besitze zwar viele Band- und Konzertfotos, aber kaum etwas aus unserem Alltag, unserer Stadt, unseren Wohnungen, von einer Fototasche mit Bildern verschimmelter Zimmerecken in der Berninghoffallee mal abgesehen. Auf einem meiner wenigen Bilder aus dem Sommer '99 sieht man Hannes, Guido, Robin und mich, wie wir zu viert in einer von Neonröhren beleuchteten Halle an einem Tisch sitzen, Lötkolben und Zangen in den Händen, vor uns körbeweise Cinchkabel. Das Bild muss kurz nach meinem Geburtstag entstanden sein, wahrscheinlich per Selbstauslöser, mit Guidos Kamera. Rein äußerlich deutet nichts auf meinen desolaten Gemütszustand hin. Im Gegenteil, es sieht aus, als hätten wir mächtig Spaß, und wahrscheinlich hatten wir den auch. Gab ja auch einiges zu kompensieren.

*

»Wo ist denn meine Kabelabisolierzange?«, fragte Hannes, mit Worttrennung nach dem zweiten *a* und Betonung auf dem ersten *i*, wie in *bisexuell* oder *Bisamratte*. »Ah, da ist sie ja, meine

Kabela-Bisolierzange! Oder ist das etwa deine Kabela-Bisolierzange?«

Beim ersten Mal war es so semilustig, dann ging Hannes uns eine ganze Weile gehörig auf die Nerven, und irgendwann hatte er durch Beharrlichkeit den Punkt erreicht, an dem man es kaum erwarten konnte, wie er das Wort das nächste Mal in einem Satz unterbringen würde.

»Kommt heute nicht ein Film mit der beliebten Volksschauspielerin Heidi Kabela-Bisolierzange im Fernsehen? Wenn, dann sicher im Dritten. Auf Kabela-Bisolier-Eins jedenfalls nicht.«

Wir saßen zu viert an einem Tisch in der fensterlosen Halle der Elektronikfirma, in der Guidos Bruder arbeitete. 5000 Cinchkabel sollten gekürzt und neu zusammengelötet werden. Keine sehr anregende Aufgabe, und es gab nur einen Zehner die Stunde, aber als Band an einem Tisch zu sitzen und Kabel zu löten, das war fast wie eine auf acht Stunden ausgedehnte Pause im Proberaum, nur mit Zangen und Lötkolben statt Chips und Bier. Robin hatte besonders gute Laune, er hatte vor ein paar Tagen seine Musterung hinter sich gebracht. Nachdem er all meine Tipps befolgt hatte, war er zum Psychologen geschickt und anschließend als T4 eingestuft worden, *vorübergehend nicht wehrdienstfähig*, was ja erstmal super war, für ihn und auch für uns als Band.

»Jetzt haben wir ein Jahr, um dich so herunterzuwirtschaften, dass die dich als Nächstes nur T5 schreiben können«, sagte Hannes.

»Asthma, Diabetes, Methadonprogramm, such dir was aus«, sagte ich.

»Wundervoll«, sagte Robin fröhlich, »ich freu mich schon.«

Die Stimmung kippte, als Guido uns am Morgen des dritten und letzten Arbeitstages eröffnete, dass er Ende Juni nach Südfrankreich gehen würde.

»Was willst du denn in Südfrankreich?«

»Ich arbeite da in ’nem Feriencamp, am Mittelmeer. Gestern kam die Zusage. Habe ich nicht erzählt, dass ich mich bei diesem Reiseveranstalter beworben habe?«

Wir zuckten mit den Schultern. Wir bewarben uns ja ständig alle für irgendwelche Schrottjobs. Guido hatte zuletzt bei Karmann am Fließband gestanden und Cabrios für VW und Audi zusammengebaut. Nachdem er zum wiederholten Male mit seinem Vorarbeiter aneinandergeraten war, hatte er gekündigt, vorher aber noch als Akt der Sabotage ein paar Schrauben in die Karosserien der Wagen fallen lassen.

»Was für ein Reiseveranstalter?«, fragte ich.

»Ruf Reisen. Aus Bielefeld.«

»Was für Reisen?«

»Ruf.«

»Wie in *The Roof is on Fire*?«, wollte Robin wissen.

»Nein«, antwortete Guido, »wie in *Der Ruf ist im Eimer*.«

»Das ist er tatsächlich, wenn irgendwer erfährt, dass unser Bassist hauptberuflich Kinderanimateur ist«, sagte ich.

»Das ist ein Camp für Jugendliche, und ich bin da nicht Animateur, sondern Teamer.«

»Teamer?«, kicherte Robin.

»A-Teamer oder B-Teamer?«, frotzelte Hannes.

»Sagt Abraham zu Bebraham, kann ich mal dein Zebra ham«, klopfte Robin seinen Lieblingswitz. Aber mir war nicht zum Lachen zumute. Guido auch nicht.

»Könnt ihr euch vielleicht mal für mich freuen?«, schnaubte er, ließ seine Zange auf den Tisch fallen und sprang auf. »Hiermit«, er fegte einen Haufen abgeknipster Kabelenden vom Tisch, »kriege ich meine Miete jedenfalls nicht zusammen!«

»Und wie lange bist du dann weg?«

»Bis Ende September auf jeden Fall, vielleicht ein bisschen länger.«

»Aber wir wollten doch im Herbst ins Studio!«

»Müssen wir auf den Winter verschieben.«

»Im Winter wohne ich hoffentlich schon in Münster«, sagte Robin.

Verschieben, Mittelmeer, nach Münster ziehen, alles schön und gut, dachte ich. Aber drei Monate ohne Band, wie sollte man das ertragen? Ging denn jetzt alles den Bach runter?

Ein paar Tage später fuhr ich mit dem Transporter der Holzdekofirma zu einer Messe in Wallau bei Frankfurt. Bernd hatte mich angerufen. »Lust, dir ein paar Mark zu verdienen? Origineller Auftritt in Quakenbrück übrigens!«

Ich lieferte mehrere Kartons voller Weihnachtsartikel in Wallau ab, half Jörg und Sabine beim Aufbau des Messestands und fuhr die 350 Kilometer am selben Tag wieder zurück. Den Lohn gab's bar auf die Kralle, die Überstunden wurden extra bezahlt, und nebenbei verpasste ich so einen der unangenehmen Abende, an denen unser Vermieter mit potentiellen Nachmietern zur Wohnungsbesichtigung vorbeikam. Die Wohnung sah aus wie Sau. Mit den Worten »Müllhalde oder was« war tags zuvor gleich die erste Interessentin rückwärts wieder rausgegangen. Herr Özkan hatte nur mit ausdruckslosem Gesicht danebengestanden. Er hatte mir richtig leidgetan. Ich konnte ihn in Gedanken nicht mal mehr Ätzkan nennen. Die Blamage in Quakenbrück hatte mich irgendwie weich gemacht. Das fiel mir in allen möglichen Situationen auf. An der Kasse eines Supermarkts in Limburg, an dem ich auf der Rückfahrt aus Wallau anhielt, um mir etwas zu essen zu holen, ließ ich eine Packung Wachsmalstifte in mein Hip-Bag gleiten, um Theresa, die am nächsten Tag am Mitteldamm ihren achtzehnten Geburtstag feiern wollte, damit ein Bild zu malen. Beim Bezahlen wünschte die Kassiererin mir derart freundlich einen schönen Tag, dass ich mich zutiefst für meinen kleinen Diebstahl schämte, obwohl ich mein Leben lang beim Einkaufen etwas hatte mitgehen lassen und der Frau persönlich ja auch gar nichts weggenommen worden war.

Als Hannes und Nadine sich tags darauf auf Theresas Geburtstagsparty wegen irgendeiner Lappalie anzickten, hielt ich ihnen sogar einen Vortrag. »Jetzt hört doch mal auf damit, ihr wisst doch gar nicht, was ihr aneinander habt!«

»Was ist denn mit dir los, du Schwuli?«, blaffte Nadine mich an.

»Lass den«, meinte Hannes.

»Guck dir den doch mal an, wie der aussieht«, spottete Nadine, und das war auch Ninas Frage, als sie um kurz nach zwölf zum Mitteldamm kam, um Theresa zu gratulieren: »Wie siehst du denn aus, hast du dich geschminkt?«

»Nein«, sagte ich. »Also ja, aber nicht selbst. Laura hat das gemacht.«

»Gundula Griesgram?«, sagte Nina leise und warf einen Blick auf Laura, die mit Sascha, Tommi, Richter, Wiebke und ein paar Freundinnen von Theresa einige Meter weiter am Geländer stand.

Ich nickte.

»Ist das Kajal?«

»Glaub schon.«

»Warum, nur so?«

»Ja, nur so.«

»Interessant. Na, dann feier noch schön!«

»Du haust schon wieder ab?«

»Ich hab bis gerade im Louie gearbeitet. Timo wartet im Wagen.«

»Traut der sich nicht hierher?«

»Ich hab bis gerade gearbeitet«, wiederholte Nina.

»Was hat das denn damit zu tun?«

»Lass mal telefonieren.«

»Ja, wie immer«, sagte ich.

»Wieso«, sagte Nina verärgert, »du kannst doch auch mal anrufen?«

»Du bist ja nie zu Hause«, behauptete ich. Ich hatte mich seit Quakenbrück nicht mehr bei ihr gemeldet.

»Das ist mir zu blöd hier. Ich meld mich die Tage mal.«

Sie drehte sich um, gratulierte Theresa zum Geburtstag, begrüßte auch die anderen und unterhielt sich kurz mit Sascha, der ihr schließlich folgte, als sie den Mitteldamm verließ. Die beiden balancierten über das Gitter der Schleuse und liefen den Weg hoch zu den Parkplätzen. Nina lachte über irgendwas, das Sascha gesagt hatte. Ich sah ihnen nach, bis sie zwischen Hotel und Stadthalle verschwanden, dann stellte ich mich zu den anderen. Tommi hatte eine Tüte Erdnussflips in der Hand und erklärte Theresa gerade, dass es Chips-und-Ketchup-Typen gebe und Flips-und-Majo-Typen. Er sei eindeutig der Flips-und-Majo-Typ, was nicht hieße, dass er nie Ketchup oder Chips esse, aber das wisse man doch, welcher Typ man sei. Worauf Richter die Geschichte von dem Trottel erzählte, der ein paar Tage zuvor die Pommesbude an der Elisabethkirche überfallen hatte, um kurz nach 17 Uhr, als der Imbiss gerade erst geöffnet hatte und außer Wechselgeld noch gar nichts in der Kasse gewesen war. »Da waren zwei Malocher drin, haben dem ein paar Schellen verpasst, Gaswumme abgenommen, Bullen gerufen, und tschüs, weg war der Phantast.« Theresa und Laura kannten die Story noch nicht, Theresa japste nach Luft, Laura lachte ein kraftvolles *HARHARHAR*, wie aus einer Comic-Sprechblase.

Nach ein paar Minuten kam Sascha zurück.

»Und, bei Timo und Nina alles in Butter?«

Sascha nickte nur. Was sollte er darauf auch sagen.

Als das Bier alle war gingen wir über die Brücke zum Emsschlösschen, wo Ivo mir eine Flasche Schnaps schenkte.

»ALLES GUTE NACHTRÄGLICH!«, brüllte er gegen den

skandinavischen Schweinerock an, der aus den billigen Boxen schepperte. Ivo kam über den Verlust seiner Rock'n'-Roll-Kneipe einfach nicht hinweg. Immer mehr Stammgäste blieben fern. Wenn einer der Karohemdträger sich über die laute Musik beschwerte, bekam er den Rat, sein Bier doch woanders zu trinken, und die, die blieben, zahlten nur jedes zweite Glas. Höchstens.

»Danke«, sagte ich zu Ivo, »aber sie hat doch heute Geburtstag!« Ich deutete auf Theresa, die mit Laura und Sascha an einem der Stehtische am Fenster stand und gerade den Morgenmantel anprobierte, den Laura ihr genäht hatte. Er war gelb mit blassblauen Streifen, hatte eine Kapuze und glänzte matt, er sah richtig edel aus. Über mein Bild hatte Theresa sich ja schon gefreut, eine Collage mit einem Männchen, das nur aus Dreiecken bestand, war mir nachmittags spontan so eingefallen, nun aber war sie richtig aus dem Häuschen.

»Das ist ein hervorragender Schluck«, sagte Ivo, »nichts für so zarte junge Dinger, nur für echte Kerle wie dich und mich.«

»Ivo, du bist und bleibst ein Arschproll«, sagte ich und fand es schön, mit meinem neuen Vermieter so reden zu können.

»Wobei du heute irgendwie tuntig aussiehst«, sagte Ivo. »Hast du dich geschminkt?«

»Nein, ich schlafe schlecht.«

»Sicher?«

»Ja.« Ich musste mir dringend dieses Zeug aus dem Gesicht waschen.

Ivo drückte mir die Flasche in die Hand und kam etwas näher. »Könnt ihr euch ja teilen«, sagte er mit Blick auf Theresa und zwinkerte mir zu. »Du bist doch jetzt wieder solo, habe ich gehört.«

»Was soll das überhaupt sein?«, wich ich aus, weil mir das jetzt zu weit ging. Ich drehte die Flasche in der Hand. Sie hatte kein Etikett. »Ist das Selbstgebrannter?«

»Sliwowitz.«

»Sliwo-was?«

»SLI-WO-WITZ! Original kroatischer Pflaumenschnaps, von meinem Onkel gebrannt. Ein ganz feines Stöffchen.«

In dieser Nacht landete ich tatsächlich mit Theresa bei mir. Wir saßen auf dem Bett, hörten Musik und nahmen jeder einen Schluck von diesem Sliwozeug. Für ein paar Sekunden dachte ich, ich wäre blind, aber dann ging es wieder.

»Ey, weißt du was?«, sagte Theresa und schaute aus dem Fenster. »Ich darf ja ab heute Auto fahren!«

Unter dem Baum vorm Haus stand die Transe.

»Keine gute Idee«, sagte ich.

»Los«, sagte Theresa.

Sie kriegte die Transe kaum vom Parkplatz, mehrmals soff der schwerfällige Panzer ihr ab. »Kleines bisschen Gas geben und die Kupplung ganz langsam kommen lassen«, instruierte ich sie und fand, dass ich wie mein Fahrlehrer klang. Wenn der während der Fahrstunden Sliwowitz gekippt hätte, statt tafelweise Schokolade in sich hineinzustopfen.

Wir drehten eine stotternde Runde um den Block. Ich musste ein Auge zukneifen, um nicht doppelt zu sehen. Theresa trug ihren neuen Morgenmantel, aus dessen Kapuze ihre dunklen Locken hervorquollen. Den Rücken hatte sie durchgedrückt, den Oberkörper nach vorne gestreckt, sie hing mit dem Kinn fast auf dem Lenkrad.

»Seid ihr jetzt komplett verhaltens?«, sagte Richter, der gerade aus der Stadt zurückgekommen war und zugesehen hatte, wie sie die Transe mit Mühe und Not zurück in die Parklücke bugsierte.

»Ja!«, jubelte Theresa, schmiss die Fahrertür zu, reckte die Arme in die Luft und machte Victory-Zeichen mit beiden Händen. »VOLLJÄHRIG UND VERHALTENS!«

Ganz schön cool für eine Hippiebraut, dachte ich. Und so hippiemäßig sah sie auch gar nicht mehr aus.

»Kann ich hier pennen?«, fragte sie, als wir wieder auf meinem Bett saßen.

Sie hatte Geburtstag, sie durfte bestimmen, und allein sein wollte ich auch nicht.

Beim Aufwachen am nächsten Morgen waren wir beide nackt.

»Sind wir letzte Nacht noch Auto gefahren?«

»Kurz«, sagte Theresa.

»Und haben wir noch«, ich kratzte mich am Kopf, »irgendwie rumgemacht oder so?«

»Auch nur kurz.«

Das war nicht gut. Das war gar nicht gut. Hoffentlich verknallt die sich jetzt nicht in mich, dachte ich, als ich Theresa in der Transe nach Hause fuhr. Ich wollte doch immer noch Nina zurück, und wenn, dann hatte ich mich viel eher ein bisschen in Laura verguckt. Was ich natürlich weder ihr noch sonstwem je gesagt hätte. Aber allein, wie sie am gestrigen Abend vor mir gestanden und mir die Augen geschminkt hatte. Tommi und Laura hatten sich gegenseitig die Haare geschnitten, ich war ins Bad gegangen und hatte gefragt, ob einer von beiden mir ein paar Macken ausbessern könne. »Klar«, antwortete Laura. Ich goss uns zwei Gläser Wein ein und drehte die Musik in meinem Zimmer lauter. Es lief die zweite Team Dresch, die Laura gut zu gefallen schien. Als ich dran war, machte sie sich über die unterschiedlichen Haarlängen an meinem Hinterkopf lustig. Ich schnitt mir die Haare seit Jahren selbst, mit einer Nagel- oder einer Papierschere, ohne Plan, einfach nach Gefühl. »Da hinten solltest du in Zukunft lieber jemand anders ranlassen«, sagte Laura und begann zu schnippeln, »voll der Flickenteppich.« Als sie fertig war, blieb ich einfach auf dem Badewannenrand sitzen, trank meinen Wein und schaute ihr dabei zu, wie sie sich die Augen schminkte.

»Smokey Eyes«, sagte ich, »ob mir so was auch stehen würde?«

Fünf Minuten darauf betrachtete ich mein neues androgynes Äußeres im Spiegel.

»Zauberhaft«, sagte Laura und etwas später, am Mitteldamm, als wir auf die anderen warteten, die am Ems-EKZ Bier holen waren: »Wenn die nicht mal bald zurückkommen, müssen wir wohl noch knutschen.«

Wir hatten gelacht, und dann waren auch schon die anderen mit dem Bier gekommen.

II ANFANG

Samstag früh, kurz nach halb neun, Hamburg Hauptbahnhof. Laut Wetterbericht soll es der bisher heißeste Tag des Jahres werden. Im Großraumabteil des Intercity 2313 sitzt eine Gruppe von zehn Männern in kurzen Hosen, braungebrannt, Bierdosen in der Hand. Bei Harburg fangen sie an zu singen. »*Ein Hoch auf das, was vor uns liegt, ein Hoch auf das, was uns vereint …*«

Stöpsel in die Ohren, Mogwai, volle Lautstärke. Vor mir die Tagebücher von Fritz J. Raddatz, gestern in der Schanze gekauft. Als Erstes lese ich mich durch das Jahr 1999. Von einer kurzen Bemerkung zu den Landtagswahlen im Herbst abgesehen gibt es keine Überschneidungen mit meinen Aufzeichnungen aus der Zeit. Kaum verwunderlich. Hier der zwischen Hamburg, Sylt und der Côte d'Azur pendelnde, damals schon fast 70-jährige Feuilletonist, Autor und Literaturkritiker, dort der postadoleszente Bukowski-und-Spätlese-Junkie aus der westfälischen Provinz, was soll sich da auch groß überschneiden. Am 4. Juli 1999, heute vor 16 Jahren, erwachte Raddatz in Nizza aus »makabren Träumen«, in denen Marilyn Monroe im weißen Kleid »dekorativ in einen Gully-Abgrund stürzte«, wo sie wegen ihrer Stöckelschuhe hängen blieb und schließlich »wie ein toter Falter aufschlug«. Ich saß derweil im Chaos unserer neuen Wohnung im deutlich weniger mondänen Rheine und fand es erwähnenswert, dass ich soeben die erste halbwegs nüchterne Nacht seit Monaten hinter mich gebracht hatte.

Kurz vor Bremen macht einer der Männer Liegestütz auf dem Gang. Die anderen feuern ihn an. In Osnabrück verlassen sie den Zug. Ich schaue ihnen nach, wie sie johlend in ihr Männerwochenende verschwinden.

So hätte man auch werden können.

Hätte man?

Nächster Halt: Münster / Westfalen. Ich beobachte die einsteigenden Fahrgäste. Ob Menschen aus Rheine darunter sind? Ob ich jemanden kenne? Ob mich jemand kennt? Ich war bestimmt ein Jahr lang nicht dort. Oder länger. Sieht man schon was, fällt was auf, reden die Leute anders?

Meine Paranoia schreit nach Nikotin, doch die Aufenthalte in den Bahnhöfen sind alle zu kurz. 1999 gab es noch Raucherabteile. Damals, als ich nicht geraucht habe. In den Zügen konnte man die Fenster öffnen, und auf den Toiletten baten Schilder darum, die Spülung beim Aufenthalt in Bahnhöfen nicht zu betätigen. Kommt mir jetzt alles völlig absurd vor: Raucherabteile, Fahrtwind und sich im Gleisbett verteilende Exkremente. Es sind Kleinigkeiten wie diese, bei denen einem bewusst wird, wie lange das alles her ist.

Umsteigen in Duisburg. Mit mir verlassen den Zug: ein Rockabillypärchen, ein Sharp-Skin und eine Gothicfrau mit schwarzem Mantel und kahlrasiertem Kopf, zwei Piercings in der Unterlippe, verbunden durch einen halben Meter Kette. Am Gleis gegenüber warten ein dürrer Kerl in Metalkutte und eine Gruppe Nietenkaiser mit Iros und Spikes auf die S-Bahn. Bräuchte man Bildmaterial für eine Dokumentation über ins Vergessen geratene Jugendkulturen, man müsste nur einmal die Ruhrpottbahnhöfe abfahren.

In der Regionalbahn nach Aachen steigt die Nervosität. In anderthalb Stunden werde ich Schacke wiedersehen, heute Abend dann Nina in Frankfurt. Ich habe bereits ein paar Leute gesprochen, aber nur kurz, und zu allen hatte ich die Jahre über sporadisch Kontakt. Diese Tour jetzt ist etwas anderes. Wenn alles klappt, werde ich in den nächsten neun Tagen 20 Personen in acht verschiedenen Städten treffen, bis zu drei Leute an einem Tag, darunter einige, die ich seit über zehn Jahren nicht gesehen habe.

Bereits jetzt gibt es verschiedene Versionen bestimmter Geschichten. Nach meiner gestrigen Lesung in Hamburg erzählte Theresa von einer nächtlichen Autobahnfahrt von Osnabrück nach Rheine, bei der Tommi aus dem Fenster gekotzt hat. Eine Autofahrt, von der auch Wiebke am Telefon sprach. Die Geschichten der beiden stimmen bis in die Details überein, nur dass beide in ihrer jeweiligen Version die Fahrerin waren.

Theresa: »Das war der Panda meiner Mutter. Da stand ich am nächsten Tag bei Laura in der Einfahrt, überall in den Ritzen war Kotze, und ich war total sauer, dass mir keiner geholfen hat.«

Wiebke: »Das war der Nissan Micra von meiner Mutter. Ich hab erst morgens gesehen, dass die ganze Beifahrerseite vollgereihert war. Musste ich dann saubermachen, das war saueklig.«

Durchaus möglich, dass beide schon mal den Kleinwagen ihrer Mutter vom Erbrochenen meines Mitbewohners säubern mussten. Tommi hat sich damals häufig übergeben und es dabei zu einem gewissen Ruf und einiger Virtuosität gebracht. Immer wieder gerne wurde die Geschichte erzählt, wie er nach einem tiefen Zug an der Bong mal diskret einen Mundvoll Mageninhalt in das schmale Glasrohr der Wasserpfeife gespuckt und sie dann einfach an den Nächsten weitergegeben hat, auf einem dieser typischen Abhängabende in unserer Wohnung, die für eine Party zu langweilig und für einen Gemütlichen zu abgefuckt waren. Richter hatte Tommi bei seinem Manöver beobachtet und mir unauffällig mit dem Ellbogen in die Rippen gestoßen. Mit rumpelstilzchenhafter Freude sahen wir zu, wie ein Tommianer nach dem anderen arglos an der gläsernen Kotztüte saugte, bis einer von ihnen die Klümpchen im Wasser bemerkte und hysterisch zu kreischen begann, worauf Tommi nur unschuldig mit den Schultern zuckte.

Jeder hatte so eine Tommi-kotzt-irgendwohin-Story auf Lager.

In diesem Fall aber ist aufgrund der Details klar, dass Wiebke und Theresa denselben Abend meinen, und beide waren sich ihrer Version auch auf Nachfrage absolut sicher. Wer von ihnen nun recht hat, das will ich gar nicht beurteilen. Aber wenn ich mir diese Autofahrt vorzustellen versuche, dann sitzt immer Theresa am Steuer. Und ich weiß, dass ich dabei war. Ich habe in meinem Tagebuch davon gelesen. Und es war nicht irgendein Abend.

*

Ich hätte zu Hause bleiben sollen, dachte ich, als ich auf einer Bank am Rande der Tanzfläche saß und den Eingang beobachtete. Es war kurz nach Mitternacht. Ich sah zu den anderen rüber, sie standen ein paar Meter entfernt zwischen lauter Dunkelgekleideten, die sich kantig und steif zu irgendeinem runtergestimmten Bratgitarrenrock bewegten, Marilyn Manson oder so.

Theresa, Wiebke und Laura waren gegen zehn zu uns gekommen, um Tommi abzuholen. Laura und Theresa hatten nachmittags den Mietvertrag für ihre erste eigene Wohnung unterschrieben, und das wollten sie im Hyde Park Osnabrück feiern. Ein Platz sei noch frei, hatte Theresa gesagt, und Wiebke: »Ja, komm mit!«

Darauf ich, an Laura gewandt: »Will Sascha gar nicht mit?«

»Der arbeitet im Emsschlösschen.«

»So richtig Lust habe ich nicht«, hatte ich gesagt, mich dann aber doch überreden lassen. Theresa war gefahren, im Fiat Panda ihrer Mutter. Ihre erste nächtliche Autofahrt, von unserem kurzen Transenabenteuer an ihrem Geburtstag vor gut einer Woche mal abgesehen.

Immer wieder wanderte mein Blick vom Eingang zur Tanzfläche und zurück. Jeden Moment konnte Nina hier auftauchen. Sie fuhr donnerstags oft in den Hyde Park, vor allem wenn sie vorher gearbeitet hatte. Im Louie oder auf dem Louie-Parkplatz fand sich immer wer, der noch einen Autoplatz frei hatte, und nun gab es ja auch Timo und seinen beschissenen Golf. Ich hatte Nina und Timo noch nie zusammen gesehen. Ich konnte auch darauf verzichten. Andererseits war es vielleicht mal an der Zeit. Wie es aussah, musste ich mich an den Anblick wohl gewöhnen, und ich war ja kein Kind mehr, dem man bei einer schlimmen Filmszene die Augen zuhalten musste.

Ich überlegte gerade, ob ich mir bei dem Imbiss neben der Bar eine Portion Kartoffelecken holen sollte, einfach um irgendetwas zu tun zu haben, als Tommi auf mich zugerannt kam, mit Laura huckepack, beide so ein verschwörerisches Grinsen im Gesicht. Es lief jetzt Rage Against The Machine, *Bombtrack*.

Lasst mich in Ruhe, dachte ich, ich will nicht halbironisch zu dieser Musik rumzappeln, nicht heute, nicht jetzt. Doch statt mich auf die Tanzfläche zu ziehen, ließ Tommi sich einen Meter vor mir auf die Knie fallen. Laura blieb auf seinem Rücken sitzen, winkelte die Füße an und schrubbte mit weitausholenden Bewegungen auf einer unsichtbaren Gitarre herum. Sie versuchten, mich aufzumuntern, was ja nur verdeutlichte, was für eine jämmerliche Gestalt ich mal wieder abgab. Trotzdem musste ich lachen. Es sah einfach so bekloppt aus, wie Tommi versuchte, das Gleichgewicht zu halten, während Laura den linken Arm komplett ausgestreckt hielt, als wäre ihre Gitarre anderthalb Meter lang, den Kopf hin und her warf und sich immer mehr Haarsträhnen aus ihrem Zopf lösten, die wie rote Blitze durch die Gegend schossen. Ein Luftgitarrensolo. So etwas hatte noch nie jemand für mich gemacht. Wiebke und

Theresa standen hinter ihnen und lachten, Theresa ein bisschen angestrengt, sie hatte mir den ganzen Abend schon so fragende Blicke zugeworfen.

»Ich hab sturmfrei«, sagte Laura, als wir uns eine knappe Stunde später wieder in den Panda gequetscht hatten und auf die A30 gefahren waren. »Kommt doch alle mit zu mir.« Sie saß hinten in der Mitte, eingeklemmt zwischen Wiebke und mir. Die Musik war immer schlechter geworden, Nina und Timo waren nicht aufgetaucht, und Tommi war ziemlich hinüber. Er kauerte vor mir auf dem Beifahrersitz und legte stöhnend den Kopf in den Nacken. Sascha sei vielleicht schon bei ihr, sagte Laura, sie habe ihm einen Schlüssel gegeben.

Ich hatte Lust, Wiebke und Theresa auch.

»Und du, Tommi?«, fragte Laura.

»Halt mal kurz an«, sagte Tommi.

»Ich kann hier nicht anhalten«, sagte Theresa, »wir sind auf der Autobahn!«

Wir waren irgendwo zwischen Lotte und Laggenbeck, kaum Verkehr. Durch das einen Spaltweit aufgeklappte Fenster blies die warme Sommerluft durch meine Haare. Sie fährt keine hundert, dachte ich, viel zu langsam für die Autobahn.

»Egal, halt mal kurz«, sagte Tommi und krümmte sich nach vorne.

»Musst du kotzen? Kotz mir nicht in den Wagen!«

Wir hörten ihn würgen.

»Mach mal bitte«, sagte er aus dem Mundwinkel. Es klang wie ein sprechendes Waldhorn. Schließlich kurbelte er das Fenster runter, hielt den Kopf raus und wurde los, was sich schon ein paar Sekunden in seinem Mund befunden haben musste. Ich wollte das Fenster zuklappen, war aber nicht schnell genug.

»AAAAHHHH!«, kreischte Laura, als es von draußen feucht auf die Rückbank nieselte. Sie vergrub ihr Gesicht hinter meiner Schulter, ich zog mir den Kragen meines T-Shirts übers Gesicht.

»Scheiße«, sagte Theresa.

»Sorry«, röchelte Tommi.

Sein strähniges Haar flatterte im Wind, als er einen weiteren Schwall erbrach, der diesmal von außen gegen das hintere Fenster klatschte und in zackigen, hellbraunen Linien die Scheibe entlanglief.

»Leck mich am Arsch«, sagte Theresa und setzte den Blinker. Sie machte einen Schulterblick, auf den ihr Fahrlehrer stolz gewesen wäre, und lenkte den Panda auf den Standstreifen, wo sie ein bisschen zu stark abbremste, meine Knie wurden in den Vordersitz gedrückt, Tommis Kopf knallte gegen die Windschutzscheibe. Er öffnete die Tür, schälte sich aus dem Sitz und kletterte über die Leitplanke. Mit einer Hand hielt er sich am Ast eines Baumes fest und beugte sich über den Graben. Wiebke zog ein Päckchen Taschentücher aus ihrer Handtasche. Kichernd hielt sie es Laura und mir hin. Wir tupften uns die Gesichter ab.

»Ist … das … widerlich«, zischte Laura.

Von hinten rauschte ein LKW heran. Er betätigte die Lichthupe, wechselte auf die Überholspur und donnerte an uns vorbei. Wie ein besudeltes Vögelchen zitterte der Panda auf dem Standstreifen, ein besudeltes Vögelchen mit abgespreiztem Flügel.

»Wo ist Tommi?«, fragte Theresa, als der LKW um die nächste Kurve verschwunden war.

Wir schauten nach rechts. Scheiße, wo war Tommi?

Ich reckte den Kopf aus der offenen Beifahrertür und spähte über die Leitplanke in den Graben. Dort unten raschelte etwas. Das Knacken eines Astes, ein leises Stöhnen, dann sah ich Tommis Hände und seinen dunklen Haarschopf. Auf allen vieren kam er die Böschung hochgekrabbelt. Er hielt sich an der Leitplanke fest und richtete sich auf.

»Umgefallen«, sagte er und stieg wieder ein.

Wir setzten Tommi in der Berninghoffallee ab und fuhren weiter zu Laura. Sie wohnte mit ihrem Vater und ihrem jüngeren Bruder in einem Neubaugebiet nördlich der Innenstadt. Ich war noch nie bei ihr zu Hause gewesen. *TÖLLNER*, stand auf einem Salzteigschild neben der Klingel. Ihr Vater und ihr Bruder waren im Urlaub, Fuerteventura, zehn Tage. Laura ging nach oben ins Bad, um sich das Gesicht zu waschen. Ich nahm das Gäste-WC neben der Haustür, zog mein T-Shirt aus, wusch es im Waschbecken mit warmem Wasser und Seife, wrang es aus und hängte es zum Trocknen über die Heizung. Laura brachte mir ein T-Shirt aus dem Zimmer ihres Bruders. Es war ein Trikot des TV Jahn, rot-blau und ein bisschen zu kurz, aber weit geschnitten.

Barfuß kam Sascha die Treppen runter. »Oh, Sporty-Spice«, sagte er mit Blick auf das Trikot und gähnte. Er hatte schon geschlafen. Wir setzten uns ins Wohnzimmer und erzählten ihm die neueste Tommi-kotzt-irgendwohin-Story, alle gemeinsam, eigentlich eher alle durcheinander.

»Ich geh wieder ins Bett«, sagte Sascha, als wir fertig waren, »euren Pegel erreiche ich jetzt eh nicht mehr.«

»Also ich bin nüchtern«, sagte Theresa.

»Das werden wir gleich ändern«, sagte Laura. Sie zog eine teuer aussehende Flasche Rotwein aus dem Wohnzimmerschrank, holte ein paar Senfgläser aus der Küche und machte sie voll. Nach dem Rotwein kamen eine viertelvolle Flasche Bailey's und eine Eiswürfelform aus Edelstahl auf den Tisch. Wiebke verabschiedete sich, als der Bailey's alle war. Kurz darauf nickte Theresa ein. Immer wieder sackte ihr in Zeitlupe der Kopf weg, dann schreckte sie kurz auf, sah sich mit weit aufgerissenen Augen um, als habe sie nur kurz nachgedacht, bis ihr erneut der Kopf auf die Brust sank. Ein paar Minuten schauten Laura und ich ihr dabei zu, dann nahm Laura Theresa am Arm: »Schätzchen, du musst ins Bett.«

»Was? Nein, ich …«

»Komm.«

Während sie Theresa ins Zimmer ihres Bruders verfrachtete, ging ich zur Stereoanlage und legte eine CD ein. *Use your Illusion, Vol. 1.* Ich skippte vor bis Track 10, *November Rain*, und setzte mich auf den dunkel gemusterten Teppich zwischen Tisch und Schrankwand. Slash begann gerade sein erstes von mehreren Gitarrensoli, als Laura zurück ins Wohnzimmer kam. Sie hatte eine Flasche Sekt in der Hand.

»Hab ich im Keller gefunden. Was hörst du denn da?«

»Guns N' Roses.«

»Ich weiß, dass das Guns N' Roses sind. Die CD gehört meinem Bruder. Stehst du auf die?«

»Nicht mehr. Aber irgendwie gerade wieder.«

Laura nahm zwei Gläser vom Tisch, hockte sich mir gegenüber auf den Teppich und entfernte das Drahtgestell vom Korken. Slashs Gitarre hörte nicht auf zu jaulen. Ich sah die Bilder aus dem Musikvideo vor mir, wie er in Lederjacke mit nichts drunter aus einer Kirche in der Wüste kommt, sich breitbeinig in den Sand stellt und mit im Wind wehenden Korkenzieherlocken auf seiner Les Paul herumgniedelt, eine Kippe in den Mundwinkel geklemmt.

»Auch kein schlechter Song für ein amtliches Luftgitarrensolo«, sagte ich.

»Luftgitarrensolos gibt's hier aber nicht auf Bestellung«, sagte Laura.

»Soli«, korrigierte ich sie.

»Was?«

»Die Mehrzahl von Solo ist Soli«, sagte ich, weil ich damit jetzt ja nun mal angefangen hatte.

»Stimmt. Warum eigentlich?«

»Weiß ich auch nicht. Vielleicht weil das aus dem Italienischen kommt?«

»Sprichst du Italienisch?«

»Ich? Nee.«

»Könnte ja sein.«

»Ich hatte Französisch bis zur Zehnten. Weiß ich aber nichts mehr von. Ich kann nur noch einen Satz: Je suis cahier d'exercises, s'il vous plaît.«

»Aha.«

»Willst du nicht wissen, was das bedeutet?«

»Was bedeutet das?«

»Ich bin Aufgabenheft, bitteschön.«

Laura öffnete die Sektflasche. »Dann von mir aus Soli«, sagte sie und schenkte uns zwei Gläser ein. »Meinetwegen könnte Musik auch ganz ohne auskommen.«

»Tommi dachte bis vor kurzem ja, die Mehrzahl von Paprika sei Papriken«, redete ich einfach weiter, in einem bewundernden Tonfall, als fände ich das nicht peinlich, sondern niedlich oder schrullig, mindestens sympathisch, was ja auch stimmte. Doch ich achtete schon sehr darauf, dass man das auch raushörte. Laura sollte mich bloß nicht für einen Korinthenkacker halten. Mit *cahier d'exercises* und *Papriken* hatte ich so gerade eben die Kurve gekriegt, hoffte ich, die Kurve ins Alberne zwar, aber besser albern als Korinthenkacker.

»Und der Plural von Pfirsich ist Pfirsige«, sagte Laura.

»Hat Tommi gesagt?«

»Ja. Aber er spielt damit. Er findet es lustig, dass wir das lustig finden. Er denkt das ja nicht wirklich.«

»Da bin ich mir nicht so sicher.«

»Der ist doch nicht blöd.«

»Das wollte ich damit auch nicht sagen.«

»Tommi ist süß.«

»Na ja«, erwiderte ich. »Er hat uns angekotzt, du erinnerst dich?«

»Aber der ist so lustig.«

»Umgefallen«, sagte ich.

Laura lachte. »Spitzentyp.«

Wir stießen an und tranken. Das Lied war zu Ende, eine bluesige Akustikgitarre kündigte den nächsten Song an. Laura beugte sich vor und skippte zurück auf *November Rain*. »Ich stell mal besser auf Repeat.«

»Ist das jetzt nicht ein bisschen übertrieben?«

»Übertrieben ist doch gut«, sagte sie, drehte sich zu mir, sah mich an und – küsste mich. Lippen. Kurz ein bisschen Zunge, dann mehr Lippen. Vielleicht will sie mich nur zum Schweigen bringen, dachte ich, und dann dachte ich: und wenn schon. Ich stützte mich auf meinen Handballen ab, verlagerte das Gewicht und stieß dabei mit dem Fuß gegen mein Glas. Der Sekt sickerte in den Teppich, bevor er als kleiner Bach in den Fugen zwischen den Fliesen wieder auftauchte und Richtung Schrankwand lief. Ich hob das Glas auf und stellte es auf den Boden.

»Macht nichts«, sagte Laura, füllte es wieder auf und goss auch sich selbst nach. Dann streckte sie sich, nahm den Tabakbeutel vom Tisch und einen schwarz-silbernen Drehaschenbecher von der Fensterbank und begann, sich eine Zigarette zu drehen. Wir tranken und redeten weiter, als wäre nichts passiert. Als wäre es ganz normal, in einer dummen betrunkenen Unterhaltung mal kurz die Lippen aufeinanderzupressen. Und so fühlte es sich auch an: normal, selbstverständlich, folgerichtig. Durch das Fenster fiel das erste Tageslicht ins Wohnzimmer. Laura stand auf und ließ die Jalousien runter. Sperrte die Sonne aus.

»Wie war's denn mit Theresa?«, fragte sie, als sie sich wieder gesetzt hatte.

»An ihrem Geburtstag?«

»Bist du danach noch mal mit ihr nach Hause?«

»Nein.«

Pause.

»Also?«

»Wahrscheinlich weißt du mehr darüber als ich«, sagte ich. »Dein Geschenk war übrigens echt toll. Der Morgenmantel.«

»Du lenkst ab«, sagte Laura, und dann, leiser: »Danke.«

Sie erzählte, dass sie die meisten ihrer Klamotten selbst nähe, mit der Nähmaschine ihrer verstorbenen Großmutter, und dass das zu einer richtigen Sucht geworden sei, alles ändern, alles umnähen. Sie sah mich an und lächelte. Sie leuchtete richtig. Plötzlich sah ich diese Frau in einem ganz anderen Licht. Ihr Kleidungsstil kam mir nicht mehr prätentiös vor, sondern eigen. Ihre Art, die Zigarette zu halten, war elegant, nicht affektiert, und ihre Lache nicht mehr nur laut, sondern einnehmend und ansteckend. Ich fand sie auch nicht mehr einfach nur hübsch oder heiß, sondern richtig schön. So schön, dass ich mich kaum traute, sie anzusehen. Es gab genau zwei Möglichkeiten, das zu vermeiden: Entweder ich stand auf und ging auf der Stelle nach Hause, oder wir knutschten weiter. Diesmal machte ich den ersten Schritt. Ich beugte mich rüber, legte Laura meine Hand an die Hüfte und zog sie an mich. Wir sanken auf den Teppich. Wir klammerten uns aneinander und ließen uns nicht mehr los. Es war grundfalsch, aber absolut richtig. Völlig unschuldig, und doch unerhört.

Rummachen, während ihr Freund oben im Bett lag? Der auch mein Freund war?

Und ein Zimmer weiter im Bett des Bruders ihre Freundin und zukünftige Mitbewohnerin, die eventuell in mich verknallt war?

Dabei Guns N' Roses hören, ausgerechnet die Powerballade, und zwar auf Repeat?

Hier wurden gleich mehrere Grenzen auf einmal überschritten.

Es war etwa zehn Uhr morgens, als auf einmal Sascha in der Wohnzimmertür stand.

»Ihr seid ja immer noch wach«, sagte er und rieb sich die Augen.

Ich war zum Glück gerade aufgestanden, um pissen zu gehen. »Ich muss auch echt mal nach Hause«, sagte ich und ging aufs Gästeklo. Als ich zurückkam, war die Musik aus. Sascha und Laura waren in ihrem Zimmer verschwunden. Ich zog das TV-Jahn-Shirt aus und mein eigenes wieder an, auf links, es war noch ganz klamm. Ich öffnete die Haustür und kniff die Augen zusammen. Das Tageslicht war brutal. In der Einfahrt stand der Panda von Theresas Mutter, ein neues gesprenkeltes Muster auf der Beifahrerseite. Ich ging los. Die Straßen flirrten in der Hitze, die Fetzen der Nacht hingen noch an mir wie unsichtbares Lametta. Es war Freitagvormittag. Ausgeschlafene Menschen auf dem Weg zur Arbeit, zum Arzt oder zum Supermarkt, wo immer die auch alle hinwollten. Ich fühlte mich, als hätte ich ihnen allen etwas voraus. Als hätte ich etwas herausgefunden, von dem sie keine Ahnung hatten. A new morning. Totale Ekstase.

*

40 Kilometer vor Aachen bleibt der Zug stehen, in einem Kaff namens Lindern.

»Liebe Fahrgäste, bitte steigen Sie alle aus und warten Sie auf weitere Informationen.«

Bei 37 Grad stehen 50 Leute auf dem Bahnsteig und warten darauf, dass irgendetwas passiert. Wo bin ich hier überhaupt? Laut Google Maps: Kurz vor Geilenkirchen.

Nach zehn Minuten in der Knallsonne eine Ansage: »Wegen eines Feuerwehreinsatzes fahren bis auf weiteres keine Züge Richtung Aachen.«

Ich rufe Schacke an.

»Ich leih mir den Wagen von meinem Mitbewohner und hol dich ab«, sagt er, »brauche etwa 40 Minuten, bis gleich.«

Genau 35 Minuten später rollt ein alter BMW auf den Bahnhofsvorplatz. Schacke trägt eine Brille und hat zugenommen, sieht aber vergleichsweise gut aus, gesünder als damals, er hat sogar ein bisschen Farbe im Gesicht. Wir gehen aufeinander zu. Einen halben Meter vor mir bleibt er stehen. Ich strecke die rechte Hand aus. Schacke schlägt ein und macht einen Schritt auf mich zu, um mich zu umarmen. Ich weiß nicht, wohin mit seiner Hand, lasse sie los, worauf Schacke in der Bewegung innehält und mir dreimal kurz auf den Rücken klopft. Unsere Oberkörper haben sich noch nicht einmal berührt, da lösen wir uns schon wieder aus diesem linkischen Schauspiel.

Ich kenne Schacke seit 25 Jahren. Wir haben fast zwei Jahre zusammengewohnt und so einiges miteinander erlebt, ich bezweifle aber, dass wir uns schon mal in den Arm genommen haben. Damals hat man sich zur Begrüßung nicht umarmt, das kam erst in den nuller Jahren auf, als wir uns schon längst aus den Augen verloren hatten. Nun stehen wir voreinander und wissen nicht, wie wir das zwischenzeitlich unabhängig voneinander angeeignete Begrüßungsritual in die Tat umsetzen sollen.

Doch schon beim Ortsausgang Lindern ist das Eis gebrochen. Ich muss ihm nicht einmal Fragen stellen, Schacke redet von ganz alleine. Als hätte er nur darauf gewartet, die alten Geschichten endlich mal loszuwerden.

»Weißt du noch, deine Abi-Entlassung?«

»*Du* kannst dich an *meine* Abi-Entlassung erinnern?«

»Klar, du nicht? Am Abend vorher waren wir auf der Sturmfrei-Party von so'ner reichen Louie-Parkplatz-Trulla. Irgendwer hat in die Tiefkühltruhe geschissen, und nachts wurden Spaghetti gekocht. Ich hab in die heißen Nudeln gepackt und mir dabei die ganze Hand verbrannt. Musste dann mit der Hand in so 'nem Kochtopf mit kaltem Wasser pennen. Morgens bin ich mit dir zur Schule und hab am Raucherdach in den Mülleimer gekotzt.«

In seinem WG-Zimmer im Aachener Stadtteil Haaren wird das Gespräch kurz unterbrochen. »Bin gleich wieder da«, sagt Schacke und verschwindet in die Küche. Ich setze mich auf das abgewetzte Cordsofa, lege meine Zigaretten auf den Tisch, meine Zigaretten und das iPhone, im Flug- und Aufnahmemodus, und betrachte die Poster an den Wänden. Einige hingen schon in unserer gemeinsamen WG, das weinrote RAF-Fahndungsplakat etwa, damals klebte ein Bild von Alfred E. Neumann über dem Konterfei von Ernst-Volker Staub. Nach ein paar Minuten kommt Schacke mit einem Tablett zurück und schenkt uns Kaffee ein. Er hat sogar Kuchen besorgt, »bedien dich, zahlt alles der Staat, ich hartze zur Zeit«. Ich nehme mir eine Rosinenschnecke. Schacke dreht sich eine Zigarette und redet weiter. Und hört gar nicht mehr auf. Er sprudelt regelrecht über.

»Weißt du eigentlich, was aus Philipp geworden ist? Pappen-Phil? Das habe ich ja erst später erfahren, dass der dabei war, als seine Mutter sich einen goldenen Schuss gesetzt hat. Der war richtig im Arsch. Der hat sich an der Ems doch mal von oben bis unten mit Brennnesseln eingerieben. Meinte, das wäre gut für die Durchblutung. Und einmal hat den jemand angestochen, so richtig Messer in den Bauch. Philipp zieht das Messer raus, grinst, ›Das nächste Mal stich richtig zu‹, und fällt um, Krankenhaus. An der Stadthalle war das. Da wurde er auch mal von den Bullen eingesackt, als er mit einem anderthalb Meter langen Dekoschwert die Straße runterlief und sich mit einem Albaner duellieren wollte, der ihn angeblich beschissen hatte. Dann war er ziemlich lange in Lengerich und kam noch durchgeknallter zurück. An der Stadthalle hing ich ja später auch viel rum, '99 aber noch nicht so, glaube ich, da habe ich ja gerade wieder bei meinen Eltern gewohnt. Vorher hatte ich die WG mit Richter, Sascha und Celina. Da hat Richter Lauras Karre geschrottet, diesen giftgrünen Citroën. Wir hatten bei uns gesoffen, Bier war alle, Richter konnte noch fahren und ist mit Lauras Wagen zur Tanke, und an der Ampel brettert ihm volle Kanne ein Jeep vorne rein. Nadine war dabei, stinkbesoffen, die hat sich erstmal zum Pissen hinter den Wagen gehockt, das lief dann so die Straße lang. Der Citroën war vorne komplett eingedellt, Totalschaden, und Richter musste aus irgendeinem Grund nicht pusten. Der hatte ja immer so ein Glück. Dann hat er Laura die Ente gekauft, in Holland, direkt hinter der Grenze. Ich bin mit den beiden und diesem einen Typen vom Louie hingefahren. Erst zum Coffeeshop, dann Auto kaufen. Der Louie-Typ kannte sich mit Autos aus. Wie hieß der noch, Stefan? Nee, Frank. Vierfinger-Frank wurde der genannt, weil der mal einen halben Finger an einem Zaun gelassen hat, auf der Flucht vor Faschos oder Cops oder so. Der war früher Kfzetti gewesen und hing auch manchmal an der Stadthalle ab, auf Shore, das wussten wir da aber noch nicht. Der lebt ja auch nicht mehr, Überdosis. Aber wer noch lebt, wen ich Weihnachten in Rheine gesehen habe, auch total im Arsch, den müsstest du auch noch kennen, …«

Es ist, als gäbe Schacke mir eine Zusammenfassung seiner 50 Lieblingsfilme, bevorzugt Actiondramen und Milieustudien. Namen, Schoten und Anekdoten werden mir um die Ohren gehauen, bis mir der Kopf schwirrt und ich nur noch mechanisch nicke. Oft habe ich keine konkrete Erinnerung an das Erzählte, aber eine Erinnerung an die Erinnerung, und das nervt mich am meisten. Lieber hätte ich etwas nie gewusst, als zu wissen, dass ich es mal gewusst, aber wieder vergessen habe. Mit einem Mangel lebt es sich besser als mit einem Verlust.

Als ich vom Klo zurückkomme, sitzt er am Computer und liest sich die Amazon-Produktbeschreibung meines aktuellen Buches durch. Ich sage, dass ich ihm ein Exemplar schicken kann, doch er besteht darauf, es zu kaufen, und zwar jetzt sofort, »dafür wird's ja wohl noch reichen«. Seltsames Gefühl, daneben zu sitzen, während er den Artikel in den Einkaufswagen legt und die Bestellung vornimmt. Findet auch Schacke. »Wenn uns das einer erzählt hätte, als wir saufend und EA80-hörend in meinem Kinderzimmer saßen und uns mit Küchenmessern die Arme aufgeritzt haben.«

»Warum haben wir das eigentlich gemacht?«

»Ja, so *Alles scheiße* halt. Ich hab hier immer noch so kleine Narben.«

»Ich auch. Aber wir waren ja keine Ritzer.«

»Das war einfach Langeweile.«

»Den Do-it-yourself-Gedanken nicht zu vergessen«, sage ich. »Autoaggression, mehr DIY geht nicht.«

Schacke lacht. »Ich hab mir mal irgendwo *Punk* reingeritzt. Mit 'nem ollen Schälmesser.«

»Und ich hab mir einen Korkenzieher durchs Gesicht gezogen.«

»Ich weiß, fand ich saucool.«

Mit dem BMW bringt Schacke mich zum Bahnhof. Zwei Stunden lang haben wir über nichts anderes als unsere Vergangenheit geredet. Er wollte mir eigentlich noch seinen Mitbewohner vorstellen, doch ich habe es eilig, ich muss weiter, nach Frankfurt, zu Nina. Das heute Abend wird unser erstes Treffen zu zweit seit 1999, ich muss vorher unbedingt noch duschen. Ich verspreche Schacke, das nächste Mal mehr Zeit mitzubringen.

»Fänd ich gut«, sagt er und gibt mir die Hand.

Als ich aufs Bahnhofsgebäude zugehe, fühle ich mich wie ein Blutsauger. Wie ein Vampir, der sich von den Erinnerungen anderer nährt.

*

Richter parkte seinen Kadett unter den rostigen Streben der alten Kiesanlage, direkt neben Lauras Ente. Wir stiegen aus und liefen den schmalen Pfad runter zum Baggerloch. Es war Samstag, später Nachmittag, die Sonne knallte vom wolkenlosen Himmel, Insekten summten durchs Gebüsch.

»Bleib mal stehen«, sagte ich zu Tommi und schnippte ihm eine Bremse aus dem Nacken.

»Das war schön«, sagte Tommi, »das könntest du öfter machen.« Unten an der Weggabelung stellte er die klöternde Plastiktüte ab. »Wo sind die denn?«

»Drüben beim Bagger, nehm ich an«, sagte Richter.

»Ich schlepp mich tot. Können die nicht hierherkommen?«

»Soll ich die Tüte mal nehmen?«, sagte ich.

»Nee, geht schon«, schnaufte Tommi. »Ich frag mich nur, warum man das Zeug immer um den halben See schlören muss, wenn es hier vorne genauso geil ist.«

»Jetzt piss dir nicht ins Hemd, Tommi«, sagte Richter. »Ist doch geil da beim Bagger.«

Sascha, Laura und Theresa saßen an dem kleinen Sandstrand auf einer Decke. Alle drei hatte ich zuletzt im Wohnzimmer von Lauras Vater gesehen.

»HIER MAR-SCHIERT DIE BER-NING-HOFF-ARMEE!«, rief Richter.

»Moin«, sagte Laura.

»Der Bierdienst, endlich!«, sagte Sascha.

»Das wird alles schön abgearbeitet, jeder einzelne Schluck«, sagte Richter.

»Ach ja?«, sagte Sascha. »Wie denn?«

»Da überleg ich mir noch was.«

»Gib mal eins.«

Richter warf ihm eine Dose Hansa rüber. Wir setzten uns.

»Wart ihr noch nicht drin?«, fragte Tommi.

»Gerade erst gekommen«, sagte Laura.

»Kein Schwein hier«, sagte Sascha.

»Ist ja auch verboten«, sagte Tommi.

»Na und?« Sascha grinste in meine Richtung, wegen dem *Na und?* Ich tat, als bemerke ich das nicht.

»Darf man hier nicht baden?«, fragte Theresa.

»Da kommt manchmal so ein Aktivbürger vom Anglerverein und macht Stress«, antwortete Sascha.

»Der ist aber harmlos«, sagte Richter. »Mal rein?«

Laura und Theresa kühlten sich nur kurz ab und setzten sich wieder auf die Decke. Tommi, Richter, Sascha und ich schwammen raus bis zum Bagger. Wir zogen uns am Gitter hoch und kletterten auf das Rohr, das wie ein Laufsteg auf Bojen einmal quer über den See bis zum Trichtersilo im Wald verlief. Ich hatte die Anlage noch nie in Betrieb gesehen, doch es hieß, dass hier immer noch Kies und Sand gefördert wurden, und manchmal stand der Bagger an einer anderen Stelle als zuvor. Wir kletterten aufs Baggerhäuschen. Die drei machten Arschbomben ins Wasser und versuchten, sich gegenseitig zu döppen, eine Variante der Dengeleien mit feuchteren Mitteln. Ich sah ihnen von dem rostigen Dach aus dabei zu, dann sprang auch ich ins Wasser und folgte ihnen zurück ans Ufer.

Wir trockneten uns mit unseren Handtüchern ab und setzten uns. Lauras Blick fiel auf das Tattoo auf meiner Brust. Ich zog mir ein T-Shirt über. Ein Wasservogel kreiste in großen Bahnen über das Wasser. Ich holte eine Weinflasche aus der Tüte und den Korkenzieher aus meinem Hip-Bag.

»Oh, du hast Wein dabei?«, sagte Theresa.

»Ausnahmsweise mal«, sagte Richter und alle lachten.

Ich entkorkte die Flasche, nahm einen Schluck und reichte sie Theresa.

»Hmmm, der gute Kröver Nacktarsch.«

»Pisswarm«, sagte ich.

Theresa trank, kniff die Augen zusammen und wollte die Flasche an Laura weitergeben, doch die schüttelte nur den Kopf und nahm sich eine Dose Bier aus der Tüte. Ihr nasser Bikini zeichnete sich unter dem weißen Oberteil ab, das sie übergezogen hatte. Es sah aus wie ein zu kurz geratenes Nachthemd, glattes Material, wie Seide, aber nicht so edel, eher synthetisch. Sie bemerkte, dass ich sie ansah.

»Wann zieht ihr nochmal in eure Wohnung?«, fragte ich, obwohl ich das schon wusste.

»Erster Achter«, antwortete Laura und öffnete ihr Bier.

»Die Wohnung ist voll schön«, sagte Theresa.

»Zwei Zimmer?«

»Drei«, sagte Laura. »Wir haben sogar ein Wohnzimmer.«

»Und 'ne echt große Küche.«

»Und ein separates Klo.«

»Und 'ne Kneipe unten im Haus.«

»Ist das dieser unseriöse Schlagerschuppen gegenüber vom Juwelier?«, fragte Richter.

Theresa nickte. »Während der Wohnungsbesichtigung lief unten *Guildo hat euch lieb*.«

»Dass wir immer alle über Wirtshäusern wohnen müssen«, sagte Tommi.

»Und der Vermieter?«, wollte Richter wissen.

»Vermieterin«, antwortete Laura. »Ältere Dame. Wohnt auch im Haus, zwei Stockwerke drüber. Scheint ganz okay zu sein.«

»Das wird geil«, sagte Theresa.

»Super wird das«, sagte Laura. Sie drehte sich zu Theresa und zupfte ihr einen Streifen Gras aus den Locken, die schon fast wieder trocken aussahen, obwohl sie noch tropften. Richter wischte Laura eine Ameise vom Bein. Ich stand auf.

Sascha sah zu mir hoch. »Wo willst du hin?«

»Schiffen.«

»Warte, ich komm mit.«

Wir stiegen den kleinen Hügel hoch und stellten uns vor die Büsche am Maisfeld. Ich spürte Saschas Blick auf mir.

»Alles okay?«

Ich zuckte mit den Schultern.

»Was ist los?«

»Weißt du doch.« Ich spuckte in die Brennnesseln. »Das Übliche.«

Sascha hatte fertig gepinkelt. »Sollen wir uns kurz da vorne hinsetzen?«

Wir hockten uns ins Gras und sahen zu den anderen rüber, die mit dem Rücken zu uns saßen. Ihre Köpfe glänzten in der Sonne, rot der von Laura, gelb die Glatze von Richter, drumherum, wie ein Rahmen, das Schwarz von Tommi und Theresa.

»Erzähl«, sagte Sascha.

Ich riss einen Büschel Gras aus dem Boden. Ich wollte nicht *erzählen*, aber ich musste irgendetwas sagen.

»Meinst du, das ist was mit den beiden? Ich meine, sind die so richtig in love?«

»Nina und Timo?«

»Ja?«

»Sieht ganz so aus.«

»Bleiben die jetzt für immer zusammen? Verlobungsring, Kinder, Hausbauen?«

»Schwer zu sagen.«

»Aber du siehst die doch öfter, oder? Bei Theresas Geburtstag bist du doch noch mit Nina zum Parkplatz gegangen.«

Sascha nickte.

»Und?«

»Sie war eigentlich wie immer. Timo auch.«

»Habt ihr über mich geredet?«

Er schüttelte den Kopf, langsam, als könnte mir energischeres Kopfschütteln nicht zugemutet werden. Ich rollte die Grashalme zu einem Kügelchen zusammen. Ich ertrug mein Geseier ja selbst nicht mehr. Sascha war ein Freund von Timo. Er kam auch mit Nina gut aus. Ich hatte Donnerstagnacht mit seiner

Freundin rumgemacht. Das war keine 32 Stunden her, und mittlerweile befand ich mich schon längst wieder in diesem seltsamen Modus, wo ich nie wusste, ob ich lachen, schreien, weinen, jemanden verprügeln oder alle umarmen sollte. Ich dachte immer noch hundertmal am Tag an Nina. Dass ich mich ein bisschen in Laura verknallt hatte, stand dazu in keinem Widerspruch.

Ich hatte schon immer für mehrere Frauen gleichzeitig geschwärmt. Laura hatte Sascha offensichtlich nichts erzählt. Mir gegenüber verhielt sie sich wie immer. Etwas distanziert, aber auch nicht distanzierter als sonst. Wahrscheinlich war es für sie nur ein harmloser kleiner Ausrutscher gewesen. Oder sie hatte einen Filmriss. Oder sie schämte sich.

Ich schnippte das Graskügelchen weg und stützte mich am Boden ab. »Wieder rüber?«

Wir standen auf und gingen zurück zu den anderen.

»Wart ihr kacken, oder was?«, sagte Richter, als wir uns zu ihnen auf die Decke setzten.

»Und wie«, sagte Sascha. »Alles zugestuhlt da oben. Kannst du nachher mitnehmen, als Bezahlung für das Plörrbräu hier.« Er nahm sich noch eine Dose Hansa.

»Das ist feinstes Premium-Pils, das wird alles schön abgearbeitet.«

»Ja, aber wie denn nun?«

»Du könntest zum Beispiel mal für mich tanzen.«

»Au ja«, sagte Theresa. »Es wird eh viel zu wenig getanzt.«

»Siehste, findet auch die Neue«, sagte Richter.

Tommi zündete einen Joint an und schwang ihn durch die Luft, um die Insekten zu verscheuchen. Er nahm zwei Züge und gab ihn weiter. Ein Trupp Teenager mit einem Hund kam von der anderen Seite um den See gelaufen. Auf Höhe des Baggers legten sie ihre Sachen ab, zogen sich aus und liefen ins Wasser. Der Hund rannte am Ufer auf und ab und bellte.

Ich nahm einen Zug von der Tüte und lehnte mich zurück. »Ist heute noch was los?«

Theresa war auf einen Geburtstag eingeladen, Laura und Sascha wollten was kochen und sich später mal melden.

»Und wir?«

»Weiß nicht«, sagte Richter. »Partie Risiko?«

»Och nee, nicht scheiß Risiko«, stöhnte Tommi.

»Los, du Graupe«, sagte Richter und boxte ihm in die Seite. »Die letzte Schlacht in der Berninghoffallee. Außerdem habe ich das Recht auf eine Revanche.«

»Hat Tommi das letzte Mal gewonnen, oder was?« Sascha lachte. »Das hätte ich ja gerne gesehen.«

»Eine absurde Verkettung unglücklicher Zufälle«, sagte Richter. »Los Tommi, du hast doch eh nichts Besseres vor. Wir rufen noch die Larrys an, oder den Grünen, oder irgendeinen anderen Statisten.«

»Ist noch was zu stopfen im Haus?«

»Da müssten noch Pommes im Gefrierfach sein«, sagte ich.

»Und dazu ein schönes Sandwich«, sagte Richter.

»Würg«, sagte Sascha und grinste wieder in meine Richtung. Ich knibbelte an dem Etikett meiner Flasche, riss es ab.

»Na gut, meinetwegen«, gab Tommi sich geschlagen.

»Top«, rief Richter. »Ich mach dich platt! Ich bomb dich zurück nach Absurdistan! General Scharfrichter will heute Blut sehen!«

»Wie spät ist es denn, hat einer 'ne Uhr?«, fragte ich.

Sascha zog seine Armbanduhr aus dem Turnschuh, der neben ihm stand. »Gleich halb acht.«

»Nochmal rein, und dann los?«

Wir schwammen noch eine Runde, trockneten uns ab, packten die Sachen zusammen und gingen zurück zu unseren Autos.

Ich sah den alten Mann schon von weitem. Er stand mit

Block und Stift in der Hand vor der Ente und dem Kadett und notierte sich die Kennzeichen.

»Er nu wieder.«

Richter folgte meinem Blick. »Mein Gott, der hat echt nichts Besseres zu tun.«

»Kennt ihr den?«, fragte Theresa.

»Das ist dieser Honk vom Anglerverein«, sagte Richter. »Letztes Jahr bei der Sache mit Olis Golf, da war der auch dabei.«

»Was war da los?«

»Kennst du die Story nicht?«

»Wie denn, ich bin doch *Die Neue*, hast du doch selbst gesagt!«

»Da ist Oli die Karre weggesackt, drüben auf der anderen Seite. Das war so hochbewachsen, man konnte nicht sehen, dass es da runterging. Oli ist beim Parken halb in den Graben gekippt, *egal, erstmal schwimmen gehen*. Und dann gab es richtig Alarm. Ein Bauer wollte mit dem Mähdrescher vorbei, ist ausgewichen und auf der anderen Seite in den Graben gerutscht. Wurde nur noch von ’nem Baum am Umkippen gehindert.«

»Das sah so super aus«, sagte Sascha und lachte.

»Dann standen da fünf Autos, alles Bauern aus der Umgebung, die haben uns tierisch angesaugt. Was meinte der eine noch, Sascha?«

»›Euch sollte man mit der Forke durchstechen!‹«

»Haha, genau. *Euch sollte man mit der Forke durchstechen.* Richtig geile Nazi-Bauern sind das hier.«

»Und Olis Wagen?«, wollte Theresa wissen.

»Nichts passiert. Die Bauern haben den mit einem Abschleppseil rausgezogen. Mussten sie ja, sonst wären sie nicht an den Mähdrescher rangekommen.«

Wir liefen am Rohr der Kiesanlage entlang durch das kurze Waldstück. Als wir den Schotterweg erreicht hatten, war der alte Mann schon bei seinem Fahrrad. Er schob es ein paar Meter den Weg entlang, dann blieb er stehen und drehte sich zu uns um.

»Einen wunderschönen guten Abend«, sagte Laura übertrieben freundlich.

Der Opa zeigte wortlos auf das Schild neben dem Weg. Ich kannte es auswendig. *Laut Planfeststellungsbeschluss des Kreises Steinfurt vom 16. 12. 1996 ist eine Bade- und Freizeitnutzung im Bereich des Baggersees untersagt. Der Betreiber.* Vor ein paar Jahren hatten wir den Satz immer zur Melodie von *Smells Like Teen Spirit* gesungen. *»Der Be-trei-ber, Der Be-trei-ber, Der Be-treiber …«* Irgendwer hatte damals sogar angekündigt, eine Band namens *Der Betreiber* zu gründen. Ich hatte *Planfeststellungsbeschluss* als Bandname viel besser gefunden. War eh nichts draus geworden.

»Ja, das ist ein ausgesprochen schönes Schild«, sagte Tommi.

»Privatgelände«, knurrte der Opa. Seine Augen waren zusammengekniffen, der Mund ein dünner Strich. Eine Mensch gewordene Maßregelung, ein Freiluftblockwart.

»Wissen wir schon«, sagte Laura. »Sonst noch was?«

»Ihr durft hier gar nicht sein. Ich hab mir eure Nummernschilder aufgeschrieben.«

»Für dich immer noch *Ihre* Nummernschilder«, sagte Tommi. »So viel Respekt muss sein.«

»Kann man ein Nummernschild eigentlich aufschreiben?«, fragte ich.

»Stimmt«, sagte Sascha. »Nur das Autokennzeichen kann man aufschreiben. Das Nummernschild ist ja der Gegenstand, auf dem das Kennzeichen steht.«

»Das Nummernschild könnte man allerdings abzeichnen«, sagte Laura.

»Sind Sie Künstler?«, fragte Tommi den Opa.

»Amöbenkunst«, sagte Sascha.

»Angel-Art«, sagte ich.

»Sehr witzig«, sagte der Opa. Er sah von einem zum anderen. »Ich hab euch hier schon mal gesehen. Ich kenn eure Autos. Beim nächsten Mal geb ich das weiter, das ist die letzte Verwarnung!«

»Jaja, Sieg Heil«, sagte Richter gelangweilt.

Kopfschüttelnd setzte der Opa sich aufs Rad und fuhr langsam Richtung Dorf davon.

»Wir suchen noch einen Statisten für Risiko heute Abend«, rief Richter ihm hinterher. »Mit Aufträgen oder um die Weltherrschaft, uns egal!«

»BERNINGHOFFALLEE 1«, brüllte Tommi, »FUSEL SELBST MITBRINGEN!«

Laura schloss die Ente auf und rollte das Verdeck zurück. Sascha und Theresa stiegen bei ihr ein, Tommi und ich bei Richter. Auf dem Waldweg hockte Sascha mit dem Gesicht zu uns auf der Rückbank der Ente und bewarf den Kadett mit matschigen Weintrauben, denen Richter auszuweichen versuchte. In Elte bog die Ente nach rechts ab, wir fuhren nach links und über die Umgehungsstraße nach Rheine, Tommi wollte noch seinen Wagen in der Stadt abholen. Am Louie-Parkplatz ließen wir ihn raus. Im Schatten saßen ein paar Typen im Kreis. Ich erkannte Lauras Exfreund, einer von den Sprayern, mit denen sie hier immer abgehangen hatte, bevor sie sich mit Richter angefreundet hatte und bevor sie mit Sascha zusammen war. Sie hatten eine Bong in der Mitte und beachteten uns nicht.

»Wir halten noch an der Tanke«, sagte Richter zu Tommi, »brauchst du was?«

»Mehr Bier. Und irgendwas zu essen.«

»Was denn? Flips? Schokolade? Süßkram?«

»Egal, Hauptsache viel.«

Richter setzte zurück und wendete. Die Ampel sprang gerade auf Gelb.

»Schaffst du noch«, sagte ich.

»Nicht wenn ich gebarzt hab«, sagte Richter. »Das mit Lauras Karre hat mir gereicht.« Er bremste und blieb vor der roten Ampel stehen.

Und dann sah ich sie.

Nina und Timo, sie standen an der Ampel, links von uns, vorm Persischen Teppichhaus. Sie hielten Händchen. Und lachten.

»Oh, schön«, sagte ich.

»Asozial«, sagte Richter.

Sie kamen aus Richtung Fußgängerzone. Wollten wohl zum Louie. Ich konnte mich nicht erinnern, Nina jemals zur Arbeit gebracht zu haben. Dieser Typ machte einfach alles richtig. Mit seinem weißen Polohemd und den blondierten Strähnen sah er aus wie ein verdammter Tennisspieler. Ein tennisspielender Kifferschnösel. Wie scheiße die zusammen aussahen. Und mit *scheiße* meinte ich gut, glücklich, gesund. Frisch verliebt eben.

Die Fußgängerampel sprang auf Grün.

Sie waren schon fast an uns vorbei, da erkannte Timo Richters Wagen. Er hob eine Hand zum Gruß, sah zum Beifahrersitz, und – winkte! Timo winkte mir zu! Auch Nina sah jetzt zu uns rüber. Am liebsten hätte ich mich im Fußraum verkrochen. Ich nickte ihr zu, dann schaute ich zu Boden. Eine Colaflasche, eine zusammengeknüllte Chipstüte, eine leere Packung OCB-Blättchen, meine schmutzigen Chucks.

»Kopf hoch«, sagte Richter, legte den Gang ein und fuhr los.

An diesem Abend gewann ich beim Risiko, doch ich konnte mich nicht so recht darüber freuen. Ich hatte den Auftrag, Australien, Europa und einen dritten Kontinent meiner Wahl zu erobern beziehungsweise zu *befreien*, wie es in der politisch korrekten neuen Version des Brettspiels hieß. Da ich zu Beginn schon drei der vier Länder Australiens besaß, war das ein relativ leichtes Unterfangen, und Tommi war so dicht, dass er bei seinem Spielzug in der entscheidenden Runde vergaß, sich Armeen für seine Länder und seinen Kontinent zu nehmen und einfach loswürfelte. Als ich ihn aus Island geschmissen hatte und nur noch den großen Larry aus Irkutsk und Richter aus Kamtschatka vertreiben musste, sprang Tommi plötzlich auf und sagte, er müsse ins Bett.

»Es ist Krieg, Tommi«, rief Richter, »da kann man nicht einfach pennen gehen!«, doch Tommi war schon aus der Küche gestürzt.

Richter hatte keine Lust auf eine zweite Partie zu dritt. Er ging mit Larry in sein Zimmer und schaltete den Fernseher ein. Ich räumte die Spielfiguren, die Karten und das Spielbrett in den Karton. Sascha und Laura hatten sich nicht mehr gemeldet.

*

An der Alten Brücke steige ich aus dem Taxi, zünde mir eine Zigarette an und gehe wegen einer Vollsperrung das letzte Stück zu Fuß. Die Bankentürme und der Dom funkeln in der Abendsonne, es ist kurz nach halb neun, ich bin zu spät. Immerhin habe ich es geschafft, noch schnell meine Tasche ins Hotel zu bringen, mich abzuduschen und das iPhone aufzuladen. Ich finde das Café, das Nina vorgeschlagen hat, kann sie aber nirgends entdecken und setze mich im Schatten einer riesigen Topfpflanze draußen an einen Tisch. Es ist ein Resopaltisch. *Resopaltisch* ist ein Wort, das ich nur aus Büchern kenne. Ich habe es noch nie jemanden aussprechen hören, in Romanen hingegen sitzt ständig jemand an einem Resopaltisch, meistens nachdenklich und allein, oder irre nervös, so wie ich jetzt.

Das letzte Mal haben Nina und ich uns vor zwei Jahren auf Wiebkes Hochzeit in Köln gesehen. Nina war mit Timo da. Mit meiner Einschätzung, bei Ninas Schwärmerei für Timo könne es sich nur um eine *vorübergehende Verwirrung* handeln, lag ich 1999 leicht daneben. Seit 16 Jahren sind sie nun zusammen, sie haben zwei Kinder, teilen sich ein Haus, ein Leben, einen Nachnamen.

In meiner Hosentasche vibriert das iPhone. SMS von Nina: »Bin unterwegs.«

Ich bestelle schon mal was zu trinken, eine Flasche Wasser und eine Flasche Wein, dazu eine Schale Oliven und etwas Brot, und hole mein Tagebuch raus. Ich zähle die heute geschriebenen Seiten, 17, schaue aufs Handy, notiere die Uhrzeit und schreibe ein paar Sätze, über das Hotel, den Resopaltisch, meine Nervosität. Dann steht sie plötzlich vor mir.

Wir begrüßen uns mit einer Umarmung. Nina ist heiser, sie sieht fertig aus. Anstrengende Woche in der Kita, sagt sie, und diese Bullenhitze. Sie setzt sich und bestellt ein Radler. Wir reden ein wenig über ihre Arbeit, über Frankfurt und Berlin und Rheine. Dann erzähle ich ihr von dem Brief an Sascha, von den Tagebüchern und meinem schlechten Gedächtnis, und je mehr ich rede, desto mehr meine ich, Nina ihre Skepsis ansehen zu können: Was hat das mit mir zu tun? Was willst du von mir, was hast du vor? Musst du irgendwas aufarbeiten? Oder willst du darüber schreiben, über mich, über uns? Wird alles, was ich jetzt sage, eines Tages gegen mich verwendet? Von da wäre es nur ein kleiner Schritt zu: Lass mich bloß in Ruhe, mir geht's gut, ich hab mein Leben nach dir auf die Reihe gekriegt, kein Bock auf deinen Vergangenheitskram.

Das Gespräch kommt nur zaghaft in Gang. Als wäre da ein Filter zwischen uns, der jeden Satz ins Ungefähre und Seichte reguliert, um den anderen bloß nicht zu brüskieren.

»Ich sag das jetzt so, wie ich es heute empfinde. Vielleicht war das damals anders. Aber das Gefühl, das geblieben ist, also nicht falsch verstehen, aber …«

»Ja klar, versteh ich, ich meine, es ist ja auch nicht so, dass …«

Investigative Recherche ist das nicht gerade. Ich bringe es einfach nicht übers Herz, Nina nach all der Zeit in die Mangel zu nehmen und auszuquetschen. Schließlich sitzt mir keine anonyme Informantin gegenüber, sondern meine erste große Liebe. Die ich lange nicht gesehen und mit der ich noch nie wirklich über all das geredet habe. Mein ganzer Auftritt ist eine Deeskalation, und ich befürchte, dass man mir das anmerkt, dass mich genau das verdächtig macht.

Mit dem zweiten Radler scheint Nina sich ein wenig zu entspannen, was sofort auf mich abfärbt. Ich finde es nicht mal schlimm, als sie mir gesteht, dass sie damals meine Tagebücher gelesen hat.

»Wann war das?«

»Immer mal wieder zwischendurch, wenn du nicht da warst. Ich wusste ja, wo die liegen. Das habe ich dir doch auf Wiebkes Hochzeit schon erzählt.«

»Echt?« Das habe ich also auch schon wieder vergessen. »Und hast du da interessante Sachen gefunden?«

»Ja, sehr interessante Sachen«, sagt Nina.

Sie lacht, und ich hake nicht weiter nach. Ich habe es ihr wirklich nicht schwergemacht, meine Aufzeichnungen zu lesen, weder ihr noch sonstwem, bis heute. Kiki zum Beispiel weiß, wo meine *Lästerbücher* stehen, und sie hat immer noch einen Schlüssel zu meiner Wohnung. Sie könnte, wenn sie wollte. Aber Kiki weiß ohnehin alles, was es über mich zu wissen gibt. Es ist schade, dass unsere Liebe nicht gehalten hat, aber umso schöner, dass diese Tatsache unserer Freundschaft nichts anhaben konnte. Wir haben es besser gemacht als Nina und ich damals. Kiki kommt mir nicht vor wie eine Exfreundin. Kiki ist meine Freundin. Mit der ich ein paar Jahre das Bett geteilt habe, und jetzt eben nicht mehr oder nur noch zum Filme gucken.

»Woher habe ich eigentlich gewusst, dass du was mit Timo hast?«

»Das wusstest du nicht. Das habe ich dir erzählt, nachts auf deinem Bett.«

»Ja, und dann habe ich gesagt: ›Aber der heißt nicht zufällig Timo?‹ So habe ich's zumindest aufgeschrieben.«

»Du hast gar nichts gesagt. Du hast dich umgedreht und geschlafen.«

»Echt? Glaube ich nicht.«

»Woher sollst du das denn gewusst haben?«

»Kann es sein, dass ihr zusammen gesehen wurdet? Dass jemand sich bei mir verplappert oder eine Andeutung gemacht hat?«

»Eigentlich nicht. Ich hab dir das direkt erzählt, und vorher waren Timo und ich nirgends, wo uns Leute gesehen haben könnten. Ist das denn wichtig?«

Gute Frage. Ist das wichtig? Oder steigere ich mich in etwas hinein, das aus gutem Grund vergessen wurde? Wird mein Gehirn nicht schon wissen, was es da macht?

»Wahrscheinlich nicht«, sage ich. »Vielleicht können wir uns darauf einigen, dass ich das erst mal so hingenommen habe.«

»Ich hatte immer das Gefühl, dir geht es gar nicht um mich. Du warst nur verletzt, weil du verlassen wurdest. Du hattest ja ständig irgendwen anders, und ich aus Trotz dann auch. Du wolltest mir von deinen Affären nicht erzählen, du meintest immer nur: ›Ich mach keinen Seelenstriptease.‹ Du warst so festgefahren in diesem ganzen Punk- und Verweigerungsding. Immer unabhängig sein, frei sein, keine Kompromisse. Und bloß keine Veränderung. Das hat mich irgendwann genervt. Bei der Affäre mit Guido wollte ich es dir heimzahlen. Ich wollte sehen, wie weit ich gehen kann, damit du mal aufwachst, damit sich was ändert. Aber du hast mir sofort verziehen und einfach weitergemacht wie zuvor.« Nina lehnt sich zurück. »Aber wir waren ja auch echt jung, als wir zusammenkamen. Man hätte das vielleicht schon früher beenden müssen.«

Über alles kann man sich köstlich amüsieren, über jede geschmackliche Verirrung und noch die weltfremdesten Ideale, sogar über den eigenen Schmerz, die Verzweiflung und die Selbstmordphantasien, aber niemals über die Scham, diesem distanzlosen Biest, das sich einfach nicht abschütteln lässt. Dieser Satz mit dem *Seelenstriptease*, schauderhaft. Nina muss es gar nicht weiter ausführen, ich weiß es auch so: Ich war mir ihrer Liebe zu sicher gewesen, hatte sie als selbstverständlich angesehen und nicht mehr zu schätzen gewusst. Als sie ein paar Monate vor unserer Trennung mit 39,5 Fieber im Bett lag, war ich mit Tommi und Richter saufen gegangen, statt mich um meine Freundin zu kümmern, daran kann sogar ich mich erinnern. Einmal habe ich bei einem Konzert vor Ninas Augen mit einer ehemaligen Affäre rumgemacht, und das in meiner Überheblichkeit für eine freche kleine Extravaganz in unserer *offenen Beziehung* gehalten, deren einzige Regel *Don't ask, don't tell* lautete, und die wohl das schlechteste Beispiel für eine offene Beziehung war, das man sich vorstellen kann.

Die Sonne geht unter, ein leichter Wind kommt auf. Nach der Hitze des Tages wie ein Schmerz, der nachlässt. Sehr schöne, sehr lange blaue Stunde. Einer der besten Gründe, in diesen Breitengraden zu leben.

»Ich würde ja gerne auch mal Timo zu all dem befragen.«

»Das ist bestimmt kein Problem, ich geb dir seine Nummer.«

»Wart ihr damals eigentlich im Krankenhaus?«

»Ja, klar. Schön war das nicht.« Nina betrachtet ihre Hand, spreizt die Finger, schiebt ihren Ehering zurecht. »Hast du Sascha eigentlich schon getroffen?«

»Damit fing das Ganze ja an. Mit einem Brief, den ich ihm geschrieben habe und von dem ich nichts mehr wusste. Darum geht es jetzt aber gar nicht mehr.«

»Worum denn dann?«

»Weiß nicht. Um alles. Um den ganzen verrückten Sommer.«

»Und was sagt Sascha dazu?«

»Der ist gerade in den USA. Hat da ein Stipendium bekommen. Ich treff ihn aber noch. Ich treffe alle, ich lasse keinen aus.«

Nina sieht aus, als wollte sie etwas sagen, trinkt stattdessen aber ihr Glas aus und stellt es auf den Tisch. Sie schaut in den Himmel, holt tief Luft, sieht mich an, ich denke, jetzt geht's los, jetzt kommen die richtigen Klopper, da ruft auf einmal jemand ihren Namen. Eine Frau mit kurzen braunen Haaren und großen Ohrringen, sie kommt breit grinsend auf uns zu: »Witzig, dass ich dich hier treffe!«

Es ist eine Arbeitskollegin von Nina, sie stellt sich als Hannah vor und fragt, ob sie sich auf ein Getränk zu uns setzen kann.

Ich denke: Hau ab!

Nina sagt: »Klar, setz dich.«

Hannah zieht sich einen Stuhl heran, bestellt einen Sekt auf Eis und beginnt ohne Umschweife, von ihrer gestrigen Nacht im Robert Johnson zu erzählen. Sehr enttäuschend sei es gewesen, der Club leider nicht mehr, was er mal war, viel zu voll, ewig lange Schlange, Türsteher und Barpersonal total arrogant, und das Publikum, »du machst dir kein Bild, lauter Atzen«. Sie hätten dann zwar trotzdem bis frühmorgens getanzt, der DJ war gut, *feinster Minimal*, das Robert Johnson aber sei für sie erstmal gestorben, wirklich schade, weil es dort doch immer so *entspannt* und *authentisch* gewesen sei, die Location an sich ja auch immer noch *wahnsinnig charmant*, gerade im Sommer, der lange Balkon mit Blick auf den Main, aber nee, das habe keinen Spaß gemacht gestern, hätte Nina mal sehen sollen, hätte ihr bestimmt auch nicht gefallen.

Das kannst du ihr doch alles am Montag auf der Arbeit erzählen, denke ich, und: Wie lange kann man sich eigentlich an einem Glas Sekt festhalten, während Hannah laut über gute

Feieralternativen in Frankfurt und Offenbach nachdenkt und mir bewusst wird, wie untauglich für jede vom Sommer 1999 abweichende Konversation ich bereits bin, wie knapp meine Aufmerksamkeitsressourcen, wie dünn mein Nervenkostüm.

Als die Arbeitskollegin sich endlich verabschiedet hat, ist von der Spannung zwischen Nina und mir nichts übrig. Im sicheren Smalltalkhafen schippert unsere Unterhaltung vor sich hin, bis Nina um kurz nach zwölf die Bahn nimmt. Ich bringe sie zur Konstablerwache, entscheide mich gegen das Taxi und gehe zu Fuß zurück zum Hotel, rauche, atme, höre Musik und kann mich nicht sattsehen an diesem Himmel, diesem Blau, immer noch. Das iPhone auf Shuffle spielt *Cynical* von Sticks & Stones. »*It is in layers that we cover the past's pain / Layers of lesser or greater pain / Sometimes it's hard to remember what I was running from then / Sometimes it's hard to remember what led me to what chases me now.*« Immer geliebt, diesen Song, aber nie wirklich auf den Text geachtet. Bis jetzt.

Eine letzte Zigarette am Fenster meines Hotelzimmers, dann ins Bett, noch ein paar Seiten lesen. Fritz J. Raddatz zitiert Montaigne: »*Ich studiere mich mehr als alles andere. Das ist meine Metaphysik und meine Physik … Jeder blickt vor sich hin, ich blicke in mich hinein: Ich habe es mit nichts zu tun, außer mit mir, ich betrachte mich ohne Unterlass, ich prüfe mich, ich versuche mich –*«

Ich habe das Buch nur aufgeschlagen, um vorm Einschlafen nochmal kurz von mir und meinem Thema wegzukommen, doch irgendwie hat auf einmal alles damit zu tun.

Derben Respekt vor der kommenden Woche.

*

Ende Juni zogen wir um. Ich hatte mir den LT der Holzdekofirma geliehen. Die Katze hatten wir für ein paar Tage bei

Richters Schwester untergebracht. In einer Fuhre brachten wir unser Zeug von der Berninghoffallee in die Tiefe Straße und den Transporter anschließend zurück zur Firma. Meine ehemaligen Arbeitskollegen machten gerade Feierabend, die Spätschicht war während der Sommermonate abgeschafft. Auf dem Hof gab Richter allen die Hand, auch Eugen, was super aussah, die beiden drahtigen Typen mit den tätowierten Fingern, während Tommi vor Bernds Maschine in die Knie ging und mit den Worten »Yamaha, geil, von denen habe ich ein Synthie« eine Unterhaltung in Gang setzte, in der Bernd und Artur über ihre japanischen Hobel fachsimpelten, während Tommi die ganze Zeit eifrig nickte, als würde ihn das alles brennend interessieren, und vielleicht tat es das wirklich, bei Tommi wusste man nie.

Wir stiegen in die Transe und machten einen Abstecher zum Baggerloch, kühlten uns kurz ab und fuhren wieder zur Berninghoffallee. Ich hatte meine Mitbewohner überredet, eine letzte Nacht zu dritt in der alten Wohnung zu verbringen. Wir warfen die beiden dünnen Matratzen aus der Transe auf den Boden und breiteten ein paar Schlafsäcke aus. So leer wirkte mein Zimmer noch abgefuckter als sonst. Man konnte sehen, wie ich mit blauer Farbe um den Bettkasten herumgestrichen hatte, weil ich zu faul gewesen war, ihn zur Seite zu schieben. Die Tapete war von Nadelstichen durchsiebt, neben der Tür stand mit Edding *Ihr könnt uns nicht kaufen, denn wir sind wertlos* an die Wand geschrieben, eine Textzeile der alten Deutschpunkband Tin Can Army, über die ich irgendwann ein Coca-Cola-T-Shirt gehängt hatte und die mir, als ich das Shirt tags zuvor von der Wand gerissen hatte, vorgekommen war wie eine prähistorische Höhlenmalerei und mich daran erinnert hatte, dass ich ein anderer gewesen war, als ich bei meiner Mutter aus- und hier eingezogen war, fast noch ein Kind.

»Und jetzt?«, fragte Richter.

»Wie, *und jetzt*?«

»Was soll das jetzt hier?«

»Ja, Abschiedsfeier.«

»Wir hätten drüben schon längst die Küche aufgebaut haben können.«

»Das war meine erste eigene Butze, ich hab hier fast vier Jahre gewohnt. Tommi anderthalb Jahre, du fast ein ganzes.«

»Ja, und?«

»Wie viel Spaß wir hier hatten. Da macht man sich doch nicht einfach so vom Acker.«

»Ich bin froh, dass wir die Schrottbude endlich los sind.«

»Du bist so unromantisch.«

Das will ich auch hoffen, sagten Richters Augen. Er strich mit der Hand über meinen Schlafsack. »Das Ding hast du auch schon echt lange, oder?«

Der Schlafsack war braun mit gelben und roten Streifen, ich hatte ihn mal zum Geburtstag bekommen, mit zwölf oder dreizehn.

»Bisschen länger als du deinen Kinderschlafsack hattest«, sagte ich.

»Erinner mich nicht daran«, sagte Richter und zündete sich eine Zigarette an.

Ich stöpselte den Kassettenrekorder ein und drückte auf Play. *Theme from S-Express* ging gerade zu Ende und in einen Dialog aus *Outsiders* über, als Nächstes kam was von der zweiten Schliessmuskel. Es war das *Es juckte mich am Skrotum*-Tape.

»Fehlt nur noch der Sandwichmaker«, sagte Tommi.

»Oder gleich ein Lagerfeuer«, sagte ich.

»Na gut«, grinste Richter, »Ätzkan als letzten Gruß die Bude abzufackeln, das würde mir auch gefallen.«

Mit seinem Feuerzeug öffnete er eine Flasche Bier. Der Kronkorken knallte gegen das Fenster zur Straße. Ich entkorkte eine Flasche Wein und goss Tommi und mir zwei Gläser ein. Wir stießen an: »Auf das Ende!«

Gegen zehn klingelte es plötzlich an der Tür. Ich stand auf und drückte auf den Türöffner. Celina, Laura und Theresa kamen die Treppen hoch. Mit gesenktem Kopf lief Laura an mir vorbei in die Wohnung, die Haare hingen ihr strähnig ins Gesicht.

»Musst du nicht arbeiten?«, fragte Tommi.

»Laura wurde gefeuert«, sagte Theresa.

»Ich wurde nicht gefeuert, ich hab gekündigt«, zischte Laura.

»Ivo hat sie total zusammengeschissen«, sagte Celina.

»Warum?«, fragte Richter.

Theresa und Celina setzten sich zu uns auf die Matratzen, Laura blieb stehen: »Weil er ein dummes Arschloch ist, darum.«

»Celina und ich saßen draußen und haben uns einen Salat geteilt«, erklärte Theresa. »Laura hat sich kurz zu uns gesetzt, war eh nicht viel los. Da kommt Ivo an und knallt die Getränke vor uns hin.«

Laura imitierte Ivos Akzent: »*Gefällt dir das? Findste das in Ordnung? Genauso bedienst du nämlich unsere Gäste!*« Sie pfefferte ihre Jeansjacke in die Ecke und kniete sich neben Tommi auf den Boden. »Der geht mir schon die ganze Zeit auf den Sack mit seinem *Lächel doch mal* und *Cheeeese* und dem ganzen Rotz.«

»Und dann?«, fragte Tommi.

»Ich hab gesagt, er soll seinen Scheiß allein machen, bin aufgestanden und gegangen.«

»Und Ivo?«

»Ist wieder rein«, antwortete Theresa.

»Und ihr?«

»Ich bin hinter Laura her. Wir haben bei eurer neuen Wohnung geklingelt, aber da war niemand.«

»Ich war noch kurz drinnen, wollte bezahlen«, sagte Celina. »Und Ivo nur so: ›Geht auf mich, Ladys!‹«

»Hallo«, sagte Mickey Rourkes Synchronstimme aus dem Kassettenrekorder. *»Ja, hey Wilbur, wie geht's denn?«*

»Dieser blöde Stricher«, sagte Laura. Ihre Stimme zitterte.

»Hey, hör zu, Wilbur, wenn du hier nochmal anrufst, komm ich rüber zu dir ...«

Eine einzelne Träne lief ihre Wange hinunter, wimperntuschenschwarz. »Ich geh da nicht mehr hin.«

»... dann mache ich 'nen kleinen Stepptanz auf deinem Schädel.«

Tommi legte seinen Arm um Lauras Schulter. Sie presste ihr Gesicht an seine Brust. Das Anfangsriff von *Not superstitious* erlöste uns aus dem *Barfly*-Sample. Ich öffnete eine weitere Flasche Wein und ließ sie rumgehen. Tommi drückte einen trockenen Kuss auf Lauras Kopf, Richter baute einen Joint.

»Ich hab keine Lust auf Meile«, sagte Laura, nachdem sie sich aus Tommis Umarmung gelöst und grob die Schminke aus dem Gesicht gewischt hatte.

»Dann bleiben wir eben hier«, sagte Celina. »Oder stören wir euch bei eurer Gay-Party? Was macht ihr hier überhaupt?«

Richter zündete die Tüte an, inhalierte und warf mir einen Blick zu. Ich befürchtete schon, er würde so etwas sagen wie: *Seine Idee*, doch dann sah er Celina an, stieß eine riesige Wolke Rauch aus und sagte: »Kleine Abschiedsfeier, wieso?«

Ich stand auf und stellte mich ans Fenster. Mir gefiel das alles nicht. Dass ich hier der sentimentale Typ war, der die anderen zu einer letzten Nacht in der alten Wohnung gedrängt hatte. Dass die Girls uns belagerten, und dass ich mit jeder von ihnen schon mal rumgemacht hatte. Dass Laura Streit mit Ivo hatte und sich von Tommi trösten ließ, während sie mich nicht einmal gegrüßt hatte, und dass ich jetzt nicht weggehen konnte in mein Zimmer, denn das hier war ja mein Zimmer, also mal gewesen. Wo war Sascha eigentlich die ganze Zeit, wieso heulte Laura sich nicht bei dem aus?

Als ich am nächsten Morgen aufwachte, lagen Tommi und Laura auf der einen Matratze und teilten sich meinen Schlafsack. Celina lag in der Besucherritze und hatte sich von hinten an Richter gekuschelt, der neben Theresa auf der zweiten Matratze lag. Um jeden noch so harmlosen Austausch von Zärtlichkeiten mit Theresa in Anwesenheit von Laura zu vermeiden, hatte ich mich auf den Boden gelegt und in meinen Klamotten geschlafen, zwei leere Stoffbeutel als Kopfkissen.

Wir räumten unsere Sachen zusammen und knallten ein letztes Mal die Wohnungstür in den verzogenen Rahmen.

»Tschüs ihr Idioten!«, rief Richter aus dem offenen Fenster, als wir in der Transe vom Parkplatz rollten.

*

Die meisten haben Schwierigkeiten mit der genauen zeitlichen Einordnung der Ereignisse. Es wird gerechnet und rekonstruiert, bis anhand biographischer Wegmarken wie Schulabschluss, Führerschein, Zivildienst oder erste eigene Wohnung eine grobe Übersicht geschaffen ist. Da ich mich für einen bestimmten Zeitraum interessiere und die Zeit oft knapp ist, wechsle ich irgendwann in den Interviewmodus und lenke das Gespräch auf das Jahr 1999 und die Dinge, die mich konkret interessieren. So behutsam ich das auch zu bewerkstelligen versuche, die frei und lebendig erzählten Geschichten und Anekdoten werden sofort weniger. Sobald ich ein paar Stichpunkte vorgebe, Eckdaten und Namen, oder sogar kurze Stellen aus meinen Tagebüchern zitiere, gerät die Unterhaltung ins Stocken. Plötzlich befinden wir uns in einer schulähnlichen Prüfungssituation. Ich der Lehrer, der die richtigen Antworten in seinem allwissenden Buch hat, und mein Gegenüber der Schüler, der von mir abgefragt, getestet und möglicherweise auch noch bewertet wird.

Von all den Personen, die ich danach frage, haben sechs im Laufe ihres Lebens einmal ein Tagebuch geführt.

– Mit zwölf, als ich das erste Mal verliebt war. Da wurde meistens nur meine Mutter beschimpft. Habe ich später alles entsorgt, aus Angst, dass meine Mutter das findet.

– Mit 14, 15. Ich hab's irgendwann sein gelassen, nachdem ich nochmal alles gelesen habe und es so schlimm fand, wie ich mich artikuliert habe. Ich hab das dann alles verbrannt.

– Ich habe auf meinem ersten Computer Tagebuch geführt. Das müsste sich noch auf irgendeiner kaputten Festplatte befinden.

– In so 'nem Kalender. Nur kurze Einträge wie *Am See gewesen* oder *Saufen mit Richter*. Nicht sehr ergiebig. Meine Schwester hat immer ein richtiges Tagebuch geführt, macht sie auch heute noch. Und interessant, die kann sich ebenfalls an fast nichts erinnern.

– Ich habe viel geschrieben, bis vor ein paar Jahren. Von einem Tag auf den anderen war das alles weg. Ich komme aus dem Urlaub zurück, da ist das Schloss unserer Wohnung ausgetauscht. Meine Mitbewohner sind ausgezogen, all meine Sachen weg. Die Hausverwaltung hat die einbehalten, wegen Mietschulden. Ich hab versucht, die zurückzubekommen, ich war sogar beim Amtsgericht. Da sollte ich jeden einzelnen Gegenstand aufschreiben, jede Platte, jedes Kleidungsstück. Versuch das mal! Ich krieg das nicht mehr so ganz zusammen, da war viel los in der Zeit! Drogen und so. Ich beneide dich um deine Tagebücher. Ich würde das alles auch gerne nachlesen können. Weil ich so war wie du. Ich habe immer alles aufgeschrieben, weil ich nichts vergessen wollte.

Celina besitzt ihre alten Tagebücher noch, und sie hat kein Problem damit, in meiner Gegenwart darin herumzublättern, als wir uns an ihrem Küchentisch in der Dortmunder Nordstadt gegenübersitzen. Obwohl auch sie sagt, dass sie das immer als eher unangenehm empfunden hat.

»Ich hab das zwei-, dreimal gemacht und mich jedes Mal gefragt, ob ich die nicht einfach in die Tonne kloppen soll. Immer wieder sage ich mir: Beim nächsten Umzug sind die weg. Ich will das nicht lesen, und wer soll es dann lesen? Meinen Kindern möchte ich die Dinger jedenfalls nicht unbedingt zur Verfügung stellen. Vor allem die aus der Zeit, wo ich in diesem bekackten Heim war und die ganze Welt gehasst habe.«

Da ist was dran, denke ich. Vielleicht sollte man sich wirklich mal darum kümmern, was irgendwann mit dem Zeug geschieht, das da im Wohnzimmerschrank vor sich hinwächst wie ein zweiter Körper. Ein Testament aufsetzen: *Hiermit vermache ich alles dem Schredder.* Denn was soll ein Schrank voller Tagebücher für Dritte anderes sein als ein akribisch in Stein gemeißeltes *I WAS HERE*? Neulich nochmal die Stelle in *Arbeit und Struktur* gelesen, wie Herrndorf, bereits todkrank, seine alten Tagebücher in der Badewanne aufweicht und vernichtet, Zitat: *»An zwei Stellen reingeguckt: ein Unbekannter«*, und mir gedacht: Radikalität im Handeln, Rebellion gegen die Eitelkeit, Autonomie gegenüber der Nachwelt, macht Sinn.

»Aber wegschmeißen? Könntest du das?«

»Wahrscheinlich nicht«, sagt Celina, während sie eine weitere Kladde aus der Kiste zieht, die sie vom Dachboden geholt hat. »Jetzt gerade finde ich das auch voll spannend.«

Celina arbeitet nach wie vor als Steinmetz. Sie ist auch in ihrem jetzigen Betrieb die einzige Frau, restauriert Kirchen in ganz Deutschland und wurde vor kurzem zur Vorarbeiterin befördert. Wir lachen über die Papstbilder, die sie als Zehnjährige in ihr erstes Tagebuch geklebt hat. Manchmal liest sie mir etwas vor. Und dann findet sie was.

»Ah, hier, Mai 1999.«

Ein Kribbeln in den Handflächen, mein Puls geht in die Höhe. Hier wird ein Schatz geborgen, und ich bin live dabei. »Lies vor!«

Celina räuspert sich. *»Nina hat mit Nagel Schluss gemacht und ist mit Timo zusammen. Ich glaube, das war die richtige Entscheidung. Obwohl Nagel mir ziemlich leidtut. Nina ist aber glücklich, und das ist ja wohl die Hauptsache.«* Sie reißt die Augen auf, lacht. »*Das ist ja wohl die Hauptsache*, wie geil!« Dann blättert sie um und wird plötzlich ernst. »Oh.«

»Was ist?«

»Direkt nach diesem Eintrag gibt es einen Sprung. Von Ende Mai '99 bis …«

»Nein!«

»… Anfang 2000 …«

»Hör auf!«

»… habe ich nichts aufgeschrieben.«

»Mensch, Celina!«

»Tut mir leid!«

Wer wissen will, wie er vor drei oder fünf oder zehn Jahren drauf war, wie er aussah, was er gemacht und mit wem er auf welche Art kommuniziert hat, der kann das meist mit wenig Aufwand herausfinden. Die Art, wie die meisten von uns ihre Computer und Smartphones benutzen, hat zumindest formal etwas Tagebuchartiges. SMS, E-Mails und jpgs sind chronologisch geordnet, digitale Kalender müssen nie entsorgt werden und geben genaue Auskunft über längst vergessene Tagesabläufe. Einige schreiben Blogs oder verbreiten sich täglich in den sozialen Medien über bewältigte Laufstrecken, erledigte Lektüre oder die Freuden der Nahrungsaufnahme.

1999 gab es zwar schon Mobiltelefone und das Internet, aber nicht in unserer Welt. Handys waren Spielzeuge für Angeber mit zu viel Geld. Robin und Guido erzählten manchmal etwas von diesem Internet, das für unsere Band ganz hilfreich sein könne. Ich nahm das eher achselzuckend zur Kenntnis. In technischen Dingen war ich schon immer ein Spätzünder gewesen. Ich hatte auch gar keinen Computer. Nicht mal einen C64 hatte ich als Jugendlicher besessen, gamesmäßig bin ich jetzt noch auf dem Stand meiner Atari-2600-Console, *Pac Man*, *Frogger*, *Bobby geht nach Haus*. Das einzig Digitale in meinem Zimmer war die Anzeige meines Radioweckers. Von Digitalkameras hatte ich 1999 wahrscheinlich mal gehört, ich kannte aber niemanden, der eine besaß. Guido hatte einen analogen Fotoapparat, der aber nur zum Einsatz kam, wenn wir mit der Band unterwegs waren. Die vollen Filme brachten wir zu Schlecker, da musste man die Entwicklung nicht bezahlen. Wir schrieben einfach einen falschen Nachnamen auf die Fototasche, am besten einen, der mit A anfing, den fand man beim Abholen schneller wieder, und die Tasche mit den entwickelten Fotos stand im Fotoregal von Schlecker dann ganz vorne unten, so dass man sie sich problemlos unters T-Shirt schieben konnte. Tommi besaß eine Videokamera, die ich mir manchmal lieh. Mit dieser Kamera filmten wir auch unseren Umzug. Wäre sie mir nicht später gestohlen worden, mitsamt der fast vollen Kassette, dann könnte ich mir jetzt vielleicht anschauen, wie die eine Wohnung immer leerer wird und die andere immer voller.

*

»Gelb!«, rief Tommi, als er mit seiner Kamera in der Hand durch die neue Wohnung rannte. »Total gelb!«

»Was ist gelb?«

»Der lange Flur. Von oben sieht das aus wie ein *i*, so richtig knallgelb, mit der Haustür als Tüpfelchen!«

»Laber nicht rum, pack mal lieber mit an«, sagte Richter, der auf der Tischplatte kniete, Ivos Akkuschrauber in der rechten

Hand, in der linken ein Tischbein, zwei Schrauben im Mund. Er trug sein APPD-Shirt, *Arbeit ist scheiße* stand darauf, unter den Achseln hatten sich große Schweißflecken gebildet.

»Wir dürfen hier auf keinen Fall gelb streichen«, sagte Tommi. »Wenn der Farbton dann ein kleines bisschen anders ist, das geht nicht, das macht dich fertig, da drehst du durch.«

Richter schaute hilfesuchend an die Decke: »Gnade.«

Tommi blieb in der Küchentür stehen und zoomte auf Richters Gesicht.

»Küchenchef«, sagte er.

»Was?«

»Du. Chef de cuisine.«

»Du bist total verhaltens«, sagte Richter. Er legte den Akkuschrauber und das Tischbein zur Seite, spuckte die Schrauben aus, schnellte in einem Satz hoch und versuchte, Tommi einen Pferdekuss zu verpassen. Der sprang mit einer eleganten Drehung zur Seite und warf mir die Kamera zu. Ich filmte die beiden, wie sie sich einmal vor Schmerz und Vergnügen quietschend den Flur auf und ab dengelten.

Nachdem die Küche fürs Erste aufgebaut war, machte jeder in seinem Zimmer weiter. Richter hatte freiwillig das kleinste Zimmer genommen, ich hatte beim Losen mit Tommi das größte ergattert. Weil ich aber nicht mehr Miete zahlen wollte und wir außerdem endlich ein Wohnzimmer brauchten, hatten wir beschlossen, eine Rigipswand reinzuziehen. Unser alter Kumpel Oli, Hannes' Mitbewohner in Köln, konnte das machen, allerdings erst Mitte des Monats, wenn er seine Eltern besuchte.

Ich baute mein Bett und das Nachtschränkchen auf. Ohne die neue Wand konnte ich weder streichen noch Regale anbringen. Ich hatte keine Deckenlampe und keine Vorhänge, Jalousien gab es auch nicht. In den Ecken standen Möbel und Kartons, unter den Schrägen staute sich die Hitze. Das sollte also mal mein neues Zuhause werden.

Existieren allein lässt dich schwitzen wie ein Schwein, zitierte ich in Gedanken einen Satz von Hannes, was mich daran erinnerte, dass ich schon seit Wochen Texte für unsere neuen Songs schreiben wollte. Wenn auch nicht unbedingt solche. Sondern richtig gute. Texte, die ohne Phrasen und Parolen auskamen und zusammen mit der sie einbettenden Musik bis zum Kern dessen vordrangen, was in mir los war. Nur hatte ich dafür in letzter Zeit überhaupt keinen Kopf gehabt. Außer ein paar dahingeschmierten Zeilen voller Herzschmerz und Pathos, die mir im Moment der Niederschrift immer direkt und ehrlich vorkamen, am nächsten Tag aber nur noch pathetisch und peinlich, hatte ich seit über zwei Monaten nichts zu Papier gebracht. Auch nicht fürs Fanzine. Im Tagebuch füllte ich Seite um Seite mit redundantem Gefühlsmüll, in kreativer Hinsicht hingegen konnte ich die Intensität meiner Gefühle in keiner Weise nutzen. Dazu hätte man wohl mal einen Gang zurückschalten müssen, ahnte ich, aber immer wenn ich das versuchte, wurde mir der Boden unter den Füßen weggezogen, ich hing in der Luft, und das waren ja auch schon wieder nur blöde Phrasen – *Gang Boden Füße Luft, schalten ziehen hängen* –, tausendmal benutzte Metaphern, die nichts mehr auslösten und einen nirgendwo hinbrachten. So konnte man vielleicht mit sich selbst reden, aber doch nicht mit der Welt da draußen. Vielleicht brauchte man zum Schreiben das Gefühl, sich mit irgendetwas besonders gut auszukennen, wohingegen sich bei mir alles aufzulösen schien. Nichts war mehr sicher, jede Empfindung ein Widerspruch in sich. Die Geschwindigkeit, in der sich alles veränderte, machte mir Angst, noch die banalste Kleinigkeit konnte mich aus der Bahn werfen. Bei der Wohnungsübergabe mit Ivo und Helena hatte mich zum Beispiel die Form der Schlüssel völlig aus dem Konzept gebracht. In der Berninghoffallee war der Schlüssel für die Haustür rund gewesen, der für die Wohnungstür eckig, und so war es meiner Meinung nach auch richtig: rund für den allgemeinen Eingang, eckig für den individuellen. In der neuen Wohnung war es andersrum. Falschrum. So ein Scheiß beschäftigte mich. Und dann beschäftigte es mich, dass mich so ein Scheiß beschäftigte. Vielleicht sollte ich konsequenterweise über so was singen, dachte ich, als ich das Spannbettlaken über meine Matratze zog. Ein Lied über runde und eckige Wohnungsschlüssel. Hatte ich noch nie gehört.

Eigentlich hatte das mit den Songtexten aber gar keine Eile, seit wir den Studiotermin auf einen unbestimmten Zeitraum im Winter hatten verlegen müssen. Guido war seit zwei Wochen in Südfrankreich und würde frühestens Ende September zurückkommen. Vor ein paar Tagen hatte er mir ein Fax geschickt. Es sei super dort unten am Mittelmeer, wir sollten ihn unbedingt besuchen kommen, im Ruf-Reisen-Camp zu pennen wäre kein Problem. Bevor er abgereist war, hatte er mir seine Stereoanlage vorbeigebracht, die ich in meinem neuen Zimmer nun als Nächstes aufbaute. Sie war von Akai und viel besser als die alte Universum, die ich zur Kommunion bekommen hatte. Dank Guido hatte ich nun sogar einen CD-Player. CDs waren natürlich uncool, hässlicher Plastikscheiß mit lachhaft winzigen Covern, mit dem die Musikindustrie sich dumm und dusselig verdiente, indem sie den Leuten zum zweiten Mal ihre Plattensammlung verscherbelte, aber manche Alben bekam man gar nicht mehr auf Vinyl, vor allem die ganzen Popsachen, auf die ich in letzter Zeit so abfuhr, Garbage, Hole oder die neue Platte der Cardigans aus Schweden. Sie hieß *Gran Turismo*, ich hatte die CD bei Musik-Box geklaut und mir bei Tommi auf Kassette überspielt. Jetzt konnte ich endlich die CD selbst hören. Es war das erste Album, das ich in meinem neuen halben Zimmer laufen ließ. Auf dem Lager der Holzdekofirma war es immer eine Erlösung gewesen, wenn zwischen *MfG-MitfreundlichenGrüßen*, *Giveitawaygiveitawaygiveitawaynow* und *Wann kommt die*

Flut auch mal ein Song von den Cardigans im Radio lief, zuletzt meist *My favourite Game* vom aktuellen Album, das ganz anders klang als die vorherigen, spröde, unterkühlt, irgendwie künstlich. Gleichzeitig besaß die Platte eine ungeheure Wärme. Ich konnte mir das nicht erklären. Die Songs gaben sich bedeckt, sie deuteten nur an, so dass man ihnen entgegenkommen musste und immer etwas mehr wollte, als man bekam. Konnte Nähe nur durch eine gewisse Distanz entstehen? Oder war es ganz einfach der Gesang von Nina Persson, der mich so berührte, diese zugleich aufputschende und beruhigende Stimme?

Ständig hatte ich ein neues Lieblingslied auf der Platte. Momentan war es das vorletzte, *Junk of the Hearts*. Ich hörte es wieder und wieder, während ich aus dem Stapel an Umzugskartons diejenigen mit meinen Sachen heraussuchte und sie in meiner Zimmerhälfte verteilte. »*It's the junk of the hearts*«, so was wollte ich auch machen. Gar nicht unbedingt musikalisch, da sollte es bei uns immer noch laut und krachig zugehen, aber textlich, das sprach mich an. Keiner meiner Freunde konnte mit den Cardigans etwas anfangen. Die meisten winkten ja schon ab, wenn überhaupt mal eine Frau sang, die nicht gerade Debbie Harry, Poly Styrene oder *Die Olle von Nausea* hieß. Nur Tommi hatte mir, als ich ihn eines Nachts gedrängt hatte, sich die *Gran Turismo* mal aufmerksam anzuhören, »und jetzt achte auf die Hi-Hat, wie unnatürlich laut dieser eine Schlag plötzlich ist … JETZT! Super, oder?«, zugestimmt, dass das alles ziemlich raffiniert gemacht und angenehm uneindeutig sei. Er könne gar nicht sagen, welche Farbe diese Musik habe, hatte er gemeint, und dass ihm das selten passiere.

Nach *Junk of the Hearts* kam nur noch ein kurzes Instrumentalstück. Es hieß *Nil* und bestand aus einem langsamen Klavierthema, eine Kindermelodie, in ihrer spieluhrmäßigen Harmlosigkeit fast ein bisschen gruselig. Am Ende blieb ein schwirrender Ton stehen, eine Hallschleife, ein Rauschen, das sich nun mit Gelächter mischte, das durch die halboffen stehende Wohnzimmertür in mein unfertiges Zimmer herüberdrang.

Ich sah nach. Sascha, Laura und Celina saßen in der Küche und feierten unsere neue Wohnung, die ja gewissermaßen auch ihre neue Wohnung war. Anscheinend hörte man die Türklingel in meinem Zimmer nicht. Ich sagte hallo und goss mir ein Glas Wasser ein. Sascha ließ sich von mir das Wohnzimmer zeigen. Er stellte sich ans Fenster und sagte, jetzt müsse ich nur noch das Haus gegenüber wegsprengen, dann hätte ich freie Sicht auf das Emswehr und den Mitteldamm. Als wir zurück in den Flur gingen, kam Richter zur Wohnungstür rein.

»Ich war gerade unten und hab Ivo den Akkuschrauber zurückgebracht«, sagte er. »Rate mal, wer Lauras Nachfolgerin im Emsschlösschen ist. Aber nicht gleich ausrasten.«

Nina arbeitet jetzt bei Ivo und Helena. Und ich? Ich bin nur ein mieser kleiner Fuck in der Ecke, ohne Freundin, ohne Band und ohne vier Wän –

Es klopfte an der Tür. Ich klappte das Tagebuch zu und schaute auf. Laura.

»Hey.«

»Hi.«

»Was machst du?«

»Nichts. Wollte gerade meine Platten auspacken.«

»Gehst du noch raus?«

»Weiß nicht. Wohin denn?«

Laura zuckte mit den Schultern. »Meile oder so.«

»Warum nicht. Willst du was trinken?«

Sie spitzte die Lippen, als wolle sie die Luft küssen, und nickte. Ich legte die Kladde aufs Nachtschränkchen und ging in die Küche. Die Küche war leer und völlig verraucht. Über einem Stuhl hing Lauras Jeansjacke. Ich mischte uns zwei Wodka-O. Als ich zurückkam, kniete sie vor einem der Plattenkartons. Sie trug das Unterhemd mit den Delphinen, an ihren Armen klimperten die metallenen Armreife. Sie zog die zweite Team Dresch LP heraus. »Können wir die hören?«

»Klar«, sagte ich und stellte die Gläser auf dem flachen Kiefernholztisch ab, den Tommi fürs Wohnzimmer besorgt hatte. Laura legte die Platte auf. Wir setzten uns aufs Bett. Es war schon dunkel, und die einzige Lichtquelle im Raum war der Globus auf dem Nachtschränkchen. Lauras eine Gesichtshälfte wurde vom Blau des Atlantiks und jeweils einem Fitzel der beiden Amerikas angestrahlt, der Rest verschwand im krisseligen Grau des Zimmers.

»Wo sind denn die anderen hin?«, fragte ich.

»Tommi telefoniert schon seit 'ner Stunde. Richter und Celina streichen. Ich glaub ja, dass bei denen was läuft.«

»Komische Vorstellung«, sagte ich. »Ich kenn Richter seit drei oder vier Jahren, habe ihn aber noch nie mit einer Frau gesehen.«

»Ich auch nicht.«

»Und Sascha?«

»Der ist unten im Emsschlösschen, Kartenspielen mit Timo und so. Nina arbeitet da jetzt.«

»Ich weiß«, sagte ich. Es war seltsam, diese Namen aus Lauras Mund zu hören. Als gehörten sie da nicht hin. »Komisch.«

Sie sah mich an. »Stört dich das?«

»Was soll man machen«, sagte ich. »Und dich? Stört dich das nicht?«

»Dass Nina im Emsschlösschen arbeitet?«

»Nein, dass Sascha bei Ivo rumhängt. Nachdem der so ätzend zu dir war.«

»Was soll man machen«, sagte Laura in genau dem Tonfall, in dem ich es gesagt hatte. Ich lachte, doch Laura blieb ernst.

»Sascha arbeitet da ja auch noch. Wäre doch bescheuert, wenn er sich jetzt noch einen neuen Job suchen müsste. Im September ist er ja schon in Potsdam.«

»Stimmt.«

Eine Pause entstand. Ich beugte mich vor zu meinem Glas, mein Schatten fiel auf Lauras Gesicht. Ich nahm einen Schluck, lehnte mich zurück und wischte mir mit dem Ärmel meines T-Shirts über die Stirn. Was für eine elende Sauna das hier war, wie ich schwitzte, peinlich.

Laura begann, mit den Knien im Takt der Musik zu wippen. »Sind die gut!«

»Der Song heißt *107* und spielt im 107. Stock des World Trade Center. Ein Liebeslied.«

»Woher weißt du das?«

»Steht in den Liner Notes auf dem Textblatt. Ich hab die vor zwei Jahren live gesehen, im AJZ Bielefeld, zusammen mit Bikini Kill.«

»Ich steh auf Bikini Kill.«

»Ich auch. Hab das Konzert damals aufgenommen, mit dem Walkman«, sagte ich und hoffte, dass das alles nicht zu blöd rüberkam. »Das Tape habe ich neulich noch irgendwo gesehen. In der Transe, glaube ich.«

Laura nahm die Plattenhülle in die Hand. In der Mitte des Covers war ein verwischtes Livefoto von Donna Dresch abgebildet, den Kopf zur Seite geworfen, die Haare im Gesicht. Über dem Bild stand in goldenen Lettern der Bandname, darunter der Titel der Platte, *Captain my Captain*.

»Ist das eine reine Frauenband?«

»Ja. Ein Quartett.« Mir kam das Kartenspiel aus meiner Kindheit in den Sinn. Auto-Quartett. »Na toll«, sagte ich.

»Was ist?«

»Jetzt muss ich an Spielkarten und Schulhöfe und Hubraum denken.«

»Hubraum?« Laura lachte.

»Hol sie dir jetzt, die neue HUBRAUM!«, sagte ich mit Kirmeskarussellansagerstimme und dachte, jetzt schnell noch was Lustiges hinterher, aber mir fiel nichts ein. Wir hörten weiter der Musik zu. Es gab einen ruhigen Zwischenteil, das Hauptthema des Songs als Picking auf Gitarre oder Bass, da war ich mir nie sicher. Vielleicht war es eine dieser Baritongitarren, die auch The Cure häufig benutzten, damals beim Konzert in Bielefeld hatte ich nicht darauf geachtet. Die Schlagzeugerin zählte auf der Zwei mit, sie spielte die Snare leise am Rand, der Gesang war nur gehaucht. Dann setzte mit einem Knall die ganze Band wieder ein, der Song brach noch einmal los. *»She is ... She is everything ...«*, wiederholte die Sängerin immer wieder.

Laura legte die Plattenhülle auf den Tisch. »Sind das Lesben?«

»Glaub schon. Ein lesbisches, feministisches Indie-DIY-Queercore-Quartett, um genau zu sein.«

»Mit ganz schön viel Hubraum.«

»Allerdings.«

Ich wartete, dass sie noch etwas sagte, doch Laura griff nach ihrem Glas und trank es aus. Falls sie auch nur annähernd so angespannt war wie ich, überspielte sie das gut. Ein langes, zweistimmiges Gitarrensolo entlud sich in den Raum.

»Die Platte ist super.«

»Ich kann sie dir überspielen.«

»Ich muss sowieso demnächst nach Münster«, sagte Laura, »dann guck ich mal nach der Platte.«

»Was machst du in Münster?«

»Zur Uni, Unterlagen abholen.«

»Für was willst du dich einschreiben?«

»Weiß ich noch nicht. Sollen wir eigentlich mal los?«

»Okay.«

Ich nahm den letzten Schluck aus meinem Glas, dann standen wir auf und gingen in den Flur. Richters Zimmertür war geschlossen. Anscheinend lief da wirklich was mit Celina. Laura zog sich ihre Jeansjacke, ich mir meine Chucks an, außerdem mein neues Sakko. Es war dunkelblau und ziemlich eng.

»Schick«, sagte Laura. Sie fasste ans Revers und prüfte den Stoff zwischen ihren Fingern. »Woher?«

»Hat Tommi mir mitgebracht.«

»Was hat Tommi?«, rief Tommi aus seinem Zimmer.

Er stand mit einem Pinsel in der Hand in der Mitte des Raums und betrachtete einen blauen Farbklecks an der Wand.

»Wir wollen in die Stadt, kommst du mit?«, sagte Laura.

»Ich streich hier erst noch ein bisschen«, antwortete Tommi. »Richter hatte noch Farbe über. Gutes Blau?«

»Kann man machen.«

»Geht ihr schon mal vor, vielleicht komm ich nach.«

»Macht er eh nicht«, sagte Laura, als wir die Treppe runtergingen.

Hoffentlich nicht, dachte ich.

Aus dem Emsschlösschen dröhnte die letzte Turbonegro auf die Straße. *Get it on, get it on, get it on.* Nina stand an einem Tisch bei Sascha, Timo und ein paar anderen. Sie spielten Karten und tranken Bier. Drinnen war es hell, draußen dunkel, sie konnten uns nicht sehen. An der Straße stand Lauras Ente.

»Da ist Absolutes«, sagte ich. »Tommi hatte gestern schon ein Knöllchen.«

Laura schaute die Straße auf und ab.

»Du kannst hinterm Haus parken, auf dem Volkshochschulparkplatz. Du musst einmal um den Block, hier ist Einbahnstraße.«

Sie ging zum Wagen. Ich rannte ums Haus zum Parkplatz, schloss die Transe auf und suchte nach dem Bikini Kill/Team Dresch-Tape, um es Laura zu geben, fand es aber nicht. Laura parkte neben der Transe und stieg aus. Wir liefen den Berg hoch.

»Hier war ich noch nie«, sagte sie. »Echt, ich glaube, ich bin noch nie in dieser Straße gewesen.«

»Da oben ist der alte jüdische Friedhof. Und zur anderen Seite, Richtung Ems, da sind die Schrebergärten.«

»Hier gibt's Schrebergärten?«

Das gusseiserne Tor war abgeschlossen, man kam aber leicht drüber. Ich setzte einen Fuß auf die Streben, zog mich an dem Gestänge hoch und sprang auf die andere Seite. Laura machte es mir nach. Es war ganz still und dunkel, die einzige Lichtquelle war der Mond. Ein schmaler gepflasterter Weg führte einmal durch die Schrebergartenkolonie, links und rechts davon sah man die Umrisse von Pflanzen und Bungalows, manche aus Holz, andere gemauert, wie richtige kleine Häuser. An einer Parzelle in der Mitte stiegen wir über den Jägerzaun und machten ein paar Schritte auf das Grundstück. Es fiel zur Ems hin ab, eine Laterne am Radweg unten beleuchtete die Rückseite einer Laube. Ich probierte die Tür. Sie war offen, doch es gab eine zweite Tür, und die war abgeschlossen.

Hinter mir klirrte etwas. Laura holte ihr Feuerzeug heraus und machte Licht. »Ich habe einen Gartenzwerg weggekickt!«

»Echt, die gibt's noch?«

Laura hob den Gartenzwerg vom Boden auf. Er hatte eine spitze gelbe Mütze und einen weißen Rauschebart. Ein Stück von der Mütze war abgesplittert. Mit dem Feuerzeug suchte sie den Boden ab, fand den Splitter, setzte ihn wieder ein und stellte den Gartenzwerg zurück ins Beet. »Nichts passiert.«

Neben dem Bungalow stand eine Bank. Ich setzte mich und lehnte mich an die Holzwand. Grillen zirpten, unten rauschte leise die Ems. Laura blieb vor mir stehen und schaute mich an. Dann hockte sie sich rittlings auf meinen Schoß und küsste mich. Wie sie küsste, der Wahnsinn. Küssen war so viel besser als reden. Es ging ganz von allein, man wusste sofort, was man zu tun hatte, ob man zueinander passte oder nicht. Nach ein paar Minuten stand Laura wieder auf, ihr linker Fuß war eingeschlafen. Sie hielt sich an der Regenrinne fest und stampfte ein paarmal mit dem Fuß auf, bevor sie sich neben mich auf die Bank setzte. Wir schauten in den Himmel, betrachteten den Mond und die Kronen der Bäume am Ufer.

»Ahorn«, sagte Laura. »Die werden schön rot im Herbst. Und sie bieten Schutz.«

»Schutz? Wovor?«

»Alles Mögliche. Hexen, Blitzeinschlag, Fledermäuse.«

Genau in diesem Moment schoss eine Fledermaus über uns hinweg.

»Geil«, sagte ich.

»Wir hatten damals einen Ahornbaum im Garten«, redete Laura völlig unbeeindruckt weiter. »Und überall Blätter und Zweige im Haus.«

»Wozu?«

»Meine Oma hatte diesen Fimmel. Die war total abergläubisch. Schwarze Katzen, unter der Leiter durchlaufen, Freitag der 13., das volle Programm.«

»War das die Oma mit der Nähmaschine?«

Laura sah mich an. Überrascht. »Das weißt du noch?«

»Na klar. Wieso?«

»Du warst voll.«

»Du doch auch.«

»Na und?«

Ich lachte.

»Die kam vom Bauernhof. Meine Oma.«

»Meine auch«, sagte ich. »Vom Buernhoff.«

»Was?«

»Vom Buernhoff«, wiederholte ich.

»Ist das Platt?«

»Münsterländer Platt. Glaube ich. Meine Oma ist aber eher

katholisch als abergläubisch. Hardcore-katholisch sogar. Sie ist überzeugt, dass sie in die Hölle kommt, weil meine Mutter sich hat scheiden lassen.«

»Die arme Frau«, sagte Laura. »Also: beide. Aberglaube ist aber auch kein Spaß. Meine Oma ist am Geburtstag meines Bruders mal vom Tisch aufgestanden und gegangen, als ein Freund von ihm, der zu spät kam, sich dazugesetzt hat. Weil wir sonst 13 Personen gewesen wären. Dann hat sie eine Stecknadel geholt, sie in die Tischdecke gesteckt und sich wieder gesetzt. Das ging dann, die Stecknadel zählte als zusätzliche Person. Ein anderes Mal hat sie vor Schreck angefangen zu heulen, weil meine Mutter in der Wohnung einen Regenschirm aufgespannt hat. Wie die gezittert hat. Meine Ma hat nur gelacht, ich auch. Dabei tat Oma mir total leid.«

Ich erzählte ihr von der Sache mit den neuen Haustürschlüsseln und fragte nach den Wohnungen, in denen sie bisher gelebt hatte. Bei mir war es jetzt die fünfte, Laura würde in gut einem Monat in ihre dritte ziehen. Der Ahornbaum hatte im Garten des Hauses gestanden, in dem sie mit ihrer Großmutter, ihrem Bruder und ihren Eltern gelebt hatte, bis die sich scheiden ließen, in irgendeinem Dorf bei Krefeld. Laura hatte mal mitgekriegt, wie ihr Vater ihre Mutter als »verlogene Hexe« bezeichnet hatte. Kurz darauf war die Mutter ausgezogen. Laura hatte das immer mit dem Ahornbaum in Verbindung gebracht. Weil der ja Hexen abhielt.

»Ich muss da schon zehn oder elf gewesen sein, ich wusste, dass das totaler Quatsch war. Trotzdem, hat sich so eingebrannt.« Sie schüttelte den Kopf und zog ihren Tabakbeutel aus der Tasche.

»Interessant«, sagte ich.

»Interessant? Voll peinlich.«

»Na ja, geht.«

»Erzähl das bloß nicht weiter.«

»Keine Sorge.«

»Solltest du mich so zitieren, ich werde alles abstreiten.«

Ich lachte. Von weit entfernt hallte der Ruf einer Eule durch die Nacht. Laura begann, sich eine Zigarette zu drehen.

Ihre Großmutter war letztes Jahr gestorben. Sascha war mit Laura zur Beerdigung nach Krefeld gefahren, im Jetta seines Vaters, obwohl die beiden da noch gar nicht richtig zusammen waren und ohne dass Laura das von Sascha verlangt hatte. Er hatte es von sich aus angeboten und den ganzen Tag über nichts getrunken, auch beim anschließenden Leichenschmaus nicht. Abends hatte er Laura wieder nach Hause gebracht, die Nähmaschine der Oma auf dem Rücksitz. Am nächsten Tag war er mit einem blauen Auge bei ihr aufgetaucht, von seinem Alten, wegen dem geklauten Wagen.

»So was hätte aus der alten Louie-Gang niemand für mich gemacht. Obwohl die sich gegenseitig immer mit *Bruder* und *Schwester* angeredet haben. Alle so nett, so korrekt, große Sprayercrew, dickste Buddies. Und dann lässt der Typ dich sitzen, und du stellst fest, dass du immer nur *die Freundin von* warst. Dass die sich alle einen Scheiß für dich interessieren. Die Weiber sind am schlimmsten. Nach außen die letzten Hippies, hinter deinem Rücken hinterfotzig und falsch. Euch halten die ja alle für besoffene Proleten.«

»Sind wir ja auch«, sagte ich und musste grinsen. Ich dachte an meine alte Wrangler, auf deren rechtes Bein ich mal mit Edding *Proll by Choice* geschrieben hatte, um genau solche Leute zu irritieren.

»Und wenn schon. Typen wie Richter oder Tommi oder Sascha, die labern wenigstens nicht dumm rum. Bei denen weiß man, woran man ist. Die sind für einen da.«

»Vermisst du ihn?«

»Wen?«

»Deinen Ex?«

Laura zündete die Zigarette an, die sie die ganze Zeit zwischen den Fingern gedreht hatte. »Bisschen. Manchmal.«

Sie sah ihn ab und zu in der Stadt oder abends an der Meile, ihn und seine Freunde vom Louie-Parkplatz. Einer von denen hatte sie neulich erst auf dem Balkon vom Roxy vollgelabert, wie sie eigentlich rumlaufe, was dieser *seltsame Style* solle, *so richtig Punk* sei das doch auch nicht? Er hatte sich Daumen und Zeigefinger ins Gesicht gesteckt und seine Mundwinkel hochgezogen, sie solle doch mal wieder lächeln, sie sei doch immer *so eine Hübsche* gewesen.

Gundula Griesgram.

Ich fühlte mich ertappt. Doch ich hatte mich noch nie so gut mit Laura unterhalten. Es war, als zeigte sie mir eine Welt, die sie sonst für sich behielt. Es machte mich glücklich. Und stolz. Es war magisch. Mäuse und Ratten huschten über den Weg, von der Ems wehte immer wieder ein leicht fauliger Geruch herüber, und wir hatten nichts zu trinken, aber das war egal. Es war die erste halbwegs nüchterne Nacht seit Wochen, und ich war völlig high.

Als die Vögel zu singen begannen, standen wir auf und verließen die Schrebergartenkolonie auf der Nordseite. Ich war bereits aufs Tor geklettert, als Laura die Klinke drückte. Das Tor war gar nicht abgeschlossen. Laura hielt mir ihre Hand hin, ich sprang auf den Weg und küsste sie. Über den Friedhof liefen wir zurück zur Straße. Laura hockte sich zum Pinkeln vor einen Baum, ich ließ mich mit ausgebreiteten Armen rückwärts in die Sträucher neben einem Blumenbeet fallen. Ein Frühsportler joggte an uns vorbei und sah mich missbilligend an. Dann fiel sein Blick auf Laura, die breitbeinig mit dem Rücken am Baum lehnte und sich gerade die Hose hochzog. Der Mann wandte den Blick ab und rannte weiter. Laura lachte. Ich pflückte eine gelbe Blume aus dem Beet und überreichte sie ihr mit einem kleinen Knicks: »Mit Liebe geklaut.«

»Eine Begonie«, sagte Laura und nahm die Blume an sich. Sie legte mir den Arm um die Schulter, und so eierten wir wie alte Saufkumpane den Weg runter zur Ems. Auf dem Volkshochschulparkplatz standen die Transe und die Ente friedlich nebeneinander, wie Hund und Katze, Dick und Doof, Pat und Patachon. Das Emsschlösschen hatte längst geschlossen. Laura blieb vor ihrem Wagen stehen.

»Ich hau dann mal ab.«

»Nach Hause?«

»Zu Sascha. Wir fahren morgen nach Hamburg.«

»Was macht ihr in Hamburg?«

»Wir besuchen ’ne alte Schulfreundin, die ist da gerade hingezogen.«

»Und wie lange?«

»Nur übers Wochenende.«

Langsam strich sie mit dem Stengel der Begonie über das Verdeck, dann zog sie ihren Schlüsselbund aus der Tasche, drückte mir die Blume in die Hand und öffnete die Fahrertür.

»Gute Nacht.«

»Nacht«, sagte ich, mit einem Blick auf die zarten, gelben Blätter meine Enttäuschung über das abrupte Ende dieser wunderbaren Nacht überspielend, »und viel Spaß in Hamburg.«

*

Ich stopfe meine Tasche in ein Schließfach, verlasse den Bahnhof Richtung Innenstadt, stecke mir die Kopfhörer in die Ohren und rufe Kiki an.

»Wo bist du?«, fragt sie.

»Gerade in Osnabrück angekommen.«

»Und, wie läuft's?«

»Gut.«

»Sind deine alten Freunde nett zu dir?«

»Ziemlich.«

»Warst du schon in Rheine?«

»Noch nicht.«

»Und in Münster?«

»Heute Abend.«

»Hast du mich angerufen, um dir jedes Wort einzeln aus der Nase ziehen zu lassen?«

»Was soll ich sagen«, antworte ich, während ich auf dem iPhone den Weg zu dem Platz suche, auf dem ich mit Tommi verabredet bin. »Das verselbständigt sich alles. Kriegt so eine merkwürdige Eigendynamik. Alle erkundigen sich, wen ich schon getroffen habe, wen ich noch treffen werde, wo *sie* jetzt wohnt, wie es *ihm* so geht, ob *die beiden* noch zusammen sind. Ich bin tatsächlich der mit dem schlechtesten Gedächtnis, und gleichzeitig werde ich für die anderen zu so'ner Art '99-Instanz. Immer werden mir am Ende Grüße für irgendwen ausgerichtet, oder gleich Grüße an alle. Und dann sind da auch welche, die sich in der Zwischenzeit zerstritten haben. Was ich gar nicht wusste. Und was dann zu so Situationen führt, in denen ich sehen kann, wie mein Gegenüber sich fragt: Werden sie über mich sprechen? Was wird er oder sie ihm über mich erzählen? Schacke zum Beispiel hat sich nach unserem Treffen wohl direkt bei Celina gemeldet.«

»Kenn ich beide nicht.«

»Ich weiß, schade eigentlich«, sage ich, und tatsächlich bin ich mir sicher, dass Kiki mit ihrem Herz für Freaks und Sonderlinge die meisten meiner ehemaligen Freunde gemocht hätte. Ich bin ja selbst überrascht über den Draht, den ich zu all diesen Leuten noch habe, nach Jahren der Distanz und trotz der völlig unterschiedlichen Lebensentwürfe. Beim Abschied packt mich zwar immer noch dieses leichte Blutsaugergefühl, es überwiegen aber Freude, Dankbarkeit, Demut. Dass alle einem Treffen zugestimmt haben. Dass alle versuchen, mir zu helfen. Dass es allen einigermaßen gutzugehen scheint. Bei den familiären Voraussetzungen und dem Werdegang einiger alles andere als selbstverständlich. Was uns damals zusammengebracht hat, waren nicht Musikgeschmack, Weltanschauung, der soziale Status der Eltern oder der Wunsch, einer klar definierten Jugendkultur anzugehören, sondern Langeweile, Unzufriedenheit und der jeweilige Dachschaden. Jeder hatte seinen eigenen, mal mehr, mal weniger offensichtlich. Ich höre von Depressionen, von Schizophrenie und Kleptomanie, von Drogen-, Mager- und Spielsucht, von seelischem, körperlichem und sexuellem Missbrauch, einem späten Comingout, einer unbehandelten Psychose, einer religiösen Sekte und gleich mehreren Selbstmordversuchen. Lauter Verschrobenheitsmodule, die über eine handelsübliche Teenage Angst hinausgehen, und bei niemandem habe ich den Eindruck, er wolle sich mit einer interessanten Macke profilieren oder ein vermeintliches Außenseitertum glorifizieren. Über jeden von ihnen könnte man ein Buch schreiben, ich würde sie alle lesen wollen. »Mein Leben, wenn ich das aufschreiben täte, es wäre ein Roman« – für Fritz J. Raddatz ein *Taxifahrerspruch.*

»Und ihr unterhaltet euch die ganze Zeit nur über diesen einen Sommer?«

»Nicht nur, aber überwiegend. Drumherum geht es natürlich immer auch ums Jetzt, oder das Seitdem. Aber wenn ich ehrlich bin, meist nur aus Anstand. Zumindest von meiner Seite aus. Dieser Tunnelblick schon wieder, kennst du ja. Und du so?«

Kiki lacht. »Willst du darauf wirklich eine Antwort? Nachdem du das mit dem Tunnelblick gesagt hast?«

»Ich wollte mich nur mal kurz melden. Deine schöne Stimme hören.«

»Lass den Scheiß.«

»Geht's dir gut?«

»Ja, alles gut. Wann bist du zurück in Berlin?«

»Nächste Woche.«

»Dann lass mal von dir hören. Ich bin grad auf dem Sprung.«

»Wohin?«

»Pizza essen mit ein paar Leuten. Hauke kommt auch.«

»Oh. Weiß der eigentlich, dass ich weiß …?«

»Noch nicht«, sagt Kiki. »Ich wollt's ihm aber heute mal sagen, falls sich die Gelegenheit ergibt. Oder lieber nicht?«

»Nee, schon okay«, sage ich, biege um die Ecke und sehe Tommi, wie er am anderen Ende eines kleinen Platzes mit dem Rücken zu mir vor dem Schaufenster eines Schuhladens auf und ab geht.

*

Das Bad war abgeschlossen, Tommis Zimmertür stand offen. Seine Wand war zur Hälfte blau, anscheinend hatte er mittendrin aufgehört zu streichen. Es war Sonntagmittag, kurz nach 12. Vor ein paar Minuten war ich von der Sonne geweckt worden, die in einem großen Viereck in mein Zimmer fiel und mich am Fuß gekitzelt hatte, und das Erste, was ich gesehen hatte, war eine verdurstete Begonie, die auf dem Nachtschränkchen lag.

Ich ging in die Küche, um mir einen Kaffee zu kochen. In einem grünen Frotteebademantel kam Tommi aus dem Bad.

»Moin.«

»Moin.«

»Wo wart ihr gestern?«

»Bist du doch noch losgegangen?«

»Ja. Ich hab euch gesucht.«

»Oh, sorry«, sagte ich. »An der Meile war nichts los, da sind Laura und ich ein bisschen rumgelaufen. Zu den Schrebergärten und so. Neuer Bademantel?«

»Wo gibt's denn hier Schrebergärten?« Tommi sah an sich herunter. »Wiedergefunden. Uralt.«

»Da vorne am Friedhof.«

»Welcher Friedhof?«

»Na, der alte jüdische Friedhof halt, oben an der Salzbergener.«

»Da ist ein Friedhof?«

»Wie lange wohnst du jetzt in dieser Stadt?«

»Nicht lang genug, um alle Friedhöfe zu kennen.«

»Na gut. Hast du die Kaffeemaschine gesehen?«

»Weiß nicht, Karton«, sagte Tommi. »Und was wolltet ihr da? Bei den *Schrebergärten*?« Er sprach das Wort aus, als hätte ich es gerade erfunden.

»Nichts. Nur mal so durchgelatscht.«

Tommi schaute mich an.

»Voll die Schlumpfwelt«, sagte ich, und noch während ich es aussprach, fiel mir auf, wie dämlich das klang.

»Schlumpfwelt«, wiederholte Tommi, »soso.«

»Ja.«

»Alles klar.«

Er drehte sich um und schlurfte zurück in sein Zimmer. Ich ging ins Wohnzimmer, doch statt in den Kartons nach der Kaffeemaschine zu suchen, setzte ich mich auf mein Bett, schlug das Tagebuch auf und notierte einen Satz, der dringend festgehalten werden musste: *Letzte Nacht war der beste Tag seit Monaten, mindestens.*

Wir richteten weiter die Wohnung ein. Richters Schwester brachte die Katze vorbei, die sich direkt unter das Sofa verzog, das Tommis Eltern uns vorbeigebracht hatten. Samstags weihten Richter, Tommi, Theresa, die beiden Larrys und ich die neue Küche mit einer Partie Risiko ein. Laura und Sascha waren in Hamburg. Es war heiß. Jeden Abend fuhren wir kurz zum Baggerloch. Der Sommer schien mir unendlich, als würde es nie wieder eine andere Jahreszeit geben.

Mittwochs karrte ich mal wieder einen Transporter voller Holzdekokram durch halb Deutschland, zur Messe in Stuttgart diesmal. Morgens um sechs fuhr ich mit der Transe zur Firma, stieg in den LT und machte mich auf den Weg. André war schon tags zuvor mit dem Zug hingefahren, um sich um das Organisatorische zu kümmern und die Standübergabe zu machen. In Rekordzeit bauten wir die Exponate auf, dann fuhren wir gemeinsam zurück. Kurz nach Mitternacht waren wir bei der Firma, wechselten in die Transe und fuhren in die Stadt. Ich parkte auf dem Volkshochschulparkplatz, André wohnte nur ein paar Häuser weiter. Im Emsschlösschen war noch Licht. André schaute mich an. »Noch auf ein Glas zu Ivo?«

Nina wollte gerade Feierabend machen. Sie stand mit Ivo und einem der Stammgäste, den aus irgendeinem Grund alle *Der schöne Muckel* nannten, am Tresen. Neben dem Eingang saßen ein paar Karohemdträger und spielten Karten, vorm Fenster hockte eine dicke langhaarige Frau am Tisch und kritzelte im Schein einer Kerze in ihr Notizbuch. André und ich setzten uns an die Bar. Ivo schob mir unaufgefordert ein Glas Weißwein rüber, Nina lehnte sich neben mir an die Wand.

»Ich hab von dir geträumt«, sagte sie.

»Aha? Was denn?«

»Weiß nicht mehr genau, aber irgendwie waren wir wieder zusammen.«

Ich sah sie an. Sie lächelte. Ich fragte mich, warum sie mir das erzählte. Was sollte ich mit dieser Information ihrer Meinung nach anfangen? Ich hätte ihr gerne von Laura erzählt, nur um ihre Reaktion zu sehen, aber das ging natürlich nicht, also redete ich von der neuen Wohnung und fragte Nina, ob sie sich die mal ansehen wolle.

»Gerne«, sagte sie. »Vielleicht am Freitag, vor der Arbeit?«

Ich hatte jetzt sofort gemeint, doch ich nickte nur: »Klar, Freitag.«

Nina wollte wissen, wie es mir gehe und was ich so mache. Ich antwortete knapp. Während des Gesprächs ging ihr Blick ständig über meine Schulter zur Tür.

»Wirst du abgeholt?«

»Ja.«

»Von Timo?«

»Nee, von meinem Opa«, sagte Nina und lachte.

»Du kannst ruhig schon rausgehen«, sagte ich.

Nina hörte auf zu lachen. »Ich weiß, wann ich rausgehen kann.«

»Ich weiß, dass du das weißt.«

»Dann ist ja gut.«

»Ja.«

»Na, dann ...«

»Egal«, sagte ich. »Egal, egal.«

Ich redete wie ein verdammter Idiot. Ich redete viel zu laut. Das passierte mir ständig, wenn ich unsicher war oder mich unwohl fühlte. Als die Tür aufgerissen wurde und Timo zwei Schritte ins Emsschlösschen machte, kam mir das fast wie eine Erlösung vor.

»Ich meld mich nochmal wegen Freitag«, sagte Nina und ging Timo entgegen.

Ich drehte mich zu den anderen um und stürzte meinen Wein hinunter. Ivo schaute sich gerade die neuesten Konzertfotos von André an, die der mir schon auf der Rückfahrt gezeigt hatte. Fettige lange Haare, in die Luft gestreckte Gitarrenhälse, Füße auf Monitorboxen, alles sehr schweinerocklastig. Mein Blick wanderte durch den Raum und blieb bei der dicken Frau am Fenster hängen. Erst jetzt erkannte ich, dass es sich dabei um Claus Vosgröne handelte. Claus Vosgröne trug eine blonde Langhaarperücke, Lippenstift, Ohrringe und ein altmodisches, geblümtes Sommerkleid. Unter dem Kleid trug er nichts. Breitbeinig saß er da, sein behaarter Sack wurde zwischen Plauze und Barhocker platt gedrückt. Ich versuchte, nicht hinzusehen. Gar nicht so einfach.

»Hallo Claus«, sagte ich.

»Mein Name ist Jacqueline«, antwortete Claus Vosgröne in seiner ganz normalen tiefen Stimme. Er hielt sein Notizheft in die Luft. »Gedicht?«

»Claus, lass die Gäste in Ruhe«, sagte Ivo.

Claus Vosgröne stand auf, nahm das Glas mit dem Teelicht vom Tresen und setzte es sich auf den Kopf. »Die weißen Tauben können es nicht wissen«, deklamierte er mit ausladender Geste, »man hat ihnen ins Gehirn geschissen.«

Claus Vosgröne war Künstler. Außerdem verrückt. Hängengeblieben, sagten die einen, andere sprachen von einer schweren Psychose, Schizophrenie, so was. Er schrieb Gedichte, baute Skulpturen, machte Musik und drehte Filme, die meist ohne viele Schnitte und ohne Handlung auskamen und abends im Offenen Kanal Rheine liefen. Claus Vosgröne, wie er auf dem Moped durch die Fußgängerzone rollt und Männern und Frauen aus der Hundeperspektive auf den Arsch zoomt, Titel: *E. T. rennt in Rheine*. Claus Vosgröne, wie er schnaufend und keuchend im Schnee über den Truppenübungsplatz stapft und einen minutenlangen Hustenanfall bekommt. Claus Vosgröne auf der Documenta in Kassel – »It's too much art for my brain, I get unconcentrated!«

Angeblich lebte er abwechselnd in verschiedenen Wohnungen seiner Eltern. Die Eltern machten in Immobilien und fütterten ihren Sohn durch, der bestimmt schon Ende 30 war und bereits eine Glatze bekam, was man jetzt natürlich nicht sah, mit dieser billigen Perücke auf dem Kopf. Vor ein paar Monaten hatte er mit einer Gruppe von *auserwählten Frauen* in seiner Wohnung das letzte Abendmahl nachgespielt. Nadine und Theresa waren zwei dieser auserwählten Frauen gewesen. »Der ist total verhaltens«, meinte Nadine später, »aber eigentlich ganz lieb.« Obwohl Claus Vosgröne anders als Pappen-Phil nie aggressiv oder übergriffig wurde, war das Emsschlösschen einer der wenigen Läden, in denen er sich noch blicken lassen konnte. Die schillerndste Figur in Rheines Nachtleben hatte fast überall Hausverbot.

Er nahm das Teelicht vom Kopf, verbeugte sich, riss die Seite aus dem Notizheft und faltete sie ein paarmal. »Dass man ein Stück Papier nur siebenmal falten kann«, brummte er, »ist die Geißel der Menschheit.« Er klebte das Papier mit Wachs an die Kerze auf dem Tisch, trank im Stehen sein Glas aus, zupfte sich das Kleid zurecht und ging zur Tür. »Gehaben Sie sich wohl«, sagte er zu niemand Bestimmtem, bevor er durch die Tür verschwand und zu seinem Moped ging, das gegenüber am Copyshop stand.

»Muss der nicht zahlen?«, fragte André.

»Hat er doch«, sagte Ivo. Er ging zum Fenster, löste vorsichtig den Zettel von der Kerze, faltete ihn auseinander und las vor: *»Der Wind verliert / den Pfiff im Wald / Das Kind, es stiert / Der Vater lallt / Der Hase sagt noch gute Nacht / Schon hat er alle umgebracht / Die weißen Tauben …«* Ivo brach ab. »Na ja, den Rest kennt ihr ja.« Er öffnete eine Lade und stopfte den Zettel hinein. »Davon haben wir schon ein paar. Claus, Jacqueline und all die anderen zahlen gerne mit Gedichten.«

»Claus, Jacqueline und all die anderen wollen dich verscheißern«, sagte André.

»Manche sind gar nicht so schlecht«, erwiderte Ivo. »Von den Gedichten, meine ich.«

»Lass hier mal die Luft raus«, sagte der schöne Muckel und hielt ihm sein Bierglas hin.

Ich trank noch einen Wein. Die Karohemdträger zahlten und gingen. Ich wollte ebenfalls zahlen, doch Ivo nahm mein Geld nicht an.

»Ich hab heute gearbeitet«, sagte ich.

»Stark«, sagte Ivo. »Ich dachte, Punks haben immer Ferien.«

Ich hielt ihm einen Zehner hin.

»Willst du mich beleidigen? Hau ab.«

»Na gut. Danke. Kann ich die Abkürzung nehmen?«

»Den Notausgang?« Ivo lachte. »Nur zu.«

Ich lief durch die Küche des Emsschlösschens in den Flur und ging die Treppen hoch zu unserer Wohnung, sagte kurz Richter und Tommi hallo, setzte mich aufs Bett und schrieb Nina einen Brief. Ich wollte ihr sagen, dass ich mit der Normalität nicht klarkam, die sie in unserem Umgang zu etablieren versuchte, dieser höflichen Oberflächlichkeit, die sie zum Status quo erhoben hatte und die mich ganz auf die Rolle des bedauernswerten Exfreundes reduzierte, doch ich war viel zu aufgebracht und erschöpft, um das einigermaßen verständlich rüberzubringen, und so wurde es zu einer dreieinhalbseitigen Pöbelei gegen sie und Timo, von der ich mir nicht sicher war, ob ich sie Nina wirklich geben sollte. Ich legte den Brief erstmal zur Seite, zog mich aus, ging ins Bett und schlief zwölf Stunden lang.

Beim Aufwachen hatte ich eine Melodie im Kopf. Ich holte meine Gitarre aus dem Koffer und suchte nach dem passenden Grundton, es war ein Cis. Ich schlug einen Powerchord an, doch es war nicht das, was ich im Kopf gehört hatte, also ging ich Ton für Ton vor, bewegte meine Finger über die Bünde und Saiten, bis ich die passende Harmonie gefunden hatte. Ich musste meine Finger krümmen und spreizen, die dicke Vene an meinem linken Unterarm trat hervor wie ein unter der Haut verlegtes Rohr, doch dann fand ich einen Weg, wie man diese ungewohnte Kombination von Tönen angenehmer greifen konnte. Ich suchte den nächsten Akkord, dann noch einen und noch einen. Nach ein paar Minuten hatte ich das Riff zusammen. Ein Finger blieb konstant auf einem Ton, und da die Gitarre nicht perfekt gestimmt war, gab es dem Ganzen etwas leicht Dissonantes, Sägendes und Sehnsüchtiges, wie ein Schiffshorn, wenn das Schiff den Hafen verlässt. Ich schnappte mir meinen Walkman und die erstbeste Kassette, die ich in einem der Kartons fand, es war das Demotape einer Funpunkband, das mir zur Rezension zugeschickt worden war. Die Kunststoffplättchen oben waren rausgebrochen, um die Kassette gegen eine versehentliche Überspielung zu schützen. Ich riss zwei Papierfitzel aus meinem Tagebuch, stopfte sie in die Aussparungen der Kassette, schob die Kassette in den Walkman und drückte auf Aufnahme. Mich überkam dieses Hochgefühl, dieses spezielle Kribbeln, das nur entstand, wenn man etwas Neues in die Welt brachte, ganz egal, ob die Welt nun davon Notiz nahm oder nicht. Ich fand einen möglichen Strophenteil und spielte ihn in einem Loop, um ein Gefühl für die Stimmung und die Phrasierung des Gesangs zu bekommen. Um mir eine Gesangsmelodie zu überlegen, summte ich für gewöhnlich nur Phantasiesätze vor mich hin, was immer mir gerade einfiel, meistens auf Englisch. Nun aber waren es die immer gleichen zwei Zeilen: *Die weißen Tauben können es nicht wissen / Man hat ihnen ins Gehirn geschissen.*

Ich war gerade bei einem möglichen Übergang von Strophe zu Refrain, als ich aus der anderen Zimmerecke ein rhythmisches Klackern und Zischen vernahm. Ich schaute auf. Tommi stand in der Wohnzimmertür und beatboxte zu meinem Geschrammel. Er war barfuß und trug nichts außer einer zerschlissenen braunen Cordhose und einer neonroten Plastikschirmkappe aus den Achtzigern. *MIAMI* stand in gelben Lettern auf dem Stirnteil. In der Hand hielt er das Telefon, den Hörer hatte er zwischen Kopf und Schulter geklemmt.

»Laura ist dran. Wir wollen ans Meer, nach Holland, kommst du mit?«

»Wann?«

»Gleich irgendwann. Klingt gut.«

»Was?«

»Das Riff.«

Ich hörte auf zu spielen und stellte den Walkman aus. »Mir fehlt noch ein Refrain.«

»Hast du Bock?«

»Nach Holland?«

»Ja?«

»Wie lange denn?«

»Wie lange, Laura?«, sagte Tommi in den Hörer. Es gab ein Hin und Her, bei dem nicht immer ganz klar war, mit wem Tommi gerade sprach, weil er manchmal mich anguckte, wenn er mit Laura redete, und an mir vorbei, wenn ich gemeint war.

Sie wollten nach Zandvoort, für zwei oder drei Tage. Die Tommianer und der Grüne waren seit Anfang der Woche dort, auf einem Campingplatz direkt an der Nordsee. Ich fand es lustig, wenn Tommi von seinen Freunden als Tommianern sprach, aber die Tommianer bezeichneten sich mittlerweile selbst manchmal so.

Ich fragte, ob noch wer mitkäme.

»Richter muss arbeiten«, sagte er und gab die Frage an Laura weiter. »Sascha? … Muss auch arbeiten. … Theresa auch.« Er schaute mich an. »Ich soll dir sagen, du sollst mitkommen.«

»Okay«, sagte ich. »Wir können die Transe nehmen und drin pennen.«

»Hast du gehört, Laura? … Warte, ich geb ihn dir mal.«

Ich legte die Gitarre aufs Bett und stand auf. Tommi gab mir den Hörer und das Telefon. Es war immer noch der alte Apparat, das auberginenfarbige Plastikteil von der Telekom, die Schnur ging wie in der alten Wohnung fast bis zu meinem Bett, nur dass sie jetzt schon nach einem halben Meter im Türrahmen klemmte und somit an einer anderen Stelle durchscheuerte.

Laura sagte, sie wolle mit der Ente fahren, das sei so super mit dem offenen Verdeck, bei dem Wetter könne man doch genauso gut draußen schlafen, sie würde uns in etwa einer Stunde abholen.

Wir legten auf. Ich nahm mir die Gitarre und spielte weiter. Ich wusste jetzt, dass es im Refrain zurück auf den Ausgangston gehen musste. Ich probierte zwei verschiedene Akkordfolgen. Jetzt, wo ich es eilig hatte, flogen mir die Ideen nur so zu. Ich schaltete den Walkman ein und nahm den Song noch einmal auf, dann beendete ich schnell den Brief an Nina. Ich schrieb nur ein paar abschließende Sätze, ohne mir den Rest noch einmal durchzulesen, und statt ihr den Brief in den Briefkasten zu werfen, steckte ich ihn in einen Umschlag, klebte eine Marke drauf und brachte ihn zum Postkasten. Das wirkte offizieller, und so entging ich der Gefahr, Nina über den Weg zu laufen. Der Brief müsste am Freitag, spätestens Samstag zugestellt werden, also hätte sie das ganze Wochenende, um über den Inhalt nachzudenken. Und falls sie anrufen würde, was ich natürlich hoffte, dann wäre ich nicht in der Stadt, dann könnte Nina mich auch mal vermissen.

Gegen drei holte Laura uns mit der Ente ab. Tommi setzte sich nach vorne. Hinten war es ganz schön eng, aber das offene Verdeck war super. Am Lingener Damm kauften wir bei einem dieser rot-grünen Büdchen am Straßenrand eine Schale Erdbeeren. Laura hielt auf dem Radweg, ich stand auf, reichte der Verkäuferin das Geld und nahm die Schale entgegen, ohne aussteigen zu müssen. Vor der Autobahnauffahrt Rheine-Nord hielten wir an der Aral. Wir schmissen fürs Spritgeld zusammen, Laura tankte, Tommi ging zahlen. Ich fragte sie, ob ich auch mal fahren dürfe. Ich durfte.

Laura setzte sich auf den Beifahrersitz, ich klemmte mich hinters Lenkrad, Tommi musste nach hinten. Sie gab mir eine Einführung in die Schaltung. Für den ersten Gang wurde der sogenannte Krückstock nach links gedreht und rausgezogen.

Für den zweiten Gang musste man ihn erst in die Ruhestellung und dann nach vorn drücken, und für den dritten Gang zog man ihn in der Ruhestellung nach hinten.

»Revolverschaltung«, sagte Laura.

»Gibt's auch einen vierten Gang?«

»Den zeige ich dir, wenn's so weit ist.«

»Und der Rückwärtsgang?«

»Da, wo normalerweise der erste ist.«

»Oha.«

Es war wirklich nicht ganz so einfach, und Laura war auf den ersten 20 Kilometern eine fürchterliche Beifahrerin. Angespannt saß sie neben mir, den Blick starr auf die Fahrbahn gerichtet. Alle paar Minuten trat sie mit dem Fuß auf eine imaginäre Bremse oder krallte ihre Finger in den Kassettenrekorder, den sie auf den Knien hatte, ihr Autoradio war kaputt. Tommi kniete auf der Rückbank, fütterte Laura und mich von oben mit Erdbeeren und filmte mit seiner Videokamera die Straße, das Wageninnere und sich selbst im Fahrtwind. Kurz hinter der holländischen Grenze geriet ich beim Überholen eines LKW etwas ins Schlingern. Ich war so lange wie möglich in seinem Windschatten geblieben und bereits so dicht aufgefahren, dass man lesen konnte, was jemand mit dem Finger in den Staub der Ladeklappe geschrieben hatte, *MIJN HOBBY: NEUKEN,* dann zog ich rüber auf die linke Spur. Die Ente wurde von einem Windstoß erfasst, ich bekam die schaukelnde Badewanne nur mit Mühe und Not unter Kontrolle.

»Wenn ein Fahrschulwagen die Mitte ist«, sagte ich, »dann liegen Ente und Transe an zwei entgegengesetzten Enden des Kraftfahrzeugspektrums!«

»*An zwei entgegengesetzten Enden des Kraftfahrzeugspektrums*«, äffte Laura mich nach.

»So redet er eben, wenn er gute Laune hat«, rief Tommi vom Rücksitz.

Ich sah Laura an, sie schmunzelte in sich hinein, ich grinste.

»Was ist?«, rief Tommi.

»Nichts ist«, rief ich, »gute Laune ist!«

Wie in Zeitlupe schob die Ente sich an dem LKW vorbei. Wir waren gerade auf Höhe der Fahrerkabine, als von hinten ein Sportwagen angeschossen kam. Er musste stark abbremsen und drückte auf die Hupe. Ich sah in den Rückspiegel. Ein metallicfarbener Mazda mit Hannoveraner Kennzeichen. Er hupte nochmal und betätigte die Lichthupe.

»Nerv!«, rief Tommi.

»Fatzke«, sagte Laura.

Ich trat das Gaspedal bis aufs Blech durch, doch es passierte nichts, die Tachonadel blieb konstant bei 115 km/h. Als der Mazdafahrer ein drittes Mal hupte, lang und wütend diesmal, beugte Laura sich nach vorne, stellte den Kassettenrekorder auf den Boden, hielt sich mit der linken Hand am Rahmen des Daches fest und riss mit der rechten den vollen Aschenbecher aus der Halterung. Mit einem Ruck stand sie auf und leerte den Ascher schräg über ihrem Kopf aus. Tommi ging instinktiv in Deckung, doch Laura hatte gut gezielt, die Kippenstummel regneten über ihn hinweg und prasselten unserem Hintermann genau auf die Windschutzscheibe. Wild gestikulierend schaltete der Fahrer die Scheibenwischer ein. Laura ließ sich in den Sitz fallen. Wir waren mittlerweile an dem LKW vorbei, ich setzte den Blinker und zog auf die rechte Spur. Mit über die Windschutzscheibe schrubbenden Wischblättern und hochrotem Kopf zog der Mazdafahrer an uns vorbei. Der LKW-Fahrer hinter uns hupte kurz auf. Im Rückspiegel sah ich, wie er grinsend beide Daumen in die Luft hielt.

Die Tommianer hatten einen Bereich in der hintersten Ecke des Campingplatzes okkuppiert, direkt am Zaun. Seit Tagen hingen sie hier herum, hörten Musik und knallten sich weg.

Einige hatten es in der Zeit angeblich noch nicht mal bis ans Meer geschafft, das nur wenige hundert Meter entfernt hinter den Dünen lag. Eine Betreutes-Wohnen-Gruppe ohne Betreuer, ein Ferienlager, in dem Bier, Gras und die letzte Rancid alle Freizeitaktivitäten ersetzt hatten. In der Mitte der Zelte gab es eine Feuerstelle, daneben Decken, Klappstühle und einen Gaskocher, drumherum hatte sich eine Grenze aus Müll gebildet. Das Gesicht des Grünen war voller Schürfwunden. Er war am Abend zuvor vom Deich auf den Radweg gestolpert und dabei von einem Fahrradfahrer umgenietet worden, worüber sich der Rest der Gruppe immer noch köstlich amüsierte. Er galt nun als *Der Rot-Grüne*, womit er sich fürs Erste abfinden musste, wollte er nicht das Schicksal des kleinen Larry erleiden und ewig auf diesem Namen hängenbleiben.

Laura blieb auf Abstand. Als ein paar der Tommianer mit mehreren Pötten Vanille-Vla zurückkamen, die sie vom Parkplatz eines Supermarkts containert hatten, teilte sie sich einen Löffel mit Tommi, später las sie ihm Passagen aus einer zerknitterten Ausgabe des Spiegel vor, die vor einem der Zelte lag, erst etwas über Achselhaare, dann eine Passage über den neuen Kubrick-Film, und am Strand setzte sie sich zu Tommi auf die Decke, während ich einen halben Meter weiter auf meinem Handtuch lag. Tommi hatte sich während der Fahrt auf seine Plastikschirmkappe gesetzt, sie hatte einen Riss, das M war rausgebrochen.

»Da steht jetzt I AM I«, sagte Laura.

»Eine Aussage, von der ich mich mit Nachdruck distanzieren möchte«, sagte Tommi, nahm die Kappe ab und setzte sie Laura auf den Kopf.

»Steht dir gut«, sagte ich, dann schaute ich angestrengt aufs Meer hinaus. Der Anblick von Laura in ihrem Leopardenmusterbikini war einfach nicht auszuhalten.

Auf dem Rückweg zum Campingplatz filmten wir uns gegenseitig mit der Videokamera, dann machten wir ein paar Bilder zu dritt, per Selbstauslöser, Laura hatte sich den Fotoapparat von Theresa geliehen.

»Wenn die gut werden, gründen wir eine Band«, sagte Tommi.

»Ich spiele aber gar kein Instrument«, sagte Laura.

»Bringen wir dir bei.«

»Und wie soll die Band heißen? *Fotosafari*?«

»*Umgefallen*«, sagte ich.

Laura lachte.

»*Townes-van-Zandvoort*«, sagte Tommi.

»*Revolverschaltung*.«

»*Krückstock*.«

»Oder der gute alte *Planfeststellungsbeschluss*.«

»*Planfeststellungsbeschluss* passt nicht zu uns«, meinte Tommi. »Die machen so Rumpelpunk. Wir sind eher fluffig und fresh.«

»Fluffig und fresh«, sagte Laura, »genau mein Ding.«

»Ich find *Quickborn* ja auch einen guten Bandnamen«, sagte ich. »Klingt allerdings eher nach Straight-Edge-Hardcore.«

»Straight-Edge-Hardcore ist ja wohl das Gegenteil von fluffig und fresh«, sagte Tommi, ich nickte, und Laura sagte:

»*Fotosafari* ist echt ein Scheißname für 'ne Band, bisher aber am besten.«

»Na gut, dann *Fotosafari*«, sagte Tommi und schüttelte Laura und mir geschäftspartnermäßig die Hand. »Geil, ich wollte schon immer in einem Trio spielen.«

»Ich auch«, sagte ich.

»Trios sind das Beste«, sagte Tommi. »Da kann immer einer bei dem Verletzten bleiben, und der andere holt Hilfe.«

Nachts breiteten wir unsere Schlafsäcke zwischen zwei Zelten aus. Tommi legte sich wie selbstverständlich in die Mitte. Als wir am nächsten Tag zu dritt durch die Fußgängerzone von Haarlem liefen und eine Falafelbude suchten, hakte Laura sich bei ihm unter. Die beiden lachten und turtelten, ich dackelte ihnen hinterher und versuchte, mir meine Eifersucht nicht anmerken zu lassen.

Später am Abend saßen wir am Lagerfeuer und tranken. Während Tommi mit dem Grünen und einem der Tommianer in eine Unterhaltung über die Loveparade vertieft war, die an diesem Wochenende in Berlin stattfand, ging ich zum Wagen, um Tagebuch zu schreiben. Laura kam mir hinterher. Sie schaute mich an, sah sich kurz um und nahm meine Hand. Ohne ein Wort zu sagen, liefen wir zum Weg Richtung Strand. Wir klauten ein paar Badetücher vom Zaun und bauten uns damit ein Lager in den Dünen. Laura drehte einen Sticky. Die Ebbe setzte gerade ein. Ich fragte, wie es in Hamburg gewesen sei.

»Gut. Gute Stadt.«

»Ich wollte da immer hinziehen.«

»Könnte ich mir auch vorstellen.«

»Potsdam interessiert dich wohl nicht so?«

Statt einer Antwort bekam ich den Joint. Ich zog zweimal und gab ihn zurück. Wir legten uns auf den Rücken. Laura zitterte.

»Wir hätten 'ne Penntüte mitnehmen sollen«, sagte ich.

»Wäre vielleicht ein bisschen auffällig gewesen«, sagte Laura.

Sie deckte sich mit einem der geklauten Handtücher zu und schmiegte sich eng an mich. Ich gab mir einen Ruck.

»Hat Sascha eigentlich echt nichts mitbekommen?«

Laura drückte den Stummel in den Sand. »Bei meinem Pa?«

»Ja? Und als wir bei den Schrebergärten waren?«

»Natürlich nicht.«

»Willst du ihm das noch erzählen?«

»Bist du bescheuert? Der würde durchdrehen. Außerdem hat er selbst neulich mit einer rumgeknutscht.«

»Echt? Mit wem?«

»Kennst du nicht.«

Wir schwiegen und hörten zu, wie der Mond das Wasser zurückholte. Das kniehohe Gras raschelte im Wind, schwarzblaue Wolkenformationen zogen über den Himmel.

»Das ist halt so passiert mit uns, oder?«, nahm ich schließlich all meinen Mut zusammen. »Es bedeutet nichts?«

»Schätze schon.«

»Du schätzt schon, dass es nichts bedeutet, oder du schätzt, dass es schon was bedeutet?«

»Das ist lustig«, sagte Laura, und ich konnte nicht sagen, ob sie das ironisch meinte oder nicht.

»Ist ja auch egal«, sagte ich. »Ich will euch nicht im Weg stehen.«

»Ich dir auch nicht.«

»Wieso du mir?«

»Na, diese ganze Sache mit Nina und Timo. Du bist immer so komisch. So abweisend.«

»*Ich* bin abweisend?«

Laura biss sich auf die Unterlippe und nickte.

»*Das* ist lustig«, sagte ich. »Ich dachte dasselbe von dir!«

Und dann konnte ich mich nicht mehr halten. Ich erzählte ihr alles. Wie toll ich die beiden Nächte mit ihr gefunden hatte. Dass ich ständig eifersüchtig war, gar nicht so sehr auf Sascha, sondern vielmehr auf Richter und Tommi, wenn sie mit denen so vertraut war und herumschäkerte und mich kaum beachtete. Dass ich sie am liebsten getröstet hätte, als sie in Tommis Arm geweint hatte, und dass ich dabei sei, mich total in sie zu verlieben, dass das natürlich total scheiße wäre und ich mich wahrscheinlich gerade um Kopf und Kragen redete und es jetzt auch echt ganz schön kalt werde hier oben.

Laura hörte sich das alles an, dann richtete sie sich auf und küsste mich. Wir küssten und küssten und fassten uns überall an, doch es wurde immer windiger, so dass wir nach einer halben Stunde bibbernd zurück zum Campingplatz gingen.

Tommi und der Grüne waren noch wach. Sie saßen am Lagerfeuer und starrten in die Flammen.

»Haben die hier etwa auch Schrebergärten«, sagte Tommi, ohne aufzuschauen. Sonst sagte er nichts. Es hatte nicht wie eine Frage geklungen.

Am Samstagmittag war jede Anekdote erzählt, jeder Running Gag bis aufs Äußerste ausgereizt, und die letzte Rancid kam uns rückwärts aus den Ohren raus. Tommi, Laura und ich beschlossen, zurückzufahren und auf dem Heimweg einen Abstecher zum Abifestival in Lingen zu machen. Vorher gingen wir nochmal ans Meer und kühlten uns ab. Wir ließen uns in der Sonne trocknen, dann verabschiedeten wir uns von den anderen und setzten uns in die Ente. Laura fuhr, Tommi saß auf dem Beifahrersitz, ich hinten.

Das Festivalgelände befand sich auf einer Wiese in Sichtweite des Lingener Kernkraftwerks. Die Abiturjahrgänge der Lingener Gymnasien veranstalteten das Open Air seit den frühen Achtzigern. Der Eintritt war frei, man konnte sogar eigene Getränke mitbringen, und es gab einen kleinen Zeltplatz. Sascha war auch dort, mit seinem Bruder, sie saßen hundert Meter von der Bühne entfernt im Gras, neben sich ihre Rucksäcke und ein aufgerolltes Igluzelt. Sascha stand auf und begrüßte Laura mit einem flüchtigen Kuss. Es war das erste Mal, dass ich die beiden küssen sah, und hätte ich nicht so genau drauf geachtet, ich hätte es gar nicht mitbekommen.

»Wie war's in Zandvoort?«, fragte Sascha.

»Stumpf«, sagte Laura.

Wir setzten uns. Es spielte gerade eine deutschsprachige Grungeband namens Pornomat. Augenzwinkernde Trainingsjackenmusik, zu der ziegenbärtige Abiturienten in einer tristen

Polonaise den emsländischen Staub aufwirbelten. Es sollten noch fünf oder sechs weitere Bands spielen, von denen uns exakt keine interessierte. Das Beste an diesem Festival war das Kernkraftwerk. Der mächtige qualmende Schornstein sah aus wie ein umgedrehter Trichter aus Beton und wertete die reizlose flache Landschaft enorm auf.

Ich zog den Korkenzieher aus dem Hip-Bag und öffnete eine Flasche Wein.

»Ach du Scheiße«, sagte Sascha, »was hast du denn da?«

Er zeigte auf mein Bein. Meine linke Wade war knallrot. Ich hatte mir mittags am Strand einen Sonnenbrand eingefangen, wie schlimm, das sah ich jetzt erst. Die Stellen, an denen Sand geklebt hatte, waren verschont geblieben, es sah aus, als hätte mir jemand mit roter Tinte ein Nudelsieb aufs Bein tätowiert.

»Oh«, sagte ich.

»Allerdings«, sagte Sascha. Er wühlte in seinem Rucksack und gab mir eine Tube Sonnencreme. »Mach mal drauf. Dient eigentlich eher der Vorsorge, aber das kühlt auch.«

Ich krempelte die Hose hoch und schmierte mir das Bein ein, dann das andere, und zur Sicherheit auch die Arme, den Nacken und das Gesicht.

»Kann ich auch mal?«, fragte Laura.

Ich reichte ihr die Tube und überlegte, ob ich ihr mit dem Rücken helfen sollte, sie trug ein spitzenbesetztes Oberteil mit Spaghettiträgern und kam da hinten bestimmt schlecht ran, bis ich plötzlich erschrak und mich abwendete. Laura vor Saschas Augen den Rücken einzucremen, das kam mir mit einem Mal völlig absurd vor. Obwohl er sich wahrscheinlich nichts dabei gedacht hätte. Zum ersten Mal wurde mir so richtig bewusst, in was für eine Lage wir uns gebracht hatten.

»Sieht echt übel aus«, sagte Sascha.

»Ach, so schlimm ist das gar nicht.«

Ich versuchte zu lächeln. Sascha lächelte wirklich.

Als hinter mir jemand meinen Namen sagte, drehte ich mich sofort um und stand auf, froh über jede Ablenkung. Vor mir stand ein dunkelhaariger Typ mit Brille. Er fragte, ob wir nach dem Konzert noch gut nach Hause gekommen seien. Ich wusste nicht, wovon er redete, bis mir aufging, dass es sich um den Veranstalter aus Quakenbrück handeln musste.

»Klar«, sagte ich, ohne mich an die Rückfahrt, unseren Auftritt oder irgendetwas dazwischen erinnern zu können.

»War doch ein guter Abend«, sagte er. Er schien das ernst zu meinen. »Allerdings ...«, er unterbrach sich und schob mit ausgestrecktem Zeigefinger seine Brille an ihren Platz, »das ist mir jetzt echt unangenehm, aber ... Es sieht so aus, als hätten ein paar Bekannte von uns euer Banner geklaut.«

»Unser Banner geklaut?«

»Ja.«

»Wie, *es sieht so aus*?«

»Na ja, das ist wohl so. Die haben das mit nach Köln genommen, in ihre WG. Ist euch noch gar nicht aufgefallen, dass das weg ist?«

»Unser Bassist ist in Südfrankreich«, sagte ich, als ob das alles erklären würde.

»Echt peinlich«, sagte der namenlose Veranstalter. Ich sah ihn an. Er meinte seine Bekannten, nicht uns.

Unser Banner war ein mit unserem Bandnamen besprühtes Bettlaken. Guido und Hannes hatten dafür extra Schablonen der einzelnen Buchstaben angefertigt, das Bettlaken schwarz gefärbt und die Lettern mit weißem Lack draufgesprüht. Es war ein gutes Banner, oder *Backdrop*, wie es in Profimuckerkreisen hieß, es sah überhaupt nicht nach Bettlaken aus.

»Das brauchen wir zurück«, sagte ich kraftlos.

»Kriegt ihr auch«, sagte der Veranstalter und entschuldigte sich für seine Bekannten, die seien halt besoffen gewesen und wir ja wohl auch. Ich erkannte immer noch keine Spur von Sarkasmus oder gar Vorwurf in seiner Stimme. Er sagte, er würde sich um die Sache kümmern, »Versprochen«, dann ging er weiter.

Ich setzte mich wieder ins Gras. Der Abiturientenkarneval vor der Bühne war vorbei, Pornomat bauten ab, es lief irgendein Crossover-Quatsch vom Band. Tommi, Sascha und sein Bruder waren mitten in einer Diskussion, es ging schon wieder um die Loveparade.

»Ist natürlich blöd«, dozierte Tommi gerade, »wenn deine ursprüngliche Idee *Harmonie durch Musik* ist, und dann stehst du plötzlich da, heißt *Dr. Motte*, deine Firma heißt *Loveparade Berlin GmbH*, und du bist verantwortlich für das größte inoffizielle Treffen der Friseurinnung.« Er hatte wieder seine Schirmkappe auf, sie war jetzt total zerfetzt, auf der Stirn stand nur noch AMI.

»Gibt's diese Gegenveranstaltung eigentlich noch?«, fragte Saschas Bruder.

»Die Hate Parade?«, sagte Sascha.

»Hate Parade«, stöhnte Tommi, »was soll das, das bringt doch nichts, das ist doch das Gleiche in Grün, oder Schwarz, was weiß ich.«

»*Love* und *Hate* meinetwegen«, sagte Sascha, »aber dieses *Parade* ist so abtörnend.«

»Ach, wenn ich da wär, ich würde mir das wohl mal anschauen«, sagte Saschas Bruder.

»Dir würde auch gar nichts anderes übrigbleiben, mein Freund«, sagte Tommi. »Die Raver, die sind überall, die wachsen da auf Bäumen!«

Laura beteiligte sich nicht an der Unterhaltung. Abwesend schaute sie Richtung Bühne ins Leere. Als Saschas Bruder sich mit einer Bekannten unterhielt, die er zufällig getroffen hatte, und Sascha und Tommi zum Waldrand rübergingen, um zu pinkeln, streichelte sie mir sanft über das verbrannte Bein.

Sie sah dabei weiterhin Richtung Bühne, oder sie hielt unauffällig nach Sascha und Tommi Ausschau, keine Ahnung, ich dachte nur: ganz schön leichtsinnig. Aber auch: ganz schön aufregend!

Dann kamen Tommi und Sascha zurück und mir war noch unbehaglicher zumute als vorher.

Auf der Bühne testete ein Rapper mit zurückgegelten Haaren das Mikro. »Yo, Ich-Zwerg, one two …«

»Das ist hier nüchtern nicht zu ertragen«, sagte Laura.

Sascha hielt ihr eine Dose Bier hin, ich meinen Wein.

»Ich muss noch fahren«, sagte Laura, nahm dann aber doch einen Schluck aus meiner Flasche.

»Bleibt doch hier«, sagte Sascha. »Wir haben noch einen Platz im Zelt, und man kann ja auch draußen pennen. Ihr habt doch eh alles dabei.«

»Puh«, machte Tommi. »Und dann noch Pothead und Co gucken?«

»Pothead und Co?«, fragte Saschas Bruder.

»Der Headliner«, sagte Sascha.

»Pothead ist der Headliner«, spezifizierte Tommi. »*Und Co* ist maximal der Co-Headliner. Nicht zu verwechseln mit 'nem Nightliner. Darin reist der Headliner. In den Dingern ist viel Platz, für Eyeliner zum Beispiel.«

»Kollege«, sagte Saschas Bruder zu Tommi, »hast du eigentlich was genommen?«

»Mir ist langweilig«, sagte Tommi.

Laura seufzte. »Sollen wir bald mal los?«

Sascha brachte uns zum Wagen. Er fragte nicht, was wir heute noch vorhätten. Er gab Laura auch keinen Kuss. Er verabschiedete sie genauso wie Tommi und mich, wie einen Kumpel, dem man demnächst sowieso wieder über den Weg laufen wird. Was ich bei den beiden sonst immer als angenehm empfunden hatte, dieser komplette Verzicht auf Pärchengetue, das kam mir jetzt nur noch absurd vor. Sind die überhaupt noch zusammen?, fragte ich mich, und dann kam mir ein Gedanke, der auch dadurch nicht verschwand, dass ich mich sogleich für ihn schämte: *Sie haben einander nicht verdient.*

In dieser Nacht hatten wir unseren ersten Sex, im Flackerlicht des Fernsehers, der Bilder der Loveparade in mein provisorisches Zimmer spuckte. Wir hatten die Ente bei uns hinterm Haus geparkt, Tommi war hochgegangen, Laura und ich hatten einen kurzen Abstecher zur Trinkhalle und ins Roxy gemacht. Als wir gegen zwei nach Hause kamen, war es in der Wohnung dunkel und still. Die Katze schlief bei Richter oder Tommi. Ich schloss die Tür hinter uns, stellte ein paar Regalbretter vors Fenster und schaltete den Fernseher ein, den Richter in der Zwischenzeit angeschlossen und auf einen Sessel gestellt hatte. Auf Viva tanzte eine Horde halbnackter Menschen mit den Armen in der Luft und Trillerpfeifen um den Hals um die Siegessäule herum, allerdings nicht live, es war dort noch hell.

Laura lehnte mit dem Rücken an der Tür und sah mich an. Ihr Brustkorb hob und senkte sich, die Augen waren dunkle Murmeln. Ich drehte den Ton leiser und ging auf sie zu. Sie roch nach Sonnencreme und Salz und Straßen und Staub. Ihr Körper glühte. Übervorsichtig tasteten wir uns aneinander heran. Ich konnte mich nicht erinnern, beim Sex jemals so aufgeregt gewesen zu sein, und empfand ein tiefes Gefühl von Erleichterung, als es endlich vorbei und kein totales Desaster gewesen war. Beim zweiten Anlauf, im Hintergrund flimmerte immer noch ein endloser Strom von Ravern durch die Straßen der Hauptstadt, fiel mit dem unnötig hohen Respekt vor der Situation auch unsere Schüchternheit von uns ab. Als wir anschließend nackt nebeneinander auf dem Bett lagen, fühlte sich für einen kurzen Moment alles an, als wäre es schon immer so gewesen. Ich schaltete den Fernseher aus, legte mich wieder aufs Bett und legte Laura meinen Arm um die Taille. Ich war schon halb weggedöst, als sie mir etwas ins Ohr flüsterte.

»Lass mal lieber wieder anziehen«, flüsterte sie. »Falls jemand reinkommt.«

*

»An den Schrebergarten-Spruch kann ich mich nicht erinnern. Ich glaube, ich habe da noch gar nicht mitgekriegt, dass bei euch was läuft. Zwischen Laura und mir schwang ja auch immer ein bisschen was mit, Geflirte halt, harmlos. Aber in Zandvoort, das war schon so ein Buhlen um ihre Gunst. Wer sitzt vorne neben ihr in der Ente, bei welchem Witz lacht sie am lautesten. Dann haben wir in Haarlem eine Karte gekauft und in unsere eigene Wohnung geschickt, mit einem Jungen, der hatte zwei Pommes in der Nase. Kennst du die noch? *Pommes gut, alles gut*, stand da drauf. Die hing lange am Kühlschrank.«

Wir sitzen vor einem Café in der Osnabrücker Altstadt und trinken Wein. Es war nicht einfach, Tommi zu erreichen. Er hat zur Zeit kein Handy und checkt so gut wie nie seine Mails. Was mich nicht unbedingt überrascht. Es freut mich sogar, dass die Zeit und der vielzitierte Ernst des Lebens seiner angenehmen Verspultheit nichts anhaben konnten. Heute allerdings wirkt er völlig neben der Spur. Er nuschelt, lässt Sätze und Gedanken ins Leere laufen und springt von einem Thema zum nächsten, so assoziativ, dass ein Analytiker seine helle Freude daran hätte.

»Interessant, die Fragestellung. Wie erinnert man sich, wie glaubt man, sich zu erinnern, und wie verändert sich das im Laufe der Zeit. Da fällt mir Alice Miller ein, oder Rimbaud, dieser eine berühmte Satz, wie ging der noch, egal. Aber deine Tagebücher, klar, das hat man mitbekommen. Die lagen da immer rum. Ich hab da nie reingeguckt, wirklich nicht. Aber das hilft ja, etwas erstmal in Worte zu fassen. Wie auch das Reden. Da merkt man oft erst, ach so, das denke ich also? Kann aber auch passieren, dass man den Moment gar nicht mehr wahrnimmt, sondern immer nur daran denkt, wie man das aufschreibt. Nachher oder heute Abend fallen mir bestimmt noch tausend Sachen ein, die ich dir hätte erzählen können. Also bei mir war das ja so, dass ich, äh … Warte mal, den Typen da, den kenn ich, ist das nicht … Kennst du den?«

Ich schaue mich um. Ein Mann mit einem Fahrradhelm auf dem Kopf schlendert an uns vorbei.

»Ach nee doch nicht«, sagt Tommi, »vertan.«

Ist er bekifft?

»Egal. Wo war ich?«

Er wirkt so, aber er sieht nicht bekifft aus. Das hat man immer sofort an seinen Augen gesehen, er schielte dann noch ein bisschen mehr.

»Ach so, ja: Ich kam da ja rein, in diese Clique. Für mich war Rheine die nächstgrößere Stadt, da wollte ich hin. Und dann komm ich da an, und ihr alle so: *Ich will hier weg!* Erst war ich der Neue, und dann war ich halt der verpeilte Typ, der ständig irgendwohin kotzt und so. Wo ich überall hingekotzt haben soll, so viel kann doch keiner kotzen! Und dann diese Härte. Dieses ewige Sticheln und Triezen, diese Faszination für Randale und Gewalt. Richter, wie er von einer Demo nach Hause kommt, ganz stolz, dass die Bullen ihn eingekesselt haben und er ihnen den Hitlergruß gezeigt hat, ›Wir wissen wohl, dass Sie nicht so drauf sind, Herr Richter, was sollte denn das!‹ So eine ganz andere Art. Bei mir war das nicht so. Ich kam nicht aus einem kaputten Elternhaus. Ich habe meinen Vater eher als Freund gesehen.« Tommi sammelt sich, schaut mir in die Augen, wie um sicherzustellen, dass ich ihm noch zuhöre. »Ich kann mich an eine Situation erinnern, da habe ich meinen Vater angemault, was ihm einfällt, mich einfach so zu besuchen, ohne vorher Bescheid zu sagen. Da meinte irgendwer, ›Ey, der ist doch nett, warum hast du den jetzt davongejagt?‹ Das tut mir heute noch weh. Ich weiß noch, wie meine Mutter das erste Mal bei uns in der Berninghoffallee stand und anfing zu heulen, ›Hier wohnst du also, in diesem dunklen Zimmer, es stinkt nach Nudeln, und da steht was mit *Schwule Zecken* an der Wand, und bei uns ist es so schön.‹«

Tommi lacht, dann wird er plötzlich still und schaut zu Boden. Wir nehmen jeder einen Schluck Wein. Eine junge Frau fragt, ob der Stuhl neben mir noch frei ist.

»Ja, und du«, sagt er, als die Frau sich den Stuhl genommen und damit zwei Tische weiter gesetzt hat, »du warst halt sehr im Arsch nach der Trennung. Um dich hat man sich sonst nicht gesorgt, du hast ja immer was gemacht, deinen Kram auf die Kette gekriegt und dein Ding durchgezogen, im Gegensatz zu vielen anderen. Zu dir hat man aufgeschaut, du warst einen Schritt weiter, umtriebig. Du musstest dann natürlich auch deinen Liebeskummer am meisten ausstellen. Dieses Geritze, und das Tattoo, dieses Herz in Bombenform. Hast du das eigentlich noch?«

»Hm«, sage ich, »irgendwie geht das nicht mehr weg.«

»So was kann man ja covern lassen. Schön ein Piratenschiff drüber oder so. Na ja. In dem Sommer wirktest du, als ob es innerlich brodelt. Verspannt. Kein Ventil. Du konntest besser Wut als Trauer zeigen. Oder ertragen. Du warst verschlossen, schweigsam. Und dann plötzlich wieder diese manische Energie. Das wirkte in dem Zusammenspiel oft unnahbar. Und dann steht man natürlich über den anderen. Gerade in einer Kleinstadt. Das kann dann schnell arrogant rüberkommen.«

»In meiner Wahrnehmung habe ich euch die ganze Zeit vollgeheult.«

»Überhaupt nicht. Du saßt da immer wie ein Häufchen Elend mit deinen Kladden und Zetteln und Weinflaschen und Platten, geredet hast du kaum. Aber interessant. Da merkt man auch, wie sehr das noch in einem ist, wie man in diesen Mustern gefangen ist, wie man denkt, dass der andere denkt, und so weiter.« Tommi kreist um ein Fazit, versucht sich an Resümees, beginnt zu bilanzieren, verliert sich dann wieder. »Es gibt ein paar Schlüsselsituationen, wo man sich fragt, wie man jetzt drauf wäre, wenn alles anders gekommen wär. Bei alten Fotos denke ich manchmal, Scheiße, gleiche Frisur, gleicher Gesichtsausdruck, gleich bekifft. Meistens ist es ja so, ab 30 ist es gegessen, Fixed Mindset, da kommt nicht mehr viel dazu. Ich hoffe, dass das bei uns nicht so ist. Du entwickelst dich weiter, erweiterst deinen Horizont. Aber ich würde auch gerne mal sagen können: ›Nee, ich bin nicht T Punkt Middelhaufe aus NRW, ich bin Enzo Stompanato aus Hanoi!‹ Da fällt mir ein, Richters Freundin ist doch Vietnamesin. Geht's denen gut, hast du von denen mal was gehört?«

Wir reden über Richter und seine Freundin und Vietnam und Südostasien, dann übers Reisen an sich, über Musik und Bands und neue Platten und Bücher, bis ich Tommi zurück nach 1999 hole.

»Gut, dass du immer wieder insistierst«, sagt er. »Ich schweife schnell ab. Ich denke so, Nagel der alte Haudegen ist in der Stadt und will mal wieder mit mir abhängen, aber du bist da mitten in diesem Projekt. Was willst du denn damit anfangen?«

»Ich weiß noch nicht, was ich damit mache.«

»Ja, glaub ich dir jetzt nicht, aber egal.«

Ich muss lachen. »Nein, echt, ich weiß es wirklich noch nicht.«

Beim dritten Glas Wein erfahre ich schließlich, was mit Tommi los ist. Seine Mutter ist vor zwei Wochen gestorben. Überraschend, im Krankenhaus. Und ich belästige ihn hier mit diesem Quatsch.

*

»Ich hab's ihm gesagt.«

»Wo bist du?«

»Telefonzelle.«

Ich nahm das Telefon mit ins Wohnzimmer, schloss die Tür und setzte mich aufs Sofa. »Was hast du ihm gesagt?«

»Dass ich nicht mehr mit ihm zusammen sein will.«

»Wie hat er reagiert?«

»Ich glaube, er hat damit gerechnet.«

»Von uns hast du ihm nichts erzählt?«

»Spinnst du? Das ist auch nicht wegen uns. Ich hätte das sowieso gemacht.«

»Aber er kann sich das doch denken, oder? Das mit uns?«

»Er hat keinen Schimmer. Er ist eifersüchtig auf Tommi.«

»Auf Tommi?«

»Ja. Hat gefragt, ob da was läuft.«

»Bei Tommi und dir?«

»Ja.«

»Und?«

»Ich hab gesagt, dass da nichts läuft, was denn sonst. Und dass ich trotzdem mit ihm befreundet bleiben will. Daraufhin meinte er, dass ich mit der Einstellung ja am besten mit dir zusammen sein könne.«

»Echt?«

»Echt. Was meint der damit?«

»Ach, wir hatten neulich mal so'n Gespräch an der Ems, wegen Nina und mir und allem«, wich ich aus. Mit meinen Ansichten zur konventionellen Zweierbeziehung wollte ich Laura jetzt nicht unbedingt kommen. »Willst du herkommen?«

»Lieber nicht.«

»Sollen wir uns irgendwo treffen, an der Ems, oder bei den Schrebergärten?«

»Ich glaube, es ist besser, wenn wir uns erstmal ein paar Tage nicht sehen.«

Wir sahen uns erstmal ein paar Tage nicht.

Ironischerweise verbrachte Laura nun, wo sie sich von ihm getrennt hatte, wieder viel mehr Zeit mit Sascha. Sie übernachtete sogar bei ihm. Es schien Sascha richtig schlechtzugehen, und ich fürchtete nichts mehr, als dass er sich ausgerechnet bei mir ausheulen wollte. So oft, wie ich ihn in den letzten zwei Monaten mit meinem Herzschmerz belästigt hatte, wäre das genauso wahrscheinlich wie legitim gewesen.

Eines Abends, ich hatte Laura überredet, mich kurz bei den Schrebergärten zu treffen, fragte ich sie, ob wir nicht endlich reinen Tisch machen und ihm alles erzählen sollten.

»Ich kann das nicht«, sagte Laura, den Rücken an die Laube gelehnt. »Noch nicht.«

Ich wollte sie zu nichts drängen, und insgeheim war ich froh, dass mir die Entscheidung so abgenommen wurde.

Sascha kam nicht zu mir, um sich auszuheulen. Stattdessen legte er sich bei Laura ins Zeug. Er machte ihr Geschenke, lud sie zum Essen ein, nahm ihr Mixtapes auf und färbte sich die Haare, erst blond, dann wieder rot, Straßenköter, schließlich ein seriöses Schwarz, und als all das nichts half, kam er eines Abends zu uns und flippte aus. Laura, Tommi und ich saßen gerade in der Küche und machten einen Salat, als es klingelte. Ich ging zur Tür. Ohne ein Wort zu sagen, stürmte Sascha an mir vorbei in die Wohnung, packte Laura an der Hand und zog sie hinter sich her ins Bad. So könne sie nicht mit ihm umgehen, schrie er, und dass er sie nicht mehr sehen wolle. Tommi und ich konnten durch die offenen Fenster jedes Wort mithören und sahen uns an, Tommi mit so einem seltsamen, wissenden Blick. Wir hörten, wie Sascha den Flur entlanglief, »SCHEISSE!« brüllte und die Haustür hinter sich zuknallte.

Sein Verhalten erschien mir unüberlegt und sprunghaft. Es sah doch jeder, dass er das nicht ernst meinte, dass er damit nur eine Reaktion von Laura provozieren wollte. Dann dachte ich an den Brief, den ich Nina geschrieben hatte, bevor wir nach Zandvoort gefahren waren, und mit dem ich genau das Gleiche hatte bezwecken wollen. Ich hatte sogar die unfassbar dämliche Aussage darin untergebracht, dass ich Nina nicht mehr sehen wolle, aber immer für sie da wäre. *Whenever you need somebody*, Rick Astley und so. Sie hatte sich auf diesen Brief nicht gemeldet. Warum, das hatte ich erfahren, als ich dienstagnachmittags zur Post gefahren war, um ein Päckchen abzuholen. Am Kontoauszugsautomaten lehnte, mit dem Rücken zu mir, eine junge Frau mit kurzen blonden Haaren und las. Nina. Sie hielt meinen Brief in der Hand. Wieso las sie den erst jetzt?

Ich war schon wieder an der Straße, dann ging ich nochmal rein. Ich stellte mich hinter sie und legte vorsichtig eine Hand auf ihre Schulter. Nina drehte sich um. Sie wirkte gar nicht überrascht. Als hätte sie mich erwartet. Mit Tränen in den Augen hielt sie mir den Briefumschlag vor die Nase: »Du hättest das wenigstens ausreichend frankieren können.«

Ich Idiot hatte nur eine 1,10-Briefmarke auf den Umschlag geklebt. Bei mehr als drei Seiten waren es 2,20, das wusste ich auch. Am liebsten hätte ich den bescheuerten Brief in den Müll geworfen. Nina nicht mehr sehen wollen, was für ein Unsinn, was hatte ich mir dabei gedacht? Und nun hatte sie für mein Gepöbel auch noch Porto nachzahlen müssen.

Wir nahmen uns in den Arm. Nina steckte den Brief ein und kam noch kurz mit zu mir, um sich die neue Wohnung anzuschauen. »Ich wünschte, ich hätte zwei Leben«, sagte sie beim Abschied. »Eins mit Timo, und eins mit dir.«

Und das hatte mich natürlich mal wieder total umgehauen.

*

Vor Björns Münsteraner Altbauwohnung verabschiede ich mich von ihm und Lars, den beiden ehemaligen Larrys, in der Hand einen Umschlag mit Fotos. Ich sage Björn, dass ich ihm die Bilder per Post zurückschicke, sobald ich eingescannt habe, was ich davon gebrauchen kann. Immer gut, am Ende eines Treffens eine konkrete Absprache zu haben, die baldiges Wieder-in-Kontakt-Treten in Aussicht stellt und allen Beteiligten ein vages *Bis bald* oder *Lass mal von dir hören* erspart.

Ich gehe die Treppen hinunter und trete hinaus auf die Wolbecker Straße, setze meine Sonnenbrille auf und schaue aufs Handy. Noch anderthalb Stunden bis zum Treffen mit Nadine. Anderthalb Stunden, in denen ich mir noch ein paar von den alten Randalevideos hätte anschauen können, die der kleine Larry, mittlerweile Cutter von Beruf, digitalisiert hat. Doch mein Kopf braucht eine Pause. Ich schreibe Nadine eine SMS, frage, ob wir uns statt in ihrer Wohnung auch irgendwo am Hafen treffen können, und gehe zum Kanal, dem Dortmund-Ems-Kanal, einem langweiligen Gewässer, das während der sechs Jahre in dieser Stadt zu meinem Substitut für die Ems wurde. Die Ems war damals das Einzige, was ich an Rheine vermisste, und wahrscheinlich gilt das bis heute. Ich achte darauf, ob etwas triggert, eine Brücke, ein Baum oder ein verblichenes Graffiti, doch ich nehme nichts mehr wahr. Das hier könnte überall sein.

Ich muss mit meinen Kräften haushalten. Noch etwas übrig lassen für die zwei Tage in Rheine, für die letzten Treffen, und vor allem für Laura. Immer der Versuch, mich zu entziehen, ohne dass sich jemand davon zurückgewiesen fühlt. Mit jedem Gang aufs Klo Zeit für Notizen abzwacken. Einen zu erledigenden Anruf als Vorwand nehmen, um das Wiedersehens-Momentum und die Gesprächssituation mal kurz zu verlassen. Mich auf jede Zugfahrt freuen, auf das Sitzen, nicht reden müssen, nur atmen, nachdenken, schreiben. Ständig die Angst, ungenügend zu sein und dabei erwischt zu werden. Nicht gut genug hinzuhören, nicht gut genug aufzupassen, mitzudenken, nachzufragen. Der Aufgabe nicht gewachsen zu sein, mich an dieser Sache zu verheben. Das Gefühl: Ich bin gerade noch aufmerksam genug, um zu merken, dass ich nicht so aufmerksam bin, wie ich gerne wäre. Mein ohnehin schon ausgeprägter Hang zur Selbstbeobachtung wird zu einem perfiden Überwachungsapparat, bei dem ich mir von außen dabei zusehen kann, wie ich mich meinen Gesprächspartnern anzupassen versuche, ihrem Duktus, ihrer Art, ihrem Vokabular. Will immer, dass sich alle wohl fühlen, will immer gut rüberkommen. Der ständige Versuch, Gemeinsamkeit herzustellen, Augenhöhe, Wellenlänge. Permanente Verschiebungen von Perspektive und Fokus, bei denen ich mich dem mir angebracht erscheinenden Tonfall annähere, wie ein Heizungsthermostat, das die Raumtemperatur reguliert.

Je mehr Leute ich treffe, desto chaotischer wird das Bild. Halbwahrheiten, Gerüchte, über die Jahre zu Mythen und Legenden aufgebauschte Stille Post. Immer mehr Verästelungen, Links und Querverweise entstehen. Lauter Namen von Personen werden genannt, die ich noch befragen sollte. Der eine ist für sein *Elefantengedächtnis* bekannt, eine andere hatte damals *immer eine Kamera dabei*, und dann gibt es noch diejenigen, die eher am Rand standen und dadurch angeblich *viel mehr mitgeschnitten* haben.

»Wir Extrovertierten, wir waren ja immer mit uns selbst beschäftigt«, sagt Nadine, als wir in der Dämmerung auf den Stufen am Hafenbecken sitzen, »aber die Menschen hinter der Kamera, das sind diejenigen, die sich alles merken!«

Ich habe den Überblick verloren.

Weiß nicht mehr, wonach ich eigentlich suche.

Kontrollverlust, verheddert in den Feedbackschleifen. Bestimmte Puzzlestücke fehlen weiterhin, bei manchen Fragen kann mir keiner helfen. Was sich dann anfühlt wie ein Fleck an der Wand, der verrät, dass an dieser Stelle mal ein Bild gehangen hat.

Eins dieser fehlenden Bilder könnte die *Fotosafari*-Band bei ihrer ersten und einzigen Probe zeigen, an einem Donnerstagabend Mitte Juli, in unserem Proberaum im HNH. Tommi am Schlagzeug, ich an der Gitarre, Laura am Bass. Laura hatte noch nie zuvor ein Instrument gespielt. Wir probierten zwei Ideen von mir aus. Tommi konnte sich daran erinnern, dass eins der beiden Riffs *ziemlich gelb* war, was auch immer das heißen soll. Ich fand es einfach schön, mal wieder laut Musik zu machen, und Laura schlug sich auch ganz gut. Das schließe ich zumindest aus den wenigen Worten, die ich nach der Probe in meinem Tagebuch notierte, in einer Klokabine des HNH, bevor Laura und ich weiterfuhren, um bei meinem Vater ein Autoradio für die Ente abzuholen: *Laura zum ersten Mal am Bass, mit der rechten Hand hapert's noch, hat aber Spaß gemacht.*

Dieser Satz ist das Einzige, was mir von der Probe geblieben ist. Die zwei oder drei Stunden im Proberaum müssen von den weiteren Ereignissen des Abends überschattet worden sein, bevor sie sich dauerhaft ins Gedächtnis einbrennen konnten.

*

Laura parkte am Eingang der Stadtwerke, direkt vor dem Pförtnerhäuschen. Es war kurz vor zehn. Mein Vater reckte seinen Kopf über die Computermonitore, erhob sich und kam zu uns heraus, einen flachen Karton in der Hand.

»Hallo Papa. Nachtschicht gerade angefangen?«

Mein Vater sah auf die Uhr. »Offiziell in einer Minute. Ich komm ja immer ein bisschen früher. Mag's nicht so auf den letzten Drücker.«

Bevor er die Stelle als Pförtner gefunden hatte, war er über zwei Jahre arbeitslos gewesen. Seitdem tat er alles dafür, dass ihm das nicht noch mal passierte.

»Das ist Laura«, sagte ich.

»Hallo Laura. Du brauchst ein neues Autoradio?«

»Ja«, sagte Laura, »meins macht immer Bandsalat.«

»Kenn ich«, sagte mein Vater, »das ist ein Scheiß, wenn du das hast.« Er lief um die Ente herum und ging in die Hocke. »Schöner Wagen. Die werden ja schon ein paar Jahre nicht mehr gebaut. Ist das eine Dolly?«

»Glaub schon«, sagte Laura.

»Welches Baujahr?«

»89.«

»PS?«

»Nicht so viel.«

Mein Vater lachte. Er stand auf, sah von Laura zu mir und wieder zu Laura und strich sich mit zwei Fingern über den Schnäuzer. Wahrscheinlich fragte er sich, ob sie meine neue Freundin war. Ich hatte am Telefon nur von *einer Freundin* gesprochen. Ich wusste, dass er nicht weiter nachhaken würde. Er hatte ja selbst ständig neue Freundinnen. Da kam man dann zu ihm, und im Wohnzimmer oder in der Küche stand irgendeine Frau, die einem als Doris oder Ingrid vorgestellt wurde und die übertrieben nett zu einem war, aber in welcher Beziehung sie und mein Vater zueinander standen, das wurde nie thematisiert. Die Frau war halt einfach da, und irgendwann war sie wieder weg, und dann fragte man vielleicht mal: »Was macht denn die Ingrid so?« – »Ach, die sehe ich gar nicht mehr«, und das war es dann.

Er zog das Radio aus dem Karton. Es war ein altes Blaupunkt. »Hat schon ein paar Jahre auf dem Buckel, das gute Stück. Läuft aber noch tipptopp. Soll ich euch das eben einbauen?«

Ich sah Laura an, doch die stand nur da und sagte nichts.

»Wir haben's etwas eilig«, sagte ich.

»Das geht ganz schnell.«

»Wir sind zum Grillen eingeladen.«

»Ich hab Schraubenzieher und Lüsterklemmen im Wagen, kann ich eben holen.«

»Danke, das ist nett, aber wir müssen echt weiter. Wir kriegen das schon hin.«

»Du mit deinen zwei linken Händen?«

»Ich hab schon mal ein Autoradio angeschlossen, Papa.«

»Mehr als anbieten kann ich es ja nicht.«

Er drückte Laura das Radio in die Hand.

»Und was wollen Sie dafür haben?«

Mein Vater winkte ab. »Lass mal stecken.«

»Wirklich?«

»Hatte ich noch so rumliegen.«

»Danke, das ist sehr nett.«

Ich sah Laura an. »Wollen wir dann mal?«

Laura nickte. Wir setzten uns in die Ente.

»Ich melde mich die Tage«, sagte ich zu meinem Vater. »Und danke nochmal.«

»Ja, danke«, sagte Laura.

»Gern geschehen.«

Laura setzte ein Stück zurück und wendete. Im Rückspiegel sah ich meinen Vater, wie er neben seinem Pförtnerhäuschen stand und uns nachschaute. »Du bist so lustig, wenn du mit Erwachsenen redest«, sagte Laura, als wir auf den Hörstkamp abgebogen waren. »So ganz anders.«

»Wie, *anders*?«

»Na ja, so schüchtern und …« Sie suchte nach dem passenden Begriff.

»Kurz angebunden?«, bot ich an.

»Ja, das auch, aber ich meine eher so …«

»Förmlich?«

»Genau«, sagte Laura. »*Förmlich* passt.«

Darüber dachte ich kurz nach. Vielleicht redete ich wirklich ein bisschen förmlich mit meinen Eltern. Wir fuhren am Jacobi-Krankenhaus vorbei und auf die Münsterstraße.

»Ich dachte schon, er fragt als Nächstes nach dem Hubraum«, sagte ich schließlich, um die Schwere zu vertreiben.

Laura lachte. »Aber echt nett von ihm.«

»Wie ist es denn eigentlich mit deiner Mutter?«

»Die seh ich ungefähr dreimal im Jahr«, sagte Laura. »Mein Geburtstag, ihrer, Weihnachten. Das mit Weihnachten würde ich allerdings gerne mal abschaffen.«

»Kann ich nur empfehlen«, sagte ich.

Wir hielten an der roten Ampel. Rechts von uns hing ein steinerner Jesus an seinem Kreuz und schaute aus moosbewachsenen Augen zu uns hinab.

»Jetzt direkt zu Schacke?«, fragte Laura.

»War doch der Plan.«

»Ich müsste noch was essen.«

»Das ist 'ne Grillparty.«

»Wir haben aber nichts zu grillen.«

»Man wird uns schon was abgeben.«

Nachdem nicht nur seine Beziehung zu Celina, sondern auch seine WG mit Celina, Richter und Sascha auseinandergebrochen war und es ihm an Mitbewohnern, Geld und Initiative für eine neue WG gemangelt hatte, war Schacke wieder bei seinen Eltern eingezogen. Zurück zu den Erzeugern, was für eine Schmach. Sascha hatte es zwar genauso gemacht, aber der hatte immerhin mit seinem Bruder eine Etage für sich, mit eigenem Eingang, während Schackes Eltern sein Zimmer in der Zwischenzeit zum Büro und Bügelzimmer gemacht hatten, weswegen er nun im Keller hauste. Ich hatte ihn seit unserem Auftritt in Quakenbrück nicht mehr gesehen. Überhaupt hatte ihn diesen Sommer kaum jemand zu Gesicht bekommen.

Einmal war ich bei ihm gewesen. Sein Zimmer war ein Loch. Niedrige Decke, Holzvertäfelung, kaum Möbel. Schackes Klamotten lagen auf einem Stapel in der Ecke, seine Anlage stand in einer Kinderzimmerschrankwand, die Plattensammlung lehnte an der Wand. Darüber hingen ein paar zerknitterte Poster, von denen die meisten schon in seinen beiden WG-Zimmern an den Wänden gehangen hatten, und vor dem Kellerfenster hing schlaff die alte Totenkopffahne, die er bei den Chaostagen in Hannover mal vom Boden aufgesammelt hatte. Auf dem Parkettfußboden lag ein durchgescheuerter Teppich, in der Ecke Schackes Matratze, davor standen unser alter Toaster, ein Teller, etwas Besteck und ein paar Lebensmittel. Er spielte seine obskuren finnischen Hardcore-Singles in einer Lautstärke, dass man seine wenigen genuschelten Sätze kaum verstand, rauchte eine streichholzdünne Kippe nach der anderen, und als der Beutel Schwarzer Krauser leer war, machte er sich daran, die Stummel aus dem randvollen Aschenbecher aufzureißen, die Tabakfetzen auf einer Untertasse zu sammeln und sich aus dem trockenen Haufen neue Zigaretten zu drehen. Schacke war nie der gesellige Typ gewesen, nun aber vegetierte er nur noch vor sich hin. Ein Abgeaschter, ein Erloschener, ein ausgebrannter Kellermensch. Am Ende meines Besuchs hatte er mich zu überreden versucht, ihm ein paar Platten abzukaufen, zu einem Spottpreis. Es wäre mir wie Leichenfledderei vorgekommen.

Der Gedanke, dass mein alter Kumpel tagein tagaus allein in diesem finsteren Verschlag herumhing und seinen Dämmerzustand mit schlechtem Pflanzen- oder echtem Speed von Pappen-Phil in eine absurde Wachheit hochpeppte, dabei immer wunderlicher wurde und zunehmend verwahrloste, war schwer auszuhalten. Ich machte mir ernsthaft Sorgen um den Jungen, gleichzeitig konnte ich ihn kaum noch ertragen. Wenn er mal unter Menschen ging, dann war er immer düster und abgefuckt, immer Provo, immer etwas too much. Dass Celina jetzt was mit Richter hatte, schien ihn noch tiefer ins Abseits zu treiben, doch Celina hatte ihm unmissverständlich klargemacht, dass sie darauf keine Rücksicht nehmen könne und er sich gefälligst am Riemen reißen solle. Als sie erfahren hatte, dass Schackes Eltern im Urlaub waren, hatte sie ihn zu der heutigen Grillparty im Garten überredet und diese praktisch im Alleingang organisiert. »Damit der mal schnallt, dass es Leute gibt, denen was an ihm liegt«, hatte sie gesagt und jeden Einzelnen von uns beschworen, auch wirklich zu erscheinen.

Als Laura und ich gegen halb elf am Haus von Schackes Eltern ankamen und ein gutes Dutzend Leute auf Plastikmöbeln im Garten saßen, verbuchte ich das bereits als Erfolg. In den offenen Wohnzimmerfenstern standen die Boxen der Stereoanlage, es lief der übliche Knüppelpunk. Auf dem Tisch standen Teller und Tupperdosen, Salate, Fladenbrot, Würstchen. Laura und ich machten uns die Teller voll, setzten uns auf zwei freie Plastikstühle, aßen und tranken unseren mitgebrachten Wein.

»Wo ist denn Tommi?«, fragte Celina.

»Wollte nachkommen«, sagte Laura.

»Nachkommen, ja genau«, stöhnte Celina.

»Ich hab den gerade noch kurz zu Hause gesehen«, sagte Richter. »Der fährt nach Osna, trifft sich da mit irgend 'ner Ollen.«

»Spalter«, sagte Celina. »Und Sascha?«

»In Potsdam«, sagte Laura. »Der guckt sich da ein paar Zimmer an.«

»Hab ich doch erzählt«, sagte Richter.

»Kann mir ja nicht alles merken«, sagte Celina.

»Und wo sind deine Ellis?« Die Frage kam vom kleinen Larry und war an Schacke gerichtet.

»Wer?«

»Deine Eltern? Du weißt schon, diese beiden älteren Typen, die auch hier wohnen, einer männlich, eine weiblich?«

»Du meinst Georg und Gabi«, sagte Schacke in seinem typisch emotionslosen Tonfall, bei dem man nie genau wusste, ob es sich um Abgeklärtheit, Desinteresse oder eine schlimme Depression handelte.

»Ge-org und Ga-bi, ge-nau die mei-ne ich.« Der kleine Larry schaute entgeistert in die Runde und schüttelte den Kopf. »Hallo?«

»Was weiß ich«, murmelte Schacke. »Nordsee oder Ostsee oder so.«

Na, der hat ja mal wieder eine Bombenlaune, dachte ich.

Die ersten Gäste hatten sich schon verabschiedet, als plötzlich ein Mann im Garten stand. Er war etwa Ende 40, Anfang 50. Backenbart, Meckischnitt, Jogginganzug, Hausschuhe. Er räusperte sich.

»Huch«, sagte der große Larry. »Wo kommen Sie denn her?«

»Das ist mein Onkel«, sagte Schacke.

»Wohnt der hier?«, wollte der kleine Larry wissen.

»Nebenan«, sagte Schacke.

»Ich bin Simons Onkel, ich wohne nebenan, und ihr seid ganz schön laut«, sagte Schackes Onkel.

»*Was* will der?«, fragte der große Larry Schacke.

»Was *willst* du«, sagte Schacke zu seinem Onkel.

»Ob das auch ein bisschen leiser geht, will ich wissen«, sagte der und warf einen Blick in Richtung Lautsprecher.

»Das ist leider nicht möglich«, sagte Schacke.

»Nicht möglich?«, wiederholte der Onkel.

»Nein. Das sind Terveet Kädet, die kann man nur auf dieser Lautstärke hören.«

»Irgendwann ist auch mal gut, Simon!«

»GENAU, SIMON!«, brüllte der kleine Larry und haute auf den Tisch. Eine Bierdose fiel um, rollte an den Rand und schepperte auf den Boden.

»Ich heiße nicht Simon, ich heiße Schabracke«, sagte Schacke.

Der Onkel sah entnervt auf sein Handgelenk, obwohl da gar keine Uhr war. »Es ist halb zwölf durch!«

Und Schacke, wie zu sich selbst, aber genau in die Stille zwischen zwei Songs: »Jetzt mach hier mal nicht den Aushilfsgeorg.«

Schallend wie eine Backpfeife erhob sich das Gelächter aus acht oder neun Kehlen in die laue Sommernacht, wo es sich mit dem nächsten Einminüter von Terveet Kädet aus Finnland vermischte. Schackes Onkel zog die Augenbrauen zusammen und streckte den rechten Zeigefinger in die Luft. Er versuchte, Autorität auszustrahlen, was ihm aber nicht gelang. Er war einfach zu soft, mit seinem Sportschau-Outfit, der Igelfrisur und diesem Bart, Typ ewiger Junggeselle, das Charisma einer Ersatzbank, pantoffelig und hüftsteif, ein Aushilfsgeorg eben. Schließlich drehte er sich um und verschwand hinter der Buchsbaumhecke, die die beiden Grundstücke voneinander trennte. Die Grillparty hatte sich bereits in Auflösung befunden, nun mussten aber natürlich alle noch ein bisschen bleiben, damit es nicht so aussah, als hätte Schackes Onkel zum Abbruch der Party beigetragen. Laura und ich tranken die zweite Flasche Wein. Eine 0,7-Flasche Jägermeister und ein paar Joints machten die Runde.

Richter und Celina verabschiedeten sich als Nächstes.

»Willst du mit?«, sagte Richter zu mir. »Wie bist du überhaupt hier?«

»Laura«, sagte ich. Das war zwar eine Antwort auf seine zweite, nicht aber auf die erste Frage. Die war schwieriger zu beantworten, denn ich wollte zwar auch gerne abhauen, aber weder Richter noch sonstwem auf die Nase binden, dass ich das viel lieber mit Laura tun würde. Die ja einen ganz anderen Heimweg hatte als Richter und ich.

»Ich glaube, ich darf nicht mehr fahren«, kam Laura mir mit einer Antwort zuvor.

»Fahrt doch bei mir mit«, sagte Richter. »Ich kann dich auch eben zu Hause absetzen.«

»Dann steht ja die Ente hier«, antwortete Laura.

»Na und, dann holst du die eben morgen ab.«

»Mit dem Bus, oder was?« Laura verzog das Gesicht.

»Ich kann fahren«, sagte ich.

»Echt?«, sagte Laura. »Das wäre super.«

»Müsst ihr wissen«, meinte Richter. »Ich will jetzt los.«

»Kein Problem«, sagte ich, womit ich Laura zu verstehen geben wollte: Mach dir keine Sorgen, ich werde dich und dein geliebtes Gefährt sicher von hier fortbringen, auf mich ist Verlass. Dass ich nicht mehr fahren durfte, war mir klar, aber es würde schon gehen, war ja nicht das erste Mal. Außerdem war es eine prima Lösung für die Übernachtungsfrage, denn so wäre es absolut plausibel, dass Laura die Nacht bei mir verbringen würde, falls Richter, Celina oder Tommi das mitkriegen sollten. Denn dass sie das würde, die Nacht bei mir verbringen, jetzt, wo Sascha nicht in der Stadt war, das hoffte ich doch sehr.

Die ersten zwei Kilometer waren kein Problem. Ich konnte mich sogar noch erinnern, wie man welchen Gang einlegt. Dann aber stand an der Kreuzung vor Bürobedarf Rohlmann plötzlich die Polizei hinter uns. Die Ampel schaltete auf Grün, ich fuhr los. Jetzt bloß nicht zu langsam fahren, dachte ich, das wäre ja total auffällig, doch dann übertrieb ich es mit dem Beschleunigen und geriet in der Kurve ein wenig aus der Spur.

»Was machst du denn da«, sagte Laura.

Ruckartig manövrierte ich die Ente zurück auf die rechte Fahrbahn. Diese Lenkung war aber auch ein Albtraum.

»Du fährst viel zu schnell!«

Ich schaute auf den Tacho. Er zeigte 70 km/h. Ich bremste ein wenig ab und sah in den Rückspiegel. Der Streifenwagen war ein Stück hinter uns, holte aber auf. Dann blinkte er und fuhr auf die linke Spur. Auf der Kardinal-Galen-Brücke scherte er vor uns wieder ein, dann sah ich auch schon das blaue Flackern auf dem Dach, dazwischen in rot die Worte: *BITTE FOLGEN.*

»Fuck«, sagte ich.

»Shit«, sagte Laura.

Hinter der Brücke bog der Streifenwagen in die kleine Straße ab, die runter zur Ems und zum HNH führte, und fuhr rechts ran. Ich parkte hinter ihm, direkt in der Kurve. Die Polizisten stiegen aus. Der Größere von beiden beugte sich zu mir herunter.

»Was sollte das denn werden?«

»Ja, tut mir leid«, antwortete ich durch das hochgeklappte Fenster. »Ist der Wagen meiner Freundin. Komisch zu fahren, so'ne Ente.«

Nun also doch: *Meine Freundin.* Das klang eindeutig besser als *eine Freundin*, allerdings hätte ich mir für diese Premiere eine schönere Bühne gewünscht. Und ein anderes Publikum.

»Revolverschaltung«, fügte ich hinzu und machte ein zerknirschtes Gesicht.

»Den Führerschein und die Fahrzeugpapiere bitte«, sagte der Polizist.

Laura reichte mir den Fahrzeugschein. Ich zog meinen Führerschein aus dem Portemonnaie und gab beides an den Polizisten weiter, der damit zum Streifenwagen ging. Sein Kollege blieb neben der Ente stehen. Ich wusste nicht, wo ich hinschauen sollte und wühlte sinnlos in meinem Hip-Bag herum, bis der Polizist zurück war und mir den Fahrzeugschein durchs Fenster reichte.

»Haben Sie was getrunken?«

»Nein.«

»Gar nichts? Nada?«

»Einen Wein. Zum Essen.«

Das war fast die Wahrheit. Laura und ich hatten uns bei

der Grillparty zwei Flaschen Wein geteilt, *ein Wein zum Essen* passte also, wenn man den Jägermeister danach als harmlosen Zerhacker unter den Tisch fallen ließ.

»Steigen Sie mal bitte aus.«

Ich öffnete die Fahrertür und stieg aus.

»Wir müssen Sie bitten, einmal zu pusten«, sagte der ältere Polizist. Er war einen Kopf kleiner als ich, hatte weißes Haar und eine schmale Brille auf der Nasenspitze. Er erinnerte mich an Dr. Snuggles, während der andere Polizist mich an überhaupt niemanden erinnerte, er war einfach ein Polizist, lang und hager, mit einem schwarzen Gerät in der Hand, das aussah wie ein Elektroschocker mit Display.

»Ganz neues Gerät«, sagte er stolz. »Sie sind der Erste, an dem wir das ausprobieren.«

»Das möchte ich nicht.«

»Wieso nicht?«

Ich zuckte mit den Schultern.

»Da enttäuschen Sie uns aber«, sagte Snuggles und legte die Stirn in Falten. Er sah tatsächlich ein wenig enttäuscht aus. »Der junge Mann will den neuen Dräger nicht testen«, sagte er zu seinem Kollegen.

»Hab ich gehört. Dann muss er eben zum Blutabnehmen mit auf die Wache.«

»Oder wir nehmen das alte Gerät.«

»Wieso dann nicht gleich das neue?« Die Frage vom Langen war an mich gerichtet.

Weil ein neues Gerät bestimmt nicht aufgrund seiner größeren Betrunkene-Autofahrer-Freundlichkeit angeschafft wurde, dachte ich, zuckte aber nur erneut mit den Schultern.

»Junger Mann, hat es Ihnen die Sprache verschlagen?«

»Ich möchte eben nicht.«

»Herrje«, sagte der Lange. »Also was denn nun: pusten oder mit auf die Wache?«

»Komm Richard, hol den anderen Tester und gut ist«, vermittelte Snuggles.

»Wer nicht will, der hat schon«, sagte der Lange, was ja nun wirklich überhaupt keinen Sinn ergab. Er ging zum Streifenwagen und kam mit einem anderen Gerät zurück. Es war etwas größer und cremefarben, wie diese Fernbedienungen, mit denen man am Krankenhausbett den Winkel der Rückenlehne verstellte.

»Schön gleichmäßig«, sagte der Lange, als ich meine Lippen um das Mundstück schloss und so sachte und kraftlos wie möglich hineinblies. »Weiter, weiter, weiter … So geht das doch nicht! Nochmal von vorne, und diesmal vernünftig, wenn ich bitten darf.«

Ich pustete nochmal, ein bisschen *vernünftiger* diesmal. Es bringt nichts, denen etwas vorzumachen, dachte ich resigniert, sie kennen die Tricks, da kann man nichts machen, da kann man jetzt nur noch hoffen.

Das Gerät piepte. Der Lange schaute auf die Anzeige und hielt sie erst seinem Kollegen, dann mir hin. *1.10*, stand auf dem Display.

»Gibt's doch nicht«, tat ich überrascht.

»Doch«, sagte der Lange.

»Sind Sie sicher, dass da nicht der Polizei-Notruf angezeigt wird?«

»Tja, Herr Nagelschmidt«, überging der Lange meinen müden Witz, »dann begleiten Sie uns bitte einmal auf die Wache.« Er beugte sich zu Laura herunter. »Und Sie, Frau …«

»Töllner«, sagte Laura.

»Haben Sie was getrunken, Frau Töllner?«

»Auch ein Glas Wein.«

Wie hoch müsste der Alkoholgehalt von Wein sein, dachte ich, um mit einem Glas auf 1,1 Promille zu kommen?

»Dann bitte auch einmal aussteigen und pusten.«

»Wieso denn sie?«, warf ich mich für Laura in die Bresche.

»Irgendwer muss schließlich das Kfz hier wegbewegen«, sagte der Lange. Er sagte wirklich Ka-Eff-Zett.

Ich sah mich um. Es war kaum noch Verkehr, doch er hatte recht, die Ente stand halb auf der Straße. Laura pustete. Bei ihr zeigte das Display 0,25 Promille an. Obwohl sie genauso viel getrunken hatte wie ich und bestimmt fünfzehn Kilo leichter war.

»Dann mal runter von der Straße«, sagte der Lange zu Laura, und zu mir: »Sie kommen bei uns mit.«

Laura setzte sich ans Steuer. »Ich parke hier irgendwo, dann komm ich nach«, sagte sie, und, flüsternd: »Scheiße, ich bin total breit.«

Ich ging mit den Polizisten zum Auto, setzte mich auf die Rückbank und wurde zum Polizeirevier in der Gartenstraße gefahren. Per Telefon rief Snuggles einen Arzt, der Lange nahm meine Personalien auf. Dann musste ich ihm in einen Nebenraum folgen, eine gerade Linie entlanglaufen und mir bei geschlossenen Augen mit dem Zeigefinger an die Nase fassen. Es war erniedrigend und völlig überflüssig. Wenn ich das richtig verstand, war allein der Bluttest entscheidend, wozu also dieser ganze Heckmeck?

Der Arzt kam nach einer halben Stunde und hatte es eilig. Er band mir den Oberarm ab und setzte die Spritze an. In mir zog sich alles zusammen, ich musste wegsehen, ich konnte nicht mal eine richtige Faust machen.

»Nun stellen Sie sich mal nicht so an«, sagte der Arzt. »Sie sind doch tätowiert.«

»Das ist was anderes«, zischte ich durch den Mundwinkel.

»Wer saufen kann …«, sagte der Lange und ließ mich mit dem Arzt allein, ohne seinen Satz zu beenden. Es piekste, ich kniff die Augen zusammen und zog die Luft tief durch die Nase ein.

»Das war's schon«, sagte der Arzt, nahm meine Hand, legte

mir ein Stück Watte auf die Finger und drückte sie auf die Einstichstelle. Er packte sein Köfferchen zusammen und zog ab.

»Ihren Führerschein behalten wir erst einmal hier«, sagte der Lange. »Das Ergebnis vom Bluttest ist in spätestens zwei Wochen da. Sie hören dann von uns.«

»Und bis dahin Hände vom Steuer«, mahnte Dr. Snuggles.

Laura saß auf den Stufen vor der Tür. Sie hatte an der Tanke eine Schachtel Gauloises geholt, zündete zwei Zigaretten an und reichte mir eine. Wir liefen zur Ente, die auf dem Commerzbank-Parkplatz am HNH stand. Es war genau eine Zigarettenlänge. Im Wagen war noch eine Flasche Wein. Ich entkorkte sie, nahm einen großen Schluck und reichte Laura die Flasche. Trinkend liefen wir zur Tiefen Straße. Tommi war nicht zu Hause. Richter und Celina lagen schon im Bett, waren aber noch wach. Ich setzte mich auf die Bettkante und erzählte ihnen, was passiert war.

»Wieso seid ihr Vollhorste auch nicht mit mir gefahren«, sagte Richter und sah dabei Laura an, die in der Tür stehen geblieben war. »Dann hättest du die Ente eben morgen abgeholt.«

»Bin ich jetzt schuld oder was«, schnaubte Laura.

»Das habe ich nicht gesagt. Übrigens war Sascha auf dem AB. Der ist heute schon aus Potsdam zurückgekommen und wollte wissen, wo du bist.«

Das saß. Laura drehte sich um, ging in den Flur, griff sich das Telefon und setzte sich damit in die Küche.

»Der Lappen ist weg, das ist ja wohl klar«, sagte Celina.

»Wenn beim Pusten schon 1,1 angezeigt wurden …«, stimmte Richter ihr zu. »Du bist anscheinend der Einzige, bei dem diese Dinger funktionieren. Tommi und mich haben sie bisher immer laufen lassen.«

»Fahren lassen«, verbesserte ihn Celina.

»Wer hat einen fahren lassen?«, sagte ich.

Richter lachte.

»Ihr seid so stumpf«, sagte Celina, dann musste auch sie lachen.

»Und was ist mit eurem Urlaub?«, wollte Richter wissen. »Wollt ihr trotzdem los, auch wenn du nicht fahren darfst?«

Ach ja, unser Urlaub. Daran hatte ich noch gar nicht gedacht. Hannes und ich hatten beschlossen, Anfang August nach Südfrankreich zu fahren und Guido zu besuchen. Robin überlegte noch, ob er mitkommen würde. Richter wollte uns seinen Kadett leihen. Oder ihn vielmehr für zwei oder drei Wochen tauschen, gegen die Transe, weil die zu viel Sprit schluckte.

»Muss ich mal Hannes fragen, was der meint. Würdest du uns den Wagen trotzdem leihen?«

»Na klar«, sagte Richter.

Ich trank den letzten Schluck aus der Flasche. Ich wäre am liebsten die ganze Nacht hier sitzen geblieben. Um mich abzulenken, um runterzukommen. Dass Laura immer noch telefonierte, verhieß auch nichts Gutes. Celina ließ ihren Kopf aufs Kissen fallen und sagte an die Zimmerdecke: »Können wir jetzt mal pennen? Ich muss morgen früh nach Münster, zur Arbeit.«

»Ich geh ja schon.«

Laura saß am Küchentisch. Die Haare hingen ihr ins Gesicht, im Aschenbecher qualmte eine Zigarette. Langsam stand sie auf und sah mich an. Ihr Kajal war verschmiert, sie hatte geweint.

»Ich muss gehen.«

»Wohin?«

»Sascha. Der ist total im Arsch.«

*

Roter Klinker, Satellitenschüsseln, rote Dachpfannen, schwarze. Eine Pferdekoppel, ein Sportplatz. Maschendraht, Wiesen, Felder, Wald. Je näher ich der Stadt komme, desto mehr steigt das Unbehagen. Ein Widerwille, eine körperlich spürbare Beklemmung. Garagen hinter Jägerzäunen, Kunststoffbalkonverkleidungen, nicht mehr ganz so neue Neubauviertel, Spielstraßen ohne Kinder. Anspannung im Nacken, in den Händen, im Kiefer. Seit ich vor 15 Jahren weggezogen bin, beschränken sich meine Besuche aufs Wesentliche. Meistens komme ich nur für eine Nacht, auf der Durchreise. Wieder Wiesen, wieder Felder. Parallel zu den Schienen die Bundesstraße, die in den Münsterlanddamm mündet. Der Zug wird langsamer. Der Bauhof, die Glasgroßhandlung. Für eine Sekunde sieht man rechter Hand unsere ehemalige Wohnung und die Kreuzung. Flintermann, Lammering, Eisen-Busch. Ich bin da.

Ich steige aus, gehe die Treppen runter, über die Straße, zum Busbahnhof.

»Da ist er ja, unser Berliner«, strahlt meine Mutter an der Haustür. Ihre übliche Begrüßung seit bald zehn Jahren. Ich höre immer auch: *Da ist er ja, unser Fahnenflüchtiger*. Volker ist übers Wochenende auf Kegeltour. Meine Mutter und ich setzen uns auf die Terrasse, trinken Kaffee, reden. Sie sagt, sie habe 1999 nicht viel von mir mitbekommen.

»Du warst ja so verschwiegen. Wenn ich gefragt habe, wie es dir geht, hieß es immer nur: ›Gut.‹ Was ich nicht immer geglaubt habe. Aber dir konnte man eh nichts sagen. Du warst dafür, dagegen zu sein.«

»Der Spruch hat mich immer extrem genervt.«

»Ich weiß. Aber so kam es mir damals vor.«

»Vielleicht war ich nur dagegen, immer dafür zu sein.«

»Ja, jetzt lachen wir darüber, aber damals? Das war eine schwierige Zeit. Auch für mich, so frisch getrennt, praktisch alleinerziehend.«

»Hast du mal heimlich in meinem Tagebuch gelesen?«

»Ja. Bin ich nicht stolz drauf, aber habe ich. Einmal. Oder zwei. Du hast mir ja manchmal Sachen zum Kopieren mit ins

Büro gegeben. Für dieses Heft, das du da gemacht hast, und Sachen für die Band, Songtexte. Das war alles so düster. So negativ. Erschreckend. Ich hab mir Sorgen gemacht.«

»Wann war das? Das mit dem Tagebuch.«

»Das weiß ich nicht mehr. Da warst du schon mit Nina zusammen. Die mochte ich ja. Die habe ich immerhin auch noch ein bisschen kennengelernt. Dann bist du ausgezogen, und wir haben uns kaum noch gesehen. Und du darfst auch nicht vergessen, du warst nicht der einzig Schwierige in der Familie.«

Mein Bruder sagt, er habe mit der Zeit abgeschlossen, er wolle auch ungern dorthin zurück, »weil alles so scheiße war«.

Meinen Vater kann ich nicht fragen, er ist vor acht Jahren gestorben. Ich vermisse ihn, jetzt auf einmal, sehr.

Ich parke den Wagen meiner Mutter unter den rostigen Streben der alten Kiesanlage, steige aus und laufe den zugewachsenen, ehemaligen Weg entlang, wische Zweige zur Seite und klettere über einen umgestürzten Baumstamm. Dann taucht vor mir der See auf, das Baggerloch, der Tümpel, an dem ich so viel Zeit verbracht habe. Die Kiesanlage steht noch, ist aber nicht mehr in Betrieb. Der Bagger liegt da wie eine korrodierte Skulptur, rostzerfressen und dem Verfall preisgegeben. Sieht aus, als hätte seit Jahren niemand hier gebadet. Als hätten Betreiber, Anglerverein und Freiluftblockwart am Ende gewonnen und die Hoheit über diesen Ort wiedererlangt, der seitdem der Stille und der Natur überlassen wurde. Sogar an der Stelle, wo der kleine Strand gewesen sein muss, geht das Gestrüpp bis ans Ufer. In der Ferne Windräder, auch sie stehen still.

Auf dem Hügel zum Maisfeld entdecke ich eine kleine Feuerstelle. Verkohltes Holz, dunkle Asche, drumherum Kippenstummel und Kronkorken, dreimal Beck's Gold, einmal Coca-Cola. Irgendwer kommt also doch noch her, und irgendwie freut mich das.

Ich rauche eine Zigarette und mache ein paar Fotos, dann kämpfe ich mich durch hüfthohes Gras zurück zum Wagen. Erst jetzt sehe ich das verwitterte Schild neben der Kiesanlage: *Laut Planfeststellungsbeschluss des Kreises Steinfurt vom 16. 12. 1996 ist eine Bade- und Freizeitnutzung im Bereich des Baggersees untersagt. Der Betreiber.*

Mit der Melodie von *Smells Like Teen Spirit* im Kopf fahre ich zurück in die Stadt.

Ich hatte vor, am Commerzbank-Parkplatz neben dem HNH zu parken, doch die enge Straße, in der ich das erste Mal meinen Führerschein abgeben musste, ist abgesperrt. Es gibt auch kein Hans-Niermann-Haus mehr. Das Jugendzentrum, in dem sich unser Proberaum befand und in dem ich bis 1998 Konzerte veranstaltet habe, ist schon seit Jahren geschlossen. Mittlerweile wurde das Gebäude abgerissen, mitsamt allen umliegenden Gebäuden und dem Parkplatz, um Platz für ein neues Einkaufszentrum zu schaffen. Obwohl es in dieser Stadt gleich mehrere halbverwaiste Einkaufszentren gibt. Die Bauarbeiten sind im vollen Gange. Am Bauzaun Werbetafeln vom Stadtmarketing, das Porträt eines älteren Herren mit weißem Schnurrbart, *Ich mache Zeitreisen*, steht darüber, und unten, kleiner: *Wenn ich Geschichten von Rheine erzähle, wird für meine Zuhörer Kultur lebendig.*

Ich fahre ins Parkhaus und gehe zu Fuß in die Innenstadt. Vor einer Eisdiele steht ein ehemaliger Mitschüler von mir, er schimpft mit seiner kleinen Tochter, die ihr Eis hat fallen lassen. Wie müde er aussieht, wie abgekämpft und vom Alltag zersiebt. Er hat mich nicht gesehen. Mit gesenktem Kopf gehe ich an ihm vorbei, starre dabei auf mein iPhone, dieses praktische Beschäftigungssimulationsgerät, und betrete die Buchhandlung Eckers, den letzten inhabergeführten Buchladen der Stadt. Neben der Kasse gibt es eine kleine Westfalen-Abteilung. Ich kaufe eine DVD, *Bewegte Streiflichter, 100 Jahre Stadtgeschichte Rheine*, und ein Buch, *Rheine – wie es war, wie es ist*, herausgegeben vom Heimatverein. Das Buch enthält über 300 alte Bilder von Straßen, Plätzen und Gebäuden, darunter jeweils ein aktuelles Foto aus gleicher Perspektive. Es ist eine Anklageschrift.

Den Falkenhof plattzumachen und das historische Gebäude durch eine Softeisbude mit großem Parkplatz zu ersetzen, erschien uns damals als eine wenig anschlussfähige und deshalb geniale Forderung. Nach einem genaueren Blick auf die städtebaulichen Maßnahmen der letzten Jahrzehnte muss ich mir eingestehen, dass die Berninghoffarmee in diesem Punkt gar nicht so weit von der tatsächlichen Politik dieser an Nachkriegsbausünden nicht eben armen Stadt entfernt war. Ich dachte immer, Rheine sei im Zweiten Weltkrieg völlig zerbombt worden, wegen der Eisenbahnstrecke, dem Rangierbahnhof, dem Kanal, der Industrie und dem Fluglandeplatz der Wehrmacht. So war es auch, doch nach dem Krieg standen noch einige schmucke Gebäude, die von den Sechzigern bis heute nach und nach abgerissen und durch ein wildes Potpourri an geschmacklosen Zweckbauten ersetzt wurden. Ist mir damals schon aufgefallen, was für eine architektonische Beleidigung diese Stadt ist? Oder habe ich es als gegeben wahrgenommen und nicht weiter beachtet?

Ich gehe die Tiefe Straße hinunter, am mexikanischen Restaurant und dem Falkenhof vorbei, frage mich noch, was für ein Laden sich wohl mittlerweile im Emsschlösschen befinden mag und ob sie den Namen behalten haben, dann bleibe ich verdutzt stehen: Das Haus ist weg. Es wurde durch ein neues Gebäude ersetzt. Ein recht unansehnliches, natürlich.

In *Auf der Suche nach dem Gedächtnis*, einer Dokumentation über den Hirnforscher Eric Kandel, sucht Kandel mit einem Filmteam die Wohnungen in Wien und Brooklyn auf, in denen er als Kind gelebt hat. Musst du mit deinen ehemaligen Wohnungen auch machen, dachte ich, als ich vor ein paar Wochen aus Zesch am See zurückkam und mir den Film anschaute.

Das Haus in der Berninghoffallee hat einen neuen Anstrich, zwei Farbtöne, blassrosa und schweinchenrosa. Es gibt auch ein neues Dach, ein spitz zulaufendes. Der Schornstein, hinter dem Nina und ich damals saßen, als wir von Schacke beim Lesen der Happy Weekend erwischt wurden, ist nicht mehr zu sehen. Im Erdgeschoss, wo früher das Staelskotten-Eck war, befindet sich nun eine Pizzeria.

Die Haustür steht offen. Ich gehe die Treppen hoch in den zweiten Stock und drücke auf die Klingel. Der Klingelton kommt mir nicht bekannt vor, auch die Wohnungstür nicht. Neben der Fußmatte stehen Schuhe, doch es macht niemand auf. Ich gehe runter auf die Straße und drehe eine Runde durchs Viertel, zur Ems, auf die Soldatenbrücke und an den Bahnschienen entlang zurück zum Haus, wo ich erneut die Treppen hochsteige und klingle. Diesmal wird mir geöffnet. Ein junger Mann, kaum älter als ich es damals war.

Ich erkläre ihm, dass ich hier mal gewohnt habe, vor 16 Jahren, ob ich mir mein ehemaliges Zimmer einmal ansehen dürfe. Ich versuche, dabei genauso charmant zu sein wie Eric Kandel. Gelingt natürlich nicht, niemand ist so charmant wie Eric Kandel. Dafür stehen hinter mir immerhin keine Leute mit Kamera und Tonangel. Der junge Mann wirkt dennoch überrumpelt. Misstrauisch mustert er mich, schließlich nickt er zögerlich und tritt einen Schritt zur Seite.

Mein ehemaliges Zimmer ist jetzt das Wohnzimmer. Eine Sofagarnitur, ein flacher Tisch, neben der Tür ein Sideboard und ein Plasmafernseher, damit ist der Raum voll. Hatte ich viel größer in Erinnerung. Die Wände sind blütenweiß, kein Schimmel. Das neue Dach, nehme ich an. Auf dem Sofa schläft ein kleines Mädchen, in der Küche steht mit dem Rücken zu mir eine junge Frau. Der Mann ist in der offenen Wohnungstür stehen geblieben.

»Wird die Ampelanlage an der Kreuzung nachts noch immer ausgeschaltet?«

»Ja.«

»Und blinkt dann so orange?«

»Ja.«

»Schön. Oder?«

Ausdruckslos starrt er mich an.

»Und im Erdgeschoss war ja früher eine Kneipe, das Staelskotten-Eck. Seit wann ist denn die Pizzeria da drin?«

»Das weiß ich nicht.«

»Und der Vermieter, ist das noch der Herr Özkan?«

»Nein.«

»Nein?«

»Nein. Der heißt anders.«

»Ach so«, sage ich, werfe noch einmal einen Blick aus beiden Fenstern, auf die Kreuzung und den Bahnübergang, und wende mich zum Gehen.

»Wir sind hier letztes Jahr erst eingezogen«, sagt der junge Mann entschuldigend, nachdem er einen Schritt zur Seite getreten ist und mich durch die Tür gelassen hat.

In den Straßen von früher läuft man nie wieder als Sechsjähriger, schreibt Douwe Draaisma, niederländischer Geschichtsprofessor und Autor mehrerer Bücher über das Vergessen.

In seinem ersten WG-Zimmer steht man nie wieder als Anfang-20-Jähriger, füge ich in Gedanken hinzu, als ich die Treppen des gekachelten Hausflurs hinuntergehe.

Abendessen im Eschendorf-Grill. Hier haben Nina und ich mal die Bestellung »Ich krich 'ne C-Wurst Pommes Schranke und noch 'ne Frike für die Ische« vernommen. Heute gibt es eine große Pommes Jägersoße Majo. Schmeckt nach Jugend.

Zurück in die Innenstadt, zu Fuß jetzt. Ich mache Fotos von Kreuzungen, Geschäften, Gebäuden und Bäumen, schreibe meine Kladde voll und durchschreite die Straßen wie die Kulissen eines Films, dessen Drehbuch gerade erst geschrieben wird. In die Fußgängerzone, dann runter zur Ems, zur Stadthalle, zum Mitteldamm und über die Brücke, an der Kirche vorbei, über den Marktplatz zum Borneplatz. Am liebsten hätte ich eine Helmkamera, die das alles für mich aufzeichnet.

Die Stadt wird zum Untersuchungsgegenstand, zum Schauplatz, zur Location. Dadurch halte ich sie mir vom Leib, stelle eine neue Verbindung her und versuche, einen anderen als reflexhaften Zugang zu ihr zu finden. Mein Sarkasmus ödet mich an, das Lustig- und das Niedermachen, das ich fast zwei Jahrzehnte lang ausgiebig betrieben und geradezu kultiviert habe. Denn über Rheine zu lästern, das ist wie auf einen am Boden Liegenden einzutreten. Hier hängt man nicht mehr dosenstechend an der Ems herum. Es werden auch keine Autos mehr gebaut. Sogar die Bundeswehr, damals einer der größten Arbeitgeber, hat das Feld geräumt. Diese Stadt ist so was von Easy Target, und ich möchte es mir in meiner Verachtung nicht allzu gemütlich machen.

Die noch existierenden Läden abklappern. Geht schnell. Nicht nur das Staelskotten-Eck und das Emsschlösschen haben aufgegeben, auch Harry's Pinte, die Kleine Kneipe und die Tenne sind längst geschlossen. Bleiben das Café Louie, die Trinkhalle und das Roxy.

Im Louie covert eine Band Neil Young. *Keep on rockin in the free world.* Metalsound, Rückkopplung, Trockennebel. Ralf, der Chef, sitzt wie festgewachsen auf seinem Stammplatz zwischen Flipper und Tresen. Grau ist er geworden. Ich bestelle einen Weißwein. Die junge Kellnerin durchsucht den Kühlschrank und hält eine Flasche Frascati hoch: »So was?«

Ich trinke meinen Wein an der Bar, entdecke ein paar bekannte Gesichter. Gesichter von Menschen, an die ich nicht mehr gedacht habe, seit ich sie zuletzt gesehen habe. Der Nebel sammelt sich unter der Decke, als wollte er die Rauchschwaden imitieren, die dort einmal hingen. Niemand spricht mich an. Ich lasse den Blick ins Leere gleiten, stelle mir die Anfang-20-Jährige Nina vor, wie sie mit einem Tablett durch den Raum läuft, und mich, wie ich hinten in der Sitzecke kauere, vor mir ein Pernod-Cola und ein Fladenbrot mit Zaziki, die sie mir gerade gebracht hat, für lau. Dann wird geklatscht, der Song ist zu Ende. Ralf steckt zwei Finger in den Mund und pfeift und hebt sein Weizenbierglas zum Gruß Richtung Bühne. Aus dem Flipper hinter mir ertönt eine Frauenstimme, »*Yes! Yes!*«, stöhnt sie, jemand hat einen Extraball gewonnen. Die Musiker stimmen ihre Instrumente, trinken, beginnen den nächsten Song. Ich zahle und verlasse den Laden, gehe am Bahnhof vorbei, überquere die Straße und rauche vor der Trinkhalle eine Zigarette. Plötzlich steht André vor mir: »Ganz schön pünktlich, der Herr!«

Wir sind eigentlich für morgen Mittag verabredet, doch wo wir schon mal hier sind, holen wir uns was zu trinken und setzen uns draußen an einen Tisch, wo ich ihm meine Fragen stelle. André ist nie aus Rheine weggezogen. Um nahe bei seiner Tochter zu sein, die jetzt auch schon 14 oder 15 sein müsste. Es geht hauptsächlich um unsere Arbeit in der Holzdekofirma. Dass ich auf dem Lager mal ein Glas Korn mit Wurstwasser getrunken habe, stimmt also wirklich, André saß direkt daneben, »Ich hätte fast gekotzt«, er lacht. Die Firma ist damals noch ein paar Jahre gewachsen, bevor sie mit der Trennung von Jörg und Sabine vor die Wand gefahren wurde. André und Bernd schafften rechtzeitig den Absprung, die Russen blieben bis zum bitteren Ende. »Eugen und Jakob laufe ich immer mal wieder über den Weg, die haben neue Jobs gefunden, denen scheint's ganz gut zu gehen. Und Artur … na ja, das hast du ja noch mitbekommen.«

Artur hat sich in einer Gartenlaube erhängt, vor fast 15 Jahren, hochverschuldet.

André gibt mir Bernds Telefonnummer, ich schreibe ihm gleich eine SMS. Bernd antwortet umgehend, wir verabreden uns für den nächsten Vormittag beim Knatterdrom in Reckenfeld.

Ich schaue auf die Uhr. Halb eins.

»Ich muss noch ins Roxy«, sage ich.

»Du willst in die Hölle?«

»Nur kurz.«

»Alleine?« André verzieht das Gesicht. »Habt ihr keine besseren Clubs, da in eurem Berlin?«

»Darum geht's nicht«, sage ich, den Unterton ignorierend. »Komm doch mit.«

»Nee, lass mal …«

Es sieht noch genauso aus wie früher. Bisschen indirekteres Licht vielleicht. Heute gibt es kein Chartsprogramm, sondern die *Trosse-Rockt-Party*, benannt nach dem Rockschuppen Albatros, in dem Nina und ich unsere Hosen zurückgetauscht haben und ein Paar wurden, und der Mitte der Neunziger abgebrannt ist. Jetzt: *Highway To Hell*. Ich hole mir etwas zu trinken, verdrücke mich in eine Ecke und mache mir Notizen. Auf der Tanzfläche ein paar Rockfans mit schütterem Haar, drumherum junge Frauen mit Clutch unterm Arm, die unsicher oder gelangweilt an ihren Strohhalmen saugen. *Paradise City*, *Wonderwall*. Ich komme mir vor wie ein unseriöser Strolch, so ganz alleine mit dem Stift in der Hand aus der dunklen Ecke heraus die Leute beobachtend. Dem DJ bin ich auch schon aufgefallen, er wirft mir immer wieder neugierige Blicke zu. Ich verziehe mich auf den Balkon, zünde mir eine Zigarette an, lehne mich an die

Brüstung und betrachte das im Jahr meiner Geburt gebaute Rathauszentrum, ein brutalistisches Ufo, in dessen Erdgeschoss sich die sogenannte *Mall* befindet. Bei uns zu Hause sprach man das Wort deutsch aus, wie *Knall* oder *Fall*. Seit Hertie ausgezogen ist, steht die Mall zur Hälfte leer.

Ich lasse meinen Blick über die Matthiasstraße schweifen und warte darauf, dass etwas passiert. Es passiert nichts. Es fühlt sich an, als würde mir ganz langsam ein Pflaster von der Haut gezogen. Ich muss an einen MAD-Cartoon denken, in dem eine Mutter ihrem Kind nahelegt, das Pflaster nicht langsam, sondern lieber schnell und mit einem Ruck abzureißen, worauf das Kind sich mit dem Pflaster zwei würfelförmige Fleischstücke aus dem Arm reißt. Es war einer meiner Lieblingscartoons und vermutlich einer von denen, über die Sascha und ich uns damals in meinem Zimmer so beömmelt haben. Ich sehe die erschrockenen Gesichter von Mutter und Kind vor mir, höre Saschas Lache und frage mich, ob es seine damalige oder seine heutige Lache ist und ob es da überhaupt einen Unterschied gibt. Sascha, der Doktorand und USA-Stipendiat, den ich leider erst in ein paar Wochen zu all dem befragen kann.

Drinnen läuft jetzt *Song 2* von Blur. »Woo-hoo!«, schallt es aus drei oder vier Kehlen auf den Balkon, als der DJ an den entsprechenden Stellen die Regler runterzieht.

Ich mache Zeitreisen, denke ich, schnippe meine Zigarette auf die Meile, trinke das Glas aus und gehe.

»Stempel?«, fragt der Türsteher, als ich die Hölle 25 Minuten, nachdem ich gekommen bin, wieder verlasse.

»Nicht nötig.«

»Wenn du zurückkommst, musst du noch mal zahlen.«

»Danke, ich komme nicht zurück«, sage ich und mache mich auf zu den Schrebergärten.

*

Am Samstag bekamen wir endlich die Wand, die aus dem großen Zimmer zwei machen sollte. Vormittags fuhren Richter, Tommi und ich mit der Transe zum Baumarkt. Oli hatte uns am Telefon eine Einkaufsliste durchgegeben.

- *Rigipsplatten für insgesamt 10 × 6 Meter*
- *Aluprofile (4 × U à 2,50 Meter, 8 × C à 3 Meter)*
- *Gipskartonschrauben (die schwarzen mit selbstbohrender Spitze)*
- *Glaswolle (nicht zu wenig!)*
- *Türzarge*
- *Türblatt*
- *Dichtungsband (ca. 5 Meter)*
- *Spachtel*
- *Spachtelmasse*
- *Fußleisten*
- *Haftgrund*
- *Kleister*
- *Kleisterpinsel*
- *Tapete*

Wir wählten von allen Materialien die billigste Variante und zahlten genau 498 Mark.

»Ganz schön happig«, meinte Tommi an der Kasse.

»Geht eigentlich noch«, sagte Richter.

»Ich habe auch mit mehr gerechnet«, sagte ich, obwohl ich überhaupt keine Ahnung hatte.

»Ätzkan soll uns gefälligst mal die Kaution zurückzahlen«, sagte Richter.

»Wolltest du dich nicht längst drum gekümmert haben?«, fragte Tommi, an mich gewandt.

»Hab ich doch schon.«

»Und warum passiert da nix?«

»Hat wohl gerade nicht top-prio bei ihm«, sagte Richter zu Tommi.

»Was soll das denn heißen«, sagte ich, doch Richter schob bereits den Einkaufswagen Richtung Ausgang. Worüber ich froh war. So genau wollte ich es gar nicht wissen. Tommi und ich klemmten uns die Rigipsplatten unter den Arm und folgten ihm nach draußen. Nachdem wir die Einkäufe im Innenraum der Transe verstaut hatten, ging ich automatisch zur Fahrerseite. Richter folgte mir und hielt den Autoschlüssel in die Luft: »Soll ich nicht lieber wieder fahren?«

Oli und Hannes warteten schon vorm Haus, als wir vorfuhren. Oli arbeitete als Schlosser bei Ford in Köln und war in so ziemlich allen Dingen begabt, in denen ich eine komplette Niete war. Hämmern, schrauben, sägen, schweißen, drechseln, hobeln, verkabeln, verlegen, verdrahten, schleifen, leimen, meißeln, lackieren, bohren, flexen – mein Vater hatte ja recht gehabt, als er von meinen zwei linken Händen sprach. Wir gingen nach oben. Oli hatte einen Werkzeugkoffer und eine Tüte voller Winkel, Schrauben und Dübel dabei, Hannes die heutige Ausgabe der Münsterländischen Volkszeitung.

»Du hast's mal wieder ins Käseblatt geschafft!«, sagte er und schlug den Lokalteil auf.

Betrunkener Autofahrer musste pusten, war die Überschrift eines Achtzeilers auf der zweiten Seite.

»Leider ohne Namensnennung«, sagte Oli.

»Schade«, sagte Richter.

»Deine Mutter wäre so stolz auf dich«, sagte Tommi.

»Sollen wir dann mal anfangen?«, sagte ich.

Zu fünft bauten wir die Wand auf, wobei die Aufgabe von Tommi und mir darin bestand, den anderen die Werkzeuge zu reichen und ansonsten möglichst wenig im Weg herumzustehen. Es war wahnsinnig heiß. Wir hatten die Katze in Tommis Zimmer gesperrt und für Durchzug gesorgt, alle Fenster und die Wohnungstür standen weit offen, trotzdem liefen uns Schweißbäche wie dicke lange Würmer über die nackten Oberkörper. Am späten Nachmittag stand die Wand, die Fugen waren verspachtelt und abgeschliffen, Oli wollte die Tür einsetzen. Er verdrehte die Augen und fing an zu lachen.

»O Mann.«

»Was ist?«

»Ihr Experten habt die falsche Tür gekauft.«

»Wieso?«

»Falsche Anschlagsrichtung, ihr Eumel!« Er zeigte auf die Türangeln. Statt nach außen ging die Tür nach innen auf, an der Zarge war es umgekehrt.

»Mist«, sagte ich, »gar nicht drauf geachtet. Hat Obi noch auf?«

»Samstags nur bis sechs«, brummte Richter, dem das Ganze sichtlich peinlich war.

»Es ist kurz nach«, sagte Tommi.

»Tja, dann bleibt das hier wohl erstmal der Loch-in-der-Wand-Club«, sagte Hannes und lachte schadenfroh.

Wir räumten das Werkzeug zusammen, saugten den Staub vom Teppich und arrangierten das Sofa, den Tisch, die Sessel und den Fernseher. Danach fuhren wir mit der Transe zum Baggerloch. Neben der Kiesanlage am Waldweg parkte die Ente. Laura saß mit Sascha am Wasser. Ich hatte nichts von ihr gehört, seit sie Donnerstagnacht nach der Sache mit dem Führerschein zu Fuß zu Sascha gegangen war, und wie sie da nun nebeneinandersaßen, hätte man meinen können, dass zwischen den beiden alles wie immer war.

Wir gingen ins Wasser und schwammen uns den Staub und den Schweiß und das fiese Jucken der Glaswolle vom Körper. Anschließend fuhren wir zurück in die Tiefe Straße. Laura und Sascha folgten uns in der Ente. Wir hielten an der Tanke und am Eschendorfer Grill und setzten uns mit unseren Pommesschalen und Getränken ins neue Wohnzimmer.

»Bleibt das so?«, fragte Sascha mit Blick auf die neue Wand.

»Mit ohne Tür?«, erwiderte ich gereizt. »Natürlich bleibt das so. Privatsphäre abschaffen, Kommune 1 und so, kennst uns doch.«

»Die Wand, meine ich. Bleibt die so ... so hässlich und grau?«

»Wir wollen gleich tapezieren«, sagte Richter. »Kannst ja mithelfen.«

»Mach ich glatt«, sagte Sascha, der mir gegenüber schon mal erwähnt hatte, dass er tapezieren *irgendwie geil* fand, doch daraus wurde nichts, denn der Abend entwickelte sich zu einer spontanen und unangekündigten Einweihungsparty. Erst kam Celina, kurz nach ihr kamen die Larrys, dann Theresa und Wiebke, dann der Grüne und ein paar der Tommianer, Nadine, mein Bruder Benni und immer mehr Leute. Das Bad war ständig besetzt, im Kühlschrank stapelten sich die Flaschen, und irgendwann stand ein altes Klo auf dem Küchentisch, das jemand auf der Straße gefunden und hierhergeschleppt hatte. Die Larrys machten sich einen Spaß daraus, vom Wohnzimmertisch aus Kronkorken, Kippenstummel und plattgehauene Insekten in mein Zimmer zu schnippen, die der immer noch grotesk verschorfte Rot-Grüne als Torwart mit einem Tischtennisschläger in der Hand abzuwehren versuchte, bis die Larrys sich wegen irgendwas in die nichtvorhandenen Haare kriegten und der kleine Larry dem großen mit einer Backpfeife die Brille von der Nase schlug. Aus meinem Zimmer beschallten Rocket from the Crypt die halbe Wohnung, in der Küche lief das Eighties-Mixtape von Sascha und Laura, aus Tommis Zimmer schepperten die neuesten Proberaumaufnahmen von Regalmeterquadrat in den Flur, wo sich alles mit den Stimmen und dem Gelächter zu einer irren Sinfonie vermischte.

Als ich in mein Zimmer ging, um die Platte umzudrehen, kam Sascha mir hinterher. Im Türrahmen blieb er stehen.

»Und?«, sagte er. »Schläfst du hier heute wieder mit meiner Freundin?«

Ich erstarrte.

Nein, ich hatte mich nicht verhört.

Zum Glück stand ich gerade mit dem Rücken zu ihm. So langsam wie möglich pustete ich den Staub von der Nadel und legte sie vorsichtig in die Rille. Eine jaulende Gitarre, ein Trommelwirbel. Ich drehte mich um. Sascha stand da und grinste. Er erwartet keine wirkliche Antwort, dachte ich, er will nur sehen, wie du reagierst. Ich reagierte gar nicht, dank Robin, der gerade gekommen war und Sascha mit einem angedeuteten Haken in den Magen begrüßte.

»Was soll denn das sein«, rief er mit Blick auf den türlosen Rahmen.

»Der Loch-in-der-Wand-Club«, antwortete ich und überging so Saschas doppeldeutige Frage wie einen schlechten Scherz.

»Ihr solltet das so lassen«, meinte Robin. »Einfach ein Brett in die Tür schrauben und hier Cocktails verticken.«

»Das würde dir so passen. Will jemand was trinken?«

Ich quetschte mich an den beiden vorbei und ging in die Küche. Sascha und Robin folgten mir, blieben aber im Wohnzimmer bei Tommi und Theresa hängen. Laura stand vorm Kühl schrank, sie mixte sich gerade einen Wodka-O. Ich stellte mich neben sie und zog einen Beutel Eiswürfel aus dem Tiefkühlfach.

»Sascha hat mich gerade gefragt, ob ich hier heute wieder mit seiner Freundin schlafe«, murmelte ich in die offene Kühlschranktür.

»Was hast du geantwortet?«

»Nichts.«

Laura hielt mir ihr Glas hin. Ich drückte ein paar Eiswürfel hinein, ein Tropfen O-Saft spritzte auf ihre Hand. Sie leckte ihn vorsichtig ab und sagte: »Ich bin nicht mehr seine Freundin. Er checkt das nur noch nicht so ganz.« Dann drehte sie sich um und stellte sich zu den anderen in den Flur. Den Rest des Abends redete sie kein Wort mit mir. Sascha wich kaum von ihrer Seite, wir standen unter Beobachtung. Womit wir nicht die Einzigen waren. Auch Schacke war gekommen. Offenbar hatte seine Grillparty ihn wieder zum Leben erweckt, doch ich war mir nicht sicher, ob das so gut war. Er folgte Celina auf Schritt und Tritt, und wie er sie dabei anstarrte, das war richtig Psycho.

»LASS MICH IN RUHE!«, schrie Celina ihm irgendwann ins Gesicht und drehte sich zu uns um. »Der stalkt mich!«

»Was mache ich?«, kicherte Schacke.

»Du stalkst mich! Du verfolgst mich!«

»Ich storke dich? Klar. Meinetwegen. Ich tu alles für dich. Selbst wenn ich gar nicht weiß, was es ist.« Schacke zog Billy-Idol-mäßig die Oberlippe hoch, formte zwei Pistolen mit seinen Fingern und brach in einen seiner seltenen und daher umso befremdlicheren Lachanfälle aus. »Ich storke sie! Ich bin so verstorkt in sie, ich storke alles weg! Ich bin's, Schabracke, der Storck-Riese!«

»Affe«, sagte Celina und ließ ihn stehen.

Kurz darauf waren Laura und sie verschwunden. Dafür stand auf einmal Claus Vosgröne im Flur. Nadine hatte ihn im Emsschlösschen aufgegabelt, als sie dort Kippen geholt hatte. Claus Vosgröne war barfuß, seine Füße starrten vor Dreck. Er war heute mal nicht als Frau unterwegs, allerdings erwartete er Nachwuchs, wie er stolz verkündete: »Zwillinge. Ich habe mich selbst befruchtet.« Er deutete auf seinen Bauch, er hatte sich ein Kissen unter das Hemd gestopft, was bei der massiven Plauze gar nicht nötig gewesen wäre. Wenig später trat Nadine die Badezimmertür ein, weil sie meinte, Hannes wäre dort mit irgendeiner Anja zugange, dabei stand der nur besoffen alleine unter der Dusche, während diese ominöse *Anja* längst abgehauen oder nie da gewesen war.

Frühmorgens erwachte ich auf meinem Bett. Ich war angezogen und hatte noch meine Schuhe an. Hannes lag schnarchend und in ein Handtuch gewickelt auf dem Sofa im Wohnzimmer, die Katze hatte sich auf dem Ohrensessel neben dem Fernseher zusammengerollt. Laura und Celina schliefen im Flur, auf einem Lager aus Wolldecken und Jacken, zwischen Telefontisch und Katzenklo. Schacke lag zu Celinas Füßen auf dem Boden vor der Badezimmertür. Irgendein Witzbold hatte die Badezimmermatte über ihm ausgebreitet, vielleicht hatte er sich auch selbst damit zugedeckt. Auf dem Küchentisch stand die alte Toilette und starrte mich an. Durch die Ritzen unter Tommis Tür drang Licht, drinnen hörte ich seine Stimme und die von Nadine.

Ich stieg über die schlafenden Körper hinweg, drückte die Badezimmertür in den aufgesplitterten Rahmen, setzte mich aufs Klo und legte den Kopf in meine Hände. Wo sollte das nur alles hinführen.

Tommi, Richter und ich sahen uns weiterhin täglich, aber kaum noch zu dritt. Wir trafen uns in der Küche oder im Wohnzimmer, hingen aber nicht mehr miteinander ab. Wir lebten nebeneinanderher, wie eine Familie, deren Mitglieder sich kaum noch etwas zu sagen haben. Es gab keine Stopforgien oder Risikoschlachten mehr, zumindest nicht, wenn ich dabei war. Der Sandwichmaker stand als Staubfänger auf dem Küchenschrank, die Berninghoffarmee war still und leise begraben worden. Richter ging nun immer öfter mit Sascha, Timo und deren alter Kifferclique im Emsschlösschen Karten spielen, am Wochenende hing er mit Celina in seinem Zimmer herum oder saß mit ihr, den Larrys oder irgendwelchen anderen Besuchern vorm Fernseher. Tommi verbrachte plötzlich wieder viel mehr Zeit mit den Tommianern und seinen Bandkollegen in Osnabrück. Zwei oder drei Versuche, mit unserer Fotosafari-Band in den Proberaum zu gehen, verliefen im Sande, weil Tommi keine Zeit oder keine Lust hatte. Ich vermutete, dass das alles kein Zufall war. Richter und Tommi gingen mir aus dem Weg. Sie schienen etwas zu ahnen, genau wie Sascha, dessen Satz *Schläfst du hier heute wieder mit meiner Freundin*? mir noch tagelang im Ohr hing und mich jedes Mal erschaudern ließ.

Eines frühen Abends kamen meine Mitbewohner zeitgleich von der Arbeit nach Hause. Ich lag auf dem Bett und hatte gedöst. Meine Tür stand einen Spaltweit offen, doch weil keine Musik lief, dachten sie wohl, ich wäre nicht da.

»Wo sind denn die beiden Turteltäubchen?«, hörte ich Richter sagen.

»Vielleicht in ihrem Schrebergarten«, antwortete Tommi.

»In ihrer Schlumpfwelt«, sagte Richter und lachte verächtlich.

Ich hielt den Atem an und blieb regungslos liegen, bis nebenan der Fernseher eingeschaltet wurde. Dann stand ich langsam auf und öffnete die Tür zum Wohnzimmer. Es lief irgendwas über archäologische Ausgrabungen im Süden Perus. Ich reckte mich und gähnte, als hätte ich tief und fest geschlafen und wäre gerade erst vom Fernseher geweckt worden.

»Du und dein Bildungsbürgerfernsehen«, sagte Richter zu Tommi und drückte einen Kanal weiter, wo in etwa doppelter Lautstärke Kleiner-Feigling-Werbung lief. Tommi riss ihm die Fernbedienung aus der Hand und schaltete auf den Offenen Kanal. Unser Lokalsender brachte mal wieder einen von Claus Vosgrönes bizarren Trash-Streifen. Auf den konnten sich beide einigen. Mich beachteten sie gar nicht.

*

Als ich mich vor dreieinhalb Wochen bei Laura gemeldet und nach Fotos gefragt habe, schrieb sie, die seien in irgendwelchen Kartons im Keller verstaut, sie würde bei Gelegenheit mal nachschauen. Ein paar Stunden später kam eine weitere Mail, sie sei jetzt doch runtergegangen, habe die Kartons geöffnet und dabei so einiges gefunden, Fotos, Briefe und Kassetten, klar könnten wir uns treffen, wann ich denn mal in der Gegend wäre?

Zweimal hat sie unser Treffen seitdem abgesagt. Einmal musste sie kurzfristig beruflich nach Stockholm, *wegen einer neuen Kollektion*, ein anderes Mal ging es ihr *nicht so gut*. Dann hat sie doch noch Zeit, und ich muss selbst ein Treffen absagen und einen 300-Kilometer-Umweg nach Düsseldorf fahren. Das letzte Interview auf dieser Tour.

An der Heinrich-Heine-Allee steige ich aus der U-Bahn. Ich bin zu früh. Im Eingang des Carsch-Hauses suche ich Schutz vor der glühenden Sonne. Ich zünde mir eine Zigarette an. Fühle mich wie vor einem Blind Date. Und tatsächlich, als ich Laura am Eingang zur U-Bahn stehen sehe, erkenne ich sie kaum wieder. Also ja, das ist sie, keine Frage. Aber könnte es sein, dass ich erst einmal an ihr vorbeigegangen wäre, wenn unsere Wege sich zufällig gekreuzt hätten? Sie sieht gut aus, nur halt ganz anders, in ihrem dunklen Hosenrock, der kragenlosen Seidenbluse, den schwarzen Leder-Ballerinas und einer großen runden Sonnenbrille im Gesicht. Alles an dieser Frau wirkt leger und entspannt, ausgeglichen, erfolgreich, angekommen. Nicht gerade die Adjektive, die einem zu dem angepissten Rebel Girl von damals eingefallen wären.

Ich gehe auf sie zu, sie erkennt mich, lächelt.

»Schön dich zu sehen.«

»Ja, schön, dass es doch noch geklappt hat.«

Wir begrüßen uns mit einer vorsichtigen Umarmung. Ich lege meine Hand auf Lauras Taille und verspüre das Bedürfnis, sie fest an mich zu ziehen und innig zu umarmen. Ich habe mich in den letzten Wochen so intensiv mit uns und unserer gemeinsamen Zeit beschäftigt, dass sie mir auf eine abstrakte Weise unfassbar nahe ist. Muss mich aktiv daran erinnern, dass es Laura umgekehrt wohl nicht so geht. Ihr schulterlanges Haar trägt sie offen und in ihrer Naturhaarfarbe. Karamellbraun glänzt es in der Sonne, wie in einer Werbung für Haarpflegeprodukte oder Eiscreme. An Sherri Valance oder Shirley Manson erinnert nichts, das tat es auch damals schon nicht mehr, spätestens mit der Nacht im Wohnzimmer ihres Vaters war Laura für mich zu ihrer eigenen Referenz geworden. Neben Haarfarbe und Kleidung ist da aber noch eine andere Veränderung. Ich kann nur nicht sagen, was es ist. Hat sie abgenommen? Gibt es eine Veränderung in ihrer Physiognomie, die Stirn vielleicht, oder die Mundpartie? Oder ist sie einfach den Babyspeck los, den sie mit Anfang 20 noch gehabt haben muss? Ich bin irritiert, vor allem aber schwer damit beschäftigt, mir das nicht anmerken zu lassen. Wie wäre es, sie jetzt riechen zu können?

Wir gehen ein paar hundert Meter zur Rheinuferpromenade und setzen uns an einem Café unter einen Schirm. Sonntagnachmittagbetrieb, umhertobende Kinder, Kaffee und Kuchen. Laura redet leise und in kurzen, abgehackten Sätzen. Sie bestätigt ein paar Details und Anekdoten, *November Rain* auf Repeat im Wohnzimmer ihres Vaters, meine letzte Fahrt in ihrer Ente oder wie sie von unserer Einweihungsparty mit Celina in die Stadt geflüchtet ist, nachdem diese sich von Schacke *gestalkt* gefühlt hat – ein Begriff, bei dem ich mich frage, ob wir ihn damals wohl schon kannten. Doch sie wirkt, als hätte sie mit all dem völlig abgeschlossen. Ihren Apfelstreusel rührt sie kaum an. Schließlich legt sie die Gabel auf den Teller und schiebt ihn zur Seite. Ich zünde mir eine Zigarette an, halte Laura die Schachtel hin. Lächelnd schüttelt sie den Kopf: »Danke.«

Irgendetwas an ihr verwirrt mich, und genau das erinnert mich dann doch an das verschlossene Mädchen, in das ich einmal so verliebt war.

Auf dem Tisch liegt eine große Plastiktüte voller Briefe und Fotos. »Sind ein paar lustige Sachen dabei, aus Zandvoort und so«, sagt Laura.

Ich öffne ein paar der Fototaschen, schaue kurz rein, lege das Bündel zurück auf den Stuhl. »Kann ich das mitnehmen? Ich schick's auch zurück, versprochen.«

Sie nickt. »Klar.«

Gut. Nicht jetzt durchschauen. Lieber später, alleine, im geschützten Raum.

»Da war auch noch ein Buch.«

»Ein Buch?«

»So 'ne Art Tagebuch«, sagt Laura. »Hat Sascha damals für mich geschrieben.«

»Sascha hat ein Tagebuch für dich geschrieben?«

»Kurz bevor er nach Potsdam gegangen ist, hat er es mir gegeben. Das habe ich aber nicht mitgebracht. Hab da nicht mal reingeschaut. War mir zu krass, mir das jetzt nochmal durchzulesen.«

»Kann ich verstehen«, beeile ich mich zu sagen. Um Diskretion zu signalisieren. Um gar nicht erst den Eindruck zu erwecken, dieses Buch lesen zu wollen. In Wirklichkeit aber denke ich: Wow! Da sind sie, die einzigen anderen schriftlichen Aufzeichnungen aus diesem Sommer, her damit, sofort!

Ich sauge den letzten Milchschaum aus meiner Tasse. Sage, dass ich mir einen Weißwein hole, ob sie auch einen möchte. Wieder dieses Kopfschütteln. Es ist ein Verneinen ohne jedes Abwägen, mit einem Lächeln, das ich nicht deuten kann.

Ist sie vielleicht trocken? Vollbremsung nach zu viel Vollsuff?

Erst anderthalb Stunden später im Zug komme ich drauf: Die weite Bluse, das glänzende, vor Gesundheit strotzende Haar und die Art, wie sie Zigaretten und Alkohol abgelehnt hat – wahrscheinlich ist sie schwanger!

Der Zug ist fast leer, ich habe einen Vierer mit Tisch für mich und lege die Füße hoch. Es dämmert, die Scheibe spiegelt die Lichter im Abteil, draußen fliegt das Ruhrgebiet vorbei. Auf dem Sitz neben mir liegt die prallgefüllte Plastiktüte. Das Bündel Briefe ist mit einem Gummiband verschnürt, das Gummiband so porös, dass es reißt, als ich daran ziehe. Einige der Briefe fallen an den Faltstellen auseinander. Es sind überwiegend kurze Nachrichten, die Laura und ich uns geschrieben haben, wenn wir uns zu Hause nicht antrafen, mit kleinen Zeichnungen versehene Notizen, dazu ein paar Faxe, die ich ihr aus Frankreich geschickt habe. Die Schrift auf dem Thermopapier ist verblichen, nichts mehr zu entziffern.

Als Nächstes ziehe ich die Fototaschen aus der Tüte. Neun Stück, insgesamt über 200 Bilder, in unterschiedlichen Größen und Formaten, die meisten in Farbe, einige schwarzweiß. Manche Bilder sind unscharf oder verwackelt, bei anderen frage ich mich, warum genau dieser Bildausschnitt, was ist hier alles *nicht* zu sehen, und darin ähneln sie den Geschichten, mit denen ich nach diesen zehn Tagen randvoll bin und die sich nun in meinem Kopf zu einer chaotischen Collage zusammenfügen.

Der Zug fährt jetzt durch dunklen Wald. Irgendwo hier müsste Nordrhein-Westfalen in Niedersachsen übergehen, dieses lange Elend. Der Schaffner kommt und kontrolliert meinen Fahrschein. Er ist auffallend freundlich, wie sie es oft sind am Abend, wenn der Andrang des Tages vorbei ist. Ich stelle mir vor, es wäre Sascha. Wenn der bei der Deutschen Bahn geblieben wäre, statt sein Abi nachzuholen. Wenn wir uns nie kennengelernt hätten. Unmöglich, denke ich, und vertiefe mich wieder in die Fotos.

Am längsten bleibe ich an einem Bild von Laura und mir hängen, auf dem wir mit der Katze auf meinem Bett sitzen. Es ist eins der wenigen Bilder aus der Tiefen Straße. Laura hatte sich irgendwann mit der Katze arrangiert. Keine große Liebe, aber auch keine offene Feindschaft mehr. Laura hält eine Zigarette in der rechten Hand, oder einen Sticky, und lächelt in die Kamera. Ich habe die Augen geschlossen und meine Arme von hinten um ihren Bauch gelegt. In der Ecke hockt mein Teddy Peter, hinter uns hängen Poster: die Droogs aus Clockwork Orange, Charles Bukowski mit raushängendem Wanst und einer ramponiert aussehenden Frau im Arm, die Kinderzeichnung aus dem Film *Es geschah am hellichten Tag*, die der ersten Boxhamsters-LP beilag. Drumherum eine Herzchen-Lichterkette und ein paar Fotos, und dahinter die Wand. Diese furchtbare Wand mit den kreischenden Farben.

Hannes und ich waren montagvormittags zu Obi gefahren und hatten die Zimmertür umgetauscht. Endlich hatte ich meine eigenen vier Wände. Ich strich sie gelb, und als die Farbe trocken war, haute ich mit einem dickborstigen Pinsel rote Striche und Flecken darüber. Entlang den Ecken des Zimmers zog ich dicke schwarze Linien, die Fensterbank legte ich mit dunklem Samt aus. Fröhliche Farben umrahmt von strenger Ordnung, so hatte ich mir das gedacht. Doch was mir in der Theorie wie ein Korrektiv gegenüber dem nachlässigen Geschmiere in der Berninghoffallee vorgekommen war, wirkte in der Praxis nur beklemmend. Meine Streichkünste hatten das Zimmer noch enger gemacht, als es wegen der Schräge ohnehin schon war. 15 Quadratmeter Stress, jede der Wände ein grelles Art-brut-Gemälde, zusammen eine klaustrophobische Installation.

Wie habe ich es auch nur eine Minute in dem Raum ausgehalten? Von diesem 10 × 15-Foto kriegt man schon Kopfschmerzen, wenn man zu lange hinschaut.

Damals dagegen scheine ich mit meiner Arbeit zufrieden gewesen zu sein. In meinem Tagebuch schwärmte ich von dem *einheitlichen Stil* meines neuen Zimmers.

Dunkler Samt, dicke schwarze Linien und eine manisch-depressive Farbattacke – habe ich das wirklich als *Stil* empfunden? Oder habe ich es mir beim Schreiben schöngeredet, um mir nicht eingestehen zu müssen, mit dem neuen Zimmer alles falsch gemacht zu haben? Und was würde das für meine Tagebücher bedeuten, kann ich denen dann noch irgendwas glauben?

Sicher ist, dass die langersehnte Rigipswand sich schon bald als bloßer Sichtschutz entpuppte. Jeder Ton des Fernsehers nebenan drang ungefiltert zu mir herüber. Es war, als stünde der alte Kasten direkt neben meinem Bett.

Seit wir ein Wohnzimmer hatten, waren bei unseren Freunden alle Dämme gebrochen. Man brauchte nun nicht einmal mehr den Vorwand, jemanden Bestimmtes besuchen zu wollen. Man klingelte einfach, und wenn aufgemacht wurde, setzte man sich aufs Sofa oder in einen der Sessel, egal ob Tommi, Richter oder ich uns dazugesellten oder nicht. Wir waren nicht mehr bloß Jugendzentrum, wir waren Kneipe, Kino und Hotel in einem. Immer öfter musste ich das Treiben nebenan mit lauter Musik übertönen, wenn ich meine Ruhe haben wollte.

Eines Abends verließ ich mein Zimmer, um mir was zu essen zu machen, da saßen im Wohnzimmer die Larrys und zwei picklige Kiddie-Punks, die ich noch nie gesehen hatte. Sie tranken Bier und sahen sich ein Randalevideo an, das der kleine Larry zusammengestellt hatte, Szenen von Ausschreitungen bei Demos und Fußballspielen, unterlegt mit *I've got the Power* von Snap in Endlosschleife, während Nadine und der Grüne in der Küche saßen, sich eine Bong teilten und über den Sinn des Lebens philosophierten. Tommi und Richter waren nicht zu Hause. Ich hatte keine Ahnung, wer die alle reingelassen hatte. Am liebsten hätte ich das ganze Pack rausgeworfen, wollte aber keine Welle machen, also nahm ich mir einen Joghurt aus dem Kühlschrank und ging zurück in mein Zimmer, schloss die Tür hinter mir und drehte die Musik auf, woraufhin der Fernseher nebenan ebenfalls lauter gestellt wurde.

Ein anderes Mal saß ich selbst vor dem Fernseher und wurde ungewollt Zeuge, wie Hannes und Nadine sich in meinem Bett gegenseitig das Hirn aus dem Schädel fickten. Wir hatten zu dritt geprobt, ohne Bass, und waren danach zu uns gegangen, wo Nadine schon auf Hannes wartete. Robin und ich schauten gerade eine Sendung über das Verbot der Falun-Gong-Bewegung in China, als von nebenan Gekeuche und das rhythmische Klatschen von Fleisch auf Fleisch zu uns rüberdrang. Robin fand das wahnsinnig lustig. Grinsend schob er seinen Daumen zwischen Zeige- und Mittelfinger hin und her, dann stand er auf, drehte den Ton des Fernsehers leiser und begleitete das schneller und lauter werdende Geklatsche pantomimisch mit seinem wild vor- und zurückstoßenden Becken. Ich musste lachen, gleichzeitig war ich geschockt von der Hellhörigkeit unserer Rigipskonstruktion. Wenn wir hier jede Nuance der Ekstase aus dem Nebenraum mitbekamen, sogar das Gewispere und Gestöhne, was hörte man dann alles von mir?

*

Das Telefon hörte nicht auf zu klingeln. Laura lag neben mir. Es war später Vormittag. Ich zog mir ein T-Shirt an und ging in den Flur. Wahrscheinlich Tommis Mutter, dachte ich, nur Tommis Mutter war so ausdauernd.

»Ja?«

»Hey. Kannst du mir einen großen Gefallen tun und in zehn Minuten am Emswehr sein, alleine?«

Sascha. Ich hielt den Hörer zu und räusperte mich. »Ja, klar«, sagte ich mit fester Stimme. »Zehn Minuten?«

»Ja. Und alleine bitte.«

»Okay. Bis gleich.«

Ich legte auf. Die Katze kam durch den Flur auf mich zu. Sie schlief jetzt meistens bei Richter. Durch das offene Küchenfenster hörte ich das Klappern von Mülltonnen, dann den Müllwagen, wie er anfuhr und sich den Berg hochquälte. Die Katze drückte sich an meinem Bein entlang und schnurrte. Mein linkes Augenlid zuckte.

Wusste Sascha Bescheid? Oder gab es noch einen anderen Grund, weswegen er sich mit mir an der Ems treffen wollte, statt einfach vorbeizukommen?

Mir fiel keiner ein. Natürlich wusste er Bescheid.

Hatte er überhaupt hallo gesagt?

Ich ging in die Küche, die Katze folgte mir. Sie maunzte und schaute mich vorwurfsvoll an. In ihrem Schälchen war noch genug Futter, etwas angetrocknet vielleicht. »Friss das erstmal auf, du Zicke«, sagte ich und rührte den Rind-, Huhn- und Aspikschlamm mit einer Gabel um, füllte frisches Wasser in das zweite Schälchen und stellte ihr beides hin. Die Katze stolzierte wieder in den Flur. Ich schaute aus dem schmalen Küchenfenster auf die Straße. Sascha brauchte von zu Hause mehr als zehn Minuten in die Stadt. Er musste aus einer Telefonzelle angerufen haben. Hinten an der Kirche war eine, man konnte sie von hier aber nicht sehen. Ich suchte die Straße ab, ganz beiläufig, als könnte Sascha mich von irgendwoher dabei beobachten, und ging zurück in mein Zimmer.

Laura saß aufrecht im Bett. »Wer war das?«

»Sascha. Ich soll zum Wehr kommen.«

»O Gott.«

»Jetzt sofort. Alleine.«

»Du darfst ihm das auf keinen Fall sagen!«

»Wenn er mich direkt fragt, dann kann ich ihn nicht anlügen«, sagte ich, zog mich an und verließ die Wohnung.

Seit Saschas doppeldeutiger Frage auf unserer Wohnungsparty hatten wir kein Wort über das Thema verloren. Auch als er tags darauf wieder bei uns aufgetaucht war, hatten wir nur über seinen Umzug nach Potsdam, die Sache mit dem Führerschein und irgendeine Antifa-Demo in Dortmund gesprochen.

Ich ging den kurzen Weg wie auf Autopilot. Formlos polterten die Gedanken durch meinen Schädel. Mir war schwindlig. Ich hatte keine Ahnung, was passieren würde. Ich hatte keine Strategie, war auch nicht in der Lage, mir auf die Schnelle eine auszudenken. Wie sollte die auch aussehen?

Ich sah ihn bei den Treppen am Wasser sitzen. Er rauchte eine Zigarette und trommelte nervös mit den Fußballen auf den Boden. Als er mich sah, stand er auf, schnippte die Kippe in den Fluss und kam auf mich zu. Er sah nicht gut aus. Fleckige Haut, der Blick gehetzt, die Augen blutunterlaufen, als hätte er seit Tagen nicht geschlafen. Er trug seinen ausgebeulten Mortal-Kombat-Pullover und schwitzte wie ein Irrer.

»Es gibt da so ein Gerücht«, schoss er los, mit einer Stimme, die ich noch nie von ihm gehört hatte, unbeherrscht und dünn, als wäre er wieder im Stimmbruch. »Du und Laura! Dass das mehr ist als nur Freundschaft! Aber das stimmt nicht, oder? SAG DASS DAS NICHT STIMMT!« Beim letzten Wort verschluckte er sich. Er blieb einen halben Meter vor mir stehen, hustete und spuckte auf den Boden.

»Nein«, hörte ich mich sagen, »wir verstehen uns nur sehr gut.«

So einfach ging das also.

Er hatte mich direkt gefragt, und ich log ihn an. Einen meiner besten Freunde.

Um mich nicht ganz so heuchlerisch zu fühlen, fügte ich immerhin noch hinzu, dass ich Laura ziemlich gut fand. »Ich find Laura ziemlich gut«, genau so sagte ich es. Die Sonne blendete mich, ich legte mir die Hand an die Stirn und schaute aufs Wasser. Zwei gelbe Bojen zuckelten in der Strömung. Gegenüber am Mitteldamm wartete ein Motorboot darauf, dass die Schleuse sich öffnete.

Sascha trat einen Schritt zurück. »Okay, okay«, sagte er. »Okay, okay, okay.« Seine Miene entspannte sich ein wenig. Er schien zwar nicht wirklich überzeugt, aber dennoch erleichtert.

Als wüsste er ganz genau, was los war, als wollte er es aber einfach nicht wahrhaben. Er fischte eine Zigarette aus der Hosentasche und zündete sie an. »Okay, dann … äh, ich hau dann mal ab, ciao.«

Mit merkwürdig kleinen Schritten stelzte er Richtung Fußgängerzone davon, leicht vornübergebeugt und irgendwie steif, roboterhaft, als hätte er sich in die Hose gekackt. Ich wartete, bis er bei der Brücke war, dann setzte ich mich auf die von Kronkorken und Kippenstummeln übersäte Treppe. Der Beton war heiß. Am Ufer schnatterten zwei Enten vor sich hin. Unser Treffen hatte keine drei Minuten gedauert.

Ein Teil von mir war ebenfalls erleichtert.

Ein anderer Teil schämte sich.

Das war eigentlich keine Scham mehr, das war Ekel.

So könne man doch nicht sein, wenn man anders leben wolle, als unsere Alten es uns vormachten, hatte ich vor sieben oder acht Wochen zu Sascha gesagt, nachdem er mir vor Ninas Wohnung entgegengekommen war und wir gemeinsam dort drüben am Mitteldamm gesessen hatten.

Es stand sich nicht gut im Schatten der eigenen Messlatte.

Vor allem aber war ich enttäuscht. Nicht nur von mir selbst, auch von Sascha. Geradezu wütend war ich auf ihn.

Wieso raffte der das alles nicht?

Wieso stellte er sich dümmer, als er war?

Wieso legte er mir die Worte in den Mund, die er hören wollte, warum ließ er mich so einfach davonkommen?

»Er hat mir erzählt, was du ihm erzählt hast«, sagte Laura am Telefon, abends, nachdem sie mit Sascha telefoniert hatte. »Dass du mich gut findest.«

»Ja, das habe ich gesagt. Und du?«

»Ich hab so Ich-habs-mir-schon-gedacht-mäßig reagiert. ›Ich find den auch gut‹, habe ich gesagt.«

»Und er?«

»Hat aufgelegt.«

Ein paar Tage sahen und hörten wir nichts von Sascha. Es war schon Ende Juli, als er Laura zu einem Treffen drängte und dabei endlich die Wahrheit erfuhr.

Und völlig ausrastete.

»Er hat so hyperventiliert, dass er kotzen musste.«

»Er hat gekotzt?«

»Auf die Straße, zweimal.«

»Scheiße.«

Dabei war es nicht mal die ganze Wahrheit. Laura hatte Sascha nur erzählt, dass bei uns was gelaufen war. Nicht was, nicht wann und nicht wo, weder wie oft noch wie lange schon. Es machte genau genommen ja auch keinen Unterschied. Wir hatten ihn belogen, das war nicht wiedergutzumachen. Wozu ihm jetzt alles auftischen?

Tags darauf fand ich einen Zettel von Sascha bei uns im Hausflur. Er enthielt nur einen einzigen Satz: *Nagel Nagel on the wall, du bist der Beschissenste of us all*, eine leicht abgewandelte Zeile eines Hammerhead-Songs, einem von denen, die wir gehört hatten, als wir uns das erste Mal begegnet waren. In dem Song wurde ausgiebig der neue Freund einer Verflossenen beschimpft, Sascha hatte einfach das Wort *Spinne* durch meinen Namen und das fragende *who's the* durch das anklagende *du bist der* ersetzt.

Noch härter traf mich ein Satz von Richter, den er zu Celina gesagt hatte: *Man kann besser Fascho werden, als so zu sein wie Nagel.* Celina wiederum hatte das Laura erzählt, und Laura erzählte es mir, nachts auf unserer Bank im Schrebergarten.

»Muss der gerade sagen«, lachte ich höhnisch. Immerhin war Richter frisch mit Celina zusammen, womit es unserem gemeinsamen Kumpel Schacke alles andere als gutging. Hatte er darauf etwa Rücksicht genommen? Hatte irgendjemand ihm oder Celina deswegen Vorwürfe gemacht? Richter sollte mal den Ball flach halten, was dachte dieser Poser sich eigentlich! Ich fand es ja auch furchtbar, Sascha so leiden zu sehen. Noch schlimmer aber war es, wenn zwei, die sich liebten, diese Liebe nicht zuließen, aus Rücksicht auf einen Dritten, dem damit auch nicht geholfen war. Es gab in dieser Konstellation zwei Gewinner und einen Verlierer. Die Alternative wären drei Verlierer gewesen. Unmöglich, das als die bessere Variante zu akzeptieren.

Doch als ich mich zum Pinkeln hinter die Laube verzog, stiegen mir Tränen in die Augen. Tränen der Enttäuschung, Tränen der Wut. Richter hatte genau gewusst, dass dieser Satz an meine Ohren gelangen und wie sehr er mich treffen würde. Vor ein paar Jahren hatten wir noch gemeinsam Faschos von den Straßen gekloppt, und jetzt konnte man also besser selber einer werden, als *so zu sein* wie ich. Weil ich mich dummerweise in die Freundin eines Freundes verknallt hatte. Die ja wohl auch ein Wörtchen mitzureden hatte. Wieso fragte Laura eigentlich keiner? Traute man ihr nicht zu, selbst zu entscheiden, was sie wollte?

Sascha tauchte ab. Die Stimmung in der WG erreichte einen neuen Tiefpunkt. Man ging mir aus dem Weg. Auch Laura bekam die Ablehnung zu spüren. Wenn Richter oder Tommi ihr die Tür öffneten, grüßten sie nur knapp und verschwanden wieder in ihren Zimmern. Doch niemand sagte uns etwas ins Gesicht, und ich war so verunsichert, dass ich ebenfalls den Mund hielt.

Ich hatte nie viel von diesem symbiotischen Zweierbeziehungsding gehalten. Niemand konnte jemals alles für den anderen sein, wie anmaßend auch, das von einem geliebten Menschen zu verlangen. Ersatzfamilien wie die Band oder die WG waren mir immer wichtig gewesen. Nun aber gab es nur noch Laura und mich. Wir waren isoliert.

Solange mit uns beiden alles gut war, konnten mich die anderen mit ihrer ordinären Moral mal kreuzweise. Allerdings war es das nicht immer. Es kam so viel Druck von außen, dass es für unsere Verliebtheit nur Platz gab, wenn wir zu zweit und weit weg von unseren Freunden waren. Wir trafen uns an abgelegenen Plätzen an der Ems oder bei den Schrebergärten, fuhren mit der Ente durch die Gegend oder mit dem Zug nach Münster, wo wir Platten kauften und Falafel aßen und uns irgendwelche Bands ansahen. Ein- oder zweimal verzogen wir uns in den stinkenden Proberaum und machten auf dem ranzigen Sofa rum. Wir machten rum, wo immer wir konnten, redeten aber kaum über uns und die Ausgrenzung durch unsere Freunde. Als hätten wir deren Missbilligung dadurch nur zementiert. Mit jeder Berührung versicherten wir uns gegenseitig unserer selbst. Bei Tageslicht und unter Menschen wurde unsere Leidenschaft dann wieder unter Vorsicht und Zurückhaltung begraben. Laura war mit einem ultrasensiblen Shitdetector ausgestattet, einer Art Ur-Instinkt, dem sie bedingungslos vertraute und der sie Menschen aussortieren ließ in diejenigen, die für, und die, die gegen sie waren. Sie konnte sich für Stunden völlig in sich selbst zurückziehen, und nicht immer hatte das einen konkreten Auslöser, zumindest keinen klar für mich erkennbaren. Ihre Launen waren unberechenbar, ihre Stimmungsschwankungen verstörend, und trotzdem, meine Faszination für diese eigensinnige Frau blieb ungebrochen. Mit der kleinsten Geste schaffte sie es, mich völlig für sich einzunehmen. Es brannte zwar ständig die Luft, dafür schliefen einem niemals die Füße ein.

Was ich vor ein paar Wochen noch aufregend gefunden hatte, der Nervenkitzel und das Versteckspiel, der Vorhang, den wir um uns gezogen hatten, diese Parallelwelt, in der sich unser Kennenlernen abgespielt hatte, die gestohlenen Küsse und die heimlichen Berührungen, all das reichte mir nun nicht mehr. Liebe braucht Zeugen, dachte ich. Je stärker der Gegenwind, desto mehr wollte ich mit Laura gesehen werden. Alle sollten wissen, dass wir die Freundschaft zu Sascha nicht leichtfertig aufs Spiel gesetzt hatten. Alle sollten sehen, wie verliebt wir ineinander waren.

*

– Ihr wart schon ziemlich verliebt ineinander, das hat man gesehen.

– Ich hatte das Gefühl, dass ihr das extra betont. Händchenhalten und so, das hatte es bei uns nie gegeben.

– Am Anfang dachte ich, du wolltest sie als Trophäe. Das coolste Mädchen der Stadt.

– Ich habe das gar nicht richtig mitgekriegt. Aber man hat eh nie durchgeblickt, wer da gerade was mit wem hatte. Es waren ja immer alle mit allen im Bett.

– Es wurde die ganze Zeit rumgemacht. *Losziehen*, hat man dazu gesagt, *mit jemandem losziehen*. Habe ich seitdem auch nicht mehr gehört.

– Wenn man mal ein Wochenende nicht an der Meile war, hatte man das Gefühl, man verpasst was. Weil dann schon wieder alle Würfel neu gefallen waren.

– Das war halt alles, was man hatte. Das Miteinander. Da gab's sonst nichts. Ende der Neunziger, das war ja eine tote Zeit. So'ne Zwischenzeit. Als wir aufgewachsen sind, gab's noch den Kalten Krieg, man hat gedacht, morgen kommt die Atombombe, und alle sind tot. Das war dann erstmal vorbei. Erst nach der Jahrtausendwende ging's wieder los, 11. September, Internet, was weiß ich, MySpace. Wie war nochmal die Frage?

– Ich dachte immer, dieses Jeder-bumst-jeden-Ding wäre normal. Bis ich da weggezogen bin.

»Das mit Laura und dir fand ich ja erst richtig scheiße.«

»Ich weiß. Das hast du mich auch spüren lassen. Angeblich hast du mal gesagt, man könne besser Fascho werden, als so zu sein wie ich.«

»Das hab ich nie gesagt.«

»Klingt aber ziemlich nach dir.«

»Hm.« Richter lacht. »Stimmt. Ich weiß noch, dass ich die Sache total beschissen fand. Dass wir beide danach auch deutlich weniger miteinander zu tun hatten. Das konnte ich mir nicht vorstellen, dass man so was macht. Da war ich noch jung und gut im Herzen. Bis ich Jahre später selbst in so einer Situation war.«

»Was heißt hier *Jahre später*«, sage ich. »Das mit dir und Celina und Schacke war doch auch schon so ein Ding.«

»Ja, aber das war irgendwie was anderes.«

»Es kommt mir im Nachhinein vor, als wäre eine Wand zu bauen das Letzte, was Tommi, du und ich zusammen gemacht haben.«

»Diese Schrottwand, die die Nachmieter gleich wieder rausgerissen haben.«

»Haben sie?«

»Glaub schon. Hat Ivo mal erzählt, irgendwann Weihnachten, als ich im Emsschlösschen saß. Kurz bevor dann auch das Emsschlösschen dichtgemacht hat.«

Es ist Dienstagabend, wir sitzen an meinem Küchentisch und trinken. Gegen acht ist Richter zu mir gekommen. Um zehn waren meine Wein- und Biervorräte erschöpft. Ich bin zum Späti gegangen und habe Wodka und Tonic Water geholt. Richter trinkt den Wodka pur, auf jeden meiner Longdrinks kippt er zwei oder drei Kurze. Das Kiffen und Rauchen hat er vor Jahren aufgegeben. Seine Lieblingsvokabeln nicht.

»Von dir fand ich das jedenfalls total unseriös. Richtig asozial. Das war der Anfang vom Ende. Das war auch die Zeit, als mir klarwurde, ich muss weg aus Rheine. Das ging nicht mehr.

Die Stadt war einfach durch. Wie haben wir es da überhaupt so lange ausgehalten?«

»Gute Frage. Robin meinte, er könne sich an mehrere Silvester erinnern, wo er um kurz vor zwölf dachte: Man müsste jetzt irgendwo sein, wo es geil ist. Stattdessen pendelt man wieder mal zwischen zwei langweiligen Partys hin und her, und plötzlich gehen die Raketen hoch, und man steht da zwischen irgendwelchen Häuserzeilen und denkt, ja geil, schon wieder nicht da, wo man eigentlich sein sollte. Das trifft es sehr gut.«

»Da war ein Ende erreicht. Keine Möglichkeit mehr, in irgendeine Richtung weiterzukommen. Dann dichtet man sich ab oder haut eine Telefonzelle kaputt, aber auch das verliert früher oder später seinen Reiz. Innerhalb eines Jahres waren dann ja fast alle weggezogen. Die, die dageblieben sind, hatten entweder Familie und Beruf, oder sie sind im Drogensumpf versackt. Einige sind ja total abgeschmiert. Das wurde richtig asozial. Nicht mehr so lustig asozial wie vorher, sondern wirklich asozial. Diese kleine Stadt hat ja eine unfassbare Menge an kaputten Gestalten hervorgebracht.«

Ich fülle unsere Gläser auf. Mein Blick fällt auf die blassen Buchstaben auf Richters Fingern. »All Cats Are Beautiful«, sagt er, hebt das Glas, trinkt. Dann lehnt er sich gegen die Wand und betrachtet den Rahmen meines Küchenfensters, von dem überall die weiße Farbe abblättert. »Berliner Fenster, hatten Linh und ich auch mal. Dann hat die Hausverwaltung Kunststofffenster einbauen lassen, dreifachverglast. Seitdem zieht's nicht mehr, dafür schimmelt's jetzt. Aber nur im Schlafzimmer, wo wir die Wäsche trocknen.« Richter schaut mich an und grinst: »Özkan hatte recht, wir hätten mehr lüften sollen.«

Es wird elf, halb zwölf, zwölf. Ich habe all meine Fragen gestellt. Wir reden über Richters Arbeit, das freiberufliche Schreinern und seine halbe Stelle in einer Wohneinrichtung für Jugendliche, über die Kids, die er dort betreut, zur Zeit überwiegend minderjährige Geflüchtete. Ich kann mir kaum einen besseren Betreuer vorstellen als Richter. Zwei Meter geballte Autorität und Loyalität. Gegen halb eins fällt mir zum ersten Mal auf, dass er mich an Dennis Hopper erinnert. An eine bis unters Kinn zutätowierte und Sozialarbeiter gewordene Version von Dennis Hopper zur *Der amerikanische Freund*-Phase.

Als die Wodkaflasche um kurz vor eins leer ist, sind wir irgendwie beim Nahostkonflikt gelandet.

*

Wie sie da so mattschwarz und klobig in der Nachmittagssonne stand, wirkte die Transe wie aus der Zeit gefallen. Ein Relikt. Ein Fossil. Kühn, wuchtig und doch elegant. Im Gegensatz zu meinem Vater und meinem Bruder interessierte ich mich nicht sonderlich für Autos, aber dieses hier mochte ich. Schon schade, dass wir nicht mit der Transe nach Frankreich fahren, dachte ich, und mehr als nur schade, dass ich für eine ganze Weile weder hinter dem Steuer dieses noch irgendeines anderen Fahrzeugs sitzen darf. Das Ergebnis vom Bluttest war gekommen: 1,05 Promille. Von der Staatsanwaltschaft hatte ich noch nichts gehört, doch den Führerschein war ich damit erstmal los. Ich musste wohl sogar noch froh über das Ergebnis sein, ab 1,1 Promille wäre es eine Straftat gewesen.

Der Volkshochschulparkplatz war eine einzige Pfütze, in der Nacht zuvor hatte es ein heftiges Unwetter gegeben. Ich öffnete die Beifahrertür, nahm den Straßenatlas vom Sitz und suchte ein paar Tapes zusammen. Hannes und ich wollten uns morgen gegen Abend auf den Weg nach Südfrankreich machen. Robin hatte abgesagt, er hatte einen befristeten Job bei den Stadtwerken angenommen, mit dem er seinen Umzug nach Münster finanzieren wollte, irgendeine Vertragsumstellung mit großer Kundenbefragung.

Ich klemmte mir den Atlas und die Kassettenbox unter den Arm und schloss die Tür. Als ich den Schlüssel umdrehte, bemerkte ich an der Art, wie sich das Licht im Außenspiegel brach, dass dieser komplett zertrümmert war. Ein Netz aus Scherben, es klebte noch Blut dran. Vorsichtig legte ich meinen Finger hinein. Ein paar der Scherben brachen heraus und fielen zu Boden. Ich holte meinen Schlafsack aus dem Kofferraum und ging zurück in die Wohnung. Richter stand am Telefontisch im Flur.

»Ach warte, da kommt er gerade.« Er hielt mir den Hörer hin. »Dein Bruder«, sagte er kühl und verschwand in seinem Zimmer.

»Stell dir vor, wir werden Nachbarn«, sagte Benni.

»Nachbarn?«

»Na ja, fast. Wir ziehen morgen auf den Thie.«

»Du und Daniel?«

»Ja.«

»Morgen schon? Was ist passiert?«

»Uns ist bei dem Gewitter heute Nacht die Scheiße aus dem Klo gekommen.«

»Euch ist *was*?«

»Die Scheiße aus dem Klo gekommen!«

»Wie geht das denn?«

»Das Rückschlagventil war falsch eingebaut.«

»Das *was*?«

»Das Rückschlagventil!« Mein Bruder seufzte. »Das Rückschlagventil ist eine Dichtung, die genau das verhindern soll, was uns jetzt passiert ist. Sagt ja schon der Name, oder? *Rückschlag-ven-til.* Nur war das Ding leider in der Zuleitung eingebaut, nicht in der Ableitung. Klassischer Fall von Pfusch am Bau. Die Kacke kam richtig aus der Schüssel geschossen, wie eine Fontäne. Hat uns die halbe Wohnung geflutet. Ziemliche Sauerei. Wir waren zu Hause, konnten aber nichts machen.«

»Fuck«, sagte ich. »Und jetzt?«

»Daniel hat heute früh den Vermieter angerufen, der uns sofort 'ne neue Wohnung besorgt hat. Wir haben uns die vorhin angeguckt. Positiv betrachtet: Wir wollten sowieso irgendwann umziehen.«

»Und eure Sachen?«

»Wir mussten einiges wegschmeißen. Alles aus dem Bad, die Möbel aus dem Flur. Der Rest steht hier bei Mutter in der Garage und gammelt vor sich hin. Der Vermieter hat uns einen Sprinter besorgt, den musste ich aber vorhin wieder abgeben. Ich muss jetzt erstmal sehen, was von den Möbeln noch zu retten ist. Dann den Rest neu kaufen, Kohle vom Vermieter holen, oder Versicherung, was weiß ich. Du bist doch bald im Urlaub, oder?«

»Ja, ab morgen.«

»Wann fahrt ihr?«

»Gegen Abend.«

»Wohin nochmal?«

»Südfrankreich.«

»Und die Transe bleibt hier?«

»Willst du sie dir für den Umzug leihen?«

»Das wäre super.«

»Hast du Richter schon gefragt? Wir tauschen ja gegen seinen Kadett.«

»Hab ich gerade«, sagte Benni. »Ich hol sie dann morgen oder übermorgen ab.«

»Okay. Allerdings musst du ohne rechten Außenspiegel fahren.«

»Wieso das?«

»Wurde eingeschlagen.«

»Von wem?«

»Keine Ahnung«, sagte ich, obwohl das nicht ganz stimmte. Sascha hatte letzte Nacht im Emsschlösschen gearbeitet. Ich hatte ihn draußen rauchen sehen, als ich aus der Trinkhalle nach Hause gekommen war. Er hatte seine Kippe ausgetreten und war reingegangen. So wie der gerade drauf war, traute ich ihm die Aktion ohne weiteres zu.

Mir kam eine Idee. »Wir könnten tauschen. Transe gegen Papiere.«

»Was für Papiere?«, fragte mein Bruder.

»Deine. Perso und Führerschein. Falls ich in Frankreich mal angehalten werde. Ich werde mich ja sowieso ans Steuer setzen. Kann Hannes ja nicht die ganze Zeit alleine fahren lassen.«

Pause.

»Ben?«

»Ja?«

»Ist nur 'ne Frage, musst du nicht jetzt beantworten.«

Ich hörte, wie er sich eine Zigarette anzündete und einen Zug nahm. »Aber wir sehen uns doch gar nicht ähnlich.«

»Bisschen schon«, erwiderte ich. Die einen sagten so, die anderen so. Ich nahm an, dass die Ähnlichkeit mit meinem Bruder für eine Verkehrskontrolle in Frankreich ausreichte, und auf drei Jahre jünger war ich auch schon geschätzt worden.

»Und wenn *ich* in der Zeit angehalten werde?«

»Dann sagst du: Verloren, oder geklaut.«

»Dann kann ich das ja auch gleich machen«, sagte Benni ungehalten. »Alles neu beantragen, und du heizt einfach als ich durch die Gegend, bis du deinen Lappen zurück hast!«

Gute Idee, dachte ich, und dann: Na ja, wäre vielleicht ein bisschen viel verlangt.

»Nee, das ist nur für Frankreich«, beschwichtigte ich ihn. »Ich bin ja in drei Wochen zurück. Und wenn das auffliegt, also, *falls* das auffliegt, was ich nicht glaube, warum sollte es auffliegen, dann sage ich natürlich, dass ich die Papiere ohne dein Wissen mitgenommen habe. Also gestohlen. Ich fahre auch vorsichtig. Und vor allem nicht, wenn ich was getrunken habe.«

»Wollte ich dir eh empfehlen.«

»It's a lesson I learned the hard way«, sagte ich.

»Ist das aus einem Song?«

»Nee. Obwohl, wahrscheinlich schon.«

»Wie, *wahrscheinlich schon*?«

»Na, irgendwer wird das wohl schon mal gesungen haben.«

»Aber du weißt nicht, wer.«

»Nein, aber es wurde ja alles schon mal gesungen. Jedenfalls ...«

»Es gibt auch Sachen, die wurden noch nicht gesungen«, unterbrach mich mein Bruder.

»Was denn?«

»Keine Ahnung. Irgendwas mit eingeschlagenen Transenspiegeln zum Beispiel.«

»Ja, gut.«

»Oder mit aus dem Klo schießender Scheiße. Da gibt's so einiges, was noch nicht gesungen wurde.«

Ich hatte das Gefühl, dass er vom Thema ablenken wollte. Ihm schien nicht wohl bei der Sache zu sein. »Ich will nur sagen, ich passe auf«, sagte ich. »Und wenn es irgendein Problem gibt, ich nehm das auf meine Kappe, versprochen. Schlaf doch erstmal 'ne Nacht drüber. Wenn dir das zu heikel ist, kann ich auch verstehen.«

Mein Bruder versprach, eine Nacht darüber zu schlafen.

Ich zog mir ein paar alte Klamotten an und lief zu Laura und Theresa. Die beiden hatten morgens die Schlüssel für ihre neue Wohnung bekommen und wollten direkt anfangen zu streichen. Es waren nur fünf Minuten zu Fuß. Das Haus war einer der wenigen vom Krieg verschont gebliebenen Altbauten am Rande der Fußgängerzone. Im Erdgeschoss befand sich eine kleine Kneipe. Sie hieß Kleine Kneipe und war so was wie das Staelskotten-Eck für Schlagerfans. Ich war nur zwei- oder dreimal drin gewesen, zuletzt im Winter mit Richter und Sascha, morgens um fünf, als nichts anderes mehr aufhatte. Wo man sich beim Staelskotten-Eck zumindest vorstellen konnte, dass der Laden mal bessere Zeiten als gemütliches Nachbarschaftslokal für Jung und Alt erlebt hatte, war die Kleine Kneipe schon immer ein Hafen für Quartalssäufer, Stützbierbunken und Starkstromalkoholiker gewesen. Stehtische, Plastikblumen, Daddelautomaten und Brauereiwerbekrams, ein klebriger Filzboden und eine lange, von Brandflecken überzogene Theke.

»Ich hab Migräne, weil ich mich sehne«, dröhnte ein Fließbandschlager aus der halboffen stehenden Kneipentür, *»Ich will geliebt sein, ich will mehr«*. Ich lief durch den schmalen Gang in den Hinterhof zur Haustür und klingelte. Schulte / Töllner stand auf dem Klingelschild. Laura und Theresa wohnten im zweiten Stock, darüber befand sich eine Hippie-WG, die Vermieterin wohnte ganz oben. Der Türsummer brummte, ich stieß die Tür auf und ging die Treppen hoch. Das Treppenhaus war aus lackiertem, dunkelbraunem Holz, die Geländer schön geschwungen, die Wohnungstüren hatten Glaseinsätze. Alles viel schicker als die schäbigen, gefliesten Treppenhäuser der Wohnungen, in denen wir so hausten.

Laura und Theresa standen in der offenen Tür. Laura trug einen zerzausten Dutt, ihre schwarzen Doc Martens und ein altes Baumwollkleid voller Farbkleckse. Ich bekam erstmal eine Führung durch die leere Wohnung. Die großen Zimmer der beiden gingen nach vorne zur Straße raus. Breite Fenster, hohe Decken, Holzdielen. Die Küche hatte einen kleinen Balkon, das Badezimmer eine Wanne. Sie hatten bereits eine Küchenwand gestrichen, in einem dunklen Rotton. Außerdem gab es ein separates Klo und ein Durchgangszimmer, welches das Wohnzimmer werden sollte. Der eigentliche Umzug war erst in ein paar Tagen, wenn Hannes und ich schon in Frankreich sein würden. Ich hatte versucht, die Reise um ein paar Tage zu verschieben, um dabei helfen zu können, doch Hannes musste

Mitte August wegen eines Jobs wieder in Köln sein, und dann hätte es sich kaum noch gelohnt.

Lauras Zimmer war mit Planen ausgelegt. Sie holte den Kassettenrekorder aus der Küche, stellte ihn auf den Boden und drückte auf Play. Ich hatte Tommis Videokamera dabei und filmte Laura, wie sie mit einem Farbroller in der Hand zur Musik durch ihr Zimmer tanzte. »*Rebel Girl, Rebel Girl, Rebel Girl you are the queen of my world …*«

Sie bemerkte die Kamera, verschränkte die Arme vor der Brust und sah mich an. »Schalt mal das blöde Ding aus, Baby.«

Ich mochte es, wenn sie *Baby* zu mir sagte. Es klang so kitschig und verwegen.

»Noch eine Pirouette, Rebel Girl«, sagte ich und filmte weiter. Laura versuchte, mir die Kamera aus der Hand zu reißen. Wir rangelten miteinander. Sie drückte mich an die Wand und presste ihren Unterleib gegen meinem. Ich bekam einen Ständer und ließ die Kamera auf die Plane fallen. Unten vorm Fenster hielten die Viertel-nach-Busse, die Kassette war zu Ende. Ich hatte gerade meine Finger unter Lauras Höschen geschoben, als Theresa ins Zimmer kam.

»Habt ihr das Kreppband gesehen?«

Wir lösten uns voneinander. Theresa schaute uns an, dann senkte sie den Blick und suchte mit deutlich geröteten Wangen den Fußboden ab. »Ah, da ist es ja«, sagte sie, hob das Kreppband auf und eilte zurück in ihr Zimmer. Laura zog sich das Höschen zurecht und drehte die Kassette um. Ich hob die Videokamera auf, sie war die ganze Zeit weitergelaufen. Ich hielt auf Laura und mich, drückte ihr einen Kuss auf die Wange, dann schaltete ich die Kamera aus. Wir machten uns ans Streichen.

Am frühen Abend hatten wir alle vier Wände geschafft. Laura wusch sich die Farbkleckse von der Haut, ich holte drei Pizzen beim Türken gegenüber, doch als ich zurückkam, war Theresa bereits abgehauen. Laura und ich setzten uns ins Fenster und aßen. Unten in der Kleinen Kneipe lief eine Best-of von ABBA, *Winner takes it all*, ein oder zwei Frauen sangen mit, dann sprang die CD.

»Ich würd ja auch gerne mit dir verreisen«, sagte ich.

»Ich muss erstmal umziehen. Du bist doch auch gar nicht so lange weg.«

»Immerhin fast drei Wochen. Wir wollen ja im Anschluss noch nach Köln, zur Popkomm. Komm doch dahin?«

»Hm. Wo würden wir denn pennen?«

»Bei Hannes. Also bei Hannes, Maren und Oli, in der WG. Die sind cool.«

»Mal schauen«, sagte Laura und begann, ein paar Decken und Kissen auf dem Boden auszubreiten. »Ich muss mir unbedingt merken, was ich heute Nacht träume«, sagte sie, nachdem wir vollgefressen und erschöpft auf das provisorische Bett gesunken waren.

»Warum?«

»Macht man so in einer neuen Wohnung.«

»Ist das so ein Tick von deiner Oma?«

»Quatsch. Das hat mit Aberglaube nichts zu tun. Das macht man halt so.«

Ich überlegte, was ich in der ersten Nacht in der Tiefen Straße geträumt hatte. Ich konnte mich nicht erinnern. Ich wusste nur, dass es bereits hell gewesen war und ich gerade ein paar magische Stunden in einem Schrebergarten verbracht hatte, zusammen mit der Frau, die jetzt von Farbklecksen übersät neben mir lag und unbedingt ihre erste Nacht in der eigenen Wohnung mit mir verbringen wollte.

*

»Hi. Wurde hier ein Päckchen für mich abgegeben?«

»Name?«

»Nagelschmidt.«

»Brudi, zieh mal Füße ein«, sagt der kurdische Späti-Besitzer zu dem Stammkunden in Lederweste, der neben dem Verkaufstresen auf den Bierkisten sitzt und an seinem Sternburg nuckelt. Der Besitzer bückt sich und taucht mit einem flachen, länglichen Karton wieder auf. »Bitte sehr.«

Ich kaufe eine Flasche Wein und eine Schachtel Zigaretten und verlasse den Laden. Im Gehen reiße ich den Umschlag auf und werde dabei fast vom fiepend anfahrenden M29 übergemangelt. Zu Hause am Küchentisch ziehe ich das bestellte Buch heraus: *Das war 1999 – Das Beste vom STERN*. »Ein Jahr des Schreckens«, beginnt das Vorwort, »1999 war von Kriegen und Katastrophen geprägt.«

Ein Satz, der einem, so richtig er auch sein mag, im Angesicht der Ereignisse und Entwicklungen der letzten 16 Jahre fast naiv erscheint. Ich schenke mir ein Glas ein und blättere durch das Buch, schaue mir die Fotos an, lese die Texte und studiere die Chronik der Ereignisse im hinteren Teil des Buches, immer wieder verblüfft darüber, was ich damals alles nicht mitbekommen habe. New Economy, die digitale Revolution, die Rückkehr der Religionen, der internationale Terrorismus, das war alles schon längst im Gange. Habe ich das wirklich nicht wahrgenommen? Oder kommt es mir nur vor, als hätte ich es nicht wahrgenommen, weil es in meinen Tagebüchern nicht thematisiert wird? Auch dass es der letzte Sommer des Jahrzehnts war, des Jahrhunderts, des Jahrtausends, scheint mich nicht weiter interessiert zu haben. *Millennium*, das war ein etwas nerviger Song von Robbie Williams, der auf dem Lager der Holzdekofirma im Radio rauf und runter lief.

Im Wohnzimmer steige ich auf einen Stuhl und hole zwei der Kartons vom Schrank, die ich seit dem letzten oder vorletzten

Umzug nicht mehr geöffnet habe. Darin Hunderte von Tapes, mit dem Walkman mitgeschnittene Proberaumaufnahmen und Konzerte, Mixtapes mit absurden Titeln, die Schrift verblichen, die Kassetten an sich überraschend gut erhalten. Auf dem Fußboden, mit dem Rücken gegen das Sofa gelehnt, schiebe ich Kassette um Kassette in meinen *Grundig Radio Cassette Recorder with CD*, einem dieser silbernen, aerodynamischen Designverbrechen aus den frühen Nullern, das einzig verbliebene Tapedeck in meiner Wohnung. Einige der Tapes starten mitten in einem Song oder Filmsample. Sie wurden einmal an genau dieser Stelle gestoppt, denke ich, und dass es sich so in etwa anfühlen muss, ein Zimmer zu betreten, das von seinem Bewohner vor Jahren überstürzt verlassen wurde, in dem ein halbausgetrunkenes Glas auf dem Tisch steht und eine aufgeschlagene Tageszeitung gegen das Vergilben ankämpft, und dann fliegt plötzlich die Tür auf, jemand kommt rein und setzt sich an den Tisch, als wäre nichts gewesen, *war nur mal eben Kippen holen.*

Ich schenke mir nach, der Wein schwappt über, zünde mir noch eine an, rauche jetzt Kette, drehe lauter. Das Bikini Kill / Team Dresch-Konzert im AJZ Bielefeld war ja wirklich so gut, wie ich es in Erinnerung habe. Fehlerfrei singe ich Texte von Songs mit, die ich seit zehn oder fünfzehn Jahren nicht gehört habe, vor mir das Bild des sentimentalen Mannes in der Midlifecrisis, der im Hobbykeller die alte Märklineisenbahn wieder aufbaut, ergriffen von der Erkenntnis, dass er einmal sehr viel jünger war als jetzt und dass es stimmt, was die Leute sagen: dass die Zeit umso schneller vergeht, je älter man wird.

Tapes sind meine Züge, dieser Fußboden ist mein Hobbykeller.

Ich springe auf, ziehe ein paar alte MAD-Hefte aus dem Regal, Fanzines und Bücher, *A Clockwork Orange*, *Das Schlimmste kommt noch oder Fast eine Jugend*, *Es ist so einsam im Sattel, seit das Pferd tot ist*, *Der kurze Sommer der Anarchie*, dann DVDs,

Outsiders, Barfly, Superstau, Bang Boom Bang, schließlich stöpsle ich in diesem Dschungel aus Haptik auch noch meinen alten Globus ein, knipse ihn an, setze meinen Teddybär Peter aufs Sofa, lasse ihn von der blauen Weite des Atlantiks beleuchten und zupfe ihm die Kapuze seines Nickianzugs zurecht. Der Raum wird enger, zieht sich zusammen wie die Wände im Müllschacht des Todessterns, an der Zimmerdecke Schatten, die mich auffordern, ihnen zu folgen, an einen Ort, den es nicht mehr gibt, in eine Welt, die mir so nahe erscheint und doch so unerreichbar, so unwiderruflich vergangen, für immer.

Ich konnte noch nie gut loslassen. Ich muss nur eine Jahreszeit hören, die nicht die gerade aktuelle ist, oder eine Jahreszahl sehen, die länger als fünf Jahre zurückliegt, schon spüre ich dieses Ziehen und Stechen, diese Sehnsucht, diese juckende Stelle, die man nicht kratzen kann. Wahrscheinlich bin ich mit einem Hang zur Nostalgie geboren. Möglicher Buchtitel: *Ich war schon nostalgisch, da hatte ich noch gar keine Vergangenheit.*

Eine Träne, zwei. Tonight I'm gonna party like it's 1999.

*

Blechern schallte Ninas Stimme aus der Gegensprechanlage: »Bin in einer Minute unten.«

Ich lehnte mich gegen die Laterne vor der Eisdiele und warf einen Blick rüber zum Uhrengeschäft. Es war kurz vor halb zehn, Montag, der 2. August. Vor einer Stunde war ich bei Laura aufgewacht, auf einem Haufen Decken in ihrem neuen, mit Planen ausgelegten Zimmer. Ich hatte sie schlafen lassen und war nach Hause gelaufen, um dort noch schnell zu duschen und mich umzuziehen.

Nach drei oder vier Minuten kam Nina raus. Sie sah gut aus. Sie ließ sich die Haare wieder wachsen. »So früh morgens waren wir noch nie verabredet, oder?«

»Schätze nicht«, sagte ich. »Wenn wir überhaupt mal so früh was vorhatten, haben wir wahrscheinlich vorher die Nacht miteinander verbracht.«

Nina lächelte. Das Glitzern in ihren Augen würde ich unter tausend Augenpaaren wiedererkennen, dachte ich, und: Irgendwas in mir wird irgendwas an ihr für immer lieben, und dann: Wenn ich mich jetzt entscheiden müsste, ich wüsste nicht, wie.

Wir gingen zum Marktplatz und setzten uns an einen Tisch vorm Café Central.

»Sollen wir ein Käse-Frühstück nehmen?«

»Ich hätte Lust auf Rührei.«

»Find ich auch gut.«

»Wir können ja beides bestellen und teilen.«

»Okay.«

Die Kellnerin kam und nahm unsere Bestellung auf. Mit lautem Geklacker fuhren zwei Skater über das Kopfsteinpflaster.

»Ich hab was mit Laura«, sagte ich. Spuckte es heraus, wie etwas Heißes, das einem die Zunge verbrennt.

»Schon gehört.«

»Ach, von wem?«

»Wir leben in einer Kleinstadt namens Rheine, schon vergessen? Sascha geht's ja wohl nicht so besonders.«

»Ja, das ist natürlich bitter. Hast du mit ihm darüber geredet?«

»Ich nicht, aber Timo.«

»Und?«

»Ich misch mich da nicht ein«, sagte Nina, und dann, als würde sie sich damit nicht selbst widersprechen: »Du und Gundula Griesgram, wer hätte das gedacht.«

»Die ist ganz anders, als man denkt.«

»Bestimmt.«

»Echt.«

»Ich misch mich da nicht ein.«

»Sagtest du bereits.«

»Ist auch so.«

Die Kellnerin brachte die Getränke. Kaffee für mich, Tee für Nina. Ich nahm einen Schluck und betrachtete die alten Giebelhäuser auf der anderen Seite des Platzes. Am Brunnen zog eine Frau einen wurstförmigen Hund an einer roten Leine hinter sich her. Sie kam mir bekannt vor.

»Mein Fahrrad steht vorm Emsschlösschen«, sagte ich, denn das war der eigentliche Grund für unsere Verabredung: Nina wollte sich für die Zeit, in der ich weg war, mein Fahrrad leihen. Das Frühstück hatte ich zusätzlich rausgeschlagen, weil ich gewollt hatte, dass Nina durch mich von Laura und mir erfährt. Hatte mir aber schon gedacht, dass ich damit etwas spät dran war. Ich legte den Fahrradschlüssel auf den Tisch.

»Danke«, sagte Nina. »Du bist süß.«

Ich spürte, wie ich rot wurde. Ließ es einfach geschehen. Die Frau mit dem Hund kam an uns vorbei. Es war ein Dackel, seine langen braunen Haare hingen bis zum Boden. Er schnüffelte an Ninas Bein und tappste auf ihren Schuh. »Yvonne!«, sagte die Frau zu dem Hund und zog an der Leine, und da fiel mir ein, woher ich sie kannte: Es war die Wirtin aus dem Staelskotten-Eck, Vera. Ich lächelte sie an, doch Vera schien mich nicht zu erkennen. War ja manchmal so, wenn man jemandem unerwartet oder in einem ganz anderen Zusammenhang begegnete, im Tageslicht zum Beispiel, oder nüchtern.

Nina steckte den Schlüssel ein. »Ich leg den dann im Emsschlösschen hinter den Tresen, bevor wir wegfahren. Oder werfe ihn in euren Briefkasten.«

»Wer fährt weg?«

»Wir fahren zur Woof. So'n Technofestival in Ungarn.«

»Du und Timo?«

Nina nickte.

»Und wie kommt ihr da hin?«

Sie hielt einen Daumen in die Luft.

Ich nahm noch einen Schluck Kaffee. Sie wollte mit Timo nach Ungarn trampen? Wir waren nie zusammen irgendwo hingetrampt! In über sieben Jahren hatten wir kein einziges Mal gemeinsam das Land verlassen, ich war immer zu pleite für Urlaub gewesen, zu desinteressiert wohl auch. Ich war so was von abgemeldet, da konnte sie mir noch hundertmal sagen, wie *süß* ich war. Es schien sie ja nicht einmal zu interessieren, dass es da eine Neue gab in meinem Leben, und das Einzige, was ich ihr noch zu bieten hatte, war mein blödes Fahrrad. Warum sagte sie so was immer wieder zu mir? – *Du bist süß … Ein Leben mit Timo und ein Leben mit dir … Ich habe geträumt, wir wären wieder zusammen … Bei jedem Glockengebimmel aneinander denken …* – Was sollte das, machte sie das extra?

Das Essen kam. Ich ärgerte mich, dass wir so viel bestellt hatten.

»Ich lad dich ein«, sagte Nina, nachdem wir unser Frühstück beendet hatten. »Zinsen für meine Schulden.«

Ich hätte mir bei diesen hässlichen Wörtern am liebsten beide Fäuste in die Ohren gerammt, nahm die Einladung aber an. Kurz überlegte ich, die Gelegenheit zu nutzen und Nina nach dem Geld zu fragen, das ich noch von ihr bekam, immerhin 350 Mark, die hätte ich gerade gut gebrauchen können, ließ es aber bleiben. Auch *Schulden* waren ja noch eine Art von Verbindung. Vor Ninas Haustür nahmen wir uns in den Arm und wünschten uns gegenseitig eine gute Reise.

Wieder zu Hause rief ich bei meiner Mutter an. »Ist Benjamin bei euch?«

»Der ist in der Garage. Schöne Scheiße, die ihm da passiert ist.«

»Kann man so sagen.«

»Wie das gestunken hat!«

»Ich kann's mir vorstellen.«

»Der Geruch, der setzt sich so richtig fest. In den Sachen und in der Nase. Ich riech's jetzt noch. Und du? Wie geht's dir?«

»Gut«, sagte ich.

»Schon gepackt?«

»Noch nicht. Kannst du mir mal kurz Benni geben?«

»Warte«, sagte meine Mutter. Ich hörte, wie sie mit dem schnurlosen Telefon über die Terrasse zur Garage ging. »Einen schönen Urlaub euch, und fahrt vorsichtig«, sagte sie noch, dann gab sie den Hörer weiter.

»Ja?«

»Hey Ben, ich bin's. Hast du drüber geschlafen?«

»Ach das«, sagte mein Bruder, »hatte ich schon fast vergessen. Äh, ja, ist okay. Komm heute Abend zur neuen Wohnung, ich bin gegen sieben, halb acht zu Hause.« Er gab mir die Adresse. »Und bring am besten gleich den Autoschlüssel mit!«

Nachmittags fuhren Hannes und ich in Richters Kadett zum Extra und kauften für die Reise ein, Alkohol und Fertiggerichte für 150 Mark, Hannes hatte einen Campingkocher besorgt. Er war klamm wie immer, auch ich musste nach der Sache mit dem Führerschein auf jeden Pfennig achten. Ich hatte in den letzten Wochen ohnehin zu viel Geld ausgegeben. Der Umzug, die neue Wand und die Kaution, die Ätzkan wegen unserer Mietkürzungen, der demolierten Tür und dem allgemeinen Zustand der Wohnung nicht rausrücken wollte, und ständig bezahlte ich für mich und Laura, die gerade erst einen neuen Job gefunden hatte, als Kassiererin bei einem Möbel-, Ramsch- und Geschenkartikelladen in der Innenstadt, für zwei bis drei Nachmittage die Woche. Eigentlich konnte ich mir diese Reise gar nicht leisten. Den neuen Autospiegel musste wohl erstmal die Bandkasse übernehmen. Ich konnte mich jetzt eh nicht darum kümmern.

An der Ecke vor Lauras Wohnung setzte Hannes mich ab. »Ich sammel dich dann heute Abend in der Tiefen Straße ein.«

»Okay. Ich bin ab spätestens acht startklar.«

»Wird eher so neun, halb zehn.«

»So spät?«

»Ich treff mich noch mit Nadine. Nachts fahren ist eh besser.«

»Wenn wir um acht losfahren, fahren wir doch auch nachts.«

»Hast du's irgendwie eilig oder so?«

»Ich hab's immer eilig.«

»Entspann dich mal. Ist doch scheißegal, wann wir ankommen.«

Ich lief an der Kleinen Kneipe vorbei in den Hinterhof, klingelte, wartete auf das Summen des Türöffners und stieg die Treppen hoch. Theresa stand in der Wohnungstür.

»Hey! Ist Laura da?«

»Die ist in ihrem Zimmer.«

»Kommt ihr gut voran?«

»Ich ja. Laura geht so, glaube ich.«

Lauras Tür war angelehnt, sie saß im offenen Fenster. Die Decken waren zur Seite geräumt, die Planen lagen zusammengeknüllt auf einem Haufen in der Ecke, ansonsten hatte sich hier seit gestern Abend nicht viel getan. Ich ging zu ihr, gab ihr einen Kuss aufs Ohr und fragte, was sie in ihrer ersten Nacht in der neuen Wohnung geträumt hatte.

»Nichts«, sagte Laura und starrte auf die Straße.

»Du hast nichts geträumt, oder du kannst dich nicht erinnern?«

»Weiß nicht, keine Ahnung.«

»Alles okay bei dir?«

Sie zuckte mit den Schultern und ließ sich vom Fensterbrett gleiten. Mit angewinkelten Beinen und dem Rücken am Heizkörper saß sie da und schaute zu Boden. »Sascha war hier. Dem geht's schon wieder total scheiße.«

»Ich weiß.«

»Du weißt gar nichts.«

»Ich weiß gar nichts?«

Laura antwortete nicht.

»Sag mal, hab ich dir irgendwas getan?«

»Er hatte die Hand verbunden.«

»Was ist passiert?«

»Wollte er nicht sagen.«

Ich setzte mich ihr gegenüber auf den Boden. »Ich hab's dir gestern nicht erzählt, aber jemand hat vorletzte Nacht den Außenspiegel der Transe eingeschlagen.«

Laura sah mich ausdruckslos an. Dann streckte sie den Arm aus und griff sich den Zollstock von der Fensterbank. Sie klappte den äußersten Streifen aus, drückte ihn wieder zurück, klappte ihn erneut aus. Klapp-klapp, klapp-klapp. Ihr Oberkörper begann zu zittern, als würde sie von innen geschüttelt. Klapp-klapp, machte es, klapp-klapp, klapp-klapp, dann brach sie den Zollstock in zwei Teile, ließ die Teile aus der Hand fallen und vergrub den Kopf zwischen ihren Knien: »Ich hab keinen Bock mehr auf die ganze Scheiße.«

Ich setzte mich und versuchte, sie zu beruhigen. Ich sagte, dass alles gut werden würde und dass das halt ein wenig Zeit bräuchte. Meine Worte prallten an Laura ab, sie klangen hohl, wie aus einer Vorabendserie, fand ich ja selbst. Ich wusste nicht, was ich noch sagen sollte, es war einfach kein Rankommen. Außerdem, was sollte das heißen, *die ganze Scheiße*? Meinte sie damit Sascha, Richter und Tommi, oder etwa auch uns, sie und mich und *die ganze Scheiße*, hatte sie auch darauf keinen Bock mehr?

Theresa kam herein, ob wir vielleicht den Cutter … – »Hier«, schnitt Laura ihr das Wort ab und schmiss Theresa den Cutter vor die Füße. Die zuckte zusammen, hob das Plastikding auf und machte, dass sie wegkam. Ich hörte, wie sie nebenan ihre Zimmertür zuknallte und dachte, dass Theresa doch am wenigsten dafür konnte, und dass ich schon längst mal mit ihr hätte reden sollen, über sie und mich und Laura und Sascha und alles.

Laura wischte sich mit dem Handrücken über die Augen, stand auf und begann, die Klebestreifen von Steckdosen, Fußleisten und Türrahmen zu entfernen. Ich blieb sitzen und sah ihr dabei zu. Ich konnte ihr nicht helfen.

Nach einer Viertelstunde, in der wir kein Wort geredet hatten, stand ich auf. »Ich geh dann mal.«

»Viel Spaß in Frankreich«, sagte Laura.

»Wir fahren wohl erst später heute Abend. Vielleicht sehen wir uns ja noch? Ich bin zu Hause, muss packen und ein paar Sachen erledigen. Komm doch noch kurz vorbei.«

»Mal sehen.«

»Tut mir leid, dass ich nicht beim Umzug dabei bin.«

»Ich krieg das schon hin.«

Zu Hause setzte ich mich an den Schreibtisch und schrieb Sascha einen Brief. Seit Tagen hatte ich überlegt, das zu tun, aber nie gewusst, wo ich anfangen sollte. Durch die Sache mit dem Autospiegel gab es nun endlich einen Anlass. Ich klappte meinen Ringblock auf, nahm einen schwarzen Stabilo aus der flachen Blechdose, in der meine Stifte lagen, steckte mir die Kappe zwischen die Zähne, zog sie ab und legte los. Ich schrieb es einfach runter. Dass ich wusste, dass er den Spiegel eingeschlagen hatte. Dass ich ihn irgendwie verstehen konnte, dass ich mich aber nun mal in Laura verliebt hätte und sie sich in mich, wofür ja nun auch keiner was konnte, wie leid mir das alles täte und wie sehr ich hoffte, dass wir eines Tages wieder Freunde sein könnten. *Wahrscheinlich würde ich Timo ins Gesicht kotzen, wenn er mir so was schreiben würde*, schrieb ich, und dass ich jetzt für ein paar Wochen nicht in der Stadt wäre und er ja schon fast in Potsdam, wenn ich aus Frankreich zurückkäme, und dass er bloß nicht glauben solle, ich freue mich darauf, dass er dann weg wäre. *Momentan kann ich mir nicht vorstellen, dass einer von uns beiden mit Laura glücklich wird*, schrieb ich am Schluss. *Ich kann dir nicht sagen, warum. Es ist nur so ein Gefühl.*

Wahrscheinlich nicht so schlau, dieser letzte Satz, dachte ich, Sascha wird ihn Laura bestimmt sofort unter die Nase reiben. Aber es brachte ja nichts, diplomatisch vorzugehen, sich zu verstellen oder zu verstecken, und bevor ich mir noch weiter den Kopf darüber zerbrechen konnte, steckte ich die zwei DIN-A4-Seiten in einen Umschlag, suchte die Adresse seiner Eltern aus dem Telefonbuch und brachte den Brief zur Post.

Auf dem Rückweg ging ich bei Benjamin vorbei. Sein Name stand noch nicht auf dem Klingelschild, also klingelte ich bei allen sechs Parteien.

»Sorry, vertan«, sagte ich zu einem säuerlich dreinblickenden Mann im ersten Stock, er war schon im Schlafanzug, dabei war es gerade mal acht. Im zweiten Stock links stand die Tür einen Spaltweit offen. Mein Bruder war gerade dabei, sein Bett aufzubauen. Sein Mitbewohner war nicht da.

»Ist doch ganz in Ordnung, die Bude«, sagte ich.

»Ja, Glück im Unglück.«

»Hier.« Ich legte den Autoschlüssel auf die Matratze. »Zeig mal das Foto auf deinem Führerschein.«

Benni nahm sich eine der Latten, die an der Wand lehnten, legte sie auf den Boden und seufzte. »Schlechte Nachrichten. Ich hab mein Portemonnaie verloren.«

»Verloren?«

»Oder es wurde mir gezockt, keine Ahnung.« Er ging aus dem Zimmer, redete dabei weiter. »Daniel und ich waren gestern Abend noch in der Trinkhalle. Erstmal einen heben auf den Schreck. Da muss mir die Patte aus der Tasche gefallen sein.«

»Oder gezockt worden.«

»Oder gezockt worden, genau.« Er kam mit einem Schraubenzieher zurück. »Ist mir vorhin erst aufgefallen.«

»Hast du das nicht beim Bezahlen gemerkt?«

»Daniel hat bezahlt«, sagte Benni und wich meinem Blick aus. »Voll ätzend, jetzt muss ich mich darum auch noch kümmern.«

»O Mann.«

Er nahm eine weitere Latte von der Wand, legte sie auf die andere und bohrte eine Schraube hinein. »Das Bett hat zum Glück nichts abbekommen«, sagte er. »Müffelt nur ein bisschen. Kann aber auch an mir liegen. Wenn du das einmal in der Nase hast, das hält sich 'ne Weile.«

Er konnte noch nie gut lügen, und ich war nicht gut darin, so zu tun, als würde ich nicht bemerken, dass ich angelogen wurde. Ich sagte, dass ich noch einiges zu erledigen hätte, und verabschiedete mich. Als ich die Tiefe Straße hinunterlief, schämte ich mich so sehr dafür, meinen kleinen Bruder und mich in diese unangenehme Situation gebracht zu haben, dass ich am liebsten geradeaus in die Ems gelaufen wäre.

Im Hausflur kam mir die Katze entgegen. Irgendein Idiot hatte unsere Wohnungstür offen gelassen. Ich griff mir die Katze und trug sie in die Wohnung, wo sie gleich in Richters Zimmer lief und auf sein Bett sprang. Ich wollte nur noch weg.

Hannes kam um kurz vor elf.

»Sorry, Nadine hat mich nicht gehen lassen«, sagte er und grinste dreckig. Was die wegfickten, es ging auf keine Kuhhaut.

Der Kadett parkte vorm Haus. Ich hatte gerade meine Tasche und den Schlafsack verstaut, als Tommi und Richter um die Ecke kamen. Sie waren bei Laura und Theresa gewesen.

»Wollten uns nur mal die Wohnung angucken«, sagte Tommi. »Dann kamen die Larrys vorbei, mit 'ner Raubkopie vom neuen *Star Wars*.«

»Und dann habt ihr schön die Videokassette angestarrt«, sagte ich.

»Hat Laura dir nicht Bescheid gesagt?«

»Nein.«

»Theresas Vater hat heute ein paar Sachen gebracht, Fernseher und Matratze. Der kleine Larry hat seinen Videorekorder geholt.«

»Die dachten wohl, ihr seid schon los«, sagte Richter.

»Die haben ja auch noch kein Telefon«, sagte Tommi.

»Genau«, sagte ich und warf die Kassettenbox auf die Rückbank.

»Gar nicht mal so gut, der Film«, sagte Tommi. »Fahrt ihr jetzt los?«

»Wonach sieht's denn aus?«, antwortete ich barsch. Tommi hob die Augenbrauen, sah Hannes an, dann Richter, dann wieder mich, und ich fügte leise hinzu: »Danke nochmal.«

»Wofür?«

»Dass ich deine Videokamera mitnehmen darf«, sagte ich, und zu Richter: »Und dass du uns deinen Wagen leihst.«

»War doch abgemacht«, sagte Richter.

»Trotzdem. Wir hätten ja auch mit der Transe fahren können.«

»Die kommt doch nicht über.«

»Jedenfalls, ich weiß das zu schätzen, wollte ich nur sagen.«

»Kein Ding. Hauptsache, ihr bringt die Karre heile zurück.«

Es war eine laue Nacht, die Autobahn war leer, wir kamen gut durch. Bei Trier hielten wir an einem Parkplatz, kurbelten die Sitze zurück und deckten uns mit unseren Schlafsäcken zu. Hannes schlief sofort ein. Ich hörte einer Grille zu, die immer wieder ganz plötzlich aufhörte zu zirpen und ein paar Sekunden darauf wie auf Knopfdruck weitermachte. Wie eine Tattoonadel, dachte ich noch, dann fielen auch mir die Augen zu.

Im Morgengrauen erwachte ich aus einem schrecklichen Traum. Ich hatte Richter und Tommi ihren gemeinsamen Wagen geklaut und war damit auf der Flucht, eine fahrende Zelle, in der ich mit Milliarden von Insekten lebte, die mir beim Fahren durch sämtliche Öffnungen in den Körper krochen, durch die Nase und durch die Augen, so dass ich nichts mehr sehen konnte und von der Straße abkam. Ich wollte bremsen, doch die Bremse trat ins Leere. Ich schreckte hoch. Über dem Parkplatz lag dunstiger Nebel. Hannes schnarchte leise. Ich stieg aus dem Wagen, ging ein paar Meter und pinkelte gegen einen Baum.

Heute, spätestens morgen käme mein Brief bei Sascha an. Wahrscheinlich würde er ihn als puren Hohn empfinden und mich danach nur noch mehr hassen. Tommi und Richter redeten nur noch das Nötigste mit mir. Es war, als hätte ich allen drei gleichzeitig die Freundin ausgespannt, und mittlerweile befielen mich ernsthafte Zweifel, ob das den ganzen Ärger wert gewesen war, ob es überhaupt eine realistische Chance für Laura und mich gab, oder ob wir uns da nicht nur etwas vormachten. Nina trampte mit Timo nach Ungarn, und die gemeinsame Erfahrung würde die beiden so zusammenschweißen, dass die siebeneinhalb Jahre mit mir ihr wie ein schlechter Witz vorkämen. Wie ein ziemlich langer schlechter Witz.

Als ich mich zurück in den Wagen setzte, war auch Hannes wach.

»Moin.«

»Moin.«

»Gut gepennt?«

»Geht so. Du?«

»Beschissen.«

Wir schmissen die Schlafsäcke auf die Rückbank und kurbelten die Sitze hoch.

»Direkt weiter?«, fragte ich.

»Hierbleiben ja wohl nicht.«

»Ich kann nachher auch mal fahren.«

»Bist du behindert?«, sagte Hannes, der angehende Sonderpädagoge. »Wenn du erwischt wirst, gehst du in den Bau.«

Bei Sonnenaufgang überquerten wir die luxemburgische Grenze, eine halbe Stunde später auch die französische, und dann kamen wir immer wieder über die Mosel, die sich hier so kurvenreich entlangschlängelte, dass man glauben konnte, man fahre im Kreis, wenn es vor einer Brücke wieder mal hieß: *La Moselle*. In Metz fuhren wir von der Autobahn, besorgten uns Francs an einer Wechselstube, kauften ein Baguette und frühstückten an einer Parkbank, dann ging es weiter Richtung Süden. Ich sorgte für die Musik und lotste uns mit Hilfe der Straßenkarte an den mautpflichtigen Straßen vorbei. Das bedeutete einige Umwege, dafür kamen wir durch wunderbare Landschaft, ganz unbeabsichtigt, und das war ja immer schön, etwas entdecken, ohne danach gesucht zu haben.

Am späten Nachmittag leuchtete die Tankanzeige auf, und es kam und kam keine Tankstelle. Wir fuhren 50 Kilometer, 55, 60. Auf dem vermutlich letzten Tropfen erreichten wir eine Kleinstadt am Rande der Vogesen, an deren südlichem Ende sich eine Shell befand. Hannes tankte voll, ich ging zahlen, wir fuhren weiter. Und dann, kurz nach dem Ortsausgang, passierte etwas mit mir. Etwas, womit ich gar nicht gerechnet hatte: Ich entspannte mich.

Wir waren auf einer zweispurigen Landstraße, links ein riesiges Sonnenblumenfeld, rechts eine Wiese, auf der ein gutes Dutzend schneeweißer Kühe standen. Eine der Kühe hatte einen genauso schneeweißen Vogel mit langem gelben Schnabel auf dem Rücken. Wie ein Cowboy auf seinem Pferd sonnte er sich im weichen, warmen Abendlicht. Ich zeigte mit dem Finger in seine Richtung, Hannes grinste. Dann riss er plötzlich ruckartig das Lenkrad nach links, bremste ab und rief: »Alter!« Ich schaute nach vorne, auf der Fahrbahn kam uns ein Mann entgegen. Er war groß und dick und oben ohne, lange graue Haare, grauer Bart, in der einen Hand ein Hemd, in der anderen eine Flasche. Unsere Augen trafen sich nur für den Bruchteil einer Sekunde, doch es lag etwas im Blick des Mannes, das sagte: Für mich bist du einfach jemand, der auf dem Beifahrersitz eines kackbraunen Kadetts an mir vorbeifährt, es ist mir piepegal, wo du herkommst und wo du hinwillst, ich nicke dir zu, und dann vergesse ich dich wieder, denn nichts hat eine Bedeutung, außer, dass du gerade mit deinem Kumpel unter einem weiten Himmel diese wunderbare Landschaft durchstreifst und jung bist und frei und machen kannst, was du willst. Ich ließ den Straßenatlas sinken, meinen Kopf gegen die Nackenstütze fallen und den rechten Arm aus dem Fenster hängen und spürte den trockenen heißen Fahrtwind wie einen Föhn, die kurzen blonden Haare auf meinem Unterarm schimmerten golden in der Sonne. Wir würden fast drei Wochen weg sein. In diesen drei Wochen konnte alles Mögliche passieren, und vielleicht war es besser, darauf keinen Einfluss zu haben. Ich atmete ein, dann atmete ich aus, und es kam mir vor, als hätte ich das seit Monaten nicht getan: ausatmen.

*

»Das hat doch mit Tunnelblick nichts mehr zu tun, das grenzt schon an Verwahrlosung«, schimpft Kiki, als sie in meiner Küche steht, um mich aus meiner *freiwilligen Quarantäne* zu befreien.

»Ich arbeite halt«, verteidige ich mich, noch leicht neben mir stehend von den Tabletten, die ich mir gestern Abend eingepfiffen habe.

Seit Tagen sitze ich in der Küche und übertrage Interview um Interview auf den Computer. Teilweise kann ich ganze Passagen mitsprechen, meine eigenen vor allem. Lauter Textbausteine, die ich wortgleich in fast jedem Gespräch untergebracht habe, als rezitiere ich ein Theaterstück. Von den Antworten dagegen ist im Eifer des Gefechts vieles gar nicht bei mir angekommen. Word-docs füllen sich, Aschenbecher quillen über, während ich versuche, Kontrolle über das gesammelte Material zu erlangen und Ordnung herzustellen. Ich reihe verschiedene Stimmen und Interviewpassagen aneinander, jongliere mit Sätzen und Zitaten, probiere es mit Chronologie, thematischen Blöcken, Cut-up. Ich weiß, da lauert eine Geschichte, und ich weiß, dass ich sie erzählen will. Die Frage ist nur, ob ich sie zu packen kriege. Man könnte das alles auf so viele verschiedene Arten machen, und das ist natürlich ein unguter Gedanke, denn die Unsicherheit ist ein alles zersetzendes Gift und der Zweifel eine miese kleine Ratte, die mir einflüstert, was ich die ganze Zeit wusste, durch die manische Beschäftigung der letzten Wochen aber erfolgreich verdrängt habe: dass ich über all das schon mal geschrieben habe, über Jugend, Musik und Kleinstadt, über Freundschaft, Gewalt und enttäuschte Liebe. Wollte ich nicht mal etwas ganz anderes machen? Habe ich Felix und Sarah und ihr karibisches Benzodiazepinabenteuer zu früh aufgegeben?

»Ach, Felix und Sarah«, meinte Kiki gestern Abend am Telefon, »scheiß auf die, die konntest du doch von Anfang an nicht leiden. Du musst einfach mal wieder raus, unter Leute, den Kopf frei kriegen.«

Da hatte ich mir aber schon das kubanische Diazepam eingeworfen, zwei Pillen auf einmal, wie meine abgelegten Romanfiguren es getan hätten, wenn ich sie jemals so weit gebracht hätte. Mit einer Ausrede verschob ich das Treffen mit Kiki und legte mich ins Bett. Seltsamerweise wurde ich aber überhaupt nicht schläfrig, sondern war im Gegenteil hochkonzentriert. Bis frühmorgens lag ich wach und las, einen kompletten Roman am Stück, 276 Seiten, beim Aufwachen vor drei Stunden konnte ich mich an nichts erinnern. Ich machte mir einen Kaffee, setzte mich an den Computer und verlor mich wieder in dem Chaos, bis es an der Tür klingelte und Kiki vor mir stand.

»Arbeit, Arbeit«, stöhnt sie jetzt, lehnt sich gegen den Herd, wirft den Kopf zurück und rollt mit den Augen, spart sich ihr dazugehöriges *Ach* und sagt: »Nochmal sagst du mir nicht ab. Es gibt auch noch ein Hier und Jetzt, und in dem hast du Freunde, und die wollen dich sehen. Da draußen ist übrigens Sommer!«

Sie lässt keine Ausrede gelten, schleppt mich aufs Tempelhofer Feld, »Und jetzt reden wir mal darüber, wie es *mir* geht!«, abends gehen wir was essen und zum Patti-Smith-Konzert, für das einer ihrer Theaterfreunde Tickets besorgt hat, und danach in die nächste Bar, in der Kiki ein Glas als Absacker trinkt, während ich auch das nächste und übernächste noch als Aperitif empfinde, den Hals nicht vollbekomme und ohne sie weiterziehe. Zum ersten Mal seit Wochen melde ich mich bei meinen Freunden. Bei meinen jetzigen Freunden. Von einem Tag auf den anderen bleibt meine Arbeit liegen. Ich streune durch Straßen und Parks und Clubs, fahre mit dem Roller zum See, gehe ins Freiluftkino, mache die Nächte durch, suche Anschluss und Abschuss, genieße den Sommer in der Stadt, versuche es zumindest. Doch auch beim Ausgehen denke ich ständig ans Schreiben und Verwerten, ans Ausschlachten und Verwursten, und so zieht es mich schließlich zurück an den Küchentisch, zurück zu Arbeit und Struktur, zurück nach 1999.

In einer Art Übersprunghandlung versinke ich für ein paar Tage völlig im Claus-Vosgröne-Kosmos. Über den müsste man eigentlich ein Buch machen, denke ich, oder einen Film. Claus Vosgröne, der unbekannte Künstler. Der ungooglebare Künstler. Mit dem Aufkommen des Internets war unser Kleinstadtexzentriker schon längst auf dem Weg in die Versenkung, Anfang der Nuller Jahre ist er gestorben. Die Gerüchte um seinen Tod sind fast so zahlreich wie die über sein Leben.

– Der hat sich umgebracht. Aufgehangen.

– Er wurde tot in seiner Wohnung gefunden. Ich glaube, Schlaganfall. Oder Herzinfarkt?

– Irgendwer hat erzählt, er wäre an multiplem Organversagen gestorben, wegen schwerer Diabetes, um die er sich nie gekümmert hat.

– In der Todesanzeige hieß es: *nach langer Krankheit*. Ich hab die Anzeige damals ausgeschnitten, vielleicht finde ich die noch.

– Der ist doch mit dem Bulli in die Ems gefahren. Der hatte eine ganz komische Beziehung zur Ems. Wahrscheinlich hat die ihn irgendwann gerufen, und dann musste er da rein.

– Das war ein nicht diagnostizierter Gehirntumor.

– Claus ist an den Nebenwirkungen seiner Medikamente gestorben, im Krankenhaus. Er hat Haldol bekommen, und anderes Zeug. Er hat immer behauptet, dass ohne sein Einverständnis Medikamente an ihm getestet würden, und ich glaube mittlerweile, dass das stimmt. Er hatte Wasser in der Lunge und ist daran ertrunken.

Wie auch immer er nun gestorben ist, Claus Vosgröne hat ein ziemliches Werk hinterlassen. Gemälde und Skulpturen, Gedichte, Songs und Filme. Er war der erste bildende Künstler, den ich persönlich kennenlernte, der erste Filmemacher, der erste Crossdresser, und der Erste, der wusste, dass man ein Blatt Papier nur siebenmal falten kann. Warum habe ich mich damals nicht mehr für diesen Menschen interessiert?

Neben Unmengen von Gerüchten und Anekdoten treibe ich einen Ausstellungskatalog auf, eine Musikkassette und zwei selbstveröffentlichte Gedichtbände. André schickt mir die Todesanzeige aus der Münsterländischen Volkszeitung, *nach langer Krankheit*, Ivo ein Videoband aus dem Emsschlösschen, auf dem auch kurz Claus zu sehen ist, wie er mit Perücke an dem Tisch am Fenster sitzt und schreibt. Nur seine Filme bleiben verschollen. Der Offene Kanal Rheine wurde vor zehn Jahren eingestellt, das komplette Filmmaterial laut der ehemaligen Betreiber vernichtet. Man gibt mir Tipps und Kontakte, ich mache Claus' Mutter und seine alten Freunde ausfindig. Mein Interesse spricht sich herum, aber wer damals etwas auf VHS aufgenommen hat, der hat das längst überspielt, verloren oder weggeschmissen. *E. T. rennt in Rheine*, den Streifen würde ich mir zu gerne nochmal anschauen. Überhaupt, Filmaufnahmen aus Rheine von 1999, die wären auch für meine eigene Geschichte interessant.

Meine eigene Geschichte.

Sie lässt mich nicht los. Ich darf das jetzt nicht aufgeben.

Ich verschiebe alles Claus Vosgröne Betreffende in einen gesonderten Ordner und entschließe mich, noch einmal loszufahren. Ich muss noch mehr Leute treffen, noch mehr Orte aufsuchen, noch mehr sammeln. Meine Vergangenheit, sie soll niemals aufhören.

Als Erstes kaufe ich mir ein Flugticket nach Toulouse.

*

Das Camp von Ruf-Reisen lag am Ortseingang von Marseillan Plage, nur ein schmaler Weg und eine Schranke trennten den Platz vom Strand. Hannes parkte den Wagen an einer Mauer direkt vorm Eingang. Wir stiegen aus und machten ein paar Schritte aufs Gelände. Es war früher Nachmittag und wahnsinnig heiß. Vor einem Eiswagen, der zu einem Büro umgebaut worden war, saßen zwei junge Frauen im Schatten, die eine blond, die andere dunkelhaarig.

»Ihr seid bestimmt die Freunde von Guido«, sagte die Blonde mit Blick auf unser Kennzeichen. »Herzlich willkommen. Ich bin Petra, und das ist die Birgit.«

Wir stellten uns vor. Ich streckte Petra meine Hand entgegen, doch die stand auf, legte mir eine Hand auf die Schulter und gab mir Küsschen links-rechts. Bei Hannes dasselbe, und dann jeder nochmal mit Birgit. Ganz schön aufwendig, dachte ich, diese Prozedur.

»Guido ist mit den Teilis am Meer«, sagte Petra.

»Teilis?«, fragte Hannes. »Hat das was mit Drogen zu tun?«

»So nennen wir hier bei Ruf die Jugendlichen. Das ist kurz für Teilnehmer.« Birgit deutete auf eine Gruppe Teenager, die ein paar Meter entfernt mit Post-it-Zetteln auf der Stirn an einem Tisch saßen und *Wer bin ich?* spielten. »Teilis«, sagte sie, dann machte sie mit ihrem Zeigefinger einen Kreis um Petra und sich selbst, »Teamer.«

»Drogen sind hier im Camp strengstens verboten«, fügte Petra unnötigerweise hinzu.

»Tja«, sagte Hannes zu mir, »dann haben wir den Stoff wohl ganz umsonst durch halb Europa gekarrt.«

»Wir verticken das Zeug einfach am Weg zum Strand«, antwortete ich, »direkt aus dem Kofferraum.«

Die beiden Mädchen starrten uns an.

»Scherz.«

»Ach so!«

Birgit kicherte. Petra schien nicht restlos überzeugt.

»Die tiefen Teller haben die auch nicht erfunden«, sagte Hannes, als wir über den schmalen Weg zum Strand liefen.

Guido stand mit dem Rücken zu uns bis zu den Knien im Wasser. Er war braungebrannt, trug eine Shorts und eine Sonnenbrille, das Schwarz in seinen Haaren war ganz ausgeblichen.

»Weißt du, was geil wär?«, sagte Hannes leise. »Geil wär, wenn wir ihm aus dem Meer entgegenkämen. Als wären wir gerade aus Afrika rübergeschwommen. Und ihm dann einfach so die Hand geben, *Guten Tag*.«

Wir machten einen weiten Bogen um Guido, zogen uns bis auf die Unterhosen aus und liefen ins Meer. Wir waren schon fünf oder sechs Meter drin, das Wasser ging uns noch nicht mal bis zu den Knien, als Guido uns entdeckte. »Ey!«

»Mist«, murmelte Hannes.

»Nächstes Mal«, sagte ich.

Guido kam auf uns zu. »Seid ihr bekloppt, was macht ihr da?«

»Wir wollten dich überraschen.«

»Ist euch gelungen. Ihr Penner habt's also tatsächlich geschafft!«

Wir fielen uns in die Arme, dann gingen wir erstmal eine Runde schwimmen. Das Wasser war kühler, als es aussah, und es tat nach der langen Fahrt richtig gut. Ich tauchte unter, drehte mich auf den Rücken und schaute in den Himmel. Der Himmel war wolkenlos blau und wahnsinnig weit.

Das Mittelmeer. Südfrankreich. Wir Penner hatten es also tatsächlich geschafft.

Wir trockneten uns nacheinander mit Guidos Handtuch ab und hockten uns in den Sand. Hannes und Guido zündeten sich Zigaretten an. Eine Gruppe 14- oder 15-jähriger Jungs stürzte sich mit Geschrei auf zu kurz geratenen Surfbrettern ins Wasser.

»Passt auf, da baden Leute!«, rief Guido ihnen zu.

»Sind das die Teilis?«

»Ja.«

»Was machen die da?«

»Die üben Body Board.«

»Wenn ich mir das Gehampel so anschaue, bin ich auch body-bored«, sagte Hannes.

»Also, ich finde, die machen das schon ganz gut«, sagte Guido milde. »Sind vor ein paar Tagen erst angekommen.«

Ich schaute ihn an. Überrascht. Amüsiert. Guido als engagierter Pädagoge, das war lustig.

»Was ist?«

»Nichts.«

Wir holten unsere Sachen aus dem Kadett und trugen sie an den Hütten und Zelten vorbei zu Guidos Wohnwagen. Er befand sich mit vier weiteren Trailern auf einem durch Bäume abgetrennten Bereich im hinteren Teil des Camps. Zwischen zwei Bäumen hing eine Hängematte. Die Wohnwagen waren hufeisenförmig angeordnet.

»Das da ist meiner«, sagte Guido, »da könnt ihr pennen.«

Ich spähte hinein. Ein Bett, ein Tisch, ein Stuhl, ein Kleiderschrank. »Und wo schläfst du?«

»Bei Nicole.«

»Wer ist Nicole?«

»Meine Chefin.«

»O là là!«, sagte Hannes, und Guido grinste.

Bevor er zur Nachtschicht musste, brachte er Hannes und mir einen Teller mit Brot und Käse aus der Küche. Wir bauten unseren Campingkocher auf, machten zwei Dosen Ravioli warm und setzten uns vorm Wohnwagen ins Gras. Zum Essen gab es Bier und Wein. Mir hatte lange nichts so gut geschmeckt.

Hannes streckte sich und gähnte. »Ich glaub, ich werd alt.«

»Du bist in den letzten anderthalb Tagen fast 1500 Kilometer gefahren«, sagte ich zu meinem eineinhalb Jahre älteren Freund, der auf dem Weg hierher jedes weitere meiner Angebote, auch mal das Lenkrad zu übernehmen, ignoriert hatte und abends erst an Dijon und zwei Stunden später auch noch an Lyon vorbeigebrettert war. Erst südlich von Chanas hatten wir uns einen Platz für die Nacht gesucht, direkt an der Rhône, hinter einem Feld voller Pfirsichbäume, die am Weg zur Straße Spalier standen wie schmerbäuchige Ritter in ausgebeulten Rüstungen.

»Ja, schon, aber irgendwie …« Er faltete die Hände hinter dem Kopf und legte sich auf den Rücken. »Ich weiß auch nicht. Ich bin ständig müde.«

»Wir sind halt keine 20 mehr«, sagte ich mit heiserer Opa-Stimme, aber ein wenig Sorge machte es mir schon. Dass Hannes immer früher schlappmachte, war mir bei den Konzertwochenenden im Frühjahr schon aufgefallen. Ob es mir in ein oder zwei Jahren genauso gehen würde?

Ich lehnte mich auf den linken Ellbogen, schaute in den Himmel und trank meinen warmen Wein. Von hinter den Bäumen konnte man gedämpft das Rauschen der Duschen und Klospülungen hören, ein paar Teilis kreischten und lachten. Als Hannes neben mir schwer und gleichmäßig zu atmen begann, stand ich auf, ging zu Guidos Wohnwagen, knipste die kleine runde Lampe an und setzte mich in die offene Tür. Ich zog den Ringblock und einen Stift aus meiner Tasche und schrieb einen kurzen Brief an Richter und Tommi. Dass der Kadett durchgehalten hatte und wir gut übergekommen waren, dass es heiß war hier unten und schön. *Bitte auch Laura Bescheid sagen, falls sie euch in unserer Millionenstadt mal über den Weg läuft*, schrieb ich oben an den Rand, riss das Blatt heraus und ging damit zum Eingang des Camps. Guido saß mit einem Kollegen in dem offenen Pförtner-Eiswagen-Büro-Verschlag.

»Könntest du das zu uns nach Hause faxen?«

Er drehte sich zu seinem Kollegen. Der Kollege war noch braungebrannter als Guido. Seine blonden Locken hingen ihm bis auf die nackten Schultern, um den Hals trug er eine Holzkette. Mit einem unsichtbaren Schlüssel schloss er seinen Mund ab und nickte.

*

Am frühen Nachmittag, nach etwa zwei Stunden Fahrt vom Flughafen Toulouse-Blagnac, verlasse ich kurz hinter Béziers die Autobahn und fahre auf eine zweispurige Straße nach Süden. Flache Küstenlandschaft, ausgedörrtes Gras, am Himmel eine dünne, längliche Wolke in Motorsägenform, Kondensstreifen. Mit jedem Kilometer wird es heißer. Und voller. Stau auf einer Brücke. Kurz sehe ich das Meer aufblitzen, davor erstreckt sich über mehrere Kilometer der Ferienort, das Seebad, Marseillan Plage.

Körper an Körper liegen die Urlauber am Strand, Stoßstange an Stoßstange stehen ihre Autos. Drei- oder viermal komme ich durch denselben Kreisverkehr, bis ich endlich einen Parkplatz für meinen Mietwagen finde, einen silbergrauen Opel Meriva, potthässlich, die billigste Kategorie.

War es hier vor 16 Jahren genauso überlaufen?

Mein Tagebuch aus der Zeit gibt nicht viel her. Ich war damals nur mit mir beschäftigt, mit der Situation zu Hause, meinen Hoffnungen und Ängsten, mit Guido und Hannes und den Leuten im Camp. Über Marseillan Plage selbst habe ich kaum etwas notiert, und wie ich jetzt durch diesen völlig gesichtslosen Ortskern laufe, verstehe ich auch, warum. Eine Atmosphäre wie montagsmittags auf dem Hamburger Dom, nur mit Sonne und Rentnern. Mit leeren Gesichtern schieben sie sich durch die Fußgängerzone und schlagen die Zeit zwischen den Mahlzeiten tot, vorbei an ramschigen Klamotten- und Souvenirläden, deren Angebote sie desinteressiert oder geradezu angewidert betrachten. Nach wenigen Minuten bereits selbst leicht gereizt, löse ich mich aus der freudlosen Prozession und klappere mehrere Campingplätze in Strandnähe ab, auf der Suche nach dem Areal, auf dem sich das Ruf-Reisen-Camp befunden haben könnte. Erfolglos. Ich erkenne nichts wieder. Schließlich halte ich die Hitze nicht mehr aus, springe in Unterhose ins Meer, lasse mich im Stehen von der Sonne trocknen, ziehe mich wieder an, esse an einem klebrigen Plastikstehtisch eine Portion Pommes und setze meine Suche mit dem Wagen fort, die Aircondition auf Anschlag.

Wie oft bin ich jetzt durch diesen Kreisverkehr gekommen?

Ich will schon aufgeben und zurück Richtung Autobahn fahren, da kommt mir endlich etwas bekannt vor. Eine enge

Sackgasse, am Ende ein schmaler Pfad zum Strand, durch eine Schranke für Autos gesperrt. Daneben, hinter einer zitronengelben Mauer, befindet sich ein Campingplatz. CAMPING LA PLAGE steht auf einem länglichen Schild.

Das muss er sein.

Ich parke den Meriva direkt vor der Schranke, steige aus, betrete das Grundstück und mache ein paar Fotos. Ein Mann kommt mir entgegen, Anfang 50, große Nase, dunkler Schnauzbart, feindseliger Blick, einen Zigarillostumpen im Mundwinkel. Ob er Englisch spreche, frage ich auf Französisch.

»Un petit peu«, sagt der Mann, und dann, mit spürbarer Überwindung: »A little bit.«

In einfachen Worten erzähle ich ihm auf Englisch, dass ich mal hier war, im Sommer 99, und frage, ob sich auf diesem Gelände damals ein Camp des deutschen Reiseveranstalters Ruf-Reisen befunden hätte. Der Schnauzbartmann schüttelt abweisend den Kopf. Ich bin mir nicht sicher, ob er mich überhaupt verstanden hat, und will wissen, seit wann es diesen Campingplatz gibt. Er antwortet auf Französisch, dem Klang nach so etwas wie: Hau ab, du teutonischer Lump, wir sind ausgebucht, den ganzen Sommer, du verschwendest meine Zeit, verpiss dich.

Ich spüre, wie die Wut in mir hochsteigt.

»Kraftfahrzeug«, sage ich, »Charakterschwäche«, etwas härter Klingendes fällt mir auf die Schnelle nicht ein. Der Mann dreht sich einfach um und geht weg. Ich habe das international verständliche *Fuck off* schon auf den Lippen, da gibt er mir mit einer Handbewegung zu verstehen, dass ich ihm folgen soll.

Das Büro befindet sich in einem gemauerten Pförtnerhäuschen, nicht in dem Eiswagen von damals, welcher aber an gleicher Stelle gestanden haben könnte. Der Mann legt seinen Zigarillo in einen Aschenbecher, tippt auf einem Taschenrechner herum und hält ihn mir hin. 1973, steht da. Er hustet und zeigt auf den Boden. Gemurmel auf Französisch. Er tippt eine neue Zahl ein: 42.

Der Campingplatz befindet sich seit 1973 an dieser Stelle, schließe ich daraus, seit 42 Jahren also, und wenn das stimmt, dann muss ich mich vertan haben, dann waren wir 1999 doch nicht hier. Vielleicht hat der Mann mich falsch verstanden oder ich ihn, vielleicht verarscht er mich auch, oder aber die Firma Ruf-Reisen hat sich 1999 auf diesem Platz eingemietet und das Schild CAMPING LA PLAGE für einen Sommer abgeschraubt, vielleicht wurde es auch erst nachträglich angebracht, oder es hing damals schon an derselben Stelle und ich kann mich nur nicht daran erinnern, alles möglich. Doch als ich zurück zum Wagen gehe, sieht der Weg zum Strand, den ich vor zehn Minuten noch wiederzuerkennen glaubte, nur noch aus wie Wege zum Strand nun mal aussehen, ein in die Böschung gehauener Streifen Sand, und die Schranke, nun ja, wie viele rotweiße Schranken habe ich denn in meinem Leben schon gesehen.

Wahrscheinlich habe ich das alles nur wiedererkannt, weil ich unbedingt etwas wiedererkennen wollte. Enttäuscht schließe ich den Mietwagen auf und lasse mich in den Sitz fallen.

Was habe ich erwartet? Was habe ich geglaubt, hier herausfinden zu können? Dass beim Anblick dieser schlechten Ausrede von einer Stadt irgendein geheimer Button in mir gepusht wird, der mir unseren Aufenthalt vor 16 Jahren als Film zurück in mein Gedächtnis beamt? Dass das Ruf-Reisen-Camp noch besteht und Petra, Birgit und der Lockige an der Rezeption sitzen und all die Jahre nur darauf gewartet haben, meine Fragen zu beantworten und mir die guterhaltenen Bänder von damals heimlich angebrachten Überwachungskameras auszuhändigen?

Beim Wenden kämpfe ich in der engen Sackgasse um jeden Zentimeter, vor und zurück und wieder vor, wie Austin Powers bei seinem berühmten Buggy-Manöver in *International Man of Mystery*. Das Lenkrad ist glühend heiß, der Schweiß rinnt mir über das staubige Gesicht, eine dicke dumme Fliege brummt wie bekloppt von innen über die Windschutzscheibe. Nochmal zurück und wieder ein Stück vor, und dann gebe ich im Rückwärtsgang zu viel Gas und setze den Wagen voll vor die Mauer. Ein dumpfer Aufprall, ein knirschendes Geräusch. Ein paar Strandurlauber bleiben stehen und glotzen. Ich steige aus, begutachte den Schaden. Die Stoßstange ist eingedellt, die Karosserie zerkratzt. Ein Teil des Lacks klebt noch an der gelben Steinmauer, und umgekehrt.

»Wreck it, it's a rental«, ruft ein sonnenverbrannter Mann mit Schlapphut mir zu und lacht. Zu Recht. Der Opel Meriva wird durch diesen kleinen Crash auch nicht hässlicher. Dass ich bei der Mietwagenfirma das günstige Angebot mit den 1000 Euro Selbstbeteiligung gewählt habe, das finde ich jetzt allerdings schon etwas ärgerlich. Auf dem Campingplatz sehe ich den Schnauzbartmann aus seinem Büro kommen. Er schaut zu mir rüber. Ich nicke ihm zu, steige in den Wagen und mache mich auf zur A 9 Richtung Süden, auf zu meiner nächsten Station.

*

»Zieht noch ganz gut, der Schlitten, oder?«

Hannes beschleunigte auf 170 km/h, die Landschaft flog an uns vorbei, in der Ferne sah man schon die Ausläufer der Pyrenäen. Guido hatte das Wochenende frei bekommen, wir waren auf der A9 Richtung Süden, auf dem Weg nach Barcelona. Es fühlte sich gut an, wieder unterwegs zu sein. Weil unterwegs sein sowieso das Beste war, weil keiner von uns dreien jemals in Barcelona gewesen war und auch, weil ich mich nach zwei Tagen im Camp schon gelangweilt hatte. Guidos Chefin und neue Affäre Nicole war nett, doch die pubertierenden Teilis gingen mir gehörig auf die Nerven, genau wie das Peace & Harmony-Getue der Teamer, diese zur Schau gestellte Entspanntheit, mit der sie in ihren Flipflops über den Platz schlurften, sich gegenseitig Küsschen zuwarfen und exaltiert über jede noch so dumme Bemerkung lachten, damit auch bloß jeder mitbekam, wie gerne sie alle hier waren.

Am Abend zuvor hatte ich eine Partie Risiko mit Petra und dem Lockigen gespielt. Bei ihnen wurden die Länder *befreit* statt *erobert*, gegnerische Armeen wurden nicht *vernichtet*, sondern *aufgelöst*, niemand wurde *plattgemacht* oder *nach Absurdistan zurückgebombt*, und wenn sie sich gegenseitig angriffen, entschuldigten sie sich sogar noch dafür. »Sorry, ist nicht persönlich gemeint«, sagte der Lockige, als er Petra aus Alaska vertrieben hatte, was längst überfällig war, weil ihr schon Nord- und Südamerika und halb Europa gehörten und sie kurz davor war zu gewinnen, was ihr zwei Runden später dann auch gelang. Der Lockige hatte sich nicht mit mir gegen Petra verbünden wollen, »Ich bin doch nicht dein Steigbügelhalter!«, hatte er gesagt, und: »Der Bessere gewinnt.«

Vor allem aber irritierte es mich, wie sehr Guido in seiner neuen Erzieherrolle aufging. Beim Frühstück hatte er erzählt, Birgit habe in der Nacht zuvor zwei Jugendliche beim Kiffen erwischt und sie veranlasst, ihr Klümpchen Hasch im Klo runterzuspülen. »Zucht und Ordnung im Ferienparadies«, sagte ich in schneidigem Ton, doch Guido verteidigte Birgits Aktion sogar noch. »Das gehört nun mal zum Job«, sagte er, und ich wusste gar nicht, was man auf so einen Kapo-Satz antworten sollte. Mochte ja sein, dass Geschäftsleitung und Teili-Eltern Methoden dieser Art guthießen, aber seit wann waren wir auf der Seite von Arbeitgebern und Erziehungsberechtigten?

Ich wusste nicht, was ich in diesem Camp weniger gern gewesen wäre, Teili oder Teamer. Herumkommandieren oder herumkommandiert werden, die Freizeit anderer organisieren oder sich die Freizeit von anderen organisieren lassen, bespaßen oder bespaßt werden. Da gehe ich doch lieber in die

Fabrik, dachte ich, füttere abends die Stempeluhr und mache anschließend Feierabend, als mich 24 Stunden am Tag dieser Feel-good-Sekte auszusetzen.

Am frühen Abend kamen wir in Barcelona an. Wir fuhren zum Hafen, parkten das Auto in einer schmalen Straße, liefen zum Strand und rannten direkt ins Wasser. Anschließend setzten wir uns auf unsere Handtücher und beschlossen, die Nacht hier zu verbringen. Hannes und ich gingen zum Wagen und holten die Plastikkiste mit Gaskocher, Papptellern, Besteck und Plastikbechern aus dem Kofferraum. Hannes legte ein paar Bierdosen und Konserven dazu, ich klemmte mir eine Flasche Wodka und ein Tetrapak O-Saft unter den Arm und warf mir unsere Schlafsäcke über die Schulter. Am Strand bauten wir uns ein Nachtlager. Ich holte Tommis Kamera raus und filmte meine Freunde beim Kochen.

»Was gibt es denn heute Feines?«

»Zur Abwechslung mal Dosenfraß«, sagte Hannes.

Guido öffnete den Wodka und goss jedem einen Schluck ein. »Nach einem kleinen Aperitivo geht das bestimmt ganz gut runter.«

Mir kam der *Aperitivo* fast wieder hoch. So schmeckte Fürst Uranov also pur.

Hinter uns gingen die Laternen an und tauchten den Strand in ein warmes, ockerfarbenes Licht, die Palmen warfen lange Schatten. Langsam lief ein Mann mit einem Metalldetektor an uns vorbei und suchte den Sand nach Münzen und Wertsachen ab. 50 Meter entfernt saß eine Gruppe Langhaariger mit Gitarren und Trommeln im Kreis, vereinzelt hockten Paare im Sand, es waren kaum noch Menschen im Wasser. Mit den Papptellern und Plastikbechern setzten wir uns auf unsere Schlafsäcke und schauten aufs Meer hinaus. Die Schiffe am Horizont sahen aus, als würden sie langsam an Schnüren durchs Bild gezogen, wie die Figuren am Schießstand auf der Kirmes, am Himmel setzte ein blinkendes Flugzeug zur Landung an. Ich lehnte mich zurück, ließ die Weite auf mich wirken und atmete die salzige Luft ein.

»Ach, wir haben's schon echt gut.«

»Allerdings«, sagte Guido und zündete sich eine Zigarette an.

Hannes rülpste.

Während die beiden das Besteck an einer öffentlichen Dusche spülten und den Fresskorb zum Auto brachten, schrieb ich den Brief an Laura weiter, den ich auf der Autofahrt begonnen hatte. Ich schrieb einfach alles runter, wie in dem Brief an Sascha. Über die letzten Tage vor der Reise, meine ganzen Ängste und Zweifel, über sie und mich und Tommi und Richter, über Sascha und den Autospiegel und den Brief, den ich ihm geschrieben hatte, dann über die Fahrt mit Hannes und das Ruf-Reisen-Camp und Guido, im Grunde eine Zusammenfassung dessen, was ich in den letzten Tagen in meinem Tagebuch notiert hatte, in gestraffter Form zwar, etwas geordneter vielleicht, nicht ganz so rücksichtslos, aber doch ehrlich und geradeheraus.

Als Guido und Hannes zurückkamen, hatte ich viereinhalb DIN-A4-Seiten geschrieben. Ich klappte den Ringblock zu und schob ihn in die Plastiktüte, in der sich auch mein Walkman, Tommis Videokamera und Guidos Fotoapparat befanden. Sonnenbrille und Korkenzieher stopfte ich zu meinem Portemonnaie ins Hip-Bag und steckte auch das in die Plastiktüte. Ich hatte vor, die Tüte über Nacht im Schlafsack zu behalten, doch dort nahm sie zu viel Platz weg, ich konnte mich kaum noch bewegen, also zog ich sie nach ein paar Minuten wieder heraus und legte sie zwischen Guido und mich in den Sand.

*

»Waren wir am nächsten Tag eigentlich bei der Polizei?«

»Ich glaube, ja. Hast du das nicht aufgeschrieben? Ach so, dein Tagebuch wurde ja wahrscheinlich auch geklaut.«

»Nein, das war noch da.«

»Wieso war das noch da?«, sagt Hannes, das Gesicht ganz nahe an seiner Notebookkamera. Das Bild friert kurz ein und setzt sich dann aus einem Tumult an Pixeln neu zusammen.

»Keine Ahnung. Vielleicht hat das nicht mehr in die Plastiktüte gepasst.«

»Und du hast nicht aufgeschrieben, ob wir bei der Polizei waren oder nicht?«

»Komischerweise nicht.«

»Ich hab da so 'ne verschwommene Erinnerung an eine Polizeiwache. Ich weiß aber überhaupt nicht, wo das gewesen sein könnte. Oder was wir da gemacht haben. Ich kann mich nur an die Fotos erinnern, wie wir in der Altstadt von Barcelona rumhängen, auf so Bänken und in einer Kneipe.«

»Da bin ich gerade.«

»In einer Kneipe?«

»In Barcelona, auf dem Hoteldach, die Fotos liegen neben mir.«

»Was machst du denn schon wieder in Barcelona«, sagt Hannes, »du warst doch gerade erst in Kuba!«

»Recherche.«

»Deinen Beruf müsste man haben«, seufzt Hannes, lehnt sich zurück und gibt den Blick auf die Wiese hinter dem Haus frei, das er und seine Freundin gerade ausbauen. Steinplatten, Plane, ein Betonmischer. »Wieso gibt es diese Fotos überhaupt? Wurde Guidos Kamera nicht auch geklaut?«

»Doch.«

»Und woher dann die Fotos?«

»Wusste Guido auch nicht. Ich hatte gehofft, du könntest mir das sagen.«

»Ich kann mich wirklich kaum an die Reise erinnern. Auch nicht an das Camp.«

»An die Sonnenfinsternis vielleicht?«

»Da habe ich nur ein Bild von Gerhard Schröder im Kopf, mit so 'ner Sonnenfinsternisbrille auf der Nase.«

»Das kenne ich auch«, sage ich. »Die Titanic hatte das damals auf dem Titel. *Schröder holt die Sonnenfinsternis nach Deutschland: Dafür haben sie Geld!*«

Hannes lacht. »Wir hatten jedenfalls keine Brillen, daran könnte ich mich erinnern. Und ob wir bei der Polizei waren, wie gesagt …«

Der Strand von Barceloneta ist ähnlich überlaufen wie der in Marseillan Plage. Die Menschen räkeln sich unter Schirmen, auf Handtüchern und Liegen, dazwischen preisen fliegende Händler ihre Waren und Masseure ihre Dienstleistungen an. Auf der Promenade Jogger, Radfahrer, Flaneure und Schnorrer.

Irgendwo hier müssen wir ausgeraubt worden sein.

Letzten Sommer erst habe ich Kiki davon erzählt. »Wir lagen in Barcelona am Strand«, sagte ich, »und als ich aufwachte, war die Tüte mit den Wertsachen weg. Jemand hatte meinen Schlafsack am Fußende aufgeschnitten und die Tüte einfach rausgezogen.«

»Echt?«, meinte Kiki. »Und du hast das nicht gemerkt?«

»Nein«, antwortete ich und fand das selbst eigenartig.

Dann las ich Anfang Mai in meinem Tagebuch, wie es wirklich war. Dass sich die Tüte nicht in meinem Schlafsack befunden hat, sondern zwischen Guido und mir im Sand lag. Und mir fiel wieder ein, dass ich den Schlafsack danach ja noch jahrelang benutzt und das braun-gelb-rote Ding erst entsorgt hatte, als ich es halb verschimmelt in einer Ecke des Proberaums fand, irgendwann um 2005, als die Anlässe, in einem Schlafsack zu schlafen, schon sehr rar geworden waren. Zu keinem Zeitpunkt wurde er jemals aufgeschnitten.

Habe ich mir das ausgedacht? Um die Story ein wenig aufzupeppen? Oder weil es mir peinlich war, dass wir ausgerechnet im für seine Kleinkriminalität berüchtigten Barcelona beim Schlafen unsere Wertsachen neben uns liegen gelassen hatten?

Die Rezeptionistin meines Hotels im Stadtteil El Born nimmt das Foto in die Hand, das ich vor ihr auf den Tresen gelegt habe. Hannes und ich auf einer Bank, hinter uns ein kleiner Platz mit einem knorrigen Baum. Hannes schneidet sich gerade Gurkenscheiben aufs Baguette, ich bin barfuß und habe einen Tetrapak O-Saft der Billigmarke Ja! in der Hand.

»Do you have any idea where that might be?«

Die Frau hält sich das Bild ganz dicht vor die Brille und entziffert den Straßennamen am Gebäude hinter uns. »Carrer de l'Allada-Vermell«, sagt sie, »that's just around the corner.«

Es sind nur zwei Gehminuten. Der Platz wirkt, als warte er seit Jahrhunderten darauf, dass sich auf ihm mal etwas Bedeutsames ereignet. Der Baum in der Mitte ist ein paar Meter gewachsen, die Zweierbänke wurden durch Einer ersetzt, ungewöhnlich breite Einerbänke, wie für Menschen mit ausladendem Gesäß gemacht, wahrscheinlich aber eher aufgestellt, damit dort Paare sitzen, aber niemand mehr darauf schlafen kann. Auf der anderen Straßenseite befindet sich eine kleine Kneipe namens Cal Brut. Vielleicht der Laden, in dem wir Hannes' Geld versoffen haben?

*

»Und nu?«

Hannes saß in der offenen Tür hinter dem Lenkrad, ich daneben auf dem Beifahrersitz, Guido hatte sich auf der Rückbank breitgemacht. Es war kurz vor halb sieben, über dem Meer ging gerade die Sonne auf. Vor anderthalb Stunden war ich von den Strandkehrmaschinen geweckt worden, hatte bemerkt, dass die Plastiktüte weg war und die anderen geweckt. Hannes hatte erleichtert festgestellt, dass der Autoschlüssel noch da war und sich wieder umgedreht, auch Guido war gleich wieder eingeschlafen. Ich war zum Wagen gegangen, hatte geschrieben und auf die beiden gewartet, während im Hintergrund irgendwelche Schweine quiekten, als würden sie gerade zur Schlachtbank geführt.

Guido gähnte. »Kassensturz«, sagte er und richtete sich auf.

Sein Fotoapparat war weg, außerdem sein ganzes Geld.

Hannes war nichts gestohlen worden, er besaß noch etwas über hundert Mark.

»Ich hab zwei Travellerschecks im Camp gelassen«, sagte ich, »die liegen im Wohnwagen, insgesamt 120 Mark.«

Ansonsten fehlte mir so ziemlich alles: mein Portemonnaie mit 100 Mark und nochmal umgerechnet 80 in Francs, der Personalausweis, meine Bankkarte und die des Bandkontos, Walkman, Kopfhörer, Sonnenbrille, Korkenzieher, das Jeans-Hip-Bag und der Ringblock mit dem langen Brief an Laura und Unmengen an Textideen, nicht zu vergessen Tommis Kamera mit der fast vollen Kassette, der eindeutig größte Verlust. Unser Umzug, die Aufnahmen aus Zandvoort, das Streichen bei Laura, die Fahrt mit Hannes nach Frankreich, der gestrige Abend am Strand – fast 60 Minuten Gefilme, alles weg. Intime Momente, eingefangen und nie angeschaut, nun in den Händen eines gewieften Langfingers, der damit überhaupt nichts anfangen konnte, der eventuell mal reinschauen und darüber lachen und es dann mit seinem eigenen Leben überspielen würde, wahrscheinlich nicht mal das, wahrscheinlich lag das Band schon längst in irgendeinem katalanischen Mülleimer. Wenn das mit Laura nur eine kurze Episode in meinem Leben sein würde, falls ich nichts als eine Fußnote in ihrem bliebe, der Hebel raus aus ihrer Beziehung zu Sascha, ein kleiner Ferienspaß, dann waren die Filmaufnahmen aus ihrer neuen Wohnung der einzige Beweis, dass das alles überhaupt stattgefunden hatte, dass ich es nicht nur geträumt oder im fiebrigen Wahn fürs Tagebuch erfunden hatte.

Hannes zündete den Wagen. Er schaute auf die Tankanzeige und stellte den Motor wieder ab. »Noch halbvoll. Könnte gerade eben reichen bis Marseillan Plage.«

»Wenn du nicht so heizt wie auf der Hinfahrt, vielleicht«, sagte ich.

»Erzähl ausgerechnet du mir nicht, wie ich fahren soll«, blaffte Hannes.

Ich zeigte ihm zwei Fuckfinger.

»Hey«, mischte Guido sich ein, »es gibt doch für alles 'ne Lösung!«

Hannes und ich drehten uns um und schauten erst Guido, dann uns an. Was waren das denn für Töne?

»Oder etwa nicht? Ich für meinen Teil würde gerne noch eine Nacht bleiben. Ich hab mir extra Urlaub genommen. Urlaub vom Urlaub quasi.«

Ich für meinen Teil? Urlaub vom Urlaub? Quasi? – Dieses Teamermilieu tat seiner Ausdrucksweise nicht gut. Aber er hatte ja recht.

»Wir haben auch noch gar nichts von der Stadt gesehen«, sagte ich.

»Wo wir schon mal da sind«, stimmte schließlich auch Hannes zu. »Allerdings sollten wir uns für tagsüber ein etwas schattigeres Plätzchen suchen.«

Wir fanden einen Parkplatz in der Carrer de la Princesa, einer engen Straße am Rande der Altstadt, von wo aus Hannes und ich uns bis zur nächsten Polizeiwache durchfragten. Zu Fuß, um Sprit zu sparen, und weil man in dieser von Einbahnstraßen durchzogenen Stadt sowieso nie da rauszukommen schien, wo man hin wollte. Guido blieb beim Wagen.

Plaça de Catalunya, La Rambla, Via Laietana – die Namen einiger Straßen und Plätze kannte ich aus *Der kurze Sommer der Anarchie*, Hans Magnus Enzensbergers Buch über Buenaventura Durruti und den Spanischen Bürgerkrieg. Das Buch begann mit der Totenfeier für Durruti, dessen mit einer schwarz-roten Fahne bedeckter Sarg 1936 durch die Straßen dieser Stadt getragen worden war, gefolgt von einer großen Menge trauernder Anarchisten und zwei Orchestern. Die Masse an Trauernden war kaum vorangekommen, und die beiden Orchester hatten völlig aneinander vorbeigespielt, diese Szene hatte sich mir eingebrannt. 1936, dachte ich, als wir die Via Laietana überquerten, das ist lange her, aber irgendwie auch nicht, da war mein Opa schon volljährig.

Die Wache lag an einer mehrspurigen Straße unweit eines Kreisels mit Springbrunnen. Die beiden Polizisten sprachen kein Englisch, wir sprachen kein Spanisch, geschweige denn Katalanisch. Dass wir ausgeraubt worden waren, konnten wir ihnen immerhin begreiflich machen. »Playa … Monetas … Passaporte …«, stammelten wir und führten dazu pantomimisch ein halbes Theaterstück auf. Die Polizisten ließ das völlig kalt. Gelangweilt drehte einer der beiden uns den Rücken zu, um sich einen Kaffee einzuschenken. Mit dem Desinteresse unseres Publikums brach auch unsere Performance jäh in sich zusammen. Man legte mir einen Zettel vor, auf dem ich irgendwas ankreuzen sollte.

»Lass uns abhauen«, sagte Hannes. »Die Sachen kriegst du eh nicht zurück.«

»Und mein Ausweis?«

»Man wird dich schon aus dem Land lassen.«

Ich schob den Zettel zurück über den Tresen.

»Arrivederci«, sagte Hannes, als wir durch die Schwingtür in das gleißende Sonnenlicht traten.

»Das war Italienisch«, sagte ich.

»Die haben uns doch eh nicht zugehört.«

Für den Rückweg ließen Hannes und ich uns Zeit. Wir betrachteten die verwitterten Steinhäuser mit den schmalen Balkonen voller Topfpflanzen und trocknender Wäsche und die von Graffitis übersäten Rolltore der Ladenlokale, vor denen immer mal wieder ein Obdachloser auf einem Fetzen Karton lag und schlief. Ein Hauch von Seifenlauge und Pisse wehte durch die engen Gassen. Es wirkte alles ein wenig heruntergekommen und morbide, und doch erhaben und stolz.

In der Altstadt war es angenehm schattig. Vor den Cafés saßen alte Männer und lasen die Zeitung, Urlauber schlenderten in ihre Stadtpläne vertieft an ihnen vorbei. An einem Souvenirladen klaute ich eine Sonnenbrille. Sie war sehr groß und hatte gelbgetönte Gläser.

»Puck die Scheißhausfliege«, spottete Hannes, dann verstummte er, eine unfassbar hübsche Frau kam uns entgegen. Sie sah aus wie ein Model, ein ungeschminktes und noch halbverpenntes Model, das gerade erst von den im Wind flatternden Vorhängen ihrer Dachgeschosswohnung geweckt worden und rasch in ein herumliegendes Kleid geschlüpft war, um sich an der Ecke einen Café con leche zu holen. Ich nahm meine peinliche Brille ab und legte sie im Vorbeigehen einem Obsthändler in die Aprikosen. Hannes lachte. Ich fragte mich, was Laura wohl gerade machte. Wie es wäre, mit ihr hier zu sein. Dann fiel uns auf, dass wir uns verlaufen hatten.

»Wir müssen nach Westen«, meinte Hannes.

»Woher weißt du denn, wo Westen ist?«

»Westen ist da, wo nicht das Wasser ist«, sagte Hannes und reckte den Hals. »Wenn man nur die scheiß Sonne sehen könnte …«

Wir kamen auf einen kleinen Platz, auf dem eine lärmende Schulklasse Tauben von links nach rechts jagte. Hannes zeigte auf eine Wand, an der das Picasso-Museum ausgeschildert war. »Ich glaube, da sind wir vorhin vorbeigekommen.«

Vor dem Eingang des Museums stand eine lange Schlange.

»Lass mal reingucken«, sagte Hannes.

»Warum?«

»Nur so. Picasso.«

»Das kostet mit Sicherheit Geld.«

»Nur mal gucken.«

Ich folgte ihm an der Schlange vorbei in das festungsartige Gebäude. Wir mischten uns unauffällig unter eine französische Reisegruppe und marschierten an der Kasse vorbei, wurden bei den Treppen nach oben aber von einer jungen Frau aufgehalten.

»Tickets?«, fragte sie.

Sie war höchstens so alt wie wir, hatte kurze dunkle Haare und freundliche Augen. Hannes und ich grinsten sie an, sie grinste zurück, was wir als Aufforderung verstanden, einfach weiterzugehen, doch als wir das taten, hielt sie mich am T-Shirt fest und rief: »No No No No No!« Sämtliche Touristen im Innenhof drehten sich zu uns um. Die Frau sah mich entschuldigend an.

»Hättest du nicht ein bisschen mehr flirten können?«, sagte Hannes auf dem Weg nach draußen.

»Ich hab alles gegeben«, antwortete ich.

»Na ja«, sagte Hannes. »War einen Versuch wert.«

»Ja.«

»Hätte ja auch fast geklappt.«

»Fast.«

»Schade.«

»Scheiß drauf«, sagte ich. »Wir sind in Barcelona, da will ich nicht ins Museum, da will ich was erleben.«

»Stimmt auch wieder«, meinte Hannes. »Wobei, ich könnte mich noch mal 'ne Runde aufs Ohr hauen.«

Ich nickte. Die Nacht war wirklich ziemlich kurz gewesen.

Guido lag dösend auf einer Bank in der Nähe des Wagens, unter einem knorrigen Baum mit winzig kleinen Blättern. Hannes legte sich auf die zweite Bank, ich holte meinen Schlafsack aus dem Wagen und breitete ihn auf dem Boden aus.

Als wir aufwachten, stand die Sonne hoch am Himmel. Auf dem Platz spielten Kinder Fußball, es roch nach Fisch und Frittiertem und aufgeheiztem Beton. Wir setzten uns auf die Bänke. Auf der gegenüberliegenden Straßenseite hockte ein Mann mit sonnengegerbter Haut und dunklem Bart auf seinem Rucksack. Er hatte ein schmutzigweißes Pflaster auf der Stirn und pfiff einen Song von Sting, vor ihm auf dem Gehweg lag eine Baskenmütze. Ab und zu schmiss jemand eine Münze hinein, dann unterbrach der Mann kurz sein Geflöte, bedankte sich und pfiff weiter. *I'm an Englishman in New York*, immer und immer wieder.

»Englishman hat sich aber ganz schön verlaufen«, sagte ich.

»Sieht auch gar nicht so britisch aus, der Bruder«, sagte Hannes und schirmte seine Augen mit der Hand ab. »Eher französisch.«

»In Barcelona gibt es auch ein World Trade Center«, sagte ich. »War vorhin ausgeschildert.«

»Habt ihr 'ne Stadtrundfahrt gemacht oder was«, sagte Guido, der allgemein so seine Launen hatte und aktuell angefressen zu sein schien, weil wir so lange weg gewesen waren.

»Die Leute schmeißen Geld in den Hut«, sagte ich. »Vielleicht sollten wir das auch mal versuchen.«

»Mit einem Song von Sting um Geld betteln?«, tat Hannes empört.

»Wir könnten das Repertoire ja ein wenig erweitern.«

»Womit denn? *Lambada*?«

»Warum nicht. Oder *Spanish Bombs*. Immerhin sind wir eine fast vollständige Band.«

»Nur ohne Instrumente.«

»Vielleicht gibt der Kollege drüben uns ja sein Pflaster, wenn er fertig ist. Das gäbe uns so einen bedürftigen Touch.«

»Nur Mitleid bringt nichts ein«, sagte Guido murrend.

»Wieso, klappt bei ihm doch auch ganz gut«, sagte ich.

»Sein ganzes Geschäftsmodell basiert auf Mitleid«, gab Hannes mir recht.

»Man muss auch was leisten«, beharrte Guido auf seinem Standpunkt.

»Ich hol mal lieber was zu trinken aus dem Auto«, sagte Hannes und stand auf. Er klopfte seine Hosentaschen ab und riss panisch die Augen auf. »NEIN!«

Ich lehnte mich zurück, zog den Autoschlüssel aus meiner Hosentasche und warf ihn Hannes rüber.

»Das wär's jetzt noch gewesen«, sagte er und ging zum Wagen.

»Bring mal Sonnenzeug mit!«, rief ich ihm hinterher.

Wir rieben uns die Gesichter, Nacken und Arme mit Sonnencreme ein. Englishman schulterte seinen Rucksack und trottete langsam davon. Hannes und Guido öffneten ihre Bierdosen, ich mischte mir einen Wodka-O im Plastikbecher.

»Statt einem Gaskocher hättet ihr lieber eine Kühlbox mitnehmen sollen«, sagte Guido, nachdem er den ersten Schluck genommen hatte.

»Eigentlich brauchen wir meine Kohle ja für den Rückweg nach Köln«, überlegte Hannes laut.

»Viel dringender brauchen wir kaltes Bier«, sagte Guido.

»Ein Brot wäre auch nicht schlecht«, sagte ich.

»Da vorne kann man bestimmt wechseln«, sagte Guido und zeigte auf ein Gebäude an der Ecke. Banco Guipuzcoano stand in gelben Lettern über dem Eingang.

Hannes wechselte die Hälfte seines Geldes, 50 Mark. Neben der Bank gab es einen kleinen Lebensmittelladen. Wir kauften einen Sechserträger Estrella Damm, eine Tüte Kartoffelchips, ein Baguette, eine Packung Schmierkäse und eine Gurke, und als wir an der Kasse standen, legte Hannes noch eine Einwegkamera dazu: »Sonst glaubt uns doch keiner, dass wir hier waren.«

Gegenüber, in der Kneipe, vor der Kollege Englishman gesessen hatte, schnorrte ich einen Becher Eiswürfel. Ich mixte mir einen frischen Wodka-O und tat die Hälfte der Eiswürfel hinein, Hannes und Guido öffneten ihr kaltes Bier. Hannes nahm drei oder vier Schlucke, betrachtete die rote Dose mit dem goldgelben Stern, schnalzte mit der Zunge und sagte leise: »Cer-ve-za.« Er sah sehr glücklich aus.

Als das Bier und die Eiswürfel alle waren, zogen wir um in die Kneipe und versoffen die restlichen Peseten. Es gab einen Ventilator und Musik, und der Barkeeper sprach ein bisschen Englisch. Er hieß Ricardo, kam aus Mexiko und war Anfang des Jahres erst nach Barcelona gezogen. »The best city in the world«, sagte er und zwinkerte uns aus seinem windschiefen Gesicht zu. Bei der zweiten Runde baten wir ihn, ein Foto von uns zu machen. Ricardo ließ uns am Tresen posieren wie die letzten Fußballfans und verschoss gleich ein halbes Dutzend Bilder von unserem kostbaren 27er-Film. Die Bar füllte sich. Hannes fragte ein paar junge Skater, ob er sich mal kurz eins ihrer Bretter leihen könnte. Er hatte seit Jahren auf keinem Skateboard gestanden und legte sich bei einem amateurhaften Ollie derbe aufs Maul, das Brett schoss durch die Luft und knallte gegen die holzvertäfelte Wand, Hannes blieb auf dem Rücken liegen. Guido und ich halfen ihm hoch, die Kids lachten, Ricardo lud uns auf eine Runde Anisschnaps ein. Die Musik wurde lauter gedreht, es war die Liveplatte von Bob Marley, wir kippten den Schnaps und sangen mit: »*Everything's gonna be alright, Everything's gonna be alright …*«

Ricardo erzählte uns von einer Bar, die dem Sänger Manu Chao gehörte, das könnte was für uns sein, auf dem Platz davor würden immer viele Leute abhängen. Davon hätte schon der Lockige im Camp erzählt, meinte Guido, doch ich hatte gleich den schlimmen Manu-Chao-Song im Ohr, der das ganze Frühjahr bei 1Live rauf und runter gelaufen war, *King of the Bongo, King of the Bongo Bong*, und dann entdeckte ich beim Pinkeln ein Poster an der Klotür, auf dem die Veranstaltungen eines besetzten Hauses aufgelistet waren. Heute sollten mehrere Bands spielen, ausnahmslos Crustpunkcombos, zu erkennen an den unlesbaren Logos und einem eingekreisten A in der Ecke. Vielleicht konnte man sich da irgendwie reinschnorren.

Das *Ocupa* läge nahe des Stadtteils Gràcia, sagte Ricardo, zu Fuß etwa eine halbe Stunde. Er gab uns eine Wegbeschreibung. Es klang ganz einfach: nur die Straße runter, bei der Metro rechts ab, dann immer geradeaus und in Gràcia nochmal fragen. Er spendierte eine weitere Runde Schnaps, dann machten wir uns auf den Weg.

Wir liefen eine vierspurige Straße entlang, vorbei an alten Gebäuden und Plätzen, auf denen ganze Familien einträchtig zusammensaßen und plauderten. Es dämmerte, als wir losgingen, dann wurde es ganz plötzlich dunkel. Schmutziggelbe Straßenbeleuchtung, brüllend laute Fernseher, Tapas-Bars, davor spielende Kinder, Straßenmusiker, Dosenbier- und Rosenverkäufer, auf den Straßen Rollerfahrer, Polizisten, Partyvolk. Wir waren fast eine Stunde gelaufen und schon wieder halb nüchtern, als wir in Gràcia ankamen. Wir fragten Passanten nach dem besetzten Haus, dem Squat, dem *Ocupa*, doch niemand konnte uns helfen. Es hieß irgendwas mit *Centro* und *Social*, den Rest hatte ich vergessen. Ein Typ mit langen Dreadlocks meinte, er kenne zwar ein Centro Social, das sei aber ganz woanders, seine Beschreibung klang wie der Weg zurück zu unserem Auto.

»War ja klar«, stöhnte Guido.

»Was war klar?«

»Dass das Haus da ist, wo wir gerade herkommen.«

»Warum?«

»Wieso hätte sonst ein Poster in dieser Bar hängen sollen.«

»Warum denn nicht?«

»Hausbesetzer sind faul«, sagte Guido in einem Tonfall, als würde er einem besonders begriffsstutzigen Teili etwas ganz Einfaches erklären. »Hausbesetzer plakatieren nur in ihrer direkten Nachbarschaft und bleiben gerne unter sich. Ist bei uns doch genauso.«

»Du meinst, bei den vielen besetzten Häusern im schönen Rheine?«, stichelte ich, obwohl ich wusste, dass Guido auf die Läden in deutschen Großstädten anspielte, wo wir auf Tour manchmal landeten und uns nicht nur musikalisch immer etwas fehl am Platz fühlten.

Guido schnippte seine Kippe gegen ein Ladentor. »Wären wir mal zu dieser Manu-Chao-Bar gegangen.«

»Ja, hätten wir nur auf dich gehört, als du dich so stark dafür eingesetzt hast.«

»Vielleicht gibt es hier mehrere Centro Socials«, meinte Hannes.

»Der Typ hatte Wursthaare«, sagte Guido, »der wird schon das Richtige gemeint haben.«

»Das waren aber Hippie-Wursthaare«, sagte ich, »keine Anarcho-Wursthaare.«

»Wursthaare sind Wursthaare.«

»Schwachsinn.«

»Wieso hast du dir denn die Adresse nicht gemerkt?«, schimpfte Guido. »Wenn man einen Laden sucht, dann schreibt man sich doch die Adresse auf!«

»Hast du sie dir etwa gemerkt?«, giftete ich zurück.

»Ich dachte, du machst das. Du schreibst doch sonst jeden Mist auf«, sagte Guido, der mir jetzt wirklich enorm auf den

Sack ging. Ich empfand sein ultravernünftiges Gelaber als Angriff, auf mich, auf uns und auf alles, was uns ausmachte. Letztes Jahr hatte er noch am Fließband gestanden und Schrauben in die Karosserien von Schnöselkarren geworfen, nun fand er die große Erfüllung in seinem Teamerjob. Außerdem war ich insgeheim immer noch sauer wegen der Zwangspause, zu der er und sein dämliches Ferienlager die Band gezwungen hatten. Die Band war unser Ticket raus, raus aus der Stadt, raus aus der Langeweile und der Lethargie, aber der Langsamste bestimmte das Tempo, und Guido hatte uns ausgebremst, lahmgelegt, zurückgeworfen. Ich wusste, dass Hannes ähnlich dachte, doch der gähnte nur, statt auch mal was zu sagen, und da bezeichnete ich ihn als *Schlaftablette* und Guido als *klugscheißernden Hippiebullen*, und dann sagte keiner mehr was.

Schweigend, erschöpft und nun auch endgültig wieder nüchtern marschierten wir den ganzen Weg zurück zum Wagen. Wir holten unsere Schlafsäcke aus dem Kofferraum und legten uns auf unseren Platz in der Carrer de la Princesa. Diesmal bekam ich eine der beiden Bänke, Hannes die andere, Guido legte sich schmollend auf den Boden.

Früh am nächsten Morgen fuhren wir zurück nach Marseillan Plage. Hannes fuhr konstant 120. Kurz vor der französischen Grenze wechselten wir seine restlichen 50 Mark, um nochmal günstig vollzutanken. Wir passierten die Grenze, ohne rausgewunken zu werden. Im Ruf-Reisen-Camp war *Alkfreier Sonntag*.

»Merci beaucoup«, sagte ich am Montagvormittag zu dem Bankangestellten hinter dem Schalter, als er mir die frischen, glatten Scheine hingeblättert hatte. Er hatte nur meine Unterschrift mit der auf den Travellerschecks verglichen und dann anstandslos den Gegenwert von 120 Mark in Francs ausgezahlt, ohne nach dem Ausweis zu fragen.

»Avec plaisir«, sagte der Bankangestellte.

Ich stellte fest, dass es der erste Franzose war, mit dem ich auf dieser Reise sprach, und dass ich neben *Ich bin Aufgabenheft, bitteschön* auch *Guten Tag*, *Danke* und *Auf Wiedersehen* auf Französisch sagen konnte. Ein Baguette hätte ich wohl auch noch bestellen können, das war aber nicht nötig, die Ruf-Reisen-Küche fütterte uns durch. Zweimal täglich saßen Hannes und ich vor Guidos Wohnwagen und stocherten in unseren Almosen. »Dosenfraß und Teilireste«, seufzte Hannes, »das sieht uns ähnlich.«

Eines Nachmittags kaufte ich in einem akuten Anfall von Konsumgeilheit bei einem der Eisverkäufer am Strand ein Calippo, für umgerechnet über drei Mark.

»Das geht alles von unserem Spritgeld ab«, tadelte Hannes mich. »Für drei Mark hätten wir gut und gerne …«, er überlegte, »was weiß ich, jedenfalls hätten wir dafür einige Kilometer Auto fahren können. Wenn wir am Kreuz Meckenheim liegen bleiben, schiebst du den Wagen zum Wiener Platz!«

»Vielleicht sollten wir unseren Urlaub etwas abkürzen und direkt nach Köln fahren.«

»Wegen der Kohle? Davon habe ich zu Hause auch nicht mehr, und mit unserem Vorrat an Fertiggerichten können wir hier überwintern.«

»So viel ist das gar nicht mehr«, sagte ich, »und der Sprit geht auch langsam zur Neige.«

»Wir haben das Fahrzeug seit Tagen nicht bewegt«, ereiferte sich Hannes in bester Ralf-Richter-Manier. »Verdampft der Sprit jetzt im Tank oder was!«

Ich hielt meine leere Weinflasche in die Luft.

»Ach so.«

Doch es ging mir nicht ums Geld oder unsere schwindenden Alkoholvorräte. Ich wollte zurück. Zurück in die Stadt, wo es Menschen gab und Musik und Leben. Mir war sterbenslangweilig. Ich war für Strandurlaub offensichtlich nicht gemacht, und außer Strand gab es hier nichts. Einmal fuhren wir mit geliehenen Mountainbikes zum zehn Kilometer entfernten Cap d'Agde, den Rest der Zeit verbrachte ich lesend, schreibend oder schlafend in der Hängematte oder in Guidos brüllendheißem Wohnwagen, wenn die Hängematte besetzt war. Manchmal setzte ich mich kurz ins Auto, um Musik zu hören, einen Walkman besaß ich ja nicht mehr.

Den Brief an Laura fing ich nicht noch einmal an, doch jede zweite Nacht ließ ich Guido einen kurzen Brief an sie zu uns in die Tiefe Straße faxen. Laura und Theresa hatten immer noch kein Telefon in der neuen Wohnung, und Auslandsgespräche hätte man eh zahlen müssen. Zwei- oder dreimal kam ein Fax von Laura zurück. Ihre Nachrichten waren nüchtern und knapp. Ich versuchte, etwas herauszulesen, über ihre Stimmung und die in unserer WG, wurde aber nicht recht schlau aus ihren wenigen Sätzen. Immerhin schien sie regelmäßig bei uns vorbeizuschauen. Wenn Richter, Tommi und Laura noch miteinander zu tun haben, dachte ich, dann ist vielleicht alles nur halb so schlimm, dann kommt vielleicht auch zwischen meinen Mitbewohnern und mir bald alles wieder in Ordnung.

In ihrem letzten Brief schrieb Laura, ich solle eine Flasche Wein aufbewahren und sie während der Sonnenfinsternis trinken. Dass ich dabei an sie denken solle, schrieb sie nicht. Vielleicht hatte sie genau das gemeint, vielleicht war es aber auch nur so dahingesagt, weil alle Welt gerade über diese Sonnenfinsternis sprach. Theresa und Wiebke wollten sogar extra deswegen nach Süddeutschland fahren, schrieb Laura, mit ein paar Leuten vom Louie-Parkplatz.

Am 11. August saß ich pünktlich um zwölf Uhr mittags mit Hannes, Guido und meiner letzten Flasche Wein auf einem kleinen Sandhügel am Strand. Der Strand war voller Menschen. Sie saßen auf Decken und in Campingstühlen und glotzten aufgeregt in den Himmel. Einige trugen diese speziellen Sonnenfinsternisbrillen, andere hielten sich Alufolie vors Gesicht. Nach einer halben Stunde, ich hatte schon gut einen im Tee, setzten die ersten Leute ihre Brillen ab. Der Strand leerte sich. Das Naturereignis war vorbei, und man hatte überhaupt nichts gesehen.

Abends fand der *Heartbreakers Ball* statt, eine Abschiedsparty für die Teilis, die im Zwei-Wochen-Takt durch das Camp geschleust wurden. Während auf einer kleinen improvisierten Bühne der *Gesicht des Jahres*-Contest lief, lehnten Hannes und ich an der Rückseite eines Wohnwagens und schauten den kreischenden Teenies zu.

»Sind wir nicht ein bisschen zu alt für diesen Scheiß?«, sagte ich.

Hannes unterdrückte ein Gähnen, und endlich willigte er ein, ein paar Tage früher als geplant zurückzufahren.

*

Vorsichtig bugsiere ich den Opel Meriva rückwärts in eine Parklücke. Er ditscht leicht gegen die Mauer, schon wieder, jetzt auch egal. Ich steige aus, zünde mir eine Zigarette an und schaue aufs Handy. Mein Flug nach Köln geht in zwei Stunden. Ich lehne mich gegen den Wagen und nehme ein paar Züge, dann schnippe ich die Zigarette über die Mauer, packe meinen Krempel zusammen und gehe rüber zum Büro der Mietwagenfirma.

»Bonjour.«

»Bonjour. Was everything fine?«

»Yes, absolutely.«

»Any problems with the car?«

»Not at all.«

»Follow me, please.«

Mit dem Übergabeprotokoll in der Hand macht die Angestellte eine Runde um den Wagen. Auf der Höhe des Kofferraums hält sie sich am Autodach fest, steigt auf die Zehenspitzen und reckt den Hals, kann aber nichts sehen. Näher an der Wand hätte ich wirklich nicht parken können. Sie öffnet die Fahrertür, setzt sich hinters Steuer und dreht den Zündschlüssel, aber statt den zerkratzten und verbeulten Meriva einen halben Meter nach vorne zu bewegen und ihre Runde um den Wagen fortzusetzen, checkt sie nur den Kilometerstand und die Tankanzeige, zieht den Schlüssel ab und steigt wieder aus.

»Ok. Then please sign here.«

Ich unterschreibe.

»Have a good day.«

»Merci beaucoup, Madame«, sage ich, »à vous aussi.«

Ein paar Stunden später, Köln, Neumarkt. Der Mann im Fotoladen legt die Negative auf das Leuchtpult und beugt sich mit einem Objektiv vorm rechten Auge darüber.

»Da ist kein Markenname vermerkt.«

»Was heißt das?«

»Dass der Film aus einer Einwegkamera stammen könnte. Das sind meistens No-Name-Produkte.«

»Kann ich mal sehen?«

Er reicht mir das Objektiv. Ich gehe die Negative durch und entdecke einen Streifen, von dem damals keine Abzüge gemacht wurden. Wahrscheinlich, weil die Bilder völlig unterbelichtet sind. Auf allen sind die Umrisse von Köpfen zu sehen. Guido, Hannes und ich als weiße Silhouetten, nur an den Frisuren zu erkennen. Hinter uns sieht man das Gebäude auf der anderen Straßenseite, darauf die ersten sechs Buchstaben des Logos einer Bank, Banco G –.

Wir waren 1999 also wirklich im Cal Brut. Oder wie auch immer der Laden damals geheißen hat. Mit meinem Gepäck und der Fototasche in der Hand laufe ich zur Bahn und fühle mich, als hätte ich ein großes Rätsel gelöst.

Bei Maren und ihrer Familie in Nippes lade ich meine Tasche ab. Wir trinken einen Kaffee und verschieben das Interview auf abends, Oli will auch kommen. Kurz ins Bad, das Handy von der Steckdose ziehen, und schon bin ich wieder raus aus der Wohnung. Ich gehe die Neusser Straße rauf, öffne den reservierten Drive-Now-Wagen, gebe meinen Pin ein, suche 1Live, erwische ein altes Britney-Spears-Stück und fahre los. Erst nach Mülheim, zum Wiener Platz und in die Wallstraße, dann über die Deutzer Brücke zurück auf die linke Rheinseite. Ich komme an der Baustelle des eingestürzten Kölner Stadtarchivs vorbei, denke: Das passt, und fahre den Rhein entlang nach Süden. In einer Seitenstraße auf Höhe des Schokoladenmuseums parke ich den Mini und klappere zu Fuß die Hotels in der Nähe ab. Das Art Hotel wurde 2010 eröffnet, das NH 2002, das Novotel laut der Frau an der Rezeption vor 15 Jahren. All diese Hotels hat es also im Sommer 1999 noch nicht gegeben.

Wo war die *Bang-Boom-Bang*-Premierenfeier?

Der Regisseur des Films schrieb mir in einer E-Mail, die Party habe in den alten Lagerhallen stattgefunden, in denen heute das Sport- und Olympiamuseum untergebracht ist, die H-Blockx hätten live gespielt. Die H-Blockx liefen in den Neunzigern ständig auf 1Live. Ihr affirmativer Crossover symbolisierte so ziemlich alles, was mir an diesem Jahrzehnt zuwider war. *Move ya, move-move ya*, biederes Gehampel, Musik für Menschen, die Musik verachteten. Ganz bestimmt hätte ich in meinem Tagebuch vermerkt, die H-Blockx live gesehen zu haben. Auch Laura konnte sich an keine Band erinnern. Da waren keine H-Blockx, da war keine Bühne. Ich bin mir sicher, dass es ein Hotel war. Oder etwas Hotelähnliches. Vielleicht das Schokoladenmuseum selbst?

Erst als ich über die Zugbrücke auf das Museum zugehe, fällt mir auf, dass ich dort schon mal war. Vor zwei Jahren, auf einer Aftershowparty der Lit.Cologne. Wir schoben unsere von einem dreistündigen Auftritt auf der MS RheinEnergie noch hochtourigen Körper durch die Tür und gingen direkt aufs Klo, um das High chemisch zu steigern. Wir waren zu fünft oder zu sechst, einer hatte ein Tütchen MDMA dabei. Erst nachdem wir an der Bar unsere Getränke bestellt hatten, bemerkten wir, dass keine Musik lief. Die anderen Gäste schien das nicht zu stören. Rumstehen, palavern und bei demonstrativ zwanglosem Genetzwerke die Weingläser zu schwenken war den Literaturbetrieblern Ekstase genug. Als das MDMA zu wirken begann, saßen wir längst wieder im Taxi.

Heute ist nicht viel los im Schokoladenmuseum, die Dame am Ticketschalter nimmt sich Zeit für mich und meine Fragen. »Ja, hier gab es ein Open-Air-Kino«, sagt sie und zeigt mir, wo damals die Leinwand stand. »Danach fanden öfter Partys statt, meist hier im Foyer.«

Ich schaue mich um, im Museum und davor, halte es für möglich, dass Laura und ich hier waren, klingeln tut allerdings mal wieder nichts. Und plötzlich ist es mir ganz egal, dass ich kaum etwas wiedererkenne, weder in Marseillan Plage oder Barcelona noch hier. Mag der Regisseur auch mit den H-Blockx in irgendeiner Halle um die Ecke gefeiert haben, ich entscheide mich für das Schokoladenmuseum. Wenn ich der Wahrheit näherkommen will, muss ich sie erfinden. Die Phantasie als Kitt, der eine Geschichte zusammenhält.

*

Tief und suppig hing der Himmel über dem Wiener Platz. Es hatte den ganzen Tag geregnet, nun nieselte es nur noch schwach, sogar der Regen wirkte erschöpft. Ich ging die Treppen runter und wartete auf die 18 zum Hauptbahnhof. Mein Hals brannte. Ein zuverlässiges Zeichen, dass ich krank wurde. Ich nahm einen Schluck Wein und schaute auf die Uhr. Kurz vor halb sieben. Ich war viel zu früh, doch in der Wohnung hatte ich es nicht länger ausgehalten.

Vor zwei Tagen, am Montagnachmittag, waren wir in Köln angekommen. Hannes hatte sich in seiner WG-Küche als Erstes eine Flasche Sprühsahne an den Mund gehalten und abgedrückt. Als hätte er die letzten drei Wochen bei Wasser und Brot in einer Gefängniszelle verbracht. Ich hatte mir Geld von Oli geliehen und war erstmal einkaufen gegangen. Abends war dann überraschend eine Autoladung Rheinenser in der Wohnung eingefallen. Sie kamen von der Woof, dem Technofestival in Ungarn. Nina und Timo hatten es ebenfalls dorthin geschafft, wie geplant per Anhalter, sie waren gerade auf dem Weg zurück nach Hause. Ich hatte versucht, mich von den Leuten fernzuhalten. Ich konnte mit diesen Goavögeln einfach nichts anfangen. Außerdem waren sie nicht nur mit Nina und Timo befreundet, sondern auch mit Sascha. Was die von mir und Laura hielten, ich wollte es gar nicht wissen.

Die Bahn kam. Ich fand einen freien Platz, holte meine Kladde raus und versuchte, gegen die Nervosität anzuschreiben. Buch Nummer 10 war fast voll. Es war völlig ramponiert und versifft, die Ecken abgestoßen, der Einband mit Gaffatape geklebt. Keine acht Wochen hatte ich für das Buch gebraucht. *Rekord? – Glaub schon*, schrieb ich. *Und es ist um nichts anderes als Beziehungs- und Gefühlskram gegangen.*

Tags zuvor hatte ich mir bei Woolworth eine neue Kladde gekauft. Das zukünftige Buch Nummer 11. Ich zog es aus der Tasche und strich mit den Fingern über den Deckel. Er war noch ganz sauber und glatt, genau wie die Seiten in der Kladde. Irgendwann werde ich auch dich vollgeschrieben haben, dachte ich, wer weiß womit. Ich wusste ja nicht einmal, was heute noch auf mich zukommen würde. Wie würde Laura drauf sein? Wie sollte ich reagieren, wenn sie sich wieder so reserviert und komisch verhielt? Was, wenn die Nüchternheit ihrer Faxe ein Ausdruck der zwischenzeitlich eingesetzten Realität war? Aber hätte sie dann am Montagabend am Telefon zugesagt, heute nach Köln zu kommen?

Am Breslauer Platz stieg ich aus der Bahn. Ich ging in den Zeitschriftenladen und blätterte durch ein paar Musikmagazine, dann stieg ich die Treppen hoch zum Gleis. Der Zug hatte zehn Minuten Verspätung. Wieder holte ich das Tagebuch raus. Drei Seiten waren noch frei.

»An Gleis 7 erhält Einfahrt der verspätete Regionalexpress aus Rheine zur Weiterfahrt nach Krefeld. Bitte Vorsicht bei der Einfahrt.« Mit einem schrillen Pfeifen kam der Zug zum Stehen. Es dauerte einen Moment, bis die Türen sich öffneten. Abwechselnd schaute ich in beide Richtungen. Links von mir, etwa 30 Meter entfernt, stieg Laura aus. Als Erstes. Sie trug eine flaschengrüne Lederjacke, darunter etwas metallisch-blau Funkelndes und eine Umhängetasche aus rotem Lack. Unsere Blicke trafen sich, Laura bahnte sich einen Weg durch die wartenden Fahrgäste. Ihre Augen leuchteten. Sie sah unfassbar aus. Die letzten paar Meter rannten wir beide, dann sprang sie mir entgegen. Ihre Arme und Beine klammerten sich um meinen Oberkörper, die Tasche knallte mir gegen den Rücken. Mit einer von Lauras Strähnen im Mund stolperte ich das Gleis entlang und rannte dabei fast eine alte Frau über den Haufen. Sie trug Mantel und Hut und warf mir einen empörten Blick zu. »Passen Sie doch auf!«, rief sie, dann registrierte sie das an meinem Brustkorb hängende bunte Knäuel, und ihre Miene erhellte sich: »Ach wie schön! Jetzt fehlt nur noch Kai Pflaume!«

»Da hatte ich kurz mal etwas an Hubraum zugelegt«, sagte ich und setzte Laura ab.

»Immerhin sind wir nicht umgefallen«, sagte Laura.

»So sieht's aus«, strahlte die alte Dame, als sei sie mit unseren Insidern und Codes bestens vertraut. Sie kam etwas näher, hob ihren Zeigefinger und die Augenbrauen und sagte: »Man ist erst liebenswert, wenn man geliebt sein will!« Dann drehte sie sich um und ging zum Zug. Wir schauten ihr nach, dann schauten wir uns an, *was war das denn?*

Ich nahm Laura die Tasche ab und reichte ihr die Weinflasche. Auf dem Weg zur Bahn erzählte ich ihr von den Kinokarten, die Oli für heute Abend ergattert hatte. Eine Filmpremiere am Rhein, der Film hieß *Bang Boom Bang – Ein todsicheres Ding*.

»Ich glaube, davon habe ich was gelesen«, sagte Laura.

»Deutscher Film«, sagte ich. »Und alle spielen mit. Diether Krebs, Martin Semmelrogge, Ralf Richter …«

»Ist das der aus *Superstau*?«

»Genau.«

»Und ihr kennt den Film noch nicht?«

»Das ist heute die Premiere. Im Freiluftkino.«

»Ihr könnt also noch nicht mitsprechen?«

Ich lachte. »Keine Sorge. Hast du Bock? Geht allerdings schon um halb neun los. Erst noch nach Mülheim lohnt da nicht mehr.«

Laura hielt beide Daumen in die Luft. »Bock!«

Wir fuhren zum Appellhofplatz und nahmen da die 3 bis zur Severinstraße. Die Fahrt dauerte nur ein paar Minuten. Ich lehnte mich an die Tür. Laura stellte sich auf die Zehenspitzen, schlang mir ihre Arme um den Hals und drückte ihre Brüste gegen meinen Oberkörper. Ich vergrub meine Nase in ihrer Halsbeuge. Gebrannte Mandeln, Honig, Leder, Schweiß. »Nehmt euch ein Hotelzimmer«, raunte ein Mann, der am Neumarkt ausstieg, und ich dachte: Wenn ich Geld hätte, ich würde genau das tun.

Wir liefen runter zum Rhein, setzten uns auf eine Bank und tranken Wein. Das Brennen in meinem Hals wurde schlimmer, ich musste mir immer wieder die Nase putzen, ich zitterte auch ein wenig.

»Ich wollt's dir eigentlich später geben«, sagte Laura und öffnete ihre rote Lacktasche, »aber sieht so aus, als könntest du es jetzt schon brauchen.« Sie zog ein in Papier eingeschlagenes Bündel hervor. Darin war etwas aus Stoff. Etwas silbrig Glänzendes. Laura stand auf und breitete es vor mir aus. Es war ein Sakko. »Ich hoffe, es passt.«

Das Sakko war dunkelgrau und hatte ganz feine, silbergraue Nadelstreifen. Ich stellte mich hin und zog es an. Die Ärmel gingen mir bis zu den Fingerknöcheln. Laura fasste mich an den Schultern, drehte mich einmal um die eigene Achse und zog mal hier, mal da.

»Bisschen zu groß, ich hab's mir gedacht«, sagte sie. »Ich kürz das noch.«

Ich wusste nicht, was ich sagen sollte.

Hannes, Oli und Maren warteten schon an der Brücke, die zu der Halbinsel führte, auf der sich das Freiluftkino befand. Ich war noch ganz erschlagen von Lauras Geschenk, aber auch schon wieder irre nervös. Weder Oli noch Hannes hatten je mehr als ein paar Worte mit Laura gewechselt, Maren und Laura hatten sich wahrscheinlich noch nie gesehen. Ich hoffte, sie würden sich verstehen. Laura war in der Hinsicht ja ein bisschen speziell, nicht unbedingt jemand, mit dem man sofort warm wurde, außerdem war Maren eine von Ninas besten Freundinnen, und es gab ja nichts Schlimmeres, als wenn Menschen, die man mochte, sich gegenseitig nicht abkonnten.

Maren stellte sich vor. Laura gab ihr die Hand. Hannes strich über den Ärmel meines Sakkos. »Starker Fummel. Neu?«

»Gerade geschenkt bekommen. Einzelanfertigung.«

»Du hast das genäht?«, sagte Maren zu Laura.

Laura nickte. Etwas verlegen, aber stolz.

»Wow«, sagte Maren.

»Echt wow«, sagte Hannes.

»Die Lederjacke ist aber auch cool«, sagte Oli.

»Aus Tommis Laden«, sagte Laura, »25 Mark.«

»Und der Pullover?«, wollte Maren wissen.

»Lurex. Ein Albtraum.«

Maren lachte, Laura lächelte, das lief ja schon mal ganz gut, und dann mussten wir auch schon rein. Oli reichte uns die Karten, ich gab ihm das Geld für Laura und mich, es war einer der Scheine, den ich mir vor zwei Tagen bei ihm gepumpt hatte. Vor dem Schokoladenmuseum war eine Leinwand aufgebaut, davor standen Plastikstühle und Bänke, die meisten waren bereits besetzt. Wir fanden fünf freie Plätze vorne rechts, auf der Höhe eines giftgrünen Ford Taunus, der neben der Leinwand stand. Der Film begann mit einem Monolog von Ralf Richter in der Rolle des Knastbruders Grabowski, wie der Maulwurf aus der tschechischen Kinderserie, nur mit Kalle als Vornamen und längst nicht so niedlich. Ralf Richter alias Kalle Grabowski sah aus wie eine Kreuzung aus Rösner und Degowski, den beiden Geiselnehmern aus Gladbeck. Er trug Vokuhila, Oliba und schäbige Tattoos, dazu Ballonseide und Unterhemd, komplett asozial, richtig gut. Ihm gegenüber saß der Typ, der in *Superstau* den schmierigen Geschäftsmann Westermann gespielt hatte, hier hieß er Ratte und war nicht minder schmierig. Der Hauptdarsteller war ein Slacker namens Keek. Er trug ein Misfits-Shirt und war der Besitzer des grünen Taunus neben der Leinwand, Kennzeichen DO-PE 69. Der Film spielte in Dortmund und Unna. Einige der Dialoge hätte man genauso bei uns im Staelskotten-Eck oder in der Kleinen Kneipe aufschnappen können.

»Ich bin da watt am Planen dran ...«

»90–60–90, dat sind die Noten, warum wir dich hier eingestellt ham …«

»Aber Ratte is doch auch 'n Kollege …«

»Wenn watt is, ich bin auf Handy zu erreichen …«

»Kult«, hieß es beim Abschlussapplaus in der Reihe hinter uns, und das war natürlich ein furchtbarer Begriff, genauso furchtbar wie der Song im Abspann, der Soundtrack kam ausgerechnet von den H-Blockx aus Münster, doch auch uns hatte der Film gefallen. »Für 'nen deutschen Film?«, meinte Hannes. Oli sagte, Martin Semmelrogge als Versager Schlucke hätte ihn an einen seiner Arbeitskollegen bei Ford erinnert, wohingegen Maren bei Diether Krebs in der Rolle des windigen Spediteurs Werner Kampmann an ihren ehemaligen Chemielehrer denken musste und wir alle gleich mehrere Keeks kannten.

Wir standen auf und gingen Richtung Ausgang. Vor dem Klowagen hatte sich eine lange Schlange gebildet.

»Ich muss mal«, sagte Laura.

»Ich auch«, sagte ich.

Laura ging an der Schlange vorbei und auf das hellerleuchtete Schokoladenmuseum zu. »Hat das noch auf? Ich muss echt dringend.«

»Sieht so aus. Wartet ihr kurz?«

Ohne eine Antwort der anderen abzuwarten, gingen Laura und ich die Treppen hoch, durch die Drehtür ins Foyer und zu den Toiletten. Als ich fertig war, wartete ich vor dem Damenklo auf Laura und ließ meinen Blick durch den Raum schweifen. Er war voller Menschen, die meisten hatten Gläser in der Hand. Vor der vollverglasten Fensterfront zum Rhein gab es eine Bar. Ein paar der Gesichter kamen mir bekannt vor, doch erst, als ich Martin Semmelrogge in einem Pulk von Leuten stehen sah, begriff ich, was hier los war.

»Wir sind auf der Premierenfeier gelandet«, sagte ich zu Laura, als sie vom Klo kam.

»Quatsch!«

»Doch. Da vorne steht Martin Semmelrogge.«

»Stimmt. Krass.«

»Und da hinten der eine aus der Lindenstraße.«

»Til Schweiger?«

»Nee, der andere, Benny Beimer. Der den Sohn von Diether Krebs gespielt hat.«

Wir machten ein paar Schritte Richtung Bar. Ein Kellner lief mit einem Tablett voller Sektgläser durch den Raum. Mit einer möglichst selbstverständlichen Bewegung nahm ich mir zwei Gläser, reichte eins Laura und stieß mit ihr an. Martin Semmelrogge stand ein paar Meter von uns entfernt und unterhielt sich mit zwei älteren Herren. Ich überlegte, ihn mit einem quäkenden *Hey Schlucke, das kann nur einer alleine machen* anzuquatschen, aber das war mir dann doch zu plump, also tippte ich ihm auf die Schulter und erzählte ihm, wie gut ich ihn in *Bang Boom Bang* gefunden hatte, und auch in *Die Vorstadtkrokodile* und in *Das Boot* und überhaupt. Ich war verschnupft, ich näselte, ich klang fast wie Semmelrogge selbst. Er bedankte sich und lachte sein unnachahmlich dreckiges Lachen. Die beiden Herren beäugten uns skeptisch, aber interessiert. Wer hat denn den verrotzten Jungen im Schlabbersakko hier reingelassen, schienen sie sich zu fragen, und von welchem Stern mag dieses leuchtende, in Leder und Lurex gekleidete Wesen wohl kommen? Der Jüngere der beiden Alten starrte Laura unverhohlen an, er sah aus, als wäre er vom Hals aufwärts gelähmt. Laura starrte einfach zurück. Der Mann wandte den Blick ab und inspizierte das Glas in seiner Hand, als hätte es sich soeben erst dort materialisiert. Wir schauten vom einen zum anderen. Es gab nichts mehr zu sagen.

»Dann einen schönen Abend noch.«

»Ebenso, ebenso«, sagte Martin Semmelrogge und gab erst mir, dann Laura die Hand.

»Wie ein betrunkenes Frettchen«, sagte sie, als wir der Runde den Rücken gekehrt hatten und durch den Raum liefen. Ich hielt nach Ralf Richter Ausschau, doch der war nirgends zu sehen, also tranken wir unsere Gläser aus und stellten sie einem Kellner aufs Tablett.

Draußen hatte man begonnen, die Stühle und Bänke zusammenzustellen. Maren, Oli und Hannes waren abgehauen. Wir verließen die kleine Insel über die Drehbrücke, überquerten die Straße und blieben vor einem Haus stehen. Kölner Senfmuseum stand an der Fassade. Ich hatte keine Ahnung, wie man von hier aus am besten zum Wiener Platz kam. Ein Mann und eine Frau liefen an uns vorbei, sie bei ihm untergehakt.

»Tschuldigung«, sagte Laura. Die beiden blieben stehen. Sie waren etwa im Alter meiner Eltern und sahen aus, als kämen sie gerade aus der Oper, er im Anzug mit Fliege, sie in einem schicken Trenchcoat und Pumps. »Wissen Sie, wo hier die Bahn fährt?«

»Das kommt drauf an, wo Sie hinwollen«, sagte die Frau.

Laura drehte sich zu mir um. »Wo wollen wir nochmal hin?«

»Mülheim«, sagte ich. »Wiener Platz.«

»Da kommen wir doch sowieso vorbei«, sagte die Frau zu dem Mann.

»Wäre kein Umweg«, sagte der.

»Kommen Sie mit, wir parken gleich hier ums Eck.«

Wir folgten ihnen zu ihrem Wagen in eine Seitenstraße. Es war ein nagelneuer Mercedes, dunkel glänzend, richtige Diplomatenkarre, aber mit normalem Kennzeichen, Leverkusen. Mit einem Funkschlüssel öffnete der Mann die Zentralverriegelung und hielt mir die hintere Tür auf. Ein schwerer Ledergeruch schlug mir entgegen. Die Frau öffnete die Tür für Laura und setzte sich auf den Beifahrersitz. Wir ließen uns in die weichen Sitze sinken. Der Mann setzte sich ans Steuer und tippte auf einem Gerät herum, das mit einem Saugnapf von innen an der

Windschutzscheibe befestigt war. Es sah aus wie ein Digitalwecker mit großem Display. Wir fuhren los.

»Dem Stra-ßen-ver-lauf für drei-hun-dert Me-ter fol-gen, dann links hal-ten«, sagte eine Computerstimme in abgehackten Silben. Sie klang wie ein weiblicher C-3PO und musste aus dem Autoradio kommen. Wahrscheinlich eins dieser Navis, von denen Robin immer redete, wir sollten uns mal eins für die Transe besorgen, hatte er neulich erst gesagt. Ich hatte so ein Gerät noch nie gesehen, geschweige denn gehört. Laura offensichtlich auch nicht. Sie warf mir einen fragenden Blick zu und begann zu kichern. An der Tankstelle bog der Mann links ab.

»Bi-tte et-wa vier Ki-lo-me-ter gra-de aus fah-ren.«

Ich beugte mich nach vorne und sah, dass auf dem Gerät in der Windschutzscheibe eine Straßenkarte abgebildet war, auf der sich ein grüner Punkt bewegte. Der grüne Punkt waren wir. Wir fuhren in einen Tunnel. Die Lichter flackerten durch das Wageninnere. Niemand sagte ein Wort, nur Laura kicherte leise vor sich hin. Wir verließen den Tunnel und glitten nahezu geräuschlos zwischen Hochhäusern und Rhein die Straße entlang.

Bei dem Satz »Nach zwei-hun-dert fünf-zig Me-tern rechts hal-ten Rich-tung Lev-Schle-busch« konnte sie sich nicht mehr beherrschen und prustete los. Die Frau, also die echte diesmal, fragte, ob es da hinten ein Problem gebe. Mit ihren stahlgrauen Augen fixierte sie mich im Spiegel der heruntergeklappten Sonnenblende. Ich schüttelte den Kopf, biss mir auf die Unterlippe, nahm Lauras Hand und versuchte, mich auf etwas anderes zu konzentrieren. Hatte ein humanoider Protokolldroide eigentlich ein Geschlecht?

»Jetzt rechts hal-ten Rich-tung Lev-Schle-busch.«

Laura wimmerte nur noch. Die Frau drehte sich zu uns um und sah erst mich, dann Laura an.

»Sagen Sie mal, junge Frau, lachen Sie oder weinen Sie?«

»Bi-tte in drei-hun-dert Me-tern gra-de aus-fah-ren.«

Laura löste sich aus meinem Griff und vergrub das Gesicht in ihren Händen. Ich schaute aus dem Fenster, musste husten, aber auch lachen und dachte, o Gott, wir müssen komplett verhaltens wirken, hoffentlich fahren diese hilfsbereiten Bonzen uns nicht direkt in die Geschlossene.

»Da wären wir«, sagte der Mann endlich und hielt vor einer roten Ampel. »Wiener Platz.«

»Sie ha-ben das Ziel er-reicht«, sagte die Computerstimme.

Laura und ich stiegen aus und ließen uns nach Luft japsend auf die Verkehrsinsel fallen. Der Mercedes fuhr langsam davon. Ich wusste überhaupt nicht, worüber wir eigentlich lachten, doch Lauras Lache war so ansteckend, ich konnte nicht aufhören. Schräg gegenüber kam ein Golf GTI zum Stehen. Der Beifahrer fragte den Fahrer, was das *Packvolk* da auf der Verkehrsinsel zu suchen habe, extra laut, damit wir es mitbekamen. Ich hob nur schwach die Hand und winkte ihm zu. Tränen liefen mir über das Gesicht.

Oli und Maren lagen schon im Bett, als wir in der Wallstraße ankamen. Maren musste am nächsten Morgen zur Uni, Oli zur Maloche bei Ford. Auch Hannes musste früh raus, er hatte für ein paar Wochen einen Job auf dem Bau angenommen. Die Goavögel waren zum Glück abgereist. Ich war völlig fertig, der Rotz lief mir aus der Nase, ich hustete Schleim. Laura zog mich hinter sich her ins Badezimmer und ließ mir ein Erkältungsbad ein. Sie prüfte die Temperatur des Wassers mit dem Zeigefinger, es dürfe nicht zu heiß sein, »Kreislauf«, sagte sie und ging in die Küche. Ich ließ meinen Körper in das warme, schaumige Wasser gleiten. Nach ein paar Minuten kam Laura zurück, eine Tasse Tee in der Hand, die sie mir in die Wanne reichte. Sie setzte sich auf den Klodeckel und strich mir über den Hals.

»Baby«, sagte sie, »ich hab dich vermisst.«

Mir sprang fast das Herz aus der Brust.

Wir schliefen auf dem Ausziehsofa in Hannes' Zimmer. Als morgens alle aufgestanden und gegangen waren, zogen wir um in Hannes' Bett und hatten langen, langsamen Sex, ganz ohne die übliche Furcht, dass jeden Moment jemand reinkommen oder uns durch eine dünne Rigipswand dabei zuhören könnte. Nachmittags gingen wir einkaufen, abends machten wir Pizza für alle und schauten gemeinsam *The Truman Show* auf Video. Die kommenden Tage zogen wir durch halb Köln, zu Fuß, mit der Bahn oder in Richters Kadett. Ich war immer noch angeschlagen, aber der Sommer kehrte zurück, und wir wollten keine Minute davon verpassen. Die Popkomm hatte begonnen, Laura und ich gingen auf alle Konzerte, bei denen ich uns auf die Gästeliste schnorren konnte. Zum ersten Mal waren wir unter Menschen, ohne uns verstecken zu müssen. Es war, als hätten wir mit der Enge unserer Heimatstadt alles von uns abgeworfen, das Heimliche, das Zögerliche, das latent schlechte Gewissen. Nachts standen wir mit an der Tankstelle geklauten Wodka-Lemon-Dosen im Bermudadreieck von Rose Club, Blue Shell und Stereo Wonderland auf der Luxemburger Straße, wo ich lauter Bekannte traf, Musiker und Veranstalter aus ganz Deutschland, denen ich die Frau an meiner Seite ganz selbstverständlich als *meine Freundin Laura* vorstellte.

Am Samstag fuhren wir mit Maren, Oli und Hannes zum Flohmarkt in der Bonner Rheinaue, später aßen wir Falafel am Zülpicher Platz und gingen anschließend zum Trust-Festival in der Kantine, wo wir auf Richter, Tommi, Nadine und Benjamin trafen, die mit der Transe nach Köln gekommen waren. Von der Vorsicht und Distanz aus den Tagen vor meiner Reise war bei Laura kaum noch etwas zu spüren. Zwar knutschten wir nicht direkt vor Tommis oder Richters Nase rum, sie tat aber auch nicht so, als wäre ich gar nicht da. In der Pause zwischen zwei Bands kam ein junger Mann mit Nasenring und Lederjacke auf mich zu. Er sagte, er habe ein paar Wochen lang unser Banner in der Küche hängen gehabt, das er und ein paar Freunde uns in Quakenbrück geklaut hätten, »im Suff, sorry, nicht böse gemeint«. Es sei nun schon wieder in Quakenbrück, sagte er, der Veranstalter habe darauf bestanden, es uns persönlich zurückzuschicken, und ich dachte, verrückt, das Banner hatte ich schon wieder komplett vergessen. Dann ging das Licht aus, die Band kam auf die Bühne. Sie hieß Hot Water Music, wie einer der Bände mit Short Storys von Charles Bukowski. Ich nahm Lauras Hand, drückte sie, spürte, wie das Leben durch unsere Körper strömte. Ein Gitarrenakkord durchschnitt die Luft, die Menge jubelte. Nächstes Jahr stehen wir da oben, dachte ich, oder auf irgendeiner anderen Bühne in dieser Stadt, und wir werden unsere neuen Songs spielen und so geil sein, dass sich alle einnässen werden, und danach werde ich mit Laura ins Hotelzimmer gehen, das man uns selbstverständlich gebucht hätte, und dann können uns alle mal.

In dieser Nacht waren alle Betten und Sofas in der Wallstraße belegt. Laura und ich ergatterten noch einmal das Ausziehsofa, Nadine schlief bei Hannes, Richter auf Olis Couch. Tommi legte sich in Richters Schlafsack unter den Küchentisch, mein Bruder wachte morgens auf einem Küchenstuhl sitzend mit Armen und Kopf auf der Herdplatte auf. Nach einem späten Frühstück verabschiedeten wir uns von Hannes, Maren und Oli.

»Er lebt«, sagte Richter und streichelte die Motorhaube seines Kadetts.

»Und er-sie-es wurde verarztet«, sagte Benni. Er deutete auf die Transe, die auf der gegenüberliegenden Straßenseite stand. Sie hatte einen neuen Außenspiegel. »Hab noch einen bei Vatter in der Garage gefunden. Wer fährt?«

»Ich fahre«, sagte Laura.

Am Kreuz Leverkusen, Benni schlief auf der Rückbank, ich saß auf dem Beifahrersitz, Laura hielt mit beiden Hände das Lenkrad umklammert, hörten wir im Radio, dass Ralf Richter wegen Kokainhandel mit Haftbefehl gesucht und kurz vor der *Bang-Boom-Bang*-Premiere in Köln verhaftet worden war. »Die Polizei vermasselte dem Schauspieler den ersten Erfolg seit Jahren.«

*

Camping de Branding Zandvoort, Kernkraftwerk Lingen, Landschaftspark Nord Duisburg – von meinem Küchentisch aus klappere ich die noch fehlenden Stationen ab, per Google Maps und YouTube. Für das Gefühl, nochmal da gewesen zu sein. Oder für das Gefühl, nicht *nicht* da gewesen zu sein.

Neben Zeit und Energie spart diese Form der Recherche vor allem Geld.

Geld, das ich stattdessen anders investieren kann. In etwas Neues. Einen Versuch. In professionelle Hilfe.

»Es gibt da eine interessante Studie, in der verschiedene Leute gebeten wurden, über einen gewissen Zeitraum ein Erlebnis immer wieder neu in ihrem Tagebuch zu beschreiben. Je nachdem, wie's den Probanden gerade ging, wurde es mal so, mal so geschildert. Das hat erneut bestätigt, dass es die eine statische Erinnerung nicht gibt«, so Mareike am Telefon. »Das Schreiben hilft natürlich, etwas zu verarbeiten oder auch mal wegzupacken. Aber es ist auch schön, wenn man mal wieder ein paar vergessen geglaubte Bilder aufrufen kann. Das eine schließt das andere ja nicht aus. Wenn man da entspannter ist, dann tauchen ganz schnell wieder Dinge auf, die man im bewussten Zustand nicht parat hat. Das hat auch damit zu tun, mit welcher Gehirnhälfte man im Alltag mehr unterwegs ist. Man kennt das aus Prüfungssituationen, ganz klassisch: Du hast gebüffelt, gemacht, getan, kommst in die Prüfung, und auf einmal ist alles weg. Das limbische System springt in den Fluchtmodus oder

Kampfmodus oder Stell-tot-Modus, man hat keinen Zugriff mehr. Aber mit ein paar Methoden und ein bisschen Training kann man da schon was machen.«

Mareike ist Hypnotiseurin.

Mein Bild von Hypnose wurde durch Zeichentrickfilme und Kinderserien geprägt.

»Hör auf mich / Glaube mir / Augen zu / Vertraue mir / Schlafe sanft / Süß und fein / Will dein Schutz- / engel sein …«, dichtet mit säuselnder Stimme und bunt leuchtenden Spiralaugen die Schlange Kaa im *Dschungelbuch*, als sie den kleinen Mowgli zu hypnotisieren versucht, wobei sie aber permanent unterbrochen wird.

In *Asterix erobert Rom* sind es scheinwerferartige Strahlen, die aus den Augen des ägyptischen Zauberers Iris kommen. »Mit den Guckerchen kannst du nachts im Bett lesen«, staunt der gänzlich hypnoseresistente Asterix und bringt Iris mit seinen Zwischenbemerkungen immer mehr aus dem Konzept, bis dieser sich schließlich selbst hypnotisiert hat und als menschliches Wildschwein in die Wüste hinausgaloppiert.

Gordon »ALF« Shumways Versuch, Lucky, der Hauskatze der Tanners mittels einer vor ihren Augen hin- und herpendelnden Uhr weiszumachen, sie sei ein Krapfen, bleibt ebenfalls erfolglos.

Hokuspokus! Scharlatanerie!, waren auch meine ersten Gedanken, als Kiki mir von ihrem Vorhaben erzählte, sich im NLP-Verfahren hypnotisieren zu lassen.

»NLP? Wofür steht das?«

»Neuro-Linguistisches Programmieren«, antwortete Kiki.

»Scheiße«, sagte ich, »das klingt gefährlich.«

Sie habe sich in verschieden tiefen Trancezuständen befunden, erzählte sie danach, und sich am Ende selbst als Säugling mit Todesangst in der Krippe erlebt. Mein Interesse war geweckt. Ob das bei mir auch klappt? Kann ich mich in einen

Zustand versetzen lassen, in dem längst verschüttet Geglaubtes wieder präsent wird?

Mareike nimmt 90 Euro die Stunde. Das ist mir einen Versuch wert.

Die Praxis befindet sich in einer Charlottenburger Altbauwohnung. Nackte Wände, hohe Decken, frisch geölte Holzdielen. Ich gehe erstmal aufs Klo.

Ich hätte woanders pinkeln sollen, denke ich, als ich mir die Hände wasche und die kleinen, herzförmigen Motivationssteinchen auf dem Waschbecken betrachte: *Zeit für mich. Ich bin schön. Schön, dass es Dich gibt.* Ich versuche, mich von diesem Eso-Trash nicht beeinflussen zu lassen, doch auch Mareike, die am Telefon noch so weltlich, so geradezu wissenschaftlich orientiert klang, hat sich plötzlich ganz dem angewandten Hippietum verschrieben. Mit übertrieben einfühlsamer Stimme fragt sie mich, warum ich hier bin, was ich mir von der Behandlung erhoffe und was ich mir für die Zukunft wünsche. Ich druckse ein wenig herum, spreche von allgemeinem Interesse, dem Sommer '99, speziell diesem einen Abend im HNH, der Psychoanalyse, die ich einmal begonnen und nach anderthalb Jahren entnervt wieder abgebrochen habe, und irgendwann fällt der Begriff *Druck*, den Mareike sofort begeistert aufgreift.

Nach etwa 20 Minuten Vorgespräch geht es los. Wir stehen auf. Mareike bittet mich, die Augen zu schließen. »Das ist jetzt eine kleine Übung, die würde ich im Stehen machen. Ist es okay, wenn ich dich ab und zu anfasse?«

»Kein Problem. Wobei ... Ich bin noch ein bisschen verschwitzt vom Fahrrad fahren.«

»Ja, aber hier so?« Mareike legt mir die Hand auf die Schulter.

»Ja, da ist okay.«

Auf ihr 3–2–1 soll ich den Druck, den ich in mir spüre, nach draußen in den Raum projizieren.

»Es ist gut, wenn du deine Hände dafür benutzt. Du kannst den so richtig rausstoßen. Gut. Dann drei … zwei … – und jetzt nimmst du die Hände – eins! Sehr gut, sehr gut. Stell dir vor, der Druck, der hängt jetzt irgendwo im Raum. Du kannst ihn sogar angucken. Da geht es um deine Vorstellungskraft. Was dein Gehirn so alles kann. Du kannst den Druck jetzt also draußen sehen. Ist der eher hell oder eher dunkel?«

»Ein dunkler Fleck«, behaupte ich, um erstmal irgendwie einzusteigen.

»Und dieser dunkle Fleck, ist der eher größer oder kleiner?«

»Nicht so groß.«

»Ist der eher fest, oder bewegt er sich?«

»Der ist beweglich. So gallertartig.«

»So ein mittelgroßer, gallertartiger Fleck, m-hm. Ist der eher schwer oder eher leicht?«

»Eher leicht, würde ich sagen.«

»Und dieser dunkle, gallertartige, eher leichte Fleck, welche Konsistenz hat der?«

Na ja, denke ich, gallertartig halt, und frage mich, woher ich diesen Begriff habe. *Gallertartige Masse*, da klingelt was. Ist das aus einem alten Studio-Braun-Sketch?

»So schwabbelig«, probiere ich es etwas umgangssprachlicher.

»Du sagst ja, der Fleck ist beweglich. Bewegt der sich in eine bestimmte Richtung, oder kursiert der eher?«

Ich weiß nicht, was ich sagen soll, denn ich sehe ja gar keinen Fleck, auch keinen gallertartigen oder schwabbeligen oder kursierenden. Dafür höre ich zwei Stimmen.

Die eine brüllt: ALTER, WAS SOLL DER SCHEISS!

Die andere: JETZT MACH HALT EINFACH MAL MIT!

»Ja, der ist so dynamisch«, sage ich. Einfach mal mitmachen.

»Und wie ist es, wenn du den jetzt bewegst. Ihn weiter wegschiebst. Stell dir vor, dass du ihn verschwinden lassen kannst.

Du lässt ihn jetzt verschwinden. Du brauchst gar nichts tun, du kannst den einfach verschwinden lassen.«

»Das kann ich mir nicht vorstellen, dass der verschwindet. Der ist dann immer noch da.«

»Lass ihn mal so richtig verschwinden. Ganz ganz ganz weit weg. Da ist nur noch eine Ahnung, dass er da gewesen ist. Okay? Du weißt noch, dass er da war, aber du siehst ihn nicht mehr.«

Ich versuche es. »Der ist nicht weg«, sage ich nach einer Pause.

Vorhin war er gar nicht da, und jetzt geht er nicht mehr weg? Meine Güte!

»Ah, interessant!«, sagt Mareike ermutigend, »spannend!« Sie beginnt zu flüstern. »Jetzt stell dir mal vor, dass da mit jedem Ausatmen eine Art Nebel entsteht. Einfach mal tief ausatmen. Da kommt jedes Mal dieser Nebel, der wird immer dichter und dichter, immer mehr und mehr und mehr. Und wie der so kommt, da fängt der Fleck an, sich aufzulösen. Und dieser Nebel, der wird jetzt zu Energie. Zu purer Energie.«

Hat sie gerade *pure Energie* gesagt?, denke ich, und dann: Fahr endlich runter, linke Gehirnhälfte! Gut möglich, dass ich beides mit der linken Gehirnhälfte denke.

»Alles andere löst sich immer mehr auf«, fährt Mareike fort. »Schau mal, wie sich der Nebel verändert hat. Strahlend oder hell oder ich weiß nicht.«

»Das kann ich mir nicht richtig vorstellen. Ich versuche es, aber …«

»Versuch es mal.«

»Ich kann mir eine Bühne vorstellen, mit Scheinwerfern und Lichtkannen und Nebelmaschine.«

»Ja, toll! Ja, klasse! Perfekt, genau richtig! Und was noch? Was siehst du noch?«

»Sonst nichts.«

»Ja, gut, das ist ja auch schon mal was, oder? Guck dir mal an, wie das so schön angestrahlt ist!«

Sie redet mit dir wie mit einem kleinen Kind, denke ich, einem Minderbemittelten, einem Andersbegabten, und so beschwörend Mareike auch weiter auf mich einflüstert, ich kann ihr kaum noch folgen. Ich bin viel zu abgelenkt von dem Dialog, der sich gleichzeitig in meinem Kopf abspielt.

Wie soll ich das nachher bloß alles aufschreiben?

Jetzt nicht gleich wieder ans Aufschreiben denken, diesen Gedanken muss ich sofort verscheuchen.

Verscheuchen? Ist das nicht auch schon wieder Druck, dieses ewige Gegensteuern?

Auch das hätte ich jetzt nicht denken sollen. Einfach darauf einlassen.

Ich versuche es ja. Aber wie macht man das?

Erstmal aufhören zu denken! Loslassen! Einlassen!

»Und du kannst schauen«, dringt von links Mareikes Wispern an mein Ohr, »ob und wie viel von der Energie du jetzt mit den nächsten Atemzügen in dich aufnehmen magst ...«

Krass, die redet einfach weiter.

Ja, und die merkt mit Sicherheit, was los ist, diese Totalverkrampfung hier.

Die merkt nicht, was los ist!

Doch, merkt die!

»... Die sich ganz neu in deinem Körper verteilt, die dir richtig guttut, die richtig wunderbar für dich ist ...«

Die merkt gar nichts!

Jetzt lass Mareike in Ruhe und hör endlich auf, hier alles zu zerdenken, du Psycho.

»... Und die dich so richtig ausfüllt, bis in die Spitzen ...«

Letztes Jahr, mit Hauke auf diesem Hügel in der Ariège, als das Acid zu wirken begann, da ging das mit dem Loslassen und Einlassen.

Quatsch, da habe ich auch die ganze Zeit nachgedacht.

Ja schon, aber in angenehm. Ich war total aufgeregt, und gleichzeitig völlig entspannt. So kolibrimäßig. Mit 50 Flügelschlägen die Sekunde auf der Stelle stehen und Nektar aus der Blüte schlürfen.

Das habe ich auch laut kundgetan: *ICH BIN SO EIN KOLIBRITYP! EIN REINER KOLIBRITYP!*

Wie da alles in Bewegung geriet und seine Ränder verlor, und wie ich mir bei geschlossenen Lidern auf den Augäpfeln rumdrücken und so goapartyflyermäßige Muster auftauchen lassen konnte …

Wann habe ich denn eigentlich zuletzt einen Goaparty-Flyer gesehen? Gibt es das überhaupt noch, Goapartys?

… und als wir dann in dieses Waldstück rein sind! Der Wald, der war wie ein Schlund, ein ganz anderes Licht plötzlich, so ein Alice-im-Wunderland-Gefühl, durch den Spiegel gehen, und plötzlich steht da dieser Esel vor uns …

Das ist jetzt alles nicht wichtig!

… dieser schwarze Esel mit der weißen Schnauze und den lieben Augen, der mir das Salz von der Haut schleckt und uns anschließend tiefer in den Wald führt, wo zwei Eselsdamen warten, beide trächtig, und wir stehen so da und kichern und finden das alles super magic …

Schluss damit!

… und Hauke benutzt den Rücken des Esels als Tisch, dreht uns darauf Zigaretten, wir reiben unsere Köpfe an seinem, lauschen seinem Atem und dem der schwangeren Ladys, und wie wir dann den Wald verlassen haben und inmitten Dutzender Schafe auf der Weide standen, dieser Sound von Gras, das hundertfach gefressen wird …

Schluss mit LSD und Ariège und Eseln und Schafen! So wird das doch nichts!

Aber ich denke so gerne an diesen Tag zurück, der Trip war

so gut, so sanft und angenehm, diese Landschaft, die Tiere, die gute Gesellschaft … Hm, ob ich wohl schon in Trance bin?

Nein, bin ich nicht!

Sicher?

Ich denke einfach nur nach, wahrscheinlich ist mir schon wieder langweilig.

Aber wenn ich mir das als Trance umdeute, könnte das dann nicht funktionieren, so autosuggestiv?

Auto Auto Auto, immer alles selber machen, elender Kontrollfreak!

Vielleicht bin ich so eine Art Asterix und kann gar nicht hypnotisiert werden?

Meine Güte, jetzt fang nicht auch noch mit Asterix an …

Es klappt nicht.

Mareike probiert es noch mit verschiedenen anderen Methoden, immer wieder schweife ich kurz ab, werde dann aber genauso schnell zurückgeholt, ohne dass sich ein Gefühl von Trance einstellen würde. Es werden keine verschütteten Erinnerungen geborgen und schon gar keine konkreten Bilder von 1999 hervorgezaubert.

Zwei Stunden machen wir herum. 180 Euro.

Am Ende fühle ich mich mal wieder grandios gescheitert, körperlich aber durchaus entspannt. Mareike hingegen wirkt komplett erledigt. Ihre Augen liegen müde und tief in ihren Höhlen und haben jeden Hippieglanz verloren. Sie tut mir leid. Es ist bestimmt nicht ihre Schuld. Ich bin halt dieser Kolibrityp.

*

Am Montagmorgen ging ich als Erstes zum Rathaus und zur Bank, um die gestohlenen Dokumente neu zu beantragen, dann rief ich bei der Holzdekofirma an. Anfang September könne ich wieder auf dem Lager anfangen, sagte Bernd, die Messen seien gut gelaufen, so langsam gehe das Herbst- und Weihnachtsgeschäft los, man freue sich schon auf mich. Anschließend sah ich die Post durch, die sich auf meinem Schreibtisch stapelte. Hauptsächlich Zeug fürs Fanzine, gepolsterte Umschläge mit unverlangt zur Rezension eingesendeten Demos, Kassetten und CDs, alles so uninteressant oder schlecht, dass man es nicht einmal verkaufen konnte. Den Brief von Sascha nahm ich mir als Letztes vor. Es klebte keine Briefmarke drauf, er musste ihn persönlich vorbeigebracht haben, vielleicht nach einer Schicht im Emsschlösschen, oder als er Richter besuchte. Ich stellte mir vor, wie er den Umschlag auf meinen Schreibtisch gelegt und sich über den wüsten Anstrich meines Zimmers gewundert hatte. Vielleicht hat er im Rausgehen ja sogar das aufgerollte Thermopapier mit einem Brief von mir an Laura im Faxgerät entdeckt und ihn heimlich gelesen, dachte ich, wer weiß.

Ich setzte die Schere an, doch der Umschlag war nur eingesteckt. Ich zog den Brief heraus. Es war nur eine Seite, viermal gefaltet, darauf ein paar wenige Sätze, ernst und sachlich, kein Gepöbel. Sascha klang resigniert, fast versöhnlich, ganz so, als hätte er sich damit abgefunden, bei Laura keine Chance mehr zu haben. Er war nur noch ein paar Tage in der Stadt, am nächsten Wochenende würde Richter mit ihm nach Potsdam fahren und ihm beim Umzug helfen.

Abends kam er mir bei Laura und Theresa im Treppenhaus entgegen. Wir grüßten uns mit einem knappen »Hey« und gingen aneinander vorbei. Auf dem ersten Treppenabsatz blieb ich stehen und drehte mich um. Sascha stand an der Haustür und schaute zu mir hoch, die Klinke schon in der Hand. Er sah aus, als wollte er noch etwas sagen, doch dann senkte er den Blick.

»Irgendwann mal, oder?«, sagte ich.

Sascha nickte, öffnete die Tür und ließ sie hinter sich zufallen.

Ich stand noch einen Moment da, atmete durch, dann ging ich hoch zur Wohnung.

Laura saß auf ihrem Bett und hörte Musik. Es war die zweite Dackelblut-LP. *Und der Sandmann, dieser Penner, bringt den neuen Sand zu spät*. Auf dem Nachttisch lag eine Kladde, nicht unähnlich denen, die ich als Tagebücher verwendete, nur etwas schmaler.

»Hat Sascha mir gegeben«, sagte sie achselzuckend, als sie meinen Blick bemerkte, »so'ne Art Tagebuch.«

Bevor sie duschen ging, legte sie das Buch ins Regal. Als ich im Bad das Wasser rauschen hörte, stand ich auf, stellte mich vor das Regal und strich vorsichtig über den Einband. Er war gelb und mit einem Foto beklebt, ein weiter Himmel mit strahlender Sonne, darunter das Meer und ein schmaler Streifen Sandstrand, blassblau, weichgezeichnet, wie gemalt. Die Seiten waren gewellt, sie drückten die Deckel auseinander, das Buch musste komplett vollgeschrieben sein.

Ich hatte es schon fast in der Hand, als ich im Flur die Holzdielen knarren hörte. Es war nur Theresa, die in die Küche ging, doch ich erschrak so sehr, dass ich zusammenzuckte und einen schnellen Schritt nach hinten machte, als hätte ich einen Schlag bekommen.

III SPLITTER

Die bei Google Maps eingetragenen Wege sind nur noch zu erahnen. Zweimal biege ich ab und verstehe nicht, warum ich nicht am großen Zeschsee rauskomme. Warum der jetzt laut iPhone hinter mir liegen soll.

Verlaufen, wie aufregend. Dass das 2015 überhaupt noch geht.

Nach anderthalb Stunden bin ich wieder auf der Datsche und stelle mich unter die Dusche. Muss kalt duschen, weil ich wieder mal vergessen habe, den Boiler anzustellen.

Gestern habe ich mich auf den Roller gesetzt und mit dem gesammelten Material nach Brandenburg verzogen. Weil ich mich hier nicht wie ein wunderlicher Kauz oder Workaholic fühle, wenn ich mich von morgens bis abends nur mit dieser einen Sache beschäftige, und weil ich mich zu Hause nicht konzentrieren kann. Die Stadt ist zu voll, zu fiebrig und nervös, meine Straße ein von zerschmetterten Bierflaschen gesäumter Laufsteg. Auch in meiner Küche finde ich keine Ruhe. Zwei weitere Male habe ich mir abends zum Runterkommen das kubanische Diazepam eingeschmissen, welches diesmal eine zeitlich versetzte halluzinogene Wirkung hatte, die ich beim ersten Mal noch lustig, beim zweiten Mal aber eher unheimlich fand. Vor allem als dann auch noch das mit den Stimmen und Zitaten losging. Angefangen hat es mit der Redewendung *Tell me something I didn't know*, die ich von einem Tag auf den anderen im Kopf hatte, wenn ich in meiner Wohnung von Zimmer zu Zimmer ging. Dann kam der Satz *In der Band nennen sie mich Drecksack* dazu, eine Überschrift aus einem uralten

BRAVO-Interview mit dem Twisted-Sister-Sänger Dee Snider, die aus mir unerklärlichen Gründen 30 Jahre später wie ein Geist wiederauftauchte, jedes Mal wenn ich eine ganz bestimmte Stelle in der Küche passierte, die Stelle zwischen Schrank und Spüle, und *In einer schwachen Sekunde nehme ich Butter statt Margarine zum Toast*, eine Aussage von Bryan Adams, einem Musiker und Menschen, der mich nicht interessiert und nie interessiert hat, eine Information, die mir egaler kaum sein könnte.

Offenbar bin ich reif für die Insel, und die am schnellsten erreichbare Insel war dieser kleine Bungalow südlich von Berlin. Ich rief Todde an und hatte Glück, die Datsche ist bis zum Wochenende frei.

Diesmal habe ich nur das Nötigste eingepackt. Ein paar Klamotten, ein paar Bücher, eine Mücken abweisende Duftkerze und den Laptop. Und anders als beim letzten Mal brauchte ich keine Eingewöhnungszeit. Ich schloss die Tür auf, hängte meinen Helm an die Garderobe, zog die Jalousien hoch, öffnete Türen und Fenster, spannte die Hängematte zwischen die Bäume, stellte meinen Computer auf den Esszimmertisch und fing an: Fotos durchgehen, Interviews transkribieren, Notizen auswerten. Abends saß ich bei Weißwein und Käseplatte in meinem Stammladen, der Märkischen Traube, dann arbeitete ich nochmal bis Mitternacht und machte heute früh um acht weiter.

Momentan geöffnet: 27 verschiedene Word-docs.

Um kurz nach zwei klappe ich den Laptop zu, ziehe mich an und setze mich auf die Vespa, um Sascha abzuholen. Er müsste gerade mit der Bahn in Zossen ankommen und wird mir von dort aus mit dem Rad entgegenkommen.

Endlich, das große Interview.

Wir treffen uns in Wünsdorf am Netto, wo ich bei der Gelegenheit noch schnell einkaufe. Sascha ist schweißgebadet. Er gibt mir die Hand, wir betreten den Supermarkt. Als ich meine Einkäufe zusammenhabe, laufe ich durch die Gänge, suche nach ihm, finde ihn nicht. Ich stelle mich an die Kasse, lade meine Einkäufe aufs Band und sehe Sascha draußen stehen. Er tippt auf seinem Handy rum, seine Cola hat er anscheinend bereits bezahlt.

Warum hat er nicht gewartet? Warum hat er nicht Bescheid gesagt? Auch die Begrüßung war ungewöhnlich reserviert.

Vermutlich der Jetlag. Er ist vor ein paar Tagen erst gelandet, nach fast zwei Monaten USA, wahrscheinlich muss er erstmal wieder ankommen.

Sascha ist der Einzige von uns, der eine akademische Laufbahn eingeschlagen hat. Ausgerechnet er, der Realschüler aus dem kaputten Elternhaus, der Eisenbahner und 3,0-Abiturient, der nach seiner Zeugnisverleihung 1999 trocken anmerkte, er gehöre jetzt wohl *zur geistigen Elite Deutschlands*. Der Akademiker aus der Arbeiterklasse, eine statistische Ausnahme, in diesem Land mit seiner immer geringeren Durchlässigkeit nach oben mehr denn je. Nach dem Zivildienst schlug Sascha sich jahrelang mit Hilfsarbeiterjobs durch und ging dann doch noch an die Uni. Startschwierigkeiten, Geldprobleme, mehrmals fast abgebrochen, sich am Ende aber doch durchgebissen, kopfüber in diese fremde Welt mit ihrem Standesdünkel und den vielen ungeschriebenen Gesetzen, und nun ist er promovierender Geisteswissenschaftler und plaudert am kalten Büfett kulturanthropologischer Tagungen mit Koryphäen der Foucaultforschung über Methoden und Theorien, die wir damals nicht einmal hätten buchstabieren können. Wenn Sascha in kleiner oder auch größerer Runde davon erzählt, befremdet, belustigt oder auch mal ehrfürchtig, dann kommt es mir immer vor, als hätten wir ein U-Boot ausgesandt, der Maulwurf im Institut.

Doch ich erkenne ihn noch, den Rotzlöffel aus Rheine, als

wir im Geschwindigkeitsrausch jubelnd durch den Wald jagen, ich mit den Einkäufen auf dem Bock, Sascha rechts von mir auf dem Rad, die linke Hand in meine Schulter gekrallt, wie früher als Teenager, wenn der eine ein Moped hatte und der andere nur ein Fahrrad. Ich war immer der mit dem Fahrrad. Sascha auch.

Mit unseren Getränken und einem Teller mit Tomaten, Mozzarella und Basilikum setzen wir uns auf die Veranda und reden. Erst über Saschas Arbeit in Washington D. C., dann über mein Thema. Welches, wie ich erleichtert feststelle, schnell auch zu seinem Thema wird.

»Interessant, jetzt auf diese Art und Weise mit dir über unsere gemeinsame Vergangenheit zu reden«, sagt er, als er vom Pinkeln im Garten zurückkommt und sich wieder an den Tisch setzt. »Auf der Basis eines Interviews, meine ich.«

»Weil es so etwas Wissenschaftliches hat?«

»Das auch. Aber vor allem weil es anders ist, als sich in der Kneipe zu treffen und Anekdoten auszutauschen, dieses übliche *Ach weißt du noch damals* oder *Das erinnert mich an das und das*. Wenn ich mich mit Leuten von früher unterhalte, ist es meist, als würde ein Schalter umgelegt. Man kennt den Habitus der Leute, den Slang, man kann direkt wieder daran anknüpfen. Oder könnte, wenn man wollte. Man ist da drin, betrachtet sich aber auch von außen. Ich kann das alles noch bedienen, das Sticheln und Dengeln mit Richter zum Beispiel, aber es fühlt sich eher an wie eine teilnehmende Beobachtung. Du hast jetzt einen konkreten Auftrag, und der führt dazu, dass man weiterdenkt. Dass das nicht einfach so reproduziert wird. Das finde ich angenehm.«

Angenehm, in der Tat. Als ich vor 16 Jahren auf allen vieren über den Boden kroch und sein Blut von den Dielen schrubbte, hätte es wohl keiner von uns beiden für möglich gehalten, dass wir eines Tages auf der Veranda einer Brandenburger Datsche sitzen und uns bei Vogelgezwitscher und Caprese auf diese Art über den ganzen Irrsinn unterhalten würden.

*

Laura und ich verbrachten nun die meiste Zeit bei ihr. Und nicht nur wir. Als Jugendzentrum wechselten sich unsere WG und die von Laura und Theresa mittlerweile ab. Mit dem Unterschied, dass man bei den beiden nicht einfach so unangekündigt reinschneite. Man rief zumindest vorher an, um zu fragen, ob man vorbeikommen könne. Man blieb auch nachts nicht einfach im Wohnzimmer oder der Küche sitzen, wenn Laura und Theresa schlafen gingen, außer die Larrys, die es beide auf Theresa abgesehen zu haben schienen, sich darüber aber meistens in die Köppe kriegten und gegenseitig neutralisierten. Irgendwie schienen unsere Freunde vor der Privatsphäre der Mädchen mehr Respekt zu haben als vor der von Richter, Tommi und mir. Was auch daran liegen konnte, dass das hier eine ernstzunehmende Wohnung war, mit Pflanzen, Kommoden, antiken Schränken und Sesseln. Unter der Decke im Flur hing ein Kronleuchter aus Bronze, es gab Kerzenständer, schöne Spiegel und verschiedene kleine Teppiche, fast alles vom Trödelmarkt oder aus Haushaltsauflösungen. Die Wohnungstür hatte einen schicken Ornamentglaseinsatz, auf dem Tisch in Lauras Zimmer thronte die alte schwarze Singer ihrer Oma, von der ich schon so viel gehört hatte. Hier aschte man nicht einfach auf den Boden oder trat die Badezimmertür ein. Es wurde auch nicht in die Spüle gekotzt oder ins Waschbecken gepisst, wie es in der Berninghoffallee noch gang und gäbe gewesen war, und wenn einem das Bier umkippte und ins Sofapolster lief, dann sprang man bei Laura und Theresa immerhin auf und holte einen Lappen, statt wie bei uns einfach ein Stück zusammenzurücken, bis die Bierlache getrocknet war.

Laura hatte sich in Münster an der Uni eingeschrieben, Pädagogik auf Diplom erstmal. Alle zwei, drei Tage saß sie nachmittags für ein paar Stunden an der Kasse des Ramschladens in der Fußgängerzone. Ich wartete darauf, dass die Schichten bei der Holzdekofirma wieder losgingen. Wir waren beide pleite und ernährten uns überwiegend von Fladenbrot, Salat, Schafskäse, Tomaten und eingelegten Oliven, die wir beim Türken drei Häuser weiter holten. Neben dem Türken gab es ein Reformhaus, dessen Besitzerin uns abends, kurz vor Feierabend, oft abgelaufene Ware schenkte. Getränke holten wir beim Extra, und fast immer gab es noch gratis ein Stück Käse oder eine Flasche Schnaps dazu, die Laura oder ich uns im Windschatten des anderen vorne in den Hosenbund schoben. Einmal wurden wir dabei von einem Angestellten beobachtet. Laura bemerkte es rechtzeitig, schlug mehrere Haken durch die Gänge und wurde die Flasche Pernod bei den Tiefkühlregalen wieder los. Als wir an der Kasse kontrolliert wurden, waren wir sauber, der Angestellte musste uns wohl oder übel gehen lassen.

An einem frühen Donnerstagabend Ende August waren wir alleine. Theresa arbeitete im Louie. Es war heiß und schwül, Laura hatte die Vorhänge zugezogen. Sie saß in Unterwäsche an der Nähmaschine, ich hockte in T-Shirt und meiner glänzend schwarzen Stoffhose, die Laura immer meine *Eisverkäuferhose* nannte, ans Bett gelehnt auf den Dielen und klimperte auf der Akustikgitarre herum, die ich mitgebracht hatte, vor mir lauter Zettel mit Textfragmenten, ich probierte ein paar neue Songideen aus. Das geschäftige Rattern der Nähmaschine spornte mich an, genau wie Lauras Konzentration auf das Sakko, mein Sakko, das sie noch einmal komplett auseinandergenommen und neu zusammengesetzt hatte. Eine irre Friemelarbeit, gegen die das Komponieren eines Songs mir vorkam wie das Streichen einer Wand.

Beim Ausbügeln einer Naht dachte sie laut darüber nach, wie

sie es anstellen könne, mit ihrer Lieblingstätigkeit Geld zu verdienen, ohne sich dafür in einer *ollen Kleiderklitsche* verdingen oder mühsam bei einem *geisttötenden Ramschkonzern* hocharbeiten zu müssen.

»Ich will meinen eigenen Kram machen«, sagte sie.

»Du willst Modedesignerin werden«, sagte ich.

Laura schaute erst mich an, dann die Nähmaschine. Sie lächelte versonnen und vertiefte sich wieder in ihre Arbeit. Sie schneiderte jetzt fast jeden Tag. Hosen, Röcke, Oberteile, Taschen, sie probierte alles Mögliche aus. Plötzlich gab es ein Knacken, Laura sprang auf und fluchte: »Fuck, schon wieder!«

»Was ist passiert?«

»Nadel abgebrochen.«

Sie betrachtete ihren rechten Daumen, dann kam sie zu mir rüber und nahm mir die Gitarre aus der Hand, lehnte sie gegen die Kiste mit den Platten und zog mir das T-Shirt über den Kopf. Ich richtete mich auf. Laura drückte mich aufs Bett und setzte sich auf meinen Bauch. Ich hatte mich gerade an ihrem BH zu schaffen gemacht, eine der beiden Ösen war bereits aufgehakt, als es an der Tür klingelte. Ich ließ meine Hand ihren Rücken entlanggleiten, Laura führte sie wieder zum BH-Verschluss. Es klingelte nochmal.

»Ich guck doch mal eben nach«, seufzte sie, schlüpfte in ein herumliegendes Kleid und ging zur Tür.

Ich setzte mich auf und zog mir mein T-Shirt über.

»Hey«, hörte ich Laura in den Hausflur sagen. Dann ein unverständliches Gemurmel, dann wieder ihre Stimme: »Ich hab gerade Besuch …«

Plötzlich gab es einen dumpfen Knall, gefolgt von Klirren und Scheppern. Laura schrie. Ich rannte in den Flur. Der Glaseinsatz in der Wohnungstür war zertrümmert, der ganze Boden voller Scherben, im Treppenhaus Gepolter.

»SASCHA! MIT DEM KOPF!«

»Wo ist er hin?«

»WEISS NICHT, NACH UNTEN!«

Barfuß sprang Laura über die Scherben und rannte die Treppe hinunter.

»Was ist denn hier los?«, kam eine Stimme von oben. Die Vermieterin, eine ältere Dame mit sorgfältig frisiertem weißem Haarschopf und einer Perlenkette über der Bluse, sie stand auf dem Treppenabsatz. Ich folgte Laura nach unten.

Sascha lag vor der Haustür im Innenhof. Aus seiner Stirn sickerte Blut, das ihm in zwei dicken Bahnen das Gesicht hinunter lief. Seine Augen waren glasig. Er lallte etwas Unverständliches und leckte sich über die Lippen, und irgendwie schien er dabei zu grinsen.

»Krankenwagen!«, rief Laura und beugte sich über Sascha, »RUF SOFORT EINEN KRANKENWAGEN!«

Ich eilte die Treppen hoch, an der Vermieterin vorbei, die vor der Wohnung stand und entsetzt die zerstörte Tür betrachtete, die Scherben und das Blut auf dem Boden. Sie warf einen Blick in den Flur, drehte sich wieder um und reckte ihren Hals über das Geländer, offenbar unschlüssig, ob sie sich weiter vorwagen sollte. Ich wählte die 112 und rief einen Krankenwagen. Musste die Vermieterin nach der Hausnummer fragen. Beim Telefonieren zog ich mir Schuhe an.

Der Krankenwagen kam nach wenigen Minuten. Auf einer Bahre wurde Sascha abtransportiert, die Trinker aus der Kleinen Kneipe schauten zu, endlich gab's mal wieder was zu sehen. Laura fuhr mit Sascha ins Krankenhaus, ich ging nach oben. Mit einem beherzten Ausfallschritt konnte man nun einfach durch die geschlossene Tür die Wohnung betreten. Ein paar Glaszacken steckten noch in der Leiste. Ich zog sie heraus und sammelte die großen Scherben mit der Hand auf. In der Küche fand ich einen Umzugskarton, ich klappte ihn auf und warf die Scherben hinein. Die kleineren Splitter fegte ich mit

Kehrblech und Feger zusammen. Einer blieb mir in der Fingerkuppe stecken. Ich zog ihn heraus, es blutete, aber nicht doll. Die Vermieterin hatte in der Zwischenzeit eine Kamera aus ihrer Wohnung geholt. Mit ihrer dämlichen Betonfrisur stand sie über mir, machte Fotos von der zertrümmerten Tür und nölte mich voll. Dass dies ein anständiges Haus sei, dass sie es jetzt schon bereue, den Mädchen die Wohnung gegeben zu haben, wer ich überhaupt sei, ob ich jetzt etwa auch hier wohne? Die Borsten des Handfegers waren schon ganz verklebt von Blut und Glassplittern, die Alte zeterte immer weiter, all die Leute, die hier ständig ein- und ausgingen, das sei doch kein Bordell hier, warum die jungen Damen sich nicht gleich rote Lampen in die Fenster hängen würden, bis ich ihr sagte, dass sie endlich die Klappe halten und sich verpissen solle, was sie dann auch tat.

Ich stellte den Karton neben den Mülleimer in der Küche. Draußen hatte es heftig zu regnen begonnen. Der Regen prasselte auf den Balkon und in die Dachrinnen des Anbaus, er schäumte und warf Blasen und spritzte senkrecht zurück in die Luft. Ich griff mir den Spülschwamm und eine Zewa-Rolle und machte mich an den Hausflur. Sascha hatte eine Blutspur bis zur Haustür hinterlassen, teilweise war das Blut schon geronnen, so dass ich die dicken Tropfen mit der rauen Seite des Schwamms von den Holzdielen schrubben musste. Als ich unten ankam, klebte mir das T-Shirt am Körper. Ich öffnete die Haustür. Rote Schlieren liefen in die Pfütze, die sich vor dem Abflussgitter im Hof gebildet hatte. Ich ließ den Regen die restliche Arbeit erledigen und ging zurück in die Wohnung. Hinter Lauras Kleiderschrank stand ein aufgerolltes Poster, neben der Nähmaschine fand ich eine Rolle Tesafilm. Ich klebte das Poster über das Loch in der Wohnungstür. The Notwist, *Shrink*, ein blaues Muster, es sah aus wie eine Ausgrabungsstätte oder das Satellitenbild einer Stadt. Das Poster war zu klein für die Tür, ein Spalt unten blieb unbedeckt, aber besser als nichts.

So plötzlich wie er angefangen hatte, hörte der Regen wieder auf. Ich verließ die Wohnung und lief zur Tiefen Straße. In den Gullis gurgelte das Wasser, die Luft war schwer und faulig, über der Ems stand ein Regenbogen. Bei uns war niemand zu Hause. Ich wusch mir die Hände und das Gesicht, zog mir ein frisches T-Shirt an und stopfte den neuen, posthum erschienenen Bukowski-Gedichtband in einen Stoffbeutel. Im Kühlschrank fand ich eine viertelvolle Flasche Wein und trank sie im Stehen aus. Dann hörte ich die Wohnungstür ins Schloss fallen. Es war Richter, er kam gerade von der Arbeit. Ich erzählte ihm, was passiert war. Richter rief im Krankenhaus an, erst im Mathias-Spital, dann im Jacobi, wo man ihm bestätigte, dass Sascha dort eingeliefert worden war. Ob er über Nacht bleiben musste und wie schwer er verletzt war, darüber könne man leider keine Auskunft geben.

»Ihr seid solche Idioten«, sagte Richter traurig, »alle beide.«

»Der Idiot war gerade ja wohl eindeutig Sascha«, sagte ich.

Ich konnte sehen, wie Richter sich entschied, nicht darauf zu antworten. Er drehte sich um und ging ins Bad. Ich nahm den Stoffbeutel und rannte zum Louie, wo ich Theresa in groben Zügen von dem Vorfall berichtete und sie um ihren Wohnungsschlüssel bat.

»Hoffentlich geht's Sascha gut«, sagte Theresa, und dann, verstört: »Unsere schöne Glastür.«

Ein weiteres Mal ärgerte ich mich darüber, dass wir nie über all das geredet hatten. Ich hatte es immer vor mir hergeschoben, und jetzt war es zu spät. Ich fragte, ob ich ihr eine Flasche Wein abkaufen könne. Theresa schaute über meine Schulter zu Ralf, der mit dem Rücken zu uns am Flipper stand. Sie bückte sich, ohne ihren Chef aus den Augen zu lassen, griff in den Kühlschrank und hielt mir auf Kniehöhe eine Ein-Liter-Flasche Müller-Thurgau hin. »Nimm mit.«

Ich ließ die Flasche in meinen Beutel gleiten, bedankte mich und lief durch die Fußgängerzone zurück. Mein T-Shirt war schon wieder klamm. Es dämmerte. Laura war noch nicht zu Hause. Ich flippte durch ihre Platten, entschied mich für die The-Notwist-LP und setzte mich mit meinem Buch und der Flasche Wein ins offene Fenster. *»Betrunken und verschwitzt«*, schrieb Bukowski, *»alles in Flammen / alles klitschnass / alles bestens.«*

Vor der Ladenreihe gegenüber gingen die Laternen an. Juwelier Beckmann, Döner-Imbiss Pasha, Bürobedarf Rohlmann. Darüber wanderte ein gigantischer, gelber Vollmond über den tintenblauen Himmel, es sah aus, als nähme er Kurs auf die Turmspitze der Basilika. In der Kleinen Kneipe sangen sie wieder von Sehnsucht und Liebe, aus Lauras Boxen kam nur noch ein monotones, rythmisches Knistern: *Tschck-pft, tschck-pft, tschck-pft.* Kurz dachte ich, es gehöre zu den elektronischen Spielereien der Notwist-Platte, doch es war die Nadel, die in der Auslaufrille festhing.

Ich drehte die Platte um und wartete auf Laura. Ich musste die Platte noch einige Male umdrehen, bis ich endlich ihren Schlüssel in der Wohnungstür hörte.

*

»Ich hab dich ja bei Möbel Olfe gefragt, wann du aufgehört hast, mich zu hassen. Wann das mit Laura und mir für dich okay war. Du meintest, als ich dir diesen Brief geschrieben habe. Den Brief habe ich aber am 2. August geschrieben. Als das alles noch ganz frisch war. Als du noch nicht mal in Potsdam warst. Drei Wochen nach dem Brief hast du dann deinen Kopf in Lauras Glastür gerammt. So richtig gut kann das da noch nicht wieder gewesen sein, oder?«

Sascha überlegt. »Wahrscheinlich ist es in der Erinnerung nach hinten gerutscht. Das war dann der Anker, von dem ich ausgegangen bin, dass es da wieder gut geworden ist. Aber wenn ich jetzt darüber nachdenke, muss das länger gedauert haben.«

»Vielleicht ist das so ein markantes Ding in deinem Kopf. Dass du es mir anrechnest, diesen Brief geschrieben zu haben, und im Nachhinein baust du es dir so zusammen, dass das der Auslöser für unsere Versöhnung war.«

»Kann gut sein. Ich konnte das mit Laura und dir einfach nicht akzeptieren. Ich bin die Treppen hochgegangen, Laura hat die Tür aufgemacht und wollte nicht, dass ich reinkomme. Du kamst aus dem Zimmer, ich hab dich gesehen, und das war der Moment, in dem alles klar war. Wobei, ich muss das ja schon vorher gewusst haben.«

»Ja, du wusstest da schon seit gut einem Monat von Laura und mir. Und ich habe damals aufgeschrieben, dass ich aus ihrem Zimmer kam, nachdem ich das Scheppern der Glastür im Flur gehört habe, nicht vorher.«

»Ich weiß das alles nicht mehr genau. Ich weiß auch nicht mehr, in welches Krankenhaus ich gefahren wurde. Ich wollte einfach nicht, dass das mit euch irgendeine Bedeutung hat. Ich wollte, dass alles so weitergeht wie bisher. Und irgendwann gibt es dann diesen Aha-Moment, in dem man versteht, was eigentlich los ist.«

»Dann schlägt man Autospiegel ein, oder Glastüren, oder jemandem eine Flasche über den Kopf. Wahrscheinlich um Tatsachen zu schaffen, auch für sich selbst.«

»Man hat sich null hinterfragt. Dass man mal gedacht hat: Was mach ich da gerade?«

»Du hast mich immerhin mal zur Rede gestellt. Am Emswehr. Mich gefragt, ob da was mit Laura läuft. Und ich habe gelogen. Dafür habe ich mich wahnsinnig geschämt. Und gleichzeitig war ich wütend auf dich, *warum rafft der das nicht, der Idiot!*«

»Haha, ja, warum rafft der das nicht? Keine Ahnung. Ich

hatte überhaupt nicht das Werkzeug, mit solchen Dingen umzugehen, die zwischenmenschlichen Skills. Das wurde mir nie beigebracht. Ich bin im Fußballverein groß geworden. Meine erste Beziehung mit Susi, die war so bilderbuchmäßig, mit Fotoalben anlegen und so. Ich dachte, das bleibt jetzt für immer so. Heile Welt, nicht drüber nachdenken. Wahrscheinlich war man seinen Eltern oder Großeltern da näher, als einem lieb ist. Worüber man nicht redet, das existiert auch nicht. Mir fällt keine bessere Erklärung ein, als dass es einfach keine Auseinandersetzung mit diesen Dingen gab.«

»Konfliktlösung gehörte nicht zu unseren Kernkompetenzen.«

»Überschrift.«

»Immerhin gab es diese Briefe. Den von mir, und einen Antwortbrief von dir. Der ist leider verschollen. In meinem Tagebuch steht, er sei *ernst und sachlich* gewesen.«

»Ernst und sachlich?« Sascha bricht in Gelächter aus. »*Sachlich*! Das kann ich mir kaum vorstellen!«

»Was auch immer ich damals als sachlich wahrgenommen habe«, sage ich und muss ebenfalls lachen. »Alles, was nicht nach *You are the Beschissenste of us all* klang, war für mich wahrscheinlich sachlich. Alles was nicht irgendwie …«

»… auf Zerstörung aus war.«

»Ja. Wenn man mal einen Moment zur Seite tritt und nachdenkt, bevor man handelt, wenn man die Situation mit ein wenig Abstand betrachtet, dann ist das schon eine Leistung. Wir haben ja immer nur reagiert. Alles ballert auf dich ein, und du schlägst wild um dich, so affekthaft.«

»Du produzierst dieses Geballere aber auch ununterbrochen selbst. Immer einen Schritt weiter, ohne Rücksicht auf Verluste. Dieses Reflexionsvermögen ist vielleicht da, aber eher als Master-Narrativ, wie es zu laufen hat. Es ist nicht okay, dass man seinem Freund die Freundin ausspannt. Das weiß man, so ist das halt in der Gesellschaft: Es gibt Paare, und die sind zu zweit, die sind exklusiv, die sind heterosexuell, blablabla. Das hat man gar nicht unbedingt gesagt bekommen, das sieht man eben, das wird nonverbal an einen herangetragen. Aber dieser Drang, anders zu sein, der ist auch sehr stark. Diese beiden Positionen knallen die ganze Zeit aufeinander und brechen alles auf. Das kulminiert dann in dramatischen Ereignissen. Die einzige Möglichkeit der Verständigung miteinander lag im Ausrasten, im absoluten Drama.«

»Etwas so weit treiben, dass es danach eben nicht so weitergehen *kann* wie bisher.«

»Genau. Bis alle Konventionen gebrochen sind, wie man gelernt oder nicht gelernt hat, miteinander umzugehen.«

»Musstest du nach der Sache mit der Glastür eigentlich über Nacht im Krankenhaus bleiben?«

»Das weiß ich nicht mehr. Ich hab noch ein paar Tage mehr oder weniger bei Nina gewohnt, bevor ich nach Potsdam gezogen bin. Bei Nina und Timo.« Sascha macht eine Pause und schaut mich an. »Ich hatte ja auch mal was mit Nina.«

»Echt? Wann.«

»Einmal in Minden, nach einem eurer Konzerte. Da war ich mit, zum T-Shirts verkaufen. Wir haben in der WG vom Veranstalter gepennt. Auf der Toilette hing ein Calvin & Hobbes-Poster, das weiß ich noch. Hannes hat aus dem Fenster gepisst, es lief die ganze Zeit die *Pinkerton* von Weezer, und Guido und du habt in der Küche Wodka aus 'ner Spüliflasche und Jägermeister durch ein Staubsaugerrohr gesoffen. Ich hab mit Robin und Nina im Wohnzimmer gepennt und da mit ihr rumgeknutscht.«

»An das Staubsaugerrohr erinnere ich mich. Da war noch Staub drin.«

»Das haben Staubsaugerrohre so an sich.«

»Ekelhaft. Aber auch lustig.«

»Total asozial.«

»Wusste ich davon?«

»Ich glaube nicht.«

»Von Nina und dir meine ich.«

»Schon klar.«

»Du hast mir nie davon erzählt?«

»Nein.«

»Nina auch nicht?«

»Woher soll ich das wissen?«

»Bei unserem Treffen neulich hat sie jedenfalls nichts davon gesagt. Interessant. Ist das eine authentische Erinnerung, oder kommt das erst jetzt wieder hoch, wo wir darüber reden?«

»Ich habe lange nicht dran gedacht«, sagt Sascha. »Und ob das eine authentische Erinnerung ist oder nicht, kann ich nicht sagen. Ich habe ja schon mit dem Begriff Probleme.«

Er nimmt zwei Zigaretten aus der Schachtel, zündet beide an und reicht mir eine. Die Abendsonne schimmert rot durch die Bäume. Ende August, die Tage werden schon wieder spürbar kürzer.

»Hast du von deinem Glastür-Stunt eigentlich Narben behalten?«

»Eine. Hier oben an der Stirn. Ich seh die nie. Siehst du die?«

»Ja. Aber wäre mir so nicht aufgefallen.«

»Und dann die hier am Handballen. Vom Spiegel der Transe.«

»Die kenn ich.«

»War eigentlich ein ganz lässiger Move, mit links, so im Vorbeigehen.«

Wir rauchen und beobachten eine Spinne dabei, wie sie ihr Netz zwischen Hauswand und Hecke spannt. Dann schaut Sascha aufs Handy und sagt, dass er bald losmuss. Ursprünglich wollte er über Nacht bleiben, doch er hat morgen früh einen Termin bei seinem Professor und muss den letzten Zug von Wünsdorf nach Berlin nehmen. Wahrscheinlich auch gut so. Wir haben fast fünf Stunden geredet, hier, auf dem Weg zum

See und zurück, sogar beim Schwimmen und in der Eisdiele, uns beiden dröhnt der Kopf.

Eine Sache muss ich aber noch wissen.

»Was stand eigentlich in dem Buch, das du Laura damals gegeben hast?«

Saschas Reaktion ähnelt meiner bei Möbel Olfe, als er mir von dem Brief erzählt hat. Hilflos starrt er mich an, das Gesicht eine einzige Fläche. »Was für ein Buch?«

»Dieses Tagebuch, das du für sie geführt hast.«

»Ich soll ein Tagebuch für Laura geführt haben? Davon hör ich zum ersten Mal.«

»Das liegt in Düsseldorf bei ihr im Keller. Sie hat nicht reingeschaut, wäre ihr zu krass gewesen.«

Sascha schüttelt den Kopf. »Du weißt hier Sachen über mich, das ist ziemlich strange. So langsam mache auch ich mir Sorgen um mein Gedächtnis. Was habe ich mir nur dabei gedacht, Geschichte zu studieren, wenn mein Erinnerungsvermögen so fundamental scheiße ist?« Er drückt seinen Zigarettenstummel in der Teetasse aus und steht auf. Ich bringe ihn zum Tor und schaue ihm nach, bis er auf dem Waldweg um die Kurve verschwindet, dann gehe ich zurück in den Garten und lege mich in die Hängematte.

Ich bin stolz.

Stolz auf Sascha, stolz auf uns beide.

Dass wir unsere Eitelkeit überwunden und uns wieder zusammengerauft haben, und das sogar relativ schnell. Es verging nur ein gutes Jahr, da waren wir wieder Freunde. Sascha hatte es nicht lange in Potsdam ausgehalten, Probleme mit der Stelle und mit seinem Chef, nach ein paar Monaten kam er zurück nach Rheine. Dank Richters Einsatz konnte er seinen Zivildienst bei der Arbeiterwohlfahrt fortsetzen. Von nun an liefen wir uns wieder ab und zu über den Weg. Kurz vor Weihnachten lag ein Buch für mich im Briefkasten, *Es ist so einsam im Sattel, seit das Pferd tot ist* von Selim Özdogan. Es ging um einen jungen Mann, der seine Freundin an den besten Freund verliert, vorne im Buch stand als Widmung: *Frohe Weihnachten, Sick Boy*. Ich war geschockt und gerührt. Es steckte so viel von Sascha in diesem Geschenk. Sein Humor, seine Wut und Zerissenheit, die ganze Ambivalenz. Wir grüßten uns wieder, zaghaft zunächst, dann tauschten wir auch mal vorsichtig ein paar Floskeln aus, und eines Abends, Sascha saß mit Richter und Celina bei uns vorm Fernseher, als ich von der Probe kam, fragte er mich, ob wir nicht mal in Potsdam spielen wollten, er habe da ein paar Leute kennengelernt und könne was klarmachen. Zu dem Auftritt ist es nie gekommen, doch die Geste war eindeutig. Sascha streckte mir die Hand aus, und ich zögerte keine Sekunde, sie zu ergreifen. Bis spät in die Nacht saßen wir zusammen und redeten, brachten uns gegenseitig auf den aktuellen Stand über alles, was seit dem Sommer passiert war, wie zwei Brüder, die sich nach einem furchtbaren Unglück für eine Weile aus den Augen verloren und schließlich wiedergefunden haben. Kurz darauf zogen wir in verschiedene Städte, in denen wir uns gegenseitig besuchten, 2001 verbrachten wir ein paar Wochen zusammen in Barcelona. Sascha begann zu studieren, ich machte Musik und schrieb. Selbst wenn wir uns mal monatelang nicht sahen und in der Zwischenzeit mit völlig unterschiedlichen Dingen beschäftigt hatten, war das beim Wiedersehen eher eine Bereicherung, als dass es uns voneinander entfernt hätte. Mitte der nuller Jahre zog ich von Münster nach Berlin, ein paar Jahre später ging Sascha ebenfalls nach Berlin, und nun wohnt er nur ein paar Straßen von mir entfernt und ist derjenige von meinen alten Freunden, mit dem ich am meisten zu tun habe. Wir haben uns verändert, beide, jeder für sich und uns gegenseitig. Auch unsere Beziehung hat sich verändert, dabei aber immer diese spezielle Energie und Dynamik behalten, die vielen Freundschaften früher oder später abhandenkommt, dieses jugendliche Feuer, das viele erst dann zu schätzen wissen, wenn sie es längst verloren haben.

Ein Vogel kreischt. Keine Elster, irgendein Wasservogel. Die Hängematte steht still. Da, wieder. Ich schaue mich um. Es ist schon fast dunkel. Wie lange war ich weg?

Ich stehe auf und gehe zum Bungalow. Laufe fast mit dem Gesicht durch das Spinnennetz. Es hat mittlerweile einen halben Meter Durchmesser, schwarz und rund und fett sitzt die Spinne am Rand und betrachtet zufrieden ihr Werk.

Am Tisch klappe ich den Laptop mit den 27 geöffneten Word-docs auf. Ich öffne ein achtundzwanzigstes und fange an zu tippen. Über den Abend Ende April, als Sascha in meiner Zimmertür stand und ich ihn fragte, ob er etwas über meine Freundin Nina und seinen Kumpel Timo wisse. Ein mögliches erstes Kapitel.

*

Sie arbeiteten schon wieder in Schichten. Für die erste Woche wurde ich der Spätschicht zugeteilt, sie ging von 16 bis 22 Uhr. Um kurz nach drei am Montagmittag fuhr ich mit dem Rad in den Schotthock. Bernd hatte mir eine Mitfahrgelegenheit bei Eugen organisiert, als ich ihm am Telefon von der Sache mit dem Führerschein erzählt hatte. Eugen wohnte mit seiner Frau und den zwei kleinen Kindern in einem Mehrfamilienhaus, nicht weit entfernt von Saschas Eltern. Er wartete bereits vor dem Haus, als ich dort ankam. Rauchend stand er neben einer weißen Honda, auf deren Sitzbank zwei Helme lagen, ein großer und ein kleiner.

»Moin Eugen! Seit wann fährst du denn Roller?«

»Ist neu. Braucht Frau Auto. Und ist billiger Sprit.« Er setzte sich den großen Helm auf und reichte mir den kleinen. »Halbschale«, sagte er und grinste. *Chalbs-chale.*

Im Stadtgebiet schlängelten wir uns links und rechts an den Autos vorbei, hinter dem Kalksandsteinwerk gab Eugen dann richtig Gas. »ZU ZWEIT LANGSAM!«, brüllte er, während wir mit achtzig oder neunzig Sachen die B475 runterschossen. Das Ding musste frisiert sein. Ich klammerte mich an den Streben hinter mir fest und hatte alle Mühe, Eugen mit meinen Füßen nicht ins Gehege zu kommen. Die Bremsschwellen am Ortseingang von Elte umschiffte er noch galant, doch auf der Höhe vom Splenterkotten musste er stark abbremsen, vor uns schlich ein Rentner in seinem Ascona durch die 30-Zone. Eugen fluchte. Auf dem kurzen Stück Landstraße überholte er den Ascona, bog auf den Waldweg zur Firma ab und parkte neben Bernds Motorrad.

Auf dem Hof stand ein gutes Dutzend Paletten. Offenbar war morgens neue Ware gekommen. Wir nahmen die Helme ab. »Chinascheiße«, raunte Eugen und begann, sich eine Zigarette zu drehen. Bernd kam aus der Scheune.

»Hallo Thorsten. Hast du zugenommen?«

Ich sah an mir herunter.

»Spaß«, sagte Bernd und gab mir die Hand. Schraubstock.

Eugen nickte in Richtung der Paletten. »Ware okay?«

»Großteil verschimmelt, wie letztes Mal«, sagte Bernd. »Ihr müsst das alles auspacken. Jeden einzelnen Karton. Die Retourlisten liegen drinnen. Was unversehrt ist oder noch gesäubert werden kann, kommt in extra Kartons, die müssen neu beschriftet werden. Nicht die alten Kartons nehmen, die sind alle feucht.«

»Seit wann werdet ihr denn aus China beliefert?«, fragte ich.

»*Wir*, mein Lieber, ab heute heißt es wieder *wir*! Geniale Idee aus der Chefetage.« Er bewegte seinen Zeigefinger kreisend vor der rechten Schläfe. »Leider haben unsere neuen Weihnachtsmänner ordentlich nachgeschwitzt auf der Überfahrt. Meine Herrn, wer das gepackt hat, den sollte man an den Eiern aufhängen. Aber kannste nichts machen, ist jetzt so. Hauptsache, das ist bis heute Abend alles aussortiert und verstaut. André und ich machen gleich Feierabend, Jakob und Artur kloppen Überstunden, bis der Murks vom Hof ist.«

Ich ging ins Büro, um meine Lohnsteuerkarte abzugeben.

»Schön, dass du wieder da bist«, sagte Sabine. »Wir können gerade jeden Mann gebrauchen.«

»Schon gehört, neue Ware.«

»Ja, da hatten wir Pech, die ist wohl ein bisschen feucht geworden. Das müsst ihr einmal schnell aussortieren, damit wir wissen, was wir reklamieren können und an Nachschub ordern müssen.«

Die Kartons waren mehr als nur *ein bisschen feucht* geworden. Die meisten waren von innen komplett verschimmelt, mehr als die Hälfte der Artikel konnte man wegschmeißen. Was noch brauchbar erschien, wurde auf den Tisch gelegt, der Rest wanderte in zwei große Kartons, die neben dem Packtisch standen. Alle zwanzig oder dreißig Minuten kletterte Eugen auf den Tisch und zerstampfte die aussortierten Artikel zu Kleinholz, um Platz zu schaffen.

»Chi-na-schei-ße«, fluchte er im Rhythmus seiner Tritte.

»Und was passiert jetzt damit?«

»Heizung«, sagte Artur und zeigte auf den Ofen. Er zog die Schultern zusammen, presste die Ellbogen an die Rippen, rieb die Handballen aneinander und lachte. Sie wollten das schimmelige und lackierte Zeug tatsächlich verfeuern. Jakob rangierte auf dem Hof mit Stapler und Hubwagen die Paletten zurecht, befreite sie mit einem Cutter von der Folie und schob uns die einzelnen Kartons vor die Füße. Um kurz vor sieben stand nur noch eine Palette auf dem Hof.

»Schafft ihr?«

Eugen nickte.

»Dann komm, Feierabend«, sagte Jakob zu seinem jüngeren

Bruder. Sie stiegen in Arturs Sportwagen. Artur ließ den Motor aufheulen, Jakob machte eine salutierende Geste, beide lachten. Nach einer Elf-Stunden-Schicht. Sie beschwerten sich nie.

Um halb acht hatten Eugen und ich auch die letzte Palette geschafft und machten eine Viertelstunde Pause. Eugen aß seine mitgebrachten Wurstbrote, ich las die Zeitung. Bei den Landtagswahlen im Saarland hatte die CDU die absolute Mehrheit geholt, in Brandenburg war die DVU in den Landtag eingezogen, die SPD hatte in beiden Bundesländern derbe verkackt. Ich schnappte mir mein Tagebuch und verzog mich aufs Klo.

Nach der Pause machten wir uns daran, die als noch verkäuflich befundenen Artikel zu säubern. »Arbeit für Idioten«, schimpfte Eugen, als er mit einem Lappen den pelzigen Flaum von einem debil grinsenden Weihnachtsmann schrubbte, bei dem ich mich fragte, wer sich diesen kranken Mist bloß in die Wohnung stellen sollte und wie es in so einer Wohnung sonst wohl aussehen mochte. Doch das Zeug schien gut zu laufen. Bernd hatte am Telefon davon gesprochen, demnächst noch mehr Aushilfen einzustellen und dann auch Nachtschichten zu fahren. Ich hatte sofort Hannes und Robin ins Spiel gebracht, und Guido, sofern der seine Teamer-und-Teili-Anstalt am Mittelmeer unbeschadet überstehen würde.

Um halb zehn begannen wir aufzuräumen. Ich fegte einmal durch, Eugen verstaute die Kartons in den Regalen. Wir löschten das Licht, verschlossen Scheune und Lager, setzten uns auf den Roller und fuhren nach Hause.

Am folgenden Nachmittag hatte die Frühschicht die restlichen Artikel gesäubert. Wir gingen zur normalen Arbeit über, und ich fing wieder an, von Kartons und Artikelnummern zu träumen.

Am Mittwochmittag vor der Arbeit traf ich mich mit Nina am Mitteldamm. Ich hatte sie am Telefon nach den 350 Mark gefragt, die sie mir noch schuldete. Es war mir unangenehm gewesen, doch ich hatte schon Ivo und Helena mit einem Teil der Miete vertrösten müssen, und dann schuldete ich ja auch noch Oli einen Hunderter und Tommi eine Kamera.

Nina gab mir die Hälfte des Geldes. Den Rest sollte ich sobald wie möglich bekommen. Sie erzählte, dass sie jetzt abwechselnd im Louie und im Emsschlösschen arbeitete, und dass Timo und sie überlegten, im Herbst für ein halbes Jahr nach Indien zu gehen, ihre Sachen so lange bei Timos Eltern unterzustellen und nach der Rückkehr mit ihm zusammenzuziehen, »am liebsten in irgendeine Großstadt«. Sie bemerkte mein konsterniertes Schweigen und sagte, sie sei dabei, mir einen Brief zu schreiben, in dem sie *ein paar Sachen erklären* wolle. Das klang bedeutungsvoll, zumal ich Nina nicht als große Briefeschreiberin kannte. Außer ein paar Postkarten und kurzen Nachrichten hatten wir uns in unseren siebeneinhalb Jahren nichts geschrieben.

»Wie läuft's mit Laura?«, fragte sie, als wir zu meinem Rad gingen.

»Gut«, sagte ich.

Am Wochenende zuvor hatten Laura und ich uns furchtbar gestritten. Wir waren auf dem Weg zu einem eintägigen Festival in Duisburg und mitten auf der Autobahn, als es zu regnen begann. Ich stand auf und wollte das Verdeck der Ente schließen. Noch während ich mich daran zu schaffen machte, kam mir der Gedanke, dass das während der Fahrt vielleicht keine so gute Idee sei. Ich machte trotzdem weiter, kämpfte gegen den Fahrtwind an. »Nicht mit Gewalt!«, rief Laura, dann hörte ich auch schon, wie der Kunststoff riss. Laura war bestürzt. Ihre geliebte Ente. In Duisburg angekommen, flickten wir das Dach provisorisch mit Gaffatape. Ich versprach, es reparieren zu lassen, sobald ich meinen ersten Lohn bekam. Laura sagte dazu nichts, ließ mich aber den ganzen Abend über spüren, wie sauer sie war. Nachts war ich ausgeflippt und hatte sie gefragt, was eigentlich ihr verdammtes Problem sei.

Das Problem war natürlich die Gesamtsituation.

Sascha war seit fast einer Woche in Potsdam. Anfang August hatte ich ihm geschrieben, er solle bloß nicht glauben, dass ich mich über seinen Umzug freuen würde. Jetzt tat ich es doch, aber irgendwie war alles genauso kompliziert wie vorher.

Richter hatte Sascha beim Umzug geholfen und war ein paar Tage in Potsdam geblieben. Als er zurückkam, hatte er beiläufig erwähnt, er werde nächstes Jahr mit Sascha nach Köln oder Hamburg ziehen, ohne jede Gefühlsregung, weder Vorfreude noch Wehmut, die Katze nehme er übrigens mit. Auch eine Art, *Tschüs ihr Idioten* zu sagen.

Mit Tommi hatte ich mich eines Abends ausgesprochen, dabei aber das Gefühl gehabt, dass er selbst ein wenig in Laura verknallt gewesen war, nun aber mit der ganzen Sache nichts mehr zu tun haben wollte. »Meinen Segen habt ihr«, sagte er, und ich hatte gedacht: Alter, ich scheiß auf deinen scheiß *Segen*, aber auch: Danke, Kumpel.

Mit Laura war es ein ständiges Auf und Ab.

Seit neuestem richteten sich ihre Spitzen immer öfter gegen Theresa. Die kopiere sie, sagte Laura, ihre Klamotten, ihren Musikgeschmack. Theresa hatte in diesem Sommer tatsächlich eine ziemliche Transformation durchgemacht, doch ich fand das weder schlimm noch ungewöhnlich und sagte Laura das auch, worauf die mir nahelegte, mich dann doch einfach nebenan bei Theresa ins Bett zu legen und dort die Platten zu hören, die *die blöde Olle* sich ständig, ohne zu fragen, aus ihrem Zimmer holen würde. Ich bekam so eine Vorstellung davon, was Nina mit mir durchgemacht haben musste. Im Vergleich zu ihrer freundlichen Aufgeschlossenheit war ich mir häufig vorgekommen wie ein galliger Misanthrop, neben Lauras wütender Rigorosität fand ich mich nun immer öfter in der Rolle des toleranten Menschenfreundes wieder. Je abweisender sie sich verhielt, desto offener, abwägender und milder in meinem Urteil wurde ich, was Laura oft nur noch abweisender machte.

All das verschwieg ich Nina, als wir über das Gitter der Schleuse balancierten. Ich gönnte ihr den Triumph nicht, dass bei ihr alles so viel einfacher und klarer zu sein schien als bei mir. Mein Rad lehnte auf Höhe der Stadthalle am Geländer. Ich schloss es auf und setzte mich auf den Sattel.

»Ich bin gespannt auf den Brief«, sagte ich.

»Ja, bis bald«, sagte Nina.

Auf dem Weg zu Eugen hielt ich bei der Sparkasse, um meine neue Bankkarte abzuholen, und zog bei der Gelegenheit einen Kontoauszug. Ich staunte: Die Firma hatte mir 500 Mark überwiesen, Verwendungszweck *Vorschuss.* Bernd musste zu Jörg und Sabine ins Büro gegangen und diesen Vorschuss klargemacht haben, nachdem ich ihm tags zuvor nochmal ausführlich vom Ausgeraubtwerden in Barcelona erzählt hatte. Ich hielt mir den Kontoauszug an die Lippen und küsste ihn.

Nachts nahm ich Laura ein Tape auf. Es bestand ausschließlich aus Instrumentalstücken, abgesehen vom *Lovesong* von The Cure am Anfang der A- und einem Liebeslied von den Descendents am Anfang der B-Seite. Gar nicht so einfach, die restlichen 53 Minuten angemessen zu füllen.

Laura lag noch im Bett, als ich am Donnerstagmittag unangekündigt mit dem *(Fast) Ohne Worte*-Tape bei ihr aufkreuzte. Sie bedankte sich und rang sich ein Lächeln ab. Sie sah traurig aus. Offenbar hatte sie in dem Buch gelesen, das Sascha ihr gegeben hatte. Es hatte die ganze Zeit im Regal gelegen, nun lag es aufgeschlagen, mit dem Rücken nach oben, auf der Kommode. Was drinstand, sagte sie nicht, ich fragte auch nicht nach. Sie wirkte, als wollte sie nicht darüber reden.

Wir frühstückten zusammen, dann fuhr ich zu Eugen, der

mich wieder auf dem Roller mit zur Spätschicht nahm. Nach der Arbeit setzte er mich am Kino ab. Ich war mit Schacke zum neuen Star Wars verabredet, doch Schacke kam nicht. Ich kaufte mir tonnenweise Süßkram und ging alleine ins Kino. *Episode 1 – Die dunkle Bedrohung*. Tommi hatte recht gehabt, der Film war *gar nicht mal so gut*.

Vom Kino aus lief ich durch die wie leergefegte Fußgängerzone zu Laura. Ich war noch nicht ganz in ihrem Zimmer, da presste sie schon ihren Mund auf meinen, krallte sich in meinen Haaren fest und schubste mich gegen die Wand. Wir zerrten an unseren Klamotten, stolperten durch den Raum und knallten gegen eine Kommode, verloren das Gleichgewicht, fielen zu Boden. Wir fickten die ganze Nacht. Wir fickten, bis wir nicht mehr konnten. Und dann nochmal. Und nochmal. Frühmorgens, Laura saß auf mir, ich war kurz davor zu kommen, keuchte sie mir plötzlich etwas ins Ohr: »Sascha …«

Ich dachte, ich hätte mich verhört, hielt dann aber doch in der Bewegung inne.

»Hast du mich gerade *Sascha* genannt?«

»Nein!«

»Doch?«

»Nein, hab ich nicht, ich …«

Sie ließ sich auf die Matratze fallen und drehte mir den Rücken zu. Es war ihr so rausgerutscht. Ich glaubte ihr und wollte die Rechtfertigung gar nicht hören. Sie fing still an zu weinen. Ich versuchte, sie zu trösten.

»Ist doch nicht so schlimm«, sagte ich, »hätte mir doch auch passieren können.«

»Hättest du *Nina* zu mir gesagt, ich wäre abgehauen, aufs Klo, kotzen«, sagte Laura angewidert, als wäre das tatsächlich mir und nicht ihr passiert.

*

Freitagabend, beim Italiener am Görlitzer Park. Ich bin seit gestern Abend aus Zesch am See zurück und habe mich noch von dort aus mit Sascha zum Essen verabredet. Sascha macht eine Bemerkung über das Datum, es ist der 11. September, wir reden über die Anschläge in den USA, wie lange das nun schon her ist und wie viel kürzer uns beiden diese Zeitspanne erscheint. »14 Jahre, total absurd«, sagt Sascha. Ich stimme ihm zu, sage, dass sich die Jahre 2001 und 2015 in meiner Wahrnehmung viel näher sind als die Jahre 2001 und, zum Beispiel, 1999, und schon, wir haben gerade erst unsere Getränke bekommen, sind wir wieder beim Thema. Bei meinem Thema.

»Wusstest du eigentlich, dass Laura mich beim Sex mal Sascha genannt hat?«

»Nein. Echt?«

»Echt.«

»Ich hab beim Sex mal Susi zu ihr gesagt.«

»Wirklich?«

»Ja. Voll ätzend.«

»O Mann. Was war da nur los.«

»Alle so überfordert.«

»Ein Staffellauf der Überforderung.«

»Auch 'ne gute Überschrift.«

Unsere Pizzen kommen. Während des Essens befrage ich Sascha zu verschiedenen Dingen, die mir nach unserem langen Gespräch auf der Datsche noch eingefallen sind, und bereite dabei vorsichtig meinen Angriff vor.

»Ich nehme dich mit all dem ganz schön in Beschlag, oder?«

»Schon okay. Mich interessiert das ja auch.«

Ich habe gehofft, dass er so reagiert. Nehme einen Schluck Wein und sammle mich.

»Dieses Buch, dass du damals für Laura geschrieben hast.«

Sascha schüttelt den Kopf und beißt von seiner Pizza ab. »Ich kann mich echt nicht dran erinnern.«

»Sie meinte ja, sie hätte das noch. Das läge bei ihr im Keller.«

»Hast du erzählt.«

»Sie hat nicht reingeguckt.«

»Hast du auch erzählt. Worauf willst du hinaus?«

»Ich möchte sie bitten, uns das Buch zu schicken.«

Sascha hört auf zu kauen. Ein dünner Faden Mozzarella hängt ihm an der Unterlippe. Er starrt mich an, als hätte ich gerade meinen Wiedereintritt in die römisch-katholische Kirche verkündet.

»An deine Adresse, meine ich. Du schaust rein, und wenn es okay für dich ist, sagst du mir, was drinsteht.«

»Spinnst du?« Er legt das Pizzastück auf den Teller und wischt sich den Mund mit einer Serviette ab. »Was soll denn da drinstehen? Irgendein melodramatischer Mist wird da drinstehen!«

»Kann gut sein. Aber ich habe jetzt so viel Aufwand betrieben. Nur sechs oder sieben von denen, die ich danach gefragt habe, haben mal ein Tagebuch geführt. Keiner von ihnen besitzt Aufzeichnungen aus dem Sommer '99. Es wäre verrückt, sich dein Tagebuch nicht wenigstens einmal anzuschauen. Du als Historiker müsstest das eigentlich verstehen.«

»Als Historiker verstehe ich so einiges«, sagt Sascha. »Als Kaputnik aus Rheine sieht das aber gleich ganz anders aus!«

»Roger Kaputnik, der Name stünde dir tatsächlich ganz gut.«

»Penner.«

»Sorry.«

»Trotzdem.«

Wir lachen. Dann beuge ich mich vor und schaue Sascha in die Augen. »Ich habe jetzt all diese Interviews geführt und dabei irre viele Geschichten zusammengetragen. Aber es sind immer Geschichten von Personen, die sie aus ihrer heutigen Perspektive erzählen, mit ihrem heutigen Wissensstand, ihrem jetzigen Vokabular, ihren tausendmal abgerufenen und neu abgespeicherten Erinnerungen. Und dann gibt es da dieses mysteriöse

Buch, das in einem Düsseldorfer Keller ungelesen vor sich hingammelt. Das kann man doch nicht ignorieren. Interessiert dich das nicht selbst?«

Sascha reißt sich ein Stück Pizza ab. »Sag ihr, sie soll es mir schicken.«

»Geil. Danke. Und wie gesagt, wenn es zu unangenehm ist –«

»In Beschlag nehmen ist gut«, sagt Sascha. »Ich würde eher sagen: Geiselhaft.«

Statt sie anzurufen, schreibe ich Laura eine E-Mail. Um sie nicht in die Verlegenheit zu bringen, gleich auf meine Bitte antworten zu müssen und dann womöglich reflexhaft nein zu sagen.

Tagelang dieses Kribbeln bei jedem Abrufen der Mails. Dann, am späten Mittwochabend, endlich eine Antwort.

AW: Saschas Tagebuch
Ich kann's euch gerne schicken. Kann allerdings ein paar Tage dauern. Das Buch ist in einer Kiste im Keller, und ich darf gerade nichts heben.
Ich bin übrigens schwanger.
Liebe Grüße,
Laura.
Von meinem iPad gesendet.

*

Wer zum Schreddern in die Scheune musste, wurde mittlerweile über die Dartscheibe geklärt. Am Freitag verlor Eugen. Ich hatte mit einem der drei Pfeile zufällig die Triple-19 getroffen. Eugen musterte mich argwöhnisch.

»Was ist?«

»Hast du geübt.«

»Quatsch, ich hab nicht geübt!«

Murrend drehte Eugen sich eine Zigarette. Ich nahm mir einen neuen Auftrag aus der Ablage. Eugen öffnete das Tor.

»Viel Spaß beim Schreddern«, sagte ich, »und nicht vergessen …«

»… rufen Krankewagen, jaja …«

»… für deine Finger.«

»Krankewagen für Finger?«

»Wegen dem Schreddern.«

»Krankewagen für Finger wegen Schredder?« Eugen sah mich an, als hätte ich den Verstand verloren, klemmte sich die Kippe zwischen die Zähne und marschierte über den Hof zur Scheune. Vielleicht verstand er den Witz nicht. Vielleicht machte ihm das Schreddern auch einfach nicht so viel aus. Wer sich Handschuhe aus Katzen machte, dessen Finger hatten vermutlich schon Schlimmeres erlebt.

Die nächste Stunde war ich alleine auf dem Lager. 1Live spielte die neue Single von Echt, *Du trägst keine Liebe in dir*. Ich drehte das Radio ein bisschen lauter, wartete auf die Cardigans, auf den Feierabend und auf Laura, die nach ihrem Fauxpas beim Sex morgens versprochen hatte, mich heute bei der Arbeit abzuholen und mit mir auf die Straßenparty zu gehen.

Es war schon seit über einer Stunde dunkel, als sich vom Waldweg her das Tuckern der Ente näherte. Ich hatte Eugen gesagt, er könne ruhig fahren, doch er hatte darauf bestanden, mit mir zu warten. »Kommst du hier doch nicht weg, wenn Frau nicht kommt«, hatte er gesagt. Vielleicht interessierte es ihn auch, wie *Frau* aussah.

Er warf mir einen überraschten Blick zu, als die Ente auf den Hof rollte. Für meinen Arbeitskollegen war ein altes Auto ein Zeichen von Armut, genau wie die Löcher in Lauras Jeans. Autos hatten möglichst neu und komfortabel und PS-stark zu sein, Hosen sollten warm halten, sauber und von irgendeiner halbwegs akzeptierten Marke sein.

Eugen gab Laura die Hand, setzte sich den Helm auf, klappte die Sitzbank seines Rollers hoch, verstaute die Halbschale und fuhr vom Hof. Wir hörten ihn auf der Landstraße beschleunigen, dann wurde es still. Laura hatte eine Flasche Wein und zwei Gläser dabei. Wir stießen an und lehnten uns mit dem Rücken an die Ente. Es war immer noch ziemlich warm. Laura betrachtete das Grundstück, die Scheune und das alte Bauernhaus, dessen Dachpfannen matt im Mondlicht schimmerten.

»Und da drinnen ist jetzt alles voller Dekokram?«

»Bis unters Dach.«

»Komische Firma«, sagte Laura. »Man würde hier eher so esoterische Wochenendseminare vermuten.«

»Oder Treffen der Wehrsportgruppe Hoffmann.«

»Oder Pornodrehs.«

»Holzdekoporn im Schweinestall«, sagte ich. »Ich glaube, der Fetisch muss erst noch erfunden werden.«

Wir tranken aus und setzten uns in den Wagen. Laura schaute nach oben. »Fällt dir nichts auf?«

Die Ente hatte ein neues Dach, im gleichen Rotton wie das alte. »Oh. Woher?«

»Schrottplatz.«

»Wie viel?«

»Fuffi. Mit Einbau.«

»Cool«, sagte ich. »Kriegst du wieder.«

Sie gab mir einen Kuss und startete den Wagen. Ein Instrumentalstück von The Muffs lief, es war das *(Fast) Ohne Worte*-Tape. Ich klappte das Fenster hoch und streckte meine offene Hand in den Fahrtwind.

»Hast du mit irgendwem gesprochen?«, fragte ich. »Was heute so los ist?«

»Die sind alle zum Vorglühen bei euch und wollen von da aus zur Straßenparty. Meinte Theresa. Bei mir hat sich keiner gemeldet.«

»Ich hab überhaupt keine Lust nach Hause«, sagte ich. »Sollen wir nicht das Auto abstellen und direkt in die Stadt?«

»Willst du nicht duschen?«

»Stinke ich etwa?«

Laura beugte sich rüber und schnüffelte an meiner Schulter. »Nicht mehr als sonst.«

Wir parkten bei ihr hinterm Haus und gingen kurz hoch in die Wohnung. Ich wusch mir das Gesicht und die Hände. Laura schlug vor, erst noch den Wein auszutrinken.

»Lass uns irgendwo hingehen«, drängelte ich. »Wenn ich mich hinsetze, penn ich ein.«

»Ich bin blank«, sagte Laura.

»G-G-Gelder sind vorhanden«, zitierte ich den stotternden Joachim Król aus *Wir können auch anders*, zog einen Fünfziger aus der Tasche, rollte ihn zusammen und hielt ihn in die Luft. »Fürs Autodach.«

Laura beugte sich vor und hielt mir ihre linke Gesichtshälfte hin. Ich steckte ihr den Schein hinters Ohr, wie eine Kippe.

Die Fußgängerzone war voller Fressstände und Bierbuden, die Kinderkarussells waren bereits dunkel und verlassen. Vorm Rathaus spielte eine Coverband. *Here we are now, entertain us.* Auf Höhe des Brunnens kamen uns Hannes und Nadine entgegen. Wir hatten uns seit der Popkomm nicht gesehen, Hannes hatte die ganze Zeit in Köln auf dem Bau gearbeitet.

»Wir wollen ins Emsschlösschen«, sagte er, »kommt ihr mit?«

Ich sah Laura an. Sie schien nichts dagegen zu haben. Wir überquerten den Borneplatz und liefen über den Marktplatz zur Tiefen Straße. Ivo stand hinterm Tresen und zapfte Bier, Helena bediente die Tische. Sie waren alle besetzt. Wir stellten uns an die Bar. Claus Vosgröne saß auf seinem Stammplatz im Fenster und schrieb. Er war mal wieder als Frau unterwegs.

»Hallo Claus«, sagte ich.

Keine Reaktion.

»Oder Jacqueline.«

Er sah auf und sagte: »Mein Name ist Chantal.«

Ich erinnerte mich. Wiebke hatte erzählt, dass Claus Vosgröne neuerdings ständig in einem Bulli auf dem Louie-Parkplatz saß und dort seine Dienste als Wahrsagerin Chantal anbot. Der Bulli gehörte seinen Eltern. Letzte Woche hatte er in der Münsterländischen Volkszeitung eine Anzeige geschaltet: »Wir heiraten. Jacqueline und Chantal.«

»Medizinmann am Hafen, kleiner Buddha im Fluss …«, setzte Claus Vosgröne zu einem seiner spontanen Poesievorträge an, doch es hörte ihm niemand zu, und bald verstummte er. Ich schmiss eine Runde Rum-Cola, Hannes und ich redeten über unsere Jobs auf dem Bau und auf dem Lager. Er übernahm die nächste Runde, danach gingen Nadine und er zu Bier über. Ich bestellte Wodka-O für Laura und mich und vier Sambuca ohne Kaffeebohnen. Wir stießen an und tranken, außer Nadine, die nur an ihrem Pinnchen roch und es mit den Worten »Igitt, das ist dieses Lakritzzeug« wieder abstellte.

»Gib her«, sagte ich und kippte auch ihr Glas.

Der Laden wurde immer voller, die Musik immer lauter, und dann stand auf einmal Nina hinter der Bar. Sie lud sich das Tablett voll und fing an, Helena bei der Bedienung der Tische zu helfen. Lauras Miene verfinsterte sich. Was ist denn jetzt wieder, dachte ich. Hatte sie Angst, Tommi, Richter oder womöglich sogar Sascha könnten als Nächstes hier auftauchen und uns zusammen sehen?

Wir hatten zwar nichts mehr zu verbergen, alle wussten, dass wir zusammen waren, doch seit Saschas Kopfnuss in die Glastür war sie wieder so seltsam distanziert, wenn wir unter Menschen waren. Als wollte sie denen unseren Anblick ersparen. Als sie mich bei der Arbeit abgeholt hatte, war sie so süß gewesen. Nun sah sie aus, als wollte sie überall anders sein, nur nicht hier.

Auch meine Laune schlug langsam um. Wir hätten nicht hierhergehen sollen, dachte ich, das ist vermintes Terrain, genauso gut hätten wir uns zum *Vorglühen* zu den anderen Schwachmaten oben ins Wohnzimmer setzen können. *Vorglühen*, was war das überhaupt für eine Bunkenvokabel, seit wann redete Laura so?

Ich ging aufs Klo. Als ich zurückkam, saß Laura mit versteinerter Miene und dem Rücken zum Tresen auf ihrem Hocker und rauchte eine von Hannes' Zigaretten. Hannes und Nadine knutschten herum, Ivo hatte uns vier neue Sambuca hingestellt. Er stritt sich gerade mit Helena über die Lautstärke der Musik. Helena verschwand wutentbrannt in der Küche, worauf Ivo die Musik noch ein bisschen lauter drehte. Schweinerock. Immer dieser Schweinerock.

»Lass mal zur Meile«, sagte Laura.

»Noch eben austrinken«, antwortete ich. »Kommt ihr mit?«

Hannes löste sich aus Nadines Umarmung und sah erst mich, dann Nadine an. »Wir bleiben hier, oder?«

Nadine nickte. »Die Stadt ist doch voller Straßenpartyidioten.«

Ich reichte Hannes eins der Pinnchen, dann Laura, doch die schüttelte nur abwesend den Kopf, also stieß ich mit Hannes an und stürzte den Sambuca runter, dann auch den von Laura, und dann nahm ich mir noch das Pinnchen von Nadine. Ich hatte gerade angesetzt, als mir jemand von hinten seinen Ellbogen in den Rücken stieß. Klebrig lief mir der Schnaps über die Finger. Ich drehte mich um, es war Der schöne Muckel, er giggelte und entschuldigte sich. Ich schüttete den Rest Sambuca in mich rein, stellte das Glas ab, spuckte mir in die Hand und wischte sie mir an der Hose ab. Aus den Augenwinkeln sah ich, wie Nina sich mit einem Tablett voller leerer Gläser an Ivo vorbeizwängte, der hinter dem Tresen an seinem Hemd herumnestelte. Ich überlegte, ob ich die Gelegenheit nutzen und sie auf den Brief ansprechen sollte, den sie mir immer noch nicht gegeben hatte und den ich fieberhaft erwartete, da kletterte Ivo plötzlich mit freiem Oberkörper auf die Spüle. Er stellte einen Fuß auf die Theke, wedelte sein Hemd wie ein Lasso und sang mit: »Oh-oh-oh, I got erection!« Er war unfassbar behaart.

»Ivo Grigoleit, du geile Jugosau!«, feuerte Der schöne Muckel ihn an, Claus Vosgröne applaudierte. Einige der Gäste lachten, andere drehten sich beschämt zur Seite.

Laura stand auf. »Ich hau ab«, sagte sie und ging zur Tür.

»Warte«, sagte ich, fischte ein paar Scheine aus der Hosentasche, drückte sie Hannes in die Hand, schaute nochmal zu Nina rüber und folgte Laura nach draußen. Auf Höhe der Kirche holte ich sie ein.

»Ist irgendwas?«

Laura antwortete nicht.

»Wegen Ivo? Oder wegen Nina?«

Keine Reaktion.

»Ey«, sagte ich und griff nach ihrem Arm.

Laura riss sich los und blieb stehen. »Was!«

Ein oder zwei Sekunden lang standen wir uns gegenüber und starrten uns an, ich taumelte, all der Sambuca, dann gingen wir weiter. Oben an der Kirche kotzte ein pausbäckiger Teenager in die Rabatten, vor sich eine halbvolle Flasche Apfelkorn, im Rücken ein paar Gleichaltrige, die ihn johlend anfeuerten. Schweigend marschierten wir an ihnen vorbei, Laura einen halben Meter vor mir, und überquerten den Marktplatz. Bei Leder Büchter bogen wir links ab und gelangten zum Borneplatz. Der Platz war eine Müllhalde. Berge zertrampelter Plastikbecher, Pisslachen in den Ecken, auf der Bühne wurde abgebaut. Vor dem letzten geöffneten Bierwagen standen kleine Grüppchen von Männern und Frauen, die anderen Straßenpartyidioten hatten sich in die Kneipen oder nach Hause verzogen. Beim McDonald's kamen uns Dicken und Vanessa entgegen.

»Abschaum«, sagte ich, als wir auf ihrer Höhe waren. Normalerweise ließen sich die Faschos mit ihrem eigenen Vokabular hervorragend provozieren, doch Dicken und Vanessa gingen an mir vorbei, als wäre ich Luft.

Ich wurde immer wütender.

Auf der Meile war dichtes Gedränge. Vor der Trinkhalle standen Richter, Celina, Tommi und die Larrys im Kreis. Laura ging geradewegs auf Tommi zu, nahm ihm die Bierflasche aus der Hand, trank sie in einem Zug aus und zog meinen verdutzten Mitbewohner hinter sich her ins Roxy.

»Ja tschüs, bis gleich«, rief ich ihnen nach.

»Keine zehn Pferde kriegen mich in den Scheißladen«, sagte der große Larry.

»Lass mal lieber in die Trinkhalle«, sagte sein Bruder.

»Eben noch austrinken«, sagte der große Larry und schwenkte seine halbvolle Bierflasche in der Luft. »Wurde letzte Woche erwischt, wie ich unterm Tisch nachgefüllt habe.«

»Unseriös«, meinte Celina und sah Richter an, der sagte nichts.

»Ihr steht hier scheiße«, schimpfte jemand, der sich mit seinen Freunden an uns vorbeizwängte.

»Du auch«, erwiderte Larry.

Der Typ blieb vor ihm stehen: »Ach sich an, der kleine Larsi, unser süßer Oi-Skin!« Er machte einen Kussmund und grinste. Schulterlanges rotblondes Haar, roter Kinnbart, abgeschnittene Tarnhose, Slatanic-Wehrmacht-Shirt. »Hängst du etwa immer noch mit den Zecken rum?«

»Komm, Schröder, geh einfach weiter.«

»Was will der Penner von dir?«, mischte ich mich ein.

»Das ist so'n Halbfascho von unserer Schule«, sagte der kleine Larry.

»Halt du mal dein Maul, Björn«, sagte der Metaltyp, der offenbar Schröder hieß, zu dem kleinen Larry, dann sah er mich an: »Und du auch, Spasti.« Er hielt mir seinen ausgestreckten Zeigefinger direkt vor die Brust. Ich schaute nach unten, dann wieder nach vorne, und musste lachen. In Schröders Visage passte nichts zusammen. Trübe, aber auch glubschige Augen, unter denen sich spitz die Nase aus dem vor Schweiß glänzenden Gesicht drückte. Trotz des Zinkens und der Speckbacken wirkte sein Gesicht ein wenig zu lang, die hohe Stirn, der alberne Kinnbart.

»Man zeigt nicht mit dem nackten Finger auf angezogene Menschen, Schrödi«, sagte ich. »Hat deine Mutter dir das nicht beigebracht?«

»Was ist mit meiner Mutter?«, sagte Schröder, nun überhaupt nicht mehr an den Larrys interessiert. Es war erstaunlich. Irgendwas mit *Mutter* funktionierte einfach immer.

»Keine Ahnung, was mit der ist«, sagte ich. »Sieht aus, als hätte sie sich mit ihrem Cousin ein ganz armes Würstchen zusammengefickt.«

Schröder drückte seinem Kumpel die Bierflasche in die Hand, rollte ein schwarzes Haargummi von seinem linken Handgelenk und band sich einen Zopf, ohne die Augen von mir zu lassen. Er zog sich den Zopf stramm und knackte mit den Fingern. Es war alles so lächerlich.

»Junger Mann mit Pferdeschwanz gesucht«, legte ich noch einen drauf, »Frisur egal.«

Ich sah Schröders Faust kommen und drehte mich zur Seite, sie erwischte mich an der Schulter. Ich stolperte gegen etwas hinter mir, »Sach ma!«, beschwerte sich jemand, vor mir wurde schon wieder ausgeholt. Diesmal war ich schneller. Ich drosch dem Metaltypen meine Faust in die Rippen, er wich zurück. Mit der linken Hand packte ich ihn am Kragen und schlug ihm im Laufen meine Rechte ins Gesicht, wieder und wieder, bis er mit dem Rücken gegen den Kofferraum eines Wagens prallte. Er rutschte zur Seite, geriet ins Straucheln und stützte sich mit der Hand auf der Straße ab. Der Fahrer des Wagens stieg aus.

»Habt ihr sie noch alle, was ist hier los!«

Ein Taxifahrer. Ich habe den Wichser einmal zum Taxistand geprügelt, dachte ich, wie geil.

Laura hatte mal zu mir gesagt, sie könne sich nicht vorstellen, wie ich jemanden verprügelte. Es hatte mich nicht gestört. Ich wollte keiner dieser dumpfen Schlägertypen sein, mit denen war die Stadt schon voll genug. Aber sich wehren zu können, Freunden zur Seite zu stehen, das war gut und wichtig, und ich war froh, dass es diesen Typen gab, an dem ich beweisen konnte, dass auf mich zu zählen war. Richter sollte ruhig sehen, dass er nicht der Einzige war, dem Loyalität etwas bedeutete. Laura von mir aus auch. Aber die tanzte wahrscheinlich schon längst mit Tommi zu dem Beastie-Boys-Song, der vom Balkon des Roxy runter auf die Meile wummerte. *I'm telling y'all it's sabotage.*

Ich drehte mich um und ging zurück Richtung Trinkhalle. Plötzlich spürte ich einen heftigen Schlag gegen den Hinterkopf. Ein Blitzen in den Augenhöhlen, ein Knacken im Kiefer. Ich zog den Kopf zwischen die Schultern, nahm die Deckung hoch und stolperte den Bürgersteig entlang. Schröder überholte mich und verpasste mir einen Schwinger ins Gesicht, ich knallte gegen die Glasfront von Musik-Box. Ein Fiepen auf dem linken Ohr, ein metallischer Geschmack im Mund. Ich spuckte auf die Straße. Blut. Ich hatte mir auf die Zunge gebissen. Vor dem Musik-Box-Schaufenster stand eine leere Bierflasche in der Ecke, Rolinck Westfälisch-Alt. Ich bekam einen Haken in den Magen, krümmte mich zusammen, griff mir die Flasche und donnerte sie Schröder voll an die Schläfe. Es gab ein hohles Geräusch, Schröder schwankte und sah mich an, ängstlich, überrascht. Ich ließ die Flasche fallen, sie zerschellte auf dem Boden.

Um uns herum war mittlerweile alles in Aufruhr. Meine

Freunde und die von Schröder hielten sich gegenseitig lautstark davon ab einzugreifen, um sie herum hatten Schaulustige einen Pulk gebildet. Aus dem Gewusel lösten sich zwei Männer. Sie wiesen sich als Polizisten aus und zogen uns zur Seite. Sie wollten unsere Ausweise sehen.

»Wurde mir leider geklaut«, antwortete ich wahrheitsgemäß, und als der verantwortungsbewusste Bürger, der ich war, fügte ich mit ruhiger Stimme hinzu: »Hab schon einen neuen beantragt.«

Der Zivibulle wollte meinen Namen wissen.

»Leon Spinks«, sagte ich.

»DIE ZECKE LÜGT DOCH, WENN SIE DAS MAUL AUFMACHT«, brüllte Schröder. Er hörte gar nicht mehr auf, mich zu beschimpfen. *SPASTI*, *MISSGEBURT*, und immer wieder *ZECKE ZECKE ZECKE*. Nach *Halb*fascho klang das nicht gerade.

»Jetzt beruhigen Sie sich mal, guter Mann«, wurde er ermahnt, doch der *gute Mann* war gar nicht mehr zu bremsen.

»ICH KENN DICH, DU BIST DER SÄNGER VON DIESER ZECKENBAND, DU HÖRST NOCH VON MIR!«

Wenn ich bei den nächtlichen Rangeleien in dieser Stadt eins gelernt hatte, dann, dass es nicht ratsam war, die große Show abzuziehen, wenn erstmal die Bullen aufgetaucht waren, also stand ich einfach nur da und lächelte. Eine junge Frau kam dazu und erklärte den Polizisten, dieser Typ habe schon den ganzen Abend Streit gesucht. Sie trug eine rosa-weiß gestreifte Kapuzenjacke, dezentes Make-up und Spangen im Haar, ein nettes Stinomädchen, eine H&M-Maus, eine, der man als Ordnungshüter zuhörte.

»Sie verschwinden jetzt mal besser«, sagte der eine Polizist zu mir, und damit konnte ich gehen.

»Lasst uns was trinken«, sagte ich zu Celina, Richter und den Larrys, die vor der Trinkhalle standen und mit Schröders aufgebrachten Kumpels diskutierten, wie es nach Schlägereien so üblich war, »ich geb einen aus«.

»Tickerei gehabt?«, fragte der Barkeeper, als wir am Tresen standen. Es sprach sich ja immer alles sofort herum. »Kein Stress hier im Laden, dass das klar ist!«

»Ist klar. Fünf Sambuca bitte, ohne Kaffeebohnen.«

Der Schnaps kam, und er schmeckte, wie er nur nach einer schönen körperlichen Auseinandersetzung schmeckt, wenn einem der Kopf dröhnt und die Fingerknöchel brennen, das Adrenalin noch pumpt und der Alkohol sich darüber ausbreitet wie eine warme weiche Decke. Dazu laute Musik und Stimmen und ein leichter Schwindel, ich dachte: Es gibt nichts Besseres, you can't beat the feeling. Am anderen Ende der Bar stand ein dunkelhaariges Mädchen und sah zu mir rüber. Ich fing ihren Blick auf und hielt ihm stand, bis sie sich abwendete. Als sie sich kurz darauf wieder zu mir umdrehte, schaute ich immer noch hin. Sie lächelte. Ich lächelte zurück. Richter zündete sich eine Zigarette an.

»Lass mal saugen«, sagte ich und nahm ihm die Kippe aus dem Mund. Hinter uns am Kicker klatschten zwei Typen ab.

*

Ich hatte also jemandem eine Flasche über den Kopf gezogen. Doch das war im Rückblick nicht viel mehr als eine Probe für das, was eine Woche darauf geschehen sollte, an dem Abend im HNH, von dem mir nichts geblieben ist als ein jahrelanges schlechtes Gewissen und zwei blutverschmierte Seiten in einer Kladde. Der Abend, der mir danach immer vorkam wie der große Wendepunkt.

Aber was soll das überhaupt sein, ein Wendepunkt?

Bemerkt man den, macht da etwas Klick, denkt oder spürt man: Von jetzt an ist alles anders? Oder ist das nur eine dieser

Schablonen, die man sich zurechtlegt, um der eigenen Biographie jene Linearität zu verleihen, die der Begriff Lebenslauf bereits andeutet?

In jenem Spätsommer dachte ich über solche Dinge jedenfalls nicht nach. Ich war viel zu sehr damit beschäftigt, mich über Wasser zu halten, emotional, sozial und auch finanziell.

Ausgerechnet die Arbeit auf dem Lager gab mir ein wenig Halt, diese Welt aus festen Zeiten, zu erledigenden Aufträgen und Kollegen, die mit meinem Privatleben nichts zu tun hatten.

Für die zweite Woche war ich der Frühschicht zugeteilt worden, André und Artur übernahmen die Spätschicht. Das frühe Aufstehen war mit den abendlichen Belagerungen unseres Wohnzimmers schwer in Einklang zu bringen. Auch mit Lauras Tagesrhythmus war die Frühschicht wenig kompatibel, so dass ich Artur und André am Donnerstag fragte, ob einer von ihnen am nächsten Tag die Schicht mit mir tauschen würde, damit ich abends mit Laura ausgehen und am Freitag ausschlafen könnte.

Artur erklärte sich bereit. Er hielt ohnehin nicht viel von der Spätschicht, sie war ihm zu kurz. »Sechs Stunden Arbeit«, meinte er, Daumen und Zeigefinger aneinanderreibend, »lohnt sich nicht, kannst du knicken.«

»Danke Artur«, sagte ich, »dafür hast du einen gut.«

Abends fuhr ich also nach Osnabrück zum Hyde Park, mit Laura, Theresa und Wiebke. Nina und Timo waren auch da. Sie standen mit einer Gruppe von Leuten am hinteren Ende der Tanzfläche, bei der zweiten Bar. Den ganzen Abend suchte ich nach einer Gelegenheit, Nina auf den Brief anzusprechen, wollte das aber nicht in Timos Gegenwart tun, so dass wir uns bisher noch nicht einmal begrüßt hatten.

Als Theresa gegen zwei fahren wollte, ging ich zu Nina rüber.

»Hast du Wiebke gesehen?«

»Da vorne«, sagte Nina. Wiebke stand ein paar Meter weiter

neben den Boxen und unterhielt sich mit einem Goatypen aus dem Louie, mit dem Nina mal was gehabt hatte. »Wie wär's denn erstmal mit einer Begrüßung?«

»Einen wunderschönen guten Abend«, sagte ich und deutete einen Knicks an.

»Pffft«, machte Nina, und da fiel mir erst auf, dass ich ihr auch bei unserer letzten Begegnung im Emsschlösschen gar nicht hallo gesagt hatte. Aber sie mir ja auch nicht. Timo drehte sich um und stellte sich zu Wiebke und dem Louietypen. *Roots, bloody Roots* von Sepultura ging gerade zu Ende und nahtlos in das Anfangsriff von *New Noise* von Refused über. *New Noise* war immer das beste Lied des Abends. Nina bewegte ihre Füße im Takt der Musik und sah an mir vorbei zur Tanzfäche.

»Auf deinen Brief brauche ich wohl nicht weiter zu warten, oder?«

»Ob du's glaubst oder nicht, ich hab auch noch andere Sachen zu tun, als dir Briefe zu schreiben.«

»Ist ja nicht so, als hätte ich dich drum gebeten«, sagte ich, von ihrer Aggressivität überrascht. »Du hast das doch von dir aus angekündigt!«

»Bin eben noch nicht dazu gekommen.«

»Du hast dich ganz schön verändert, weißt du das?«

»Kann sein«, sagte Nina. »Ich achte jetzt auf mich, und mir geht's gut dabei.«

»Wissen Timo und der Goavogel eigentlich voneinander?«, rief ich gegen das lauter werdende Intro an.

Nina warf mir einen verachtenden Blick zu.

Der kurze elektronische Teil des Songs setzte ein, dieses Interlude von gerade mal acht Takten, ein runtergebremster Breakbeat, Synthiesounds, darüber ein wabernder Flanger-Effekt.

»Du hältst mich hin. Du vertröstest mich von Mal zu Mal«, versuchte ich es nochmal auf die Getretener-Hund-Tour.

»Genau, und da bin ich auch froh drüber«, sagte Nina. Sie

grinste spöttisch ins Nichts und winkelte beide Arme vom Körper ab.

»Du bist froh darüber, mich hinzuhalten?«

Rückwärts machte sie ein paar Schritte auf die Tanzfläche, die Arme mit den Handflächen nach oben, Schultern und Augenbrauen hochgezogen. *Why not?*, konnte diese Pose bedeuten, *Gottes Wege sind unergründlich* oder: *That's life*, in diesem Moment aber hieß sie nichts anderes als *Nerv mich nicht und geh mir aus der Sonne, du Clown.* Schließlich drehte sie mir den Rücken zu und verschwand in der Menge.

»*Can I scream!*«, schrie der Refused-Sänger, und die Tanzfläche explodierte.

Die komplette Rückfahrt im Panda von Theresas Mutter brachte ich kein Wort heraus, während in mir alles tobte. Was den anderen nicht entging. Laura saß neben mir auf der Rückbank und sah stur aus dem Fenster. Theresa und Wiebke unterhielten sich vorne über irgendwas Belangloses, bis sie die Musik lauter drehten, um die seltsame Stimmung im Wagen zu übertönen.

»Was ist los«, sagte Laura, als wir auf ihrem Bett saßen.

»Was soll schon los sein.«

»Irgendwas mit Nina, nehme ich an.«

»Soll ich dich jetzt wegen meiner Exfreundin volljammern, oder wie?«

Tränen stiegen mir in die Augen. Laura legte mir ihre Hand aufs Bein. Ich erzählte ihr von der kurzen Begegnung mit Nina. Laura zog mich an sich. Mit dem Kopf in ihrem Schoß heulte ich mir die Augen aus. Die neue Freundin wegen der Ex vollheulen, das war alles andere als cool, doch Laura gab mir nicht das Gefühl, mich schämen zu müssen. Im Gegenteil, sie war für mich da. Ich musste mich bei ihr nicht verstellen und meine Trauer oder Wut überspielen. All die ungeschriebenen Gesetze, wie man sich als Paar zu verhalten oder auf keinen Fall zu verhalten hatte, gingen ihr am Arsch vorbei. Sie verstand, was an Ninas Verhalten mich so erschütterte.

»Ich sollte einfach nichts mehr erwarten«, sagte ich, nachdem ich mich einigermaßen beruhigt hatte. »Von Nina, Richter, Tommi, allen. Aber wenn man sich damit abfindet, dass sogar die paar guten Leute scheiße sind, was soll das dann alles? Wo soll man dann noch hin?«

Laura nickte. »Aber du weißt ja, Baby«, sagte sie, »es gibt *5,4 Milliarden Idioten auf der Welt.*« Ich schaute sie an. Es war ein Zitat aus unserem gemeinsamen Lieblingssong der ersten Dackelblut-LP.

»Es sind mittlerweile sechs Milliarden«, sagte ich und wischte mir die Augen trocken. »Wurde neulich bekanntgegeben.«

»Das Lied ist doch noch gar nicht so alt.«

»Höchstens fünf Jahre.« Ich richtete mich auf. »Was, wenn sich niemand verrechnet hat, bedeutet, dass in fünf Jahren mehr als eine halbe Milliarde Menschen dazugekommen sind.«

»Krass«, sagte Laura.

»Muss man sich mal vorstellen«, sagte ich.

»Sick«, sagte Laura, beugte sich vor und drehte jedem von uns eine Zigarette.

Als ich am nächsten Mittag nach Hause kam, wartete bereits Post von der Staatsanwaltschaft auf mich: 1500,– DM Geldstrafe fürs Fahren unter Alkoholeinfluss, plus Gerichtskosten, außerdem 80 Mark für den Bluttest, und dann war noch von neun Monaten Führerscheinsperre und einer Nachprüfung die Rede.

Ich zerknüllte den Schrieb in der Hand und warf ihn Richtung Mülleimer, verfehlte ihn, bückte mich und hob das Knäuel wieder auf. Auf dem Küchentisch strich ich es glatt, dann ging ich in mein Zimmer, legte es auf den Schreibtisch, zog mich für die Spätschicht um und stellte mich unten an die Straße.

Auch André fuhr mit dem Roller zur Arbeit. Er hatte eine alte gelbe Vespa, die sich dank meines zusätzlichen Gewichts mit maximal 45 oder 50 km/h über die Landstraße quälte, immer wieder wurden wir von genervten Autofahrern überholt. Als wir um kurz nach vier auf den Waldweg zur Firma abbogen, kam uns Artur in seinem Sportwagen entgegen. Ich bedankte mich noch einmal bei ihm fürs Tauschen der Schichten. Obwohl ich diesen Tausch liebend gerne rückgängig gemacht hätte, und mit ihm den ganzen Abend.

»Null Problemo«, sagte Artur. »Gute Schicht, bis morgen!«

»Morgen?«, stutzte André, »Morgen ist Samstag!«, doch Artur hatte schon wieder Gas gegeben.

Bernd stand neben seinem Motorrad auf dem Hof, den Helm in der Hand: »Ist ja ganz süß, ihr beiden zusammen auf der ollen Krücke, aber ihr seid zu spät.«

»Meine Schuld«, sagte ich. »Hab wohl doch zugenommen.«

»Kommt in den besten Familien vor«, sagte Bernd und strich sich über den Bauch. »Passt auf, morgen wird ausnahmsweise gearbeitet. Frühschicht, mit alle Mann. Seid ihr dabei?«

»Ist das 'ne Frage?«, seufzte André.

»Montag kommt neue Ware aus China, bis dahin müssen wir Platz schaffen und so viele Aufträge weghauen wie möglich. Gibt auch Wochenendzuschlag.«

»Dabei«, sagte ich. Meine Lust auf einen zusätzlichen Arbeitstag hielt sich zwar arg in Grenzen, vor allem weil wir am Samstagabend zu einer Party im HNH wollten, auf die ich mich seit Wochen freute, das Geld aber konnte ich gut gebrauchen.

»Dann sehen wir uns morgen früh um acht«, sagte Bernd, setzte den Helm auf und stieg auf seine Maschine. »Und kein Geschredder heute. Nur packen, packen, packen.«

Wir packten und packten und packten. Die Spätschicht kam mir doppelt so lang vor wie sonst. Elendig langsam krochen die

Zeiger über das Ziffernblatt der Volksbankuhr, die neben dem Ofen hing. Auf 1Live lief wieder mal nur Schrott.

Um halb elf setzte André mich vorm Emsschlösschen ab. Ich warf einen vorsichtigen Blick durchs Fenster. Nina war nicht da, nur Ivo, Der schöne Muckel und ein paar weitere Stammgäste.

»Noch auf ein Glas zu Ivo?«

»Auf keinen Fall«, sagte André.

»Komm, ein Glas!«

»Nee, lass mal, ich hau mich aufs Sofa. Den Helm kannst du mitnehmen. Bis in –« er überlegte, »– neun Stunden.«

Ich setzte den Helm ab und lief auf das Emsschlösschen zu. Ich hatte die Klinke schon in der Hand, dann überlegte ich es mir anders, ging zur Haustür und stapfte die Treppen hoch zu unserer Wohnung. Die Wohnung war bis auf die Katze leer. Richter war bei Celina in Münster, Tommi wahrscheinlich in Osnabrück. Ich rief Laura an und sagte, dass ich am nächsten Tag unerwartet arbeiten müsse, entschuldigte mich für die letzte Nacht und erzählte ihr von dem Schrieb der Staatsanwaltschaft. Dann zog ich mich bis auf die Unterhose aus, setzte mich aufs Bett, hörte Musik und goß mir sämtliche Wein- und Schnapsreste hinter die Binde, die ich in der Wohnung fand. Auch der Rest eines irischen Whiskeys aus Richters Zimmer musste dran glauben. Er roch nach angekokelter Holzlatte und schmeckte auch so.

Gegen drei oder halb vier schlief ich endlich ein. Um sieben ging der Wecker. Ich stand auf, stieg in die Klamotten von gestern, schmierte mir ein paar Brote, schnappte mir den Helm, ging runter und wartete an der Straße auf André. An der Laterne vorm Emsschlösschen lehnte mein Fahrrad. Ohne Sattel. Irgendeine Drecksau hatte mir tatsächlich nachts den Sattel geklaut.

Im Lager traten wir uns gegenseitig auf die Füße. Bernd hatte sich ein System ausgedacht, bei dem zwei Leute die Artikel zusammensuchten, während die anderen vier sie verpackten, aber das führte nur zu Stau, Warterei und unnötigem Durcheinander, weshalb Eugen nach der Mittagspause abgestellt wurde, DPD zu machen, während ich beim Darten verlor und zum Schreddern in die Scheune musste, sobald Eugen fertig war mit DPD machen. Artur war den ganzen Tag auffallend schweigsam, er redete ausschließlich mit Jakob und dann auch nur leise und auf Russisch, was er sonst nie tat. Kurz vor Feierabend erfuhren wir, warum: Artur hatte am Abend zuvor seinen Wagen in einen Graben gesetzt. Er selbst war mit ein paar Schrammen davongekommen. Sein Sportwagen aber, der vollfinanzierte knallrote Mitsubishi Eclipse, war ein Totalschaden, und Artur wie es aussah komplett verschuldet. »Meine Herrn«, sagte Bernd, »das ist nicht gut, was machst du denn.«

Artur stand nur mit hängenden Schultern da und wusste nicht, wo er hinschauen sollte.

Um halb fünf Uhr nachmittags war ich zu Hause. Mir tat mal wieder alles weh. Ich stellte mich lange unter die Dusche, danach cremte ich mir die Hände mit Nivea ein. Das Zeug brannte in den Rissen, die in meiner Hornhaut klafften wie schreiende kleine Mäuler. Ich zog mich an, ging zum Extra, kaufte eine Tiefkühlpizza und eine Kiste Wein und setzte mich in die Küche, schob die Pizza in den Ofen und ein altes Mixtape in den Kassettenrekorder, öffnete eine Flasche Wein und schrieb Tagebuch. Um zehn wollte Laura mich zu Wulles Party im HNH abholen.

Wulle war ein Freund von mir, den ich kaum noch sah, einer aus der alten Gang mit Hannes, Oli, Maren, Nina und den anderen. Der Gedanke, Nina in wenigen Stunden zu sehen und nicht zu wissen, wie ich mich ihr gegenüber verhalten sollte, trieb mich in den Wahnsinn. Ich konnte ja nicht so tun, als ob nichts gewesen wäre. Sie ignorieren oder ihr gar vor all unseren Freunden eine Szene machen wollte ich aber auch nicht. Das war doch genau die Art von Verhalten, die Nina und ich bei anderen immer so verachtet hatten. Warum musste ich über so einen Mist überhaupt nachdenken, wieso brachte sie mich in diese beschissene Lage?

Als ich die Pizza aus dem Ofen nahm, war die erste Weinflasche leer. Eine zweite trank ich beim Essen, dann öffnete ich die dritte. Als Laura um kurz nach zehn klingelte, war ich bereits jenseits von Gut und Böse.

*

Im Vorfeld habe ich Wulles Party ein paarmal in meinem Tagebuch erwähnt. Immer als etwas, auf das ich mich freue. Vor dem desaströsen Abend im Hyde Park hatte ich sogar gehofft, zusammen mit Nina dort hinzugehen.

Aber was für eine Party war das überhaupt?

»Meine Geburtstagsparty«, schreibt Wulle in einer E-Mail. »Ich habe am 19. September Geburtstag. Am 18. haben wir im HNH-Keller reingefeiert. Meine damalige Freundin hat das organisiert, ich wusste davon nichts. Eine Überraschungsparty. An dich oder an eine Schlägerei kann ich mich aber nicht erinnern.«

Dafür können es alle anderen. Sogar die, die nicht mehr wissen, ob sie überhaupt da waren oder nicht.

– Die Story kenne ich auch. Aber ich war nicht dabei. Glaube ich.

– Dass das Thema war, weiß ich. Ich weiß aber nicht, ob ich da war oder nicht. Komisch, oder? Ich war bestimmt da. Warum sollte ich denn nicht da gewesen sein?

– Ich kenn die Story mit der Flasche, aber ich glaube, ich hab's nicht gesehen.

– Mir hat Wiebke davon erzählt. Aber wie war das nochmal, wer hat da wem die Flasche über den Kopf gehauen?

– Ich kann mich noch an deine Whiskeypullenaktion im HNH erinnern. Aber das ist genau der Punkt. Wenn man solche Storys so oft gehört hat …

– Hast du das nicht öfter mal gemacht, irgendjemandem 'ne Flasche über den Kopf gezogen?

– Die Party taugte nicht wirklich. Es war dunkel und laut, typisch HNH-Keller. Später waren mehrere alte Bekannte von Wulle da, die drogenmäßig echt hart drauf waren.

– Da lief alles querbeet, von Techno bis Ton Steine Scherben. Es war recht voll, es wurde auch getanzt. Zum Schluss hat jeder mal Musik gemacht.

– Die meisten standen draußen rum. Draußen war es ja eh immer spannender.

– Du warst mit deiner neuen Freundin da. Die war ein ganzes Stück jünger als du. Du kamst schon völlig geladen da an.

– Das hat sich den ganzen Abend hochgeschaukelt. Du bist da wie so'n neidischer Köter herumscharwenzelt.

– Rumgetigert bist du, mit wilden Augen. Ich dachte sofort, oh, der ist aber auf Sendung, der will heute bestimmt Ärger machen. Da habe ich mich wahrscheinlich gefreut, geil, gleich passiert was, gleich gibt's aufs Maul.

– Ist das nicht auf dem Klo passiert?

– Wir waren noch nicht lange da. Sind da rein, haben unten was getrunken und sind irgendwann wieder raus. Timo ist dann auf die Toilette gegangen, stand am Waschbecken, und du kamst von hinten und hast ihm die Weinflasche übergezogen. Dabei ist die Flasche kaputtgegangen, und du hast dir die Hand aufgeschnitten.

– Dann war da so'n totales Gewusel, alle haben rumgeschrien.

– Timo kam vom Klo und hat am Kopf geblutet. Wir sind sofort zum Krankenhaus. Das musste getackert werden. Oder genäht.

– Die Toilette war voller Scherben und Blut. Ich musste das wegwischen. Weil ich die Party organisiert und angemeldet hatte. Um das Waschbecken herum war eine riesige Blutlache.

– Er soll aus den Ohren geblutet haben.

»Ich hab dich im Spiegel gesehen«, sagt Timo am Telefon. »Ich war gerade am Händewaschen. Du kamst von hinten und hast mir die Pulle auf den Schädel gehauen.«

»So stumpf? Ich habe nichts vorher gesagt, wir haben uns nicht angemacht, rumgeschubst oder so was?«

»Du, ich weiß es nicht genau. Ich nehme mal stark an, dass du irgendwas gerufen hast. Wie erinnerst du das denn?«

»Leider gar nicht«, sage ich. »Ich wusste schon am nächsten Tag nichts mehr davon. Nicht mal, wie ich da angekommen bin. Ich hatte einen Filmriss, vom kompletten Abend.«

»Draußen vorm Klo ging es dann noch weiter«, sagt Timo. »Nina hat rumgeschrien, Oli ist dazwischengegangen und hat das Ganze aufgelöst.«

»Und dann seid ihr zum Krankenhaus?«

»Krankenhaus? Nee. Ich war nicht im Krankenhaus. Ich hatte richtig Glück. Ich hatte eine Beule, aber da war nichts geplatzt. Ich glaube, es hat nicht mal geblutet. Ich hab mich dann draußen an die Schranke beim Commerzbankparkplatz gesetzt und erstmal ein Bier getrunken.«

»Seltsam. Ich hab gehört, dass auf dem Klo alles voller Blut war und du sofort ins Krankenhaus musstest.«

»Ich bin nirgendwo hingegangen. Schon gar nicht ins Krankenhaus. Daran würde ich mich doch erinnern. Ich hatte auch keinen Brummschädel danach.« Timo lacht. »Was ja schon beachtlich ist, dafür dass es eine Weinflasche war!«

– Irgendwann rannten die Leute los. Ich kann mich an den blutenden Timo erinnern und an Nina, die so furchtbar ausgerastet ist.

– Die ist so derbe auf dich losgegangen. Die hätte dir fast die Augen ausgekratzt und hat was ganz Krasses gesagt. *Ich hasse dich*, und noch was, *Ich bereue dich* oder so? Das hing mir auf jeden Fall länger in den Ohren. Dass ich so dachte: Autsch.

– Wir standen unbeteiligt drumherum. Ich mein, willst du dazwischengehen? Das ging ja unheimlich schnell.

– Ich hab Timo und dich auseinandergebracht. Ich dachte, du haust den tot. Auf einmal wurdest du ganz friedlich, hast irgendwas gebrabbelt, *Ich bin kein Monster*, so wirres Zeug. Du warst völlig hinüber.

– Hast du selbst nicht auch geblutet?

– Irgendwer kam auf mich zu und meinte, du wärst durchgedreht und total am Saften. Dann bin ich rein, Treppe runter, und dann kommt da ja der Gang zum Partyraum. Auf der linken Seite saßt du auf dem Boden, vor eurem Proberaum, total besoffen. Hattest irgendwas um die Hand gewickelt, ein T-Shirt oder so, das war schon gut durchgesickt. Du hast dich auch nicht mehr mit dem Rest da befasst. Ich hab mich neben dich gesetzt: Ja, Scheiße, was machst du?

– Du hattest ja öfter mal so Attacken gegen Timo. Du wolltest immer auf den losgehen, man musste dich dann festhalten. An ein Mal kann ich mich bildlich erinnern, da hast du dem 'ne Ohrfeige gegeben und bist dann wieder gegangen. Einfach so zack, bumm, weg. Das war vor dem Emsschlösschen. Er hat sich überhaupt nicht gewehrt.

»Was mich auch interessiert: Sind wir beide vorher schon mal aneinandergeraten?«

»Nee, Quatsch. Wo denn auch?«

»Wiebke meinte, ich hätte dir mal vorm Emsschlösschen eine Backpfeife gegeben.«

»Hä?«

»Ich kann mich daran nicht erinnern, und auch sonst niemand.«

»Ich auch nicht. Wir hatten vorher nie Stress.«

– Ich lag stinkbesoffen draußen vor der Tür und hab mit irgend'ner Ollen rumgemacht. Dann kam jemand raus, *Nagel hat Timo 'ne Flasche auf den Kopf* … na und, mir doch egal …

– Ich hab am nächsten Tag davon erfahren. Alle waren in Aufruhr. Das war schon Thema in der Stadt.

– Von hinten jemandem 'ne Weinflasche über den Kopf ziehen ist auch nicht so cool. Zum Glück ist nichts Schlimmeres passiert.

– Eine Aktion, für die ich persönlich vollstes Verständnis äußern kann.

– Ich hab am Telefon davon gehört, in meinem Wohnheim in Potsdam. Ich dachte nur, was fällt dem ein! Eine Flasche über den Kopf ziehen, damit kann man jemanden sonstwohin befördern!

– Du hättest den umbringen können!

– Ich hab neulich nochmal *Gegen die Wand* geguckt. Da killt der Hauptdarsteller doch aus Versehen einen mit 'nem Aschenbecher. Der geht dafür in den Bau. Hätte dir auch passieren können.

– Das war natürlich schon eine harte Geschichte, aber irgendwie auch so: *Joa, ist halt passiert.* Gab in Rheine doch ständig aufs Maul.

– Da haben die Leute anderthalb Wochen drüber geredet, und dann war's das. Man hat eher so gedacht, ja gut, was spannt Timo dem auch die Freundin aus.

– Es war *das* Thema!

– Die Sache, die konnte ich nicht nachvollziehen. Würde ich mir nie erlauben, so was. Ist mir zu heftig. Wenn, dann gerade ins Gesicht. Aber der Typ wäscht sich die Hände, und dann von hinten, das ist asozial.

– Dann kamst du mit 'ner kaputten Hand in der Firma an. Du hast trotzdem gearbeitet, ohne zu jammern. Neben den Russen hätte man sich das auch dreimal überlegt, jammern war auf dem Lager nicht so angesagt, außerdem war Artur viel beschissener dran, mit seinem geschrotteten Wagen und hochverschuldet. Trotzdem dachte ich da: Respekt. Du saßt da beim Frühstück mit deinen mitgebrachten Kniften, Graubrot mit Gouda und Margarine, die Flunken alle zerschnitten, das sah echt scheiße aus. Und damit dann Kartons fangen!

– Sascha und du, ihr seid in dem Sommer ja ständig so abgegangen. Vandalismus, Selbstzerstörung, das war ein Schock. Was passiert hier? So 'ne Welle, wumm. Davon habe ich Abstand genommen.

– Am nächsten Tag hast du bei ihm angerufen und dich entschuldigt. Dass dir das leidtut, dass das assig war.

»Kannst du dich daran erinnern, dass ich am nächsten Tag bei dir angerufen habe?«

»Ja. Ob das am nächsten Tag war, weiß ich nicht, aber du hast angerufen, das stimmt.«

»Und du hast direkt aufgelegt.«

»Hab ich das? Das weiß ich nicht mehr.«

»So habe ich es jedenfalls aufgeschrieben. Hast du überlegt, mich anzuzeigen?«

»Daran habe ich überhaupt keine Sekunde verschwendet. Wie gesagt, für mich war die Sache am nächsten Tag mehr oder weniger gegessen. Was mir tierisch auf den Sack ging: dass jeder Idiot was darüber wissen wollte. Ich saß im Louie, und alle kamen sie an. Lauras Ex und diese ganzen Leute vom Parkplatz.

Ich wollte einfach nur meine Ruhe haben und die Geschichte vergessen. Aber du kennst das ja in Rheine. Das dauert keine 24 Stunden, dann weiß das so ungefähr jeder.«

Am Ende unseres Telefonats stelle ich Timo die Frage, die ich bisher allen gestellt habe: »Würdest du gerne eine Zeitreise nach 1999 machen?«

Er überlegt zwei Sekunden oder drei. »Als Beobachter, vielleicht. Aber irgendwas ändern wollen? Glaub nicht. Ich würde mir, wenn's sein muss, auch nochmal eine Flasche von dir über die Rübe ziehen lassen.«

»Warum das denn?«

»Keine Ahnung. Vielleicht gehörte das alles dazu, um da zu landen, wo ich jetzt bin. Vielleicht musste das so sein.«

»Na ja, Timo«, sage ich und muss lachen, »das wäre für mich jetzt natürlich eine angenehme Erklärung.«

»Weißt du, Nagel, es ist doch so: Ich kann verstehen, warum du das gemacht hast. Ich hätte mich in deiner Situation vielleicht nicht unbedingt anders verhalten. Für dich war das Ganze viel schlimmer als für mich. Wie wenn du im Kindergarten einen geschubst hast und der sich verletzt hat. Der hat das kurz darauf schon wieder vergessen, du nimmst das mit ins Grab. Kurz nach der Sache war ich schon überhaupt nicht mehr böse. Verständnis wäre jetzt übertrieben, aber diese Affekthandlung, das konnte ich schon nachvollziehen.«

Ich bedanke mich bei Timo für seine Hilfe und seine Zeit. Er sagt, ich solle mich melden, wenn ich mal wieder eine Lesung in Frankfurt habe oder sonstwie in der Nähe sei.

Wir legen auf.

Zwanzig Minuten später ruft er wieder an.

»Hey, ich bin's nochmal. Ich muss wohl auch einen Blackout gehabt haben – Nina sagt gerade, natürlich waren wir im Krankenhaus. Sie weiß nicht mehr, ob ich genäht oder getackert worden bin, aber wir waren da. Dann war das Blut auf dem

Klo wohl doch von mir. Das finde ich jetzt selbst ein bisschen unheimlich. Wenn du da noch mehr geforscht hast, vor allem was diesen Abend im HNH angeht, dann sag mal Bescheid, das interessiert mich jetzt auch.«

*

Eine zerbrochene Fensterscheibe in einem Gebäude wird, sofern sie nicht sofort ersetzt wird, unweigerlich zu weiteren zerbrochenen Fensterscheiben führen, und schließlich zu völliger Verwahrlosung in dem Gebäude, der Straße, dem ganzen Stadtteil. So die Grundthese der Broken-Windows-Theorie, die in den frühen Achtzigern von dem Kriminologen George L. Kelling und dem Politikwissenschaftler James Q. Wilson entwickelt wurde. In den Neunzigern berief sich unter anderem Rudy Giuliani auf die Arbeit, um in New York seine Politik der *Zero Tolerance* durchzusetzen.

Gut möglich, dass einige der Ereignisse dieses Spätsommers sich nur zufällig innerhalb kürzester Zeit in einem Umkreis von nur wenigen Quadratkilometern abgespielt haben, und wahrscheinlich spricht aus dem Wunsch, sie mit einem Label zu versehen, wieder nur das Bedürfnis, alles ordnen und einer Logik unterwerfen zu können, lose Enden miteinander zu verknüpfen und noch das Marginalste in einen großen Zusammenhang zu stellen – dennoch ist es verlockend, die Gewaltausbrüche dieser Zeit unter dem Begriff *Broken Windows* zusammenzufassen. Es lag etwas in der Luft, etwas durch und durch Destruktives.

Sascha hatte erst unseren Autospiegel, dann Lauras Wohnungstür eingeschlagen. Ich hatte an der Meile jemandem eine Flasche über den Kopf gezogen. Eine Woche später machte ich das Gleiche nochmal, diesmal über Timos Kopf, wo die Flasche diesmal kaputtging. Später in der Nacht zertrümmerte ich unseren Badezimmerspiegel. Ich stand vorm Waschbecken, Laura in der Tür. Seit Nadine die Tür auf unserer Einweihungsparty eingetreten hatte, ließ sie sich nicht mehr abschließen. Ich sah mein Gesicht im Spiegel, eine hässliche, besoffene und schamverzerrte Fratze, ballte die Faust und schlug zu. Die Splitter krachten ins Waschbecken und auf den Boden. Laura rannte aus der Wohnung. Ich ging in mein Zimmer, legte die Hand zwischen zwei leere Seiten meines Tagebuchs und klappte das Buch zu. Bis heute mein mit Sicherheit pathetischster, aber auch ehrlichster Tagebucheintrag. Die zwei blutverschmierten Seiten sind aussagekräftiger, als es jeder schriftliche Eintrag hätte sein können, und schreiben konnte ich eh nicht mehr, wie die sechs oder sieben Wörter zeigen, die ich darüberkritzelte, und von denen kein einziges zu entziffern ist.

In der darauffolgenden Nacht schloss sich eine junge Frau im Zimmer ihrer Freundin ein, riss Regalbretter von der Wand und begann, das Inventar des Zimmers aus dem Fenster zu werfen. Es war das Zimmer direkt über dem von Theresa, die Hippie-WG. Bilder, Bücher, Blumenvasen und eine Sammlung von gomerischen Vulkansteinen landeten in dem Bushaltestellenhäuschen vor der Tür, dessen Scheiben unter lautem Getöse zersprangen. Über die Leiter eines Löschfahrzeugs wurde die junge Frau aus der Wohnung geholt und nach Lengerich gebracht. Sie hatte tagelang Psilos gefressen.

Ivo zerstörte nach einem Streit mit Helena die halbe Inneneinrichtung des Emsschlösschens. Er räumte die Schnapsflaschen ab, warf Gläser, Kerzen und Gesellschaftsspiele durch den Raum, zerschlug zwei Stühle auf dem Tresen und zertrümmerte die Anlage mit einem Barhocker.

Mittwochsabends übertönten die Larrys den Faschorock von nebenan mit *Der Tod ist ein Meister aus Deutschland* von Slime, wieder und wieder, immer lauter, bis Dicken und Vanessa rüberkamen, Sturm klingelten, die Mutter zur Seite drückten und auf die beiden losgingen. Die Larrys verteidigten sich mit Küchenstühlen, ihre Mutter schlug Dicken eine Pfanne auf den Rücken.

Als ich tags darauf von der Spätschicht nach Hause kam, saßen Richter und Tommi völlig niedergeschlagen am Küchentisch. Die Katze war weg. Irgendjemand hatte nachmittags mal wieder die Wohnungstür offen stehen lassen, ein anderer hatte sie später geschlossen, die Katze musste in der Zwischenzeit aus einem offenen Fenster im Treppenhaus ins Freie gesprungen sein. Die beiden hatten sie überall gesucht, aber nicht gefunden. Ich hatte Richter noch nie zuvor weinen sehen.

Artur hatte seinen Wagen zu Schrott gefahren, Claus Vosgröne versenkte in einer Nacht-und-Nebel-Aktion seinen Wahrsagerinnenbulli in der Ems, und einer der Stadthallen-Asis, Vierfinger-Frank, wurde mit einer Überdosis Heroin tot in seiner Wohnung aufgefunden.

Von Pappen-Phil hatte lange niemand gehört.

Von Schacke auch nicht.

Am Samstag, genau eine Woche nach dem Abend im HNH, wurde ich an der Meile von Laura vermöbelt. Es war etwa zwei Uhr morgens. Ich stand mit Theresa in dem schmalen Gang zwischen Roxy und Apotheke und erzählte ihr die ganze Geschichte von Laura, Sascha und mir, wie ich es mir schon so lange vorgenommen hatte, als auf einmal Laura um die Ecke kam. Sie stürmte geradewegs auf mich zu. Die Haare hingen ihr strähnig ins Gesicht, ihre Augen blitzten vor Wut und Verzweiflung. Ohne Vorwarnung begann sie, auf mich einzuschlagen, ins Gesicht, auf die Arme, den Oberkörper. Theresa sprang vor Schreck zur Seite und rannte davon. Ich stand nur da und kassierte die Schläge, ohne Deckung und ohne mich zu wehren. Lauras Armreife verursachten zwischen den Betonwänden einen höllischen Lärm, sie war völlig von Sinnen, wie ein panisches Tier, komplett irre. Ich bekam Tritte ab, Stahlkappen-Docs gegen Schienbein, Laura spuckte mich an. Plötzlich war Wiebke zwischen uns. Ein paar Meter weiter auf dem Bürgersteig stand Nina. Die beiden mussten zufällig hier vorbeigekommen sein.

»Tritt nochmal für mich rein«, sagte Nina zu Laura, dann ging sie weiter.

Laura schaute zur Straße, dann wieder zu mir, erschrocken, als hätte sie keine Ahnung, was hier los war. Sie drehte sich um und lief Richtung Roxy. Ich folgte ihr, wurde aber vom Türsteher aufgehalten: »Für heute ist gut gewesen, Kollege.« Ein dicker Tropfen Blut platschte von meiner Nase, genau auf die Hand, mit der mich der Türsteher auf Distanz hielt, tomatenketchuprot. Angewidert zog er seinen Arm zurück.

Wiebke stand hinter mir und fragte, ob alles okay sei. »Alles okay?«, sagte sie, »Kommst du klar?«

»Sicher, klar«, sagte ich und lief über die Straße. Ich spürte Wiebkes Blick im Nacken, doch als ich mich umdrehte, sah ich, wie sie hinter dem Türsteher in der Hölle verschwand. Ich setzte mich auf den Bordstein vor der Bushaltestelle. Ich wartete fünf Minuten oder zehn. Als weder Laura noch Nina auftauchten, humpelte ich durch die Fußgängerzone nach Hause. Es war schon wieder Vollmond.

*

Das Laub ist so trocken, dass es klingt, als würde der Wagen langsam über eine Schicht Kekse rollen. Eicheln und Kastanien säumen die Einfahrt zur Datsche, der Garten ist von Pilzen übersät. Ich frage mich, was das für Pilze sind. Wie die heißen, ob man sie essen kann und warum ich keine Ahnung von diesen Dingen habe. Was so eine Datsche wohl kostet. Ob ich hier leben könnte, dauerhaft, oder einen Teil des Jahres. Ob hier wohl auch irgendwo Psilos wachsen?

Zehn Tage kann ich diesmal bleiben, »du weißt ja, wo der

Schlüssel ist«, meinte Todde, und: »Wenn du heizen musst, hinterm Bungalow befindet sich ein Holzspeicher, Anzünder sind neben dem Ofen.«

Kiki hat mir ihren Mercedes geliehen, für den Roller ist das Wetter schon zu unbeständig, und in ein paar Tagen soll es stark abkühlen.

Ich setze mich an den Esszimmertisch und fange an zu arbeiten. Keine Recherche mehr, kein Transkribieren oder Auswerten, nur noch Schreiben. Ich bin schon erstaunlich weit. Der Knoten ist geplatzt, die Geschichte skizziert, der Grundstein gelegt. Wenn alles gut läuft, werde ich in anderthalb Wochen mit einem groben ersten Entwurf zurück nach Berlin kommen und in den nächsten Monaten in Ruhe an den Feinheiten arbeiten können. Seltsamerweise macht es großen Spaß, mir etwas auszudenken, seit ich mich für das autobiographische Schreiben entschieden habe. Wetter und Wege, Dialoge und Marotten, neue Namen für die anderen und einen intakten Geruchssinn für mich.

»Du willst dir selbst Geruchssinn geben?«, meinte Kiki, als ich heute Mittag das Auto bei ihr abholte.

»Es wäre ein kleines Geschenk an mich selbst. Eine olfaktorische Wiedergutmachung auf fiktionaler Ebene.«

Letzte Woche hatte ich meinen Termin in der Charité. Nachdem ich beim Riech- und Schmecktest vor ein paar Wochen ein weiteres Mal komplett versagt hatte, war ich für ein MRT zum Radiologen geschickt worden. Das Ergebnis: *Deutlich volumenreduzierter Bulbus olfactorius*, in der Übersetzung des Hals-Nasen-Ohren-Spezialisten: »Riechkolben quasi nicht vorhanden.« Er war etwa Mitte dreißig, hatte ein festgetackertes Zahnpastawerbungslächeln auf dem Gesicht und ein Muttermal am Kiefer, aus dem drei oder vier lange drahtige Haare sprossen. Wie seine Kollegen vor ein paar Jahren vermutete auch er, dass ich ohne Geruchssinn geboren wurde. Das komme bei etwa

0,5 Prozent der Bevölkerung vor, sagte er, es sei genetisch bedingt und irreversibel: »Da gibt es keinen Therapieansatz, da kann man nichts machen.« Ich fragte ihn, ob die Unfähigkeit zu riechen sich negativ auf mein Erinnerungsvermögen oder das seelische Gleichgewicht auswirken könne. Das könne es durchaus, sagte er, man gehe aber davon aus, dass der Körper solche Mängel weitestgehend kompensiere, insbesondere dann, wenn die Beeinträchtigung angeboren sei, wie bei mir. »Sie kennen es ja nicht anders, seien Sie froh«, sagte er. »Mit einem Mangel lebt es sich besser als mit einem Verlust«, antwortete ich. Der Arzt nickte, klickte ein paarmal mit dem Kuli, gab mir unverbindlich die Hand und verließ den Raum. Er hatte ganze siebeneinhalb Minuten Zeit für mich gehabt.

»Vielleicht kannst du mir dabei helfen«, sagte ich zu Kiki, als wir vor ihrem Mercedes standen.

»Ich kann's versuchen. Was willst du wissen?«

»Es gibt da zum Beispiel eine Szene, in der der Held frühmorgens mit dem Auto durch den Wald fährt, das Fenster runterkurbelt und tief einatmet. Es ist Ende April, die Sonne scheint. Wie riecht das, so ein Frühlingmorgen im Wald?«

»Wie ein Frühlingmorgen im Wald, würde ich sagen.«

»Genial, Kiki.«

»Ja, sorry. Gerüche beschreiben ist echt nicht so einfach. Das hat irgendwas mit der direkten Verbindung von Geruchsorgan und Gehirn zu tun. Dadurch ist das Sprachzentrum ausgeschaltet oder so. *Riechen geht an der Sprache vorbei*, habe ich neulich noch irgendwo gelesen. So ähnlich jedenfalls. Ganz genau weiß ich es jetzt auch nicht.«

»Schon gut, Kiki, danke«, sagte ich und setzte mich in den Wagen. »Ich meld mich mal aus Zesch am See.«

Die Sonne verschwindet zwischen den Bäumen und mit ihr das letzte bisschen Wärme. Der Holzspeicher ist gut gefüllt.

Ich trage ein paar Scheite ins Haus und schmeiße den Ofen an. Dann setze ich mich wieder an den Computer und mache weiter. Ich schreibe ein paar Stunden, lege regelmäßig Holz nach, dann gehe ich zum Rauchen in den Garten. Es ist kurz nach zehn. Wie eine zerknitterte Laterne hängt der Mond am Himmel, die Birken werfen lange Schatten über den Garten und den Bungalow. Der sogenannte *Erntemond* ist seit Tagen in aller Munde. *Superblutmondfinsternis* nennen die Medien das Spektakel, das sich heute Nacht dort oben abspielen soll. Der Höhepunkt ist für 4 Uhr 47 veranschlagt, wenn der Mond sich im Kernschatten der Erde befindet. Ich stelle mir den Wecker auf halb fünf, um das nicht zu verpassen. Vielleicht habe ich mit der Mondfinsternis ja mehr Glück als mit der Sonnenfinsternis vor 16 Jahren.

Ich will schon wieder reingehen, da vibriert das iPhone in meiner Hosentasche.

»Laura hat das Buch geschickt«, sagt Sascha nach einer kurzen Begrüßung.

»Echt? Wow!« Ich mache ein paar Schritte zur Hängematte und lege mich hinein. »Kommt es dir bekannt vor?«

»Ja«, sagt er, »jetzt auf einmal schon. Das Buch selbst hat Laura mir damals geschenkt. Da ist so ein Bild von einem Strand auf dem Umschlag, das hat sie da draufgeklebt. Sieht aus wie 'ne Zeichnung, ist aber ein Foto, ich weiß nicht woher. Ich hab das Buch dann für sie vollgeschrieben, über einen Zeitraum von einem Jahr. Wobei, das meiste erst nach unserer Trennung.«

»Hast du schon was gelesen?«

»Ja. Alles.«

»Und?«

»Wie erwartet. Es ist unerträglich. Wenn dir das für deine Arbeit hilft, können wir uns gerne treffen, dann lese ich dir ein paar Stellen vor. Aber geben kann ich es dir nicht. Zu viel melodramatisches Gewichse.«

»Verstehe.«

»Und ein Geständnis.«

»Ein *Geständnis*?«

»Ein Geständnis, von dem ich nicht mehr wusste, dass ich es gemacht habe. Über Nina und Timo und mich. Ich hab das ja beim letzten Mal schon angedeutet, aber da hast du nicht so richtig zugehört.«

»Das mit Nina und dir in Minden? Doch, da habe ich zugehört. Laura wusste davon?«

»Ja. Das meine ich aber nicht. Ich meine die Sache danach.«

»Du hattest nochmal was mit Nina?«

»Nicht nur mit ihr. Für eine kurze Zeit waren wir zu dritt.«

Es dauert einen Moment, bis das bei mir angekommen ist. Kurz wird alles dumpf und grau. Dann tauchen erste Bilder auf. Nina, Timo und Sascha auf einem Bett. Wie sie sich anfassen. Wie sie lachen. Ich kriege das nicht ganz zusammen. Ich sehe immer Nina und Timo und muss Sascha dann zusätzlich ins Bild basteln. Die drei gemeinsam am Frühstückstisch, und wieder das Bett. Es ist Ninas Bett, und nun sind sie nackt. Und zu dritt. Sie sind keine Einzelnen mehr. Freeze.

Dieser Abend, als ich Sascha bei Nina vorm Haus traf, nachdem ich Jenny das Tape gebracht hatte und Nina plötzlich aus ihrem Zimmer gekommen war. Sascha wollte angeblich zu seinem alten Freund Jan, war dann aber umstandslos mit mir zum Mitteldamm gegangen.

Wie vertraut Sascha und Nina wirkten, als sie auf Theresas Geburtstag vom Mitteldamm zum Parkplatz gingen, wo Timo im Auto auf sie wartete.

Der Brief, den Nina mir angekündigt, aber nie gegeben hat. Und wollte sie bei unserem Treffen in Frankfurt nicht noch etwas sagen, als plötzlich ihre Arbeitskollegin vor uns stand?

»Es fing an auf einer dieser Goapartys. Timo hatte mich überredet mitzukommen. Wir haben irgendwas genommen und sind zu dritt bei Nina gelandet. Danach noch ein paarmal, immer in ähnlichen Situationen. Als Laura Schluss gemacht hat, war es vorbei. Bei Timo und Nina war ich eh nur das dritte Rad am Wagen. Sagt man das so?«

»Was?«

»Das dritte Rad am Wagen? Oder ist es das fünfte?«

»Weiß ich grad nicht.«

»Du bist doch hier der Schriftsteller. Egal. Das wurde dann zu so einem Ego-Ding. Ich war ausgestochen worden, von dir, meiner Freundin, deiner Exfreundin und einem meiner ältesten Kumpel. So kam es mir vor. Da ging so vieles gleichzeitig zu Bruch. Ich konnte damit nicht umgehen, da bin ich durchgedreht. Es gab noch eine Nacht zu dritt, nachdem ich bei Laura die Glastür eingeschlagen habe. Das habe ich neulich auch angedeutet, aber du warst nur an authentischen Erinnerungen, meinen Narben und irgendwelchen Staubsaugerrohren interessiert.«

»Warum hast du das nur angedeutet? Warum hast du nichts gesagt?«

»Ich hab den Moment verpasst. Und weil das für mich selbst so nebulös war. Ich wollte nichts Falsches erzählen. Und dann hast du von diesem Tagebuch für Laura angefangen.«

»Von dem du nichts mehr wusstest.«

»Von dem ich wirklich nichts mehr wusste. Es ist total abgefahren, das jetzt in der Hand zu halten. Als würde man 16 Jahre nach einem Flugzeugabsturz die Blackbox bergen. Ich bin ja ein paar Tage nach der Sache mit Lauras Glastür schon nach Potsdam gegangen. Und hab da erst so richtig geschnallt, was los war. Wie verrückt das alles war. Ich stelle mir das jetzt so vor: Nach deinem Brief wollte ich dir von der Sache mit Nina und Timo erzählen, habe es aber nicht hingekriegt. Ich fand wohl, das sei Ninas Aufgabe. Wahrscheinlich dachte ich, sie würde dir früher oder später eh alles erzählen. Vielleicht dachte sie dasselbe von mir, keine Ahnung. Stattdessen habe ich dann offensichtlich Laura davon geschrieben. Vielleicht bin ich davon ausgegangen, dass es auf diesem Wege auch bei dir ankommen würde. Das wäre eine mögliche Erklärung. Vielleicht stimmt das aber auch gar nicht. Vielleicht ist das wieder so ein Versuch, nachträglich Ordnung in das Chaos zu bringen.«

Warum hat Laura uns das Buch geschickt? Weiß sie überhaupt, was darinsteht?

»Ich hab da nicht mal reingeschaut, war mir zu krass«, meinte sie bei unserem Treffen. Vielleicht hat sie es nie gelesen, auch 1999 nicht. Vielleicht hat sie es damals nur kurz aufgeschlagen, ein oder zwei Seiten überflogen, es schnell wieder zugeklappt und zurück ins Regal gestellt. Vielleicht war ihr das auch damals schon *zu krass*.

Oder war es genau andersherum, und sie wusste die ganze Zeit Bescheid, über alles, über alle, als Einzige? Hat sie uns mit ihrem Schweigen voreinander beschützt, auch um den Preis, seltsam, labil oder launisch zu wirken?

– Sascha hat selbst neulich mit einer rumgeknutscht. Kennst du nicht.

– Ich hab keinen Bock mehr auf die ganze Scheiße.

– Du verstehst gar nichts.

Ich bedanke mich bei Sascha für den Anruf. Sage, dass ich ihn morgen zurückrufen werde, oder die Tage. Wir legen auf. Die Hängematte ist zum Stillstand gekommen. Feucht kriecht die Kälte aus dem Wald übers Grundstück. Ich strecke einen Arm aus und stoße mich mit der Hand vom Boden ab, zerquetsche dabei einen Pilz, so einen ganz flachen mit großem Dach. Eine dünne Wolke hat den Erntemond in zwei gleich große Hälften geteilt. Er steht jetzt hoch am Himmel und leuchtet den gesamten Garten aus.

Als ich vor zweieinhalb Monaten zum ersten Mal hierherfuhr, hatte ich ein Bild von diesem Ort im Kopf, das innerhalb von Minuten von der Realität verdrängt wurde. Nun kann ich zusehen, wie das Bild des Sommers 1999 sich vor meinen Augen verändert. Ein Bild, das es schon gab, als ich losgefahren bin, um meine alten Freunde und Bekannten zu befragen. Die Interviews und Reisen der letzten Monate hatten allein den Zweck, diesem Bild mehr Kontrast zu geben, mehr Schärfe, mehr Farben. Die Rollen waren alle längst verteilt.

Sascha war das bedauernswerte Opfer, dem ich die Freundin ausgespannt habe und der mir das erstaunlich schnell verziehen hat.

Nina war die verlorene große Liebe, die nach dem Abend im HNH ein paar Jahre lang nicht mehr mit mir redete und dadurch zu einer unerreichbaren Göttin wurde.

Timo war dieser Langweiler, dem ich nach über drei Monaten unterdrückter Eifersucht eine Flasche über den Kopf schlug, was zum großen Wendepunkt in meinem Leben wurde.

So habe ich es empfunden, so hat es sich festgesetzt, und so hat es sich die Jahre über gehalten.

Jede Geschichte strebt einem Ende entgegen. Im echten Leben ist es immer der Tod. Als Erzähler dagegen habe ich die Wahl, wann, wo und wie ich meine Geschichte enden lassen möchte. Ursprünglich hatte ich vor, mit dem kalendarischen Ende des Sommers 1999 aufzuhören. Der Herbstanfang fiel laut einer Website mit der unschlagbaren Adresse *www.dasinternet.net* auf den 23. September, auf genau 13:30 Uhr und 22 Sekunden.

Ich entscheide mich, der Geschichte ein paar Tage mehr zu geben. Zwei Tage, dann kann ich noch von Lauras Schlägen im Gang neben dem Roxy erzählen. Oder warum nicht gleich drei, für eine kleine Zugabe mit hoffnungsvollerem Ausgang. Ich kann das machen, denn es ist meine Geschichte. Und wenn ich meine eigene Geschichte sowieso nur als Fiktion erzählen kann, dann ist das hier vielleicht der Roman, den ich die ganze Zeit schreiben wollte.

»Hey, habe ich dich geweckt?«

»Nein, aber ich wollte gerade ins Bett.«

»Nur ganz kurz – Was würdest du davon halten, eine Figur in meinem Buch zu werden?«

Kiki gähnt. »Kannst du mich bitte wunderschön und irre schlau machen?«

»Das ist alles, was dir dazu einfällt?«

»Ach, was soll ich dazu sagen. Ich kann dich ja eh nicht davon abhalten. Aber was habe ich mit der Geschichte zu tun?«

»Hättest du mir nicht von dir und Hauke erzählt, ich hätte Sascha nicht gefragt, wie das damals war. Dann hätte er nie von diesem Brief angefangen. Ich hätte meine alten Lästerbücher nicht rausgeholt und wohl nie diese ganzen Leute getroffen. Ohne dich gäb's die ganze Geschichte gar nicht.«

»Dann war das mit Hauke ja doch zu etwas gut.«

»So gesehen schon.«

Kiki lacht. »Keine Ursache, gern geschehen.«

*

»Seit Wochen wird von allen Seiten auf mich eingeredet. Wie scheiße es Sascha geht, und dass es ja wohl nicht zu übersehen ist, wie sehr du Nina noch hinterhertrauerst. Wie ich das nur ertrage. Dass du eh früher oder später fremdgehen wirst, dass das mit uns keine Zukunft hat. All die mitleidigen Blicke, als du Timo die Pulle übergezogen hast. Da haben sich alle bestätigt gefühlt. Und als ich dann letzte Nacht aus dem Roxy kam und dich mit Theresa da stehen sah, in diesem dunklen Gang …«

»Es war nichts, wir haben nur geredet.«

»Ich weiß. Ich habe mit ihr gesprochen. Aber ich war so durcheinander. Und rotzevoll. Es tut mir leid.«

Es war Sonntag, der 26. September 1999, kurz vor halb acht. Laura und ich saßen nebeneinander auf der Treppe am Emswehr. Die Sonne war gerade untergegangen, die Stadthalle gegenüber hellerleuchtet. Davor, bei den Bänken, stand eine kleine Gruppe von Leuten, zwei von ihnen schienen wegen irgendwas zu streiten. Die blaue Stunde begann. Es war mittlerweile nur noch eine blaue halbe Stunde.

»Habe ich dir sehr doll weh getan?«

»Zieht ein bisschen in den Rippen.«

Ich lehnte mich zurück und legte meine Ellbogen auf die Stufe hinter mir. Ich hatte Schrammen, Schnitte und Abschürfungen an Händen, Armen und Beinen, Blutergüsse am Oberkörper und am Schienbein, ein Veilchen unter dem linken Auge und zwei dicke Beulen am Kopf. Bei jeder Bewegung zog ein stechender Schmerz durch meinen Oberkörper, bei jedem Niesen, jedem Husten und jedem Tief-Luft-Holen. Kartons fangen würde die nächsten Tage bestimmt schwierig werden, das war mit der zerschnittenen Hand die Woche über schon schlimm genug gewesen. Vier Paracetamol hatte ich mir heute bereits eingeschmissen. Am liebsten hätte ich zwei Wochen lang geschlafen.

»Ehrlich, ich …« Laura stockte.

»Guter Punch, muss ich sagen.«

»Ich wollte …«

»Immerhin bin ich nicht umgefallen«, unterbrach ich sie.

Laura sah mich an. »Das ist nicht witzig«, sagte sie, doch ich meinte, aus dem Augenwinkel den Anflug eines Lächelns zu erkennen.

»Bisschen schon, gib's zu.«

»Ich wusste gar nicht, dass ich zu so etwas fähig bin. Ich habe sogar Muskelkater.«

Ich drehte mich zu ihr. »Du hast Muskelkater?«

»Ja, hier und hier.« Sie fasste sich an den rechten Oberarm und an die Schulter. »Muskelkater vom Prügeln. Hatte ich auch noch nie.«

Muskelkater vom Prügeln, das brachte mich zum Lachen. Ich lachte so sehr, dass es mir schneidend durch die Rippen zog, links zwischen Niere und Herz, wo sie mich am härtesten getroffen hatte. Ich hielt die Luft an, spannte die Bauchmuskeln an, atmete durch die Zähne aus.

Laura sagte, dass wir eigentlich noch mal komplett von vorne anfangen müssten.

Ich fragte, ob sie das für möglich halte: einfach noch mal von vorne anfangen.

Sie sagte, dass uns nichts anderes übrigbliebe, als es zu versuchen. Ihr Blick war fest. Sie wusste, was sie wollte. Sie hatte es die ganze Zeit gewusst.

Wir versprachen uns, nie wieder irgendwen oder irgendwas zwischen uns zu lassen. Dann standen wir auf und gingen los, die Ems entlang nach Süden, stadtauswärts, dem Blau entgegen. Ich nahm Lauras Hand. Aus einem der Wohnhäuser wehte der Geruch von Erbsensuppe und geräuchertem Speck zu uns herüber, die Ahornbäume am Ufer bekamen schon einen leichten Rotstich. Auf Höhe der Brücke erwischte uns ein kalter Windstoß. Ich zog den Reißverschluss meiner Kapuzenjacke hoch.

»Ganz schön frisch geworden«, sagte ich.

»Baby«, sagte Laura, »der Herbst ist da.«